La Fonction du balai

AU DIABLE VAUVERT

David Foster Wallace

La Fonction du balai

Traduit de l'anglais (États-Unis) par CHARLES RECOURSÉ

Du même auteur chez le même éditeur

BREFS ENTRETIENS AVEC DES HOMMES HIDEUX, nouvelles
UN TRUC SOI-DISANT SUPER AUQUEL ON NE ME REPRENDRA PAS, essais

Ouvrage traduit avec le concours du Centre national du livre.

ISBN : 978-2-84626-205-7

Titre original : THE BROOM OF THE SYSTEM

Au diable vauvert
www.audiable.com
La Laune BP72 30600 Vauvert

Catalogue disponible sur demande
contact@audiable.com

Remerciements

L'auteur remercie pour leur aide les personnes suivantes :
Robert Boswell
Gerald Howard
William Kennick
Bonnie Nadell
Andrew Parker
Dale Peterson
Les administrateurs de l'université d'Amherst

Ce projet est dédié à :
Mark Andrew Costello,
Susan Jay Perkins
et Amy Elizabeth Wallace

Première partie

1

1981

La plupart des très jolies filles ont de très vilains pieds, et Mindy Metalman n'échappe pas à la règle, comme le remarque soudain Lenore. Ils sont longs et fins, ont les orteils écartés avec des durillons jaunes sur les plus petits et un épais amas calleux à l'arrière des talons, quelques longs poils noirs s'enroulent sur le cou-de-pied et le vernis rouge se craquelle, s'écaille et se gondole, à l'abandon. Lenore le remarque car Mindy est sur la chaise à côté du frigo, penchée en avant en train de décoller le vernis de ses orteils ; son peignoir bâille un peu, on peut voir un bout de décolleté et tout ça, bien plus que ce qu'a Lenore, et la serviette enroulée autour de la tête fraîchement shampouinée de Mindy se défait et une mèche de cheveux sombres et brillants s'est faufilée entre les plis pour descendre modestement le long du visage de Mindy et s'incurver sous son menton. Ça sent le shampooing Flex dans la chambre, l'herbe aussi, vu que Clarice et Sue Shaw fument un gros joint que Lenore a eu par Ed Creamer à Shaker School et qu'elle a apporté, ainsi que d'autres trucs pour Clarice, qui étudie ici.

Ce qui se passe, c'est que Lenore Beadsman, quinze ans, a fait le chemin depuis sa maison de Shaker Heights, dans l'Ohio, juste à côté de Cleveland, pour rendre visite à sa grande sœur, Clarice Beadsman, en première année dans cette université pour filles appelée Mount Holyoke ; et Lenore dort avec son sac de couchage dans cette chambre que Clarice partage avec Mindy Metalman et Sue Shaw, au premier étage de Rumpus Hall. Lenore est aussi venue pour, genre, faire du repérage dans cette université, un peu. Tout ça parce que, même si elle n'a que quinze ans, on la considère comme très intelligente et par conséquent elle saute des classes et par conséquent elle est déjà en dernière année au lycée de Shaker School et par conséquent elle pense déjà à la fac, en termes de demandes à faire, pour l'année prochaine. Alors elle visite. À ce moment précis nous sommes un vendredi soir en mars.

Sue Shaw, loin d'être aussi jolie que Mindy ou Clarice, apporte le joint à Mindy et Lenore, Mindy le prend, fiche pour un temps la paix à son orteil et tire très fort sur le spliff qui s'embrase, une graine éclate bruyamment et des fragments de papier carbonisé s'envolent et restent flotter en l'air, ce que Clarice et Sue trouvent super drôle et qui les fait éclater de rire, crier et s'empoigner mutuellement, et Mindy inspire à fond et passe le joint à Lenore, mais Lenore dit non merci.

« Non merci », dit Lenore.

« Allez, c'est toi qui l'as ramenée, pourquoi pas... » croasse Mindy Metalman comme font les gens qui parlent sans respirer pour retenir la fumée.

« Je sais, mais c'est la saison d'athlétisme à l'école, je suis dans l'équipe et je fume pas pendant la saison. Je peux pas, ça me tue », dit Lenore.

Mindy hausse les épaules, lâche enfin une longue bouffée de fumée pâle et usée et, après une profonde quinte de toux, se relève avec le joint et traverse la chambre pour le donner à Clarice et Sue Shaw, à côté d'une grande enceinte stéréo en bois, qui écoutent cette chanson de Cat Stevens, encore, pour la dixième fois peut-être ce soir. Le peignoir de Mindy est à présent plus ou moins entièrement ouvert et Lenore voit des choses plutôt incroyables, mais Mindy passe dans la chambre comme si de rien n'était. À cet instant, Lenore peut diviser toutes les filles qu'elle connaît en deux catégories, les filles qui pensent au plus profond d'elles-mêmes qu'elles sont jolies et les filles qui au plus profond d'elles-mêmes pensent qu'elles ne le sont vraiment pas. Les filles qui pensent qu'elles sont jolies ne s'inquiètent pas d'avoir des peignoirs ouverts, savent se maquiller, aiment marcher quand des gens les regardent et ont un comportement différent quand il y a des garçons dans les alentours ; les filles comme Lenore, qui pensent ne pas être trop jolies, ont tendance à ne pas se maquiller, à faire de l'athlétisme, à porter des Converse noires et à toujours avoir des peignoirs bien fermés. Mindy est très jolie, certes, mais pas ses pieds.

La chanson de Cat Stevens est encore finie, l'aiguille remonte toute seule et de toute évidence personne n'a envie de se déplacer pour la remettre au début, alors elles restent sur leurs chaises de bureau en bois dur, Mindy avec sa robe de chambre en éponge rose terne et une jambe qui darde, soyeuse et parfaitement nue ; Clarice avec ses rangers, son jean bleu foncé que Lenore appelle son pantalon chausse-pied, la chemise de cowboy qu'elle portait à la foire de l'État la fois où elle s'était fait voler son sac, ses longs cheveux blonds qui se déversent sur la chemise et ses yeux très bleus maintenant ; Sue Shaw avec ses cheveux roux, un pull vert, une chemise écossaise verte et de grosses jambes, un bouton écarlate sur un genou, jambes croisées avec un pied qui gigote dans une chaussure bateau, celles avec les semelles blanches immondes – Lenore n'aime pas du tout ce genre de chaussures.

Après un silence Clarice pousse un long soupir et dit, dans un murmure, « Cat... est... Dieu », en pouffant un peu à la fin. Les deux autres pouffent aussi.

« Dieu ? Cat peut pas être Dieu, Cat *existe.* » Les yeux de Mindy sont tout rouges.

« C'est offensant et complètement blaphématoire », dit Sue Shaw, ses yeux gonflés écarquillés d'indignation.

« Blaphématoire ? » Clarice n'en peut plus, regarde Lenore. « Bla*sphé*matoire », elle dit. Ses yeux ne sont pas si mal, juste un peu plus joyeux que d'habitude, comme si elle gardait une blague en réserve.

« Blosphématoire », dit Mindy.

« Blousephématoire. »

« Bluesphématoire. »

« Blisteratoire. »

« Boucanatoire. »

« Bourrinatoire. »

« Bucéphale. »

« Barney Rubble. »

« Baba Yaga. »

« Bolchevique. »

« Blaphématoire ! »

Elles s'effondrent, pliées en deux, et Lenore rit de cet étrange rire sympathique qu'on a quand les autres rient si fort qu'ils vous font rire aussi. Le bruit de la grosse fête au rez-de-chaussée traverse la porte et vibre dans les baskets noires de Lenore et dans les accoudoirs de sa chaise. À présent Mindy glisse de sa chaise et flotche par terre sur le sac de couchage de Lenore près du tapis soi-disant persan que Clarice a acheté chez Mooradian à Cleveland, et Mindy couvre l'intérieur de ses cuisses avec un coin de sa robe de chambre mais Lenore ne peut s'empêcher de voir comme ses seins gonflent le tissu éponge rose usé, tout pleins et tout, alors même qu'elle est étendue sur le dos, là, sur le sol. Inconsciemment, Lenore jette un regard à sa propre poitrine, sous sa chemise de flanelle.

« Faim », dit Sue Shaw après une minute. « Massive, immense, incontrôlable, dévorante, incontrôlable, faim. »

« C'est comme ça », dit Mindy.

« On va attendre » – Clarice consulte la montre attachée à

l'envers sur son poignet – « une heure, on doit attendre une heure avant de manger quoiquecen'importequoi. »

« Non on ne peut pas *on ne peut pas* faire ça. »

« Mais on devrait. Selon les termes de la discussion tenue il y a moins d'une semaine, on est tombées d'accord sur l'interdiction de se gaver lorsqu'on est totalement défoncées, sous peine de devenir grosses et répugnantes comme Mindy, la vermine ici présente. »

« Je te pète au nez », répond Mindy d'une voix absente, elle n'est pas grosse et elle le sait, Lenore le sait, elles le savent toutes.

« L'élégance en toute circonstance, cette Metalman », dit Clarice. Puis, une minute plus tard, « À ce propos, tu pourrais peut-être arranger ta tenue, t'habiller ou t'asseoir dans le sac de couchage de Lenore, je suis pas vraiment d'humeur à pratiquer un examen gynécologique, ce que tu es en quelque sorte en train de nous faire faire, ô Lesbia de Thèbes. »

« Vous me gavez », dit Mindy, ou plutôt « Bous me bavez » ; elle se lève en titubant, à la recherche de quelque chose de solide, passe la porte qui donne de la salle de bains sur sa petite chambre. Dans une lettre, Clarice racontait comment cette playmate juive est arrivée la première en septembre et a pris la chambre, et maintenant la princesse, soumise, se débarrasse de ce qui reste de son peignoir, le laisse tomber trempé sur Lenore assise sur la chaise près de la porte, et passe la porte à pas mesurés de ses longues jambes. Ferme la porte.

Clarice regarde dans sa direction après son départ, secoue légèrement la tête et sourit en direction de Lenore. On entend des rires en bas et le bruit d'un troupeau en train de danser. Lenore adore danser.

Sue Shaw boit à grand bruit une longue gorgée d'eau dans un grand verre à l'effigie des Jetson posé sur son bureau à côté de la porte d'entrée. « Au fait, vous n'auriez pas croisé Splittstoesser ce matin, par hasard ? » elle fait.

« Nan », répond Clarice.
« Elle était avec Proctor. »
« Et alors ? »
« À sept heures du matin ? Tous les deux qui sortent de sa chambre en pyjama avec les yeux gonflés et endormis, ensemble ? En se tenant la main ? »
« Hmmm. »
« Si on m'avait dit que Splittstoesser… »
« Je croyais qu'elle était fiancée à un type. »
« Elle l'est. »
Elles rient comme des perdues.
« Oooh. »
« C'est qui Splittstoesser ? » demande Lenore.
« Nancy Splittstoesser, au dîner ce soir ? La fille avec le col en V rouge et des boucles d'oreilles comme des petits poings ? »
« Oh. Et qu'est-ce qui lui arrive ? »
Clarice et Sue échangent un regard et éclatent encore de rire. Mindy Metalman fait son retour, en short de sport avec un sweat-shirt retourné aux manches coupées. Lenore lève les yeux vers elle puis sourit au sol.
« Quoi ? » Mindy sait qu'il se passe quelque chose.
« Splittstoesser et Proctor », lâche Sue.
« Je voulais t'en parler. » Mindy écarquille les yeux. « Ils étaient dans la salle de bains ce matin ? Dans la même douche ? »
« Aaah, non ! » Sue n'en peut plus, Mindy se met à rire elle aussi de cet étrange rire sympathique en regardant les autres.
« Ils sont, euh, ensemble maintenant ? Je croyais que Nancy était fiancée. »
« Elle… elle l'est », le rire de Clarice contamine aussi Lenore.
« Oh, sacré Dieu. »
Ça se calme un moment plus tard. Sue fredonne le générique de *La Quatrième Dimension.* « Qui… sera la prochaine… ? »
« Je suis pas sûre de comprendre ce que vous, euh… » demande Lenore à l'assemblée.

Clarice lui explique que Pat Proctor est bien monté et ce que ça signifie d'être bien monté et comment un certain nombre de filles sont très gentilles avec lui, ici, dans cette université pour filles.

« Tu déconnes. »

« Non. »

« C'est vraiment dégoûtant. » Et Mindy et Sue sont reparties. Lenore les regarde. « Ça vous fait pas flipper, ce genre de trucs ? Je veux dire, je… »

« Eh ben, ça fait partie de la vie, tout ça, ce que les gens veulent faire c'est plus ou moins leur… » Clarice replace l'aiguille au début du morceau.

Elles se taisent pendant la moitié de la chanson environ. Mindy s'est remise à ses orteils, assise sur le lit superposé. « Je sais pas si on peut le dire, mais le truc c'est que, dit Sue Shaw à Clarice, Nancy Splittstoesser s'est fait agresser juste avant Thanksgiving, elle sortait de Widget House et elle… »

« Agresser ? » dit Lenore.

« Ben, violer, je crois. »

« Je vois. » Lenore a les yeux fixés sur le poster au-dessus du bureau de Clarice, un type à la musculature impressionnante, torse nu, qui gonfle tous les muscles de son dos, un dos tout brillant aux protubérances qui partent dans toutes les directions. Le poster est vieux et ses coins ont été déchirés par le scotch ; il était déjà dans la chambre de Clarice à la maison et leur père n'était pas enchanté, la lumière qui descend du haut plafond fait un reflet brillant qui noie l'arrière de la tête du type dans le blanc.

« Je crois que ça l'a fichue en l'air », dit Sue.

« Facile à comprendre, dit Lenore avec douceur. Violée. Et donc à cause de ça elle n'aime plus les hommes, ou bien… ? »

« C'est difficile à dire, Lenore », Clarice a les yeux clos, elle joue avec le bouton de sa poche de chemise. Elle est devant le ventilateur, le dossier de sa chaise en arrière, et ses cheveux s'envolent, une brise jaune autour de ses joues. « Peut-être plus prudent de dire qu'elle est temporairement paumée, tu crois pas ? »

« Si, je pense. »

« T'es vierge, Lenore ? » Mindy est sur la couchette du bas, celle de Sue, elle a levé en l'air ses pieds pelés et en a coincé les orteils dans les ressorts du sommier de Clarice.

« Espèce de salope », dit Clarice à Mindy.

« Je demande, c'est tout, réplique Mindy. Je pense pas que Lenore soit trop coincée pour… »

« Oui je suis vierge, je veux dire, j'ai jamais eu de, tu vois, de rapport sexuel », répond Lenore avec un sourire qui dit à Clarice que c'est bon, ça va. « Et toi, Mindy, t'es vierge ? »

Mindy éclate de rire. « Oh oui, presque totalement. »

Sue Shaw renifle dans son verre d'eau. « Mindy se préserve pour le bon régiment de Marines. » Clarice et Lenore rient.

« Je t'encule par les oreilles », fait doucement Mindy Metalman, détendue, presque endormie. Elle a les jambes galbées et vaguement musclées et une peau si lisse qu'elle brille presque, elle dit à Lenore que c'est grâce au coup de cire qu'elle s'est donné récemment, peu importe ce que ça peut vouloir dire.

« Ça arrive souvent ? »

« Quoi ? »

« Les viols, les agressions, tout ça. »

Clarice et Sue, calmes, regardent dans le vide. « De temps en temps sûrement, qui sait, difficile à dire, c'est toujours enterré ou on en entend pas parler ou quoi, l'université est pas fan de… »

« Mais toi, de quoi t'as entendu parler ? »

« Je sais pas. Peut-être, j'ai dû entendre parler d'une dizaine de filles… »

« Une dizaine ? »

« … »

« Combien de filles tu connais en tout ici ? »

« Je sais pas, Lenore, dit Clarice. C'est une question de… une question de bon sens, c'est tout. Tu sais, si tu fais attention et que tu prends pas les petits chemins la nuit… »

« La sécurité est très efficace ici, vraiment, dit Sue Shaw. Ils te conduisent où tu veux sur le campus quand il est tard le soir, et toutes les heures il y a une navette qui va de la bibliothèque et des labos jusqu'aux dortoirs, avec un garde armé, et ils te déposent juste devant… »

« Un garde armé ? »

« Y en a qui sont plutôt mignons. » Clarice fait un clin d'œil à Lenore.

« Tu m'as pas parlé de tous ces trucs à Noël, Clarice. Les gardes armés, tout ça. Ça t'embête pas ? À la maison… »

« Je crois que c'est partout pareil, Lenore, dit Clarice. Je crois. On s'y fait. C'est vraiment juste une question de bon sens. »

« N'empêche. »

« Il reste bien sûr le problème de la fête », dit Mindy Metalman depuis la couchette, changeant clairement de sujet. Le bruit est toujours fort sous leurs pieds.

Ce qui se passe, c'est que leur dortoir organise une grande fête, ici, ce soir, au rez-de-chaussée, avec un groupe mortel nommé Spiro Agnew and the Armpits et des gens qui dansent et des garçons et de la bière et de fausses cartes d'identité. C'est très chouette, et tout à l'heure au dîner Lenore a vu des filles installer des palmiers en plastique et des guirlandes de fleurs, certaines filles portaient des jupes en gazon artificiel parce que ce soir c'est une soirée à thème avec ambiance hawaïenne : sur un drap accroché à la façade du bâtiment on a écrit en grosses lettres au rouge à lèvres le nom de la soirée, VahinéBanana, ce que Lenore a trouvé drôle et malin, et les filles vont distribuer des couronnes de fleurs à tous les garçons d'autres écoles qui auront pu montrer une carte d'identité à l'entrée. Il y avait une pièce entière pleine de couronnes, Lenore les a vues après le dîner.

« Il y a ça », dit Clarice.

« Du coup. »

« Donc. »

« Sans moi, dit Sue Shaw. Pas moyen, plus jamais ça, je le dis sérieusement. *Pas moi**. »

Clarice rigole et attrape le verre Jetson.

« Le truc », fait Clarice depuis le lit, avec son sweat-shirt qui glisse de son épaule et semble prêt à tomber, « c'est qu'en bas il y a… à manger, y a de la bouffe dans la salle à manger, disposée sous les doigts rieurs des feuilles des palmiers en plastique, de la bouffe à laquelle on a toutes participé. »

« C'est vrai », soupire Clarice avant d'appuyer sur le bouton *repeat* de la chaîne. Lenore se dit que ses yeux sont si bleus qu'ils paraissent presque chauds.

« Et tout ce qu'on a ici, c'est cette succulente purée dans le frigo », dit Mindy, ce qui est la vérité, elles n'ont qu'un Tupperware rempli de purée trop salée à la consistance de pâte à modeler, c'est tout ce qu'elles ont réussi à voler au dîner, vu qu'il n'y avait plus de cookies dans la cuisine et que le pain…

« Mais vous avez dit que vous vouliez pas descendre, intervient Lenore. Vous vous souvenez, vous m'avez dit que c'était des fêtes dégueu avec des cocktails dégueu, que c'était comme si on était des morceaux de viande et qu'on pouvait se faire aspirer, "juste comme ça" vous avez dit, et aussi que vous vouliez à tout prix éviter de descendre et que je devrais pas, vous savez… » Elle les regarde, elle veut descendre, elle adore danser et elle a une super robe qu'elle a achetée chez Tempo à New Corinth pour trois fois –

« Elle veut y aller, Clarice », dit Mindy en balançant ses jambes

*. Les astérisques indiquent des termes et expressions en français dans le texte *(N.d.T.)*.

hors de la couchette et en s'asseyant dans un rebond, « et c'est notre invitée, et y a aussi le facteur gâteaux apéro, et si on reste que cinq minutes… »

« Je vois. » Clarice fait des yeux de chien battu à Lenore, voit l'impatience de sa sœur et est forcée de sourire. Sue Shaw à son bureau leur tourne le dos, Lenore remarque que ses grosses fesses occupent toute la chaise et débordent sur les côtés.

Clarice soupire. « Le problème, Lenore, c'est que tu ne sais pas. T'imagines pas comme c'est fatigant et désagréable, on y est allées tout le premier semestre et au bout d'un moment ça te colle la nausée, ça te rend malade, physiquement, 99,9 % des hommes qui viennent sont des lézards, des reptiles, et tu comprends trop vite que tout ça c'est rien d'autre qu'un rituel déprimant, un rite qui nous est imposé par Dieu sait qui et qu'on doit observer encore et encore. Tu peux même pas avoir une vraie conversation. Ça me dégoûte. » Puis elle prend une gorgée d'eau dans son verre Jetson. Sue Shaw à son bureau acquiesce du chef.

« Ce qu'on va faire », Mindy Metalman frappe du pied et tape des mains, « Lenore, tu vas enfiler cette fabuleuse robe violette que je t'ai vue suspendre et nous on s'occupe de la fin de ce joint, ensuite on se faufile en vitesse, Lenore prend un cours express de sciences humaines et danse un coup ou deux pendant qu'on vole quelque chose comme sept tonnes de bouffe, et puis on remonte direct, David Letterman commence dans une demi-heure. »

« Non », dit Sue Shaw.

« Eh ben t'as qu'à rester là, face de téton, on s'en sortira. Si tu te mets à te planquer à cause d'une semi-mauvaise expérience, on – »

« Ok, allez, on fait comme ça. » Clarice a l'air tout excitée. Elles se regardent les unes les autres. Clarice fait un signe de la tête à Lenore qui saute sur ses pieds et file passer sa robe dans la petite chambre de Mindy tandis que Clarice commence pour de bon à lancer des regards mauvais à Mindy et que Mindy fait signe à Sue Shaw, dans le coin de la pièce, qu'elle peut aller se faire voir.

Lenore se brosse les dents dans une minuscule salle de bains qui sent la Metalman et la Shaw, elle se lave le visage, se sèche avec une serviette ramassée par terre, se met de la Visine, trouve le rouge à lèvres brillant effet mouillé de Mindy dans une vieille boîte de Tampax sur les toilettes, sort le bâton, donne un coup dans la boîte, un tampon tombe dans la cuvette et elle doit le repêcher, sa chemise est mouillée, la manche trempée, elle enlève la chemise et retourne dans la chambre de Mindy. Il faut qu'elle trouve son soutien-gorge, vu que la robe est en coton violet très fin, joli comme tout avec ses cheveux châtains qui par chance sont propres, et avec un peu de rouge à lèvres elle paraît dix-huit ans, ou presque, et son soutien-gorge est au fond de son sac sur le lit de Mindy. Lenore farfouille dans son sac. La chambre de Mindy est une porcherie avec des vêtements partout, un vélo d'appartement, un grand poster de James Dean sur la porte et oh bien sûr Richard Gere aussi, des photos d'un inconnu sur un voilier, des couvertures de *Rolling Stone*, l'affiche d'un concert de Journey, un plafond super haut comme dans les autres pièces, avec ici une tenture éclatante, accrochée par un coin au plafond et par un autre au mur, qui pend comme une voile en sucre glace. Il y a un truc en plastique sur la commode, Lenore sait que c'est une boîte à pilules, pour la Pilule, parce que Clarice en a une et aussi Karen Daughenbaugh, qui est plus ou moins la meilleure amie de Lenore à Shaker School. Voilà le soutien-gorge, Lenore le met. La robe. Elle se brosse les cheveux avec une brosse rouge allongée qui emprisonne des cheveux noirs et sent le shampooing Flex.

Un scritch. Dans la pièce principale, Cat Stevens s'arrête net. Lenore entend qu'on frappe de grands coups à la porte. Elle rejoint les autres, ses escarpins blancs à la main, alors que Sue Shaw ouvre la porte et que Mindy tente de disperser la fumée en agitant une pochette de disque. À l'extérieur, deux mecs sourire aux lèvres qui bouchent l'entrée en blazers bleus assortis, pantalons de toile et ces chaussures. Ils sont tout seuls.

« Mes hommages, madame », fait l'un d'eux, un grand type costaud du genre à être toujours bronzé, avec d'épais cheveux blonds savamment coiffés, une fossette au menton et des yeux verts éclatants. « Melinda-Sue Metalman vivrait-elle ici, par le plus grand des hasards ? »

« Comment vous êtes arrivés jusqu'ici, dit Sue Shaw. Personne ne peut monter à l'étage sans être accompagné. »

Le type rayonne. « Ravi de faire votre connaissance. Andy "Wang-Dang" Lang; mon associé, Biff Diggerence. » Et il ouvre la porte d'une grande main pas très subtile, Sue recule un peu sur ses talons, et ils entrent tous les deux, sans prévenir, Wang-Dang et Biff. Biff est plus petit que Lang, plus large aussi, un être rectangulaire. Ils ont à la main des verres VahinéBanana pleins de bière. Ils ont l'air un peu pompette. Surtout Biff : il a la mâchoire pendante, les yeux vagues et des plaques rouges sur les joues.

Wang-Dang finit par répondre à Sue tout en regardant Clarice, « J'ai peur que vos agents de sécurité soient un peu crédules, pasque je leur ai dit que j'étais le père Mustafa Metalman, cousin au deuxième degré et conseiller spiritchuel de Mlle Metalman, et après je leur ai donné des conseils spiritchuels et ils… » Il s'arrête, jette un regard circulaire et siffle. « Elle est superbe, votre chambre. Biff, t'as déjà vu un plafond aussi *woah* dans un dortoir ? »

Lenore se cale dans sa chaise près de la porte de la chambre de Mindy et observe, pieds nus. Mindy remonte son sweat-shirt sur son épaule. Clarice et Sue, bras croisés, font face aux deux hommes.

« C'est moi Mindy Metalman », dit Mindy Metalman. Les types ne font pas attention à elle, perdus dans la contemplation de la chambre, puis le plus grand baisse les yeux sur Mindy et, sans cesser de la fixer, donne des coups de coude à Biff.

« Salut Mindy, je suis Wang-Dang Lang, et voici Biff Diggerence à ma droite », avec de grands gestes et des yeux écarquillés qui ne quittent pas Mindy. Il vient lui tendre la main et Mindy la serre plus ou moins en jetant des regards aux autres.

« Je vous connais ? »

Wang-Dang sourit. « Je suis au regret de vous dire que non, mais, si je ne m'abuse, vous connaissez Doug Dangler à Amherst College ? Mon colocataire, ou plutôt notre colocataire à Biff et moi ? Quand on lui a dit qu'on allait à la soirée BahinéVanana, le Dangle-man a dit "Wanger", il a dit, il a dit "Wanger, Melinda Metalman habite à Rumpus Hall et je t'offrirais ma gratitude éternelle si tu allais lui présenter mes respects", et donc je – »

« Doug Dangler ? » Mindy fulmine, Lenore le voit dans ses yeux. « Écoutez, je ne connais aucun Doug Dangler à Amherst, vous devez vous tromper et vous feriez mieux de retourner au rez-de – »

« Mais si, vous connaissez Doug, Doug est un mec mortel », entend-on de la bouche du Biff mentionné plus haut, petit et trapu avec des yeux bleu d'eau chafouins et noyés par la fête, et une touffe de poils qui germe de son menton et le fait ressembler à un dessous de bras, pense Lenore. Il a une voix grave qui produit un grognement plutôt charmant. Celle de Lang est douce et agréable, bien qu'il semble avoir de temps à autre des poussées d'un accent quelconque. Il dit :

« M'dame, je sais de source sûre que vous connaissez Doug Dangler parce qu'il m'a tout raconté dans le détail. » Ses yeux vert bouteille se posent sur Lenore. « Une fête à Femur Hall, juste après les vacances de Noël ? Vous avez discuté avec un type, vous lui plaisiez et il vous plaisait pas qu'un peu, et pis le gars a eu une baisse de forme et il a très légèrement vomi dans votre sac ? Voilà, *ça* c'était Doug Dangler. » Lang affiche un sourire triomphant. Biff Diggerence rigole hog hog, les épaules de bas en haut en cadence. Lang continue, « Et il vous a dit qu'il était désolé et il a demandé s'il pouvait payer le nettoyage de votre sac ? Mais vous avez dit non et vous avez pris tout ça tellement bien que ça l'a déstabilisé, et quand vous avez essayé de sauver le contenu de votre sac vous avez volontairement laissé tomber un papier avec votre nom, votre numéro de téléphone et votre adresse, vous vous souvenez de cette facture de téléphone ? Doug l'a ramassée, et c'est comme ça que vous l'avez rencontré », il sourit et hoche la tête.

« C'était ce mec-*là* ? dit Mindy. Il a raconté que j'avais fait exprès de lui donner mon nom ? C'est complètement faux. C'était dégueulasse, j'ai dû balancer le sac. Je me souviens qu'il s'est approché de moi, » (à Clarice et Sue) « il a posé la main sur la couture de mon pull et il a dit qu'il avait un ongle accroché à mon pull et qu'il ne pouvait pas se détacher, il était coincé, ha ha, mais il a continué pendant genre deux heures avant de me vomir dessus. » À Wang-Dang Lang elle fait, « Il était déchiré. Il était tellement bourré qu'il bavait. Je me souviens de la bave qui coulait de sa bouche. »

« Eh bien, Melinda, vous savez certainement qu'il peut nous arriver à tous d'être dans cet état. » Lang donne un coup de coude à Biff Diggerence qui manque de tomber sur Sue Shaw qui pousse un petit cri et recule vers la porte, bras croisés.

« Sérieusement, vous feriez mieux de partir », dit Clarice qui est venue se poser à côté de Lenore. « On est vraiment crevées et vous n'êtes pas censés être à cet étage si – »

« Mais on vient tout juste d'arriver », sourit Wang-Dang Lang. Il balaie une nouvelle fois la pièce des yeux. « Je voudrais pas m'imposer, mais y aurait-il une chance que ces p'tites dames aient une canette de bière pour moi… ? » avec des gestes en direction du petit frigo de Sue, près des lits superposés. Puis il s'assoit dans la chaise de bureau de Sue, près de la porte et de l'enceinte. Biff se tient toujours à côté de Sue, face à Clarice et

Lenore. Sue regarde Clarice, Mindy regarde Biff qui sourit bêtement, Wang-Dang Lang regarde Lenore qui observe, dans sa chaise, au fond, près de la porte de Mindy. Elle se sent bête dans sa jolie robe violette avec son trait de rouge à lèvres et ses pieds nus, elle ne sait pas que faire de ses chaussures, elle hésite à en lancer une sur Lang, elles ont des talons pointus, est-ce que la police est en route ?

« On n'a pas de bière, et même si on en avait, ça se fait pas de venir ici sans être invités pour nous demander de la bière, et je ne connais pas Doug Dangler, et je pense qu'on apprécierait toutes beaucoup si vous partiez. »

« Je suis sûre que vous trouverez toute la bière que vous voulez au rez-de-chaussée », dit Clarice.

Biff Diggerence pousse un énorme rot d'une longueur incroyable, clairement une de ses spécialités, puis il prend une nouvelle gorgée dans son gobelet VahinéBanana. Sans le vouloir, Lenore marmonne quelque chose comme quoi ce rot était dégoûtant ; les yeux se tournent vers elle. Lang sourit de toutes ses dents :

« Bonjour, toi. Comment tu t'appelles ? »

« Lenore Beadsman », répond Lenore.

« D'où tu viens, Lenore ? »

« C'est ma sœur », dit Clarice qui se rapproche de la porte et fixe Biff Diggerence. « Elle a quinze ans, elle me rend visite et elle est notre invitée, ce que vous n'êtes pas, et si vous pouviez me laisser sortir un moment… »

Biff Diggerence fait un pas de chanteur d'opérette et vient bloquer la porte.

« Hmmm », dit Clarice. Elle se tourne vers Mindy Metalman. Mindy va vers Lenore, attrape sa robe mouillée sur le dossier de la chaise et l'enfile par-dessus son sweat-shirt sans manches. Lang affiche un sourire chaleureux. Biff observe Mindy un instant puis soudain se retourne et se met à cogner sa tête contre la porte, très fort, et cogne et cogne. Wang-Dang Lang rigole.

Le bruit du choc n'est pourtant pas si fort comparé au boucan de la fête, parce que d'un coup la musique est bien plus forte, ils ont dû ouvrir les portes de la salle à manger à onze heures.

« Le truc avec Biff, crie Wang-Dang Lang pour couvrir le martèlement, c'est qu'il est souvent en désaccord avec la bière parce qu'on a découvert que, pour une raison inconnue, il est physiquement incapable de… euh… de purger son estomac en situation de crise. Comme on dit. Il peut pas, peu importe ce qu'il a bu, c'est-à-dire bien souvent plus que ce que peuvent expliquer les lois de la physique telles que nous les connaissons. C'est dangereux, pas vrai Digger ? » crie Wang-Dang à Biff qui continue de cogner. « Donc, au lieu de gerber, le camarade ici présent se trouve obligé de… »

« … de se taper la tête contre les murs », termine Clarice avec un petit sourire, elle se souvient de Creamer, Geralamo et compagnie, Lenore en est sûre. Lang opine et lance à Clarice un sourire enjôleur. Biff arrête enfin, fait volte-face et s'adosse contre la porte, rayonnant, avec le front rouge et les yeux qui louchent un peu. Les muscles de son gros cou sont tendus. Il ferme les yeux, balance la tête en arrière et respire lourdement.

« On vous serait très reconnaissants si vous nous permettiez de rester le temps de nous reposer et de reprendre nos esprits avant la deuxième partie du grand luau, dit Lang. Et je transmettrai à Doug la mauvaise et ô combien malentchontreuse nouvelle de votre absence de souvenir de lui, Melinda-Sue. Il sera blessé, je préfère vous le dire tout de suite. C'est quelqu'un de timide et sensible. »

« Un problème plutôt répandu à Amherst, on dirait », dit Clarice. Lenore lui sourit.

De son côté, Mindy cherche le cadavre du joint dans le cendrier. Lenore s'aperçoit que Mindy vient de décider qu'elle ne se laisserait pas impressionner. Ses jambes qui sortent brillantes de la robe de chambre sont toutes proches du visage de Wang-Dang Lang, toujours assis sur la chaise, le nez à hauteur de la taille de Mindy. Lang détourne les yeux vers ses chaussures à semelles blanches, il est presque timide, Lenore voit que même lui est intimidé par Mindy. Mindy ressuscite le joint grâce à un gros briquet qui affiche « Dieu plaisantait quand elle a créé l'homme ». Elle s'immobilise, le regarde. Il rougeoie, elle l'emporte avec elle, s'assoit sur le bord du lit de Sue Shaw et se tourne vers Lang, de l'autre côté de la couchette. La chambre est silencieuse, si ce n'est le bruit de la fête, en dessous. Mindy se concentre sur le spliff, s'immobilise encore, puis regarde Lang et lui tend le joint.

« Tiens tiens, on est bien gentille tout à coup », dit doucement Lang. Il tire une bouffée polie, sourit à Mindy.

« Mais vous êtes qui, en fait ? » demande Mindy. Clarice et Sue la fusillent du regard.

Lang fige son sourire, interloqué. Il tend les mains. « Vous avez devant vous Andrew Sealander "Wang-Dang" Lang, promotion 1983, je viens de Nugget Bluff, Texas, et je réside actuellement au 666 de la fraternité Psi Phi, université d'Amherst, Massachusetts, États-Unis. »

« Deuxième année. »

« Affirmatif. Tout comme Bernard Werner "Biff" Diggerence de Shillington, Pennsylvanie. » Une pause chargée de mystère. Lang lève les yeux vers Biff, qui semble endormi contre la porte.

« Je vais vous dire un secret, on est en mission », il se penche en conspirateur vers Mindy et Lenore. « On a été envoyés ici pour ce qu'on pourrait appeler notre inichiachion. »

« Oh, merde », lâche Clarice, bras croisés, appuyée contre le mur. Biff Diggerence montre à présent des signes de vie ; il passe dans les cheveux de Sue Shaw un doigt gros comme une saucisse et lui fait des clins d'œil accompagnés de petits claquements du coin de la bouche, Sue gémit et s'apprête à fondre en larmes.

« Initiation ? » demande Mindy.

« Affirmatif. Le Grand Démiurge et Administrateur en chef de l'ordre fraternel des Psi Phi en personne nous a donné une… », un rot, voilà, « une sorte de quête. Nous sommes à la recherche de décorations personnelles. »

« Décorations. »

« Auto… graphes », Biff rit hog et ponctue d'un petit coup de tête contre le mur.

« Des autographes ? »

« On a besoin que vous nous signiez le cul », Biff entre dans le vif du sujet avec un sourire en direction de Sue Shaw.

« Qu'on vous signe le cul ? » demande Mindy Metalman.

« Affirmatif, malheureusement », répond Lang qui décoche à Lenore un sourire éclatant plein de dents blanches. « On nous a… », il récupère un bout de papier dans la poche de son blazer et s'applique à le lire, « on nous a damendé de ramener les signatures d'au moins sssinq des plus jolies demoiselles de Mount Holyoke avant le lever du soleil. Bien sssûr on pourrait se signer mutuellement, vu qu'on est amis et tout, mais ça nous en ferait toujours qu'une chacun. » L'une après l'autre, il leur lance un regard lourd de sens et fait un genre de clin d'œil à Lenore. « Ce qui fait que, selon mes calculs, il nous en manque quatre. »

Lenore remarque que Sue Shaw reste assise en silence et fixe ses chaussures en cuir à semelles blanches. Elle a les mains de Biff dans ses cheveux roux pétant.

« Attendez une seconde, fait Clarice. Vous voulez qu'on signe vos fesses ? »

« S'il vous plaît. »

« Vos fesses nues ? »

« Ben, oui, c'est justement le but de… »

« Sainte mère éplorée de Dieu, quel culot. » Clarice, stupéfaite, scrute Lang. « Et des génies comme vous ne se sont jamais dit qu'on pourrait refuser ? Je refuse. »

« Votre droit le plus strict, répond Wang-Dang Lang. Bien sûr nous serons au regret de ne pouvoir quitter les lieux jusqu'à ce que vous ayez changé d'avis. » Lenore remarque qu'il a maintenant une main sur la jambe nue de Mindy. Lenore a un léger frisson. Soudain Clarice s'élance vers la porte, Biff s'interpose devant la poignée, Clarice s'arrête, Biff cogne la porte avec l'arrière de son crâne, quelques coups qui renforcent l'ambiance générale.

Clarice s'arrête, trop en colère pour pouvoir dire ou faire quoi que ce soit. « Vous êtes une belle paire de salauds, finit-elle par lâcher. Vous, les mecs d'Amherst, ceux de U-Mass aussi, vous tous. Parce que vous êtes plus grands, que vous occupez plus d'espace, vous pensez – est-ce que ça vous arrive de penser ? – vous pensez que vous pouvez faire la loi, que vous pouvez pousser les femmes à faire des trucs immondes juste parce que vous êtes bourrés ? Eh ben allez vous faire enculer de travers. » Elle passe de Lang à Biff. « Vous vous pointez à nos soirées, je suis sûre que vous vous marrez comme des singes dans le bus, deux minutes plus tard vous êtes décalqués et vous nous parlez mal, vous nous traitez comme des morceaux de viande ou comme des meubles, vous pensez que vous pouvez… », regard circulaire, « nous envahir, envahir notre chambre, pour la seule raison que vous êtes plus forts, que vous pouvez bloquer la porte et cogner vos grosses têtes de cons dessus ? Allez vous faire foutre. Allez vous faire foutre. »

Lang se marre. « Une invitation qui tourne au vinaigre, malheureusement. » Il rigole à nouveau. Mindy a un petit sourire, elle aussi. La main de Lang est toujours sur sa jambe.

Mais tout à coup Biff se rebiffe. « Toi, va te faire foutre, Miss Rodéo », il dit à Clarice, l'alcool lui offrant une de ces phases où il lui redevient possible d'articuler. « Redescends sur Terre. Cet endroit est une… », regard circulaire, « une énorme blague géante ! » Il cherche du soutien du côté de Lang, qui chuchote quelque chose à l'oreille de Mindy Metalman.

Mais Biff renifle. « Vous faites de la pub pour vos soirées, vous balancez vos petites phrases dans nos oreilles, "Venez à la Vahiné-Banana, préparez vos bananes", ha ha. "Gagnez un voyage pour deux dans le jacuzzi", blablabla. Vous êtes des allumeuses et vous nous cassez les couilles, c'est tout. Nous on vient, comme vous nous l'avez demandé, on met même une cravate, et quand on arrive on tombe sur des gardes à la porte avec des flingues et on doit se faire poser un coup de tampon sur les mains comme des collégiens si on veut avoir de la bière, et toutes les filles nous regardent comme si on allait les violer, et en plus, en plus, elles ressemblent toutes à Richard Nixon alors que les vraies bombes s'enferment à l'étage… »

« Comme vous, mesdemoiselles, il faut bien le reconnaître », dit Wang-Dang Lang dans un sourire.

Biff Diggerence pivote et envoie plusieurs fois son front contre la porte, très fort. Il reste planté face à la porte, à bout d'énergie pour le moment.

« Je crains qu'il ne soit quelque peu éméché », dit Lang.

Lenore se lève, dans sa robe. « Laissez-moi sortir, s'il vous plaît. »

Lang et Mindy se lèvent. Sue se lève. Tout le monde se lève avec Lenore. Lang sourit et hoche la tête. « Alors si vous pouviez juste avoir la gentillesse de mettre votre… petit nom sur… mon… », en lutte contre la ceinture de son pantalon. Mindy détourne le regard. Biff, toujours en train de reprendre son souffle contre la porte, défait lui aussi sa ceinture. Il a même apporté un stylo ; Lenore le voit émerger de sa poche.

« Non, je ne vais pas vous toucher, et encore moins vous signer », dit Lenore.

Wang-Dang la fixe, vaguement décontenancé. « Dans ce cas, on peut malheureusement pas partir. »

« Heureusement c'est pas mon problème puisque je vais plus être ici puisque je vais partir », dit Lenore.

« Je signe », dit calmement Sue Shaw.

Clarice se tourne vers elle. « Quoi ? »

« Je veux qu'ils se cassent. Je signe. » Elle ne lève pas les yeux. Elle fixe ses chaussures. Le pantalon de Biff tombe avec un bruit lourd, Biff fait toujours face à la porte. Il a un gros derrière, large, blanc et pratiquement imberbe. Vraiment un derrière vulnérable. Lenore l'évalue calmement.

« Kestendis, Melinda-Sue ? » demande Lang à Mindy. Lang est en caleçon.

Mindy observe Lang, elle le regarde dans les yeux. Son visage n'exprime rien. Après un instant elle dit, « Ok, pourquoi pas. »

« Toi, tu peux signer devant si tu veux », rigole Wang-Dang.

« C'est dégoûtant. Je me casse, laissez-moi partir s'il vous plaît », dit Lenore. Elle se retourne. « T'es une trouillarde », elle dit à Sue Shaw. « T'as des pieds moches », elle dit à Mindy Metalman. « Andy, regarde ses pieds avant de faire quelque chose de stupide. » Elle se retourne vers la porte. « Dégage, Bof, ou peu importe comme tu t'appelles. »

Biff pivote, la première fois que Lenore voit un homme nu. « Non. »

Lenore vise la tête de Biff Diggerence et jette un de ses escarpins blancs à talons pointus, le genre avec une bride en métal. Il manque sa cible et fait un gros bruit lorsqu'il heurte la porte au-dessus de la tête de Biff et que le talon se plante dans le bois. La chaussure blanche reste pendue là. Sue Shaw pousse un petit cri et se met à pleurer un peu, même si elle est encore un peu déshydratée à cause du joint, comme si le vacarme de la chaussure contre la porte était la goutte de trop. Elle a dans la main le stylo de Biff.

« Laisse-moi sortir ou je t'arrache un œil avec ma chaussure », dit Lenore à Biff, chaussure brandie. Wang-Dang Lang tient la main de Mindy Metalman.

« Laissez-la sortir, elle est même pas étudiante ici, dit Clarice. Je vais signer moi aussi, bande de tocards. »

« Laisse-moi sortir », dit Lenore.

Biff libère enfin le passage, son gobelet VahinéBanana vide toujours à la main. De toute façon, il devait bouger pour aller présenter son derrière à Sue Shaw, dans le coin de la pièce. Il fait de petits pas comiques à cause de son pantalon aux chevilles, et Lenore voit ses parties remuer et danser tandis qu'il piétine vers Sue. Lenore fiche le camp pieds nus et récupère sa chaussure dans la porte. Elle sort le talon et regarde derrière elle. Lang embrasse la joue de porcelaine de Mindy avec un air rieur et lointain, en caleçon. Sue, à genoux, signe Biff. Clarice a les bras croisés. Elle tape ses doigts contre ses bras.

Lenore s'enfuit vers le hall carrelé, loin. Dehors il y aura de l'air, Lenore ne veut qu'une chose, sortir de Rumpus Hall, et elle en sort, elle finit par y arriver, mais seulement après avoir négocié la porte d'un couloir, celle d'un escalier, celle d'un autre couloir et enfin la porte d'entrée, toutes fermées de l'intérieur. Sur l'herbe drue du mois de mars, baignée par la lumière d'une rue bien éclairée, au milieu des groupes de garçons en blazer bleu qui remontent le trottoir en gobant des bonbons à la menthe, elle s'accorde un petit saignement du nez.

2

1990

« C'est ça un câlin ? Ce qu'on fait, là, c'est un câlin ? »

« Je pense que ça satisfait aux critères standard du câlinage, oui. »

« C'est bien ce que je me disais. »

« … »

« Tu as un pelvis très osseux, tu sais ? Tu vois comme il est saillant ? »

« C'est vrai que j'ai le pelvis saillant. Ma femme en parlait parfois. »

« Moi aussi j'ai le pelvis saillant, tu ne trouves pas ? Touche. »

« Il est saillant. Je pense que c'est le propre des femmes, d'avoir un pelvis osseux. »

« Chez moi, c'est de famille. Mes deux frères ont le pelvis saillant. Le plus grand a un pelvis de mammouth. »

« … »

« Hmmm. »

« … »

« Une histoire, s'il te plaît. »

« Tu veux une histoire. »

« S'il te plaît. »

« J'en ai reçu une assez intéressante, aujourd'hui. »

« Raconte. »

« Déprimante, aussi. »
« Je veux l'entendre. »
« L'histoire d'un homme qui souffre de vanité au deuxième degré. »
« De vanité au deuxième degré ? »
« Oui. »
« Qu'est-ce que c'est ? »
« Tu ne sais pas ce qu'est la vanité au deuxième degré ? »
« Non. »
« Intéressant. »
« Alors, qu'est-ce que c'est ? »
« Une personne vaniteuse au deuxième degré est avant tout une personne vaniteuse. Sa vanité porte sur son intelligence, il veut que les gens croient qu'il est intelligent. Ou sur son apparence, il veut que les gens le trouvent attirant. Ou sur son sens de l'humour, par exemple, il veut que les gens pensent qu'il est drôle et impertinent. Ou sur son talent, et il veut que les gens reconnaissent qu'il est doué. Et cetera. Tu sais ce qu'est une personne vaniteuse. »
« Oui. »
« Quelqu'un de vaniteux fait tout pour qu'on ne le perçoive pas comme étant stupide, ennuyeux ou laid, et cetera, et cetera. »
« Pigé. »
« Donc si quelqu'un est vaniteux au deuxième degré, il est vaniteux mais en plus sa vanité s'attache à faire croire qu'il est totalement dépourvu de vanité. Il est effrayé à l'idée qu'on puisse le percevoir comme étant vaniteux. Quelqu'un de vaniteux au deuxième degré passera la nuit à apprendre des blagues pour paraître drôle mais niera avoir passé la nuit à apprendre des blagues. Il pourra même essayer de faire croire qu'il ne se considère pas du tout comme quelqu'un de drôle. »
« … »
« Si quelqu'un de vaniteux au deuxième degré se lave les mains dans des toilettes publiques, il ne pourra pas résister à la

tentation de s'admirer dans le miroir, de s'examiner sous toutes les coutures en faisant semblant de remettre sa lentille en place ou d'avoir quelque chose dans l'œil, histoire de ne pas être perçu comme quelqu'un qui s'admire mais plutôt comme quelqu'un qui fait un usage raisonnable et non vain des miroirs. »

« Oh. »

« L'histoire que j'ai reçue aujourd'hui parle d'un homme qui nourrit une vanité au deuxième degré à l'égard de son apparence. Vaniteux comme pas possible, obsédé par son corps mais aussi par le désir de garder cette obsession secrète. Il fait des pieds et des mains pour que sa petite amie ne découvre pas sa vanité. Est-ce que j'ai déjà dit qu'il vit avec une fille, une fille apparemment belle à mourir et aussi très gentille ? »

« Non. »

« Bon, eh bien il vit avec elle, elle l'aime comme une folle et il l'aime. Et ils sont bien ensemble, même si l'homme est un peu tendu à cause de son obsession et de son obsession à cacher son obsession. »

« Oh là là. »

« Oui. Et un jour dans la baignoire, l'homme remarque quelque chose sur sa jambe, comme un grain de beauté ou un bouton gris, alors il va voir un médecin qui diagnostique les premiers symptômes d'une maladie non mortelle mais qui finira par défigurer cet homme apparemment très beau. »

« … »

« Sauf s'il accepte de se soumettre à un traitement incroyablement cher et compliqué qui suppose d'aller en Suisse et de dépenser les économies de toute une vie, économies se trouvant sur un compte joint pour lequel il a besoin de la signature de sa charmante petite amie. »

« Ouah. »

« … »

« En même temps, s'il est tellement vaniteux et s'il a tellement peur d'être défiguré. »

« Oui, mais tu oublies qu'il a aussi très peur qu'on découvre qu'il est le genre d'homme qui a peur d'être défiguré. Il est terrifié à l'idée que sa petite amie sache qu'il est du genre à dépenser tout ce qu'il a mis de côté et à partir en Suisse juste pour préserver son visage. »

« C'est quoi cette maladie ? C'est censé être la lèpre ? »

« Quelque chose comme ça, c'est l'impression que ça m'a donné. Peut-être pas aussi affreux. Je crois qu'on peut mourir de la lèpre. Mais on s'éloigne du sujet. Le sujet, c'est que l'homme est terrifié à l'idée que sa petite amie découvre qu'il est vaniteux, au point de repousser toujours à plus tard la décision d'aller se faire soigner en Suisse, mais pendant ce temps le grain de beauté a grossi, la peau de sa jambe tourne au gris et pèle, ses os se déforment, ses articulations deviennent noueuses et il essaie de cacher son état en mettant un faux plâtre sur sa jambe et en disant à sa petite amie qu'il se l'est mystérieusement cassée, mais la maladie gagne l'autre jambe et remonte vers son ventre et son dos, et aussi, forcément, on peut le supposer, vers son sexe, alors il se met au lit, il s'enfouit sous les couvertures et dit à sa petite amie qu'il est mystérieusement tombé malade, et au passage il fait tout ce qu'il peut pour être froid et distant avec elle, pour la maintenir à l'écart même s'il l'aime à la folie. Et il ne sort du lit que quand elle est au travail, elle vend des vêtements pour femmes, et une fois qu'il est sûr qu'elle est partie, il sort de son lit, il se pose devant le miroir de la salle de bains et il passe des heures horribles à contempler son corps de plus en plus tordu et à en arracher doucement les pelures grises. »

« Seigneur. »

« Oui et les jours passent et la maladie continue à progresser, elle s'étend jusqu'à la poitrine de l'homme, jusqu'à ses bras et ses mains qu'il tente de cacher sous des gros pulls et des gants de ski en prétendant qu'il est mystérieusement gelé, et il devient aussi de plus en plus cruel et méchant et amer envers son adorable petite amie, il l'empêche de l'approcher, il lui laisse croire qu'elle a fait quelque chose d'horrible qui l'a mis en colère mais sans jamais lui dire quoi, et la petite amie commence à pleurer toutes les nuits dans la salle de bains, l'homme l'entend et ça lui brise le cœur parce qu'il l'aime, mais il est obsédé par l'idée de ne pas paraître laid, et s'il lui dit la vérité maintenant et qu'il lui montre tout, elle saura évidemment qu'il est devenu laid, mais surtout elle comprendra qu'il est obsédé par l'idée de ne pas paraître laid, elle mettra ça en rapport avec le plâtre, les pulls et les gants, et elle comprendra qu'il est doublement obsédé par l'idée de ne pas dévoiler sa première obsession. Alors l'homme devient encore plus méchant avec cette belle et gentille fille qui l'aime et au bout d'un moment, bien qu'elle soit merveilleuse et profondément amoureuse de lui, elle reste humaine et finit par se mettre en rogne, petit à petit, elle ne fait que se défendre et devient froide et distante en retour, et leurs relations deviennent tendues, ce qui brise encore plus le cœur de l'homme. Et bien sûr pendant ce temps la maladie continue à progresser, elle atteint son cou, presque le sommet de son col roulé le plus haut, et l'homme voit un ou deux boutons gris apparaître sur son nez, en éclaireurs. Alors un matin, il se rend compte que c'est le dernier jour où il pourra tout dissimuler à sa petite amie, c'est aussi le lendemain d'une énorme dispute désastreuse qui a ravagé le cœur de la fille, et elle est maintenant en train de pleurer dans la salle de bains, et l'homme sort de son lit sans faire de bruit, il s'emmitoufle et il monte dans un taxi pour aller voir son médecin. »

« . . . »

« Alors le médecin est contrarié, ça peut se comprendre, l'homme ne l'a pas appelé depuis une éternité, il ne savait pas quoi penser. Et bien sûr l'évolution de la maladie inquiète le médecin, il regarde l'homme, sa langue claque et il dit qu'il est tout juste temps pour que le traitement suisse hors de prix soit encore efficace mais que s'ils le remettent à plus tard la maladie engloutira l'homme et sera irréversible et il restera vivant mais il aura à jamais un corps gris et tordu et qui pèle. Le médecin regarde l'homme et lui dit qu'il va sortir du bureau pour le laisser y réfléchir. Le médecin pense que l'homme est fou de ne pas avoir déjà filé en Suisse. Et l'homme se retrouve seul dans le bureau, enfoui sous ses vêtements, avec ses gants de ski, et il a une crise, son cœur se brise et il est plus terrifié que jamais par son obsession obsessionnelle, quand soudain tout s'éclaire, un moment symbolisé de manière bien peu subtile par un rayon de soleil qui perce les nuages plombant le ciel ce jour-là et traverse le bureau du médecin pour venir frapper l'homme, et alors l'homme voit que ce qui compte le plus pour lui, c'est son adorable petite amie et leur amour, que c'est vraiment ce qu'il y a de plus important, et il décide de l'appeler pour tout lui dire, qu'elle vienne signer le bordereau de retrait de ses économies et qu'il puisse s'envoler vers la Suisse le jour même, et tant pis pour sa peur de tout lui raconter, même si ce sera un moment terrifiant. »

« Ouah. »

« Et l'histoire s'achève sur l'homme assis dans le bureau du médecin, le téléphone dans le gant qui sonne à l'autre bout de la ligne, et il sonne plusieurs fois dans l'appartement, pas encore un nombre de fois excessif, mais suffisamment pour qu'on ne sache pas si la petite amie est dans l'appartement ou non, ou si elle s'est fait la malle pour de bon. Et ça finit comme ça, avec l'homme et le téléphone qui sonne et la tache de soleil sur l'homme. »

« Mon Dieu. Tu vas la garder ? »

« Non. Trop longue. Elle fait plus de quarante pages, c'est une longue histoire. Très mal dactylographiée. »

« ... »

« Arrête. »

« ... »

« Lenore, arrête. C'est même pas vaguement drôle. »

« … »

« … »

« Je me demande juste comment ça se fait que tu en saches autant. »

« Que j'en sache autant sur quoi ? »

« La vanité au deuxième degré. Tu as eu l'air surpris que je n'en aie pas entendu parler. »

« Qu'est-ce que je peux te dire ? Simplement que je suis un homme du monde ? »

« … »

« … »

« Limonade ? »

« Pas tout de suite, mais merci. »

3

1990

/a/

Une aide-soignante jeta par la fenêtre le contenu du verre d'eau d'un patient, la masse de liquide heurta le sol et déplaça un petit caillou qui roula sur les dalles du trottoir avant de tomber avec un clic sur un tuyau dans le fossé, où il surprit un écureuil en train de manger une sorte de noix sur le conduit en béton qui fila dans l'arbre le plus proche, où il dérangea une petite branche cassante et effraya quelques oiseaux matinaux et nerveux dont l'un, prenant son envol, lâcha une giclée de déjections noires et blanches sur le pare-brise de la minuscule voiture de Lenore Beadsman au moment où elle se garait. Lenore sortit de la voiture alors que les oiseaux s'envolaient en bruissant.

Le long de la rampe d'accès en béton qui reliait le coin du parking aux portes de l'établissement, des bacs à fleurs en imitation marbre dont le plastique déformé par la canicule du mois précédent formait par endroits des paires de lèvres pulpeuses ; des fleurs tardives sèches et grisâtres dans leur lit de poussière et de plastique souple ; quelques plants de vigne vierge grimpant mollement sur les pieds des rambardes qui bordaient la passerelle au-dessus des bacs à fleurs, ces rambardes à la peinture jaune vif qui paraissait molle et collante, même à une heure si peu avancée de la journée. La rosée scintillait dans les profondeurs de l'herbe craquante du mois d'août; la lumière du soleil commençait à baigner la pelouse lorsque Lenore emprunta la passerelle. Devant les portes, une vieille femme noire se tenait immobile avec son déambulateur, la bouche ouverte au soleil. Au-dessus des portes, un étroit fronton de plastique lui aussi en imitation marbre et brûlé par le soleil sur lequel couraient les mots MAISON DE RETRAITE DE SHAKER HEIGHTS. De chaque côté de la porte, en bas relief dans le mur de pierre qui formait la façade et s'étirait en arrondi, étaient gravés des portraits de la famille Taft. Derrière les portes, dans le sas de verre, fanaient trois personnes en fauteuil roulant, couverture remontée jusqu'au menton malgré une chaleur de serre derrière les vitres en ce milieu de matinée, l'une d'elles la tête tellement affaissée sur le cou que son oreille reposait sur son épaule.

«Bonjour», dit Lenore Beadsman qui se dépêchait de franchir la porte intérieure givrée dans le soleil par d'anciennes traces de doigts. Lenore savait que ces traces étaient dues aux patients en chaise roulante pour qui la barre de métal et le panneau POUSSER étaient trop difficiles à atteindre. Ce n'était pas la première fois que Lenore venait ici.

La maison de retraite de Shaker Heights était bâtie de plain-pied, séparée en de nombreuses sections et couvrait une surface importante. Lenore sortit du sas étouffant pour entrer dans un hall où il faisait à peine moins chaud et se dirigea vers le guichet d'accueil au-dessus duquel tournait lentement un ventilateur tropical. Derrière le comptoir en forme de beignet se trouvait une infirmière que Lenore n'avait jamais vue auparavant, sur les épaules un pull bleu marine attaché par une broche métallique frappée d'un profil de Lawrence Welk. Partout, tout le long des murs, des gens en fauteuil roulant. Un brouhaha incompréhensible s'élevait et retombait, percé d'éclats de rire sans motif et de cris de rage contre Dieu sait quoi.

L'infirmière leva les yeux quand Lenore approcha.

« Bonjour, je suis Lenore Beadsman », dit Lenore, un peu essoufflée.

L'infirmière la fixa une seconde. « Ce n'est pas drôle, vous savez », dit-elle.

« Je vous demande pardon ? » demanda Lenore. L'infirmière écarquilla des yeux de poisson. « Oh, fit Lenore, le problème, c'est que nous ne nous sommes jamais rencontrées. C'est Madge qui est à votre place, d'habitude. Je suis Lenore Beadsman, mais je suis aussi ici pour *voir* Lenore Beadsman. C'est mon arrière-grand-mère et je –»

« D'accord, laissez-moi seulement », l'infirmière regarda quelque chose sur le grand bureau, « laissez-moi seulement appeler M. Bloemker, un instant. »

« Est-ce que Grand-Mère va bien ? demanda Lenore. J'étais dans – »

« Vous expliquerez tout ça à M. Bloemker, allo, monsieur Bloemker ? Une Lenore Beadsman pour vous dans la section B ? Il va venir vous voir, si vous pouvez patienter. »

« Je préférerais aller voir Lenore. Est-ce qu'elle va bien ? »

L'infirmière la regarda. « Vos cheveux sont mouillés. »

« Je sais. »

« Et emmêlés. »

« Oui, merci, je sais. J'étais sous la douche quand ma propriétaire a crié dans l'escalier que j'avais un appel de M. Bloemker. »

« Comment est-ce que votre propriétaire le savait ? »

« Pardon ? »

« Que vous aviez un appel de M. Bloemker. »

« Eh bien, j'utilise le téléphone d'une voisine, mais elle ne – »

« Vous n'avez pas le téléphone ? »

« À quoi vous jouez ? Non, je n'ai pas le téléphone. Écoutez, je suis désolée d'insister mais est-ce que ma grand-mère va bien ou pas ? M. Bloemker m'a demandé de venir tout de suite. Est-ce que je dois appeler ma famille ? Où est Lenore ? »

L'infirmière fixait le vide derrière l'épaule gauche de Lenore ; son visage s'était coulé dans une sorte de matériau dur. « J'ai peur de ne pouvoir vous dire quoi que ce soit au sujet de… », baissant les yeux, « Lenore Beadsman, section F. Mais si vous aviez la gentillesse de patienter un moment, nous pourrions – »

« Où est l'infirmière qui est ici d'habitude ? Où est Madge ? Où est M. Bloemker ? »

M. Bloemker apparut dans la pénombre d'un couloir, hors de la zone éclairée par l'accueil.

« Mademoiselle Beadsman ! »

« Monsieur Bloemker ! »

« Chut », fit l'infirmière ; l'exclamation de Lenore avait déclenché parmi les formes en chaise roulante qui occupaient le périmètre du guichet une vague de soupirs, de grognements et de cris ineptes. Une télévision s'alluma dans une salle contiguë et Lenore put apercevoir les couleurs criardes d'un jeu télévisé alors qu'elle se pressait vers M. Bloemker.

« Monsieur Bloemker. »

« Bonjour, mademoiselle Beadsman, merci d'être venue si vite à une heure si matinale. Vous alliez partir au travail ? »

« Comment va mon arrière-grand-mère ? Pourquoi m'avez-vous appelée ? »

« Faisons un saut à mon bureau. »

« D'accord, mais je ne comprends pas pourquoi je ne peux pas… », Lenore se figea. « Oh, Seigneur. Elle n'est pas… ? »

« Oh, mon Dieu non, s'il vous plaît, venez avec moi. Je – attention à la… bonjour, madame Feltner. » Une vieille femme à la dérive dans un fauteuil roulant.

« Qui est cette infirmière à l'accueil ? »

« La porte, par ici. »
« Ce n'est pas par là qu'on va à la chambre de Grand-Mère. »
« Par ici. »

/b/

Bien, à présent essayez d'imaginer ce que vous ressentiriez si votre arrière-grand-mère – grande à plus d'un titre, c'est-à-dire la personne qui vous a donné votre nom, la personne qui vous a guidée dans vos premières expériences du chocolat, des livres, de la balançoire, des antinomies, des jeux de société, du bridge, du Désert, la personne qui était là quand vous avez saigné dans votre culotte pour la première fois (à seize ans, presque dix-sept, si tard que c'en était grotesque si l'on se souvient bien, dans l'aile est, pendant le générique de fin de *Mes trois fils* quand les mocassins en dessins animés se mettent à frapper le sol, vous et Lenore devant l'écran, l'écoulement, le soulagement déplacé, le rire et la réprimande simultanés, le bras gauche de Grand-Mère et sa vieille main dans la nouvelle vieillesse de Lenore), la personne qui à force de persuasion et de gentillesse vous a convaincue d'aller voir votre famille à l'autre bout du monde, deux fois, certes brièvement, mais tout de même, votre arrière-grand-mère, qui vivait tout près de chez vous – disparaissait tout à coup, s'évaporait et pouvait aussi bien être, pour ce que vous en saviez, écrasée sur une autoroute, plate comme un gâteau sec avec un pneu de camion dans le front et son déambulateur réduit en une sorte de grand dessous de plat, et vous aurez une idée de ce que Lenore Beadsman ressentit lorsqu'on l'informa que son arrière-grand-mère, qui satisfaisait à toutes les clauses ci-dessus, avait disparu de la maison de retraite de Shaker Heights, à Shaker Heights, près de Cleveland, Ohio, et de là où vivait Lenore, à East Corinth.

/c/

Journal embryonnaire et brouillon pour le recueil Fieldbinder

Richard Vigorous
62 Bombardini Building
Erieview Plaza
Cleveland, Ohio
Récompense substantielle si retour discret et en bon état.

25 août

Lenore, viens au bureau, là où je suis, sors de ta douche et viens tout de suite au bureau, je ne descendrai pas chercher mon journal tant que tu ne seras pas arrivée, Mandible a des soupçons quand j'appelle.

/d/

La face extérieure d'une porte, qui comme toutes les portes ici semblait de bois massif mais était en fait creuse et légère et battait contre le chambranle quand la fenêtre du bureau était ouverte et que le vent soufflait, disait DAVID BLOEMKER, DIRECTEUR DE L'ÉTABLISSEMENT. Dans le bureau, comme dans le reste du bâtiment, flottait une odeur d'urine.

« Pardon, mais je crois que je ne comprends pas », dit Lenore.

Sous la chaleur, M. Bloemker, ses yeux marron tristes clignant derrière des lunettes rondes, se grattait et tirait sur sa barbe. « Ce que je dis, mademoiselle Beadsman, c'est que, avec nos plus plates excuses et l'assurance que nous faisons tout ce qui est en notre pouvoir pour résoudre cette situation, je dois vous informer que Lenore Beadsman est à cette heure introuvable dans la section F. »

« Je ne comprends pas ce que vous voulez dire par "introuvable". »

« J'ai peur que cela signifie que nous sommes incapables de la localiser à l'heure actuelle. »

« Vous ne savez pas où elle est. »

« C'est malheureusement exact. »

« Quoi, dit Lenore, vous ne savez pas où elle est dans la maison de retraite ? »

« Oh non, si elle était dans l'établissement, il n'y aurait rien d'important. Non, nous avons... ceux d'entre nous qui s'en occupent ont couvert l'ensemble des bâtiments. »

« Alors quoi, elle est quelque part à l'extérieur ? »

« Il semble que ce soit le cas, à notre plus grand désarroi. » Les doigts de M. Bloemker et leurs ongles longs plongèrent dans sa barbe.

« Très bien, je peux vous demander comment c'est arrivé ? » fit Lenore.

« Les circonstances ne sont pas évidentes pour tout le monde », détournant les yeux vers la fenêtre, vers le soleil dans les arbres et la voiture garée près de la fenêtre. La voiture de Lenore, avec la tache sur le pare-brise.

« Elle était bien là hier soir ? »

« Nous ne sommes pour le moment pas en mesure de l'affirmer. »

« Il devait y avoir une infirmière qui la surveillait, qu'est-ce qu'elle a dit ? »

M. Bloemker posa sur elle un regard triste. « J'ai peur que nous soyons pour le moment dans l'incapacité de joindre l'infirmière en question. »

« Et pourquoi donc. »

« J'ai peur que nous ne sachions pas où elle se trouve. »

« Elle aussi ? »

Un sourire triste. « Elle aussi. »

« Mon Dieu. »

Le téléphone de M. Bloemker sonna. Lenore observa l'appareil pendant que Bloemker allait y répondre. Ce n'était pas un Centrex, il n'y avait pas de commutateur. Quelque chose de primitif, une seule ligne, impossible de récupérer les transferts, aucun moyen de prendre plusieurs appels simultanés. « Oui, disait M. Bloemker. Oui. S'il vous plaît. »

Il raccrocha doucement, se tourna vers Lenore et se remit à produire des clignements d'yeux humides. Lenore eut une idée. « D'accord, mais Mme Yingst, dans la chambre à côté ? dit-elle. Lenore et elle sont comme deux doigts de la main. Mme Yingst saura sûrement quand Lenore était là pour la dernière fois. Vous avez parlé à Mme Yingst ? »

M. Bloemker scrutait son pouce.

« Mme Yingst est… ici, n'est-ce pas ? »

« Pas pour le moment, malheureusement, non. »

« Ce qui veut dire qu'elle a disparu elle aussi. »

« J'ai peur de devoir dire oui. » Les yeux de M. Bloemker brillaient de regret. Lenore crut distinguer un morceau d'œuf dans sa barbe.

« Bon, qu'est-ce qui se passe ici ? Tout le monde est parti et vous ne savez pas où ? Je crois que je ne comprends pas encore bien la situation. »

« Oh, mademoiselle Beadsman, en vérité moi non plus, à mon plus grand chagrin », un mouvement sur un côté de son visage. « Ce que j'ai pu être en mesure de déterminer, c'est qu'à un moment au cours des, disons, des seize dernières heures, un certain nombre de résidents et de membres du personnel sont devenus… indisponibles. »

« C'est-à-dire qu'ils ont disparu. »

« Oui. »

« Et combien veut dire "un certain nombre" ? »

« À l'heure actuelle il semble que ce soit vingt-quatre. »

« Vingt-quatre. »

« Oui. »

« Combien d'entre eux sont des patients ? »

« Vingt résidents sont pour le moment indisponibles. »

« C'est-à-dire vingt patients. »

« Nous préférons leur donner le nom de résidents, mademoiselle

Beadsman, dans la mesure où, comme vous le savez, nous essayons de leur offrir un environnement dans lequel–»

« D'accord, parfait, mais une grande partie de ces "résidents" a besoin d'être nourrie par perfusion, non ? Et tous les petits trucs comme l'insuline, les antibiotiques, les médicaments pour le cœur, l'aide pour s'habiller et pour prendre des douches ? Lenore peut à peine bouger son bras gauche et il fait plutôt froid pour elle, dehors, si elle doit y rester longtemps, je ne vois pas comment ils peuvent… »

« Mademoiselle Beadsman, soyez assurée que nous sommes tout à fait d'accord sur ce point. Que je suis aussi perplexe et effondré que vous. Aussi désorienté. » Sous la traction que M. Bloemker infligeait à sa barbe, ses joues se mirent à tressauter comme s'il faisait des grimaces à Lenore. « Je me retrouve moi-même dans une situation que je n'aurais jamais pensé avoir à affronter, croyez-moi, une situation monstrueuse et déstabilisante. » Il se lécha les lèvres. « Et aussi, permettez-moi de le mentionner, une situation à laquelle ma formation de directeur d'établissement ne m'a jamais préparé, jamais. »

Lenore regardait sa chaussure. Le téléphone de M. Bloemker se remit à sonner et à clignoter. Il l'attrapa et le porta à son oreille. « S'il vous plaît, dit-il dans le combiné. Merci. »

Il raccrocha et, pour une raison inconnue, fit le tour du bureau, comme pour prendre la main de Lenore dans la sienne, comme pour la réconforter. Lenore le fixa et il s'arrêta. « Est-ce que vous avez appelé mon père à Stonecipheco ? demanda-t-elle. Est-ce que je devrais l'appeler ? Clarice est en ville, ma sœur. Est-ce qu'elle est au courant ? »

M. Bloemker remua la tête, une main pendante. « Nous n'avons encore contacté personne d'autre que vous. J'ai pensé à vous en premier, étant donné que vous êtes le seul membre de sa famille à venir la voir régulièrement. »

« Et les familles des autres patients ? Avec une vingtaine de disparus, cet endroit devrait grouiller de monde. »

« Vous seriez surprise du faible nombre de visiteurs que nous avons ici. Quoi qu'il en soit, nous n'avons encore contacté personne. »

« Et pourquoi ça. »

M. Bloemker considéra le plafond un instant. Une tache brune répugnante imprégnait les dalles d'un blanc doux. La lumière du soleil entrait par les fenêtres côté est et aspergeait la pièce, notamment M. Bloemker dont un œil étincelait comme s'il était d'or. Il braqua celui-ci sur Lenore. « On me l'a ordonné. »

« Ordonné ? Qui ça ? »

« Les propriétaires de l'établissement. »

Lenore le dévisagea. « Aux dernières nouvelles, c'est Stonecipheco le propriétaire. »

« Exact. »

« C'est-à-dire mon père, en gros. »

« Oui. »

« Mais je croyais que vous m'aviez dit que mon père ne savait rien de tout ça. »

« Non, j'ai dit que je n'avais encore contacté personne, voilà ce que j'ai dit. À vrai dire, c'est moi qui ai été contacté tôt ce matin, j'étais chez moi lorsque j'ai été informé de cette affaire par... », fouillant dans ses papiers, « par un certain M. Rummage, qui est apparemment juriste chez Stonecipheco. Comment il a eu connaissance de la... situation, ça, ça me dépasse. »

« Karl Rummage. Il travaille pour le cabinet d'avocats que mon père emploie pour les questions personnelles. »

« Oui. » Il s'enroula un peu de barbe autour du doigt. « Il semble que... les propriétaires ne souhaitent pas pour le moment que la situation soit connue d'autres personnes que celles choisies par les propriétaires. »

« Vous pouvez me redire ça ? »

« Ils veulent que personne ne soit mis au courant pour le moment. »

« Ah. »

« … »

« Pourquoi m'avoir appelée, dans ce cas ? Je veux dire, je vous remercie de l'avoir fait, mais… »

Nouveau sourire triste. « Je crains que vos remerciements ne soient pas fondés. Je n'ai fait que ce qu'on m'a dit de faire. »

« Oh. »

« On peut déduire sans trop risquer de se tromper que c'est parce que vous êtes une Beadsman… et que vous entretenez des liens avec les propriétaires de l'établissement, via Stonecipheco… »

« Ça, ce n'est pas vrai. »

« Ah bon ? En tout cas, il est clair que l'on peut compter sur votre discrétion bien plus que sur celle du premier parent venu. »

« Je vois. »

Bloemker inspira à fond et frotta un doigt blanc sur son œil doré. Dans l'air autour de lui les particules en suspension formèrent un tourbillon. Elles tourbillonnèrent. « Il y a bien sûr aussi le fait que la résidente dont l'indisponibilité temporaire vous concerne, à savoir Lenore, jouissait ici d'un statut – auprès de l'administration de l'établissement, du personnel, et, grâce à la force de sa personnalité et à ses incontestables talents, tout particulièrement auprès des autres résidents – qui nous mène à penser que, dans l'éventualité où cette disparition serait le résultat de la contrainte exercée par une ou plusieurs tierces parties, ce qui semble peu probable, il ne serait pas injustifié de postuler que la localisation et la récupération de Lenore nous assureraient pratiquement de retrouver les autres parties disparues. »

« Je n'ai pas compris un traître mot de ce que vous venez de dire. »

« Votre arrière-grand-mère était plus ou moins la meneuse, ici. »

« Oh. »

« Vous le saviez certainement. »

« Non, pas du tout. »

« Mais vous venez », lisant une feuille sur son bureau, « souvent plusieurs fois par semaine, vous faites de nombreuses visites menstruelles. Mensuelles. »

« Nous ne parlons pas de ça. Nous n'avons jamais parlé de mener quoi que ce soit. Et en général nous étions seules, à cause de la chaleur dans la chambre. » Lenore regarda sa chaussure. « Vous savez que ma grand-mère est aussi une de vos… résidentes. Dans la section J. La belle-fille de Lenore. »

« Concarnadine. »

« Oui. Elle… euh, elle est là, elle ? »

« Oh, oui », dit Bloemker. Un œil à une feuille de papier, puis retour à Lenore. « Pour… pour autant que je le sache. Veuillez m'excuser un moment. » Il se dirigea vers le téléphone. Lenore le vit composer un numéro interne. Un relais à trois chiffres signifie qu'il n'y a pas de commutateur. Avec le chuchotement de rigueur, Bloemker demandait à quelqu'un quelque chose que Lenore ne pouvait entendre. « Merci, l'entendit-elle dire. Oui. »

Il sourit. « Nous allons faire une vérification de routine, juste pour être sûrs. »

Lenore venait d'avoir une idée. « Ce serait peut-être bien que j'aille jeter un coup d'œil dans la chambre de Lenore, pour voir si je remarque quelque chose. »

« C'est exactement ce que j'allais vous proposer. »

« Un problème avec votre barbe ? »

« Pardon ? Oh, oui, un tic nerveux, j'en ai peur, l'état des choses dans… » M. Bloemker extirpa ses deux mains de sa barbe.

« Pouvons-nous y aller ? »

« Bien sûr. »

« Ou est-ce que je ne devrais pas appeler mon père d'ici, avant ? »

« Je suis désolé, je ne peux pas appeler l'extérieur depuis ce téléphone. »

« C'est bien ce que je pensais. »

« Après vous. »

« Merci. »

/e/

La maison de retraite était divisée en dix zones appelées sections, de forme grossièrement pentagonale et accueillant un nombre de patients indéterminable, accessible chacune depuis deux sections et seulement deux ou par le centre, une cour de gravier blanc décorée de plantes vert foncé et d'un bassin en cercles concentriques remplis d'une eau multicolore distribuée, canalisée et maintenue hors d'atteinte de tout élément extérieur par un système de bâches et de tuyaux en plastique, une tuyauterie qui arrivait au centre du bassin après être passée par un périmètre formé de dix lourdes statues en bois patiné représentant des animaux de la jungle, des membres de la famille Taft ainsi que Stonecipher Beadsman premier, deuxième et troisième du nom, surplombé d'un toit en plastique translucide qui laissait passer la lumière pour les plantes mais empêchait la pluie et la rosée de goutter et de diluer les couleurs du bassin, les façades intérieures de chacune des dix sections constituées de baies vitrées donnant sur la cour, elle-même inaccessible aux résidents car le gravier était traître, avalait les cannes et les jambes des marcheurs, les fauteuils roulants s'y échouaient et les gens tombaient – des gens avec des hanches comme du verre filé, avait un jour dit Lenore à Lenore.

Par un couloir puis une porte, le long du périmètre d'une section puis d'une haie de figures implorantes en chaises roulantes, par une baie vitrée, par le craquement du gravier dans la cour subtropicale, par une autre baie et jusqu'à la moitié du périmètre de la section F, M. Bloemker mena Lenore à la chambre de son arrière-grand-mère puis inséra sa clé dans la serrure d'une nouvelle porte en contreplaqué léger. La pièce était ronde, avec de grandes fenêtres lorgnant sur les parkings côté est et offrant une vue sur le coin de l'un d'eux où la lumière, au travers des arbres agités par le vent, faisait scintiller encore la petite voiture rouge de Lenore. La chaleur dans la chambre était à peine croyable.

« Vous n'avez pas baissé le chauffage ? » demanda Lenore.

M. Bloemker restait sur le pas de la porte. « Les propriétaires ont fait installer un système de canalisation autonome pour cette chambre, aussi difficile à désactiver qu'il est résistant aux dysfonctionnements. Et bien sûr nous comptons sur un retour très prompt de Lenore. »

L'humidité s'accrochait à l'air, on sentait chaque respiration sur les lèvres, les fenêtres suaient à grosses gouttes, le mouvement du soleil dans les arbres projetait un frémissement vert sombre sur les murs blancs.

Lenore Beadsman, quatre-vingt-douze ans, ne souffrait d'aucun véritable handicap physique, si ce n'est une certaine baisse de ses capacités au côté gauche et l'absence de tout thermomètre biologique. La température de son corps dépendait aujourd'hui de celle de l'air. Elle était en un sens devenue un animal à sang froid. La famille s'en rendit compte en 1986, après la mort de son mari, Stonecipher Beadsman, quand Lenore commença à prendre une teinte bleue impossible à ignorer. La température dans sa chambre à la maison de retraite était de trente-sept degrés. Ceci avait pour effet de maintenir Grand-Mère en vie et à son aise, et de limiter le nombre de visiteurs à Lenore, le moins possible de patients et de membres du personnel, et très occasionnellement la sœur de Lenore, Clarice.

La chambre contenait un lit fait, un bureau et une table de chevet brillants d'humidité, un verre d'eau sur la table de chevet, dont le contenu s'était presque entièrement évaporé, une commode sur laquelle étaient alignés des pots de nourriture pour bébé Stonecipheco, des fils noirs vaguement inquiétants qui rampaient hors d'un mur, les restes d'un câble autrefois relié à une télévision que Grand-Mère avait fait enlever, une chaise, la porte d'un placard, une salière bouchée et, sur une table télé en métal noir, un petit cheval d'argile que Lenore avait rapporté d'Espagne à Grand-Mère il y avait bien longtemps. Les murs étaient nus.

« Ok, dit Lenore en balayant la pièce du regard, elle est partie avec son déambulateur. » Elle ouvrit la porte du placard. « Elle n'a pas pu prendre beaucoup de vêtements... sa valise est ici... ni de sous-vêtements », au fur et à mesure qu'elle inspectait les tiroirs de la commode. Elle prit une boîte de nourriture pour bébé Stonecipheco, avec sur l'étiquette le dessin à l'encre rouge d'un nourrisson hilare. Goût bœuf séché. « Elle mange ça ? » demanda Lenore à M. Bloemker, qui, debout sur le pas de la porte, le visage luisant de sueur, se massait le menton.

« Pas à ma connaissance. »

« Je parie que non. » Lenore alla vers le bureau. Il y avait trois petits tiroirs vides. Un tiroir fermé à clé.

« Vous avez ouvert ce tiroir ? »

« Nous ne sommes pas parvenus à localiser la clé. »

« Ah. » Lenore prit le petit cheval d'argile sur la table télé et lui fit sauter la tête, en tombèrent une clé et un médaillon d'où s'échappa une minuscule photo de Lenore, une vieille photo fanée. La clé fit du bruit sur la table en métal. M. Bloemker s'essuya le front avec la manche de sa veste.

Lenore ouvrit le tiroir. À l'intérieur, les carnets de Grand-Mère aux feuilles jaunes et craquantes, son exemplaire des *Investigations philosophiques* et un bout de papier froissé qui se révéla être une étiquette arrachée à un autre pot de nourriture Stonecipheco. Pêche crémeuse. Quelque chose était griffonné sur la face blanche de l'étiquette. Il n'y avait rien d'autre dans le tiroir. C'est-à-dire qu'il n'y avait pas de livre vert dans le tiroir.

« C'est bizarre », disait Lenore. Elle se tourna vers M. Bloemker. « Elle n'a pas pris les *Investigations*, et c'est à peu près son seul objet de valeur vu qu'il est dédicacé. Ses carnets non plus. Mais je pense qu'elle a pris un livre. Elle rangeait un livre ici. Vous l'avez peut-être déjà vu, un livre vert, assez lourd, relié dans une sorte de cuir verdâtre avec un petit fermoir décoratif ? »

M. Bloemker hocha la tête. Une goutte de sueur pendait au bout de son nez. « Je crois me souvenir avoir vu Lenore avec un livre de ce genre. Je m'étais dit que ce devait être son journal ou des souvenirs de ses années à Cambridge, qui, je le sais, comptaient énormément pour elle. »

Lenore secoua la tête. « Non, ça, ce sont ses carnets, plus ou moins », dit-elle avec un geste en direction des carnets jaunes dans le tiroir béant. « Je ne sais pas ce qu'il y avait dans celui-là, mais elle gardait tout le temps les *Investigations* et ça avec elle. Vous vous souvenez, quand elle sortait avec sa chemise de nuit qui pendouillait ? Elle n'arrivait pas à porter les livres et à utiliser son déambulateur en même temps, alors elle mettait les livres dans une grande poche sur le devant de sa chemise de nuit qui se mettait à pendouiller. » Lenore sentit que ces souvenirs commençaient à la contrarier. « Est-ce qu'elle est beaucoup sortie de sa chambre ces derniers jours ? »

M. Bloemker se tapotait le visage avec des bruits moites. « Je sais avec certitude que Lenore avait l'habitude bien établie d'aller passer du temps dans le salon de la section F tous les après-midi. Elle y tenait de grands discours. Puis-je vous demander à quand remonte votre dernière visite ? »

« Ça fait une semaine aujourd'hui. »

Les sourcils de M. Bloemker s'arquèrent. Des gouttes s'arrêtèrent et repartirent sur son front.

« Le problème, c'est que mon frère se préparait à retourner à la fac, dit Lenore. Quand je n'étais pas au travail, je l'aidais à acheter des trucs et à arranger des choses et à mettre au point des machins avec mon père. Il y avait beaucoup de choses à arranger. »

« Les cours doivent commencer tôt dans son université. Nous ne sommes même pas encore en septembre. »

« Non, là où il va – un endroit appelé Amherst College ? dans le Massachusetts ? –, les cours ne commencent pas avant deux semaines, mais il voulait aller rendre visite à notre mère avant, et tout ça. »

« Rendre visite à votre mère ? »

« Disons qu'elle se repose dans le Wisconsin. »

« Ah. »

« Écoutez, est-ce que je ne devrais pas la mettre au courant ? Elle fait partie de la famille de Lenore, elle aussi. On ferait vraiment mieux d'appeler la police. »

Les lunettes de M. Bloemker avaient glissé pratiquement jusqu'au bas de son nez. Il les remonta, elles redescendirent aussitôt. « À ce point, je ne peux que vous faire part des informations et demandes qui m'ont été transmises de très bonne heure par M. Rummage. » Il tira sur ses manches. « Il n'est pas encore temps de contacter la police. Pour des raisons qui, je dois l'avouer en toute honnêteté, demeurent obscures pour moi, les propriétaires considèrent que ceci est une question interne à l'établissement, qui peut trouver une résolution rapide sans recours à une aide extérieure. Si c'est le cas, cela présente pour l'établissement des avantages évidents en termes de gêne et d'embarras. Il vous est demandé de ne divulguer aucun détail à personne avant d'avoir parlé à votre père. Il vous est demandé de joindre votre père dès que possible. »

« Papa est très difficile à joindre, en général. »

« Néanmoins. »

Les yeux de Lenore se reportèrent sur le tiroir ouvert. « Je ne trouve pas ça très clair. Et les familles des employés qui sont... pour le moment indisponibles ? Est-ce qu'elles ne vont pas se dire que cette indisponibilité sort un peu de l'ordinaire ? Vous ne pensez pas qu'elles vont être tentées d'appeler la police ? Je les comprends. Moi aussi j'aimerais appeler la police. »

Les lunettes de M. Bloemker tombèrent soudain de son nez, il les rattrapa de justesse et essuya avec ses doigts l'arête de son nez. « Nous n'avons pour l'heure pas pu déterminer si les familles du personnel indisponible sont elles-mêmes indisponibles pour des raisons normales relevant d'engagements extérieurs à l'établissement, ou si elles aussi sont devenues indisponibles pour des causes similaires à celles qui affectent le personnel, mais toujours est-il qu'elles le sont, aussi contingent et dérangeant cela soit-il. »

« Qu'est-ce que vous venez de dire ? » fit Lenore depuis le bureau de Grand-Mère.

« Les familles elles non plus ne sont plus là. »

« Ciel. »

« Que faites-vous ? » demanda M. Bloemker. Lenore observait le dessin à l'encre au verso de l'étiquette Stonecipheco qui reposait sur les cahiers dans le tiroir du bureau. Il représentait une personne vêtue d'une blouse. Dans une main elle tenait un rasoir, dans l'autre une bombe de mousse à raser. Lenore put distinguer le mot « Noxzema » sur la bombe. La tête de la personne était une explosion de gribouillis.

« Je regarde ce truc », dit-elle.

M. Bloemker s'approcha. Il sentait la couche mouillée. « Qu'est-ce que c'est ? » demanda-t-il par-dessus l'épaule de Lenore.

« Si c'est ce que je pense, dit Lenore, c'est une sorte de blague. Une comment ça s'appelle. Une antinomie. »

« Une antinomie ? »

Lenore opina. « Grand-Mère aime les antinomies. Je pense que ce type, là », sans quitter des yeux le dessin sur l'étiquette, « est le barbier qui rase ceux qui ne peuvent se raser seuls, et seulement ceux-là. »

M. Bloemker la regarda. « Un barbier ? »

« La grande question, dit Lenore à la feuille de papier, est de savoir si le barbier se rase lui-même. Et je pense que c'est pour ça que sa tête explose. »

« Je vous demande pardon ? »

« S'il le peut, il ne le peut pas, et s'il ne le peut pas, il le peut. »

M. Bloemker baissa les yeux sur le dessin. Lissa sa barbe.

« On peut sortir d'ici ? demanda Lenore. J'ai trop chaud. Je veux sortir. »

« Après vous. »

Lenore mit l'étiquette Stonecipheco dans son porte-monnaie et ferma le tiroir. « Je laisse la clé sur le bureau, mais je pense que la police devrait être la seule à fouiller dans les affaires de Grand-Mère, si tant est que quelqu'un l'appelle, ce que je souhaite. »

« Je suis plutôt d'accord. Vous prenez la... ? »

« L'antinomie. »

« Oui. »

« Ça ne vous dérange pas ? »

« La personne au téléphone ne m'a rien dit à ce sujet. »

« Merci. »

Un coup frappé à la porte. Un membre du personnel tendit une note à M. Bloemker. Bloemker lut la note. Le membre du personnel regarda un moment la robe et les chaussures de Lenore, puis partit.

« Eh bien, comme je le supposais, Concarnadine Beadsman est toujours parmi nous, dans la section J, dit M. Bloemker. Peut-être voulez-vous la voir avant de... »

« Non, merci, le coupa Lenore. Il faut vraiment que j'aille travailler. Quelle heure est-il, d'ailleurs ? »

« Presque midi. »

« Mon Dieu, je suis affreusement en retard. Je vais me faire tuer. J'espère que Candy ne m'en veut pas d'avoir dû me couvrir. Est-ce qu'il y a un téléphone d'où je peux appeler l'extérieur pour prévenir que je suis en retard ? Il faut vraiment que je téléphone. »

« Il y a des téléphones pour l'extérieur à l'accueil de chaque section. Je vais vous montrer. »

« Je m'en souviens, ça vient de me revenir. »

« Bien évidemment. »

« Je reprendrai contact avec vous très bientôt. Je vais appeler mon père du travail et lui dire de vous appeler. »

« Merci, ce serait une aide considérable. » La chemise de M. Bloemker, imprégnant sa veste, traçait les contours d'un mince V.

« Et bien sûr, appelez-moi s'il se passe quoi que ce soit, si vous trouvez quelque chose. Soit à mon bureau, soit chez les Tissaw. »

« Soyez certaine que je le ferai. Vous travaillez toujours chez Frequent & Vigorous ? »

« Oui. Vous avez le numéro ? »

« Quelque part, assurément. »

« Je vais vous le donner, pour être sûre. Nous recevons un nombre incroyable d'appels non intentionnels. » Lenore inscrivit le numéro sur une carte prise dans son porte-monnaie et le donna à M. Bloemker. M. Bloemker lut la carte.

« *Rick Vigorous: Éditeur, Lecteur, Administrateur, Présence littéraire globale, Éditions Frequent & Vigorous*? »

« Pas d'importance, ne tenez compte que du numéro, là. S'il vous plaît, pouvons-nous aller chercher un téléphone ? Je suis horriblement en retard, et ce n'est pas en restant plus longtemps ici que nous allons retrouver Lenore. »

« Bien sûr. Laissez-moi vous ouvrir la porte. »

« Merci. »

« Il n'y a pas de quoi. »

/f/

25 août

Chaque nuit que je passe sans Lenore dans mon lit, je fais le même rêve horrible. J'essaie de stimuler le clitoris de la reine

Victoria avec le dos d'une brosse à cheveux en écaille de tortue. Ses immenses robes voltigent autour de sa taille et de ma tête. Ses énormes cuisses de fromage blanc pèsent sur mes épaules et se répandent devant mon visage en sueur. On entend cliqueter des kilos de bijoux lorsqu'elle change de position pour mieux s'offrir. Il y a des odeurs. Le souffle impatient de la reine est comme le tonnerre à mes oreilles alors que je m'agenouille devant le trône. Le temps passe. Finalement, au-dessus de moi, sa voix se fait entendre, métallique, chargée de dégoût et de frustration : « Nous ne sommes pas excitée. » Un garde me saisit le bras et me jette dans un puits au fond duquel bouillent les têtes d'innombrables souris. Je me réveille la bouche pleine de fourrure. Implorant qu'on me laisse plus de temps. Qu'on me donne une brosse nervurée.

/g/

Un des inconvénients des nouvelles Mattel ultracompactes, dont Lenore possédait un exemplaire, était que ces voitures en plastique possédaient un starter en plastique qui devait être enclenché tandis que la voiture chauffait au moins cinq minutes, ce qui était énervant l'été, quand Lenore devait rester assise pendant ces cinq minutes dans le minifour qu'était la voiture, avec le moteur qui moulinait comme un fou et faisait un vacarme désagréable, avant de pouvoir se mettre en route et laisser l'air frais souffler sur elle. Tout en attendant sur le parking de la maison de retraite en position starter, Lenore observait une fourmi grignoter quelque chose au milieu des crottes d'oiseau qui s'amoncelaient à la base de son pare-brise.

La fourmi fut arrachée du pare-brise lorsque Lenore entra sur la rocade menant à l'Interstate-271 et accéléra sérieusement. Les bureaux de la maison d'édition Frequent & Vigorous étaient situés dans un quartier du centre-ville de Cleveland appelé Erieview Plaza, tout près du lac Erie. Lenore prit la rocade direction sud-ouest depuis Shaker Heights et se prépara à être jetée par la I-271 dans le nord de la ville elle-même, ce qui signifiait que pour un temps elle allait tracer en voiture le contour de la ville d'East Corinth, Ohio, où elle habitait, et dont la forme déterminait celle, exubérante et non dénuée de popularité, de la rocade.

East Corinth fut fondée et bâtie dans les années 1960 par Stonecipher Beadsman II, fils de Lenore Beadsman et grand-père de Lenore Beadsman, qui mourut en 1975 à l'âge de soixante-cinq ans dans un tragique accident de cuve au cours d'une tentative aussi brève qu'infructueuse de Stonecipheco Baby Food Products de développer et mettre sur le marché un produit concurrent de la Jell-O. Stonecipher Beadsman II était un homme doté de maints talents et d'intérêts plus nombreux encore. Cinéphile fanatique et urbaniste amateur, il vouait un culte sans faille à une star de cinéma appelée Jayne Mansfield. East Corinth adopta la forme du profil de Jayne Mansfield : au sud de Shaker Heights, la voirie se déployait en un nuage de routes concentriques, maisons et petits commerces formant les traits délicats, un parc pour le nez en bouton et la moitié d'un rond-point pour le sourire, un quartier pavillonnaire le long d'une portion d'autoroute dont la courbe faisait penser à un cygne avant de rebiquer brusquement vers l'ouest pour border le développement boursouflé des zones industrielles, gigantesques et suractives, puis la rocade prenait un nouveau virage extravagant quelques kilomètres plus loin pour marquer une frontière sud aux maisons, commerces, immeubles et meublés bien tenus, parmi lesquels se trouvait celui où résidait Lenore Beadsman et d'où elle avait remonté Jayne Mansfield jusqu'à la maison de retraite de Shaker Heights ce matin-là. Les règles d'aménagement du territoire exigeaient que les familles et sociétés possédant des propriétés situées à l'ouest, à proximité de la bordure critique de la banlieue, peignent celles-ci dans des teintes aussi réalistes que possibles, condition à laquelle les occupants de la zone la plus occidentale, près de Garfield Heights (où le boursouflement industriel était le plus prononcé), étaient particulièrement opposés, et, comme on peut s'en douter, East Corinth était très appréciée des pilotes d'avions, qui demandaient que leur plan de vol les fasse atterrir à l'aéroport de Cleveland-Hopkins après un passage au-dessus d'East Corinth et qui produisaient un vacarme constant, volaient bas, faisaient clignoter leurs feux et agitaient leurs ailes. Les habitants, pour la plupart ignorants de la véritable forme de leur ville, un élément jamais vraiment rendu public, déambulaient, conduisaient, marchaient sur le profil de Jayne Mansfield et menaçaient du poing le ventre des avions. Il y avait seulement deux ans que Lenore vivait à East Corinth, depuis qu'elle avait, dans le même mouvement, quitté l'université et décidé qu'elle ne voulait ni retourner là d'où elle venait, ni entrer chez Stonecipheco. Au sud, la 271 débouchait sur la 77, et la 77 descendait vers Bedford, Tallmadge, Akron et Canton, avant de s'étirer dans le Grand Désert d'Ohio et ses kilomètres de sable noir fin comme de la cendre, ses cactus, ses scorpions, ses hordes de pêcheurs et ses baraques à souvenirs tout autour.

Il y avait deux moyens liés entre eux de reconnaître le Bombardini Building, où Frequent & Vigorous avait établi son siège. Si l'on observe depuis le sud Erieview Tower, un grand rectangle proche de la gare centrale du centre-ville, on s'aperçoit que le soleil, qui frôle toujours la tour par la droite ou la gauche, projette l'immense ombre noire du bâtiment sur toute la zone alentour – une ombre dense à l'angle appuyé qui rejoint le pied de la tour dans une sombre union avant de partir sans prévenir sur le côté, comme si tout le quartier d'Erieview Plaza était un calme bassin dans lequel baignerait la tour, son ombre en guise de reflet de sa partie immergée. Le matin, lorsque l'ombre se déplace d'est en ouest, le Bombardini Building se retrouve tranché en deux par la lumière, blanc et noir, au nord de la tour. À mesure que le jour enfle, quand l'ombre devient plus compacte et écrase les environs, quand les nuages complexifient les contours des ombres, le Bombardini Building est petit à petit dévoré par l'obscurité, dont la constante succion n'est interrompue que par des flashes épileptiques dus aux nuages de pollution qui tordent les rayons du soleil alors que le bâtiment flirte avec les franges de l'ombre. Vers le milieu d'après-midi, le Bombardini Building est plongé dans une obscurité complète, les fenêtres brillent d'un éclat jaune, les voitures allument leurs feux en passant à son pied. Le Bombardini Building est facile à trouver, placé comme il est sous les fourches de l'ombre la plus spectaculaire du Midwest.

L'autre signe particulier mentionné plus haut était le squelette du général Moses Cleaveland, qui s'était vu accorder un fragile repos dans le béton du trottoir devant le Bombardini Building, sa silhouette tout à fait visible et d'un intérêt certain pour les passants et, de temps à autre, pour un chien fouisseur dont un mince grillage électrifié décourageait les avances, garantissant au général un sommeil que rien ne troublait, à l'exception d'un panneau planté sans aucun respect dans son orbite gauche, ce panneau s'appliquant à une immense place de parking délimitée devant le bâtiment et portant l'inscription : ESPACE RÉSERVÉ À NORMAN BOMBARDINI, AVEC QUI VOUS NE VOULEZ PAS AVOIR D'ENNUIS.

Les éditions Frequent & Vigorous partageaient le Bombardini Building avec les services administratifs de la Bombardini Company, une entreprise impliquée dans des travaux génériques de génie génétique que Lenore souhaitait, en toute honnêteté, ignorer autant que possible. La Bombardini Company occupait la majeure partie des trois étages inférieurs et une ligne verticale de bureaux qui courait sur les six étages de la face est du bâtiment. Frequent & Vigorous avait une étroite ligne sur les trois premiers étages de la face ouest, puis s'élargissait jusqu'à prendre la quasi-totalité des trois supérieurs. Le standard téléphonique de Frequent & Vigorous, où travaillait Lenore, se trouvait dans le coin occidental du hall d'entrée caverneux, contre le mur du fond que l'ombre de l'Erieview, traversant les baies vitrées géantes de la façade, grignotait à une vitesse constante et mesurable. On pouvait faire une estimation raisonnable de l'heure qu'il était rien qu'à la position de l'ombre sur le mur du fond, sauf quand la lumière noire et blanche vacillait tel un film muet durant la période capricieuse de l'ombre de la mi-journée.

Ce qui était le cas à présent. Lenore était affreusement en retard. Elle n'avait pas réussi à joindre Candy Mandible. Les téléphones de la maison de retraite semblaient en panne : le numéro de Frequent & Vigorous avait mis Lenore en communication avec Cleveland Remorquage.

« Frequent & Vigorous », disait Candy Mandible au standard. « Frequent & Vigorous », dit-elle. « Non, ce n'est pas La Fromagerie d'Enrique. Voulez-vous que je vous donne le numéro, bien qu'il ne fonctionne probablement pas ? Il n'y a pas de quoi. »

« Candy mon Dieu je suis désolée, c'était obligé, j'ai pas pu y arriver. » Lenore passa derrière le guichet et s'installa dans le box. Par la fenêtre loin au-dessus de sa tête, le soleil darda une flèche, puis de nouveau l'obscurité.

« Lenore, tu as trois heures de retard. C'est juste un peu beaucoup. »

« Mon responsable à moi ne laisserait pas passer ça. Je serais virée si je faisais des trucs comme ce que vous faites », lança Judith Prietht entre les bips de deux appels depuis le standard de la Bombardini Company, à quelques pas de là dans la minuscule cabine.

Lenore posa son sac près des téléphones d'urgence. Elle s'approcha de Candy Mandible. « J'ai essayé de t'appeler. Mme Tissaw m'a appelée quand j'étais sous la douche vers neuf heures et demie parce que Schwartz avait pris un appel pour moi. J'ai dû filer à la maison de retraite. »

« Y a quelque chose qui cloche. »

« Oui. » Lenore vit que Judith Prietht laissait traîner ses oreilles. « Je peux te parler plus tard ? Tu seras à la maison tout à l'heure ? »

« Je serai chez Allied à six heures, dit Candy. Bon sang, j'étais censée y être à midi – mais c'est bon », à la vue de l'expression sur le visage de Lenore. « Clint a dit qu'il trouverait quelqu'un pour me couvrir aussi longtemps que je voudrais. Ça va ? C'est laquelle ? »

« Lenore. »

« Elle est pas… ? »

« C'est *pas clair.* »

« Pas clair ? »

« Avec mon responsable, vous avez intérêt à avoir une bonne raison pour être en retard, et en parler en avance, et il faut que ce soit validé par M. Bombardini, dit Judith au milieu des bips et des sonneries. Mais nous on travaille vraiment, on reçoit de vrais appels. Bombardini Company. Bombardini Company. Un instant. »

« Elle est charmante aujourd'hui », dit Lenore. Candy fit semblant d'aller étrangler Judith, puis elle commença à rassembler ses affaires.

Leur console fit un bruit. Lenore prit l'appel. « Frequent & Vigorous », dit-elle. Elle écouta et leva les yeux vers Candy. « Bambi et son Cachot de la Discipline ? dit-elle. Non, je peux vous assurer que ce n'est pas Bambi et son Cachot de la Discipline… Candy, est-ce que tu as le numéro de Bambi et son Cachot de la Discipline ? » Candy lui donna le numéro mais dit que ça ne changerait probablement rien. Lenore récita le numéro et raccrocha.

« Bambi et son Cachot de la Discipline ? dit-elle. C'est nouveau, ça. Qu'est-ce que tu veux dire, ça ne changera probablement rien ? »

« Je comprends pas, je vois rien de cassé », fit une voix sous le comptoir, sous la chaise de Lenore, entre ses jambes. Lenore baissa le regard. De grosses bottes sortaient de sous le meuble. Elles se mirent à gigoter ; un visage émergea à grand-peine. D'un coup de pied, Lenore repoussa sa chaise en arrière.

« Il y a des problèmes sur la ligne qui ont dû commencer hier soir, d'après Vern, dit Candy. Et là, c'est Peter Abbott. D'Interactive Cable. Ils essaient de résoudre le problème. »

« Interactive Cable ? »

« Comme la compagnie du téléphone, mais c'est pas la compagnie du téléphone. »

« Oh. » Lenore jeta à Peter Abbott un regard las. « Bonjour. »

« Bonjour bonjour », dit Peter qui bombarda Lenore de clins d'œil tout en relevant le col de sa chemise. Lenore se tourna vers Candy quand il se mit à jouer avec quelque chose qui pendait de sa ceinture à outils.

« Peter a l'air très amical », dit Candy Mandible.

« Hmm. »

« Je vois pas ce qui va pas, je suis sur le cul », dit Peter.

« Quel est le problème ? » demanda Lenore.

« Ça va pas, dit Candy. Si je comprends bien, en gros on n'a plus de numéro. C'est bien ça ? » à Peter Abbott.

« Ben, y a un problème sur la ligne », dit Peter.

« D'accord, ce qui veut dire apparemment qu'on n'a plus de numéro, ou plutôt si, comme tout le reste de la ville, vu que maintenant d'un coup on partage un seul numéro avec tous les autres. Tous ceux avec qui on partage les tuyaux. Tu sais, tous ces numéros qui ont un seul chiffre d'écart avec nous, on avait des faux numéros tout le temps – Steve Burger, Cleveland Remorquage, Big B.M. Café, Cris et Plumes animaux de compagnie, Allo Amour ? Ben maintenant c'est comme si on avait tous le même numéro. Tu les appelles, ça sonne chez nous. Et y en a plein de nouveaux : une fromagerie, le service clients de Goodyear, Bambi et son Cachot de la Discipline, qui d'ailleurs reçoit un nombre d'appels troublant. On a tous le même numéro maintenant. C'est dingue. C'est vrai ce que j'ai dit ? »

demanda-t-elle à Peter Abbott. Elle prit ses affaires et s'apprêta à partir, un œil sur sa montre.

« Ouais, un problème sur la ligne », dit Peter Abbott.

« Au moins maintenant y aura des gens qui vous appellent. Au moins vous aurez quelque chose à faire, ça vous changera, dit Judith Prietht. Bombardini Company. Bombardini Company. »

« Comment ça se fait que ce soit pas le merdier chez elle ? » fit Lenore avec un geste vers Judith.

« Pas les mêmes tuyaux, dit Peter Abbott. Il se trouve que les lignes de Bombardini passent par un tuyau loin d'ici, à plusieurs pâtés de maison à l'ouest d'Erieview. Les appels arrivent via une matrice de commutation qui transfère les communications, un truc tordu et ancien. Vos lignes à vous passent par un tuyau juste en dessous de ce bâtiment, sous le hall, sous le squelette du type, dehors. » Peter Abbott pointait le sol du doigt.

« Alors qu'est-ce que vous faites ici au lieu d'être en dessous avec les lignes ? » voulut savoir Candy Mandible.

« Je suis pas un homme de tuyaux. Je suis un homme de consoles. Je fais pas les tuyaux. Ils ont envoyé un gars de chez Tuyaux ce matin. C'est son problème. Je trouve rien sur votre matériel, les filles. C'est une 28, hein ? Je suis pas devenu fou ? »

« C'est ça, Centrex 28. »

« Tout ce que je sais, c'est que c'est une Centrex, j'en ai plein le cul des Centrex, si vous me passez l'expression. »

« Et le type des tuyaux, qu'est-ce qu'il a dit ? » demanda Lenore. Candy répondait à un appel.

« Je sais pas, je lui ai pas parlé. Et je peux pas l'appeler, pas vrai ? »

« Quoi, on peut pas non plus appeler l'extérieur ? »

« Je déconnais. Vous pouvez appeler l'extérieur, pas de problème. Faites plusieurs essais si vous vous faites prendre dans une boucle avec un des autres endroits sur le tuyau. Nan, faut que j'aille au bureau, parler avec le gars des tuyaux. Faut qu'on écrive nos rapports. » Peter observa Lenore. « Vous êtes mariée ? »

« Pitié… »

« Elle non plus, elle est pas mariée, pas vrai ? » demanda Peter Abbott à Candy en désignant Lenore d'un coup de menton. Ses cheveux n'étaient pas tant blonds que seulement jaunes, comme un crayon de couleur. Son visage avait une teinte amande foncée. Pas le genre de bronzage qu'on se fait au soleil. Lenore pensa UV. Elle décida qu'il ressemblait au négatif d'une photo.

Il soupira. « Deux filles, célibataires et en détresse, dans ce tout petit bureau… »

« Femmes », corrigea Candy Mandible.

« Moi non plus, je ne suis pas mariée », intervint Judith Prietht. Judith Prietht allait sur ses cinquante ans.

« Génial », dit Peter Abbott.

« Et Bambi, Big B.M., les autres, ils reçoivent des appels maintenant ? demanda Lenore. Est-ce que leurs téléphones sonnent, au moins ? »

« Des fois oui, des fois non, dit Peter Abbott en faisant rebondir sa ceinture. Le truc, c'est qu'ils peuvent jamais savoir où ça va sonner, comme vous. On peut pas dire que ça soit un service de qualité. Votre numéro ne vous identifie pas dans le réseau comme il devrait le faire, comme on dit ça identifie un lot de cibles et pas une cible. »

« Mignon. »

« Au moins maintenant y aura des gens qui vous appellent, dit Judith Prietht. De toute façon, vous avez toujours que des faux numéros. Vous allez mettre la clé sous la porte. Qui a jamais entendu parler d'une maison d'édition à Cleveland ? »

« J'aime bien vos chaussures, dit Peter Abbott à Lenore. J'en ai des pareilles. »

« Est-ce que Rick est au courant ? » demanda Lenore à Candy. Candy se figea. « Rick. Appelle-le, tout de suite. »

«Qu'est-ce qui se passe?»

«Aucune idée de ce qui peut bien se passer. Je sais juste qu'il a eu un spasme quand il a vu que t'étais pas là. Genre, à dix heures une. Et là il arrête pas d'appeler pour voir si t'es arrivée. Il fait semblant d'être plein de gens différents qui te demandent, il se pince le nez, il met un mouchoir sur le téléphone, il essaye de parler avec un accent anglais ridicule, il dit qu'il appelle de l'extérieur, il devrait savoir que je sais que c'est pas vrai parce qu'il sait que la console clignote plus vite pour les appels internes. Dieu sait qu'il passe assez de temps ici. Il est même pas descendu pour son journal, il reste en haut à ruminer et à jouer avec son chapeau.»

«Qu'est-ce qu'il a d'autre à faire?» dit Judith Prietht, qui déballait un sandwich et lançait des œillades coquettes à Peter Abbott, qui essayait par-dessus le comptoir d'avoir une vue sur le décolleté de Lenore.

«Bon, eh bien il va falloir que je lui parle, à lui aussi», dit Lenore.

«Poussine, j'y pensais plus. C'est horrible. Ça doit te rendre malade. T'es sûre que ça va aller?»

«Je pense. Vern arrivera à six heures. J'appellerai Rick dès que j'aurai un moment. Je dois aussi appeler mon père. Et son avocat.»

«Je sens quelque chose dans l'air», dit Peter Abbott.

«Chut, vous», dit Candy Mandible. En passant, elle pressa le bras de Lenore. «Je suis en retard. Faut que j'y aille. Tu viens ce soir, d'accord?»

«Je t'appellerai pour te le dire», répondit Lenore.

«Quoi, vous habitez ensemble?» demanda Peter Abbott.

«C'est un gang», renifla Judith Prietht.

«Y a une chambre qui a bien de la chance, tout ce que j'ai à dire.»

«Et si on fichait tous le camp, sauf Lenore», dit Candy. Elle s'élança dans le hall en marbre, vers l'ombre mouvante.

« Elle a un autre travail ? » demanda Peter Abbott.

« Oui. » La console bippa. « Frequent & Vigorous. »

« Où ça ? »

D'un doigt, Lenore lui fit signe d'attendre pendant qu'elle s'occupait d'une personne qui voulait savoir le prix d'une paire de pneus. « À l'usine de saucisses Allied, à East Corinth ? » dit-elle une fois qu'elle eut raccroché.

« Quel endroit super. Qu'est-ce qu'elle fait ? »

« Test produit. Département gustatif. »

« C'est dégoûtant comme boulot. »

« Il faut bien que quelqu'un le fasse. »

« Bien content que ça soit pas moi, je vous le dis. »

« Mais vous devez bien avoir du travail à faire ? Réparer nos lignes, par exemple ? »

« J'ai fini ma journée. Je vous recontacterai – si c'est possible. » Peter Abbott s'esclaffa et partit en se trémoussant. Il posa le pied dans une tache de lumière en mouvement au milieu du hall, la lumière disparut et l'emporta.

La console se mit à bipper.

« Frequent & Vigorous, dit Lenore. Frequent & Vigorous. »

4

1972

RETRANSCRIPTION D'UNE RÉUNION ENTRE L'HONORABLE RAYMOND ZUSATZ, GOUVERNEUR DE L'ÉTAT D'OHIO ; M. JOSEPH LUNGBERG, ATTACHÉ AU GOUVERNEUR ; M. NEIL OBSTAT, ATTACHÉ AU GOUVERNEUR ; ET M. ED ROY YANCEY, VICE-PRÉSIDENT D'INDUSTRIAL DESERT DESIGN, DALLAS, TEXAS ; 21 JUIN 1972.

LE GOUVERNEUR : Messieurs, ça ne va pas.

M. OBSTAT : Qu'est-ce qu'il y a, chef ?

LE GOUVERNEUR : C'est l'État qui ne va pas, Neil. Il y a quelque chose qui cloche dans notre État.

M. LUNGBERG : Mais, chef, le chômage est bas, l'inflation est sous contrôle, on n'a pas augmenté les impôts depuis deux ans, la pollution est au minimum, sauf pour Cleveland mais tout le monde se fout de Cleveland – je plaisante, Neil –, mais, chef, les gens vous aiment, vous êtes plus haut que jamais dans les sondages, les investissements dans l'industrie et le développement de l'État atteignent un niveau jamais vu…

LE GOUVERNEUR : Stop. Nous y voilà.

M. OBSTAT : Vous pouvez expliquer, chef ?

LE GOUVERNEUR : Tout va trop bien. Je soupçonne un piège.

M. LUNGBERG : Un piège ?

LE GOUVERNEUR : Les gars, l'État se ramollit. Je sens la mollesse partout. Nous sommes en train de devenir une immense banlieue, un parc industriel et un centre commercial. Trop de développement. Les gens ont trop confiance. Ils oublient comment cet État a été arraché aux étendues sauvages. Il n'y a plus rien à arracher.

M. OBSTAT : Vous marquez un point, chef.

LE GOUVERNEUR : Nous avons besoin de terres en friche.

M. LUNGBERG : Des terres en friche ?

LE GOUVERNEUR : Messieurs, il nous faut un désert.

M. LUNGBERG ET M. OBSTAT : Un désert ?

LE GOUVERNEUR : Un désert, messieurs. Un point de référence sauvage pour toute la population de l'Ohio. Un lieu de peur et d'amour. Une région dévastée. Quelque chose qui nous rappelle ce à quoi nous avons été arrachés. Un lieu dépourvu de centres commerciaux. Un Autre pour le Moi de l'Ohio. Des cactus, des scorpions et un soleil qui cogne. De la désolation. Un endroit où déambuler seul. Où réfléchir. Loin de tout. Un désert, messieurs.

M. OBSTAT : Une idée géniale, chef.

LE GOUVERNEUR : Merci, Neil. Messieurs, laissez-moi vous présenter M. Ed Roy Yancey d'Industrial Desert Design, à Dallas. C'est eux qui ont fait le Koweït.

M. LUNGBERG : Hé, il paraît qu'il y a beaucoup de désert au Koweït.

M. YANCEY : Et comment, Joe ! Nous sommes convaincus que nous pouvons vous fournir un désert de premier choix ici, dans l'Ohio.

M. OBSTAT : Et le prix ?

LE GOUVERNEUR : Raisonnable.

M. LUNGBERG : Où le placerait-on ?

M. YANCEY : Eh bien, messieurs, le gouverneur et moi-même en avons discuté, et si je peux attirer votre attention sur cette carte, ici…

M. OBSTAT : Une carte de l'Ohio, très bien.

M. YANCEY : L'emplacement auquel nous avons pensé se situe dans le Sud de votre grand État. Juste… ici. De là à là, en fait. Cent soixante kilomètres carrés.

M. OBSTAT : Autour de Caldwell ?

M. YANCEY : Ouaip.

M. LUNGBERG : Il n'y a pas des gens qui habitent dans cette région ?

LE GOUVERNEUR : Relogement. Prérogative de l'État. Le désert n'a aucun respect pour l'homme. Ça colle avec le concept.

M. LUNGBERG : C'est proche du parc naturel de Wayne, aussi, non ?

LE GOUVERNEUR : Plus maintenant.

(M. Lungberg émet un sifflement.)

M. OBSTAT : Hé, ma mère habite tout près de Caldwell.

LE GOUVERNEUR : Ça fait mal, hein Neil ? C'est le concept. Le concept, c'est de faire mal. C'est violent d'arracher, Neil. Nous allons arracher des étendues sauvages au ventre mou de cet État. Et ça va faire mal.

M. LUNGBERG : Vous êtes vraiment emballé par cette idée, n'est-ce pas, chef?

LE GOUVERNEUR : Rien ne m'a jamais emballé davantage, Joe. C'est ce qu'il faut à cet État. Je le sens.

M. OBSTAT : Vous allez entrer dans l'Histoire, chef. Vous serez immortel.

LE GOUVERNEUR : Merci, Neil. Je sens que c'est la chose à faire et la discussion avec M. Yancey m'a emballé. Plus de cent kilomètres de rien, de sable blanc aveuglant. Bien sûr il y aura des lacs pour la pêche, sur les bords, pour que les gens puissent pêcher…

M. LUNGBERG : Pourquoi du sable blanc, chef? Pourquoi pas, disons, du sable noir ?

Le GOUVERNEUR : Développez, Joe.

M. LUNGBERG : C'est-à-dire, si l'idée c'est de créer du

contraste, de l'altérité, un endroit dévasté, j'oserais dire sinistre? Sinistre, c'est comme ça que je le perçois.

LE GOUVERNEUR : C'est bien, sinistre, ça colle.

M. LUNGBERG : Et l'Ohio est un État plutôt blanc : les routes sont blanches, les gens ont tendance à être blancs, le soleil brille… Quoi de mieux que des kilomètres de sable noir pour créer du contraste ? Ce serait d'un sinistre. Sans compter que le sable noir retiendrait beaucoup mieux la chaleur. Il ferait très chaud, ça renforcerait le côté dévastation.

LE GOUVERNEUR : Ça, j'aime. Ed Roy, qu'est-ce que vous en pensez ? Est-ce que les cactus et les scorpions peuvent vivre dans du sable noir ?

M. YANCEY : Je n'y vois aucun problème.

M. OBSTAT : Et le prix du sable noir ?

M. YANCEY : Certainement un peu plus élevé. Il faudra que j'en parle aux gars du département Sable. Mais je dois pouvoir m'engager sur un tarif convenable dans le cadre global du projet.

LE GOUVERNEUR : Vendu.

M. LUNGBERG : On commence quand ?

LE GOUVERNEUR : Tout de suite, Joe. Arracher est un acte violent et rapide par nature.

M. OBSTAT : Chef, laissez-moi vous dire que je suis enthousiaste. Je vous félicite, d'homme à homme et de citoyen à gouverneur.

LE GOUVERNEUR : Merci, Neil. Vous feriez mieux d'aller appeler votre mère, mon ami.

M. OBSTAT : Très juste.

M. LUNGBERG : Quel nom allons-nous lui donner, chef?

LE GOUVERNEUR : Quel nom ? Excellente question, Joe. Je n'avais jamais pensé au problème du nom.

M. LUNGBERG : Est-ce que je peux proposer quelque chose ?

LE GOUVERNEUR : Allez-y.

M. LUNGBERG : Le Grand Désert d'Ohio.

LE GOUVERNEUR : Le Grand Désert d'Ohio.

M. LUNGBERG : Oui.

LE GOUVERNEUR : Un super nom, Joe. Je vous tire mon chapeau. Bien joué, une fois de plus. Génial. Ça sous-entend la taille, la désolation, la majesté, et ça dit que c'est dans l'Ohio.

M. LUNGBERG : Ce n'est pas un peu présomptueux ?

LE GOUVERNEUR : Pas du tout. C'est parfaitement assorti au concept.

M. OBSTAT : Moi aussi, je te tire mon chapeau, Joe.

M. YANCEY : Sacré bon nom, Joe.

LE GOUVERNEUR : On est prêts. Le concept. Le désert. La couleur. Le nom. Il ne reste plus qu'à arracher.

M. YANCEY : Alors on va s'y mettre.

5

1990

/a/

Imaginez que quelqu'un m'ait dit, il y a dix ans, à Scarsdale ou dans le train de banlieue, imaginez que cette personne ait été mon voisin Rex Metalman, le comptable qui avait une fille incroyablement ondulante, imaginez que ça se soit passé avant que son obsession pour sa pelouse prenne un tour sérieux, avant les expéditions paramilitaires nocturnes à la lumière de son tracteur-tondeuse, avant les lâchers hebdomadaires de DDT fondant du ciel sur une éventuelle chenille et avant sa totale intransigeance face aux demandes raisonnables et dans un premier temps polies formulées par un voire l'intégralité de ses voisins et visant à ce qu'il diminue les hostilités contre la gamme d'ennemis potentiels qui menaçaient sa pelouse et l'obnubilaient, avant que tout ceci creuse un trou de la taille d'un sac de désherbant dans l'amitié que nous entretenions au tennis, imaginez qu'alors Rex Metalman ait suggéré en ma présence que, dix ans plus tard, c'est-à-dire aujourd'hui, j'habiterais, moi, Rick Vigorous, à Cleveland, dans l'Ohio, entre un lac biologiquement mort à l'odeur offensante et un désert artificiel à un milliard de dollars, que j'aurais divorcé de ma femme et que mon fils grandirait loin de moi, que je dirigerais, en partenariat avec un homme invisible, une entreprise qui ne serait guère plus, je le comprends maintenant, qu'une entité collective intéressée par l'échec pour raisons fiscales, une maison d'édition dont les publications prêteraient peut-être encore un peu plus à rire que si elle ne publiait rien du tout, et, tout en haut de cette montagne d'impensable, que je serais amoureux, un amour scandaleux, pathétique, violent et total pour une personne de dix-huit ans je dis bien dix-huit ans plus jeune que moi, une femme née d'une des plus grandes familles de Cleveland, qui vit dans une ville dont son père est propriétaire mais qui répond à un téléphone pour quelque chose comme quatre dollars de l'heure, une femme dont l'uniforme composé d'une robe blanche en coton et de baskets Converse noires est une constante troublante et impossible à analyser, que je soupçonne de prendre entre cinq et huit douches par jour, qui travaille sa névrose comme un baleinier travaille son scrimshaw, qui habite avec un oiseau schizophrène et narcissique et une colocataire qui est presque certainement une garce nymphomane, et qui trouve en moi, quelque part, Dieu seul sait où, l'amant parfait... imaginez que ce soit Rex Metalman qui m'ait dit tout cela, muni de son lance-flammes et appuyé sur la clôture séparant nos deux propriétés alors que je tenais un râteau à la main, imaginez que Rex m'ait dit tout cela et je répondrai presque certainement que la plausibilité de l'ensemble équivaut grosso modo à la probabilité pour que le jeune Vance Vigorous, alors âgé de huit ans et cependant à huit ans plus homme que moi par certains aspects, que le jeune Vance, malgré ce ballon qu'on nous a vus envoyer très haut dans le ciel puis très fort dans une fenêtre, et l'écho interminable de son rire dans les arbres colorés de la banlieue, que ce bon gaillard de Vance finirait par devenir un... un *homosexuel* ou quoi que ce soit d'aussi invraisemblable, grotesque ou totalement hors sujet.

Maintenant les cieux résonnent de ricanements mesquins. Maintenant il m'apparaît, je ne peux plus le nier, que mon fils ouvre de nouvelles perspectives à l'expression « la chair de ma chair », que je suis là et que je fais je fais ce que j'ai à faire quand il y a quelque chose à faire, quand je sens un courant d'air s'engouffrer et que je baisse les yeux vers ma poitrine pour y trouver un trou et que je fouille, dans le sac à main en polyuréthane ouvert de Lenore Beadsman, dans les comprimés d'aspirine et les savonnettes d'hôtel et les tickets de loterie et les livres stupides qui ne veulent rien dire, mon cœur serré comme un poing écarlate, que puis-je répondre à Rex Metalman, à Scarsdale, aux chenilles et au passé, à part qu'ils n'existent pas, qu'ils ont été effacés, que les ballons n'ont jamais grimpé dans l'air vif, que les chèques que j'envoie pour l'aider disparaissent dans un trou noir, qu'un homme peut ressusciter, est ressuscité et doit ressusciter, à un certain point, ou peut-être plusieurs ? Rex serait gêné et, comme chaque fois qu'il est gêné, il dynamiterait une partie de sa pelouse. Je resterais là, le râteau froid dans la main blanche, fort de ce que je sais, sous une pluie de terre, d'herbe et de vers, et je hocherais la tête à ce qui m'entoure.

Alors qui est cette fille qui me possède, cette fille que j'aime ? Je me refuse à poser cette question ou à y répondre. Qu'est cette fille ? C'est une fille qui a de fines épaules, de fins bras, de gros seins, une fille qui a de longues jambes et des pieds plus larges que la moyenne, des pieds qu'on remarque lorsqu'elle marche dans ses baskets noires. Troublant, je l'ai dit ? J'aime ces chaussures. J'avoue avoir, dans un moment qu'il me faut qualifier d'irresponsable et dégénéré, essayé de faire l'amour à une de ses chaussures, une All-Star montante de 1989, tandis que Lenore était sous la douche, mais n'avoir pu mener l'entreprise à son terme, pour les raisons habituelles.

Et qu'en est-il de Lenore, de ses cheveux ? C'est une chevelure qui contient toutes les couleurs à la fois – blonde, rousse, bleue de jais ou noisette – mais qui a passé un accord avec le possible pour paraître d'un châtain uniforme, exception faite de brèves visions qui aguichent le coin de l'œil. Ces cheveux font une frange sur le front et suivent sur les côtés la courbe des joues pour presque se rencontrer en pointes sous le menton, telles les fragiles mandibules d'un insecte. Ces cheveux peuvent mordre. Ils m'ont déjà mordu.

Et ses yeux. Je ne peux pas dire de quelle couleur sont les yeux de Lenore ; je ne peux pas les regarder ; ils sont mon soleil.

Ils sont bleus. Ses lèvres sont pulpeuses, rouges, souvent humides et ne demandent pas mais plutôt réclament, dans une moue drapée de soie liquide, d'être embrassées. Je les embrasse souvent, je l'admets, c'est ce que je fais, je suis quelqu'un qui embrasse et un baiser de Lenore est, si je puis m'épancher un moment ici, plus encore qu'un baiser, une déterritorialisation, un déménagement, un déplacement brutal de l'essence du soi dans ces lèvres et, plus encore que deux corps humains rapprochés pour faire les choses usuelles avec leurs lèvres, ce sont deux paires de lèvres engendrées d'elles-mêmes et jointes de la sorte depuis le début de l'ère post-Scarsdale qui atteignent leur statut ontologique par ladite union et traînent par-dessous et par-devers elles, alors même qu'elles fusionnent et deviennent une, deux corps de chair maintenant superflus que le baiser fait faner et s'affaisser comme les tiges fatiguées d'une flore trop éclose, des chaussures traînant sur le sol, des enveloppes vidées. Un baiser de Lenore est un scénario dans lequel je glisse avec des semelles beurrées sur la piste humide de la lèvre inférieure, abrité des intempéries par le préau moite de la supérieure, pour finalement ramper entre lèvre et gencive afin d'attirer à moi la lèvre comme un enfant le fait d'une couverture et lancer des regards assassins au monde extérieur à Lenore, dont je désire ne plus faire partie.

Il m'est un profond chagrin que de devoir en dernier ressort demeurer un élément du monde extérieur à Lenore, autre qu'elle. Il ne me fait pas qu'un peu chier que d'autres puissent se réfugier loin, loin dans l'être qu'ils aiment, et boire à une douce coupe le nectar du lac crémeux au centre de l'Objet de leur Passion, cependant que je suis voué à toujours uniquement deviner la présence de profondes alcôves tandis que, si je puis dire, mon nez seul pénètre dans le vestibule du Palais de l'Amour, s'agite brièvement et dépose quelques taches sur le pas de la porte. Mais Lenore trouve ces minuscules gigotements, ces conversations sur le Perron de l'Union, non seulement plaisants et fugitivement divertissants, mais, pour une raison que j'ignore, bons, épanouissants, significatifs, merveilleux en un sens, et cela me fait, tout simplement et sans surprise, les ressentir de la même manière, cela élargit la perception que j'ai d'eux et de moi, m'envoie à fond de train vers ce Perron, vêtu de ma plus belle veste avec une fleur à la boutonnière et aussi excité qu'un collégien, jour après jour, me lance à l'assaut de l'entrée de la caverne, une peau de fauve sur le dos et un gourdin à la main, hurlant qu'on me laisse entrer et promettant de botter à grande échelle le cul de ceux qui voudront m'en empêcher.

Nous nous sommes rencontrés, étrangement, non pas au Bombardini Building, mais au cabinet du thérapeute que nous nous trouvons partager, le Dr Curtis Jay, convenable en tant qu'homme mais bizarre et je commence à le croire parfaitement exécrable en tant que psychologue, une personne dont je ne veux pour l'heure pas parler car je suis plus que fâché par sa dernière et grotesque interprétation d'un certain rêve qui ces derniers temps est revenu régulièrement et m'a plus que troublé, un rêve en rapport avec la reine Victoria, des prouesses manuelles et des souris – un rêve qui apparaît de manière évidente comme profondément sexuel à toute sensibilité raisonnable, mais que le Dr Jay s'obstine à ne pas relier à la sexualité mais à une « anxiété liée à l'hygiène », ce que je rejette en bloc, tout comme le virage hygiéniste d'inspiration blentnérienne du Dr Jay, qu'il a je pense à la fois dérobé et ajouté au puits de cathex névrotique de Lenore ; ou plutôt je sais qu'il l'a fait, car une des qualités qui sauvent le Dr Jay, principale raison pour laquelle je continue à le voir en dépit de la montagne de preuves alléguant de son incompétence crasse, est le fait qu'il est une véritable commère sans aucune éthique qui me répète tout ce que lui dit Lenore. Absolument tout.

Lenore et moi nous sommes rencontrés dans la salle d'attente du Dr Jay, moi quittant son bureau dans un bruit métallique, elle patientant dans le second fauteuil monté sur rail, en fluide robe blanche et Converse noires usées, plongée dans sa lecture, jambes croisées une cheville posée sur un genou. Je savais que je l'avais déjà vue au standard de la société, à vrai dire j'avais même récupéré mon journal auprès d'elle le jour même, et j'étais un peu gêné par les circonstances mais Lenore, à sa manière si lenoresque telle que je connais aujourd'hui, ne l'était pas. Elle m'a dit bonjour, m'a appelé M. Vigorous et a dit qu'elle espérait que nous aurions bientôt quelque chose à publier, qu'elle le sentait dans sa moelle. Elle a dit « moelle ». Elle a dit qu'elle voyait surtout le Dr Jay pour qu'il l'aide avec sa désorientation, ses troubles identitaires et son manque de contrôle, ce que je pouvais comprendre dans une certaine mesure car je savais qu'elle était la fille du propriétaire de Stonecipheco Baby Food, une des firmes les plus en pointe et si je puis me permettre à mon avis les plus maléfiques de Cleveland, qui ne peut qu'exercer une influence étouffante et omniprésente sur tous ceux qui ont des liens avec ses dirigeants. Je me souviens qu'à ce moment son fauteuil mécanique a commencé à bouger sur son rail pour rejoindre la porte du bureau du Dr Jay – dont le penchant pour les gadgets inutiles intéresserait fortement les collègues, j'en suis convaincu – et nous nous sommes fait au revoir. J'ai observé sa nuque pendant qu'elle disparaissait dans l'antre de Jay, détaché la ceinture de ma ridicule monture électroménagère et suis sorti dans le vent en provenance du lac brun, le cœur plus léger, sans raison.

Comment ont évolué les choses, par la suite ? Dans l'ensemble, je ne vois ni des événements isolés, ni une histoire, mais un montage sur un genre de musique, pas quelque chose d'alerte ou de stimulant façon « Le boxeur se prépare pour le grand combat », mais plutôt quelque chose de translucide et tintinnabulant, « Rick Vigorous a le béguin pour une personne de l'âge de son fils et se prépare à passer encore et encore pour un parfait couillon », sur fond d'aquarelle avec en surimpression et couleurs plus liquides encore la scène de Lenore et moi courant l'un vers l'autre au ralenti à travers la pâle gélatine de nos inhibitions et troubles divers.

Je me vois récupérer mon *Plain Dealer* chaque matin auprès de Lenore par-dessus le comptoir de l'accueil, rougir et ignorer les gloussements de Candy Mandible ou de Mlle Prietht, que j'ai toutes les deux en horreur. Je me vois espérer Lenore dans la salle d'attente du Dr Jay, mais ses séances ne coïncident jamais avec les miennes, affalé dans mon fauteuil en marche lente et bruyante vers le bureau du Dr Jay. Je me vois, la nuit, dans mon appartement, exécuter à deux doigts mon Rituel de Réconfort pendant que dans ma tête flottent des visions légères où commence à prédominer une certaine figure fluide aux cheveux carnassiers et aux chaussures noires. Je me vois me tortiller sur mon fauteuil dans le bureau du Dr Jay, mourir d'envie de lui demander de me parler de Lenore, de cracher ce morceau d'émotion, mais être trop gêné pour le faire, me sentir stupide quand le Dr Jay lisse sa moustache de morse avec son mouchoir parfumé et interprète sagement mon malaise et mon égarement comme les signes d'un progrès imminent et m'incite à doubler la fréquence de mes visites hebdomadaires.

Et enfin je me vois, dégoûté par mon boulot, incapable de me concentrer sur mon manque de travail à la maison d'édition, incapable de faire avancer la *Review* qui, Dieu en est témoin, demande beaucoup de travail. Je me vois rôder un jour dans le hall du Bombardini Building, ridicule comme un enfant qui joue à l'espion furtif, me cacher derrière une colonne de marbre, prêt à me faire croquer par les mâchoires de l'ombre de l'Erieview, attendre que Mlle Prietht prête l'oreille à un des nombreux appels quotidiens de son infiniment petite vessie.

Je me vois accoster dans la cabine claustrophobique dès que Mlle Prietht s'en va. Je vois Lenore lever la tête et sourire à mon approche. Je me vois épuiser le sujet du temps qu'il fait puis demander à Lenore si par hasard elle accepterait de boire un verre avec moi, après le travail. Je vois une rare occasion de donner une connotation méliorative au terme « déroutée ». Je vois Lenore un instant déroutée.

« Je ne bois pas vraiment », dit-elle après un temps, baissant les yeux sur son livre.

Je sentis mon estomac se nouer. « Vous ne buvez aucun liquide d'aucune sorte ? » lui demandai-je.

Lenore releva la tête et m'envoya un lent sourire. Avec douceur, ses lèvres humides se courbèrent. Elles le firent vraiment. Je résistai à l'envie pressante de me ruer vers le désastre ici même, dans le hall. « Je bois du liquide », admit-elle, après un temps.

« Magnifique. Et quelle sorte de liquide préférez-vous boire ? »

« J'ai toujours pensé que la limonade est un excellent liquide », dit-elle avec un rire. Nous riions tous les deux. J'avais une violente et douloureuse érection mais, grâce à un des rares aspects positifs de ma constitution, elle n'était même pas un motif de gêne potentielle.

« Je connais un endroit merveilleux où ils servent la limonade dans des tout petits verres avec des toutes petites pailles », dis-je. Je faisais référence à un bar.

« Ça a l'air super. »

« Parfait. »

Je nous vois dans un bar, j'entends un piano que je n'entendais pas alors, je me sens commencer à être soûl après peut-être la moitié d'un Canadian Club pas trop tassé et rallongé d'eau, devoir aller uriner sur-le-champ, revenir et devoir repartir uriner immédiatement. Je vois les lèvres de Lenore entourer la minuscule paille de sa limonade avec une grâce naturelle qui déclenche des frissons dans les épais muscles de mes jambes.

Nous étions faits l'un pour l'autre. Je me vois apprendre des choses sur Lenore, Lenore dans un des inestimables et exceptionnels moments où elle s'oublie, qui me parle d'une vie qu'elle penserait bientôt, je le sais aujourd'hui, ne pas lui appartenir.

Lenore avait une sœur et deux frères. Sa sœur était mariée à un cadre dynamique de Stonecipheco et entretenait des liens quelconques avec l'industrie du bronzage sous lampe UV. Un de ses frères était professeur à Chicago et n'allait pas bien. Son autre frère allait clopin-clopant sur la fin de sa première année à l'université d'Amherst, sise à Amherst, Massachusetts. (J'ajoute ici que moi-même, Rick Vigorous, suis allé à Amherst.) Quelle coïncidence, dis-je, moi aussi je suis allé à Amherst. Bon sang, dit Lenore. Je me souviens que les mâchoires de ses cheveux caressaient la paille lorsqu'elle pompait de la limonade dans le grand verre givré. Oui, dit-elle, son frère était à Amherst, son père était allé à Amherst, sa sœur était allée à Mount Holyhoke, à quelques kilomètres de là (je ne le savais que trop bien), son grand-père était allé à Amherst, son arrière-grand-père était allé à Amherst, sa grand-mère et son arrière-grand-mère à Mount Holyhoke, et son arrière-grand-mère à Cambridge dans les années 20 où elle avait été une élève de Wittgenstein, elle conservait les notes qu'elle avait prises en cours.

Lequel de ses frères était actuellement à Amherst ?

Son frère LaVache.

Et où était allé l'autre ? Comment s'appelait l'autre ? Est-ce qu'elle voudrait une autre limonade avec une petite paille ?

Oui, avec plaisir, il s'appelait John, son autre frère s'appelait en réalité Stonecipher mais il utilisait LaVache qui était son deuxième prénom et avait été le nom de jeune fille de sa mère. John, le plus vieux, n'avait pas fréquenté l'Université au sens propre, il était docteur de l'université de Chicago, au collège il avait démontré des choses jusque-là impossibles à démontrer, avec un crayon de couleur pris dans la boîte à crayons de Lenore, sur une ardoise Batman, et il avait laissé tout le monde sur le cul, et il avait obtenu son doctorat quelques années plus tard sans jamais vraiment aller en cours.

C'était celui qui n'allait pas bien.

Oui.

J'espérais que ce n'était rien de grave.

Malheureusement c'était très grave. Il restait dans sa chambre, à Chicago, ne pouvait recevoir que quelques rares personnes et avait des difficultés à manger. De toute évidence, Lenore ne souhaitait pas en parler, pas encore.

Bon, alors où Lenore était-elle allée, est-ce qu'elle était allée à Mount Holyhoke ?

Non, Lenore n'avait pas beaucoup aimé Mount Holyhoke, elle était allée à Oberlin, une petite université mixte au sud de Cleveland. Le mari de sa sœur aussi y était allé. Le mois suivant, cela ferait deux ans que Lenore avait reçu son diplôme. Et moi, est-ce que j'étais allé à Amherst ?

Oui, j'étais allé à Amherst, promotion 69, je m'étais inscrit à un master court d'anglais à Columbia, j'étais parti travailler aux éditions Hunt & Peck, sur Madison Avenue, à New York.

C'était une très grosse boîte.

Oui. Et pour des raisons qui ne sont toujours pas très claires, ça marchait très bien pour moi là-bas. Je rapportais des sommes obscènes à l'entreprise et me suis élevé à des hauteurs éditoriales si vertigineuses que mon salaire me permettait presque de vivre. J'ai épousé Veronica Peck. J'ai déménagé à Scarsdale, dans l'État de New York, pas loin de la ville éponyme. J'avais un fils. Il avait dix-huit ans.

Dix-huit ans ?

Oui. Après tout, j'avais quarante-deux ans. D'ailleurs j'étais divorcé.

Je n'avais pas l'air d'avoir quarante-deux ans.

C'était gentil. Je me trémoussais comme ça sur mon siège parce que je me souvenais que j'avais un coup de téléphone à passer, pour le travail.

Me revoilà. Oui, je passais beaucoup de coups de fil rapides. Est-ce qu'elle pouvait me demander qui était le Frequent de Frequent & Vigorous.

Ça restait obscur dans une certaine mesure. À ce que je savais, Monroe Frequent était un couturier et un inventeur fabuleusement riche. Il avait inventé le costume sport beige. Il avait inventé le machin qui bippe quand on démarre une voiture sans avoir attaché sa ceinture. À présent, on peut le comprendre, il vivait reclus. J'avais été approché par un conseiller à lunettes profilées. Intérêt pour l'édition. Région de New York. Audacieux, nouveau. Énorme capital à investir. Statut d'associé à part entière pour moi. Salaire sans comparaison avec les normes du secteur. Si l'on part du principe, comme il semble raisonnable de le faire, que notre Frequent est Monroe Frequent, il apparaît clair que Frequent & Vigorous n'est qu'une vulgaire arnaque fiscale.

Mince.

Oui. Le seul avantage que j'y trouvais était la possibilité de lancer mon propre trimestriel. Quelque chose de littéraire. Accord enthousiaste. Un parfum de légitimité apporté tout de suite à l'entreprise, du point de vue de Frequent.

La *Frequent Review*?

Oui. Le numéro de l'année dernière s'était bien vendu.

C'était une bonne revue.

C'était gentil.

Il y avait aussi les publications de Norslan.

Oui, si on pouvait compter comme publication de la propagande monosyllabique en faveur d'un pesticide inefficace et cancérigène dispersé sur les bureaucraties corrompues du Tiers-Monde, il y avait les publications de Norslan. Qu'est-ce qu'elle fichait avec un boulot de standardiste?

Il fallait bien manger. Sa meilleure amie, Mandible, qui était aussi allée à Oberlin pendant un moment, était standardiste. Et cetera.

Pourquoi est-ce qu'elle ne travaillait pas chez Stonecipheco, où elle aurait sans doute plus d'argent et donc plus à manger?

Ce n'était pas une question d'avoir à manger. Elle avait déjà bien assez l'impression de ne pas diriger sa vie. Un emploi chez Stonecipheco ou une maison avec son père et sa vieille gouvernante à Shaker Heights ne feraient que préciser et accroître son sentiment d'impuissance et la perte de sa volonté individuelle. Je m'entends entendre la voix du Dr Jay. Je me vois frapper le tambour de mon courage avec un touilleur à cocktail en plastique, tenter de presser mon genou contre celui de Lenore sous la minuscule table en aggloméré et ne pas trouver ses jambes. Balayer le dessous de la table avec ma jambe, la sienne introuvable. Vouloir à tout prix savoir où étaient ses jambes.

Je formulai mon incapacité à comprendre ce sentiment d'impuissance. Nous devions tous faire face et nous résigner à une vie dont les éléments n'étaient pas en notre contrôle. Ça faisait partie de la vie dans un monde plein d'autres gens avec d'autres intérêts. Je n'allais pas tarder à mouiller mon pantalon.

Non, ce n'était pas ça. Ce genre de sentiment général de dislocation ne poserait pas de problème. Le problème était un sentiment localisé. L'intuition qu'elle ne dirigeait pas ses propres perceptions, actions et volitions.

Qu'est-ce qu'elle entendait par « diriger » ?

Qui sait.

C'était quelque chose de religieux? Une crise déterministe? J'avais un ami qui…

Non. Le déterminisme, ça irait si elle sentait qu'elle avait été déterminée par quelque chose d'objectif, d'impersonnel, qu'elle était un minuscule rouage d'un mécanisme plus grand. Si elle n'avait pas l'impression de se faire utiliser.

Utiliser.

Oui. Comme si tout ce qu'elle faisait et disait et percevait et pensait avait une fonction qui la dépassait.

Une fonction. Sirène d'alarme. Dr Jay, après tout. Un complot ?

Non, pas un complot, pas du tout, elle n'arrivait pas à se faire comprendre. Elle secouait la tête, les pointes de ses cheveux se balançaient comme un pendule sous son menton. Ma serviette était malencontreusement tombée par terre. Quel maladroit je faisais. Ses jambes étaient bien là, mais blotties en arrière, sous sa chaise, chevilles croisées. Sirène d'alarme ou pas, je voulais d'abord atteindre une cheville, puis aller aux toilettes.

Non, elle avait seulement l'impression – de temps en temps, hein, pas tout le temps, mais par moments d'intuition aiguë et précise – de ne pas avoir d'existence réelle, exception faite de ce qu'elle disait et faisait et pensait, et cetera, mais, dans ces moments-là, elle sentait qu'elle ne dirigeait pas tout. Rien n'était pur.

Hmmm.

Est-ce qu'on pouvait parler d'autre chose ? Par exemple, pourquoi est-ce que moi j'allais voir le Dr Jay ?

Oh, juste pour de l'interprétation de rêves, des discussions générales. J'avais un intérêt détaché pour le mouvement analytique. Mes problèmes étaient tous négligeables sans exception. Pas vraiment la peine d'en parler. Je voyais Jay parce que, de tous les (très nombreux) praticiens de Cleveland avec qui j'avais discuté, c'était lui que j'aimais le moins. J'avais trouvé une sorte d'atmosphère d'antagonisme essentielle au processus. Elle aussi ? Non, Jay avait été recommandé à Lenore par un médecin ami de la famille, un vieil vieil ami de son arrière-grand-mère, un médecin chez qui Lenore était allée pour un problème de saignements de nez chroniques. Depuis lors, elle était restée. Elle trouvait Jay irritant mais fascinant. Est-ce que je le trouvais fascinant ? En fait, j'y allais seulement pour la balade en fauteuil ; les fauteuils m'amusaient. Me détendaient.

Les fauteuils. Elle aimait le claquement métallique lorsque la chaîne la tirait sur le rail vers le sanctuaire. Une fois, elle était allée à une foire avec son frère et la gouvernante, et elle avait fait un tour sur des montagnes russes qui faisaient le même claquement au démarrage. Elle s'attendait presque parfois à un plongeon comme sur un grand huit quand elle entrait dans le bureau de Jay. (Ça viendrait.) Une fois, elle était allée à la foire d'État à Columbus avec sa sœur Clarice et elles s'étaient perdues dans le Palais des glaces et Clarice s'était fait voler son sac par un homme qui avait fait semblant d'être un reflet jusqu'au dernier moment. Elles avaient eu une trouille bleue.

Que faisait leur mère ?

Elle passait le temps, plus ou moins, dans le Wisconsin.

Ses parents étaient divorcés ?

Pas exactement. Est-ce qu'on pouvait y aller ? Il fallait qu'elle soit à l'heure au travail pour me donner mon journal demain matin. Très tard, tout à coup. Elle avait mangé, elle voulait manger quelque chose ? La limonade était étonnamment nourrissante. Sa voiture était au garage, un problème de starter. Elle était venue travailler en bus. Bon, eh bien. Elle avait un de ces nouveaux modèles fabriqués par Mattel, qui fabriquait aussi les Hot Wheels. La sienne était à peine plus grande. Plus un jouet qu'une voiture. Et ainsi de suite.

Je nous vois conduire le long de la forme insensée de la rocade de l'I-271 en direction du sud d'East Corinth. Je vois Lenore dans la voiture serrer les genoux et balancer les jambes vers moi afin que je touche son genou avec le dos de ma main lorsque je change de vitesse.

Par mon ventre je vois le désastre. Je me vois déposer Lenore chez elle, nous tenir sous le porche d'une énorme maison grise qui avait l'air noire dans la douce obscurité de cette nuit d'avril et appartenait, Lenore me le dit à voix basse, à un dentiste qui louait deux chambres à Mandible et elle ainsi qu'une à une fille qui travaillait pour sa sœur au salon de bronzage. Lenore habitait avec Mandible. Je la vois me remercier pour la limonade et la balade. Je me vois me pencher, passer outre le col froissé de sa robe blanche et l'embrasser avant qu'elle ait fini de dire merci.

Je la vois me donner un coup de pied, au genou, juste sur le nerf, avec une basket qui se révéla curieusement lourde et dure. Je me vois couiner, tenir mon genou et m'asseoir lourdement sur une marche du porche hérissée de clous. Je me vois hurler, tenir mon genou d'une main et mon cul de l'autre, perdre l'équilibre et tomber tête la première dans un bac à fleurs rempli d'une terre légère de printemps. Je vois Lenore s'agenouiller auprès de moi – elle est désolée, elle ne sait pas ce qui lui a pris, je l'ai prise par surprise, elle a été surprise, oh merde qu'est-ce qu'elle a fait. Je me vois avec de la terre plein le nez, je vois les lumières s'allumer dans la maison grise, dans d'autres maisons. Je suis affreusement sensible à la douleur et suis à deux doigts de pleurer. Je vois Lenore entrer en coup de vent dans la maison du dentiste. Je vois ma voiture tanguer de plus en plus près, au fur et à mesure que je sautille comme un fou à cloche-pied. Je suis persuadé d'avoir entendu la voix de Candy Mandible loin au-dessus.

J'ai su que j'étais amoureux de Lenore Beadsman quand elle ne s'est pas pointée au travail le lendemain. Mandible m'informa avec de grands yeux que Lenore supposait qu'elle était virée. J'ai appelé sa propriétaire, la femme du dentiste, cent kilos de fanatisme born again toujours prêts à asséner des coups de Bible. Je lui ai demandé de dire à Lenore qu'elle n'était pas virée. J'ai présenté mes excuses à Lenore. Elle ne savait plus où se mettre. Je ne savais plus où me mettre. Sa responsable, la responsable du standard, Walinda Peahen, voulait vraiment la virer, au motif officiel qu'elle ne s'était pas pointée. Walinda n'aimait pas Lenore parce qu'elle venait d'un milieu privilégié. Je suis le supérieur de Walinda. Je l'ai calmée. Lenore a recommencé à me tendre mon journal comme avant.

Où es-tu à présent ?

Car plus tard il y eut la nuit magique, une nuit magique, inévocable, mon cœur était empli de chaleur et mon derrière avait guéri et je quittais le bureau en transe avant six heures, je suis descendu, mes pieds ne touchaient pas le sol, de l'autre côté du grand hall en pierre j'ai vu Lenore dans sa cabine, seule, sans Prietht à ce moment, plongée dans sa lecture, le standard muet comme à son habitude. J'ai glissé sur l'ombre noire du sol et me suis matérialisé dans la lumière blanche de la lampe du minuscule bureau, derrière Lenore à sa console. Elle a levé les yeux sur moi, m'a souri et est retournée à son livre. Elle ne lisait pas. Le soleil couchant sur Cleveland envoya au travers de l'immense fenêtre surplombant la cabine une flèche lumineuse orange et brune, attrapée et tordue autour de la noirceur de l'Erieview par un aimable nuage chimique, qui tomba comme le faisceau d'un phare sur la zone tendre juste en dessous de l'oreille droite de Lenore, sur son cou. Dans ma transe, je me suis penché pour y poser mes lèvres. Le bip soudain de la console était le battement de mon cœur, transporté dans le sac à main de Lenore.

Et Lenore Beadsman monta lentement sa main droite pour la glisser sur mon cou, au passage cajola avec une chaleur hésitante ma mâchoire et ma joue droite, avec ses longs doigts aux ongles tristes et rongés me maintint contre sa gorge, me rassura, et comme elle penchait maintenant la tête vers la gauche je sentais le menu tonnerre d'une artère frapper mes lèvres. À cet instant je vivais, véritablement, complètement, et pour la première fois depuis bien longtemps. Lenore dit « Frequent & Vigorous » dans le téléphone qu'elle tenait de sa main gauche tout en gardant un œil sur l'obscurité approchante. Ce qui rendait cette nuit magique était que la magie avait duré. Qu'elle avait fonctionné.

/b/

« Frequent & Vigorous. Frequent & Vigorous. »
« Mademoiselle Beadsman ? »
« Oui ? »

« David Bloemker. »

« Monsieur Bloemker ! »

« Mademoiselle Beadsman, Frequent & Vigorous est bien une maison d'édition, n'est-ce pas ? »

« Oui, pourquoi cette – ? »

« J'ai peur d'avoir composé votre numéro et parlé à une jeune femme qui me proposait de la payer pour qu'elle me fasse du mal. »

« Nous avons de gros soucis avec nos lignes, rien de plus. Est-ce que – ? »

« Non, hélas non. Nous avons découvert qu'un résident et un membre du personnel supplémentaires sont introuvables. »

« Comment ? »

« Vingt-six disparus, à présent. »

« Pfiou. »

« Avez-vous pu joindre votre père, mademoiselle Beadsman ? »

« Sa ligne était occupée. Il téléphone beaucoup du bureau. J'allais justement réessayer. Je lui dirai de vous appeler, promis. »

« Merci d'avance. Laissez-moi vous présenter encore une fois mes excuses. »

« Ok, je vous écoute. »

« Pardon ? »

« Bon, j'ai un appel en attente. Je dois y aller. Je reprendrai contact avec vous. »

« Merci. »

« Frequent & Vigorous. »

« Qu'est-ce que tu portes ? »

« Comment ? »

« Est-ce que tu as plus chaud que d'habitude ? »

« Monsieur, vous êtes à la maison d'édition Frequent & Vigorous. Essayez-vous de joindre Allo Amour ? »

« Oh. Eh bien, oui. C'est très gênant. »

« Pas du tout. Voulez-vous que je vous donne le numéro, bien que ça risque de ne pas marcher ? »

« Attendez. Est-ce que vous avez un avis sur le pudding ? »
« Au revoir. »
« Clic. »
« Quelle journée… »
« Stonecipheco Baby Food Products. »
« Lenore Beadsman à l'appareil, le bureau du président, s'il vous plaît. »
« Un instant. »
« … Au moins ça ne sonne pas occupé. »
« Bureau du président, Foamwhistle. »
« Sigurd. Lenore. »
« Lenore. Ça baigne ? »
« Est-ce que je peux parler à mon père ? »
« Impossible. »
« Urgent. »
« Pas là. »
« Merde en barre. »
« Désolé. »
« C'est une grosse urgence. Il a dit à quelqu'un de me demander de l'appeler au plus vite. Urgence familiale. »
« Il est vraiment injoignable, là, Lenore. »
« Où est-ce qu'il est ? »
« Sommet annuel avec Gerber. On est en août. »
« Zut. »
« Il essaie de faire plier cette bonne vieille courbe de la demande de crèmes de fruit. »
« Sigurd, ça pourrait être une question de vie ou de mort, au sens propre. »
« Pas de téléphone, ma douce. Tu connais les règles. Tu sais comment est Gerber. »
« Combien de temps ? »
« Pas sûr. Deux, trois jours maximum. »
« Où est-ce qu'ils sont ? »
« Pas autorisé à le dire. »

« Sigurd. »

« Corfou. Un endroit sombre et isolé à Corfou. Tout ce que je sais. Il me tuera s'il apprend que je te l'ai dit. Je finirai dans un millier de petits pots de purée d'agneau pendant que les petits Foamwhistle mourront ironiquement de faim. »

« Quand est-ce qu'il est parti ? »

« Hier, juste après le tennis avec Spaniard, vers onze heures. »

« Comment ça se fait que tu ne sois pas avec lui, à prendre des notes ? Qui va lui préparer ses manhattans ? »

« Il est parti à la dure. Voulait pas que je vienne. Juste lui et Gerber, il a dit. Homme à homme. Ils vont peut-être faire un bras de fer, qui sait ? Se donner des coups dans les côtes chacun son tour, chanter des chansons d'Amherst, essayer de planter des couteaux dans le dos de l'autre. C'est jamais beau à voir, une lutte pour le partage du marché. »

« Bon sang, il m'a dit de l'appeler, et c'était seulement ce matin. Il faut qu'il… hé, tu n'as rien entendu au sujet de la grand-mère de Papa ? »

« Lenore ? Non, Dieu merci. Elle va bien ? »

« Oui. Écoute, je sais pas quoi faire. À ton avis, il rentrera quand précisément ? »

« Il y a une grosse tête de mort sur mon calendrier provisoire, dans la case située à trois jours d'ici. Ça ne peut vouloir dire qu'une chose. »

« Sainte pute. »

« Franchement, si je peux faire quoi que ce soit… »

« C'est gentil, Sigurd. Mon truc clignote. J'ai un autre appel. Je dois y aller. »

« On reste en contact. »

« Salut… Attends ! »

« Oui ? »

« Et Rummage ? Il est parti avec Rummage ? »

« Je sais pas, tiens. Bonne idée. Essaye Rummage & Naw. Tu as le numéro ? »

« Tu plaisantes ? Bien sûr que je l'ai. »
« À plus. »
« Frequent & Vigorous. »

/c/

Ce qui ne veut pas dire pour autant que tout a toujours été rose. Mon incapacité à me trouver pleinement en Lenore Beadsman et entouré par elle éveille en moi le désir très naturel de l'avoir en moi et de la contenir. Je suis possessif. Parfois, je veux la posséder. Et bien sûr, cela ne sied pas à une personne effrayée par la possibilité de ne pas se posséder elle-même.

Je suis jaloux, c'est maladif. Lenore a une qualité qui attire les hommes. Pas une qualité normale, ou même qui pourrait être exprimée. « … », dit-il quand il tenta de l'exprimer. « Vulnérable » n'est évidemment pas le bon terme. « Taquine » ne fera pas l'affaire. Tous deux sont des signifiants, ils sont donc insuffisants. La qualité de Lenore est d'être une sorte de jeu. Voilà. Ça ne veut pas dire grand-chose, c'est donc probablement exact. Lenore vous invite sans mot dire à jouer à un jeu complexe qui consiste à essayer de trouver la règle du jeu. Que dites-vous de ça. La règle du jeu est Lenore, si vous jouez elle se joue de vous. Trouve la règle de mon jeu, rit-elle, avec vous ou de vous. À la lisière de Lenore se dressent des ombres comme les pics d'une clôture : l'Erieview Tower, le père de Lenore, le Dr Jay, l'arrière-grand-mère de Lenore.

De temps en temps, Lenore chante sous la douche, bien et fort, Dieu sait qu'elle ne manque pas d'occasions de s'entraîner, et je me blottis sur les toilettes ou m'appuie contre le lavabo, lis des manuscrits et fume des cigarettes aux clous de girofle, une habitude que j'ai prise à Lenore elle-même.

La relation qu'elle entretient avec son arrière-grand-mère n'est pas saine. J'ai rencontré cette femme une fois ou deux, lors de visites heureusement courtes dans une chambre si chaude qu'il était difficile d'y respirer. C'est une petite chose qui fait penser à un oiseau, anguleuse et d'une vieillesse sans retour. Elle n'est pas vive. On n'est même pas tenté de dire qu'elle a bon cœur. C'est une femme dure, froide, grincheuse et en tout point égoïste, une femme qui a de grandes prétentions intellectuelles et certainement, je suppose, des dons en proportion. Elle endoctrine Lenore. Lenore et elle « parlent pendant des heures ». Ou plutôt, Lenore écoute. Il y a en elle quelque chose d'amer et dégoûtant. Lenore Beadsman ne me dit jamais rien d'important sur sa relation avec Lenore Beadsman. Elle ne dit rien non plus au Dr Jay, à moins que ce petit salopard garde une carte dans sa manche.

Il est clair que son arrière-grand-mère a conscience de ce qu'elle fait. Je crois qu'elle fait du mal à Lenore, je crois qu'elle le sait et je crois qu'elle s'en fiche. D'après le peu d'éléments que j'ai pu recueillir, elle a persuadé Lenore qu'elle détient des mots dotés d'un pouvoir terrible. Non, vraiment. Pas des choses, ni des concepts. Des mots. Cette femme semble obsédée par les mots. Je ne suis pas très au fait du sujet et ne souhaite pas l'être, mais elle aurait été une sorte de phénomène à l'université et aurait gagné sa place en troisième cycle à Cambridge, pas une mince affaire pour une femme, dans les années 20 ; quoi qu'il en soit, elle y a étudié les classiques et la philosophie et qui sait quoi d'autre sous la férule d'un génie taré nommé Wittgenstein, pour qui tout est fait de mots. Sans rire. Votre voiture ne démarre pas, interprétez-le comme un problème de langage. Vous êtes incapable d'aimer, c'est que vous êtes perdu dans le langage. Être constipé signifie être obstrué par des sédiments linguistiques. Pour moi, tout ceci a le fort parfum de la merde, mais la vieille Lenore Beadsman a tout avalé sans restrictions et a disposé de soixante-dix ans pour laisser mijoter et instiller semaine après semaine le bouillon à Lenore par chacun de ses pores dilatés par la chaleur. Elle mène Lenore par le bout du nez avec un certain livre étrange, de la même manière qu'un enfant cruel tourmente un animal avec un morceau de nourriture, elle sous-entend que le livre a un sens particulier pour Lenore mais refuse de lui dire lequel, « pas encore », ou de lui montrer le livre, « pas encore ». Des mots, un livre, une croyance que le monde est fait de mots et la certitude de Lenore que son propre monde, plutôt que par ou pour, n'est fait que d'elle. Il y a quelque chose qui ne va pas. Elle est dans la douleur. Je voudrais que la vieille meure dans son sommeil.

Sa fille est dans la même maison de retraite, plus jeune d'une bonne vingtaine d'années, une belle femme âgée, je l'ai vue, des yeux marron clair, de douces joues de la couleur d'un bouton de rose et des cheveux comme de la soie liquide. Rendue idiote par Alzheimer, inconsciente de qui et où elle est, elle bave au travers de ses lèvres humides, splendides, parfaitement préservées. Lenore la déteste ; les deux Lenore la détestent. Je ne sais pas pourquoi.

Les cheveux de l'arrière-grand-mère de Lenore sont blancs comme le coton, ils font une frange sur le front et frisent le long de la courbe des joues pour presque se rencontrer en pointes sous le menton, telles les mandibules d'un insecte.

Souvent quand nous sommes couchés Lenore me demande de lui raconter une histoire. « Une histoire, s'il te plaît », dit-elle. Je lui raconte ce que me racontent les gens, ce qu'ils souhaitent que j'aime et ce qu'ils autorisent les autres à aimer, ce qu'ils m'envoient à la *Frequent Review* dans du papier bulle, avec une enveloppe timbrée et griffonnée pour le retour et une lettre de présentation signée « À vous avec espoir ». Dans le fond, c'est mon boulot de raconter des histoires qui ne sont pas de moi. Avec Lenore, je suis complètement et entièrement moi.

Mais je suis triste. Mon fils me manque. Pas Veronica. Veronica était belle. Lenore est jolie et a une qualité que nous avons décidé d'attribuer au jeu. Veronica était belle. Mais belle comme une aube gelée, éblouissante et douloureusement lointaine. Elle était froide et ferme et douce à toucher, avec des cheveux aussi lisses que la glace, tout à fait appropriés, gracieuse mais non délicate, agréable et non gentille. C'était une joie parfaite et continue que de la contempler et de la côtoyer… jusqu'au moment où les intérêts des autres entraient en conflit avec les siens. Entre Veronica et les autres s'ouvre l'abîme de l'Intérêt, un abîme au-dessus duquel il est impossible de jeter un pont car il s'avère n'avoir qu'un seul flanc. Celui de Veronica. Manière de dire, je m'en suis rendu compte, que Veronica est incapable d'amour. D'amour pour moi, en tout cas.

Sur le plan physique, notre mariage a d'abord été horrible pour devenir rien du tout. Je ne peux rien penser, et encore moins dire, au sujet de notre nuit de noces, lorsque toutes sortes d'impostures furent dévoilées. Veronica finit par accepter et même par apprécier la situation ; elle lui économisait l'effort et la gêne cuisante d'être gênée pour moi. Elle n'est pas allée voir ailleurs, à ma connaissance. Son existence, comme sa beauté et sa véritable valeur, était intrinsèquement esthétique, pas physique ou émotionnelle. Je reste convaincu qu'elle aurait été plus à l'aise si elle avait été exposée, immobile dans un coin éclairé et tranquille d'un bâtiment public, au milieu d'un carré délimité par des cordes en velours rouge interdit-de-toucher, avec pour seul bruit à ses oreilles des voix étouffées et des talons sur le carrelage. Veronica vit aujourd'hui grâce à mes chèques de pension et, m'a-t-on dit, s'apprête à épouser un homme passablement vieux et hautement aimable qui possède à New York une entreprise qui produit des appareils pour centrales électriques. Que Dieu les bénisse.

Mon fils me manque, aussi. Ce qui me manque, ce n'est pas l'esthète de Fordham, ses dix-huit ans, ses ongles longs et vernis qui scintillent et ses pantalons sans poches. Ce qui me manque, c'est mon fils. Mon enfant. C'était un enfant magique, j'en suis certain. Spécial, des qualités spéciales. Un enfant spécial et drôle. Une des nombreuses limites posées par Veronica était le changement des couches, en général c'était donc moi qui changeais notre bébé. Souvent, quand je lui changeais ses couches, lui allongé sur le dos avec ses petites jambes en pâte qui battaient l'air, alors que j'enlevais une couche chaude et détrempée ou lourde et menaçante pour attraper une Pampers fraîche et craquante, il urinait sur ma cravate qui pendait, un petit jet fin, et une odeur de talc s'élevait, ma cravate se mettait à peser autour de mon cou, gouttait, et nous riions ensemble de ma cravate trempée d'urine, lui sans dents et moi triste et somnolent. J'en ai encore quelques-unes, rigides, dures et ternes; elles sont pendues à de petits crochets et cognent contre la porte du placard lorsque les vents de la mémoire soufflent dans les recoins obscurs de mon appartement.

C'était un garçon qui avait un rapport intime et étrange à ce qui l'entourait, un garçon silencieux aux yeux sombres qui, dès qu'il fut autonome en pensées et en actes, devint le miroir déformant du monde. Pour moi, Vance était un reflet. Il ferait la pluie et du beau temps dans son monde d'enfant.

À un tout jeune âge, tout jeune, Vance enfilait des vêtements sombres, attachait une corde autour de sa tête, se mettait une cigarette en chocolat entre les lèvres et lançait des raids furtifs dans les pièces de la maison, il courait dans tous les sens, respirait fort, frappait l'air de ses poings, allait se jeter derrière un meuble et rampait sur le ventre, griffait le vide avec un doigt crochu. Un raid éclair sur la cuisine, la nourriture du chat avait disparu. Un assaut silencieux sur ma tanière, un éclat de bois était apparu sur un pied de mon bureau. Un escadron insouciant de fourmis tombait dans une embuscade sur la terrasse et était anéanti par un bombardement de balles de tennis, devant Veronica et moi qui nous regardions par-dessus nos gin tonics. Nous étions perplexes et un peu effrayés, et Veronica suspectait un dysfonctionnement moteur, jusqu'au soir où nous avons remarqué les yeux de Vance pendant le dîner, alors que le journal télévisé nous apportait un nouveau lot d'agonies en provenance de la guerre du Viêt-nam. Les yeux de Vance qui ne clignaient pas et sa respiration inaudible. Et en même temps que Kissinger quittait Paris triomphant, à Scarsdale une maison se démilitarisait.

Durant cette même période, parfois nous trouvions Vance seul dans une pièce, tourné vers un coin vide, les bras levés bien tendus avec à chaque main deux doigts dressés en signe de paix. Il est devenu clair que, par le miracle de la télévision, Vance Vigorous entretenait une relation particulière avec Richard Nixon. Au fur et à mesure des développements en Technicolor du Watergate, Vance s'est mis à jeter des regards furtifs, à se pincer l'arête du nez jusqu'à la rendre blanche, à refuser d'expliquer ses allées et venues ou de justifier ses actes. Mon magnétophone – sans cassette ni câble d'alimentation, mais mon magnétophone quand même – commença à apparaître en divers endroits : sous la table de la salle à manger pendant le dîner, sur le siège arrière de la voiture, sous notre lit, dans le tiroir de la commode. Si on l'interrogeait, Vance posait des yeux sans expression sur l'appareil et sur nous. Puis il faisait mine de regarder sa montre. Après la démission de Nixon, Vance est resté alité plusieurs semaines avec des symptômes tout ce qu'il y avait de plus réel. Nous avions peur. Se sont ensuivies plusieurs années où il pardonnait en silence mais avec un air solennel tout le mal que le monde et nous semblions lui avoir fait ; il tombait à la renverse et se plaquait les mains sur la poitrine à la moindre critique ; il montait sur le canapé du salon, faisait un saut périlleux arrière et retombait droit sur ses pieds, ce qui fissurait chaque fois un peu plus le plafond ; il allait à l'école avec son petit costume et embauchait un de ses amis pour lui porter le petit attaché-case qu'il nous avait réclamé avec insistance pour Noël ; il déambulait les yeux bandés dans les pièces jonchées de drapeaux dessinés et déchirés. Impossible de dire ce que tout cela signifiait. C'était le monde, reçu et reflété par Vance Vigorous le monadiste. Je le préférais au monde, vraiment.

Enfant, c'était un grand athlète, de ceux qui font de bons clang avec leur batte de baseball Little League en aluminium, de gros paf en automne avec leur ballon de football, des soupirs feutrés avec les filets des paniers de basket. Il courait comme le vent au football, si vite et avec des courbes si fluides, une souplesse moqueuse qui laissait croire qu'il aurait pu faire tomber les autres garçons s'ils avaient seulement essayé de le toucher. Ressentez ce que je sentais dans ma poitrine, moi le petit homme au béret, mon long manteau fouetté par le vent, alors que je regardais la chair de ma chair. Vance pouvait marquer des touchdowns de très loin, il déclenchait des cris stridents chez les jeunes mères qui libéraient leurs cheveux de leur protection plastifiée pour applaudir dans mon oreille, des applaudissements en sourdine emportés par le vent telles des choses en lambeaux, tout comme l'étaient les clap de mes gants en cuir. Il était le seul garçon sur qui le casque ne paraissait pas énorme, déplacé et comique. Un garçon blond et gracieux aux yeux noirs qui ne frimait jamais et aidait toujours les autres à se relever, félicitait ceux qui le méritaient avant de rentrer à la maison, silencieux à côté de moi dans la voiture, pour jouer à l'otage iranien dans sa chambre.

Il accomplit son dernier haut fait historique l'année de ses onze ans, peu après la rentrée des classes. Un avion avait été descendu au-dessus de l'océan par un chasseur russe, des sénateurs, des religieuses et des enfants avaient été tués, des chaussures, des manches de chemises, des livres de poche et des verres de lunettes flottaient vers les rivages nord-ouest du Japon. Vance passait des heures à contempler dans des magazines les photos des passagers, des clichés exposés en grand et en détail, des photos de famille sur fond de pelouse, des photos de classe crispées, des photos soldées de majorettes avec des nez de clown ; il regardait les yeux des gens sur les photos. Un jour peu après, il est monté sur le toit de la maison et il a sauté. Sans un bruit. Notre maison n'avait qu'un étage. Une chute de quatre mètres qui lui tordit méchamment la cheville. Vance s'excusa. Le lendemain il sauta à nouveau du toit et se cassa le pied. On l'emmena à l'hôpital où on le traîna d'un étage à l'autre avant de le conduire à Central Park chez un médecin qui, sans qu'on sache comment, « guérit » Vance du mal qui le rongeait. Plus jamais Vance ne sauta, ni ne mena de raids, ni ne tomba, ni ne fit d'imitations. Veronica était enchantée. Je n'ai jamais pensé que Vance avait un quelconque problème, même si bien sûr on ne pouvait accepter qu'il saute depuis des endroits élevés. J'étais triste.

Nous sommes alors entrés dans une ère triste, très triste. Plus Vance grandissait, plus je rajeunissais et m'attristais. Veronica se retira davantage encore dans sa vitrine d'indifférence polie. À sa demande, Vance commença à sortir sans entrain avec des filles, sans jamais les emmener deux fois au même endroit, pour ce que j'en savais. Il attendait la puberté en silence et la puberté attendait qu'il ait quinze ans ; il perdit l'avantage que lui donnaient sa taille et sa force et ce fut la fin des froids après-midi sous le vent le long de la ligne de touche. Plus que la musique sous la porte de Vance, la craie de couleur sur ses ongles, les cercles noirs sous ses yeux noirs, ses magnifiques, magnifiques dessins – aussi plats, clairs et tristes que le béton de l'allée, aussi lisses, propres et dépourvus d'irrégularités que sa mère – et la douce odeur tenace de marijuana qui sortait de sa chambre au sous-sol. Aujourd'hui, Vance étudie l'art à Fordham. Je ne lui ai pas parlé depuis bientôt un an. Je ne sais pas pourquoi.

Vance me manque avec une violence d'habitude réservée aux absents qui ne pourront revenir. Vance n'existe plus. Il s'est fait piquer en 1983 dans un bureau sur Park Avenue par un homme qui nous a compté cent dollars de frais de dossier. Vance est, je le sais avec certitude, un homosexuel, et probablement un toxicomane, terne, qui oscille lentement sous la brise inodore de la froide respiration scarsdalienne de sa mère, qui produit ses dessins à la craie parfaits, plats et sans âme avec une précision de plus en plus grande. J'en ai reçu un : moi, l'air effrayé, sur la pelouse avec mon râteau, une apparition incongrue de Veronica derrière mon épaule qui apporte des boissons sur un plateau noir. Le dessin m'a été envoyé dans une enveloppe marron, à l'attention de la *Frequent Review*, qui a donc attendu des semaines avant d'être ouverte.

Lenore me manque, parfois. Tout le monde me manque. Je me souviens, quand j'étais jeune, je ressentais quelque chose que j'identifiais comme le mal du pays, et alors je me disais, tiens c'est bizarre, parce que j'étais chez moi, tout le temps. Qu'est-ce qu'on est censé faire d'un truc comme ça ?

Je réclame et aime de tout mon poing écarlate une fille étrange d'une famille extravagante et effrayante, une fille à bien des égards extravagante et effrayante, haut perchée à la vigie du navire Frequent & Vigorous, en train de scruter les grises étendues électriques à la recherche du débit solitaire d'un appel téléphonique légitime. Il y a peu, Mlle Peahen m'a informé que, à cause d'un dysfonctionnement du système téléphonique dont nous faisons partie, l'éventualité d'un tel appel est encore moins vraisemblable qu'auparavant. Cependant que je suis assis ici, le bloc d'ombre de l'Erieview plonge lentement mon bureau dans une obscurité liquide. À moitié, maintenant. Il est une heure. Les lampes changent en réglisse la moitié sombre de la pièce et font de la moitié encore sous l'influence du soleil une horreur scintillant en jaune et blanc que je préfère ne pas regarder. Lenore, je vais essayer encore une fois, et si tu n'es pas là je considérerai qu'il t'est arrivé malheur et succomberai enfin aux charmes de Moses Cleaveland, qui encore maintenant me sourit et m'attire depuis le trottoir six étages plus bas. C'est notre dernière chance.

/d/

Au moment où Lenore parvenait à s'extraire d'une vague d'appels perdus et s'apprêtait à tenter de joindre Karl Rummage chez Rummage & Naw, Walinda Peahen apparut dans la cabine derrière le comptoir du standard.

« Salut, Walinda », dit Lenore. Walinda l'ignora et se mit à chercher dans le journal des appels légitimes, un cahier désespérément fin dont seules une ou deux pages étaient remplies. Judith Prietht avait pressé son bouton Occupé et discutait avec une amie sur la ligne privée.

« C'est quoi ces messages pour toi avec l'écriture de Candy ? » Walinda se retourna et regarda Lenore depuis l'ombre verte de ses yeux.

« S'ils sont légitimes, je suppose que c'est des messages pour moi », dit Lenore.

« Je joue pas avec toi, fillette, alors j'aimerais que t'apprennes à pas jouer. Tu dois être ici à dix heures. Y a des messages pour toi qui datent de onze heures et onze heures et demie. »

« J'ai été retenue, pas moyen de m'échapper. Candy a dit qu'elle s'en occupait. »

« Cette petite idiote de chez Frequent & Vigorous est en train de se faire hacher menu par sa responsable », dit Judith Prietht dans le combiné, en observant la scène.

« Retenue où, fillette ? De quoi j'ai l'air si je crois que les gens travaillent alors que non ? »

« Il fallait que j'aille à la maison de retraite. »

« À quelle heure elle est arrivée ? » demanda Walinda à Judith Prietht.

« Écoutez, je veux rien dire, je veux pas lui causer d'ennuis », dit Judith à Walinda. Dans le combiné elle dit, « sa responsable voulait que je dise quand elle est arrivée, mais j'ai dit que je ne dirais rien parce que je ne voulais pas lui causer d'ennuis. »

« Je suis arrivée vers un peu après midi. »

« Vers un peu après midi. Ça fait deux heures de retard, fillette. »

« C'était une urgence. »

« Quel genre de foutue urgence ? »

Judith Prietht avait cessé de parler dans le combiné et observait ostensiblement.

« Je ne peux pas vous en parler maintenant, Walinda », dit Lenore.

« C'est fini, fillette, tu dégages, rien à foutre de savoir avec qui tu couches, tu peux pas jouer. La dernière fois, t'as joué une fois de trop. »

La console bipa, le voyant clignotait rapidement, un appel interne.

« Pas la peine de le prendre, tu dégages », dit Walinda à Lenore. Elle attrapa le téléphone. « Standard… » Ses sourcils se froncèrent. « Oui, monsieur Vigorous, elle est là. Un instant s'il vous plaît. » Elle mit sa main sur le combiné et le tendit à Lenore. « Tu peux faire dire tout ce que tu veux à cette petite bite, tu dégages », siffla-t-elle.

« On dirait qu'elle va avoir des ennuis, pour changer », dit Judith Prietht dans son combiné.

« Salut, Rick. »

6

1990

/a/

« Comment sont vos steaks, ce soir ? »

« Monsieur, nos steaks sont tout simplement superbes, si je puis dire. Uniquement des morceaux choisis de bœufs sélectionnés avec soin et élevés avec plus de soin encore, cuits à la perfection c'est-à-dire selon vos instructions, servis avec votre choix de pommes de terre et de légumes et de desserts aux saveurs riches et délicieuses. »

« Ça a l'air succulent. »

« Oui. »

« J'en prendrai neuf. »

« Excusez-moi ? »

« Apportez-moi neuf steaks, s'il vous plaît. »

« Vous voulez *neuf* menus avec steak ? »

« S'il vous plaît. »

« Monsieur, puis-je vous demander qui va les manger ? »

« Est-ce que vous voyez quelqu'un d'autre à cette table ? C'est moi qui vais les manger. »

« Et comment diable allez-vous faire, monsieur ? »

« Hmmm, voyons voir, je pense que je vais couper avec la main droite, ce soir. Je mettrai des morceaux dans ma bouche, je mastiquerai, les éléments acides de ma salive commenceront à dissoudre la fibre musculaire. J'avalerai. Et cetera. À l'assaut ! »

« Monsieur, neuf steaks rendraient malade n'importe qui. »

« Regardez-moi. Regardez cet estomac. Est-ce que vous croyez que je vais être malade ? Impossible. Approchez – vraiment, approchez et regardez cet estomac. Laissez-moi remonter ma chemise… là. Vous voyez tout ce que je peux prendre dans ma main ? Je n'arrive même pas à m'asseoir à la table. Est-ce que vous avez déjà vu quelque chose de plus dégoûtant ? »

« J'ai vu de plus gros estomacs. »

« C'est juste de la politesse, vous voulez un pourboire. Vous en aurez un, une fois que vous m'aurez apporté mes neufs menus avec steak, la perfection étant à point, c'est-à-dire rose et ferme. Et n'oubliez pas le pain. »

« Monsieur, ceci dépasse mon niveau d'expérience. Je n'ai jamais servi neuf repas en même temps à une seule personne sous ma seule responsabilité. Je pourrais avoir des problèmes. Que se passerait-il si vous aviez une embolie, Dieu vous en garde ? Vous pourriez vous faire une fracture aux organes. »

« Est-ce que je ne viens pas de vous demander de me regarder ? Est-ce que vous savez ce que je suis ? Écoutez-moi attentivement. Je suis gros, grotesque, gourmand, goulu, glouton, goinfre, je suis un *goret.* Est-ce que c'est clair ? Je tiens plus du cochon que de l'homme. Il y a assez de place dans mon estomac pour vous faire entrer tout entier. Vous m'entendez ? Vous avez devant vous un porc. Un monstre dévoreur sans aucune limite. Donnez-moi de la viande. »

« Vous n'avez pas mangé depuis longtemps ? C'est ça ? »

« Vous commencez à m'ennuyer. Je pourrais vous assommer avec mon ventre. Laissez-moi aussi vous dire que j'ai des moyens. Vous voyez cet immeuble là-bas, avec les lumières allumées, dans l'ombre ? Il est à moi. Je pourrais acheter ce restaurant et c'en serait fini de vous. Je pourrais acheter tout ce pâté de maisons, et je le ferai peut-être, y compris cette agence Weight

Watchers symboliquement minuscule, de l'autre côté de la rue. Vous la voyez ? La porte et les fenêtres en forme de visage, avec des joues creuses, qui ricane et qui vous observe ? J'ai le pouvoir financier d'acheter cet endroit et de le remplir de steaks, des steaks bien rouges que je mangerais après. Dans ce scénario, un os rongé bloquerait la porte ; plus un seul de ces petits apostats suffisants ne pourrait entrer avec ses prières et sa peau flasque, plus personne ne pourrait renier sa foi en la cause de l'adiposité. Ils se fracasseraient contre la porte, tous. Mais l'os tiendrait bon. Ils ne feraient pas le poids pour forcer l'entrée. Leurs bouches et leurs yeux s'aplatiraient grands ouverts contre les vitres. Je démolirais, j'écraserais la grosse balance éclairée dans sa niche au fond de la pièce sous le poids de la nourriture. Les ressorts fuseraient. Fuseraient. Quelle délicieuse pensée. Je peux voir la carte des vins ? »

« Weight Watchers ? »

« *Garçon**, je vous avertis, vous avez devant vous quelque chose de dangereux. Les êtres humains agissent selon leur intérêt. Pas les porcs obèses et affamés. Il y a un certain temps, ma femme m'a informé qu'elle me quitterait si je ne perdais pas du poids. Je n'ai pas perdu de poids, à vrai dire j'en ai pris, par conséquent elle me quitte. CQFD. Et la sauce, n'oubliez pas la sauce. »

« Monsieur, si vous me laissez un peu de temps, je pourrai sûrement… »

« Nous n'avons pas de temps. Le temps n'existe pas. Je l'ai mangé. Il est là-dedans, vous voyez ? Vous voyez le gigotement, là ? C'est le temps qui gigote. Filez, courez me rapporter mon plateau de graisse, mon troupeau à neuf têtes, ou je vous enveloppe dans un bourrelet et je vous envoie valser contre le mur ! »

« Dois-je aller chercher le maître d'hôtel, monsieur ? Pour discuter ? »

« Je vous en prie, allez le chercher. Mais prévenez-le, qu'il ne s'approche pas trop. Il se ferait absorber avant même de pouvoir couiner. Ce soir je vais manger. Massivement, et seul. Parce que je suis massivement seul à présent. Je vais manger, et il est possible que le jus gicle tout autour de moi, et si quelqu'un passe à portée je grognerai et je le piquerai avec ma fourchette – comme ça, vous voyez ? »

« Monsieur, s'il vous plaît ! »

« Courez, sauvez votre peau. Apportez quelque chose pour m'apaiser. Je vais enfler, et enfler, et combler l'absence qui m'entoure avec l'horreur de ma présence gélatineuse. Le yin et le yang. Toujours en expansion. Courez ! »

« Tout de suite, monsieur. »

« Des grissini me feraient plaisir aussi, vous entendez ? Qu'est-ce que c'est que cet endroit ? »

/b/

« Dis-moi, j'insiste. »

« Est-ce que tu pourrais seulement attendre neuf dixièmes de seconde, le temps que je décide *comment* je vais te le dire ? »

« Qu'est-ce qu'il y a à décider ? Il y a un truc, je suis là, tu me dis le truc, *voilà*[*]. Je vois bien qu'il y a quelque chose qui te tracasse. »

« Je vais te le dire, ça va ? Pas la peine de te faire une crise. C'est juste que ce que j'ai à te dire est, *a*, bizarre, dur à croire, et que je ne le comprends pas vraiment… »

« Alors on n'a qu'à faire marcher tous les deux notre puissance de compréhension, ensemble. Après tout, qui a réussi, grâce à sa puissance de compréhension et de persuasion, à calmer Walinda qui était très remontée contre toi et aurait bien pu faire des dégâts ? »

« … et, *b*, quelque chose dont j'ai promis de ne pas parler, donc je dois trouver un moyen de te le dire d'une manière qui trahisse le moins possible ma promesse et fasse le moins de mal possible à la personne concernée. »

« Parfaitement clair, Lenore. Aussi clair que l'eau dans ce verre. »

« Arrête de jouer avec ton verre. Tu m'as dit qu'ils faisaient des steaks super, ici, et tu m'as dit que tu mourais de faim, si tu te concentrais plutôt sur l'arrivée imminente de ton assiette, qu'on est d'ailleurs en train de t'apporter, je crois. »

« ... »

« Ça a l'air délicieux, merci. Rick, est-ce qu'on prendrait du vin ? »

« Oui. »

« Quel genre ? »

« ... »

« Quel genre ? »

« ... »

« On va prendre un pichet de rouge, si ça ne vous dérange pas... T'es un bébé. Parfois, t'as les capacités de compréhension et d'empathie d'un tout petit enfant. »

« C'est parce que je t'aime, Lenore. Tu le sais. Chaque fibre de mon être aime chaque fibre de ton être. Quand je pense à des choses de toi, des choses qui te concernent, qui t'affectent, et dont je ne sais rien, je pleure du sang, à l'intérieur. »

« Intéressante image. Goûte plutôt ton steak. Tu m'as dit que tu pourrais avaler une vache. »

« ... »

« Alors, qu'en pense ton ventre ? »

« Il est sous le choc. Bon, dis-moi, j'insiste. »

« ... »

« Est-ce que ça a quelque chose à voir avec ce Rummage que tu essayais d'appeler pendant que j'essayais d'empêcher Walinda de me forcer à choisir entre ses services et les tiens, bien qu'elle ait été embauchée par Frequent lui-même ? Est-ce qu'il faut que j'aille téléphoner à Rummage ? »

« Il n'est pas là. Il est parti. »

« ... »

«Apparemment il est à l'étranger, avec mon père.»
«À faire quoi?»
«Je peux pas te le dire.»
«C'est le même "je peux pas te le dire" ou un autre?»
«Un autre.»
«Maintenant je suis blessé et fâché.»
«Est-ce que je peux te promettre de te le dire plus tard, ne pas te le dire tout de suite, y réfléchir et manger ma salade? Est-ce que ça t'irait comme ça? Je vais dormir chez toi ce soir, j'en ai vraiment envie, même si j'ai dit à Clarice que je rentrerais à la maison, et on parlera. J'ai besoin de tes conseils. Les tiens, pas d'autres, Rick. Mais d'abord je dois comprendre ce qui se passe, toute seule, un moment, d'accord?»
«C'est une mauvaise nouvelle, ça a quelque chose à voir avec la maison de retraite et personne n'est mort.»
«Mange ton steak.»
«Je veux juste...»
«Rick, qui est-ce?»
«Où?»
«Tout seul, à la table là-bas?»
«Tu ne sais pas qui c'est?»
«Non.»
«C'est Norman Bombardini. Notre propriétaire et voisin, célèbre pour la Bombardini Company et pour l'orbite du squelette.»
«C'est quelqu'un d'imposant.»
«Il en impose.»
«Gigantesque, même. Pourquoi est-ce qu'il grogne et qu'il ronge le bord de la table?»
«Seigneur. D'après ce que je sais, que j'ai appris par Warshaver, au club, Norman traverse une mauvaise passe. Des problèmes de couple. Des problèmes de santé.»
«Il a l'air d'avoir besoin de perdre pas mal de poids.»
«Je crois que ça fait quelques années qu'il essaie, par inter-

mittence. Un homme intéressant. Warshaver fait courir le bruit que sa boîte va bientôt… »

« Oh, mon Dieu. »

« Quoi ? »

« Regarde ce que le serveur apporte. »

« Bon sang. »

« Personne ne peut manger tout ça, c'est impossible. »

« Pauvre Norman. »

« C'est dégoûtant. Il pourrait au moins attendre que le serveur ait posé les plats sur la table. »

« Il doit vraiment avoir faim. »

« Personne ne peut avoir aussi faim. Est-ce qu'il vient d'essayer de mordre le serveur ? C'était une morsure volontaire ? »

« Ça doit être un effet de lumière. »

« Il flanque un bazar monstre. »

« Je ne l'ai jamais vu comme ça. »

« Il envoie du jus sur les gens des autres tables. Cette femme vient de mettre sa serviette sur sa tête ! »

« C'est sa serviette ? Ça lui va plutôt bien. »

« T'es horrible. Regarde, ils sont obligés de partir. »

« Ils avaient presque fini, de toute façon. »

« Eh ben pas moi. J'arrête de regarder. »

« C'est certainement plus sage. »

« … »

« … »

« Mais je suis obligée de continuer à entendre, hein ? »

« Malheureusement. »

« Mon Dieu, regarde, il a presque tout fini. Il a littéralement mangé une montagne de nourriture en moins de deux minutes. »

« Remarque, il y en a pas mal par terre. »

« Je crois que je vais être malade. »

« Franchement, je suis inquiet. Ça m'a presque enlevé de la tête ton manque de confiance en moi. Norman ne va pas bien. »

« Comment ça se fait que je ne l'aie jamais vu ? Je vois tout le temps sa voiture, sur sa place. »

« Je crois qu'il y a un problème de taille avec la porte de devant. Il a une entrée spéciale sur le côté est. Un ascenseur. Des câbles renforcés. »

« Ouah. »

« ... »

« Est-ce qu'il a tout fini ? Il a terminé ? »

« En tout cas il ralentit. J'ai l'impression qu'il lui manque quelque chose. Tu vois comme il regarde autour de lui ? »

« Mon Dieu, Rick, regarde par terre. »

« Le dessert. C'est ce qui lui manque. Et voilà le serveur. »

« Les lois de la nature seront violées s'il n'explose pas après avoir mangé tout ça. »

« Écoute, je crois qu'on devrait aller voir si on peut faire quelque chose. »

« Tu plaisantes ? Je pense que cet homme est fou. Je ne crois pas que c'était un effet de lumière, je crois qu'il a essayé de mordre le serveur. Tu le vois qui tente de jeter les assiettes sur la table depuis un endroit sûr ? »

« Pourtant, on dirait que Norman est rassasié. Les desserts descendent à un rythme normal, plus ou moins. »

« Tu as encore un bon morceau de steak, tu sais. »

« Il restera là. Je me sens gavé par procuration, de toute façon. »

« Qu'est-ce que tu fais ? Tu plaisantes ? Dis-moi que tu plaisantes. »

« Viens. »

« Grosse erreur, Rick. Pas un truc que j'ai envie de faire. »

« Sois sympa. »

« Comment est-ce qu'on va arriver jusque-là ? »

« On va zigzaguer. Suis-moi. Attention à– »

« Vu. »

« Norman ? »

« Qui me parle ? »
« Rick Vigorous, Norman. »
« Ce n'est pas le bon moment, Vigorous. Comme vous le voyez, la bête est déchaînée. »
« Nous étions à la table juste là-bas, Norman, derrière les légumes, vous la voyez ? »
« … »
« … Et nous nous sommes dit que nous allions venir nous assurer qu'il n'y avait pas le moindre petit truc qui cloche, et aussi vous présenter la demoiselle qui m'accompagne, qui travaille dans l'immeuble et que vous connaissez peut-être ou peut-être pas. »
« Je ne crois pas vous connaître, non. »
« Norman Bombardini, voici Lenore Beadsman, Lenore, M. Bombardini. »
« Enchantée de faire votre connaissance. »
« Beadsman. Vous ne seriez pas de la famille de Stonecipher Beadsman, à tout hasard ? »
« Lenore est la fille de M. Beadsman. »
« Sa fille. Intéressant. Stonecipheco Baby Foods. Assez bonne ligne de produits. Un peu trop doux et liquides à mon goût, bien sûr… »
« C'est-à-dire que c'est de la nourriture pour bébés, Norman. »
« … mais la nécessité fait la loi du proverbe. Asseyez-vous, n'hésitez pas. »
« Nous pouvons ? »
« Hummm… »
« D'accord. »
« Mettez les assiettes où vous pouvez. Mademoiselle Beadsman, je devine que vous n'avez pas envie de vous asseoir sur cette chaise. »
« Pas vraiment. »
« En voici une autre. »
« … »

« Alors, Norman. »

« Je suppose que vous ne voulez pas de cet éclair ? »

« Non, merci. »

« Non, merci, Norman. »

« Ça tombe bien, vous n'en aurez pas. Ils sont à moi. Je les ai payés, ils sont à moi. »

« Personne ne dit le contraire. »

« Vous avez établi votre propriété très clairement. »

« Mademoiselle Beadsman, vous n'êtes pas de ces filles culottées, dites-moi ? Ces filles pleines de culot. Ma femme a du culot. Ou plutôt elle avait du culot. Ou plutôt elle était ma femme. Le culot a tendance à me donner l'eau à la bouche, ce qui n'est pas sans danger pour son possesseur. »

« Comparée à votre femme, Lenore n'a pas une once de culot. »

« Merci, Rick. »

« Alors, Norman, comment vont les affaires ? »

« Mes affaires sont énormes, grotesques et dégoûtantes, Vigorous ; mais vous l'avez sans doute déjà remarqué. »

« Fine analyse. »

« Attention, Mlle Beadsman. C'est ce que j'appelle avoir du culot. »

« Norman, je n'ai pas pu m'empêcher de noter que ce soir vous avez mangé un peu plus que ce qui semble naturel. Ou sain. »

« J'en prends mon parti, Vigorous. »

« Je présume donc que quelque chose cloche. »

« Pertinent, comme à votre habitude. »

« ... »

« Vous voulez savoir ce qui se passe ? Ça me ferait plaisir de vous le dire. Je crois que je viens de stocker juste assez de calories pour réussir à vous raconter toute l'histoire. Elle n'est pas longue. Je suis monstrueusement gros. Je suis un goinfre. Ma femme me trouvait dégoûtant et repoussant. Elle m'a donné six mois pour perdre cinquante kilos. Je me suis inscrit chez

Weight Watchers… vous voyez la devanture maigrichonne là-bas ? Cet après-midi, comme tous les six mois, c'était la grande pesée. Façon de parler. J'ai pris pas loin de trente-cinq kilos ces six derniers mois. Quand je suis monté sur la balance, un Snickers en vadrouille est tombé du revers de mon pantalon et est allé buter contre le pied de ma femme. Cette balance, de l'autre côté de la rue, c'est un appareil ingénieux. On préprogramme son poids cible, et si on parvient à l'atteindre ou à descendre en dessous, on a droit à une explosion de sifflets et d'applaudissements avec une musique de fanfare. Apparemment, il y a des petits drapeaux qui sortent et qui se balancent mécaniquement d'avant en arrière. En cas d'échec – le mien par exemple –, on a une musique funèbre et flatulente jouée avec mépris par un tuba déçu. Sous l'effet duquel ma femme nous a quittés, l'établissement et moi, au bras d'un svelte vendeur de yaourts que j'ai prévu d'écraser, financièrement parlant, demain matin à la première heure. Mademoiselle Beadsman, vous allez trouver un éclair par terre, à gauche de votre chaise. Pourriez-vous le manœuvrer jusqu'à cette assiette avec une perte minimale de chocolat et me le passer. »

« … »

« Merveilleux. »

« Mais Norman, je sais que vous êtes un homme très intelligent. Des turbulences dans votre couple ne sont pas une raison pour manger autant. Pour vous autodétruire. Un échec intentionnel avec Weight Watchers… au diable Weight Watchers ! »

« Non, Vigorous ; non, comme toujours. Cet après-midi, je me suis rendu compte que Weight Watchers – et les sociétés d'amaigrissement, les livres de régime, les stars de l'amincissement et tous les cultes de la minceur en général – recouvre des choses si profondes qu'elles en sont presque inconcevables. Tout cela ouvre sur une vision de l'univers avec laquelle je suis en parfait accord. »

« Une vision de l'univers ? Norman, je – »

« Je vois que vous êtes intéressée, mademoiselle Beadsman. Ai-je éveillé votre curiosité ? »

« On peut dire ça. »

« J'imagine que ce n'est pas rien, d'intéresser une fille culottée avec des cheveux pointus. »

« ... »

« Le yin et le yang, Vigorous. Le yin et le yang. Le Soi et l'Autre. »

« ... »

« Le postulat descriptif de Weight Watchers est le fait indéniable que pour chacun de nous l'univers est scindé de façon profonde, aiguë et totale entre, par exemple dans mon cas, moi, d'un côté, et tout le reste, de l'autre. C'est une définition exhaustive de l'univers pour chacun de nous, Vigorous. L'univers entier. Soi et l'Autre. »

« Ça me paraît incontestable, Norman. »

« Tout à fait et non seulement chacun de nos univers est ainsi fait, mais nous sommes aussi par nature et sans exception *conscients* de cette division de l'univers entre Soi, d'un côté, et l'Autre, de l'autre. Une division exhaustive. Qui fait partie de notre conscience. »

« Dacodac. »

« Et leur postulat prescriptif est le fait tout aussi vrai et évident que nous sommes tous enclins à désirer que notre univers soit aussi plein que possible, que l'horreur ultime est un univers personnel qui résonne dans le vide, dans lequel on se retrouve avec Soi, d'un côté, et d'immenses étendues solitaires qui maintiennent les Autres à distance, de l'autre. Un univers non plein. La solitude, Vigorous. Weight Watchers se voit comme le héraut du combat contre la solitude. N'est-ce pas noble ? Un moment. Hé, garçon ! Je ne dirais pas non à un bonbon à la menthe, vous savez ! Apportez-en, n'hésitez pas ! Pardonnez-moi. La solitude. L'équilibre. Plus notre univers est vide, pire il est. Nous acceptons tous cette idée. Est-ce que l'un de vous ne l'accepte pas ? »

« … »

« … »

« Maintenant, Weight Watchers perçoit le problème comme le besoin de s'entourer du maximum d'Autre, d'établir une relation d'un Soi minimal à un Autre maximal. C'est une manière efficace d'envisager le problème mais ce n'est, je l'ai constaté cet après-midi, certainement pas la seule. Est-ce que vous voyez où je veux en venir, Vigorous ? »

« Eh bien, je vois que – »

« En fait je m'en fiche. Un univers plein, Vigorous, mademoiselle Beadsman. Nous avons tous besoin d'un univers plein. Weight Watchers et leurs alliés voudraient que nous diminuions systématiquement le Soi dans notre univers, afin que le grand Autre soit physiquement attiré par le Soi désormais physiquement plus attractif et qu'il accoure pour combler le manque créé par la diminution du Soi. Une idée valable, certes, mais qui ne recouvre que la moitié des solutions efficaces au problème de la plénitude de l'univers. Est-ce que vous voyez mieux où je veux en venir ? C'est comme dans les manipulations génétiques, Vigorous. Il n'y a jamais qu'une seule solution. »

« Je crois que – »

« Un univers plein et autonome, Vigorous. Un univers plein et autonome, mademoiselle Beadsman. »

« Où dois-je poser les menthes ? »

« Je vais prendre tout le saladier, merci. Plutôt que diminuer le Soi pour inciter l'Autre à remplir notre univers, nous pouvons aussi choisir de remplir l'univers avec le Soi. »

« Vous voulez dire – »

« Oui. J'ai prévu de m'étendre jusqu'à l'infini. »

« Est-ce que je n'avais pas dit que c'était une grosse erreur ? Est-ce que j'avais bien dit que tu n'avais pas toutes les cartes en main ? »

« S'il te plaît, Lenore. Norman, mon ami, sérieusement. Une vision de l'univers, c'est une chose. Mais personne ne peut s'étendre à l'infini. »

« Est-ce que quelqu'un a déjà essayé ? »

« Pas à ma connaissance, mais – »

« Alors faites-moi le plaisir de ne pas sonner ma défaite avant même que j'aie tenté ma chance. Personne n'avait jamais réussi à donner vie à du beurre, mais... »

« Qu'est-ce que c'était que ça ? »

« Rien du tout. Oubliez ça. Un lapsus. »

« ... »

« Et donc ce soir c'est le début du projet Total Yang. Je vais grossir et grossir et grossir. Bien sûr, à la fin il n'y aura plus de place pour personne dans l'univers, ce qui signifie que pour vous non plus, je le crains et m'en excuse, mais j'ai aussi envie de dire, pas de bol. »

« C'était un plaisir, vraiment, il faudra recommencer. Nous ferions mieux d'y aller, je vois qu'une mouche tourne autour de ma salade, là-bas. »

« Elle a l'air délicieuse. »

« Malheureusement, elle ne fait pas partie de votre univers, pour le moment du moins. Rick, si on pataugeait jusqu'à notre... »

« Norman, je ne serais pas franc si je ne vous avouais pas que je me fais du souci pour vous et pour vos perspectives émotionnelles, après ce que vous m'avez dit de votre journée et du stress qui l'accompagne. »

« À la fin il n'y aura plus de perspective du tout. Que du plein. J'espère seulement que j'aurai le temps d'écraser ce vendeur de yaourts avant qu'il n'y ait plus de différence significative entre lui et moi. Les vert clair sont particulièrement bons. Prenez-en un chacun, si vous voulez. »

« ... »

« ... »

« Vraiment très bons. Un autre avantage de mon approche du problème yin/yang est que tout régime devient la pire chose à faire. Les régimes me mettent dans une colère noire contre tout et n'importe quoi. Les régimes me donnent envie de tuer tout le monde autour de moi. »

« Au lieu de vous approprier leur espace en toute simplicité. »

« Vous êtes maline, pas vrai ? Un peu comme votre père. Votre père est un sacré filou. Bien sûr, je pourrais préserver quelques coins choisis de l'univers pour ceux qui éveilleraient en moi des sentiments d'affection et d'attachement. »

« Je reviendrai vers vous, si on commence à être trop serrés. »

« Norman, mon ami, sachez que je ne suis pas loin et que je serai toujours disponible si vous avez envie de parler, pour ne pas dire tailler une bavette, ou même si vous voulez juste traîner avec quelqu'un. Je suis là pour vous, Norman. »

« C'est votre souveraine vertu, Vigourous. Votre plus grande qualité. Vous êtes toujours là. »

« En tout cas pour le moment. »

« Lenore, s'il te plaît. »

« Mademoiselle Beadsman, je commence à vous aimer, à moins que ce ne soit que la comparaison forcément favorable avec Vigorous ici présent. Avez-vous déjà eu une relation avec quelqu'un qui fera bientôt une taille infinie ? »

« À ce sujet je pense que je… Rick ? »

« Oui. Norman ? »

« Au revoir, Vigorous. Profitez de votre Soi tant que vous l'avez. »

« Pour le retour, je crois que le même chemin… »

« Aucun problème. »

« Tu veux qu'on finisse ? Tu as faim ? »

« Tu plaisantes ? Allons-nous-en. Dépose-moi, je vais prendre une douche rapide, attraper quelques affaires et demander à Candy de m'emmener chez toi, et tu me reconduiras demain matin. J'ai pas envie de me plier en quatre dans ma voiture, ce soir. »

« Très bien. Il nous reste un problème, c'est que tu ne veux pas me dire quelque chose d'important. »

« Dire dire dire. »

« Je pourrais appeler Vern Raring au standard, voir s'il est au courant. »

« Bonne chance pour tomber sur lui et pas sur La Fromagerie d'Enrique. »

« Les lignes. J'avais oublié. Walinda était furax. Ça fait assez pour aujourd'hui, si en plus tu dois te miner avec des soucis inracontables, et cetera. »

« L'atrocité de cette journée a été énorme. »

« C'est le cas de le dire. »

« C'est pas drôle. Ce type est obligé de se dandiner pour tourner. »

« Regarde, il essaie de partir. »

« Je ne voudrais pas être à la place du serveur. »

« Je parie qu'il a laissé une note salée. »

« Jamais je ne me garerai sur sa place. »

« Par ici, s'il te plaît. »

« ... »

7
1990

/a/

Lenore Beadsman détenait les possessions suivantes. La moitié d'une paire de chambres carrées avec un sol en parquet ciré et des cheminées bouchées au troisième étage d'une énorme maison grise, à East Corinth, appartenant à un dentiste de Cleveland. Trois grandes fenêtres, dont deux exposées à l'ouest, si propres que le doigt crissait sur les vitres, mais une seule était ouverte car une seule était grillagée. Par ces fenêtres, tout à droite, la jonction entre la surface géométrique de la banlieue et le ciel bouché était cisaillée par les fines dents de Cleveland à l'horizon. À travers ces fenêtres entrait en fin de journée l'explosion couleur citrouille du coucher de soleil sur Cleveland. Les rebords de ces fenêtres ressemblaient plutôt à des étagères et avançaient si loin, sous des fenêtres si basses, qu'on pouvait s'asseoir dessus, et on le faisait, malgré les clous et les écailles des peinture pointues, un problème résolu par le placement de coussins en velours noir, également propriété de Lenore, sur le rebord des fenêtres.

Une commode de chez Mooradian dans laquelle étaient des vêtements et sur laquelle, appuyée sur le support triangulaire en carton qui se rabattait à l'arrière, était une photo encadrée de Lenore, sa sœur, ses deux frères, son arrière-grand-mère, Lenore

Beadsman, et son arrière-grand-père, Stonecipher Beadsman, rassemblés autour d'un globe terrestre en bois sombre dans un faux bureau dans le studio en béton d'un photographe. Prise en 1977, quand Lenore avait onze ans et qu'elle était temporairement exempte d'incisives. Il y avait aussi, appuyée contre ce cadre, une photo de la mère de Lenore dans sa robe de mariage à froufrous, en lin, près d'une grande fenêtre pleine de la lumière légère du printemps, les yeux baissés en train d'arranger des objets liés au mariage qu'elle tenait dans ses mains. Sous cette photo, un mouchoir de coton déplié dont la broderie, dans un coin, disait « Championnat de bridge du Midwest, Des Moines, Iowa, 1971 ».

Trois tiroirs pour les chaussettes, culottes et autres, et un tiroir pour le savon. Un lit, hélas défait dans le moment, avec un vieux sommier en érable brillant que Lenore avait depuis bien longtemps. Une étagère dans le frigidaire dans la cuisine, sur laquelle se serraient des bouteilles d'eau gazeuse et de limonade ainsi que de vieilles carottes noires et ramollies sur le dessus, quelques citrons verts. Une partie du congélateur pleine à craquer de légumes surgelés en sacs plastique, des mélanges de légumes surgelés qui composaient une large base de l'alimentation de Lenore.

Un vieux rocking-chair, recouvert d'un épais tissu marron imitation velours, qui pouvait s'incliner si bas en arrière qu'on avait l'impression qu'on allait toucher le sol de la tête. Un repose-pied avec dessus en osier. Une petite table noire qui faisait mal son office de bureau mais que de toute façon rien n'encombrait dans l'instant. Une chaise noire en bois assortie à la table et énervante à cause d'un pied plus court que les autres. Un plafonnier à la lumière aveuglante encore plus énervant. Deux lampes douces de faible puissance avec des natures mortes peintes sur leur base, achetées en tant que solution d'éclairage de rechange, qui projetaient après le coucher du soleil les ombres en forme de mantes religieuses de Lenore et Candy Mandible sur les murs blanc crème.

Onze cartons de livres rapportés de la fac, des cartons Stonecipheco pour la plupart, avec sur les côtés des dessins de bébés rieurs. Aucun n'avait été ouvert, le bandage adhésif soutiré au prof de sport au prétexte d'une mystérieuse cheville tordue avant les examens n'avait même pas encore été arraché et virait au jaune. Les cartons étaient empilés de chaque côté des fenêtres ouest et supportaient une radiocassette, une boîte de cassettes et un fuchsia stérile et déprimé à cause du soleil d'août. Une machine à pop-corn qui faisait du pop-corn avec de l'air chaud. Une boîte de Kleenex. Une brosse à cheveux en imitation écaille de tortue. Un vieux déambulateur dans le coin est, formé de deux paraboles en aluminium jointes par des barres d'appui en acajou munies de poignées en tissu, dans le bois d'une des barres le nom YINGST gravé au-dessus d'une photo scotchée de Gary, le danseur le plus souriant de Lawrence Welk. La moitié d'un accès à une salle de bains de l'autre côté du vestibule, ce qui signifiait la moitié de l'accès à un lavabo, à un meuble de rangement, à un placard à médicaments, à une baignoire surmontée d'une pomme de douche et à un rideau de douche incrusté de savon aux motifs de perroquets jaunes.

Une cage à oiseau sur un pied en fer dans le coin nord de la chambre. Sur le sol, juste en dessous, un tapis de journaux constellé de graines. Reposant contre le mur, à droite des journaux, un gros sac de graines pour oiseau. Dans la cage, un oiseau, une perruche, couleur citron fluorescent pâle, avec une crête de plumes roses hérissées de taille variable, deux énormes pattes crochues et reptiliennes et des yeux si noirs qu'ils brillaient. Un oiseau nommé Vlad l'Empaleur qui passait le plus clair de son temps à siffler, cracher et se contempler dans le petit miroir accroché dans la cage par une chaîne de trombones Frequent & Vigorous, un miroir si terni et embrumé par les crachats de Vlad l'Empaleur que Vlad l'Empaleur ne pouvait guère voir autre chose qu'une vague forme jaunâtre derrière une vitre embuée. Néanmoins. Un oiseau qui, quand l'envie lui en prenait et contre une ration de graines disproportionnée, cessait de cracher et émettait un étrange et extraterrestre « Beau gosse ». Un oiseau qui, plus souvent qu'à son tour, mordait réellement la main qui le nourrissait avant de se remettre à danser devant son reflet informe, rivalisant de déhanchements et de contorsions pour attraper une meilleure vue de lui-même. Lenore ne voulait plus nettoyer le miroir car à peine elle l'avait fait, une demi-heure plus tard il était à nouveau couvert de salive séchée. Un aspirateur portatif Black & Decker pour aspirer graines et plumes ou bouts de crotte occasionnels sur le sol, à droite du sac qui avait glissé contre le mur et était tombé quelques nuits plus tôt.

Quelques affaires personnelles dans la salle de bains. Un placard rempli de robes blanches. Un meuble à chaussures qui ressemblait à une framboise avec ses protubérances de toile noire. Une étagère au-dessus du bureau, à moitié pleine de livres en espagnol. Toujours sur l'étagère, un réveil irritant qui cliquetait et bourdonnait toutes les minutes, et un petit cheval espagnol en argile à tête amovible dans lequel Lenore rangeait son double de clé. Au-dessus des fenêtres ouest, des stores vénitiens cassés qui tombaient sur la tête de quiconque essayait de les descendre. Quelques minuscules fêlures comme du givre dans le verre en haut des fenêtres, à cause du bruit des avions.

Un livre pratique intitulé *Prendre soin de son oiseau exotique*. Un bout de mur rongé derrière la cage de Vlad l'Empaleur qui datait du soir où Vlad l'Empaleur s'était mis à mâchouiller le mur dans le noir après la fin du spectacle dans le miroir, un bout de mur d'où saillait le plâtre, qui n'enchantait pas Mme Tissaw et qu'elle avait promis de retenir sur la caution.

Rick déposa Lenore, elle courut à l'étage et enleva sa robe. De la musique et une odeur de clou de girofle sortaient de sous la porte de Candy. La chambre de Lenore était envahie par un triste coucher de soleil orange brûlant. Vlad l'Empaleur avait les pattes agrippées aux barres du toit de la cage et pendait la tête en bas, dans l'espoir de trouver une zone réfléchissante au bas de son miroir souillé.

« Salut, Vlad l'Empaleur », dit Lenore, en soutien-gorge, culotte et chaussures.

« Bonjour », dit Vlad l'Empaleur.

Lenore se tourna vers l'oiseau. « Quoi ? »

« Il faut que je fasse ce qui est bon pour moi », dit Vlad l'Empaleur en se remettant à l'endroit pour regarder Lenore.

« Mince alors. »

« Les femmes aussi ont besoin d'espace. »

« Candy ! » Lenore alla ouvrir la porte de Candy Mandible. Candy s'étirait sur le sol, elle faisait presque le grand écart, en justaucorps argenté avec au bec une cigarette au clou de girofle.

« Bon sang, poulette, je t'attendais, comment ça va ? » Candy se redressa et éteignit la chaîne.

« Viens vite, faut que tu entendes Vlad l'Empaleur », dit Lenore, tirant Candy par la main.

« Jolies fringues, dit Candy. Et cette urgence pas claire ? Des nouvelles de Lenore et Concarnadine ? »

« C'est gentil, mais ce genre de discussion ne mène nulle part, dit Vlad l'Empaleur qui contemplait benoîtement son image dans le miroir embrumé. Oui, j'ai des sentiments profonds pour toi. Je n'ai jamais dit le contraire. »

« Qu'est-ce qui lui prend ? » demanda Lenore à Candy.

« Hé, c'est ce que je viens de dire », fit Candy en direction de Vlad l'Empaleur.

« Comment ? » dit Vlad l'Empaleur.

« J'étais en train de répéter ce que j'allais dire à Clint ce soir, j'ai décidé de rompre avec lui. Je m'entraînais en t'attendant. »

« Salut, Vlad l'Empaleur, dit Vlad l'Empaleur. Je t'ai apporté une petite gâterie. »

« Comment ça se fait qu'il se mette à parler d'un coup ? demanda Lenore. Avant, j'étais obligée de lui donner des tonnes de graines pour qu'il dise "Beau gosse". »

« Il y a des tas de jolies filles dans le monde, Clinty, c'est juste que tu es tellement *sérieux* », dit Vlad l'Empaleur.

« Clinty ? » fit Lenore.

« Clint Roxbee-Cox, le vice-président d'Allied, celui qui roule en Mercedes ? Avec les lunettes et l'espèce d'accent anglais ? »

« Clint, Clint, Clint », gazouilla Vlad l'Empaleur.

« Tais-toi », dit Candy Mandible.

« C'est normal que tu sois en colère, dit Vlad l'Empaleur. La colère est un défouloir naturel, laisse-la sortir. »

« Il a jamais parlé comme ça », dit Lenore.

De fines colonnes noires vinrent s'imprimer dans la lumière orange sur le sol brillant lorsque le soleil commença à plonger derrière le centre-ville de Cleveland.

« Trop bizarre. Je suis arrivée vers six heures et demie et tout ce qu'il faisait, c'était se balancer et siffler. Ensuite je suis allée courir, je suis revenue, j'ai préparé ce que j'allais dire à Clint, j'ai fait des étirements et puis t'es arrivée », dit Candy en lâchant les cendres de sa cigarette dans la cage de Vlad l'Empaleur.

« Bien sûr que tu me satisfais, Clinty. Ne crois surtout pas ça », dit Vlad l'Empaleur.

« Tu l'as nourri ? » demanda Lenore à Candy.

« Hors de question. J'ai toujours la cicatrice sur le pouce, dit Candy. T'as dit que tu t'en occuperais. »

« Alors comment ça se fait que son assiette soit pleine ? »

« Les femmes aussi ont besoin d'espace. »

« Il a rien dû manger depuis ce matin, dit Candy. C'est un nouveau soutien-gorge ? »

Vlad l'Empaleur piocha dans ses graines ; sa crête rose se dressa puis retomba.

« C'est la journée la plus bizarre de ma vie, dit Lenore tandis qu'elle ôtait ses chaussures. Rick et moi on a mangé avec M. Bombardini. Célèbre pour la Bombardini Company et l'orbite du squelette ? »

« T'as rencontré Norman Bombardini ? » dit Candy.

« Je sais pas ce que ça veut dire, l'amour, pour toi. Dis-moi ce que ça signifie pour toi », dit Vlad l'Empaleur.

« Va falloir que tu achètes un minibâillon », dit Candy.

« Candy, ce type essaie de se gaver à mort parce que sa femme l'a quitté. Il pèse déjà dans les cinq cents kilos. Il mangeait des éclairs qui étaient tombés par terre. » Elle attrapa la robe suspendue à un des montants du lit, défit son soutien-gorge dans la lumière et se dirigea vers la salle de bains. Candy la suivit dans le vestibule.

« Tu ne peux pas me demander de tenir des promesses que je n'ai jamais faites », les apostropha Vlad l'Empaleur.

/b/

Lenore prit sa douche pendant que Candy Mandible fumait une cigarette au clou de girofle, appuyée contre le lavabo, au milieu de la vapeur.

« Je comprends pas, dit Candy. Comment est-ce que vingt patients peuvent marcher tranquillement vers la sortie, sans que personne les voie ou essaie de les arrêter ? »

« Tu devrais plutôt dire boitiller », dit Lenore depuis la douche.

« Pas faux. »

« Il faut que je me persuade que si mon père est au courant, Lenore va bien. Il faut que je me persuade qu'il l'a emmenée avec lui à Corfou pour sa rencontre au sommet avec le président de cette autre boîte qui fait de la nourriture pour bébés. Sauf que Grand-Mère se tamponne de la boîte. Sauf que Papa et Grand-Mère se haïssent plus ou moins. Sauf que Grand-Mère devient bleue quand il fait moins de trente-sept degrés. Sauf que vingt-cinq autres personnes sont parties en même temps. Ça ferait un peu beaucoup de monde à Corfou. Mais je vais me persuader que Papa les a emmenées quelque part. Sauf que j'ai toujours cru qu'il ne sait même plus où est la maison de retraite.

Même si elle est à lui. Il la gère par l'intermédiaire de Rummage & Naw. » La douche crépita un moment sur le rideau. « Je sais pas si je dois attendre que Papa revienne. Je peux pas aller à Corfou. J'ai pas un rond. Et aucune idée d'où ils sont à Corfou. »

« Rick pourrait te prêter de l'argent. C'est pas ce qui lui manque. »

« J'en ai même pas encore parlé à Rick. Il se sent blessé. » Lenore ferma le robinet et sortit de la douche.

« J'ai eu l'impression que Rick pétait un peu un plomb, aujourd'hui. » Candy jeta dans les toilettes sa cigarette qui grésilla une seconde. Elle commença à se brosser les dents.

« Il avait l'air d'aller, à table. Il veut juste savoir tout le temps où je suis. Celui qui a vraiment disjoncté, c'est Norman Bombardini. Il déblatérait sur l'infini et du beurre vivant. »

« Quoi ? »

« Ma robe sent comme sous un tapis, dit Lenore avec un coup de nez sur sa robe marron. Elle est toute moisie. »

« Essaie de voir si Lenore n'est pas chez quelqu'un de ta famille », dit Candy.

« Et qu'est-ce qui lui arrive, à Vlad l'Empaleur ? »

« Essaie de voir si Lenore n'est pas avec quelqu'un de ta famille. »

« Quoi ? Oui. Bonne idée. Sauf qu'il y a pas moyen qu'elle soit chez John, on peut pas le joindre, et LaVache non plus, Papa m'a dit qu'il avait pas le téléphone. Et qu'est-ce qui pourrait pousser Grand-Mère à aller jusqu'à Amherst ? Peut-être chez Clarice. Sauf que si Grand-Mère était toujours dans le coin, ce qui est le cas de Clarice, elle aurait au moins appelé pour me dire qu'elle va bien. »

« Peut-être qu'elle a essayé et qu'elle est tombée chez Steve Burger. »

« Ah oui, y a ça aussi, quelle journée de merde. Ce type, Peter, qui ressemble à un négatif, il est jamais revenu et on a pas eu de nouvelles du gars des tuyaux. » Lenore tenta d'essuyer la buée sur le miroir. Candy essuya le dos de Lenore avec une serviette, enleva son collant doré et entra dans la douche. Lenore passa la main derrière le rideau en plastique, Candy lui tendit le savon et Lenore lui frotta doucement le dos, comme elle aimait. « Et ça n'a pas arrêté de sonner, presque uniquement des faux numéros, et ça faisait marrer Prietht. »

« Je vais la tuer, elle. Je vais l'assassiner, ça va pas tarder. Un négatif ? »

« Et Walinda délirait parce que j'étais arrivée en retard. Elle était à deux doigts de me virer. Elle arrêtait pas de dire "fini de jouer". »

« Quand elle dit "fini de jouer", c'est qu'elle est vraiment en colère », dit Candy, mettant un pied hors de la douche. La vapeur était si dense dans la salle de bains que Lenore eut du mal à repérer la porte et à l'ouvrir. Elle l'ouvrit. Un courant d'air frais entra et fendit la vapeur. Lenore commença à se brosser les dents.

« Faudrait que je me rase les jambes, dit-elle. Elles font ce bruit, tu sais, quand je les frotte. »

« Alors rase. »

« Et qu'est-ce qui lui arrive, à Vlad l'Empaleur, Candy ? Il doit être malade. Rick m'a dit que la femme du magasin lui avait dit que les perruches ne parlent pas trop, en règle générale. Il est peut-être en train de mourir et c'est un genre de bouquet final, comme avant la fin d'un feu d'artifice. »

« Clinty, c'est super au lit, tu sais que c'est super au lit, je t'ai déjà dit à quel point tu me combles, mais le sexe, c'est que quelques heures par jour, tu peux pas le laisser diriger ta vie », grinça une voix de l'autre côté de l'entrée.

« Ce petit salopard m'a l'air d'être en parfaite santé », dit Candy Mandible, pieds nus dans le vestibule, Lenore en robe de chambre sur ses talons. « Si Mme Tissaw entend ça, on est dedans jusqu'au cou. On ferait mieux de lui apprendre à réciter les psaumes ou un truc dans le genre. »

Candy regagna sa chambre et Lenore la sienne. C'était très joli dans la chambre de Lenore. Le sol et le bas des murs baignaient dans le noir, et les ombres noires des arbres se balançaient dans un bain orange sur le haut des murs et le plafond.

« Le sexe, c'est que quelques *heures* par jour ? » lança Lenore à Candy.

« Clint, Clint, Clint, petite gâterie », roucoula Vlad l'Empaleur devant son miroir.

« Jésus pleura, dit Lenore en direction de la cage de Vlad l'Empaleur. Le Seigneur est mon berger. Je ne manquerai de rien. »

Vlad l'Empaleur dressa l'oreille et la fixa.

« Lenore, faut que je te dise, Clint, c'est vraiment quelque chose. Il est génial. Ça me met à l'envers. C'est un cheval, un chameau, un brontosaure », dit Candy depuis la porte de sa chambre, mains écartées pour mesurer. « Comme ça. »

« Ah, euh, hummm », dit Lenore.

« Met à l'envers ! Comme ça ! » s'écria le perroquet.

« Merde en branches », dit Lenore.

« Mais il est tellement possessif, continua Candy. Il arrête pas de me demander de l'épouser et il s'énerve quand je me mets à rire. Il pense que parce qu'il me fait jouir il a droit à mon cœur. Comment est-ce qu'un homme si grand peut être un si petit garçon ? De toute façon, je vise le président, monsieur Allied. » Candy faisait des pointes sur le pas de la porte de Lenore et laissait les derniers brins de soleil orange tomber sur ses joues. C'était une très jolie fille, tout en courbes et en ovales et en éclat doux, avec d'épais cheveux sombres, plus encore maintenant qu'ils étaient mouillés. Ils tombaient comme une couverture en chocolat sur sa poitrine et son dos. Un avion les survola au ralenti, les vitres vibrèrent un moment dans leurs cadres.

« Juste une nuit pour se rappeler et ne jamais s'oublier », dit Vlad l'Empaleur à son reflet.

Lenore enfila sa tête dans une robe propre. « Elle commence quand, cette nuit pour se rappeler ? »

Candy jeta un œil au réveil qui cliquetait et bourdonnait pour marquer une nouvelle minute. « D'un moment à l'autre. Je vais aller dîner chez lui, et ensuite j'imagine qu'on va copuler comme des animaux pendant des heures et des heures et des heures. »

« C'est d'un romantique, dit Lenore. Jésus pleura, Vlad l'Empaleur. Les péchés du père. Je ne manquerai de rien. »

« Jésus ne manquera de rien. »

« Bravo. »

« J'attends toujours que tu me parles de Rick, tu sais, au lit, fit Candy dans sa chambre. Ça fait quelques mois, quand même, et s'il est aussi super que tu le dis... Je compte sur toi pour me raconter tous les détails de son anatomie. Sinon tu vas m'obliger à aller voir par moi-même. »

« Ah, euh, hummm. » Lenore mit des chaussettes propres.

« Je rigole. Mais sérieusement, on est complices, toi et moi. Et quand tu décris quelque chose, tu t'en sens plus proche après. Enfin quelqu'un. Vraiment. Les angles, les plis, les marques de naissance, tout ça. Ça vous rend plus intimes. » Candy arriva dans une robe en coton violet pâle qui avait appartenu à Lenore pendant des années, qui était parfaitement trop courte pour Candy et qui moulait des hanches loin d'être insignifiantes. Elle s'agenouilla devant la fenêtre dans l'ombre et s'appliqua du mascara, concentrée sur son reflet dans le rectangle sombre au bas de la vitre. À l'extérieur, les criquets démarraient.

« Me fait jouir. Bon pour moi, dit Vlad l'Empaleur. Qu'est-ce qu'elle fout, cette dinde ? »

« Oups, désolée. »

« S'il te plaît, tu peux me déposer chez Rick ? J'ai laissé ma voiture au travail. » Lenore finit de lacer ses chaussures et brossa les plis de sa chevelure. « Je pense que Vlad l'Empaleur aura tout ce qu'il lui faut, niveau nourriture. Il ne doit pas manger beaucoup. »

« Oui, je peux te déposer. Tu vas te décider à arroser cette plante un jour ? »

« On va dire que c'est une expérience. »

« Péchés perruche ! cria Vlad l'Empaleur. Qui a pris le livre ? »

« Quel livre ? » demanda Lenore à Candy.

« Joker. Écoute, je suis en retard. On peut ? »

« Oui. Bonne nuit, Vlad l'Empaleur. »

« L'amour ne veut rien dire. Pour moi, c'est un mot qui ne veut rien dire. »

« On pourrait le faire passer à la télé, dans *Real People.* »

« *Real Birds.* »

« Encore merci pour la robe. Il est possible qu'elle se fasse arracher, je préfère te le dire tout de suite. »

« Les gens devraient avoir des nuits de noces comme vos ruptures. »

« Les femmes ont besoin d'espace, besoin d'espace. »

/c/

« Est-ce que parfois ça te tracasse quand tu te demandes si ça me tracasse que tu ne me dises jamais que tu m'aimes ? »

« De temps en temps, peut-être. »

« Il ne faut pas. Je sais que tu m'aimes, au fond de toi. Au fond de moi je le sais. Et je t'aime, complètement et sauvagement – tu le sais. »

« Oui. »

« Et tu m'aimes. »

« ... »

« Pas de problème. Je sais que tu m'aimes. Ne te tracasse pas. »

« ... »

« Merci de m'avoir dit ce qui se passe avec ta grand-mère. Et pardon d'avoir été si lourd au dîner. Désolé aussi pour Norman. »

« Dieu sait que je voulais te le dire. Si ce n'est que je n'ai pas l'impression que dire est le bon mot. Tu dis des choses, des faits. Là, c'est juste une série de trucs bizarres. »

« Quand bien même. Tu te tracasses aussi pour ce livre qui a disparu ? »

« … »

« Ce livre est un problème, Lenore. C'est ton problème, à mon avis. Est-ce que Jay n'a pas dit que tu investis un objet extérieur pour trouver l'abilité à blesser, à aider et à prendre possession d'un sens qui ne peut venir que de toi-même ? Que ta vie est en toi, pas dans un livre qui fait pendouiller la chemise de nuit d'une vieille femme ? »

« Comment tu sais ce que Jay m'a dit ? »

« Je sais ce que je te dirais si j'étais lui. »

« … »

« Ne t'inquiète pas trop pour un parent qui réapparaîtra avec un teint méditerranéen et trois mots d'explication de la part de ton père, Lenore. C'est tout. »

« Rick, tu me combles, tu sais. Te mets à l'envers. »

« Comment ? »

« Tu me mets à l'envers. Quand on… tu vois. Ce qu'on vient de faire. »

« Je te comble ? »

« Oui. »

« Ben, merci. »

« Une histoire, s'il te plaît. »

« Une histoire. »

« S'il te plaît. T'en as pas reçu aujourd'hui ? »

« Oh, si. »

« Parfait. »

« J'ai aussi commencé à écrire un journal, aujourd'hui. Juste des notes jetées au hasard. C'était intéressant. Je voulais le faire depuis que j'étais gamin. »

« Bonne idée. Je pourrai le lire, un jour ? »

« Peu de chances. Un journal est quasiment par définition quelque chose que personne d'autre ne lit. »

« Alors je me contenterai d'une histoire, s'il te plaît. »

« J'en ai lu une intéressante aujourd'hui. »

« Super. »

« Mais triste, encore une fois. Tu sais qui m'envoie toutes ces histoires tristes ? J'ai découvert que ce sont des gamins. Des gamins à la fac. Je commence à me dire que la jeunesse américaine ne va pas bien. Déjà, il y a un nombre inquiétant de jeunes qui s'intéressent à l'écriture. Vraiment inquiétant. C'est même plus que de l'intérêt. Les gens qui ne font que… s'intéresser n'écrivent pas le genre de choses que je reçois. Des histoires tristes, très tristes. Qu'est-ce qui est arrivé aux histoires joyeuses, Lenore ? Ou morales, au moins ? Je me damnerais pour une de ces histoires à la Salinger que je recevais par camions entiers chez Hunt & Peck, où les personnages trouvaient le réconfort dans les endroits les plus impensables. Je me fais du souci pour les jeunes d'aujourd'hui. Ils devraient boire des bières, regarder des films, aller voler les culottes des filles, perdre leur virginité et se trémousser sur de la musique suggestive, pas écrire des histoires longues, tristes et tarabiscotées. Et ils tapent tous sans exception très mal à la machine. Ils feraient mieux de sortir s'amuser et d'apprendre à taper. Je m'inquiète vraiment. Beaucoup. »

« Écoutons cette histoire. »

« Un homme et une femme se rencontrent et tombent amoureux au cours d'une séance de thérapie de groupe. L'homme est beau, il a la mâchoire saillante, et il est aussi forcément très gentil mais il a des accès de colère qu'il n'arrive pas à contrôler. Parfois, ses émotions s'emparent de lui et il se met dans une colère folle, pour rien. La femme est d'une beauté poignante, c'est la personne la plus douce et gentille qu'on pourrait oser imaginer, mais elle est sujette à d'horribles périodes de mélancolie qu'elle ne peut garder à distance que si elle mange à s'étouffer et dort comme trois, alors elle mange des chips et des madeleines tout le temps et elle dort beaucoup trop, et donc elle est très grosse, mais elle reste quand même très jolie. »

« Tu peux décaler un peu ton bras ? »

« Ils se rencontrent à leur thérapie de groupe et ils tombent fous amoureux et chaque semaine ils se fixent en rêvassant depuis leur côté de la pièce pendant que le psychologue, qui est très décontracté et aimable et qui porte un poncho en flanelle, dirige la séance. D'ailleurs il faut savoir que le psychologue a l'air tout gentil et plein de compassion, mais en fait, c'est le narrateur omniscient qui nous le révèle, il est le méchant de l'histoire, il a fait une dépression à l'université pendant sa maîtrise et ses notes n'ont pas été assez bonnes pour lui ouvrir les portes de Harvard et il a dû aller à l'université de New York où il a eu beaucoup de mauvaises expériences et de phases dépressives, et par conséquent il déteste les villes et les ensembles sociaux en général, c'est une haine pathologique, parce qu'il pense que la société et les pressions du groupe sont les racines des problèmes de tous ceux qui viennent le voir, et sans en avoir l'air il les incite constamment à quitter la ville et à venir s'installer dans des cabanes perdues au fond des bois de l'État dans lequel se déroule l'histoire, le New Jersey j'ai l'impression, cabanes dont il est par une étrange coïncidence le propriétaire et qu'il vend en s'engraissant sur le dos de ses patients. »

« ... »

« Et l'homme et la femme tombent fous amoureux, ils commencent à passer du temps ensemble et le caractère de l'homme commence comme par miracle à se tempérer, et la mélancolie de la femme commence aussi à s'atténuer, elle arrête de dormir tout le temps et de manger des cochonneries, et elle maigrit et révèle une beauté si intense que l'homme en pleurerait, et ils décident de se marier, alors ils vont en parler au psychologue qui semble se réjouir avec eux et pour eux, mais il leur dit que leurs troubles émotionnels sont seulement en rémission car ce nouvel amour fait diversion, et que s'ils veulent guérir pour de bon et pouvoir se concentrer sur un amour qui durera pour toujours il faut qu'ils quittent la ville, Newark j'ai l'impression, et déménagent pour une cabane au fond des bois loin de tout ce qui pourrait leur rappeler un ensemble social, et il leur montre des brochures pour des cabanes au fond des bois, et soudain le psychologue nous est révélé sous un nouveau jour, avec des petits dollars qui brillent dans les yeux, dans un moment de description surréaliste qui ne m'a pas passionné. »

« Mince. »

« Mais donc l'homme et la femme sont maintenant cliniquement envoûtés par le psychologue, après seulement un an de thérapie, et leur amour fait bouillonner leurs émotions, alors ils suivent les conseils du psychologue et achètent une cabane loin au fond des bois à plusieurs heures de voiture de tout, l'homme quitte son poste d'architecte, il était très talentueux et avait beaucoup de succès quand il n'était pas en crise, et elle quitte son poste de créatrice de vêtements pour femmes fortes, et ils se marient et emménagent dans leur cabane où ils vivent seuls et, sous-entendu de manière peu subtile, passent leur temps à s'éclater au lit, dans leur cabane au milieu des bois et des arbres, et pour gagner leur vie ils écrivent à quatre mains des romans traitant de la victoire de l'émotion humaine pure sur les puissances maléfiques de la société collective moderne. Et presque tout de suite ils ont un bébé, à cause de leur activité sexuelle incessante et néanmoins émotionnellement innocente, et il s'en faut de peu qu'ils ratent l'accouchement parce qu'ils arrivent très tard au minuscule hôpital loin de chez eux dans leur Jeep, que le psychologue leur a également vendue, ils manquent donc d'arriver en retard à l'hôpital, mais finalement tout va bien et ils ont un garçon en pleine santé et sur le chemin du retour du petit hôpital au fond des bois, alors qu'ils ne sont pas tout près de leur cabane encore plus isolée et loin au fond des bois, ils s'arrêtent pour parler avec une religieuse qui vit retirée dans une cabane près de l'autoroute et a voué sa vie à s'occuper d'attardés mentaux si attardés que même les institutions spécialisées n'en veulent pas, et l'homme, la femme et la religieuse font sauter le bébé sur leurs genoux et parlent de l'amour qui peut triompher de tout en général, et des pressions de la société en particulier, dans de longs passages de dialogues plutôt beaux. »

« Super histoire pour le moment. »

« Attends un peu. Et ils reprennent leur vie dans les bois, et pendant quelques années tout va si bien qu'ils ont du mal à y croire. Mais, petit à petit, leurs anciens problèmes émotionnels recommencent à se manifester par petites touches, comme des petites fissures dans une belle sculpture. Parfois l'homme se met dans une colère disproportionnée pour des broutilles, et parfois ça rend la femme mélancolique, et un ou deux paquets de chips vides et inquiétants apparaissent dans la poubelle, et elle grossit un peu. Et à ce moment-là un horrible problème médical se déclare chez leur enfant, alors âgé de six ans, qui fait que chaque fois qu'il pleure – et tous les enfants passent leur temps à pleurer, ils se cassent la figure, ils se cognent dans des objets et ils se battent – chaque fois qu'il pleure, donc, il fait une sorte de crise d'épilepsie ; ses hanches font des soubresauts incontrôlables et il avale sa langue, c'est effrayant et les parents sont angoissés, même s'ils pensent et espèrent que ce n'est que passager, mais ils aiment leur enfant si complètement et sauvagement qu'ils se font quand même un sang d'encre. Et la femme est à nouveau enceinte. Et toutes ces choses inquiétantes continuent jusqu'au jour, quelques mois plus tard, où ils partent dans leur Jeep pour le minuscule hôpital loin de chez eux où la femme accouchera de leur deuxième enfant, et au cours du travail le premier enfant glisse sur une flaque dans le hall, tombe et se cogne la tête, et naturellement il éclate en sanglots et s'effondre sur place en pleine attaque de convulsions, et pendant ce temps le bébé est né, une fille, et évidemment quand le bon docteur de campagne lui donne la fessée pour la faire respirer elle se met à pleurer et fait à son tour une crise d'épilepsie miniature, donc les deux enfants ont une crise au même moment, et le petit hôpital tranquille dans les bois se transforme en asile d'aliénés. Mais le bon docteur de campagne reprend vite les choses en main et examine sur-le-champ les deux enfants et leur diagnostique une maladie neurologique extrêmement rare qui a pour conséquence que, pour une raison inconnue, le fait de pleurer décime le système nerveux, attaque le cœur et le cerveau qui gonflent et saignent, et il dit que chaque fois que les enfants pleureront, ce à quoi on peut s'attendre de la part d'enfants normaux, les crises empireront et causeront de plus en plus de dommages, et qu'au bout du compte ils seront en danger de mort – surtout le plus grand, dont l'état est plus avancé –, à moins qu'on leur administre un traitement qui les empêchera de pleurer pour le restant de leurs jours. »

« Ouah. »

« Alors le bon docteur de campagne donne à l'homme et à la femme un médicament antipleurs très rare et complexe à fabriquer, une centaine de bouteilles parce que le trajet de leur cabane isolée au petit hôpital est d'une longueur et d'une difficulté rédhibitoires, et il leur promet que tout ira bien tant que les enfants auront une dose de médicament quand ils sembleront sur le point de pleurer, pour refouler les pleurs et prévenir les crises, et bien sûr les parents meurent d'angoisse mais sont aussi soulagés de savoir qu'au moins la maladie peut être traitée, mais toute cette tension fait encore davantage remonter leurs anciens problèmes émotionnels et l'homme entre dans une colère menaçante contre l'univers à cause de son fils qui a des crises d'épilepsie chaque fois qu'il pleure et à cause du prix forcément exorbitant du stock de médicament antipleurs rare et complexe à fabriquer, et la femme est prise de bâillements inquiétants et elle les fait s'arrêter dans une minuscule épicerie au fond des bois où elle achète toutes les cochonneries qu'elle peut trouver, ce qui énerve l'homme parce qu'elle a déjà pris du poids, même si elle reste très jolie, et son énervement rend la femme encore plus triste, somnolente et affamée, et ainsi de suite dans ce que nous voyons potentiellement devenir un cercle vicieux. »

« Tu veux de la limonade ? »

« Merci. »

« ... »

« Et donc ils rentrent à la cabane et les choses reprennent plus ou moins leur cours, si ce n'est que la femme mange et dort beaucoup et grossit vite, et que l'homme est tellement en colère à cause du prix exorbitant du médicament antipleurs qu'il jure de prendre sur lui pour se contrôler et pour être adorable avec les enfants afin qu'ils pleurent le moins possible. Mais bien sûr pendant ce temps peu à peu son problème de colère va de pire en pire, et la gentillesse artificielle qu'il doit montrer aux enfants lui tape sur le système, et il est obligé de partir dans les bois à des intervalles de plus en plus réguliers pour crier et donner des coups de poing dans les arbres, et sans le faire exprès il devient cruel avec sa pauvre femme triste, il lui crie dessus parce qu'elle n'arrête pas de grossir, tard le soir quand les enfants sont endormis de l'autre côté de la minuscule cabane, et ses cris ne font que plonger la femme plus profond encore dans sa mélancolie, elle est somnolente et affamée et elle revient rapidement à son poids d'avant le mariage, voire pire. Et ça continue comme ça pendant une année en gros, avec pour les enfants des crises de pleurs qui auraient pu être vraiment terrifiantes, surtout pour le plus grand, mais qui ont pu être avortées juste à temps grâce au médicament. »

« J'avoue, je suis captivée. »

« Et maintenant, pendant la nuit du désastre, l'apogée de l'histoire, symbolisé par une tempête incroyable, avec le vent qui hurle et des billes de pluie gélatineuses qui bombardent la cabane, ils dînent tous les quatre autour de la table, la femme a son assiette remplie de madeleines presque jusqu'au plafond, elle bâille à s'en décrocher la mâchoire et l'homme, qui subit une tension énorme, est dans une colère à tout casser et lutte sans cesse pour se contenir, et le garçon, qui a bientôt sept ans, pleurniche parce qu'il ne veut pas manger ses petits pois que la femme, gavée et endormie, a eu la flemme de décongeler et de cuire, et ces pleurnicheries font déborder le vase et sans le faire exprès l'homme décoche une gifle prodigieuse, parfaitement involontaire, et le garçon décolle de sa chaise, tombe et va se cogner contre une petite table sur laquelle sont rangées, à une place d'honneur, sur une pièce en feutre violet, les précieuses bouteilles de médicament antipleurs rare et complexe à fabriquer, et toutes les bouteilles se brisent, en un instant tout le médicament est fichu, et forcément le garçon fond en larmes à cause de la gifle prodigieuse qu'il a reçue et fait sur-le-champ une crise sévère, et par contrecoup le bébé se met lui aussi à pleurer et fait une petite crise de son côté, et tout à coup l'homme et la femme se retrouvent avec deux enfants en pleine crise d'épilepsie et plus une goutte de médicament pour empêcher que les crises blessent le cœur et le cerveau des enfants et peut-être même les tuent. Ils s'affolent et les enfants se convulsent dans tous les sens, et finalement la femme réussit à calmer à peu près le bébé en le prenant dans ses bras et en lui parlant doucement, mais le plus grand ne va pas bien du tout. »

« Mon Dieu. »

« Donc les deux parents sont affolés et ils décident que la seule chose à faire est que l'homme prenne la Jeep et essaie d'emmener le plus grand au minuscule hôpital aussi vite que possible, pendant que la femme téléphonera pour qu'on prépare un lot de médicament antipleurs, comme ça elle restera à la maison, elle téléphonera et elle empêchera le bébé, qui est dans un état stable au creux des bras de sa mère mais qui déteste prendre la Jeep et se mettrait certainement à pleurer sur la route vers le petit hôpital avec des effets désastreux, de pleurer et de se convulser davantage, en attendant que l'homme revienne avec le médicament et, espérons, le garçon hors de danger. Donc l'homme porte le garçon convulsé à la Jeep sous la pluie gélatineuse et ils se mettent en route, et la femme essaie de joindre le minuscule hôpital mais elle n'y arrive pas car, comme nous l'explique le narrateur, les lignes de l'hôpital ont été frappées par la foudre, et en désespoir de cause la femme appelle leur ancien psychologue qui leur a dit lorsqu'il leur a vendu la cabane de ne pas hésiter à l'appeler s'ils avaient besoin de quoi que ce soit, et elle le trouve dans son appartement en ville et le supplie d'aller au petit hôpital récupérer du médicament antipleurs pour le bébé et de le rapporter à la cabane. Et quand le psychologue parvient à se souvenir de la femme – il avait oublié qui elle était –, il dit d'accord à contrecœur, il va le faire, mais il a à peine raccroché que, tiens donc, un de ses patients passe chez lui, que le psychologue essaie de convaincre d'acheter une cabane et d'aller vivre reclus, et le psychologue remet son départ à plus tard, le temps de montrer les brochures à son patient et d'essayer de le convaincre d'acheter une cabane, et encore une fois on a droit aux petits dollars qui brillent dans ses yeux. »

« Sale type. »

« Exactement. Et pendant ce temps l'homme roule à tombeau ouvert en direction du petit hôpital dans les bois, avec le garçon qui n'est plus agité par les convulsions mais qui est dans un genre d'état autistique avec la mâchoire pendante et qui ne va pas bien du tout, et l'homme conduit comme un fou mais il ne peut pas aller vite, dans le noir, sous la pluie gélatineuse et sur les routes boueuses du fond des bois, et l'homme en veut si fort à l'univers d'avoir mis sa famille dans cette situation qu'il sent qu'il va exploser, mais il se contrôle grâce à un énorme travail de volonté et il continue à avancer, et il finit par sortir des bois et par arriver sur la nationale où il peut au moins rouler un peu plus vite. Et dans la cabane, la femme attend que le psychologue arrive avec le médicament antipleurs, elle a tellement mangé, elle est tellement bouleversée et déprimée par les événements qu'elle bâille sans arrêt, elle dort debout, et plus le temps passe plus ça empire, il commence à être tard et de la pluie gélatineuse tambourine sur le toit de la cabane, mais le bébé continue à avoir de petites crises violentes chaque fois qu'il pleure et le seul moyen que trouve la femme pour empêcher ça, c'est de le presser contre son énorme poitrine mouchetée de miettes de chips ; dès qu'elle repose le bébé, il pleure et entre en crise. Et donc elle titube avec le bébé dans ses bras. Et ça continue comme ça, on passe d'une scène à l'autre, et le psychologue conclut enfin sa vente et se met en route dans la voiture rapide et hors de prix qu'il s'est achetée grâce à l'argent des cabanes, et il arrive à l'hôpital en un rien de temps, il parle au bon docteur de campagne et, après une brève attente pendant laquelle le bon docteur de campagne manque de se tuer en fabriquant à toute vitesse le médicament antipleurs, le psychologue récupère le médicament, dit que l'homme paiera la note et fonce sur la nationale vers le fond des bois et la cabane loin de tout, et dans un rebondissement ironique et cruel il croise la Jeep, tournée dans l'autre direction pour des raisons évidentes, qui est dans le noir sur le bas-côté avec un pneu crevé, que l'homme furieux répare en pleine tempête tandis que le garçon est effondré sur le siège avant, mal en point, et la voiture rapide du psychologue sur l'autre file projette une vague énorme qui éclabousse l'homme et lui arrache le cric des mains, et le cric heurte l'essieu de la Jeep et esquinte une petite pièce vitale, ce que l'homme ne remarque pas parce qu'il est tellement en colère qu'il saute dans tous les sens en criant et en faisant des doigts à la voiture du psychologue qui s'éloigne, et qu'il est tout simplement en train de péter un plomb. »

« Seigneur. »

« Pendant ce temps, à la cabane, la femme tombe presque de sommeil, elle est trop mélancolique et inquiète et somnolente, mais si elle lâche le bébé il se mettra à pleurer et à faire une crise de convulsions. Dans un geste héroïque et émouvant, la femme lutte contre le sommeil aussi longtemps qu'elle le peut, elle attend le psychologue, mais physiquement elle n'arrive plus à tenir éveillée, l'éveil n'est même plus envisageable, alors, seul compromis possible avec les événements, elle s'allonge sur son lit avec le bébé contre sa poitrine pour l'empêcher de pleurer et de se convulser. »

« Oh, non. »

« Et elle s'endort, elle roule sur le bébé, elle l'écrase et elle le tue. »

« Oh, mon Dieu. »

« Et elle se réveille, elle voit ce qui est arrivé et la douleur la plonge dans un sommeil comateux dont elle ne pourra plus sortir. »

« Ok, ça suffit. »

« Et le psychologue débarque dix minutes plus tard et entre, en poncho, il voit ce qui s'est passé et il appelle la police. Dans une zone aussi reculée, il n'y a que la police routière, et le psychologue donne au répartiteur le signalement de l'homme et de la Jeep, qu'il connaît bien sûr très bien mais qu'il n'a pas vus quand il les a aspergés, et il dit au répartiteur d'envoyer des patrouilles sur la nationale pour chercher la voiture et emmener rapidement l'homme au petit hôpital si on le retrouve, et aussi à la cabane pour jeter un coup d'œil au bébé écrasé et à la mère dans le coma. Le répartiteur transmet par radio toutes les informations du psychologue aux patrouilles et une voiture se lance sur la nationale en direction de la cabane, sur la route elle croise la Jeep et fait un demi-tour rapide pour la rejoindre sur le bas-côté, et l'officier sort de la voiture et va vers la Jeep sous la pluie gélatineuse et propose à l'homme et au garçon de les emmener sur les chapeaux de roues au petit hôpital dans les bois, l'homme accepte et tout en préparant le garçon à passer dans la voiture de patrouille il demande à l'officier si c'est sa femme qui a appelé la police, l'officier répond non et a la très mauvaise idée de dire à l'homme ce qu'il a entendu sur ce qui s'est passé à la cabane et juste quand un éclair déchire le ciel l'homme bascule dans une colère impossible à contenir et il commence à agiter les bras dans tous les sens, sans le faire exprès, et un de ses coudes frappe accidentellement le garçon, avachi sur le siège à ses côtés, en plein dans le nez, et le garçon se remet à crier et à pleurer et il s'effondre sur le sol de la Jeep en se convulsant, et sa tête heurte la boîte de vitesse et fait sauter le point mort, puis sa tête se déporte contre la pédale d'accélérateur et l'écrase, et la Jeep décolle, avec l'officier qui ne peut pas se dégager, qui s'accroche et qui court à côté parce qu'il avait passé la tête dans la fenêtre pour essayer de calmer l'homme déchaîné, et la Jeep fonce vers le bord de la route, au-delà duquel il y a une profonde vallée, une grande falaise et l'homme est tellement en colère qu'il ne pense même pas à tourner, et l'officier tente d'attraper le volant et de braquer pour éviter la falaise mais la tension soudaine sur la direction fait céder la petite pièce vitale sur l'essieu qui avait été abîmée un peu plus tôt quand le cric avait volé des mains de l'homme, et ils ne peuvent plus tourner et la Jeep, avec l'homme, le garçon et l'officier, plonge du haut de la falaise et tombe une centaine de mètres plus bas sur la cabane où, tu te souviens, la religieuse s'occupait des attardés dont personne ne voulait, et la Jeep s'écrase sur la cabane et explose, et tout le monde meurt dans d'atroces souffrances. »

« Bordel de merde. »

« Oui. »

« … »

« Une histoire profondément dérangée. Le produit de l'esprit méchamment dérangé d'un petit étudiant. Et il y avait encore une vingtaine de pages sur cette femme énorme et magnifique, couchée en position fœtale dans un coma irréversible, et sur le psychologue qui rationalisait et expliquait que c'étaient les pressions sociétales qui étaient à l'origine de tout ça, trop profondes et sournoises pour qu'on puisse s'en extraire, même en se retirant dans les bois, et qui essayait de récupérer grâce à des manœuvres juridiques les derniers biens de la femme dans le coma et de sa famille morte . »

« Sainte mère de Dieu. »

« Plutôt. »

« Tu vas la garder ? »

« Tu plaisantes ? Elle est trop longue, plus longue que ne le sera toute la revue. Et ridiculement triste. »

« ... »

« Et horriblement mal dactylographiée. Ça aussi, ça m'énerve. Une histoire dans laquelle un gamin s'est engagé à fond, qu'il a dû rêver et peaufiner pendant des mois, et il la tape avec ses coudes. J'enverrai un refus personnalisé où je lui conseillerai d'apprendre d'abord à taper, puis d'aller se remuer sur de la musique suggestive. »

« Je l'ai bien aimée, moi. J'ai trouvé que c'était une histoire d'enfer. »

« Tu n'as pas une sensibilité littéraire, Lenore. »

« Super, merci. Pas de culot et pas de sensibilité littéraire. »

« C'est pas ce que je voulais dire. »

« ... »

« Allez, viens par là. »

« Va vendre tes revues. »

« Oh, bon sang, Lenore. »

« ... »

/d/

« Frequent & Vigorous. »

« Gwompf gwompf. »

« Frequent & Vigorous. »

« Quoi ? »

« Ici le standard. Frequent & Vigorous. »
« Lenore. »
« Aspire une autre échelle. Standard. Petite gâterie. »
« Lenore ! Tu parles en dormant ! Tu dis n'importe quoi ! »
« Quoi ? »
« Tu dis n'importe quoi. »
« Gwompf. »
« C'est mieux. »

/e/

« Merde alors ! »
« Gwompf gwompf. »
« Qu'est-ce que… ! »
« Gwompf. Quoi ? »
« Rick, je n'ai pas de déambulateur. »
« Quoi ? »
« Je n'ai pas de déambulateur. Et surtout je n'ai pas le déambulateur de Mme Yingst, avec une photo du type de Lawrence Welk dessus. Qu'est-ce qu'il faisait dans ma chambre ? »
« Quel déambulateur ? »
« Et qu'est-ce qu'il voulait dire, Vlad l'Empaleur, avec petite gâterie, qui a pris le livre ? »
« Quoi ? Il faut tuer cet oiseau, Lenore. Je m'en chargerai si tu veux. »
« Et personne n'est parti à Corfou. On se fout de moi. »
« Gwompf. »
« Seigneur. »

8

1990

/a/

RETRANSCRIPTION PARTIELLE DE LA SÉANCE DU 26 AOÛT 1990, CABINET DU DR CURTIS JAY, MÉDECIN D'ÉTAT. PARTICIPANTS : DR CURTIS JAY ET MLLE LENORE BEADSMAN, 24 ANS, DOSSIER N° 770-01-4266.

DR JAY : Donc on ne prend pas de risques en qualifiant la journée d'hier de pas bonne journée du tout.

MLLE LENORE BEADSMAN : On peut l'affirmer sans risques, oui.

JAY : Et qu'est-ce que ça vous fait ressentir ?

LENORE : Eh bien, je crois que, par définition, après une mauvaise journée on se sent merdique, non ?

JAY : Est-ce que vous avez le sentiment qu'on vous force à vous sentir merdique ?

LENORE : Quoi ?

JAY : Si une mauvaise journée est par définition une journée qui vous fait vous sentir merdique, est-ce que vous avez le sentiment d'être forcée à vous sentir merdique après une mauvaise journée, ou est-ce que c'est naturel ?

LENORE : Mais quel rapport avec quoi que ce soit ?

JAY : C'est une question qui vous met mal à l'aise.

LENORE : Non, ça me donne juste l'impression d'écouter une

question débile qui ne veut rien dire, ce que je crois que c'était, malheureusement.

JAY : Je ne pense pas que ce soit débile. N'est-ce pas vous qui vous plaignez tout le temps de vous sentir contrainte et forcée de ressentir et de faire ce que vous ressentez et faites. Ou est-ce que je confonds avec un autre client et ami de longue date ?

LENORE : Écoutez, est-ce qu'on pourrait juste dire que je me sens merdique parce qu'il m'arrive de sales trucs ? Pendant un mois Lenore est toute bizarre et mélodramatique et d'un coup elle décide de s'en aller de l'endroit où elle mène une vie de semi-grabataire à sang froid et d'emmener des gens avec elle, même si elle a quatre-vingt-douze ans, et elle ne prend pas la peine de passer un coup de fil pour dire ce qui se passe, même si elle est forcément encore à Cleveland, la preuve le déambulateur de Mme Yingst qui n'a pu atterrir dans ma chambre que hier soir vers six heures et demie, et mon père sait tout, la preuve il a fait appeler M. Bloemker par Karl Rummage qui lui a raconté tous ces trucs hier matin alors que personne n'était au courant, et lui non plus il ne prend pas la peine de me dire ce qui se passe et il s'envole pour Corfou, et je pense qu'on a donné du LSD à Vlad l'Empaleur mon oiseau parce que maintenant il jacasse tout le temps et qu'il ne le faisait jamais avant, et comme par hasard surtout des choses obscènes qui vont faire baliser Mme Tissaw si elle les entend et à cause de ça elle me virera, et mon boulot se barre en torrents d'eau de boudin parce que les lignes sont mélangées, qu'on n'a plus notre numéro et que des gens appellent pour toutes sortes de choses bizarres, et bien sûr on n'a vu personne de chez Interactive Cable aujourd'hui, ce matin, et en arrivant au standard j'ai trouvé un gros bouquet de fleurs et des boîtes de chocolats presque vides qui auraient dû me faire rire et j'ai découvert que tout ça, ça vient de M. Bombardini…

JAY : Norman Bombardini ?

LENORE : … Oui, c'est le propriétaire de nos locaux, il est gros et hostile comme pas possible, et le petit plus c'est qu'il est complètement fou et il croit qu'il me fait une faveur énorme, pardon pour le jeu de mots, en me promettant un coin rien qu'à moi dans un univers bientôt rempli, et il dit partout qu'il a le béguin pour moi.

JAY : Et bien sûr il y a Rick.

LENORE : Rick, c'est Rick. Rick, c'est la constante de toutes les équations. Laissons Rick en dehors de ça.

JAY : Ça vous rend mal à l'aise de parler de Rick dans ce contexte.

LENORE : Quel contexte ? Il n'y a pas de contexte. Un contexte implique des éléments liés entre eux. Ce qui se passe là, c'est que dans ma vie bordélique où tout est foutu n'importe comment, tout est de moins en moins bien foutu.

JAY : Donc vous avez peur que votre vie ne soit pas « bien foutue ».

LENORE : Allez sucer des pierres.

(Le Dr Jay s'interrompt. Lenore Beadsman s'interrompt.)

JAY : Intéressant.

LENORE : Quoi ?

JAY : Vous ne trouvez pas ? Vous ne trouvez pas que cette situation est intéressante ? Cette combinaison de situations ?

LENORE : Ce qui veut dire ?

JAY : Pas grand-chose. Simplement que si une personne se sentait merdique, pour reprendre votre emploi de l'adjectif, parce qu'elle n'aurait pas suffisamment de « contrôle » sur les choses, et ici nous admettrons sans retenue que nous ne sommes toujours pas parvenus à exprimer ce que nous voulons dire par là, pour le moment, n'est-ce pas… ?

LENORE : Oh non, le pluriel maintenant.

JAY : … qu'une situation intéressante est au moins aussi désirable qu'une situation ennuyeuse, est-ce que nous sommes d'accord ?

LENORE : Intéressante pour qui ?

JAY : Ah. C'est important pour vous.

LENORE : C'est très important pour moi.

JAY : Ça sent le progrès, laissez-moi vous le dire. Il y a dans l'air un parfum de progrès.

LENORE : Je crois que ce sont mes aisselles. J'ai besoin d'une douche.

JAY : Ce n'est pas du jeu, de se voiler la face derrière ses symptômes. Si je dis que ça sent le progrès, c'est que ça sent le progrès.

LENORE : Vous dites tout le temps que ça sent le progrès. Presque chaque fois que je viens, vous dites que ça sent le progrès. Je suis sûre que vous vous tartinez les narines avec du progrès en vous levant tous les matins. Et d'ailleurs qu'est-ce que ça veut dire, « du progrès » ?

JAY : À vous de me le dire.

LENORE : Les ceintures de sécurité, sur les fauteuils, elles sont pas là pour les patients, hein ? Elles sont là pour empêcher votre jugulaire de se faire arracher trente fois par jour, pas vrai ?

JAY : Vous vous sentez en colère.

LENORE : Je me sens merdique. De la merde à l'état pur. Intéressante pour qui ?

JAY : Qui cela pourrait-il intéresser ?

LENORE : Et qu'est-ce que ça voulait dire, ça ?

JAY : L'odeur de progrès se dissipe.

LENORE : Très bien, écoutez.

JAY : Oui ?

LENORE : Imaginez que Grand-Mère m'ait convaincue que ma vie n'existe que pour ce qui peut en être dit ?

JAY : Qu'est-ce que ça veut dire, ça ?

LENORE : Vous vous sentez en colère.

JAY : Je peux vous éjecter, vous savez. Je n'ai qu'à appuyer sur un bouton, là, sous mon bureau, et je vous envoie crier en l'air jusqu'au lac.

LENORE : Vous devez être le pire psychologue du monde. Pourquoi est-ce que vous ne me laissez jamais exprimer mes pensées ?

JAY : Je suis désolé.

LENORE : C'est pour ça que je suis là, non ? C'est bien pour ça que je vous donne quasiment les deux tiers de ce que je gagne ?

JAY : Je suis à la fois honteux et honoré. Revenons à votre grand-mère et à une vie racontée et non vécue.

LENORE : Bien.

JAY : Bien.

LENORE : Alors qu'est-ce que ça peut signifier ?

JAY : Franchement, c'est à vous de me le dire.

LENORE : Voyons voir, en fait je ne le ressens pas comme une vie qui serait racontée et non vécue, j'ai plutôt l'impression que la vie et le discours sur la vie sont une seule et même chose, qu'il n'y a rien en moi qui ne soit dit ou ne puisse être dit, et dans ce cas où est la différence, à quoi ça me sert de vivre ?

JAY : Je ne comprends pas.

LENORE : Ça ne veut peut-être rien dire. C'est peut-être irrationnel et stupide.

JAY : Mais ça vous perturbe.

LENORE : Bien vu. Si je me résume à ce qui peut être dit de moi, qu'est-ce qui me distingue de cette femme dans l'histoire de Rick, qui mange des cochonneries, qui grossit et qui écrase son enfant dans son sommeil ? Elle est exactement ce qu'on dit d'elle, pas vrai ? Rien de plus. Et on dirait que c'est la même chose pour moi. Grand-Mère dit qu'elle va me montrer comment la vie est faite de mots et de rien d'autre. Grand-Mère dit que les mots peuvent détruire et créer. Tout.

JAY : Je me demande si votre grand-mère n'a pas une petite case en moins.

LENORE : Même pas. Elle n'est pas folle et encore moins stupide. Vous devriez le savoir. Et vous voyez, le truc, si elle peut me faire tout ça rien qu'avec des mots, si elle peut me faire me sentir comme ça, si elle peut me faire percevoir ma vie comme un tas de ruines en équilibre instable et si elle peut même me faire me demander si je suis vraiment moi, s'il y a un moi, aussi fou que ça puisse paraître, si elle peut me faire tout ça rien qu'en me parlant, juste avec des mots, qu'est-ce que ça nous dit sur les mots ?

JAY : « … dit-elle, avec des mots. »

LENORE : Voilà. C'est ça. Lenore serait tout à fait d'accord. C'est pour cette raison que ça me rend dingue que Rick veuille tout le temps *parler*. Parler parler parler. Dire dire dire. Au moins quand il me raconte une histoire la séparation entre ce qui est l'histoire et ce qui n'est pas l'histoire est claire et directe.

JAY : Je sens quelque chose.

LENORE : Je pense qu'il ne faut pas écarter la piste des aisselles.

JAY : Pourquoi une histoire serait-elle plus claire que la réalité ?

LENORE : Ça a juste l'air plus honnête, je ne sais pas pourquoi.

JAY : Honnête signifiant plus proche de la vérité ?

LENORE : Ça sent le piège.

JAY : Ça sent le progrès. La vérité serait qu'il n'y a aucune différence entre une vie et une histoire ? Qu'une vie ferait semblant d'avoir quelque chose en plus ? Alors qu'en fait elle n'aurait rien ?

LENORE : Je tuerais pour une douche.

JAY : Qu'est-ce que je vous ai dit ? Qu'est-ce que je vous ai dit ? J'ai dit que l'anxiété liée à l'hygiène est quoi ?

LENORE : Selon qui ?

JAY : Je peux toujours vous éjecter. Arrêtez de blasphémer ouvertement. Selon moi et mon grand maître, Olaf Blentner, le pionnier de la recherche sur l'anxiété liée à l'hygiène…

LENORE : L'anxiété liée à l'hygiène est une anxiété liée à l'identité.

JAY : L'odeur du progrès me saute au nez.

LENORE : J'ai aussi des problèmes digestifs, donc…

JAY : Taisez-vous. Donc la comparaison entre vie réelle et

fiction vous provoque une anxiété liée à l'hygiène, c'est-à-dire une anxiété liée à l'identité. Ajoutons le fait que la douce et aimable Lenore, dont la petite escapade me chagrine peu, je dois l'avouer, vous endoctrine avec des considérations sur les mots et leur abilité extra-linguistique. Tirez vous-même les conclusions, Lenore.

LENORE : Tout faux. D'abord, tout le truc de Grand-Mère, c'est qu'il n'y a pas d'abilité extra-linguistique, il n'y a *rien* d'extra-linguistique. Et puis qu'est-ce que vous avez à sortir des mots comme « endoctrine » ou « abilité » ? Que Rick aussi utilise tout le temps quand il parle avec moi ? Comment ça se fait que vous et Rick vous disiez la même chose, et avec les mêmes mots en plus ? Vous travaillez en équipe ? Vous lui refilez des infos ? C'est pour ça qu'il est beaucoup trop tranquille et qu'il ne me demande jamais rien sur ce qui se passe ici ? Vous êtes un psy qui n'a pas d'éthique ? Est-ce que vous allez me le dire ?

JAY : Écoutez-moi si vous le voulez bien. Au-delà du fait que je suis terriblement blessé, pourquoi cette obsession à vous demander tout le temps si les gens vont *dire* ? Pourquoi est-ce que le discours prend le contrôle ?

LENORE : Je ne sais pas. Il est quelle heure ?

JAY : Vous ne sentez aucune différence entre votre vie et une histoire ?

LENORE : Peut-être l'eau de ce pichet, là, un peu sous chaque aisselle…

JAY : Alors ?

LENORE : Non, pas vraiment je crois.

JAY : Comment ça se fait ? Comment ça se fait ?

(Lenore Beadsman s'interrompt.)

JAY : Comment ça se fait ?

LENORE : Et ce serait quoi, cette différence ?

JAY : Plus fort, s'il vous plaît.

LENORE : Et ce serait *quoi*, cette différence ?

JAY : Quoi ?

LENORE : Et ce serait quoi, cette différence ?

JAY : Je n'arrive pas à y croire. Blentner ferait des bonds. Vous ne sentez aucune différence ?

LENORE : D'accord, très bien, qu'est-ce que c'est que « sentir », dans ce cas ?

JAY : L'odeur devient trop puissante. Je n'y tiens plus. Permettez que je mette ce mouchoir devant mon nez, là.

LENORE : Taré.

JAY *(d'une voix étouffée)* : On se fiche de le définir. Est-ce que vous la sentez ? Vous *sentez* votre vie ; qui peut sentir la vie de la grosse femme dans l'histoire de Rick ?

LENORE : *Elle* ! Elle peut *elle* !

JAY : Vous êtes dingue ?

LENORE : Elle peut, si l'histoire dit qu'elle peut. Non ? L'histoire dit qu'elle ressent une douleur si violente après avoir écrasé son bébé qu'elle tombe dans le coma, alors elle peut et elle peut encore.

JAY : Mais ce n'est pas réel.

LENORE : Ça a pourtant l'air aussi réel que ce qu'on nous dit.

JAY : Peut-être que ça vient de votre aisselle, finalement.

LENORE : Je me casse.

JAY : Attendez.

LENORE : Dr Jay, appuyez sur le bouton et faites sortir mon fauteuil.

JAY : Seigneur.

LENORE : La femme vit dans l'histoire, et si l'histoire dit, « La grosse et jolie femme était persuadée que sa vie était réelle », alors elle en est persuadée. Mais ce qu'elle ne sait pas, c'est que sa vie ne lui appartient pas. Sa vie est là pour une raison bien précise. Pour démontrer quelque chose ou pour faire sourire, je sais pas. Elle n'est même pas produite, elle est invoquée. Elle est là pour une raison bien précise.

JAY : La raison de qui ? Une raison, comme la raison d'une personne ? Elle doit son existence à celui qui la raconte ?

LENORE : Ce n'est même pas forcément une personne, c'est l'ensemble. Ce qui est raconté crée ses propres raisons. Grand-Mère dit que tout ce qui est dit devient un genre de système qui contrôle tous ceux qui sont à l'intérieur.

JAY : Et comment donc ?

LENORE : Par simple définition. Tout ce qui est dit crée, limite et définit.

JAY : La merde a une odeur qui n'appartient qu'à elle, vous ne trouvez pas ?

LENORE : La grosse femme n'est pas réelle, et dans la faible mesure où elle l'est, elle est utilisée, et si elle pense qu'elle est réelle et qu'on ne l'utilise pas, c'est parce que le système qui l'invoque et l'utilise lui fait par définition se sentir réelle et pas invoquée, ni utilisée.

JAY : Et vous êtes en train de me dire que c'est ce que vous ressentez ?

LENORE : Vous êtes un idiot. Votre diplôme de Harvard, c'est un vrai ? Il faut que j'y aille. Laissez-moi partir, s'il vous plaît. Il faut que j'aille au petit coin.

JAY : Revenez me voir demain.

LENORE : Je n'ai plus d'argent.

JAY : Venez me voir dès que vous en aurez. Je suis là pour vous. Faites-vous donner de l'argent par Rick.

LENORE : Mettez mon fauteuil en marche, s'il vous plaît.

JAY : Nous avons avancé à grands pas, aujourd'hui.

LENORE : Allez vous faire voir.

/b/

26 août

Recueil Monroe Fieldbinder : **Flammes.**

Monroe Fieldbinder baissa son chapeau blanc sur ses yeux et adressa un rictus ironique à la scène de chaos partout alentour.

Monroe Fieldbinder descendit son chapeau sur ses yeux et adressa un sourire ironique au chaos qui l'entourait. Les flammes de la maison en feu bondissaient dans l'air nocturne et projetaient les longues ombres frêles de Fieldbinder et des pompiers et des badauds sur le béton dur et nu de cette rue de banlieue. Des voiles de braises ondulaient, tournoyaient et luisaient dans le vent printanier. Debout sur le marchepied d'un camion à incendie, hurlant des ordres à ses hommes, le capitaine des pompiers repéra Fieldbinder.

« Je pensais vous trouver ici, Fieldbinder », dit le chef, un vieux type grisonnant avec des cheveux blancs et un visage rubicond. « Qu'est-ce qui vous a retardé ? »

« Les embouteillages. » Fieldbinder lança un sourire ironique au chef. « Ça a l'air d'être un peu le bordel ici, chef. »

/c/

Les équipements de la console Centrex III 28 avec commutateur à cinq positions sont une aide précieuse pour l'opérateur dans l'exercice de ses multiples tâches. Six troncs entrants correspondent aux six voyants Appel Entrant, qui clignotent à 60 pulsations par minute pour les appels externes et 120 pulsations par minute pour les appels internes et émettent à 60 signaux par minute un bip agréable mais présent. Les appels peuvent être transférés en interne via le bouton Composer, le code du poste et le bouton Envoyer, l'opérateur étant guidé par le voyant Prêt et la tonalité « connexion effectuée » pour un transfert en douceur. Un circuit de transfert complet occupera un tronc jusqu'à ce qu'un ou la totalité des correspondants libère le circuit. Comme pour toutes les opérations à boucle statique, les voyants Appel Entrant et Envoyer resteront allumés jusqu'à ce que les correspondants se déconnectent. Comme pour toutes les opérations à boucle statique, une occupation simultanée des six troncs déclenchera un signal Toutes Lignes

Occupées et un clignotement à 120 PPM du bouton Abandon. Le bouton Abandon permet à l'opérateur de quitter tous les circuits de transfert complets et de mettre fin à tous les circuits de transfert non encore complétés. Parmi les autres équipements, on trouve une option Attente prévue pour le cas où les conditions au sein de la zone de travail légitimeraient son utilisation, et un bouton Occupé qui verrouille automatiquement tous les troncs et rend la console inaccessible par les circuits standard, et permet le cas échéant à l'opérateur de remplir des tâches loin de la console.

À l'heure du déjeuner, alors que le troupeau des employés de Bombardini Company et de Frequent & Vigorous accomplissait sa transhumance au travers du hall de marbre puis dans les portes tournantes en direction de son déjeuner, le hall transformé en grande boîte bruyante l'espace de quelques instants, Judith Prietht avait pressé son bouton Occupé et lisait un numéro de *People*. Les cheveux mouillés, Lenore Beadsman s'assit derrière la console de Frequent & Vigorous et répondit aux appels.

« Frequent & Vigorous », dit-elle.

« Cette saleté de caisse veut pas démarrer », répondit une voix.

« Monsieur, j'ai le regret de vous dire que vous n'êtes pas chez Cleveland Remorquage, ici ce sont les éditions Frequent & Vigorous, voulez-vous que je vous donne le bon numéro, bien qu'il ne fonctionne probablement pas ? Il n'y a pas de quoi. » Lenore Abandonna puis Connecta. « Frequent & Vigorous. Bonjour, monsieur Roxbee-Cox, Lenore Beadsman à l'appareil, sa colocataire. Elle doit revenir à six heures. Très bien. Je lui dirai. Frequent & Vigorous. »

Le bouton Abandon offre à l'opérateur, ou opératrice, un contrôle accru sur tous les circuits de communication dont il, ou elle, fait partie. Presser ce bouton a pour effet de mettre fin immédiatement à tout circuit actif donné. Comme raccrocher mais en mieux, en plus rapide et plus satisfaisant. Un équipement additionnel et non officiellement autorisé, installé par Vern Raring, l'opérateur de nuit, avec l'attache en tire-bouchon d'un sac poubelle et le canif de son fils, permet de passer tout correspondant injurieux dans un mode Attente qu'il ne peut quitter et ainsi de rendre sa ligne inopérante jusqu'à ce que l'opérateur décide de l'en décrocher, façon de parler. Grâce encore à Vern Raring, les appels les plus injurieux passés dans ce mode peuvent aussi, à l'aide du bouton Appel Extérieur et d'un code de reroutage intertronc à douze chiffres et du numéro d'un service délocalisé, être transférés vers une plateforme au prix exorbitant quelque part dans le monde, avec une préférence des opérateurs utilisant cette option pour l'Australie et la République populaire de Chine.

« Je deviens folle, dit Lenore. C'est dingue. Ce truc a pas arrêté de bipper, de sonner et de brailler, et j'ai eu un seul appel à moitié légitime de toute la journée. »

« Maintenant tu vois ce que c'est, de travailler », dit Judith Prietht, feuilletant quelques pages.

« C'était comme ça aussi, pour Candy, pendant ma pause déjeuner ? »

« Tu peux me dire comment je pourrais le savoir ? J'avais des choses à faire de mon côté. » Judith mouilla un doigt et tourna une page. Sur le plan de travail blanc, à côté de la console de Judith, étaient rangés une canette de Fanta avec du rouge à lèvres orangé autour du goulot et un tricot aux couleurs ternes. Lenore avait de la limonade et quatre livres dont pas un seul n'avait été ouvert.

On sifflotait et on chantonnait pas loin. De l'ombre noire surgit Peter Abbott, devant la cabine du standard.

« *Hola* », dit Peter Abbott.

« Vous, fit Lenore par-dessus les bips de la console, vous réparez nos lignes, tout de suite. »

« Une belle saloperie, incroyable », dit Peter Abbott qui contournait le comptoir et entrait dans la cabine. Avec ses mains, Judith Prietht redonna un peu de volume à sa coiffure. « C'est la folie au bureau, dit Peter. Vous serez peut-être intéressées d'apprendre que c'est le pire problème depuis 81 et la tempête de neige en mars, quand tous les numéros de la ville étaient en dérangement en même temps, et c'est le pire problème hors-tempête de tous les temps à Cleveland. »

« Quel honneur. »

« Quelle chierie plutôt », dit Peter Abbott.

Judith Prietht ne quittait pas Peter des yeux. « Comment allez-vous aujourd'hui ? »

Peter écarquilla les yeux. « *Bueno.* »

« Alors c'est la console ? demanda Lenore qui regardait la console comme si elle était souffrante. C'est pour ça que c'est vous qui êtes venu, et pas le type des tuyaux ? »

« Je suis en mission relations publiques, dit Peter, à nouveau un œil dans le décolleté de Lenore. J'étais chez Big B.M. et avant ça au Cachot de Bambi, d'ailleurs à ce propos ouah. Et vous auriez dû voir Big Bob Martinez dans son café. Il est *bien* en colère. Et là je viens de finir de discuter avec le gars d'en haut, M. Vigorous, le moucheron avec le béret et le double menton ? »

« Parlez pas de lui », dit Judith Prietht.

« Alors c'est la console », dit Lenore.

« On pense pas, dit Peter Abbott. On pense toujours que c'est les tuyaux. Sinon, pourquoi est-ce que des cibles hors de portée de votre console seraient affectées ? »

« On pense que ? Vous pensez que ? »

« Oh, une rétrospective exceptionnelle des Jeux olympiques ! » fit Judith Prietht depuis son *People.*

« Ben, oui », dit Peter Abbott. Il tripotait une pince à dénuder, l'air mal à l'aise.

« Le gars des tuyaux n'a rien trouvé ? »

« C'est-à-dire que Tuyaux a ses propres problèmes, et ça arrange pas la capacité d'Interactive Cable de s'occuper efficacement du problème de réseau », dit Peter Abbott.

« Des problèmes. »

« Sont pas fiables, les mecs des tuyaux. C'est des mous. Là on dirait qu'ils ont tous décidé de prendre quelques jours, d'aller pêcher ou chasser la pouffe. Ils ont même pas dit à leurs femmes où ils allaient et M. Sludgeman, le responsable de Tuyaux, lui aussi il est en colère, c'est naturel. »

« Attendez. On a un énorme problème de tuyaux qui nous empêche de faire tourner nos affaires… »

Judith Prietht renifla.

« … et d'un coup Interactive Cable, qu'on paie pour un service, n'a plus de personnel pour rétablir ce service ? C'est bien ça ? »

« Vous savez, les relations publiques, c'est pas ma spécialité », dit Peter Abbott.

« Ça craint », dit Lenore.

« Au passage, est-ce que je peux dire que vous avez des jambes magnifiques ? » demanda Peter Abbott.

« Quel culot », dit Judith Prietht.

« Cul haut ? »

« Allez voir nos tuyaux », dit Lenore à Peter Abbott. La console bippait comme une folle. Lenore venait de prendre le coup pour ignorer la console quand il le fallait. « Maintenant vous allez nous rétablir notre service. Je suis sûre que tout le monde vous en sera très reconnaissant, surtout les filles apparemment très occupées de chez Bambi, si vous me suivez. Ou dites à M. Sledgeman de venir les réparer. »

« Sludgeman. »

« Sludgeman. »

« M. Sludgeman ne peut pas venir, il est en fauteuil roulant. Il s'est brisé la colonne vertébrale pendant la tempête de neige de 81. Et je peux pas descendre là-dessous. Faut pas faire n'importe quoi avec les tuyaux, c'est très délicat. Imaginez-les comme des nerfs, et la ville est un corps avec un système nerveux. Je descends, je tape un peu partout au hasard et je fous un peu plus le bordel, et après qu'est-ce qui se passe ? Faut pas que les non-initiés fassent n'importe quoi avec les tuyaux. Un homme de tuyaux doit être d'une finesse incroyable. »

« Même si c'est un mou. »

« Exact. »

« Ça alors, dit Judith Prietht depuis son magazine. Ça alors. C'est pas vrai, écoutez ça. »

« Je suis sûre que M. Vigorous a annoncé que la position de Frequent & Vigorous était d'être collectivement en rogne », dit Lenore.

« C'est pas vrai, écoutez. Kopek Spasova. Kopek *Spasova,* dit Judith. La star. »

« Qui ? » dit Peter Abbott.

« Kopek Spasova, la gamine russe qui rafle toutes les médailles d'or en gymnastique. Ils disent qu'elle vient à Cleveland vendredi prochain. Elle va faire une démonstration. »

« Je peux voir ça ? » demanda Lenore. La console se faisait oublier un instant. « Alors ça », s'écria Lenore. Dans *People* il y avait une photo de Kopek Spasova, aux Jeux olympiques de Séoul en 1988, qui tournoyait sur les barres asymétriques, seulement accrochée par les orteils. « Elle était géniale, dit Lenore. J'avais vu ça à la télé. »

« Ils disent que la démonstration sera sponsorisée par Gerber's Baby Food et aura lieu dans le hall de l'Erieview Tower », dit Judith.

« *La nouvelle campagne promotionnelle du géant de la nourriture pour bébés sera lancée par Kopek Spasova, la perle rare de la gymnastique,* lut Lenore à voix haute, *juste après la signature par son père et entraîneur, Ruble Spasov, d'un énorme contrat de promotion et de représentation.* C'est dans quelques jours à peine. »

« Représenter de la nourriture pour bébés ? » dit Peter Abbott.

« Elle doit avoir huit ans, elle est toute petite », dit Lenore.

Elle revint au magazine. « Papa ne va pas être content. Gerber recommence. Et juste ici, à Cleveland. »

« Mais d'abord, comment est-ce qu'une communiste peut représenter quelque chose aux États-Unis ? demanda Judith Prietht. Je croyais qu'il y avait une peine de mort pour ça, en Russie. »

« Elle n'est plus russe », dit Lenore.

« Ah oui, c'est elle, la gamine dont le père vient de pisser à l'Ouest. »

« De passer à l'Ouest. »

« Voilà, c'est elle ! »

« C'est ça. »

« Je dois y aller. J'ai des relations publiques à faire chez Cris et Plumes, dit Peter Abbott. Dès que quelqu'un de compétent peut descendre voir dans les tuyaux, vous allez voir la différence, je vous le dis tout de suite. »

« C'est rassurant. »

« Prenez soin de vous. »

« Kopek Spasova… au revoir ! » lança Judith Prietht.

« *Adios.* »

« J'ai hâte de voir ça, dit Lenore. Frequent & Vigorous. »

/d/

Chaque année au mois d'août Monroe Fieldbinder emmenait sa famille en vacances dans les bois près d'un lac dans les monts Adirondacks. Ce jour-là Monroe Fieldbinder était seul au bord du lac froid et limpide, la ligne de sa canne à pêche au repos dans l'eau claire, et il observait de l'autre côté du lac une maison de vacances en flammes dans les bois sur la rive opposée. Fieldbinder écoutait les craquements au loin et contemplait les volutes de fumée noire qui s'élevaient en spirale dans l'air vif du ciel bleu. Il voyait les voiles de braises étincelants onduler et les minuscules silhouettes des habitants de la maison courir partout en criant et

jeter des seaux d'eau sur les bords de l'enfer. Fieldbinder descendit son chapeau de pêche blanc sur ses yeux et adressa un rictus ironique à la scène de chaos.
et adressa un rictus ironique à la scène.

/e/

« Attrape-le ! Attrape-le ! »
« Je le tiens. »
« Attrape-le, Shorlit ! »
« Viens par là. »
« Bon Dieu, quel bordel. »
« Bon Dieu. »
« On a besoin de Wetzel. Appelle Wetzel. »
« Il a déraillé. »
« Tiens-le bien, Wetzel va arriver. »
« On va être obligés de l'envelopper dans une couverture. »
« Il a raison, va chercher une couverture. Wetzel, va chercher une couverture, allez ! »
« Seigneur. »
« Ça va, ça va. »
« Il va tenir le coup ? »
« Est-ce que vous pouvez reculer un peu, s'il vous plaît ? »
« Il est monté dans le taxi, il m'a dit qu'il voulait aller au Loop, je dis ok, je fais ce qu'il demande, j'arrive sur Wacker et LaSalle et là d'un coup il se met à crier. Je savais pas quoi faire. »
« Vous avez fait ce qu'il fallait. Mettez-vous là-bas s'il vous plaît. Shorlit, t'en es où ? Tu le tiens ? »
« J'ai du mal. Merde. »
« Costaud ce petit gars. »
« Cinglé. »
« Il a perdu la boule. Putain, il a fondu un plomb. J'ai cru que j'allais avoir un accident en l'amenant ici. »
« Ça va, ça va. »

« Il va se trancher la gorge. »
« On l'enveloppe. »
« Retourne-le. »
« Aïe ! Le petit salaud. »
« Chht, ça va. »
« Prends son bras. »
« Aïe ! »
« Fais-le rouler dans l'autre sens. Wetzel, fais-le rouler dans l'autre sens. »
« Je le tiens. »
« Le lâche pas. Attention à ses côtes. Attrape. »
« C'est bon. »
« Seigneur, t'entends ça. »
« Soulevez-le. Wetzel, porte-le. Shorlit, va prendre un chariot avec des sangles pour les jambes. »
« C'est bon. »
« Bon sang, il doit peser dans les quarante-cinq kilos. C'est un squelette. »
« Tu peux lui faire arrêter ça ? »
« Va falloir vous écarter encore un peu. »
« Thorazine ? »
« Donnez-moi de la thorazine, 250 cc. Et un caoutchouc, faudrait pas qu'il avale sa langue. Shorlit, la porte. »
« Ça va, chht, écoutez-moi, on est là pour vous aider. »
« Comment il tient ? Il va faire une attaque. »
« Trouvez un caoutchouc. »
« Posez-le. »
« Bon Dieu. »
« Sangles. »
« Thorazine. »
« Shorlit, donne-moi accès à un bras. »
« Allez. »
« Laisse tomber le caoutchouc jusqu'à ce qu'on l'ait sorti. Il va te mordre les doigts. »

« Les gens vont croire qu'on est en train de tuer quelqu'un. »
« Ça fait dix-sept ans que je suis chauffeur de taxi. »
« Allez attendre dehors s'il vous plaît. »
« Jamais vu un truc comme ça. »
« Wetzel. »
« On y va l'ami. Vous pouvez attendre là-dehors. »
« Suivez l'aide-soignante s'il vous plaît. »
« Ça va faire effet, attendez une seconde. »
« Bon sang. »
« Regardez ses yeux. Ils se révulsent. Quand ça fera effet ils reviendront. »
« Ça y est. »
« Dieu merci. »
« J'ai les oreilles qui sifflent. »
« Bordel de merde. »
« Vous feriez mieux d'aller préparer une perfusion. Cathy, vous appelez le cinquième et vous les prévenez ? Mais occupez-vous de la perfusion d'abord. »
« Merde. »
« Merci les gars. Shorlit, tu regardes s'il a des papiers sur lui ? »
« Je le fais rouler. »
« Ça l'a bien assommé. »
« Mince, il a mouillé son pantalon. »
« Je vais appeler Golden pour lui dire qu'on a tué personne. »
« Pas de papiers. »
« Regarde sur sa poitrine. Un pendentif, une plaque. »
« Hum… »
« Déshabille-le. Ça va, il est dans les vapes. »
« Je vais appeler Golden. Essayez de l'identifier puis emmenez-le en observation. »
« Bon sang. »
« La nuit commence fort. »
« Tiens, un pendentif. »
« Joli. »

« *Pour JB de la part de LB.* »
« Ses yeux sont revenus, de toute façon. »
« Ça va. »

/f/

Juste un flash troublant du rêve de la reine Victoria, cette nuit. Une succession d'images baroques d'une bouillie rouge et de lèvres méprisantes. C'était nouveau. Sinistre. Lenore n'y est pas pour rien. Ça devrait occuper Jay.

Je suis au Mexique, je conduis une Lincoln. L'air conditionné ne fonctionne plus. Il fait une chaleur insupportable. Je porte un costume en laine. Mon costume est trempé de sueur. Le sable du désert est noir. J'ai une chambre réservée dans un motel. J'arrive au motel et me gare près d'un cactus. Il y a des scorpions. L'enseigne de l'hôtel indique COMPLET bien que nous soyons au Mexique. Mais j'ai une réservation que je fais valoir auprès du réceptionniste qui se tient derrière un comptoir dans une entrée qui sent le rot. Le réceptionniste est une énorme souris avec une grosse moustache en guidon de vélo. La souris porte un poncho mexicain délavé.

« J'ai une réservation », je dis.

« *Si* », dit la souris.

La souris me conduit par un trou du mur (régale-toi, Jay, je te mets au défi de ne pas te lécher les babines) dans une chambre coquette avec l'air conditionné, parfaite, en tout point complète, si ce n'est qu'il n'y a pas de draps sur le lit.

« Mince, je dis, il n'y a pas de draps sur le lit. »

La souris se tourne vers moi. « *Señor*, elle dit, les draps si tou les salis, yé t'allonge. »

Nous rions tous les deux et la souris me donne un coup de poing dans le bras.

/g/

« Bonjour. »

« Bonjour. Comment allez-vous ce matin ? »

« Bien, Patrice, merci. On commence ? »

« Avec plaisir. »

« Est-ce que je sens un sarcasme ? »

« Oh, non. »

« Comment vous appelez-vous ? »

« Je m'appelle Patrice LaVache. »

« Quel est le nom de votre mari ? »

« Beadsman. »

« Quel âge avez-vous ? »

« J'ai cinquante ans. »

« Où vous trouvez-vous ? »

« Je suis dans un sanatorium à Madison, dans le Wisconsin. »

« Quel est le nom de ce sanatorium ? »

« … »

« À qui ressemblez-vous ? »

« Je ressemble à John Lennon. »

« Pourquoi ? »

« J'ai les traits anguleux et je porte des lunettes rondes comme John Lennon et aussi j'ai les cheveux bruns et une queue de cheval. »

« Pour quelle raison êtes-vous ici ? »

« … »

« Pour quelle raison êtes-vous ici ? »

« Parce que j'en ai envie. »

« Depuis combien de temps êtes-vous ici ? »

« Des années. »

« Que voyez-vous ? »

« Je vois un treillage que je vais devoir escalader. »

« Pourquoi devez-vous escalader le treillage ? »

« Parce que je suis au sommet du treillage et que je dois l'escalader. »

« Qu'est-ce qui ne va pas avec ce treillage ? »

« Relance 4 de cœur à l'ouest. »

« Qu'est-ce qui ne va pas avec ce treillage ? »

« Le treillage est blanc avec de la vigne vierge avec des épines. Elles griffent mon ventre mon ventre est gros. »

« Qu'est-ce qui ne va pas avec ce treillage. »

« Le treillage est fendu en haut près de la fenêtre et il s'écarte du mur et il se casse, le treillage se casse et la vigne vierge saigne quand elle se brise. »

« Quelle hauteur. »

« Je peux respirer s'il vous plaît ? »

« Oui. »

« ... »

« Quelle hauteur ? »

« Pas loin... du soleil. C'est une question difficile. »

« Où vous blessez-vous. »

« Je me blesse au dos. Je me blesse à la clavicule. Comme une verrue qui aurait poussé. J'ai donné naissance à une verrue dans les fleurs. »

« Combien de temps êtes-vous tombée ? »

« ... »

« ... »

« Ça a duré des années. »

« Étiez-vous blessée ? »

« Je le suis. »

« Que voulez-vous. »

« Que vous me punissiez. »

« S'il vous plaît, dites-moi pour quel motif vous voulez être punie. »

« Parce que j'ai escaladé, que je suis tombée et que je respire. »

« Qui y avait-il au sommet du treillage ? »

« Je peux respirer s'il vous plaît ? »

« Oui. »

« Qui y avait-il au sommet du treillage. »

« Personne. »
« Qui y avait-il au sommet du treillage. »
« Une fenêtre. »
« À qui était-elle. »
« À John et à Lenore. À Clarice. C'était la fenêtre de Lenore. »
« Lenore était derrière la fenêtre. »
« Il s'est fendu. »
« Le treillage. »
« Oui. »
« Qui était avec Lenore ? »
« J'ai besoin de respirer. »
« Allez-y, respirez. Laissez-moi vous essuyer la bouche. »
« Merci. Lenore était avec sa gouvernante. »
« Comment s'appelait-elle ? »
« Je ne connais pas le nom de la gouvernante de Lenore. »
« Qui était prisonnier ? »
« Punissez-moi, s'il vous plaît. »
« Est-ce que c'était Lenore ? »
« J'aimerais tellement pouvoir respirer. »
« Est-ce que c'était Lenore ? »
« Mon fils a de gros ennuis, dans le Sud. Encore plus haut que le treillage dans le Sud. Frappé à distance. Mon fils brûle dans un endroit blanc. Ses yeux sont devenus blancs. Il a besoin d'ombre pour se remettre en selle. Coupez. »
« Patrice. Respirez. »
« Je ne peux pas. »
« Si, vous pouvez. Vous êtes en train de le faire. Regardez-vous respirer, Patrice. »
« … »
« C'était Lenore qui était prisonnière ? »
« Non elle n'était pas… prisonnière. »
« Pourquoi ? »
« Mon Dieu. »
« Pourquoi ? »

« Mon fils. »
« Qui était prisonnier, Patrice ? »
« … »
« Qui était prisonnier, Patrice ? »
« … »
« … »
« Bonjour, comment allez-vous ce matin ? »

/h/

RETRANSCRIPTION PARTIELLE DE LA SÉANCE DU JEUDI 26 AOÛT 1990, CABINET DU DR CURTIS JAY, MÉDECIN D'ÉTAT. PARTICIPANTS : DR CURTIS JAY ET M. RICK VIGOROUS, 42 ANS, DOSSIER N° 744-25-4291.

DR JAY : Sacré rêve.

RICK VIGOROUS : Vous l'avez dit, putain.

JAY : Encore les souris.

RICK : Je déteste les souris.

JAY : Vraiment ?

RICK : Vraiment.

JAY : Pourrions-nous essayer de préciser pourquoi ?

RICK : Elles sont petites, molles et faibles. Elles se faufilent partout. Elles rentrent dans les choses et elles les rongent. Elles chatouillent.

JAY : Elles sont *sales* aussi, n'est-ce pas ?

RICK : Dr Jay, je vous jure que si vous me parlez encore d'anxiété liée à l'hygiène, je vous frappe.

JAY : La perspective d'aborder l'anxiété liée à l'hygiène vous met mal à l'aise.

RICK : Attention.

JAY : Très bien. Notre priorité ici est que vous soyez à l'aise.

RICK : Il y a un peu intérêt.

JAY : Alors de quoi voudriez-vous parler ?

RICK : De Lenore.

JAY : Je pense qu'il ne vaudrait mieux pas, pas aujourd'hui, si vous n'y voyez pas d'inconvénient.

RICK : Comment ça ?

JAY : Il se trouve que Lenore et moi avons beaucoup avancé, tout à l'heure. Ça sentait fortement le progrès.

RICK : Merde, le progrès encore.

JAY : Je préférerais qu'on garde Lenore pour plus tard et qu'on voie ce qui sort.

RICK : Si on peut dire.

JAY : Toujours la jalousie. Vous continuez à penser que j'ai un intérêt sexuel pour Lenore Beadsman.

RICK : Je –

JAY : Quand vos affects vont-ils digérer cette information : la jalousie est seulement le fait de l'homme stupide qui opère une projection mal orientée de son insécurité. De ses troubles d'identité. De son anxiété liée à l'hygiène.

RICK : Vous me fatiguez.

JAY : Parfois vous êtes une buse, Rick. Repensez à ce rêve de la nuit dernière. Après ce qui semble avoir été un coït pleinement épanouissant, une histoire et enfin une dispute. Et puis un rêve. Le rêve. Faisons le rêve. Du sable noir et des scorpions. Où cela nous emmène-t-il ?

(Rick Vigorous s'interrompt.)

JAY : Une question *atrocement* difficile. Dans le Grand Désert d'Ohio, où sinon ? Mais aussi au Mexique. C'est-à-dire ici mais ailleurs. C'est-à-dire dans l'ici de l'inconscient qui rêve. Une Lincoln luxueuse au milieu d'une région dévastée. Le Soi et l'Autre. La différence. Dedans-Dehors. Mais l'air conditionné ne fonctionne plus. Le Dehors entre. Le Dehors, c'est la chaleur. Elle entre car le Dedans ne fonctionne plus. Le Dedans ne maintient plus la distinction. Le Dedans laisse entrer le Dehors. Et quel effet cela a-t-il sur vous ? Vous transpirez. Vous avez chaud et vous transpirez. Quel effet le Dehors a-t-il sur vous ? Il vous rend *sale*.

Il recouvre le Soi avec de l'Autre. Il vient s'introduire dans la membrane. Et si la membrane est ce qui vous rend vous et rend le pas-vous pas vous, qu'est-ce que cela nous dit sur vous, lorsque le pas-vous commence à passer au travers de la membrane?

RICK: Regardez-vous, vous bavez. Je vois la salive sur vos lèvres.

JAY: Cela vous rend mal à l'aise, voilà. Ça *vous* fait, le «vous», vous sentir en *insécurité*, mal arrimé à votre côté de la membrane. Et que se passe-t-il? Une rupture de la communication. Vous êtes désorienté, défiant. Les choses ne veulent pas dire ce qu'elles signifient. L'enseigne d'un motel mexicain, qui devrait être écrite en espagnol, marque COMPLET. Quelqu'un d'autre, un Autre, devient un animal menaçant, du genre qui rentre dans les choses et qui les ronge, pour reprendre vos mots. L'entrée a le parfum des remugles de la digestion. Il y a des problèmes de langage.

RICK: C'est dingue, ça saute aux yeux que Lenore était ici avant moi. Comment pouvez-vous laisser les patients vous dominer comme ça?

JAY: Allons, Lenore et ses troubles n'ont rien à voir ici. Quel est le cœur du problème? Vous demandez quelque chose de propre et naturel, et l'Autre/l'étranger/l'animal menaçant l'interprète comme la menace d'une salissure. Le défaut de sécurité à l'intérieur de la membrane Soi-Autre fait de vous un composant imprévisible et dangereux de l'*autrisme* de l'Autre. Votre insécurité suinte et contamine les identités et filets hygiéniques des Autres. Ce qui renforce encore la conception de la membrane hygiénique-identitaire-distinctive comme étant *perméable* – perméable via la saleté, perméable via l'incompréhension – qui sont en dernier recours, selon Blentner, impossibles à séparer de manière cohérente.

RICK: Blentner, Blentner. Tout ça, c'est de Blentner?

JAY: En majeure partie. Quoi? Presque tout ce que j'ai dit est tiré de sa séminale conférence d'Heidelberg sur l'Hygiène. Je vous la ferais volontiers lire, mais elle est –

RICK : Je suis fatigué. Vous ne m'êtes d'aucune aide et vous le faites exprès. J'ai un pénis anormalement petit. Et des problèmes d'amour-propre et de confiance en proportion. Je veux que ça s'arrange. Je veux que vous me parliez de Lenore et de ses secrets. Et au lieu de ça, tout ce que vous dites, c'est Olaf Blentner et membranes. Faites quelque chose pour mon pénis, Jay. Rendez-vous utile et faites quelque chose pour mon pénis.

JAY : Pénis lapinis. Qu'est-ce que je peux faire pour votre pénis ? Vous n'êtes pas votre pénis. Je m'intéresse à vous.

RICK : Putain.

JAY : Est-ce que tout va si mal que ça ? Vous avez Lenore, une fille magnifique, brillante, pleine d'humour, joyeuse comme tout, angoissée certes mais intéressante dans ses angoisses, et elle vous aime.

RICK : Mais je ne la possède pas. Je ne peux pas. Je ne pourrai jamais.

JAY : Le vestibule du Palais de l'Amour, et cetera, et cetera.

RICK : Putain.

JAY : Écoutez, Rick, mettez-vous en colère si vous voulez, ne vous retenez pas, mais à l'instar de Blentner je pense que tout revient toujours à la membrane. Je pense que la membrane est le progrès que vous attendez. Je pense que nous sentons tous les deux la membrane ici. Vous voulez utiliser votre pénis pour mettre à l'intérieur d'un autre ce qui est à l'intérieur de vous. Pour abolir les distinctions de la manière dont *vous* voulez les voir abolies. Vous voulez empoigner votre membrane et la manger, si je puis dire. Votre désir de faire sortir le Dedans n'est que le reflet de votre peur de laisser entrer le Dehors... en bref, une anxiété liée à l'hygiène.

RICK : C'est de la merde. Démarrez le fauteuil.

JAY : Je suis votre ami.

RICK : Il faut que j'aille aux toilettes tout de suite.

JAY : Nous faisons des avancées. Vous n'avez pas l'impression d'avancer ? Je vous assure, nous avançons à grands pas.

RICK : Connard.
JAY : L'air est imprégné de progrès.
RICK : Vous savez avec qui vous vous entendriez bien ? Norman Bombardini.
JAY : Vous connaissez Norman ?
RICK : Oh merde. J'aurais dû m'en douter. Faites-moi sortir.
JAY : Revenez lundi. Et donnez de l'argent à Lenore pour qu'elle puisse revenir elle aussi.
RICK : Pauvre type.
JAY : Je suis là pour vous.

/i/

Lenore vit M. Bloemker derrière la fenêtre du Gilligan's Isle alors qu'elle gagnait l'arrêt de bus après sa journée de travail. Le Gilligan's Isle se trouvait en contrebas de l'agence Weight Watchers que Norman Bombardini avait montrée du doigt au restaurant le soir précédent. Dans son sac à main Lenore avait un mot de M. Bombardini, avec au coin la trace d'un pouce plein de chocolat, qui accompagnait la boîte de chocolats presque vide arrivée ce jour-là au standard de Frequent & Vigorous. Sur la note était inscrit « Soyez mon tout petit Yin ».

Le Gilligan's Isle était un bar très connu. L'intérieur était de forme circulaire, les murs peints pour évoquer le bleu cinémascopique de l'océan et le sol couvert d'un revêtement qui rappelait la plage. Il y avait dans tous les coins des cocotiers dont les palmes descendaient chatouiller les clients. Du sol germaient d'imposantes statues à l'effigie des personnages de *L'Île aux naufragés* : le skipper, les Howell, Ginger et tous les autres, en couleurs vives et expressions faciales étonnamment réalistes. Les énormes naufragés étaient enfouis dans le sol jusqu'à la poitrine ; leurs têtes, bras, épaules et mains ouvertes étaient les tables des clients. Un peu partout ils s'entremêlaient : le bras de M. Howell enlaçait la taille de Mme Howell, la longue chevelure de Mary-Ann chatouillait l'avant-bras en plastique de M. Howell, le pouce du Professeur rôdait tout près du décolleté de Ginger. Le bar lui-même était fait de la même matière ressemblant vaguement à de la paille dont étaient faites les huttes dans la série. Derrière le bar se tenait à tout moment un des serveurs, qui étaient tous des sosies plus ou moins fidèles de Gilligan. Toutes les heures, on demandait au barman de faire quelque chose de volontairement crétin – un des numéros préférés de la clientèle était celui où le barman glissait sur une flaque de daiquiri banane, tombait et faisait comme s'il s'était fiché le pouce dans l'œil – et les clients, s'ils étaient dans le coup, disaient d'une seule voix, « Ohh, Gilligan », riaient et applaudissaient.

M. Bloemker était assis au fond, à la main gauche de Mary-Ann, tourné vers la fenêtre. Il était accompagné d'une femme très belle en robe étincelante qui regardait dans le vide. Lenore les vit, entra et les rejoignit à leur table.

« Bonjour, monsieur Bloemker », dit-elle.

M. Bloemker releva la tête en sursaut. « Mademoiselle Beadsman. »

« Bonjour. »

« Bonjour. Quelle charmante surprise… » M. Bloemker prit un air bizarre et se décala légèrement vers le poignet de Mary-Ann pour s'écarter de la belle femme à laquelle il était collé.

« En fait, les locaux de Frequent & Vigorous sont dans le Bombardini Building, juste là, dit Lenore, vous devez pouvoir l'apercevoir si vous regardez dans le coin de la fenêtre, juste là, avec les lumières allumées ? »

« Bien bien. »

« Bonjour, je suis Lenore Beadsman, une connaissance de M. Bloemker », dit Lenore à la belle femme.

La belle femme ne répondit rien ; elle fixait un point droit devant.

« Lenore Beadsman, voici Brenda, Brenda, je te présente Mlle Lenore Beadsman », dit M. Bloemker, les doigts dans sa barbe. Devant M. Bloemker et Brenda des boissons dans des verres en plastique en forme d'ananas avec des pailles qui sortaient par des trous percés au sommet.

« Bonjour », dit Lenore à Brenda.

« ... »

« Je vous en prie, asseyez-vous », dit M. Bloemker.

Lenore s'assit. « Ça ne dérange pas Brenda ? »

« Ne vous en faites pas pour Brenda. Brenda est très timide », dit M. Bloemker. Il marmonnait un peu. Il paraissait un poil crispé. Ses joues s'enflammaient au-dessus de la zone où s'arrimait sa barbe, son nez brillait, ses lunettes étaient embuées et ses cheveux n'étaient pas brossés, une gigantesque et obscène mèche de cheveux à la Superman barrait son front comme une virgule géante.

« J'ai essayé de vous appeler aujourd'hui, dit Lenore, mais vous n'étiez pas là et je n'ai pas pu réessayer, on n'a pas arrêté de la journée, avec les problèmes sur la ligne et tout le reste. »

« Oui. Ça a été une dure journée. »

« Je n'ai pas pu dire à mon père de vous appeler parce qu'il n'était pas à son bureau. Il est parti pour quelques jours et apparemment il est injoignable. »

« Oui. »

« Mais à l'instant où il revient. »

« Bien. »

« Et la grande nouvelle, un peu inquiétante aussi, c'est que je suis certaine que Lenore et Mme Yingst et tous les autres patients ne sont pas loin, au moins toujours à Cleveland, parce que j'ai trouvé le déambulateur de Mme Yingst dans mon appartement hier soir, et qu'il n'y était pas avant, et qu'elle a laissé un message pour moi à mon oiseau qui s'est mis à parler d'un coup. »

« Votre oiseau s'est mis à parler d'un coup ? »

« Oui. Surtout pour dire des obscénités, hélas. »

« Je vois. »

« Pour être honnête, il n'est pas inconcevable que Mme Yingst lui ait donné du LSD. »

« Oh, non, je ne pense pas que Mme Yingst serait capable de faire une telle chose. »

« Qu'est-ce qui se passe, alors, tous ces vieux patients partis en vadrouille dans Cleveland sans rien dire à personne, et le personnel et les familles du personnel en vadrouille aussi ? »

« Résidents. »

« Résidents, pardon. » Lenore tourna son regard vers Brenda. « Vous êtes sûr que Brenda va bien ? Je ne l'ai pas vue faire un geste depuis que je suis arrivée. » Brenda fixait de ses beaux yeux un point droit devant.

M. Bloemker adressa à Lenore un regard vide. « S'il vous plaît, dit-il, ne faites pas attention à Brenda. Il lui faut un certain temps pour se détendre en présence d'étrangers. » Il baissa à nouveau ses yeux vitreux sur son ananas et joua avec sa paille. « Résidents. On les appelle résidents, vous savez, c'est même moi qui ai insisté pour qu'on ne les appelle pas patients, à Shaker Heights nous les appelons résidents car nous faisons tout notre possible pour minimiser les implications médicales de leur présence dans notre établissement. Nous essayons de minimiser l'apparence de la maladie, l'importance de la maladie. Sans grand succès, je le crains. »

« Je comprends », dit Lenore.

Il y eut un jappement, un choc et un bruit de verre ; le barman avait atterri sur le comptoir, la tête dans le pot d'un cocotier avec les jambes qui battaient l'air dans son pantalon blanc et de la bière par terre. Tout le monde éclata de rire et cria, « Ohh, Gilligan », sauf Lenore, M. Bloemker et Brenda. M. Bloemker se grattait sous sa barbe avec sa paille.

« Ma position au sein de l'établissement en est une bien perturbante et déstabilisante », dit-il. Il leva les yeux sur Lenore.

« Prenez un peu du Twizzler de Brenda. Je vois qu'elle ne le boit pas. »

Brenda fixait.

« En fait je ne bois pas trop de trucs alcoolisés, dit Lenore. Ça me fait tousser. »

« Tenez. »

« Merci. »

« Perturbante. »

« J'imagine. »

« Les personnes âgées… ne sont pas comme vous et moi, mademoiselle Beadsman. Vous ne l'ignorez sans doute pas, avec tout le temps que vous avez passé dans notre établissement. »

« Elles sont différentes, c'est vrai. »

« Oui. »

« Oui. » Lenore aspira un peu du Twizzler, sentit un fort goût de gin et de punch planteur, ferma les yeux et recracha discrètement dans la paille le cocktail qui replongea dans le verre en plastique en forme d'ananas.

« Ils viennent du Midwest, continuait M. Bloemker. En règle générale, il viennent presque tous du Midwest. » Les yeux vagues. « Cette région, que peut-on dire de cette région, mademoiselle Beadsman ? »

« Aucune idée. »

« À la fois au centre et à la marge. Le cœur et l'extrémité culturelle. Du maïs, une industrie lourde en constant déclin et du sport. Que dire ? Nous donnons à manger et à consommer à une nation dont la majeure partie ne sait même pas que nous existons. Une nation derrière laquelle nous sommes à la traîne, autant culturellement qu'intellectuellement. Que dire encore ? »

« Vous dites des choses plutôt justes, je trouve ; et je crois deviner un intérêt du côté de Brenda. »

« C'est une région qui donne naissance à des gens authentiquement bizarres. Perturbés. Comme les historiens l'ont noté par le passé et le noteront dans l'avenir. »

« Voui. »

« Et quand les gens en question deviennent vieux, quand ils doivent non seulement reconnaître et accepter les implications de leur conscience de faire partie de cet endroit étrange et renfermé sur lui-même… mais aussi quand ils doivent intégrer et gérer leur mémoire, leurs anciennes perceptions et émotions. Les perceptions du passé. Les souvenirs, des choses qui sont et en même temps ne sont pas. Le Midwest, un endroit qui est et en même temps n'est pas. Un mélange volatile. Depuis quelque temps je sens de la volatilité à la maison de retraite. »

« Et vous croyez que ça explique quelque chose ? Niveau disparitions ? »

« Je pense que ça explique bien peu de chose. »

« Je vais rendre son Twizzler à Brenda. Voilà votre Twizzler, Brenda, merci beaucoup, je ne suis pas vraiment d'humeur. Vous êtes sûr qu'elle va bien ? Est-ce que je l'ai vexée ? »

« Brenda, ne sois pas rabat-joie. »

Brenda ne faisait pas un bruit.

M. Bloemker se massait le menton. « L'âge moyen de nos résidents – j'ai mené mon enquête aujourd'hui, à la demande des propriétaires – l'âge moyen de nos résidents est quatre-vingt-sept ans. Quatre-vingt-sept ans. Quel âge avez-vous, mademoiselle Beadsman ? »

« Vingt-quatre ans. »

« Vous êtes donc née en 1966. Je suis né en 1957. Le résident moyen est né en 1903. Réfléchissez-y un instant. »

« La vache. »

« Pensez à tous les mondes dans lesquels ces gens ont vécu. *Les* mondes. Ils sont littéralement passés de la carriole et du cheval à l'homme sur la Lune. Les bouleversements technologiques auxquels ils ont assisté sont stupéfiants. Comment songer même à s'orienter dans un monde dont les fondements ont subi de tels changements ? Comment comprendre sa place au sein du système quand on vit dans une région qui entretient une relation si trouble avec le reste du monde, un monde débarrassé de toute caractéristique stable et compréhensible par les changements aussi constants que radicaux qu'il connaît ? »

« Système ? »

M. Bloemker scruta son pouce. « Êtes-vous déjà allée dans le désert, mademoiselle Beadsman ? Dans le Grand Désert d'Ohio ? »

« Ça doit faire une dizaine d'années que je n'y suis pas retournée. On y allait souvent avec Lenore. On prenait sa Volvo et on allait pêcher dans les lacs sur les bords, on errait un peu. »

« J'aimerais aller y errer un peu. »

« C'est facile. Vous allez à une porte et vous achetez un Pass Errance. Ça ne coûte que cinq dollars. Parfois il peut y avoir foule dans les coins les plus désolés, bien sûr, donc essayez d'arriver tôt pour errer autant que possible avant midi. »

« Nous pourrions faire ça avec Brenda un de ces jours. Je crois que j'ai besoin de quelque chose de… sinistre. Et je crois que Brenda aussi. Je me trompe, ma prune en sucre ? » Bloemker donna une tape négligente dans le menton de Brenda. Brenda bascula sur la banquette, disparut sous la main de Mary-Ann, puis ses jambes heurtèrent le dessous de la table et elle se rassit rapidement, avec une légère vibration. Lenore plissa les yeux.

« Hmmm. »

« Pour être franc, je dois avouer qu'il y a un autre fait que je trouve… amusant », dit M. Bloemker qui suçotait sa paille et buvait quelque chose que Lenore identifia à l'odeur comme un autre Twizzler, « bien que j'hésite à employer ce terme, parce qu'il a ici une connotation péjorative à laquelle je n'adhère pas. Nos résidents, ces gens si vieux aujourd'hui, ont fait de notre culture ce qu'elle est. Quand je dis culture, je n'entends pas la culture de l'Ohio, que je ne prétends même pas essayer de comprendre, mais celle de notre pays. Et tout particulièrement les femmes, il me semble. Nous aimons croire que c'est notre génération qui a accompli la révolution sexuelle. Pardonnez mon langage, mais c'est de la connerie. Ce sont ces femmes, celles qui sont vieilles aujourd'hui, qui ont tout inventé. Tout ce dont nous nous gargarisons. Ces femmes qui sont en maison de retraite ont été les premières Américaines à porter les cheveux courts. Les premières à boire. À fumer. À danser en public. Et à voter, avons-nous vraiment besoin de le rappeler ? À gagner de l'argent. À devenir des entités économiques. Ces femmes en chaise roulante avec leurs couvertures sur les genoux, elles ont été des pionnières. »

« Vous êtes sûr que Brenda va bien ? demanda Lenore. Parce que je me rends compte que je ne l'ai pas vue faire un mouvement de son propre chef, je n'ai pas vu sa poitrine se soulever ni ses yeux cligner. Qu'est-ce qui lui arrive ? »

« Les cheveux courts. Ça me fascine. Ça a libéré ces femmes de leur prison. Une prison esthétique. Ça les a libérées de la tyrannie des cent coups de brosse chaque soir imposée par la culture… en vigueur. »

« Je trouve ça super bizarre, qu'elle ne cligne pas des yeux. Et qu'est-ce qu'elle a au cou, là ? Qu'est-ce que c'est que ce truc sur le cou de Brenda ? »

« Une marque de naissance. Un bouton. »

« Est-ce que c'est une valve ? C'est une valve ! Regardez, il y a le capuchon ici. Vous êtes assis avec une poupée gonflable ? »

« Ne dites pas n'importe quoi. »

« Vous êtes assis avec une poupée gonflable ! C'est même pas une vraie personne. »

« Ce n'est pas drôle, Brenda, montre à Mlle Beadsman que tu es une vraie personne. »

« Mon Dieu. Regardez, elle pèse à peine un kilo. Je peux la soulever d'une main. » Lenore saisit Brenda par la cuisse et la souleva. Tout à coup Brenda lui échappa, sa tête se coinça entre la banquette et la main de Mary-Ann, et elle resta comme ça, à l'envers. Sa robe se retourna.

« Seigneur », dit M. Bloemker.

« Ces poupées. C'est dégoûtant. Comment vous pouvez vous balader en public avec une poupée anatomiquement correcte ? »

« Très bien, je suis obligé d'admettre que le voile qui m'empêchait de voir vient d'être levé. Je pensais qu'elle était seulement très timide. Une femme du Midwest, perturbée par une relation ambivalente… »

« Jolie poupée », fit remarquer un client, assis au coude de Mme Howell.

« Nous ferions mieux de partir », dit M. Bloemker. Il lutta avec les jambes en plastique de Brenda. Brenda était coincée. Lenore aida M. Bloemker à tirer. Brenda céda, mais l'ongle du pouce de Mary-Ann se prit dans sa robe et la déchira. La robe tomba.

« Fait chier », dit Lenore.

« Ouah », fit le client au coude de M. Howell. « Où vous l'avez achetée ? Ça coûte cher, ce genre de modèle ? » D'autres tables se retournèrent pour regarder. Tout devint calme.

« De ma vie je n'ai jamais… » murmura M. Bloemker.

« Ce serait plus sage de vous en aller », dit Lenore.

« C'était un plaisir de vous voir, j'attends avec angoisse que votre père… » M. Bloemker cacha du mieux qu'il put Brenda sous sa veste et se dirigea vers la porte. Il y eut des sifflets et des applaudissements. M. Bloemker pressa le pas et fonça dans un serveur qui contournait le comptoir avec un plateau chargé de russes blancs crémeux. Il y eut un énorme bruit de choc et de verre brisé, le serveur tomba à la renverse et se flanqua un pouce dans l'œil, du russe blanc gicla partout et un éclat de verre fusa vers Brenda, la creva, et elle s'envola des bras de M. Bloemker et partit siffler, tournoyer et perdre son air tout autour de la pièce pour enfin réaliser un atterrissage mou mais de toute beauté dans un cocotier, une jambe enroulée autour du cou. M. Bloemker décampa. Lenore renifla son Twizzler. Les clients riaient et applaudissaient,

« Ohh, Gilligan. »

9

1990

/a/

« Entre. Fait longtemps que tu attends ? Journée chargée. Je reviens et je ne vois même plus mon bureau sous tous les messages. Foamwhistle, disposez. N'oubliez pas, Pupik, du département Couvercles, et Goggins, des Pots, je veux qu'ils viennent me voir *en même temps*. Vous vous en assurez. Pas la première fois que je vous le dis. Une société incapable de coordonner ses couvercles et ses pots est une société qui fonctionne mal. Je ne dirige pas une société qui fonctionne mal. Allez. Entre. Ne lui sautez pas dessus, Foamwhistle, vous aurez tout le loisir de vous faire des confidences et de rire ensemble tout à l'heure. Pour le moment, elle est à moi. Entre. Je prends la responsabilité de mon retard et te demande pardon, même si je ne suis pas responsable de mon retard. Qu'est-ce que tu en penses ? C'est moi qui l'ai attrapé. Je l'ai fait empailler. Je trouve qu'il a l'air de sortir tout juste de l'eau. Pas toi ? Je l'ai attrapé au Canada. Je suis allé au Canada, avec Gerber. On s'est fait une partie de pêche. Une partie de pêche au Canada avec Gerber. Je reviens bronzé, naturel, tu le diras à ta sœur. Pas là, là-dessus, plus près. La lumière est atroce ici aujourd'hui. Pourquoi est-ce que Foamwhistle n'est pas fichu d'aménager un bureau dont la lumière ne dépende pas d'une fenêtre placée derrière moi. Au moins j'arrive à te voir là-dessus. Tu as vraiment le teint gris, ou c'est la lumière qui fait ça ? Pourtant j'aime bien la pluie par la fenêtre, j'aime bien regarder dehors quand j'ai une seconde, c'est-à-dire jamais. Le lac est beau sous la pluie. La pluie lave le lac. Le bruit de la pluie contre la fenêtre… Tu aimes bien ? Non ? Oui ? Au boulot. Je suppose que Stonecipher est bien entré à Amherst. Combien de temps, trois semaines ? Tu ne peux même pas trouver une heure en trois semaines ? Je sais ce que tu vas dire, ce truc au Canada est arrivé sans prévenir. Gerber a lancé l'idée. On ne peut pas planifier ce genre de choses, ça donnerait l'impression qu'on se réunit pour fixer nos prix. Et toi, de ton côté, tu n'as pas de temps libre ? Tu ne vis pas dans un intervalle de temps libre à durée indéterminée ? Comment ça va au travail ? Combien tu gagnes ? Tu as de l'argent ? Si tu ne réponds pas, je considérerai que tu as de l'argent. Tu as repensé à ce dont on a parlé en long et en large la dernière fois ? Non ? Pas avancé ? Toujours pas de projets ? Toi, une diplômée d'Oberlin ? La réceptionniste et standardiste la plus instruite de l'histoire de Cleveland ? Et cette boîte. J'attends avec inquiétude qu'elle sorte son premier livre. Est-ce qu'elle a déjà publié quoi que ce soit ? Norslan ? Ce n'est pas un livre, c'est de la publicité. Remarque, un produit est un produit, je suis bien placé pour le savoir. Toujours au salaire minimal ? Toujours quatre gros dollars de l'heure ? Combien de temps ? Non. Tout à fait naturel de vouloir faire une pause, sans études, sans vrai travail, sans responsabilités, et je ne parlerai même pas de mariage parce que sinon mes lunettes vont se casser, mais *combien de temps* ? La seule question raisonnable. Suivie de la réponse raisonnable. Attends. Attends. C'est bien, d'aimer un aïeul. Se sentir connecté… excuse-moi, c'est bien de se sentir connecté. Mais imiter cet aïeul… dans tous les aspects de sa personnalité… ce n'est pas bon. Ce n'est pas naturel d'essayer de devenir cet aïeul. Donc mauvais. Pas juste ? Pas vrai ? Alors pourquoi essayer délibérément d'invoquer la comparaison, l'accusation ? Est-ce que c'est la question appropriée ? Pourquoi cette coiffure, tu sais bien que je la déteste ? Les vieilles robes ? Et la fonction de ces chaussures ? Oui, fonction. Je sais. Attends un instant. Ne pas avoir de but après un cursus universitaire éblouissant. Grand-Mère Lenore dépose son fils, mon père, ton grand-père à Shaker School et s'envole pour l'Angleterre. L'Angleterre. Oui, finalement je sais de quoi dérive la fonction. De l'irresponsabilité. Ton refus, *a*, de retourner à l'université ; ton refus, *b*, de faire quelque chose de rémunérateur avec ton diplôme qui a coûté une petite fortune. Même ton refus de vivre à la maison. Non, ce n'est pas vrai, bien sûr que je fais preuve de compréhension, mais rends-toi compte que de mon côté aussi il y a de la gêne et de la tristesse. Il n'y a plus que Mlle Malig et moi dans cette grande maison, à part en pleine… excuse-moi… à part en pleine journée. Pourquoi ce regard ? Il me met hors de moi, ce regard, il est temps que tu le saches. La fille de ta mère. Aucun but. Un boulot stupide, à appuyer sur des boutons et mettre d'autres gens en connexion. Toujours pas d'investissement amoureux ? Non ? Non, je ne vois pas en quoi ça fait une grosse différence. L'absence de but et l'irresponsabilité prennent de nouvelles formes au fil du temps. Et puis il y a M. Vigorous. Non, ce n'est pas la peine d'essayer de nier cet investissement, de nier son importance. Je vois. Ça ne sert à rien d'en parler, n'est-ce pas ? Bon, Lenore, donc. Très bien. À propos de ce que je soupçonne fortement d'être la raison de ta présence ici, laisse-moi te dire que tout est sous contrôle et parfaitement explicable. Le truc avec Gerber est accessoire. C'est arrivé comme ça. Rummage a appelé Bloomfield. Bloemker. À ma demande. Oui. Pas du tout. Le fait que tu n'aies pas été informée est un accident. La vue d'ensemble, etc. Je partais du principe que Grand-Mère, pour ne pas dire bien sûr Foamwhistle, t'avais mise au courant au fur et à mesure. Ce qu'il s'est passé, c'est qu'il y a quelque temps Grand-Mère Lenore m'a convoqué dans la serre qui lui sert de chambre pour me parler d'un projet. Un projet. Pour la boîte, oui. Attends un peu. Elle avait des idées qu'elle voulait me soumettre. Elle me les a soumises, ça m'a intrigué. J'ai fait venir un de nos gars, un de nos chercheurs, un de nos chimistes, un petit gars, Obstat ? Neil Obstat Jr ? Je sais qu'il était avec toi à Shaker. Cette petite fouine a encore une photo de toi dans son portefeuille. Quoi qu'il en soit, lui aussi ça l'a intrigué. L'amie de Grand-Mère Lenore, Yingst ? Elle a eu un mari qui faisait des recherches. En neurologie. La glande pinéale ? Non ? Une petite glande ronde à la base du cerveau ? P-i-n-é-a-l-e ? Souviens-toi, c'est là que Descartes pensait que le cerveau et le corps se rencontraient, à l'époque, le point de médiation, là où les fluides du corps étaient régulés et gérés en fonction de la... ? C'est ça. Je suis sûr que tu as vu ça en cours. Yingst avait des théories, des théories appuyées qui ne manquaient pas d'intéresser Grand-Mère Lenore, pour des raisons égoïstes faciles à deviner. Une transaction a été proposée, au bénéfice des deux parties. »

/b/

Extrait de *Advertising Age*, 28 août 1990, rubrique « C'est pour bientôt », p. 31-32 :

UNE AGRESSIVITÉ PROMOTIONNELLE JAMAIS VUE ET DES ENTREPRISES *CON COJONES* AGITENT LE MARCHÉ DE LA NOURRITURE POUR BÉBÉS.

Cleveland est devenu le théâtre improbable de ce que les initiés annoncent comme la prochaine grande bataille industrielle sur le terrain de la nourriture pour bébés. Les géants Gerber's Quality Brands et Stonecipheco Baby Food Products s'affrontent dans un tête-à-tête fatal pour le partage du marché qui pourrait bien mettre sur la touche le cadet Beech-Nut Infant Division.

D'un côté, Gerber fignole une campagne sans précédent de publicité plurimédiatique et de séduction du consommateur appuyée par Kopek Spasova, le joyau de l'ex-URSS, qui après avoir remporté tous les prix en a fixé un élevé pour ses services, tandis que, de l'autre, Stonecipheco se prépare, selon nos sources, à rendre publics et à capitaliser sur le marché les résultats de recherches inédites dans le domaine de l'industrie alimentaire, un dérivé d'hormone bovine qui, utilisé en complément régulier de l'alimentation des nourrissons, peut accélérer considérablement l'acquisition du langage et de la compréhension. « Des tests restreints ont montré que les enfants commencent à parler des mois, voire des années, avant l'âge normal », nous a confié une source interne à Stonecipheco. « Là, on ne parle pas que d'une simple prise de contrôle du marché, mais d'une ouverture potentiellement significative sur le rapport entre nutrition et développement mental, entre ce dont le corps a besoin et ce dont l'esprit est capable. »

Est-ce que Gerber est aussi sur le coup ? Personne n'en sait rien, mais le fait que Gerber lance son raid promotionnel dans le centre-ville de Cleveland, à deux pas du siège de Stonecipheco, est une coïncidence que beaucoup ont notée. Et l'intrigue se complique encore lorsqu'on se rappelle que les patrons Robert Gerber et Stonecipher Beadsman III sont de vieux potes de fac qui se partageaient le haut du pavé à Amherst College dans les années 50.

À Cleveland, les fanatiques du marché de l'agroalimentaire sont aux aguets, d'autant plus qu'ils se souviennent que la semaine dernière, dans cette rubrique, nous évoquions l'incursion massive, et apparemment réussie, de Norman Bombardini, le géant du génie génétique, dans... *(lire la suite p. 55)*

/c/

« ... que, pour te redire ce que j'ai entendu pendant des années et des années, et que toi aussi tu as dû entendre plus d'une fois, la signification d'un objet n'est ni plus ni moins que sa fonction. Et cetera et cetera et cetera. Elle t'a fait le truc du balai ? Non ? Qu'est-ce qu'elle fait maintenant ? Non. Quand j'étais petit – je devais avoir huit ou dix ans, je ne sais plus –, elle me faisait asseoir dans la cuisine, elle attrapait un balai, elle se mettait à balayer le sol comme une furie et elle me demandait quelle partie était pour moi la plus élémentaire, la plus *fondamentale*, la brosse ou le manche. La brosse ou le manche. Et j'étais là, oppressé et hésitant, et elle passait le balai de plus en plus fort, ça me rendait nerveux et finalement je disais que je pensais que c'était la brosse, parce que si tu en as envie tu peux balayer sans le manche, juste en tenant la brosse, et alors elle me flanquait un coup qui m'éjectait de ma chaise et elle me hurlait dans l'oreille des trucs comme, « *Haha*, c'est parce que tu veux te servir du balai pour *balayer*! C'est à cause de la *fonction* que tu veux donner au balai ! » Et ainsi de suite. Et que si on voulait se servir du balai pour casser une vitre, alors le manche devenait l'essence fondamentale du balai, et elle me faisait une démonstration avec la fenêtre de la cuisine et tous les domestiques rappliquaient ; mais si on voulait utiliser le balai pour balayer, par exemple des débris de verre, la brosse était l'essence de l'objet. Non ? Avec quoi elle le fait maintenant ? Des crayons ? Aucune importance. Sens égale fondement. Fondement égale usage. Sens égale usage. Sens égale usage. Comment ? Tu me demandes pourquoi ? Lenore, s'il te plaît. "Pourquoi", mais de quoi est-ce que vous parlez tout le temps ? Elle a l'impression de ne servir à rien. Elle a, elle avait l'impression de ne plus occuper aucune fonction, à la maison de retraite. Attends, j'y viens. Ici, la clé, c'est l'inutilité. Mais bien sûr, Lenore, qu'elle n'avait pas d'autre choix que d'être là-bas, l'encadrement médical, les trente-sept degrés, mais elle n'était pas heureuse, et si tu te souviens bien elle disait que ça faisait remonter les souvenirs de capacités qu'elle n'avait plus. Non, il n'y avait vraiment pas d'autre solution, et c'est pour ça qu'on a acheté Shaker Heights, même si ce n'était pas terrible comme investissement. Si ce n'est pas de l'amour, je ne sais pas ce que c'est. Mais bon, pour quelqu'un qui pense que le sens est l'usage, avoir l'impression de ne plus servir à rien. Elle m'a dit qu'elle était malheureuse. Elle est venue me le dire. Elle ne t'en a pas parlé ? Elle est dans une phase étrange. Maintenant je comprends mieux, quand je parlais de la section où était ma mère, avec tous les Alzheimer. Ça contrariait Grand-Mère Lenore au plus haut point. Comment Bloomfield avait remarqué que les patients de cette section oubliaient le nom des choses, la télévision, l'eau, les portes… et comment il avait fait en sorte qu'ils les identifient par leur fonction, sous l'influence de Grand-Mère Lenore ? Avec les lettres dorées, le petit manuel de vocabulaire courant, avec Lawrence Welk sur la couverture ? La porte, c'est "Ce qu'on traverse pour aller d'une pièce à une autre" ? L'eau, c'est "Ce qu'on boit, qui n'a pas de couleur" ? La télévision, c'est "Ce qui sert à regarder Lawrence Welk" – Lawrence Welk étant un élément primaire, indéfini, même en syndication, rien à voir avec Lawrence Welk. Comment ma mère et tous les autres ont réussi en quelque sorte à réapprendre les mots qui leur manquaient, via leur fonction, via ce qu'on pouvait faire avec les choses qui étaient nommées ? Et quand Grand-Mère Lenore a remarqué que les patients eux-mêmes étaient le seul composant de l'établissement auquel on ne pouvait pas appliquer cette méthode, parce qu'ils n'avaient aucune fonction, aucune utilité, qu'ils ne servaient à rien du tout ? Non ? Elle m'a dit que ça l'avait rendue dingue, à se taper la tête contre les murs. Ils ne servaient à rien du tout. Quoi ? Non, c'est un dérivé de glande pinéale bovine. On utilise des glandes pinéales de bovins. Plutôt on le ferait si on le pouvait. Attends juste une minute. Donc Grand-Mère Lenore sentait que perdre sa fonction serait perdre son identité. Elle m'a dit qu'elle voulait être encore utile. Comme Gretchen Yingst et ce M. Etvos, toute cette mafia de pseudo-wittgensteiniens. Mme Yingst détenait les conclusions des recherches de son dernier mari – très intéressantes, d'ailleurs, il les avait menées tout seul, pour son propre compte, pas pour son entreprise. Consolidated Gland Derivatives, à Akron ? Maintenant c'est Dick Lipp le P.-D. G, meilleur service sur le circuit interentreprises ? Tout seul, donc. Il en a emporté la plus grande partie dans la tombe, mais il nous a laissé quelques conclusions pinéales sur papier... sur des blocs-notes Batman, un fait que je ne commenterai pas pour le moment, pour une raison que tu comprendras dans à peu près six minutes. Un peu de patience. Évidemment il y a aussi le fait que les dérivés pinéaux intégrés aux aliments se révèlent avoir surtout une efficacité linguistique, comme je l'ai dit, la compréhension du discours, etc., l'importance pénible que ça a pour certaines personnes et que je ne mentionnerai pas, mais une importance compréhensible pour des parents pleins de fierté et d'ambition, que je comprends et qui me réjouit d'avance, sans parler de l'importance pour une quantité de secteurs scientifiques qui devraient commencer à dégager des bénéfices solides si les choses se mettent en place... Et donc Grand-Mère Lenore, Mme Yingst et M. Etvos se sont mis d'accord pour me livrer les conclusions des travaux de M. Yingst et je les ai soumises à Obstat, un emmerdeur de première mais un bon chimiste, les yeux lui sont sortis de la tête et on s'est mis en route. En fait c'est plutôt eux qui se sont mis en route, ils ont décidé de retirer leur soutien au projet et de prendre avec eux les blocs-notes Batman, ce qui est dommage mais pas encore trop grave, mais surtout d'escamoter tous les échantillons, les notes et les résultats d'Obstat, tout ce qu'il avait rangé pour faire le malin dans des dossiers Batman et dans des boîtes à sandwich Batman dans le frigo du laboratoire, et donc il semble que la veille de mon départ pour aller pêcher au Canada avec Bob Gerber, Mme Yingst et M. Etvos sont allés voir Obstat et Etvos l'a distrait avec des tours de cartes, ce n'est hélas pas très dur de distraire Obstat, pendant que Mme Yingst enfournait les fruits de recherches très très chères dans la poche kangourou de sa chemise de nuit, sous sa robe de chambre, qui était en tissu éponge rose, comme Obstat a la pertinence de s'en souvenir. Obstat, si vous sortiez de là. Si vous sortiez,

Obstat. Si vous sortiez de derrière le rideau. Lenore voit vos chaussures, vous savez ? Sortez de là, Obstat. Obstat représente l'aspect technique de notre problème. Neil, vous vous souvenez de ma fille, Lenore, Neil. Oui. Et ils se sont fait la malle avec les fournitures Batman qui étaient ce que nous avions de plus précieux, y compris les seuls pots existants du prototype cité dans *Advertising Age*, ici, et si je mets la main sur celui qui a cafté à ce magazine je vais le réduire en pièces. Est-ce que vous nous écoutez à l'interphone, Foamwhistle ? Si vous nous écoutez, ne faites aucun signe. C'est bien ce que je pensais. Et maintenant ils ont tout. On n'a aucune idée de ce qu'ils font et personne ne connaît vraiment l'effet de ces aliments. Nous nous sommes seulement aperçus que les dérivés pinéaux ont une puissance aussi phénoménale que mystérieuse. N'est-ce pas, Obstat. Et ils ont jugé bon de prendre la poudre d'escampette et d'emmener d'autres patients avec eux, on frissonne à l'idée des forces qu'il a fallu mettre en œuvre pour quitter la maison de retraite et partir dans une sorte de quête de fonction, ou de rejet symbolique de leur vie telle qu'ils en sont venus à la comprendre. Inquiet ? Est-ce que je suis inquiet ? Inquiet dans quel sens ? En toute franchise, pas vraiment. Elle est entourée de suiveurs, ça a toujours été la situation qu'elle préfère. Ils ont dû se débrouiller pour la température. Ils ont pu aller chez quelqu'un, un gardien de la maison de retraite… Oui, on a vérifié. Mais il n'empêche. À la maison ? Tu penses qu'elle pourrait être à la maison ? Tu n'as pas appelé Mlle Malig ? Je vois. Ça m'énerve. N'en parlons plus. Dis-toi juste qu'elle n'est pas à la maison. Honnêtement, ce qui m'inquiète le plus, je m'excuse platement, ce qui m'inquiète le plus, c'est cette histoire de dérivé pinéal, ça sent les ennuis et une grosse perte de chiffre si on ne sort pas le produit sur le marché l'année prochaine, surtout maintenant que ce salopard de Gerber met des moyens aberrants dans la bataille, avec sa gymnaste et tutti quanti, je suis sûr que tu en as entendu parler. Oui, moi aussi j'aimerais bien y aller, mais tu comprends, les apparences… Vous irez, toi et ton Vigorous, et tu viendras au rapport. Non ça ne fera pas de toi mon employée. Et donc on ne sait pas où ils sont, on ne sait pas ce qu'ils font. Non. Je ne pense pas qu'il faille mêler la police à ça. Pas à ce stade. Police veut dire presse veut dire publicité autour de travaux perdus veut dire Gerber et Beechnut. Non. Écoute, je rationalise et t'invite à en faire autant. Leur disparition est liée à un projet lié à ma société. Ma société possède la maison de retraite. Donc leur disparition est en lien avec les propriétaires de la maison de retraite, ce qui en fait quasiment une promenade organisée. Sauf s'ils ne reviennent pas bientôt avec nos travaux, évidemment. Et sauf s'ils les donnent à Gerber ou à Erv Beechnut, une éventualité qui me terrifie, sachant que Gerber sera en ville la semaine prochaine et connaissant l'antipathie de Grand-Mère envers l'entreprise qui lui a offert tout ce dont elle dispose et profite. Mais on s'éloigne du sujet. J'ai l'espoir que ça ne sera pas très important au bout du compte, car Neil ici présent se sent capable de reprendre les recherches où elles ont été arrêtées et de les mener à bien, même en l'absence de ce qui nous a été pris sous notre nez. Mais ça, c'est *au bout du compte*, et pendant ce temps Gerber continue de baver sur les recherches en question. Mais nous pouvons y arriver et, à moins qu'Obstat se trompe ce qui n'est guère possible vu l'importance de l'enjeu n'est-ce pas Neil, ou que les couvercles et les pots foirent leur coup ce qui est impensable vous m'entendez Foamwhistle, j'espère que nous pourrons commencer les tests-produit peu avant Thanksgiving. Tester de petits coins d'un marché potentiellement mondial. Nous pensons à Corfou. C'est à Corfou que nous pensons, pour les premiers points de vente. Petit, isolé, facile à contrôler. Les Corfiotes sont de vraies poules pondeuses, il y a des bébés partout là-bas. Nous espérons pouvoir inonder Corfou avec le Stonecipheco Kid Accelerator dès novembre. D'ailleurs, est-ce que tu veux une noix de Corfou ? Non ? Elles sont bonnes. Je les ai trouvées au Canada, quand je suis allé pêcher. Prenez une noix, Obstat. »

/d/

ARCHIVES DE LA PREMIÈRE ÉGLISE DU DIEU UNIQUE POUR TOUS LES HOMMES, CHAGRIN FALLS, OHIO : RETRANSCRIPTION PARTIELLE DU MARIAGE DE M. STONECIPHER BEADSMAN III, ORIGINAIRE DE SHAKER HEIGHTS, OHIO, AVEC MLLE PATRICE ANDLEMOTH LAVACHE, ORIGINAIRE DE MADISON, WISCONSIN, 26 MAI 1961.

LE PASTEUR : Où sont-ils tous ?

PATRICE LAVACHE : Je suis là, monsieur le pasteur.

LE PASTEUR : Et où est le marié ?

STONECIPHER BEADSMAN III : Nous arrivons.

ROBERT GERBER, TÉMOIN : Nous voilà !

LE PASTEUR : Sommes-nous au complet ?

MME LAVACHE : Qu'est-ce que c'est, ça, accroché à votre costume ?

STONECIPHER BEADSMAN III : Est-ce qu'on peut en finir ? On va nous attendre au cocktail.

MME LAVACHE : Cet homme a un sous-vêtement féminin accroché à son costume.

ROBERT GERBER : « Elle m'a donné du gin, et un peu de bourbon, un petit verre de gin, j'ai baisé son menton. »

LE PASTEUR : Cet homme est saoul.

PATRICE LAVACHE : Oh, Stone.

STONECIPHER BEADSMAN III : Tais-toi, Patrice. Monsieur le pasteur, en ce qui me concerne je suis parfaitement sobre, M. Gerber n'est ici que pour porter les alliances, toutes les parties pertinentes sont en possession de leurs moyens, allons-y.

MME LAVACHE : J'exige que cet homme enlève ce qui est accroché à son costume.

LE PASTEUR : Nous nous voyons forcés d'insister, monsieur.

ROBERT GERBER : Vous n'avez vraiment, *vraiment* aucune idée de ce que signifie cette petite culotte ?

MME LAVACHE : Je tremble à l'idée d'y penser. Je tremble, Edmund.

MME LENORE BEADSMAN : Qu'on en finisse !

ROBERT GERBER : « Elle m'a donné du gin, et un peu de bourbon, un petit verre de gin, j'ai baisé ses... »

MME LAVACHE : Oh, Edmund.

M. LAVACHE : Allons, allons. Toute cette famille est ivre morte.

MME LENORE BEADSMAN : Ça devient ridicule, qu'on en finisse. Stonecipher, qu'est-ce que tu fais ?

STONECIPHER BEADSMAN III : Monsieur le pasteur, pouvons-nous ?

LE PASTEUR : Ahem. Mademoiselle LaVache, j'ai cru comprendre que vous avez écrit vos propres vœux pour que je les lise à M. Beadsman.

PATRICE LAVACHE : Oui, monsieur.

LE PASTEUR : Et M. Beadsman ?

STONECIPHER BEADSMAN III : La version classique m'ira très bien. Si le reste du monde judéo-chrétien fait avec, je ferai avec.

PATRICE LAVACHE : Oh, Stone.

LE PASTEUR : Est-ce que cet homme ne va pas être malade ?

MME LAVACHE : Il n'a pas l'air bien.

LE PASTEUR : Qu'est-ce que c'est que cette bague dans sa main ? C'est censé être l'alliance ?

STONECIPHER BEADSMAN III : Bien sûr que non. Bob, montre au pasteur l'alliance qui m'a coûté un œil.

ROBERT GERBER : Et voilà.

PATRICE LAVACHE : Mais c'est une bague Lone Ranger pour décoder des messages secrets !

ROBERT GERBER : Surprise !

STONECIPHER BEADSMAN III : Où est l'alliance hors de prix que j'ai achetée ?

ROBERT GERBER : J'ai perdu la boule. Je l'ai donnée à Paquita, ma petite fleur d'Amazonie. Un coup de folie, hier soir sous l'éclat étincelant de la lune du Midwest. L'air du printemps à Cleveland, la nuit. Et en retour, elle… oh, Paquita, ma petite fleur d'Amazonie !

M. LAVACHE : Voilà donc d'où cela vient.

STONECIPHER BEADSMAN III : Je ne voudrai jamais te pardonner.

ROBERT GERBER : « Elle m'a donné du gin, et un petit peu d'herbe… »

MME LENORE BEADSMAN : Nom de Dieu, merde.

LE PASTEUR : Ahem. Mes bien chers frères, nous sommes… sous l'œil du Seigneur… union, spirituelle… qu'il s'exprime maintenant ou… Mademoiselle LaVache… charmants vœux… engagez… Monsieur Beadsman… à jamais …?

STONECIPHER BEADSMAN III : Bien sûr que je le veux.

LE PASTEUR : Je vous fais mari et femme. Vous pouvez embrasser la mariée.

STONECIPHER BEADSMAN III : Viens par ici, Patrice. Tu es prête pour que je t'embrasse ?

PATRICE BEADSMAN : Oui.

STONECIPHER BEADSMAN III : Bien.

ROBERT GERBER : Youhou !

MME LENORE BEADSMAN : Pas trop tôt.

STONECIPHER BEADSMAN III : On va être en retard au cocktail. Va à la voiture, s'il te plaît, Patrice.

ROBERT GERBER : Bien joué, mon pote. Félicitations.

STONECIPHER BEADSMAN III : Salopard. Tu viens à mon mariage avec une petite culotte et je suis obligé d'utiliser une bague trouvée dans une boîte de céréales. Je te le ferai payer sur le marché.

ROBERT GERBER : Ah ouais ?

STONECIPHER BEADSMAN III : Une satanée cérémonie,

monsieur le pasteur. Attendez-vous à une rentrée d'argent supplémentaire. Je dois y aller. Au revoir, tout le monde !

TOUT LE MONDE : Au revoir !

MME LENORE BEADSMAN : Misérable petit pisseux.

/e/

« … que je me fiche de savoir avec qui Bloomfield choisit de passer son temps. Bloemker. Peut-être que les poupées sont ce qui convient le mieux à cet homme, il me fait penser à une petite mite agitée, et il est toujours à gratter sa barbe, ça me donne des démangeaisons partout. Asseyez-vous, Obstat, vous commencez à m'énerver. Oui, le point suivant. Inquiétant lui aussi, tiens-toi prête. Il semble que ton frère ait momentanément disparu. John. John a disparu, à Chicago. Attends. Pourquoi je t'en aurais parlé d'entrée de jeu ? Ça n'aurait servi à rien. Je l'ai appris ce matin, il y a à peine deux heures. Beal m'a téléphoné de Chicago. Comme quoi John aurait appelé un taxi pour aller à une conférence. Un de ses amis lui a parlé juste avant qu'il appelle le taxi, mais c'est la dernière… Non, pas à la conférence. On ne l'aurait pas revu depuis. Non, vraiment. Je suis tenté de penser que John avait tout bonnement envie de s'évaporer un moment. Bon sang, ce ne serait pas la première fois qu'il s'évapore. Un Holiday Inn quelque part, qu'est-ce que ça change ? D'accord, j'appellerai Steve Holiday, mais ce n'est pas la question, c'était juste un exemple. Calme-toi. J'ai aussi tendance à soupçonner John d'être dans la confidence, pour la petite escapade de Grand-Mère Lenore, voire d'y être pour quelque chose. Non, pas vraiment. Mais nous savons tous les deux qu'il a toujours été opposé à ma société, et puis ça faisait longtemps qu'il se rapprochait d'elle. Ses sentiments à lui, les siens à elle. Ce n'est pas inimaginable. Non, j'ai appelé le Wisconsin, rien vu, et ta mère n'est pas dans une très bonne phase en ce moment. Encore moins bien. Non, seulement pas en mesure d'être utile à qui que ce soit. Attends. Qu'est-ce que je pouvais faire ? Je suis prêt à lui laisser quelques semaines et ensuite, s'il ne montre pas son nez, au moins pour donner ses cours, je commencerai à m'inquiéter pour de bon. Oui, ses collègues ont appelé la police. Non, je n'ai pas appelé Clarice, qui sait dans lequel de ses… établissements elle est aujourd'hui. J'ai appelé Al, je lui ai dit, et il le dira à Clarice. Alvin fait aussi partie de la famille, Lenore. Stonecipher est injoignable, je l'ai déjà dit. Il suit tes traces, encore un qui a décidé de ne pas avoir de téléphone. Je ne peux pas joindre le meilleur et le plus brillant de mes enfants. Interprète ça comme tu veux. Obstat, si vous voulez une autre noix, prenez-en une, mais arrêtez de jouer avec le pot. Va voir Clarice si tu veux, puisque toi tu peux la voir. Dis-lui ce que tu veux. Non ? Je ne fais pas attention à tes sous-entendus. Vas-y. Et maintenant je vais te demander de me rendre un service. Tu vas aller voir Stonecipher, tu vas lui parler et tu vas essayer de voir s'il a eu des nouvelles. De l'un ou de l'autre. Ça ne m'étonnerait pas. Il va falloir que tu ailles le voir en personne. Il est clair maintenant que c'est lui qui représente l'avenir de la famille, de la société, que c'est à lui qu'échoiront le pouvoir et la puissance. Grand-Mère Lenore le sait bien, elle a assisté à l'échec de John et au tien, pour ne pas dire qu'elle en est cause. Tous ces examens pour rien. Non, je ne vois pas l'ironie, Lenore. Ironie est un mot qui n'existe pas dans mon vocabulaire. Toujours est-il que Stonecipher doit se rendre compte qu'il est lié à cette famille, c'est-à-dire à cette société. Pas du tout. Va le voir, l'automne en Nouvelle-Angleterre. Prends une pause au milieu de tes vacances, prends du temps libre sur ton temps libre. Raconte-lui tout ce qui se trame ici, y compris l'histoire de Grand-Mère Lenore, qu'il te dise s'il a quoi que ce soit à y voir. Non. N'importe quoi. Il est impossible que tu te fasses virer parce que tu auras pris deux ou trois jours pour une urgence familiale. Qui ? Peahen ? Non. Je suis prêt à te laisser, non, j'insiste pour te laisser prendre le jet de la société, pour minimiser le facteur temps. Tu peux embarquer quelqu'un avec toi. Vois ce que tu peux faire. Dans les trois ou quatre jours. Oui. Je suis prêt à attendre et à... plus ou moins ne rien faire. Mon inquiétude est présente mais encore contrôlable. Fais ça pour moi. Fais quelque chose pour la famille, Lenore. Essaie de voir quand tu peux décoller. Obstat, vous devriez peut-être retourner au laboratoire. Je... bon sang, j'ai rendez-vous pour un tennis. Tu es venue en bus ? Je te comprends. Je n'ai jamais aimé ta voiture, tu dois bien le savoir. J'ai essayé de te donner une voiture, oui ou non ? Mais non. Foamwhistle va te ramener. Allez, venez maintenant... Foamwhistle, venez ici tout de suite. Pense à ce que je t'ai dit. Appelle-moi, s'il te plaît. Foamwhistle, conduisez Lenore à l'Erieview Plaza. Pardon ? Comment ça, Pupik refuse de rester dans la même pièce que Goggins ? Passez-moi Pupik. Vous pouvez y aller, tous les deux. Appelle-moi vite, s'il te plaît. Allo, Pupik ? »

/f/

Idées pour le recueil Monroe Fieldbinder, 27 août

1. Monroe regarde une maison flamber. Ou plutôt c'est la maison de Monroe qui flambe, pour symboliser la déstructuration de sa vie de procureur, la plongée dans le chaos et le doute, etc.

2. Monroe a un énorme organe génital – l'adoration que lui vouent les femmes ne fait que renforcer et définir par opposition sa haine et son dégoût de lui-même.

3. Monroe voit un psychologue à qui il expose ses idées. Une des idées de Fieldbinder est que la pratique moderne de la danse est incompatible avec la conscience de soi, crée des situations inconfortables au possible (source évidente : fête mixte Amherst/Mount Holyhoke, 1968) pour toute personne consciente. La pratique moderne de la danse consiste simplement à se trémousser sur de la musique suggestive. Ridicule à regarder et embarrassant à exécuter. Ridicule et pourtant tout le monde le fait, du coup la seule personne qui refuse d'être ridicule est celle qui se sent déplacée, mal à l'aise et complexée... ridicule en un mot. Très kafkaïen : celui qui ne veut pas être ridicule est en fait celui qui est ridicule. (Idée : Kafka à la fête Amherst/Mount Holyhoke, jamais nommé, seulement par « F.K. », seul à ne pas danser...) La danse moderne, c'est le mal.

4. Le psychologue de Fieldbinder a des fauteuils automatiques comme ce crétin de Jay. Caricaturer Jay sans pitié dans le recueil. Qu'il ait l'air d'un idiot.

10

1990

/a/

La raison pour laquelle la voiture-jouet rouge de Lenore avait des rayures comme de longues pattes d'insecte sur le côté droit était que, au bord de l'allée d'Alvin et Clarice Spaniard, à Cleveland Heights, vivait un arbuste brun et hostile, hérissé de branches aux épines effilées. Le buisson débordait presque jusqu'au milieu de l'allée et ses griffes attaquaient les choses ou les personnes qui passaient. « Scritch » est le son qu'entendit Lenore lorsque les épines grincèrent en creusant des sillons dans le métal, ou plus précisément « Scriiiiitch », comme des ongles sur une ardoise, un bruit qui fit grincer Lenore des dents.

Le seul autre attribut vaguement agaçant de cette maison était la poignée de la porte d'entrée qui se trouvait en plein milieu de la porte au lieu d'être sur la droite ou sur la gauche, là où sont censées se trouver les poignées de porte, et qui donnait l'impression que la porte ne pivotait pas, mais tombait plutôt en avant quand on l'ouvrait. Il y avait aussi, mais c'est secondaire, une drôle d'odeur dans la maison, comme si quelque chose de pas net s'épanouissait sous certains tapis dans certaines chambres.

Mais dans l'ensemble c'était une maison charmante, une maison en briques à un étage avec une grande antenne compliquée sur le toit, une maison dans laquelle vivaient Alvin Spaniard, Clarice Spaniard, Stonecipher Spaniard et Spatula Spaniard (un nom hérité de Ruth Spatula Spaniard, mère d'Alvin Spaniard).

Alvin Spaniard, vice-président de la communication chargé de l'évaluation de l'image-produit chez Stonecipheco Baby Food Products, ouvrit la porte au coup de sonnette de Lenore, s'écarta prestement de la porte qui semblait lui tomber dessus et fit entrer Lenore, au passage criant à Clarice et aux enfants que Lenore était là. Alvin offrit du gin à Lenore.

« Non, merci, répondit Lenore. Le gin me fait tousser. »

Alvin Spaniard aimait beaucoup le gin. Lenore demanda de l'eau pétillante avec une tranche de citron.

« Tu sais que ce soir, c'est la soirée théâtre en famille », dit Alvin sur un ton tranquille alors qu'ils se dirigeaient vers le salon.

« Clarice me l'a dit au téléphone. N'empêche, il faut que je lui parle. J'espérais que je pourrais lui mettre le grappin dessus pendant l'entracte, en fait. »

Dans le salon, sous des tentures aztèques accrochées au plafond et représentant des soleils et des oiseaux-dieux avec des têtes à des angles impossibles eu égard à la position de leur cou, Stonecipher, cinq ans, et Spatula, quatre ans, jouaient à Serpents et Échelles en compagnie de Clarice, vingt-six ans, qui faisait en réalité semblant de jouer à Serpents et Échelles et regardait une rétrospective olympique à la télé en préparation du théâtre en famille, avec un gin tonic. Il était huit heures et quart.

« Hé, les enfants, tante Lenore est venue jouer à Serpents et Échelles avec nous », dit Clarice. Elle fit un clin d'œil à Lenore.

« Super », dit Lenore.

Serpents et Échelles était peut-être le jeu le plus sadique jamais inventé. Les adultes l'avaient en horreur ; les enfants l'adoraient. Par conséquent, l'univers s'arrangeait toujours pour qu'un adulte se retrouve forcé d'y jouer avec un enfant. Certains jets de dés vous permettaient certains déplacements sur le plateau, et parmi ces déplacements certains vous permettaient d'emprunter des échelles qui menaient au bas de l'échelle dorée en haut du plateau (le fait de grimper sur cette échelle constituait en soi le but et la récompense du jeu tout entier). Emprunter les échelles était un bonus qui faisait économiser du temps et des tours et de fastidieux déplacements une case après l'autre. Sauf qu'il y avait des serpents. Certains jets de dés vous faisaient tomber dans les serpents et vous glissiez cul par-dessus tête jusqu'au bas du plateau où vous n'aviez plus qu'à tout recommencer. Vos chances de tomber dans les serpents augmentaient à mesure que vous empruntiez les échelles et montiez de plus en plus haut. La longue et assommante montée échelle après échelle était le plus souvent interrompue par une dégringolade dans l'un des sept nids de serpents qui bâillaient près de la base de l'échelle dorée. Les enfants s'amusaient comme des fous à ces poussées d'espoir et au retour à leur table à dessin qui s'ensuivait. Lenore, elle, était chaque fois prise d'une envie d'envoyer balader le plateau contre le mur.

« Super », dit Lenore.

« Et voilà ton eau gazeuse », dit Alvin.

« Des pois congelés ? » demanda Clarice.

« Volontiers. »

« Vous allez arrêter de vous disputer tous les deux ? »

Spatula accusait Stoney d'avoir déplacé son pion en douce – un petit bouddha en plastique dont le sommet du crâne faisait taille-crayon, distribué lors d'une assemblée d'actionnaires de Stonecipheco – d'une position où une chute dans les serpents était imminente à une autre à proximité d'une échelle. Cela déboucha sur un moment désagréable, durant lequel Lenore mangea des pois congelés. Clarice apaisa Spatula tandis qu'Alvin réglait l'alignement vertical de la télé à écran géant.

L'ordre fut restauré et l'image alignée. Alvin se frotta les mains.

« Et sinon, ça marche le bronzage ? » demanda Lenore à Clarice par-dessus son verre. Clarice possédait et gérait cinq franchises d'une chaîne de salons de bronzage appelée CabanaTan. Elle les avait achetées grâce à la vente des actions Stonecipheco reçues pour sa remise de diplôme, une opération qui avait foutu les boules à leur père, et pas qu'un peu, dans les premiers temps, mais il s'était calmé quand Clarice avait épousé Alvin Spaniard, que Stonecipher Beadsman appréciait et respectait, et dont le père avait travaillé toute sa vie pour Stonecipheco, et tout allait à merveille maintenant que Clarice, qui travaillait, et Alvin, qui travaillait lui aussi, avaient accepté de laisser pendant la journée les enfants à Nancy Malig, dans la maison de famille des Beadsman à Shaker Heights, la même Nancy Malig qui avait été la gouvernante de Lenore et de Clarice quand elles étaient petites.

« On cartonne, dit Clarice. Il n'y a pas eu beaucoup de soleil cet été, tu sais, les gens ont besoin d'un petit complément. On se prépare pour le rush de l'automne. Il y a toujours un rush à l'automne, quand les gens perdent leur bronzage d'été et commencent à se sentir tendus. Vers novembre, toute la ville viendra rôtir chez nous. »

« Et Misty Schwartz ? »

« Pas le droit d'en parler. Des histoires légales. Mais à part le dossier Schwartz, on devrait faire une année exceptionnelle. »

« Cool. »

« Et toi ? Le standard ? L'oiseau ? » demanda Clarice. Lenore voyait Alvin porter Spatula haut au-dessus de sa tête, au milieu du salon, et Spatula rire et battre des pieds.

« Faudrait que je te parle un moment, si on peut s'éclipser, peut-être après le jeu... »

« Le truc, c'est qu'on a théâtre en famille dans dix minutes. »

« Après, alors, on pourrait peut-être... »

Sur l'écran géant de la télé, des gens cessèrent de courir au ralenti. Stoney lança son bouddha sur Spatula. Bouddha manqua sa cible et alla heurter un pot de fleurs en bronze. La tête d'un présentateur emplit l'écran.

« Après une page de publicité, nous serons de retour pour de la… gymnastique et une interview en direct avec… une invitée surprise », dit le présentateur avec un sourire chargé de mystère.

« Kopek Spasova », fit Lenore.

Alvin tourna les yeux vers elle. « Tu crois ? »

« Je le sens dans mon for intérieur, ça va être Kopek Spasova », dit Lenore.

« Putain, dit Alvin, il me faut du papier et un crayon. »

« Alvin, théâtre en famille dans huit minutes. »

« Faut que je prenne des notes. Il paraît que c'est l'arme secrète de Gerber. »

« L'arme secrète, c'est plutôt l'extrait pinéal », dit Lenore.

« Merde », dit Alvin, fouillant dans sa mallette. Stoney et Spatula avaient été aspirés par la télévision ; ils étaient assis en tailleur et fixaient l'écran. Du pied, Lenore poussa l'air de rien le plateau de Serpents et Échelles sous le canapé.

« Je vais vous distribuer les accessoires, comme ça on pourra commencer dès qu'elle aura fini », dit Clarice. Lenore prit une gorgée d'eau gazeuse et croqua dans la tranche de citron qui flottait à la surface.

L'acteur Ed McMahon apparut dans une pub pour une ligne de mini-aspirateurs censément capables d'aspirer de votre nombril les peluches les plus obstinées. « Vas-y, Ed, vends-le ! » cria Alvin Spaniard, un sourire admiratif aux lèvres.

« C'est une chaîne normale ou c'est le câble ? » demanda Lenore.

« Je crois que c'est le satellite. Ça doit être Curt Gowdy qui fait la rétrospective. Ok, je suis paré. » Alvin s'assit, équipé de ses lunettes, d'un bloc-notes et d'un stylo.

« Vous êtes bien équipés, niveau télé », observa Lenore.

« Dans la famille, on prend les loisirs très au sérieux », dit Alvin. Stoney leva les yeux vers Lenore et opina du chef, Alvin lui ébouriffa les cheveux.

« Et nous voilà de retour en direct », dit le présentateur.

« Dépêche-toi Maman, on est de retour en direct ! » hurla Stoney.

« Chht », dit Alvin.

« À mes côtés, le fantastique entraîneur soviétique – ex-soviétique – Ruble Spasov, dit le présentateur, et la non moins fantastique gymnaste ex-soviétique mais pas ex-championne du monde et médaille d'or aux Jeux olympiques Kopek Spasova, la fille de M. Spasov. » La caméra glissa des têtes des adultes à leurs estomacs pour cadrer Kopek Spasova, une fille mince aux cheveux blonds et aux joues creuses, avec d'énormes cernes noirs sous les yeux.

Clarice revint avec une boîte pleine de masques, de silhouettes découpées dans du carton et d'affaires personnelles.

« Elle n'est pas jolie, c'est déjà ça », dit Alvin.

« Chht », dit Spatula.

« Ruble, Kopek, qu'est-ce que ça fait d'avoir tout gagné ? » demanda le présentateur.

« Qui est cette personne ? » demanda Ruble Spasov qui regardait quelqu'un hors champ, derrière la caméra.

« Gagner c'est bien », dit Kopek Spasova.

/b/

3 septembre

Monroe Fieldbinder, brillant notaire mesurant un mètre quatre-vingts et pourvu d'une belle pelouse et d'un corps de cent kilos aussi ferme et musclé qu'attirant, rentrait un mercredi soir de chez sa splendide maîtresse du mercredi lorsqu'il trouva sa maison en flammes et sa maison encerclée par les lumières clignotantes des camions de pompiers et de police des camions de pompiers et des voitures de police et vit que sa maison était en flammes en feu et que son oiseau, Richard Cœur-de-Lion, à l'intérieur, était probablement mort dans sa cage de fer.

À la vue de sa maison en feu, Monroe Fieldbinder sentit que l'unité et l'ordre de sa vie avaient sombré dans le chaos et le désordre. Il eut un sourire ironique.

Faut-il rendre l'incendie plus explicite ? Besoin d'une référence, ou est-ce qu'une image suffit ? « Sourire ironique » semble plus puissant quand utilisé en référence à une image. Les images ont un pouvoir. Ne pas dire, montrer.

Les images parlent-elles ? J'ai un polaroïd en couleurs de Vance à sept ans et Veronica à vingt-neuf qui traversent un ponton branlant à Nova Scotia pour monter sur un bateau de pêche. L'eau a une teinte métallique profonde, mouchetée de plaques de mousse ; l'air a une teinte métallique légère pareillement mouchetée ; les mouettes qui se pressent autour de la main de Vance, ouverte avec un morceau de pain dans la paume, forment un nuage de V blancs. Vance Vigorous, qui tend sa petite main blanche d'enfant, est entouré et plongé dans l'ombre d'un nuage d'incarnations vivantes, respirantes, piaillantes, crottantes et virevoltantes de la lettre V ; et j'ai l'image immortalisée sur papier de qualité, qui me donne le droit et le pouvoir de pleurer où et quand je veux. Qu'est-ce que cela peut nous dire sur les images.

Un rêve authentiquement horrible, la nuit dernière. Même pas envie d'en parler. Je viens de sortir du lit. J'urine. Je baisse les yeux. Juste un jet paresseux d'urine matinale couleur sirop d'érable. Soudain le jet se dédouble, il devient un jet en fourche. Puis un triple jet en trident. Quatre, cinq, dix. Je me retrouve très vite au centre d'un arroseur à urine qui asperge dans toutes les directions, qui dégomme les murs de la salle de bains, des morceaux de plâtre explosent de partout et des torrents s'écoulent à mes pieds. Quand je me suis réveillé – seul, sans Lenore, ce qui explique le rêve – j'ai eu peur d'avoir mouillé le lit, les fenêtres, le plafond. Il pourrait bien achever Jay, celui-ci.

/c/

«… a demandé à Kopek de présenter l'incroyable programme aux barres asymétriques qui lui a valu l'or partout dans le monde, et nous rappelons au public que cette démonstration est rendue possible grâce à la générosité des équipes de Gerber's Quality Brands, la nourriture pour enfants qui aide votre enfant à se servir de ses dents.»

«Oui», dit Ruble Spasov. Lui, le présentateur et les serpents noirs des câbles de micro rejoignirent près des barres Kopek Spasova qui s'y était hissée et commençait à se balancer et à tourner, laissant les barres la plier selon des angles étranges.

«Ruble, je remarque que vous tenez un aiguillon à la main pendant que votre remarquable fille et élève réalise son magnifique programme, dit le présentateur. Une anecdote à nous raconter à ce sujet.»

Les sourcils de Ruble Spasov se levèrent. «On appelle ça un filet de sécurité. Kapelika se sent plus en confiance et en sécurité et elle est heureuse de savoir que l'aiguillon n'est jamais loin quand elle fait ses figures.»

«Et quelles figures», dit le présentateur.

«Ce mec est fou, dit Alvin Spaniard. Ce mec est un fasciste.»

«N'empêche qu'elle est super, dit Lenore. Regarde, elle va faire le truc avec ses orteils… *là*. Ouah.»

«Elle a des orteils préhensiles, et alors, dit Alvin. Je t'emmènerai au zoo, je te montrerai des cages pleines d'orteils préhensiles.»

«Ça sent l'amertume», dit Clarice.

Lenore renifla ses aisselles.

«Théâtre en famille dans une minute trente», dit Clarice.

« Elle a presque fini, de toute façon, dit Lenore. Ça va être le meilleur moment, le final, quand elle atterrit sur un doigt… là. Vous y croyez ? Et elle vient à l'Erieview dans à peine une semaine. »

« M'en parle pas », dit Alvin.

« J'ai hâte », dit Lenore.

« Spatula, chérie, tu veux aller chercher le disque du public ? Quelqu'un a des questions sur son texte ? Alvin, tu penseras à ton boulot pendant ton temps à toi. » Clarice déplaça la table basse pour dégager le milieu du salon.

« Ruble et Kopek Spasov et Spasova : un sacré duo et, si je peux ajouter une opinion personnelle, de bien belles recrues pour notre grand pays, dit le présentateur. Ruble et Kopek Spasova. »

« Allez-vous-en maintenant, s'il vous plaît », dit Ruble Spasov. Ed McMahon réapparut. Stoney se leva et passa sur la chaîne du lecteur de laserdisc.

Clarice distribua les masques. Il y avait un masque de Clarice pour Clarice, un masque d'Alvin pour Alvin, un masque de Stonecipher pour Stonecipher, un masque de Spatula pour Spatula. Les masques étaient vivants et très bien faits. Clarice les avait fabriqués avec des moules en plâtre, du papier mâché et du papier d'alu, dans son atelier au sous-sol. Lenore se dit que Clarice était une artiste par bien des aspects, si l'on oubliait CabanaTan. Elle était particulièrement douée pour faire des choses avec la tête des gens dessus. Chaque année elle donnait à son père, le père de Lenore, des boîtes de balles de tennis pleines de balles à l'effigie inquiétante de Bob Gerber ou d'Erv Beechnut. Stonecipher Beadsman III adorait jouer avec ces balles. Clarice avait aussi fait en cachette des balles Stonecipher Beadsman III avec lesquelles Alvin et elle frappaient quelques échanges de temps à autre. Environ un an auparavant, pendant une période sombre, une boîte de balles Alvin Spaniard fit son apparition.

Le disque du public fut inséré et la vue d'une salle de spectacle depuis la scène envahit l'écran géant, des rangées de sièges que venaient occuper des spectateurs sur leur trente et un munis de programmes. Tandis que la salle se remplissait, Clarice mit les masques aux enfants. Des silhouettes en carton grandeur nature d'Alvin, Clarice, Stoney et Spatula furent placées de chaque côté de la télé, comme pour rejoindre l'assistance.

« Dis, Maman, c'est la dernière fois qu'on fait celle-là, hein ? demanda Stoney, la voix un peu étouffée. C'est la cinquième fois qu'on la joue. »

À la télé, on faisait patienter le public avec une musique d'ambiance agréable. La salle était presque comble. Les silhouettes en carton n'avaient pas de places assises.

« La dernière fois. Quelque de chose de nouveau la semaine prochaine. »

L'élastique qui maintenait le masque Spatula de Spatula s'emmêla dans ses cheveux et elle se mit à pleurer. Alvin la réconforta de derrière son masque Alvin. On entendait le public murmurer à la télé ; d'après l'affichage du laserdisc, le théâtre en famille avait déjà commencé. Clarice revint en arrière, à un moment où les gens s'installaient sur leurs sièges. Elle distribua une montre Spiro Agnew à Alvin, un livre de découpage Richard Scarry à Stoney, Muffin l'ours en peluche à Spatula, et elle se munit d'une carte Visa Gold. Lenore prit son verre d'eau gazeuse et les pois et alla s'asseoir sur une chaise près de la télé, à côté de la silhouette d'Alvin.

Clarice regarda la montre à l'envers de son poignet. « Vas-y, mon cœur », dit-elle à Stoney. Stoney s'approcha de la télé, suivi par Clarice, Alvin et Spatula en groupe compact.

L'assistance arrêta de tousser et regarda avec attention. Clarice poussa Stoney en avant d'un coup de doigt dans le bas du dos.

« Il était une fois, récita Stoney derrière son masque, un groupe appelé la famille Snapiard. La famille était très soudée et les liens d'amour filial étaient très forts. » Les quatre Spaniard s'embrassèrent sous leurs masques et se prirent dans les bras. « Mais il y avait mieux, reprit Stoney à l'intention de l'écran, les gens qui appartenaient à cette famille se voyaient plus comme des… des… »

« Des membres de la famille », lui souffla Clarice.

« Plus comme des membres de la famille que comme des personnes qui seraient des individus spéciaux. Ils ne pensaient qu'à la famille et se voyaient comme des éléments de la famille. »

Clarice se baissa pour ramasser quatre masques rouges sommaires qui avaient seulement les mots MEMBRES DE LA FAMILLE peints au pochoir blanc sur le front, et tous les Spaniard les enfilèrent, ce qui n'était pas facile vu que les premiers masques étaient toujours en place.

Stoney recula et Alvin s'avança. « C'était à la fois une bonne et une mauvaise chose. C'était une bonne chose car chaque membre de la famille avait une conscience profonde et rassurante de son identité et de l'identification avec un groupe plus grand que lui. Ou elle. Ses problèmes n'affectaient pas uniquement lui ou elle et il ou elle pouvait compter sur les choses, les idées et les sentiments qu'il ou elle valorisait comme ayant de la valeur non seulement pour lui ou elle, mais aussi pour l'ensemble du groupe organique et émotionnel dont il ou elle était un composant. Il ou elle en retirait un sentiment d'identification, de non-solitude, bref il se sentait à l'abri, au chaud et en sécurité. Quatre personnes unies dans un groupe. » Le public applaudit chaleureusement.

Spatula s'avança. « Mais c'était aussi une mauvaise chose. Parce que chacun dans la… famille sentait qu'il faisait partie de la famille. Donc quand quelque chose de mal arrivait qui était mal et qui faisait que la famille n'était plus une famille, les gens de la famille n'étaient plus des gens non plus et ils devenaient seuls, invisibles et malheureux, et tout explosait très vite. » Les Spaniard enlevèrent les masques MEMBRES DE LA

FAMILLE et enfilèrent des masques tout blancs sans expression avec des craquelures rouges au centre et de minuscules trous pour respirer, et ils s'écartèrent les uns des autres de trois pas et se tournèrent le dos. L'assistance se mit à chuchoter. Lenore s'attaqua à sa tranche de citron. Elle voyait Stoney se mettre discrètement le doigt dans le nez sous son masque.

/d/

Je viens de recevoir la communication suivante, datée du 1er septembre 1990, de la part d'un M. Karl Rummage, du cabinet d'avocats Rummage & Naw, de Cleveland, agissant sur injonction de M. Stonecipher Beadsman III, président-directeur général de Stonecipheco Baby Food Products.

Cher Monsieur Vigorous,

Ayant remarqué et admiré la qualité des Éditions Frequent & Vigorous, notamment avec les publications *Norslan, les métaux lourds et vous* ou *Norslan : l'herbicide qui aime le Tiers-Monde*, M. Stonecipher Beadsman III, président-directeur général de Stonecipheco Baby Food Products, Cleveland, Ohio, m'a autorisé à vous adresser une commande pour la publication de trois ouvrages d'information-produit concernant une nouvelle gamme pour nourrissons actuellement en phase de développement chez Stonecipheco Baby Food Products. Les textes des ouvrages d'information en question ont été réalisés et compilés par le département de la communication et de l'évaluation de l'image-produit et sont joints à cet envoi dans une enveloppe séparée.

M. Beadsman m'a autorisé à vous proposer une rémunération généreuse pour la société Frequent & Vigorous, ainsi qu'un bonus encore plus généreux pour vous, Richard Vigorous, si vous acceptez et remplissez de manière satisfaisante les objectifs exposés dans le contrat soumis à votre attention (voir également l'enveloppe jointe).

Les clauses attachées à l'acceptation de cette offre incluent, de manière non exhaustive, les stipulations suivantes : 1) la possession par la société Frequent & Vigorous d'un ou plusieurs employés rompus au langage et à la culture des habitants de l'île de Corfou (voir enveloppe jointe) ; 2) la non-divulgation des informations concernant la réalisation et les détails de toute partie du contrat à Mlle Lenore Beadsman d'East Corinth, Ohio, avec qui vous êtes connu pour entretenir une relation personnelle, jusqu'au moment où M. Stonecipher Beadsman III jugera cette non-divulgation obsolète ; 3) la permission donnée par la société Frequent & Vigorous à Mlle Lenore Beadsman de quitter son poste de travail pendant deux (2) jours, afin d'aller voir pour raisons familiales son frère, M. Stonecipher Beadsman IV, à l'université d'Amherst, Amherst, Massachusetts, une institution dont, m'a-t-on laissé entendre, vous êtes un ancien élève. Votre présence aux côtés de Mlle Beadsman au cours de ce voyage, avec logement fourni et dépenses légitimes prises en charge par Stonecipheco Inc., serait bienvenue, mais ne saurait être considérée comme une clause attachée à l'acceptation de cette offre. Etc. etc. etc. etc.

Que faire de ça ? Je n'ai pas encore ouvert l'autre enveloppe. Je sens l'ombre de l'Erieview ramper et recouvrir les lampadaires derrière moi, derrière la fenêtre en réglisse. Il est midi. Aujourd'hui je ne déjeunerai pas avec Lenore. Ce soir elle va voir sa sœur. Un nouveau jour d'absence.

/e/

Stoney haranguait le public dans la télé. « Si la famille Snapiard devenait moins forte, ses membres étaient moins forts puisqu'ils se voyaient uniquement comme des membres de la famille, et si la famille n'existait plus, ils n'étaient plus des individus. »

« … à part entière. »

« Ils n'étaient plus des individus à part entière. »

Alvin fit un pas vers la télé. « Alors, chaque membre de la famille, dans une tentative naturelle et compréhensible de préserver son identité individuelle et sa volonté propre… »

Spatula sautillait d'un pied sur l'autre pour montrer qu'elle avait besoin d'aller sur le pot. Lenore continuait à manger ses pois qui n'étaient plus très congelés à présent.

« … cherchait à restaurer son identité et son sentiment d'appartenance en s'attachant à des choses, des objets et des buts extrafamiliaux ; les membres de la famille trouvaient des objets qui leur apportaient identité et protection. » Alvin brandit sa montre Spiro Agnew ; Spatula serra Muffin l'ours en peluche contre sa poitrine sans cesser de sautiller ; Stoney fit semblant d'embrasser son livre de découpages ; Clarice se lança dans un tango avec sa Visa Gold. On se débarrassa des masques blancs sans visages, tout le monde exhiba de nouveau son masque original. Un brouhaha feutré parcourut l'assistance. Des reproductions miniatures – mais pourtant très fidèles – des masques Clarice, Alvin, Stoney et Spatula furent accrochées aux objets par leurs possesseurs.

« On lésine pas sur les masques », marmonna Lenore.

« Mais il y avait à nouveau un problème, poursuivit Alvin, car, tandis que les membres de la famille reportaient leur conscience de soi et leur sens du respect envers eux-mêmes sur des objets extérieurs à eux, ils s'exposaient à l'insécurité et au danger. Les choses ne pouvaient être des personnes, pas même les personnes à qui elles appartenaient. » Les masques miniatures furent ôtés des objets et jetés au loin avec de grands mouvements de bras. Alvin dit, « Quand un objet était perdu, cela signifiait quoi, pour la famille Snapiard ? »

« Quoi ? » s'écria le public à la télé.

Silence. Alvin prit la Visa Gold de Clarice, elle prit la montre et ils échangèrent leurs masques. Le nez d'Alvin avait laissé de grosses gouttes de sueur et Clarice n'était pas enchantée de devoir mettre son masque. Elle prit Muffin et donna le masque d'Alvin à Spatula. Peu après, chaque membre de la famille portait un masque qui n'était pas le sien et tournait sur lui-même pour symboliser la perte de repères et le désespoir, bien que l'effet en eût été amoindri par Spatula qui aimait faire le tourniquet et qui rigolait.

/f/

Lenore a une sœur d'une beauté ravageuse, si l'on aime ce genre de beautés ravageuses, avec des cheveux couleur de miel, des yeux bleu nuit et une poitrine comme un lance-missiles ; mais elle n'a aucune classe, elle est sérieuse, ennuyeuse et excessivement (et, ce qui nuit à son charme, elle n'a pas conscience d'être excessivement) dépendante de la dernière mode dans l'établissement de ses buts et échelles de valeurs. Son mari est un homme urbain malgré le fait qu'il lorgne sur Lenore, ça ne fait pas le moindre doute. Alvin Spaniard est un chaud lapin. D'après ce que j'ai cru comprendre – et qui demeure vague, étant donné que je le dois à Lenore – il a eu à quatre reprises l'année dernière des rapports sexuels avec sa pulpeuse secrétaire. Clarice Spaniard a eu connaissance de l'incident de la bouche de Sigurd Foamwhistle, assistant de Stonecipher Beadsman III et demi-frère possible du plus jeune frère de Lenore, un homme qui éprouve pour Clarice et Lenore des désirs malsains, cela non plus ne fait pas le moindre doute. Clarice a donc été mise au courant et cela a débouché sur une période de bottages de cul émotionnels divers et variés. Les choses se sont calmées, Alvin et Clarice ont fini par s'asseoir et par discuter et il a été décidé qu'ils avaient besoin d'une thérapie de couple, avec l'assentiment vigoureux d'Alvin qui, s'il aimait sa femme, aimait aussi son travail. La thérapie de couple dégénéra en thérapie familiale. Allez savoir en quoi ça consistait. Je sais qu'il y a eu une étape de sculpture où chaque membre de la famille devait représenter les autres dans des positions reflétant leur relation telle qu'il la percevait. Il y a eu des coups échangés avec des gourdins en mousse. Il semble que la tendance dans la famille Spaniard soit aujourd'hui au drame, joué devant un public fictif ; ou parfois, en tout cas hier soir, devant une vraie personne – indépendamment de ce que cette personne peut bien en penser. Lenore et Clarice n'ont pas grand-chose en commun. Aussi peu que Monroe et moi. Elle dit qu'elle va la voir le moins possible. Mais alors où va-t-elle ?

Une sale journée. Le rêve de l'urine m'a bouleversé au point que j'ai du mal à fonctionner. Si je puis dire. Lenore me manque. Maintenant, la douleur est physique lorsque je suis éloigné ou séparé de Lenore Beadsman. C'est-à-dire tout le temps. Une journée trop mauvaise pour réfléchir à ce que son père essaie de faire. À première vue, je dois avouer qu'il me semble que tout ce que je pourrai faire pour créer un lien avec la famille de Lenore, pour approfondir et pour renforcer ce qui nous unit Lenore et moi, ne fera que me rapprocher du jour où je pourrai enfin avoir réellement et complètement Lenore Beadsman en moi.

Une mauvaise, une sale journée. L'impression rampante et inquiétante qu'une besogne importante reste encore à accomplir. Reste même à découvrir. J'ai peur d'aller aux toilettes.

/g/

L'émotion d'avoir tant tournoyé et rigolé et le stress de la représentation familiale, mais surtout le tournis, avaient provoqué une légère crise du côté de Spatula. Tout fut rapidement remis en ordre, avec l'aide de Lenore et de serviettes en papier, le public fut mis en pause puis réactivé et les choses reprirent leur cours normal.

Stoney : « La perte de repères et la tristesse étaient ce que ressentaient les membres de la famille quand ils essayaient de charger des objets, qui n'étaient ni eux ni la famille, de leur apporter bonheur et être-eux-mêmes. »

« Conscience de soi. »

« Et leur conscience de soi. Alors ils… ils… »

Clarice s'avança et écarta doucement Stonecipher :

« Alors ils firent ce que font tous les membres de familles intelligents. Ils parlèrent les uns avec les autres et exprimèrent ce qui les rendait mal à l'aise en tant que personnes, ainsi un dialogue riche et des relations interpersonnelles purent s'établir et les membres de la famille commencèrent à se développer émotionnellement à la fois en tant qu'individus et que membres d'un système émotionnel, partageant les mêmes intérêts, les mêmes valeurs et les mêmes engagements, et leur croissance dans le dialogue fut facilitée par des visites auprès d'une tierce partie qui avait voué sa vie tout entière à aider les membres de familles à grandir et à se considérer à la fois comme êtres et comme composants, pour accéder à une conscience d'eux-mêmes plus complète et plus joyeuse. »

À la télé, l'orchestre invisible émit une note et dans le salon de Cleveland Heights une sorte de danse débuta, avec des rapprochements, des mouvements et des gestes de membres de la famille vers d'autres membres de la famille, sous les applaudissements du public. La chorégraphie aurait été plus convaincante si Alvin y avait mis du cœur au lieu de se contenter de graviter autour du canapé en jetant au travers de son masque des coups d'œil sur les notes prises pendant l'interview de Kopek Spasova.

La danse s'acheva. Lenore regarda la pendule sur la cheminée. Spatula, trempée mais guillerette, s'avança.

« Et après avoir longtemps essayé, les Snapiard… », elle pouffa, « … découvrirent la chose la plus simple du monde. Ils découvrirent qu'ils ne pouvaient pas laisser leurs sentiments d'être eux-mêmes dépendre uniquement de la famille, parce qu'ils n'étaient pas la famille à eux tout seuls.» Les Spaniard piétinèrent leurs masques MEMBRES DE LA FAMILLE. «Et qu'ils ne pouvaient pas tirer d'objets matériels le sentiment d'être eux-mêmes, parce qu'ils n'étaient pas des objets.» Tous firent comme s'ils écrasaient du pied leurs objets mais firent seulement comme si, surtout Alvin avec sa montre Spiro Agnew. «Ils s'aperçurent que le sentiment d'être eux-mêmes ne pouvait venir que d'eux-mêmes...», Spatula offrit un sourire magnifique à l'écran et à la foule parcourue par un murmure, «parce que c'est ce qu'ils étaient. La chose la plus simple du monde était ce qu'ils avaient sous les yeux.» Et Alvin, Clarice, Stoney et Spatula enlevèrent leurs masques Alvin, Clarice, Stoney et Spatula et plantèrent leurs yeux dans les orbites vides de leurs propres visages. À travers un de ses orbites, Spatula dit à la télévision, «Fin». À la télé, le public se leva comme un seul homme.

/h/

«Doum di doum di doum di doum.»

«...»

«La di da di da di da.»

«Jésus ne manquera de rien.»

«...»

«Jésus ne manquera de rien.»

«Quoi?»

«Comment?»

«Qu'est-ce que?»

«Le Seigneur est mon barbier. Jésus ne manquera de rien.»

«Sainte bonne mère de Dieu.»

«Tu me combles.»

«C'est un miracle.»

«Pose ta tête endormie, mon amour.»

« Notre père aux cieux. »
« Humaine sur mon bras infidèle. »
« Cet oiseau a été touché par le Seigneur. »
« Cet oiseau a été touché par le Seigneur. »
« Oui. »
« Il faut que je fasse ce qui est bon pour moi. »
« Merci mon Dieu. Merci d'avoir béni cette maison. J'espérais un miracle et Tu as entendu mes prières. »
« Les péchés du père. »
« Comme dans *La Toile de Charlotte* ! »
« Un chameau, comme ça. »
« Je peux avoir l'audace de vous toucher ? »
« Les femmes aussi ont besoin d'espace. »
« Aïe ! Cette petite chose mord encore. »
« Clint Clint Clint. Comme dans *La Toile de Charlotte.* »
« Martin Tissaw, pourquoi est-ce que tu n'es pas là ? »
« On pourrait le faire passer dans *Real People.* »
« Quoi ? »
« On pourrait le faire passer dans *Real People.* »
« Est-ce ce que Tu m'ordonnes de faire, Seigneur ? De faire passer cet oiseau dans *Real People,* cet animal que Tu as choisi pour faire entendre Ta voix ? »
« La colère est naturelle, laisse-la sortir. »
« Pour délivrer Ton message de colère et d'amour ? »
« Humaine sur mon bras infidèle. »
« Alors c'est ce que je ferai. Lève-toi, femme ! »
« Lève-toi, femme ! »
« En avant, et fais ainsi qu'il t'a été commandé. »
« *Real People.* »
« Oui, *Real People.* Miroir répugnant. Mais d'abord, appeler Martin. »
« *Real Birds.* Il est possible qu'elle se fasse arracher, je préfère te le dire tout de suite. Une menthe ? »
« Ferai la poussière plus tard. »

« Qu'est-ce qui arrive à Vlad l'Empaleur. »
« Il m'a appelée, moi. »
« Aller voir par moi-même. »
« Mais oui, Tu verras par Toi-même. Je viendrai avec Toi, je dois juste appeler *Real People.* »
« Salut. »
« Merci, mon Dieu. »

11

1990

/a/

« Je me dis qu'il est peut-être temps que je saute sur mon cheval et que je me tire. »

« Qu'est-ce que ça veut dire ? »

« Que j'ai besoin de foutre le camp d'ici. »

« Comment ça d'ici ? »

« Ça fait combien de temps qu'on est ici, Melinda-Sue ? »

« Tu disais que tu aimais Scarsdale. Tu disais que tu m'aimais moi. »

« En fait je crois que cette interprétation n'est pas la bonne. Malheureusement, je crois que ce que je voulais dire, en gros, c'était que j'aimais te baiser. Et je crois que j'ai arrêté d'aimer te baiser. »

« … »

« … mon rasoir… »

« Pourquoi ? »

« … »

« Comment ? »

« Je suis pas sûr de le savoir vraiment. Je vais essayer d'y réfléchir. C'est juste que ça a arrêté d'être merveilleux. Rien à voir avec toi. C'est juste plus merveilleux. »

« Plus merveilleux ? Comment ça, plus merveilleux ? »

« Tiens, regarde ta jambe. »

« Qu'est-ce qu'elle a ma jambe ? J'ai seulement vingt-sept ans. J'ai de belles jambes. Je sais que mes jambes sont belles. »

« Tu sais que ça me les brise menu quand t'écoutes pas ce que je dis, Melinda-Sue. J'ai jamais dit que tes jambes étaient pas belles. Tout ce que je t'ai dit, c'est de regarder ta jambe, bon sang. »

« … »

« On est juste en panne de merveilleux. Ta jambe, par exemple. Elle est lisse, elle est ferme, galbée, tout. Elle est belle, soyeuse et elle sent bon. Je suis bien placé pour savoir qu'elle est tout le temps rasée. C'est beau, c'est de l'art, ce genre de conneries. Mais c'est juste une jambe. Pour moi, c'est plus qu'une putain de jambe. Ça pourrait être *ma* jambe, si je me rasais. »

« Et qu'est-ce que ça change ? »

« Ça change tout, ma petite founette. Fais, cogiter un peu tes méninges. »

« T'es puéril. Tu dis n'importe quoi. Tu le fais exprès pour me faire souffrir. »

« Non, tout ce que j'essaie de faire, c'est de te dire d'aller te faire voir, c'est tout ce que j'essaie de faire. »

« Et moi, je fais quoi ? »

« C'est bizarre, je m'inquiète pas du tout pour toi. T'as ton travail, si on peut appeler ça comme ça. T'as toujours ta satanée voix. Tu peux pas dire le contraire. Elle me prend en traître quarante fois par jour. Pas moyen d'être débarrassé de toi. Je monte dans la voiture, t'es là. J'ai l'impression que t'as déjà respiré tout l'air que je respire. »

« … »

« Les larmes, c'est pour que je me sente mal ? Parce que ça marche pas. Je me sens pas mal. Par contre j'ai toujours besoin de foutre le camp d'ici. »

« T'es ivre. »

« Trois fois rien. Pas de quoi en faire un plat. Mais je suis sincère, m'dame. Pas de baise, pas d'amour. »

« … »

« Enlève ta robe de chambre, une minute. »

« … »

« Je t'ai dit de l'enlever s'il te plaît. »

« Aïe ! Merde, qu'est-ce que tu – ? »

« Merci. Z'en faites pas, m'dame, pas de viol en vue, ce matin. Regarde, j'enlève la mienne aussi, je suis fair play. Posons un regard objectif sur le problème. »

« Les rideaux sont ouverts. »

« Mon analyse de la situation, si tu veux entendre mon analyse de la situation, c'est que t'es arrivée à court de trous dans ton joli petit corps et que je suis arrivé à court de trucs à mettre dedans. Ma queue, mes doigts, ma langue, mes orteils… »

« Arrête. »

« … mes cheveux, mon nez. Mon portefeuille. Mes clés de bagnole. Ainsi de suite. Je suis à court d'idées, bordel. Et je commence à en avoir plein le cul de te voir pleurnicher comme ça. Tu arrêtes de pleurer, tout de suite, parce que ça marche pas et que j'en ai plein le cul. »

« … »

« Plein le cul. »

« Papa… »

« Et voilà. Papa. C'est peut-être bien de lui que t'as besoin, en fait. Tu pourrais l'aider à niquer sa pelouse. »

« Je te déteste. »

« Tout ce que j'essaie de faire, c'est de te dire d'aller te faire voir. »

« Je t'aime. S'il te plaît. Là… tu vois ? »

« Ne nous fourvoyons pas. Ceci n'est qu'une expression de l'excitation perverse de te voir dans cet état. La simple réaction d'un vieux soldat fourbu dans le jeu de l'amour. Ça n'a rien de merveilleux. Et si on le faisait, ce serait comme deux animaux dans une putain de forêt. »

«…»

«Tu veux savoir combien de femmes j'ai baisées depuis qu'on est mariés?»

«…»

«J'ai personnellement baisé plus d'une douzaine de femmes depuis que je t'ai épousée. Depuis que je me suis engagé auprès de toi pour toujours et à jamais, je t'ai trahie des centaines de fois. L'année dernière, des fois je ne le faisais pas avec toi parce que je me ménageais pour une autre. Ça devrait te permettre de mieux envisager le fait que je prenne des vacances à durée indéterminée.»

«Arrête.»

«Prends un mouchoir.»

«…»

«Et s'il te plaît, si tu crois que je ne sais pas que toi aussi t'as baisé à droite à gauche, enlève-toi ça du crâne. Je suis au courant pour Gluskoter. La seule chose qui m'a retenu de lui botter le cul, c'est que ça aurait même pas été marrant. T'en fais pas, je sais que tu vaux pas mieux que moi. Mais moi, je l'ai fait à grande, grande échelle.»

«Comment tu peux être aussi méchant avec moi?»

«Parce que je m'emmerde, et quand un homme s'emmerde il finit par devenir un animal. J'ai l'impression d'être un animal. J'en ai marre de toutes ces conneries, ton boulot, mon boulot, être obligé de me sentir concerné par les impôts des autres et d'entendre parler tous les jours de ton père et de ses stratégies à la con sur le marché de l'engrais. Faut que je me tire. Quand un animal se sent piégé, il devient méchant. Méfie-toi des animaux piégés, Melinda-Sue, c'est un conseil pour l'avenir.»

«Je peux pas accepter ça. Je sais pas ce qui t'est monté à la tête.»

«Sûrement pas toi, t'inquiète pas.»

«Je veux divorcer.»

«Putain, même mes vêtements sentent ton odeur.»

« C'est pas possible, tu peux pas me détester autant que tu veux me faire croire que tu me détestes. »

« … »

« Arrête. »

« … clés de voiture… »

« … »

« Un verre pour la route et je suis parti, comme une brise du désert. »

« T'es méprisable. »

« Y a plus de glaçons ? Encore ? Merde en *flammes.* Tu les manges ou quoi ? Tu passes derrière moi et tu piques les glaçons chaque fois que j'en fais ? Si c'est ça, t'as intérêt à me le dire. »

« Pars, si tu veux partir. »

« Tu veux bien me laisser prendre juste une petite gorgée. Une pour la route. »

« Attends. Tu ne devrais pas t'en aller. »

« Dis s'il te plaît. »

« S'il te plaît. »

« Raté. Je t'ai bien eue. »

« T'es ivre. »

« … »

« Où est-ce que tu vas aller ? »

« Je vais rentrer chez moi, pour commencer. »

« Tu vas aller au Texas ? Maintenant ? »

« Non, femme sans cervelle. J'ai dit que j'allais rentrer chez moi. Chez moi. »

« Je t'aime. »

« Tu es un petit spécimen bien dérangé. »

« Et tu m'aimes. »

« T'es vraiment une femme incroyable si tu crois que c'est le message que j'ai voulu te faire passer. T'es incroyable, Melinda-Sue. Je te tirerais bien mon chapeau, mais je crois que je l'ai laissé chez la voisine. Et au fait, tu pourrais t'écarter de la fenêtre, ou alors mets quelque chose. »

«...»

«Ça rime à rien de tout dévoiler comme ça.»

/b/

Une journée éclatante, tout début septembre, desséchée, un soleil explicite, là-haut, et la chaleur qui descend en ligne droite mais avec une touche de fraîcheur horizontale qui traverse le jour en son milieu. Vers midi, un jet prend position sur la piste 1 de l'aéroport de Cleveland-Hopkins, le nez vers l'ouest, un marmot rieur peint en rouge sur son flanc, sur l'étendue plane des types avec des protège-oreilles et des drapeaux orange déchirés par le vent enlèvent des prismes métalliques de sous les roues de l'avion, derrière les moteurs l'air chauffe et fait fondre les champs vert pâle, les moteurs sifflent comme des torches dans le vent sec et crachent leur brume d'hydrocarbures. Les types agitent lentement leurs drapeaux orange. Le soleil se reflète sur les vitres obliques du pare-brise, derrière lesquelles on devine des lunettes de soleil et des pouces levés. Un des types aux drapeaux porte un casque de walkman à la place de ses protège-oreilles et fait tournoyer son drapeau.

/c/

«J'ai un grondement dans les oreilles, ça n'augure rien de bon.»

«C'est le moteur, de l'autre côté du hublot.»

«Non, le moteur fait un bruit perçant qui joue avec les nerfs, un genre de plainte, mais hurlée. Là je te parle d'un grondement qui n'augure rien de bon.»

«...»

«Je sens que mes oreilles vont me faire un mal de chien pendant ce vol. Les variations de pression vont me déchirer les oreilles.»

« Je dois avoir cinquante paquets de chewing-gum dans mon sac, Rick. Je t'en fourrerai dans la bouche, tu mâcheras, tu avaleras ta salive et tu n'auras pas de problèmes d'oreilles. On en a déjà discuté. »

« Je ferais peut-être mieux d'en prendre un dans la main tout de suite, déjà déballé et tout prêt. »

« Tiens. »

« Sois bénie, Lenore. »

« Une histoire, s'il te plaît. »

« Une histoire ? Ici ? »

« J'ai envie d'une histoire. Peut-être que si tu m'en racontes une, ça te fera penser à autre chose qu'à tes oreilles. »

« Merde, mes oreilles. Je commençais presque à espérer que je pourrais les oublier, avec le chewing-gum dans la main, et toi il faut que tu me parles de mes oreilles. »

« Si on évitait de faire des remous, ici, en public, dans cet avion, avec un pilote et des hôtesses qui vont sûrement répéter à mon père tout ce qu'on dit et tout ce qu'on fait. »

« C'est rassurant. »

« Juste éviter de se faire remarquer. »

« Mais une histoire. »

« S'il te plaît. »

« ... »

« Je sais que tu en as. J'ai vu des enveloppes kraft dans ta mallette quand j'ai mis des trucs dedans. »

« Oh non, on va décoller. On bouge. J'ai les oreilles qui tambourinent comme des folles. »

« ... »

« Ironie du sort, un homme, en qui l'instinct amoureux est aussi fort et naturel et instinctif que possible, n'arrive pas à trouver quelqu'un à aimer. »

« C'est le début de l'histoire ? Ou c'est juste une phrase définitive à la Vigorous ? »

« L'histoire arrive. Ce que j'exposais avant que tu m'interrompes avec tes sarcasmes est dû au fait que cet homme, chez qui les instincts et les passions sont puissants et purs, est parfaitement incapable de contrôler ses puissants et purs instincts et passions. Chaque fois qu'il croise une femme à moitié ou même à peine séduisante, il tombe raide amoureux d'elle, comme ça, sur-le-champ, et avant même de lui avoir dit deux mots il lâche un "je t'aime" parce qu'il n'arrive pas à contenir les sentiments qui lui échauffent le cœur, et on sait que ce n'est pas juste du désir mais un amour profond, passionnel, avec de grandes ramifications émotionnelles, des sentiments qui le submergent et font que dès qu'il en a l'occasion il dit "je t'aime" avec des pupilles si dilatées qu'elles inondent pratiquement tout l'œil, et il se rapproche inconsciemment de la femme en question comme pour lui faire des avances, et les femmes à qui il fait ça, c'est-à-dire plus ou moins chaque femme qui croise sa route, ont une réaction très compréhensible et pas du tout positive, un homme qui dit "je t'aime" et qui essaie de venir se coller à elles d'entrée de jeu, invariablement les femmes le sèchent en quelques mots ou lui flanquent un coup de sac à main ou pire encore fichent le camp avec des cris qu'elles et lui seuls peuvent entendre. »

« Une seconde, Rick. Regarde par le hublot. »

« Où ? »

« Là, en dessous. »

« Mais je la connais ! C'est... »

« Jayne Mansfield. »

« Jayne Mansfield, c'est ça. Elle est devenue une ville ? Ce ne serait pas East Corinth ? »

« Je t'expliquerai après. »

« Bon sang, regarde la lisière est. C'est la 271. C'est la rocade. Je suis passé dessus en voiture. »

« Pendant ce temps, l'amour d'un homme amoureux provoque la fuite et les cris silencieux de ses amoureuses. »

« Oui. Donc l'homme n'est pas très heureux, on s'en doute. Comme si ce n'était pas assez de se voir refuser la chance d'aimer, c'est la force et l'intensité de son besoin d'amour qui sont la raison de ce refus, par conséquent il est exponentiellement plus triste, mélancolique et frustré qu'on le serait toi ou moi, dont les instincts sont en partie contrôlés et donc en partie assouvissables. »

« Un autre chewing-gum ? »

« Et donc l'homme ne va pas bien du tout, il perd son travail au service des Poids et Mesures de l'État de New York, où il faisait des étincelles avant que son problème d'intensité amoureuse devienne vraiment sérieux, et il se met à errer dans les rues de New York, il vit sur l'argent économisé à l'époque de sa réussite aux Poids et Mesures, il déambule sur les boulevards et ne s'arrête que pour tomber amoureux, se prendre une gifle, se faire rire au nez ou entendre des hurlements silencieux. Et ça continue, des mois, jusqu'au jour où il voit sur un panneau d'affichage à Times Square une annonce discrète photocopiée, une publicité pour une thérapeute qui dit soigner les troubles dus ou liés à l'émotion amoureuse. »

« Quoi, comme un sexologue ? »

« Non, en fait il est même écrit *Ne pratique pas la sexologie* en italique au bas de l'annonce, et il y a une adresse, et comme l'homme n'est ni terrassé de joie par sa vie, ni noyé sous les solutions à son problème, il saute dans un métro et file au cabinet de la thérapeute à l'autre bout de la ville. Il y a quatre femmes dans le wagon, dont trois sont raisonnablement séduisantes, et en moins de deux secondes il tombe amoureux des trois chacune à leur tour, il encaisse respectivement une baffe, un rire et des cris silencieux, et enfin il se tourne vers la quatrième femme, d'une obésité flagrante, les cheveux filasse, des lunettes en culs-de-bouteille et le menton fuyant, encore plus que le mien, bref la quatrième femme n'est pas séduisante, elle est repoussante, même pour l'homme, et pour ne rien arranger elle est très dure à voir parce qu'elle est réfugiée dans l'ombre au fond de la voiture, le col de son manteau remonté sur son cou, et son cou lui-même emmitouflé dans une grosse écharpe. J'ai dit que c'était mars à New York ? »

« Non. »

« Ben, c'est mars à New York et elle est dans son écharpe, recroquevillée dans l'ombre, le menton appuyé contre la carcasse sale et couverte de graffitis du wagon, une main serrée autour d'une vieille thermos qui dépasse à moitié de la poche de son manteau, et elle a tout simplement l'air du genre de détraqués à qui tu n'as pas envie d'avoir affaire, une espèce qui se porte plutôt bien à New York. »

« Tu l'as dit. »

« Et pour couronner le tout la grosse femme aux cheveux filasse avec la thermos a vu l'homme dire aux autres femmes qu'il les aime et essayer de se coller à elles, elle l'a vu du coin de l'œil, dans son étreinte avec la paroi de la voiture, dans l'ombre, alors quand l'homme se met à la regarder ça la gêne, elle panique et elle fonce vers la porte du wagon aussi vite qu'elle peut, c'est-à-dire pas très, parce qu'il s'avère qu'elle a une jambe à peu près deux fois plus petite que l'autre, mais n'empêche qu'elle fonce, et à ce moment le métro s'arrête à une station, les portes s'ouvrent et elle s'envole, et dans sa hâte elle fait tomber la thermos qui roule sur le sol et bute contre la chaussure de l'homme, et il la ramasse, c'est juste une vieille thermos noire en fer, mais sur le fond il y a un morceau de sparadrap collé avec, d'une petite écriture timide, un nom et une adresse que nous supposons avec l'homme être ceux de la femme, à Brooklyn, et alors il décide d'aller lui rapporter sa thermos puisque que c'est probablement son expansivité déplacée qui l'a fait fuir. En plus, le cabinet de la thérapeute aussi est à Brooklyn.

« Donc l'homme arrive au cabinet de la thérapeute, et en temps normal il n'aurait même pas dû réussir à la voir, parce qu'il semble que c'est une excellente thérapeute, très respectée et occupée, avec un carnet de rendez-vous rempli des mois à l'avance, mais il se trouve que la secrétaire de la thérapeute est une femme d'une beauté ravageuse et sans le vouloir l'homme tombe raide dingue d'elle et commence, sans le faire exprès, à lui réciter des poèmes avant de s'écrouler sur la moquette, dans les pommes, sous le coup de l'intensité de son amour, alors la secrétaire court voir la thérapeute et lui dit ce qui vient de se passer, qu'il y a un homme qui a besoin d'une consultation immédiate, là, sur la moquette, et la thérapeute annule la pause déjeuner qu'elle s'apprêtait à prendre et elles vont toutes les deux ramasser l'homme pour le porter dans le cabinet et le ranimer avec de l'eau froide, et l'homme obtient son rendez-vous.

« Et l'on apprend que l'une des raisons pour lesquelles cette thérapeute est si bonne est que, en général, elle peut creuser jusqu'aux racines des problèmes amoureux de ses patients en une seule séance et qu'elle ne leur vide pas les poches pendant des mois en les baladant avec de vagues promesses de progrès, ce que nous sommes tous les deux en mesure d'apprécier, je crois, et donc la thérapeute creuse jusqu'aux racines du problème de l'homme et conclut que, étonnamment, ce n'est pas que ses mécanismes émotionnels sont trop forts, au contraire c'est que certaines pièces sont trop faibles, parce que l'amour n'est rien sans la capacité de différencier et de décider qui aimer et sur la base de quels critères, un choix que l'homme est visiblement incapable de faire – elle prend pour preuve le fait qu'il est tombé profondément amoureux de la secrétaire sans même la connaître et qu'il a déjà dit « je t'aime » à la thérapeute une bonne dizaine de fois, sans le faire exprès. La thérapeute dit que ce que l'homme doit faire, c'est renforcer son mécanisme de discrimination amoureuse en côtoyant des femmes et en essayant de ne pas tomber amoureux d'elles. Comme ce ne sera pas facile au début, la thérapeute lui suggère de commencer avec une femme si peu séduisante, sur le plan physique et personnel, qu'il ne devrait pas être trop dur de ne pas tomber amoureux tout de suite, puis de passer autant de temps que possible avec elle, pour commencer à renforcer le mécanisme qui permet aux hommes de fréquenter des femmes sans forcément tomber amoureux d'elles. L'homme est un peu abasourdi par le direct-crochet de la secrétaire affolante et de la thérapeute sage, bienveillante et ultracompétente – et non dénuée de charmes – , mais la partie inférieure de son cerveau, la partie qui s'occupe de l'instinct de préservation, elle sait que les choses ne peuvent pas continuer comme ça et l'homme se résout à tenter le coup, alors ses yeux tombent sur la thermos qu'il tient toujours à la main, il voit le petit bout de sparadrap avec le nom et l'adresse de la femme à la thermos et il a un flash épiphanique, il voit que la femme à la thermos est la candidate rêvée au non-amour, rapport à ses cheveux filasse et à sa jambe trop courte, et aussi rapport à ses troubles de la personnalité évidents, et la scène se termine sur l'homme qui regarde d'un air contemplatif la thermos puis la thérapeute. »

« Comment se porte ton chewing-gum ? »

« Un autre, s'il te plaît. »

« Tiens. »

« ... »

« Ça fait effet ? »

« Est-ce que tu m'entends me plaindre ? »

« Exact. »

« Donc la scène suivante commence quelques jours plus tard, avec l'homme et la femme qui se promènent à Central Park, ou plutôt qui marchent et qui boitent, respectivement, et ils se tiennent la main, même si pour l'homme c'est tout ce qu'il y a de plus amical et platonique, même si on ne sait pas très bien ce que ça représente pour la femme à la thermos, et on devine que l'homme est allé à l'adresse de la thermos, qu'il a parlé à la femme et que, quelques visites et un temps suffisamment long plus tard, il a réussi à briser certains des verrous de sa timidité et de son introversion maladives, mais seulement certains. Ils marchent donc main dans la main, mais ce n'est pas très pratique car la femme a un besoin pathologique de rester tout le temps à l'ombre, qui les oblige à faire des tours dans Central Park pour ne pas quitter l'ombre, et d'avoir le cou tout le temps couvert, et elle passe son temps à tripoter une écharpe parmi la multitude de celles qu'elle porte, sans compter qu'elle a une tendance bizarre à ne vouloir montrer à l'homme que le côté droit de son visage, à détourner sans cesse le côté gauche, de sorte que l'homme ne voit jamais que son profil droit, et chaque fois qu'il pivote pour se placer face à elle, elle continue à avancer et se décale autant qu'elle le peut pour qu'il ne voie toujours que son côté droit. »

« ... »

« Elle a l'air distante et ne paraît pas connectée sur le plan émotionnel avec qui que ce soit en dehors d'elle-même, exception faite de sa famille, qui habite à Yonkers, mais au fur et à mesure que l'homme active son mécanisme de discrimination amoureuse et passe du temps avec elle, il se rend compte qu'en fait elle *veut* se sentir connectée avec d'autres personnes en dehors d'elle-même, elle le veut très fort, mais elle n'y arrive pas, pour une raison mystérieuse que l'homme ne saisit pas mais qu'il sait avoir un rapport avec les ombres, les écharpes et les profils. »

« ... »

« Et il se passe quelque chose d'amusant. L'homme ressent un début d'attachement pour la femme à la thermos. Ce n'est pas de l'amour, disons de l'affection, un sentiment qu'il n'a jamais éprouvé avant et qu'il trouve différent, parce qu'il implique de porter à l'autre une attention émotionnelle bien plus grande que ne le supposaient ses anciennes amours passionnelles et incontrôlées, qu'il implique de prendre soin de l'autre dans son ensemble, y compris dans les facettes et les traits de caractère n'ayant rien à voir avec l'homme. Maintenant, l'idée s'insinue que ce qu'il arrive à l'homme, c'est que pour la première fois il a établi une véritable *connexion* avec quelqu'un en dehors de lui-même, qu'il n'avait jamais été connecté avec personne et que sa tendance à l'explosion amoureuse, qui peut sembler à première vue être le moyen ultime de créer un lien, était en réalité un moyen de *ne pas* créer de connexion, du tout, dans ses effets comme dans, ainsi que nous le suggère une petite analyse psychologique, son intention subconsciente. C'est son incapacité à projeter sur le monde extérieur la faculté de discriminer pour aimer qui a empêché l'homme d'entrer en connexion avec le monde extérieur, de la même manière que la bizarre combinaison ombre-écharpe-profil en a empêché la femme à la thermos.

« C'est d'ailleurs un truc qui commence à énerver l'homme en même temps que ça excite sa curiosité, d'autant plus qu'il commence à se sentir de plus en plus connecté à la femme, pas dans le sens d'un amour passionnel toutefois, et qu'il a l'impression qu'elle n'aspire qu'à ça, elle aussi. Alors il gagne peu à peu sa confiance et son affection et elle répond en commençant à se laver les cheveux, en entreprenant un régime, en achetant une chaussure avec une énorme semelle compensée pour son obscène demi-jambe, et les choses avancent, même s'il est évident que quelque chose chez la femme à la thermos continue à l'inhiber à un point pathologique. Et puis un soir tout début avril, après une balade dans les coins les plus pittoresques de Brooklyn, l'homme raccompagne la femme à la thermos chez elle et fait l'amour avec elle, il la séduit, il la déshabille entièrement – mais lui laisse son écharpe par compassion – et il lui fait l'amour, et, coup de théâtre, mais en fait pas tant que ça quand on y réfléchit, on apprend que cet homme qui n'est porté que sur la passion et l'amour, qui a presque trente ans, n'avait jamais fait l'amour avant, avec personne. »

« ... »

« Hum, première fois pour la femme à la thermos, aussi. »

« ... »

« ... »

« Qu'est-ce qu'il y a ? »

« Mon oreille ! Putain ! Chier ! »

« Essaye d'avaler. »

« ... »

« Essaye de bâiller. »

« ... »

« ... »

« Merde. Je déteste les avions, Lenore. Je ne vois pas de preuve plus convaincante de mon amour pour toi que le fait de t'accompagner pour ce voyage. C'est pour toi que je vole. »

« Tu vas revoir Amherst aux premiers jours de l'automne. Tu disais que le début de l'automne à Amherst te faisait pleurer de bonheur. »

« ... »

« Tu es moins pâle. Est-ce que ça voudrait dire que l'oreille va mieux ? »

« Bordel. »

« ... »

« Et donc ils couchent ensemble, l'homme réussit à être gentil et attentionné, un comportement qui aurait été, on ne prend pas trop de risques à le supposer, hors de sa portée, rapport à sa passion, s'il avait été éperdument amoureux de la femme à la thermos comme c'était le cas avant, et face à toute cette gentillesse et cette attention la femme à la thermos verse des larmes de joie et on peut presque entendre le boum quand elle tombe amoureuse de l'homme, et elle commence à penser qu'elle peut vraiment être connectée à une autre personne vivant dans le monde extérieur. Ils sont couchés dans le lit, les membres entremêlés asymétriquement, l'homme a la tête posée sur le petit plateau formé par le menton fuyant de la femme à la thermos et il joue distraitement avec son écharpe, ce qui provoque chez elle un énervement maladif que l'homme remarque et, son intérêt et sa curiosité attisés, il tente, avec lenteur et hésitation, de faire l'expérience de dénouer l'écharpe et de l'enlever, et tous les muscles de la femme à la thermos se tendent mais par un extraordinaire effort de volonté elle ne l'arrête pas, même si elle pleure pour de vrai, maintenant, et l'homme, à force de gentillesse, de baisers et de paroles rassurantes, défait l'écharpe, la jette, et dans la pénombre de la chambre il voit une chose étrange sur le cou de la femme, alors il allume la lampe et la lumière de la chambre révèle que la femme a une petite rainette qui vit dans un creux à la base de son cou, côté gauche. »

« Comment ? »

« Il y a une toute petite grenouille vert pâle, avec une gorge blanche qui se gonfle et se dégonfle en rythme, qui vit dans un creux à la base du cou de la femme à la thermos, à gauche, un creux parfaitement formé qui ne la fait pas souffrir. Depuis le cou de la femme, la grenouille observe l'homme avec ses yeux tristes et sages de reptile aux paupières inférieures délicates et translucides qui clignent de bas en haut. La femme pleure, son secret est découvert, elle a une grenouille qui vit dans le cou. »

« C'est moi ou cette histoire vient de virer bizarre ? »

« Le contexte est censé expliquer et donc minimiser le côté bizarre. La grenouille dans son creux à la base du cou de la femme à la thermos est ce qui l'a empêchée d'établir une connexion émotionnelle avec le monde en dehors d'elle : c'est ce qui l'a plongée dans une tristesse et une détresse inextricables, d'où l'obscurité et l'ombre, ce qui l'a ligotée et enfermée, d'où l'emmitouflage dans l'écharpe, ce qui lui a interdit de faire face au monde extérieur, d'où le profil. La grenouille est le mécanisme de non-connexion et d'aliénation, la cause et le symbole de l'isolement de la femme à la thermos ; pourtant on comprend un peu plus tard qu'elle y est très attachée, qu'elle la soigne et qu'elle lui consacre plus d'attention qu'à elle-même, là, dans l'intimité de son appartement. Et l'homme découvre aussi que les écharpes que la femme porte pour abriter et dissimuler la grenouille sont criblées d'une multitude de petits trous, des trous d'aération pratiquement invisibles que la femme perce dans l'étoffe, tard le soir, avec des millions de petits coups d'épingle. »

« Même moi j'ai un peu mal au tympan. On doit être très haut. »

« Et donc ce qui a empêché la femme d'établir des connexions alors qu'elle le voulait et qui l'a rendue très malheureuse est aussi le centre de sa vie, quelque chose de très important pour elle, dont elle est fière, d'une manière que l'homme n'arrive pas tout à fait à saisir, comme elle est fière de pouvoir donner du bout du doigt des morceaux de nourriture à la grenouille et que la grenouille l'autorise à grattouiller sa gorge immaculée avec un coupe-papier. On voit comment les choses deviennent ambiguës et finalement on ne sait pas si, tout au fond de son être, la femme à la thermos veut vraiment établir une connexion, après tout. Mais les jours passent et l'homme continue à passer du temps avec elle, à faire fonctionner son mécanisme amoureux de non-amour, à être gentil et attentionné, la femme est de plus en plus sous le charme et elle veut clairement être connectée avec lui, et sa relation avec la grenouille dans le creux de son cou devient ambiguë, parfois elle est méchante avec elle et lui donne des pichenettes cruelles avec son ongle, d'autres fois elle se renferme et se remet à câliner la grenouille, à la grattouiller avec son coupe-papier, et s'éloigne de l'homme. Et ainsi de suite, mais dans l'ensemble elle est de plus en plus folle de l'homme. Et l'homme est de moins en moins certain de la nature de ses sentiments jusque-là définitifs de non-amour pour cette femme étrange et pas bien jolie mais néanmoins complexe et par certains côtés courageuse et en tout cas extrêmement intéressante, et tout à coup sa situation amoureuse devient immensément plus compliquée que jamais. »

« Tu veux un whisky, un Canadian Club ? Je peux demander à Jennifer de t'en apporter un. »

« J'ai peur qu'il n'ait aucun goût avec le chewing-gum, et d'ailleurs j'en voudrais bien un autre. »

« Tout de suite. »

« Donc les choses sont très compliquées, mais l'homme conquiert la confiance de la femme, et enfin un soir elle l'emmène chez ses parents à Yonkers pour un dîner de famille, et à l'instant où l'homme fait connaissance avec la famille il voit que quelque chose cloche parce qu'ils ont tous des écharpes autour du cou et que la présence d'un étranger parmi eux les crispe au plus haut point, mais ils vont quand même s'asseoir au salon, dans un silence pesant, avec des cocktails et du Coca pour les petits, ensuite ils passent à table, et juste avant qu'ils s'assoient, la femme à la thermos lance un regard chargé de sens à l'homme, puis à son père, puis, dans un geste signifiant aux siens qu'elle a dévoilé son secret à l'homme et s'est engagée dans une connexion émotionnelle naissante, elle défait son écharpe et la jette, la grenouille pousse un petit coassement et il y a un moment de silence tendu, puis le père défait son écharpe et s'en débarrasse lentement, et dans un creux au côté gauche de son cou révèle un grand papillon de nuit tacheté aux ailes en éventail, alors les autres membres de la famille défont leurs écharpes et ils ont tous de petits animaux qui vivent au creux de leur cou : la mère a une salamandre, un des frères une fourmi légionnaire, une des sœurs une araignée-loup, un autre frère un axolotl, un des petits une chenille. Et cetera et cetera. »

« Je crois qu'il me faut un peu plus de contexte. »

« Le père explique à l'homme, assis à la table au milieu de sa famille qui mange et qui nourrit du bout des doigts ses petits pensionnaires, qu'ils sont originaires d'une région très ancienne et non précisée d'Europe de l'Est, où les gens ont toujours entretenu des relations ambiguës avec le monde extérieur, une région où les familles faisaient preuve d'une loyauté farouche envers leurs membres, membres intimement et étroitement connectés entre eux, mais étaient tout aussi farouchement indépendantes et considéraient tout ceux qui ne faisaient pas partie de la famille comme des étrangers avec qui ils refusaient d'entrer en contact, et les petits animaux dans leur cou, chaque famille ayant son propre type d'animal partagé par tous les membres de la famille, étaient, dans le temps, le symbole de la différence et du refus de la connexion avec le reste du monde. Et le père continue, il dit que, sous l'effet du passage des ans et des unions diverses, les membres d'une même famille avaient commencé à adopter différents types d'animaux et aussi que, hélas, les plus jeunes membres de ces familles farouchement loyales avaient tendance à rejeter le secret et l'absence de connexion avec le monde que requérait et permettait la présence d'un animal dans le cou, et que même dans sa propre famille certains éléments lui avaient laissé entendre que la situation ne les rendait pas heureux. À ce moment, tous les membres de la famille arrêtent de manger et se tournent vers la femme à la thermos, là, avec ses lunettes, qui essaie du bout des doigts de donner à sa grenouille un morceau de rôti. Et le cœur de l'homme est submergé par la compassion pour cette femme, dont la relation ambiguë avec tout et tout le monde apparaît maintenant sous une toute nouvelle lumière, et en même temps que son cœur flanche, il comprend au cours d'un flash épiphanique qu'il est en quelque sorte tombé amoureux de la femme à la thermos, et que cet amour est différent de celui qu'il a pu éprouver pour le nombre incalculable de femmes dont il est tombé amoureux auparavant. »

« Regarde par le hublot, si ça ne te fait pas trop mal au tympan. Je crois qu'on est au-dessus de la Pennsylvanie. J'ai vu un signe de sorcière sur une grange. En tout cas on a dépassé le lac Erie. »

« Ouf. Me noyer dans de la vase est une des idées qui me terrifient le plus. »

« ... »

« Et donc tout est compliqué, très compliqué, et l'homme sent que l'amour qu'il éprouve est le type d'amour discriminatif que lui a recommandé la thérapeute, donc il est content, surtout que j'ai peut-être oublié de dire que ça fait un moment qu'il est sorti de sa phase d'amour fou pour des inconnues, tout est beaucoup plus sous contrôle maintenant, et grâce à son expérience aux Poids et Mesures et à sa toute nouvelle modération amoureuse il trouve un chouette travail dans une entreprise qui fabrique des échelles et tout va plutôt bien, si ce n'est qu'il regrette un peu les poussées de chaleur à s'en faire éclater le crâne qui le prenaient chaque fois qu'il tombait follement, passionnément et aveuglément amoureux. Mais la femme à la thermos, elle, subit des bouleversements et des sentiments bien plus compliqués que ceux de l'homme ; elle ne peut plus nier son amour pour lui et cette connexion naissante éveille en elle le désir d'établir un contact avec le monde entier, et elle devient plus sensible et attentive à son apparence ; elle perd encore du poids, achète des lentilles pour remplacer ses lunettes en culs-de-bouteille, se fait faire une permanente, et il y a toujours le problème du menton fuyant et de la demi-jambe, mais bon. Le plus important, c'est qu'elle commence à envisager clairement la petite rainette au creux de son cou comme un problème, elle cesse de s'identifier à la grenouille et à l'isolement et commence au contraire à s'identifier à elle-même et à la connexion aux autres. Mais du coup sa perception de la grenouille comme un problème, qui est, n'oublie pas, une variable de sa nouvelle vision du monde et de son désir de connexion, lui cause une profonde douleur et une détresse paradoxales parce que, maintenant qu'elle commence à se sentir connectée au monde extérieur, elle ne ressent plus le besoin de rester dans l'ombre et de ne présenter que son profil – jusqu'ici tout va bien –, mais même si elle ne veut plus se cacher elle sent plus que jamais qu'elle *devrait* se cacher, parce qu'elle a quand même un reptile qui vit au creux de son cou et que, sachant cela, elle reste aliénée et différente et relativement dégoûtante aux yeux du monde avec lequel elle veut entrer en contact. »

« Tu es sûr que les grenouilles ne sont pas des amphibiens ? »

« Petite maline. Un amphibien qui vit au creux de son cou. Et tout à coup et sans rien présager de bon elle devient encore plus intransigeante sur le fait de rester à l'ombre et de s'emmitoufler dans des écharpes, même si elle sait que ce sont des éléments aliénants : plus elle veut être acceptée par le monde, plus elle se reprend en pleine figure la perception exacerbée de sa propre différence, rapport à sa pensionnaire amphibienne. La grenouille devient sa seule obsession et elle lui fait passer de sales moments à coups d'ongle, elle pleure, elle dit à l'homme combien elle déteste la grenouille, et lui il l'emmène danser dans une boîte où il y a beaucoup de recoins sombres pour lui remonter le moral. Chewing-gum, s'il te plaît. »

« ... »

« Et les choses empirent, la femme à la thermos se met à boire, elle reste chez elle et elle boit tout le temps et l'homme, à sa table de travail en train de bosser sur le design d'une nouvelle échelle, la regarde avec tristesse ; et quand la grenouille n'est pas occupée par les coups d'ongle qu'elle se prend, elle regarde l'homme depuis son creux et lui lance des clins d'œil tristes, avec la paupière inférieure qui cligne vers le haut. »

« ... »

« Et là, tout bascule, c'est la fin avril. Presque l'apogée du printemps. Lenore, est-ce que tu es déjà allée dans un endroit où vivent des grenouilles au printemps ? »

« Oh, non. »

« Elles chantent. C'est involontaire. Instinctif. Elles chantent et elles coassent comme des folles. Et je suis persuadé que c'est la raison pour laquelle la grenouille jetait à l'homme des regards tristes pendant que l'homme regardait tristement la femme à la thermos : la grenouille aussi doit rester fidèle à sa nature. À ce moment elle est peut-être consciente que son chant aura un effet catastrophique sur la femme à la thermos parce que si autrefois elle restait planquée au printemps, pendant la saison des sérénades, maintenant elle brûle de se connecter au monde, d'en faire enfin partie. Alors peut-être qu'elle sait qu'elle blesse la femme à la thermos quand elle coasse, peut-être irrémédiablement, mais qu'est-ce qu'elle y peut ? Et d'ailleurs son chant rend la femme folle de frustration et de terreur, elle est déchirée entre ses pulsions contradictoires de connexion et de blotissement dans l'ombre, et tout ça est pathétique mais aussi un peu inquiétant, on commence à s'en douter. »

« Eh ben. »

« Et un jour, peu après que la grenouille a commencé à chanter dans l'appartement, alors que l'air est décrit comme étant doux et léger, porteur d'une belle promesse de chaleur, avec une odeur de fleurs qui se répand partout, même à New York, l'homme reçoit à son travail un appel du père de la femme à la thermos, à Yonkers : la femme à la thermos se serait jetée sur les rails du métro le matin même et serait morte dans les pires souffrances. »

« Oh, merde. »

« Alors forcément l'homme pète les plombs, il ne remercie même pas le père de l'avoir prévenu, même si ce n'était pas une mince affaire pour le patriarche d'Europe de l'Est, vu que l'homme est un étranger, tout ça, et donc il pète les plombs, il ne va même pas à l'enterrement, il est désespéré et il se rend compte – à ses dépens – qu'il était vraiment connecté à la femme à la thermos, une connexion réelle et véritable, profonde et vitale, et que la rupture d'une connexion établie est considérablement plus douloureuse que le refus d'une tentative de connexion, et il se vautre dans le chagrin, ce qui fait revenir au galop ses anciens problèmes, plus puissants que jamais, et l'homme se met à tomber fou amoureux de tout ce qui bouge, ou presque, hommes ou femmes, hélas, du coup ses collègues le croient homosexuel et lui collent régulièrement des raclées, puis il perd son travail quand il dit à son responsable qu'il l'aime, il retourne errer dans les rues de la ville et maintenant il tombe aussi amoureux des enfants, ce que la société ne tolère pas pour des raisons évidentes, et il commet des intrusions choquantes bien qu'involontaires, il se fait arrêter, jeter en prison pour la nuit, et il est au plus mal, il maudit la thérapeute qui lui a suggéré d'essayer d'aimer avec sa faculté de discrimination amoureuse. »

« Je peux poser une question ? »

« Vas-y. »

« Pourquoi est-ce la femme à la thermos n'a pas enlevé la grenouille de son cou pour la mettre dans une tasse ou quelque chose, tout simplement ? »

« *A*, on sous-entend que, pour se débarrasser de leurs petits pensionnaires, les porteurs d'animaux doivent mourir, d'où le métro, et *b*, tu es en train de rater ce qui est pour moi le sens de l'histoire. »

« ... »

« Donc l'homme est au plus mal, son ancien problème recommence à se déchaîner, en même temps que et à cause de la douleur incessante due à la rupture de sa connexion avec la femme à la thermos et de son désir ne plus jamais établir de connexion d'aucune sorte, un désir qui entretient lui-même une relation ambiguë et génératrice de mal-être avec le problème amoureux de départ. Il est dans un état horrible. Ça continue comme ça pendant une bonne semaine puis un soir, en mai, alors que l'homme est allongé, épuisé par la douleur et les vingt-cinq courses-poursuites de la journée avec la police, il devient cinglé, allongé au plus mal sur la moquette de son appartement, quand soudain il y a un minuscule et improbable toc toc à la porte. »

« Oh, non. »

« Comment ça, "Oh, non" ? »

« ... »

« Bon, donc il ouvre la porte, et sur le palier il voit la petite grenouille vert pâle délicat qui lui fait un clin d'œil, avec la paupière inférieure qui cligne vers le haut, sa patte arrière gauche est tout aplatie et traîne derrière elle, visiblement blessée, on nous laisse comprendre que c'est à cause de l'épisode du métro, auquel la grenouille semble bien avoir réchappé. »

« Ouah. »

« Et l'histoire se termine comme ça, avec l'homme sur le pas de sa porte, les yeux embrouillés et assommé par la douleur, l'amour et ses ambiguïtés, qui fixe la petite grenouille vert pâle qui continue à le regarder, ses yeux qui clignent tristement à l'envers, et qui lâche quelques coassements timides. Ils sont là, à se regarder sur le palier, et l'histoire est finie. »

« Ouah. »

« Je voudrais essayer avec deux chewing-gums en même temps, s'il te plaît. »

« ... »

« Ça n'est pas du tout adapté à la ligne de la *Frequent Review*, mais je vais écrire une lettre de refus personnalisée pour dire que j'ai personnellement bien aimé cette histoire et que j'ai trouvé qu'elle avait un potentiel, malgré le fait qu'il y a encore du travail à faire dessus. »

« C'est encore un esprit d'étudiant perturbé qui te l'a envoyée ? »

« J'en ai bien l'impression, même si le gamin a essayé de se faire passer pour plus âgé dans sa lettre d'accompagnement et a même joint une bibliographie qui s'est révélée bidon. »

« Eh ben. »

« J'ai super faim d'un coup, Lenore. »

« Je sais qu'ils ont des sandwichs. Je vais sonner Jennifer. »

« ... »

« Dites donc, il était temps que quelqu'un ait besoin de quelque chose. »

« Salut, Jennifer. Je crois que M. Vigorous voudrait un sandwich. »

« Bien sûr. De quoi avez-vous envie, monsieur ? »

« Qu'est-ce que vous avez ? »

« Nous avons des sandwichs au jambon, aujourd'hui, et aussi à la dinde. »

« Est-ce qu'il y a de la mayonnaise dans la dinde ? »

« Je crois que oui, monsieur. »

« C'est de la Miracle Whip ou de la Hellman's ? »

« Je ne sais pas, monsieur. Désolée, Lenore. »

« Pas de problème, Jennifer. C'est juste que la Hellman lui gratte la gorge. »

« Mais c'est horrible ! »

« Du coup je vais peut-être prendre le jambon, à condition qu'il n'y ait pas de mayonnaise dedans, et comme je suppose que c'est du pain de seigle, je le voudrais sans croûte. »

« Bien, monsieur. »

« Merci, et comme vous comprenez qu'il est capital pour moi qu'il n'y ait pas de mayonnaise, je voudrais une pointe de moutarde, et aussi un Canadian Club avec une goutte d'eau distillée. »

« Lenore ? »

« Je peux avoir une limonade, s'il te plaît ? »

« Je reviens tout de suite. »

« Merci, Jennifer. »

« Très jolie fille. »

« Tu essaierais de me rendre jalouse ? »

« Surtout pas. »

« … »

« Puisque tu en parles… J'ai croisé Norman aujourd'hui. Il m'a demandé de tes nouvelles. »

« Vraiment ? Je crois qu'on approche de Bradley Field. En tout cas on survole l'État de New York. Tu as vu cette circulation ? »

« Norman m'a demandé de tes nouvelles. »

« Vraiment. »

« Il dit partout qu'il est amoureux de toi. »

« Qu'est-ce que c'est que ce ton, Rick ? »

« Quel ton ? »

« Un homme obèse, hideux, malade et aspirant à devenir infini, qui en plus est totalement taré, fait preuve d'un intérêt forcément temporaire étant donné sa vision du monde pour une personne qui a fait tout ce qu'elle pouvait pour l'envoyer paître et qui a montré qu'elle n'avait aucun intérêt pour lui, et toi tu prends ce petit ton. »

« J'ai failli lui en mettre une. Mais je ne savais pas par où l'attaquer. Il est encore plus gros qu'il y a une semaine. »

« C'était il y a plus d'une semaine, non ? »

« Et en plus ses porteurs étaient plutôt baraqués. Sinon je lui en aurais vraiment mis une. »

« ... »

« Norman ne t'a pas parlé directement, si ? Exprimé des choses face à face ? »

« Je peux m'en charger toute seule, Rick. »

« Te charger de quoi ? »

« De tout ce dont je pourrais avoir besoin de me charger. »

« ... »

« Moi aussi je peux prendre des choses en charge, tu sais. Je suis une personne. »

« Qu'est-ce qu'il t'a dit ? »

« Rien qui présente le moindre début d'intérêt et rien qui soit réellement ton problème. »

« Pas mon problème ? »

« ... »

« Pas mon problème ? »

« ... »

« Donc toi tu n'es pas... ? Merci. Du fond du cœur. »

« Ça a l'air super, Jennifer, merci. On arrive bientôt ? »

« On survole New York. Le capitaine dit qu'on arrive dans une demi-heure. »

« Merci. »

« N'hésitez pas à sonner s'il y a quoi que ce soit. »

« Elle n'a pas enlevé la croûte. »

« Donne-moi ton couteau. Je vais le faire. »

« On est sa seule responsabilité, sa seule occupation, et elle n'enlève même pas la croûte. »

« … »

« Ta vie, ce n'est pas mon problème ? J'ai du mal à voir ce qui est mon problème et ce qui n'est pas mon problème. »

« Tu as un couteau, là, regarde. »

« … »

« Je suis ton amie. Ta petite amie. Je ne suis pas ton problème. »

« Ma *petite amie* ? »

« Appelle ça comme tu veux. Je peux manger la croûte, s'il te plaît, ou est-ce que tu veux la garder pour une raison ou pour une autre ? »

« Les choses que j'aime sont mon problème. »

« C'est pas vrai. Les choses que tu aimes et les gens que tu aimes sont les choses et les gens que tu aimes. Ce qui est ton problème, c'est toi. »

« … »

« Et ce qui est mon problème, c'est moi. »

« … »

« Et je peux m'en charger. »

« Tiens tiens, nous voilà bien confiants et sûrs de nous, tout à coup. »

« C'est pas le moment. Quand tu commences à parler au pluriel je flaire un potentiel de crise. »

« Ce jambon est beaucoup trop salé. »

« Tu n'as pas oublié de cracher ton chewing-gum, avant ? »

« Je suis en train de te perdre, Lenore. Le bourdonnement dans mes tympans, c'était le bruit funeste d'une perte imminente. C'était ça, la vraie cause du bourdonnement dans mes tympans. »

« Pourquoi est-ce que pour toi c'est toujours une histoire d'avoir et de perdre ? Tu ne t'es jamais demandé ce que ça me fait à moi ? Tu ne m'as pas "perdue", peu importe ce que ça peut vouloir dire dans ta tête. Je suis capable de me charger des gens qui pourraient avoir le béguin pour moi, c'est tout. »

« *Des* gens ? »

« Bon Dieu de vierge en pleurs ! Est-ce que tu t'entends parler ? T'es jaloux à un point, c'est même plus maladif, c'est… pathétique ! »

« Alors maintenant je suis pathétique. »

« C'est bon. Je dors. Est-ce que je peux mettre ma limonade sur ta tablette ? »

« Tu ne vas pas dormir, Lenore. »

« … »

« Tu pourrais au moins avoir la décence de me donner du chewing-gum, pour l'atterrissage, que je n'attends pas avec impatience, j'aime autant te le dire. »

« Tiens. »

« … »

« … »

« Toi aussi, tu es mon problème. »

« Gwompf. »

« Chier. »

/d/

EXTRAIT DES OBSERVATIONS DU DR DANIEL JOY, DIRECTEUR-ADJOINT DU SERVICE DES URGENCES PSYCHIATRIQUES DE L'HÔPITAL DE CHICAGO, ILLINOIS, VENDREDI 3 SEPTEMBRE 1990.

10 h 40 *Arrive Hôpital Lake Lady, Chicago.*

10 h 42 *Arrive 5e étage. Contrôle identité effectué. Registre confirme assignation à observation du patient « JB », chambre 573, admis jeudi 26 août après-midi.*

10 h 45 *Arrive chambre 573. Contrôle identité effectué.*

Occupants de chambre 573 à 10h45: Joy; patient «JB»; Dr Robert Golden, responsable Service Émotionnelle/Psychologique à Hôpital Lake Lady; Dr Daniel Nelm, interne, S E/P, H.L.L. Constate patient «JB». Mâle, blanc, teint clair, cheveux sombres, taille approx. 1,80 m, poids approx. 50 kg. Signes particuliers: yeux. Taille exceptionnelle, noirs. Complexion autour des yeux indique manque de/difficultés liées au sommeil. Patient conscient mais calmants administrés. Golden indiqué traitement 110 Thor. Pcm 7 gouttes ds sérum phys. × 2 h; puis 220 Thor. Pcm 7 après 3e équipe (23 h-7 h). Constate matériel d'enregistrement sur trépied au pied lit du patient. Constate fauteuil de réalisateur. Constate lunettes de soleil portées par Dr Golden, Nelm. N explique patient admis à cause hallucinations, croit qu'il est candidat à «jeu télévisé», refuse de/n'arrive pas à donner son vrai nom, parle de lui uniquement en tant que «Le Candidat»; après sédation lourde 3e équipe, «Celui Qui Frappe De Loin» (réf. Golden, Nelm). Patient «JB» refuse parler sauf si croit être filmé, enregistré; refuse réagir à questions posées sauf par ceux qui se présentent comme personnel «jeu télévisé» (réf. G, N). Nourriture refusée depuis 27 août; perfusion 7e cat. depuis 27 août. Dénutrition avancée mais insuffisante pour expliquer condition (Golden, accord Joy). Nelm explique caméra est camescope Motorola appartement Mme Nelm. Patient semble ignorer. Patient fixe caméra. Reçois (Nelm) paire lunettes de soleil et porte-voix réalisateur. Conseille m'adresser patient en tant que «Candidat, coco».

M'asseois dans fauteuil réalisateur. (Voir rapports S E/P H.L.L. 28/8, 29/8, 30/8, 31/8, réf. 573, H.L.L.) Suis présenté comme « M. Barris de chez Screen Gems ». Réaction visible du patient. Difficulté à observer patient derrière lunettes de soleil jugée acceptable, compensée par intérêt pour réactions patient. Hallucinations constatées. Hallucinations constantes sauf respect télévision. Patient semble pas savoir s'il est dans jeu télévisé ou si interviewé pour/à propos participation à jeu télévisé. Nelm suggère (impression positive, Nelm à la fois peu orthodoxe et très compétent, note officielle 3/9) M. Barris demande à « candidat potentiel » parler de précédentes « expériences dans jeux télévisés ». Voix patient très rauque, encombrée ; intelligibilité variable. Pour enrouement voir rapport d'admission JB-H.L.L. 26/8, rapport Nelm 27/8 réf. 573. Patient réagit à demande « expérience » (enregistr. Cassette, N) :

« Ma seule expérience c'était dans... (incompréhensible)... Dans le Désert ? J'étais... là où on était j'étais candidat. Je suis le candidat. Le présentateur a lancé l'émission et de là où j'étais le public a applaudi. Il y avait le plus beau prix du monde à gagner. Impossible d'imaginer un prix plus beau. Impossible de vouloir mieux. Et le public était enfermé dans un grillage électrifié. Mais là où j'étais j'étais pas enfermé. Et... (incompréhensible)... Et le présentateur avait une robe et il a apporté un chronomètre et des photos de Papa et... (incompréhensible) et il y avait des fils électriques accrochés. Et le présentateur en robe a dit... » (le patient prend

une voix différente, possiblement celle d'un membre équipe jeu télévisé [N], effort cause douleur dans voix) :

> *« "Et le candidat remportera bien sûr il remportera le plus beau prix du monde, à condition qu'il réussisse, attention, à ne pas le vouloir pendant les 60 prochaines secondes."*

« Le candidat, là où j'étais, n'a pas remporté de prix. Public qui crie : "N'y pense pas." "Renonce à tous tes désirs." Public qui crie derrière le grillage électrique. Je n'ai pas remporté de prix pour remporter le plus beau prix du monde en désirant ne pas le remporter. Échec à 50 secondes. D'après les règles je devais recevoir des décharges électriques, à la langue ? Toutes les 2 secondes ? Pendant 50 ? Et tout le monde s'est mis à hurler dans le public, ils ont commencé à jeter de l'eau derrière le grillage électrique et ils ont tous été projetés en arrière… »

Patient émet cris, approx. ttes les 2 secondes pendant 20 secondes, douleur gorge interdit bruit excessif ou potentiel de blessure (G, N). Nelm augmente dose x 1,5 ; patient conscient mais sédatifs lourds. Yeux roulent vers le haut.
Ici se référer rapport Joy HPC 3/9/90 réf. H.L.L. n° 573 : identité patient trouvée dans registres police, procédure normale. Initiales J.B., parent (?) L.B., constatées sur bijou porté à date admission. Nelm insiste sur mention « Papa ». Référence Désert + accent voix indiquent expérience (résidence ?) en Ohio après 1972. Directive Nelm ;

examiner avis de disparition homme blanc – Illinois, Ohio – 30 derniers jours. Nelm affecté à observation. Autorisation poursuivre observation jusqu'au 10/9 (voir Joy 3/9 réf. 573 H.L.L.). Nelm autorisé à accomplir suivi. Utilisation de l'équipement autorisée jusqu'au 10/9. Sur ce point voir Joy 3/9 réf. 573 H.L.L.
Impression globale : néant. Parallèle/Précédent : néant.

11 h 30 *Quitte Hôpital Lake Lady, Chicago.*

/e/

« Oui, c'est bizarre d'être lundi et de ne pas avoir de téléphone qui sonne. Tu as été génial avec Walinda, Rick. J'aurais jamais cru. »

« Mes tympans me font toujours un mal de chien. Comme si le décollage avait seulement préparé mes oreilles pour l'atterrissage. C'était inimaginable, Lenore. »

« Je suis désolée pour toi. Je peux faire quelque chose ? »

« Oh, Route 9. Ça y est. On est sur la Route 9. Bon Dieu, tous ces souvenirs. Oh, le Coolidge Bridge. »

« Tu n'es jamais revenu ici, pour des réunions d'anciens ou des trucs comme ça ? »

« Tu plaisantes, j'espère. »

« … »

« L'avion ne va pas rester nous attendre à Bradley Field, si ? »

« Impossible. C'est le seul avion de Stonecipheco. »

« Radins. »

« Je crois qu'il a redécollé presque tout de suite. Il fallait qu'il rentre à la maison. »

« Des endroits où aller, des gens à voir. »

« J'en suis même pas sûre. Tu nous as fait entrer dans cette limousine en même pas quatre secondes. »

« Les lois de la côte est. Tu vois un véhicule libre, tu te jettes dessus. »

« L'avion doit revenir nous chercher vers midi demain… onze heures et demie. »

« Tout le temps de parler avec LaVache. »

« Et à mon avis tout le temps de perdre notre temps, du point de vue de Papa. Lenore n'irait jamais parler à LaVache si elle ne vient pas me parler à moi. Ils se détestent tous les deux. Et LaVache a même pas le téléphone. Lui et John se détestent aussi. Enfin, il déteste John. »

« Tant de haine. »

« C'est juste de la haine familiale. Pas de la vraie haine. »

« Bon sang, ce resto. L'Aqua Vitae. Je croyais qu'il avait été démoli. Ça fait des années que j'y ai pas repensé. Mince. On s'entassait dans une bagnole et on allait à l'Aqua Vitae se gaver de burgers au fromage. »

« Cheeseburgers. »

« Ah, les spécialités linguistiques régionales. J'adore ça. Tout me revient par vagues. »

« … »

« Il faut vraiment que je trouve des toilettes. »

« On pourrait s'arrêter. On pourrait entrer vite fait dans ce centre commercial, là. »

« Ah non, pas un centre commercial. On est presque arrivés. On est presque arrivés. Ça doit être l'excitation. De toute façon il y a des toilettes partout, à Amherst. Il y en avait, en tout cas. Je les connaissais tous. »

« Tiens le coup, soldat. »

« Au moins tu peux voir le futur présumé de Stonecipheco en action universitaire. Ça te donnera de quoi faire un bon rapport à ton père, quand tu le reverras dans son antre. »

« Je lui dirai seulement ce que j'ai envie de lui dire. Il m'a raconté pas loin d'une centaine de mensonges quand j'étais dans son bureau. Je commence à me dire que mon père est un menteur compulsif. C'est pathologique chez lui, et même un peu pitoyable quand il vient à parler de Mlle Malig. Et il y avait aussi ce mec qui bosse pour lui et avec qui j'étais à l'école, qui nous espionnait. Il lui a dit de sortir quand il a compris que je voyais ses chaussures dépasser de sous le rideau.»

«C'est qui ce type avec qui tu étais à l'école? J'ai déjà entendu parler de lui?»

«Écoute, Rick, je déclare un moratoire sur les crises, ok? Je suis pas d'humeur à ça.»

«...»

«Et tu devrais savoir que je ne suis ni le messager de mon père, ni son espion.»

«Du calme. On est entre amis. Et tu es avec la seule personne qui fait passer tes intérêts avant les siens. Ne l'oublie pas.»

«Oh, Rick.»

«Je t'aime, Lenore.»

«Mais j'avoue que j'appréhende un peu de voir comment LaVache se comporte à la fac. Je crois qu'il est encore plus intelligent que John. En termes d'intelligence pure, il est le seul dans la famille à être plus intelligent que John. Il a jamais eu besoin de travailler au lycée. Et en été, à la maison, c'est juste un déchet. Il reste assis dans l'aile est toute la journée, il se défonce et il regarde des séries et des cartoons genre *Les Pierrafeu*, et il grave des trucs dans sa jambe.»

«...»

«Et le soir, tous les soirs, il va picoler avec ses copains sinistres dans leurs voitures avec l'arrière plus haut que l'avant.»

«Tunées.»

«Oui, leurs voitures tunées. Et Papa ne sait jamais où il est et ce qu'il fait, parce que Papa n'est jamais là ou alors il rase les murs sur la pointe des pieds avec Mlle Malig. Il pense que LaVache travaille. Il pense que LaVache est un autre lui.»

«On est presque arrivés. Cette colline. On va passer la crête de la colline et on sera arrivés.»

« Je suis sûre qu'il travaille, maintenant qu'il est à la fac. Je sais que moi je m'y étais mise. »

« Et… ah, voilà. Bon Dieu. »

« Tu as les larmes aux yeux. »

« Tu m'étonnes. Pas moyen le cacher. Ça fait pile vingt ans que je suis pas revenu ici. C'est mon alma mater, ma mère nourricière. »

« Je le sais bien, espèce d'idiot. »

« Mon alma mater. »

« … »

« Si on allait directement à Stone ? C'est bien là que vit LaVache ? »

« Oui. »

« Chauffeur, conduisez-nous au dortoir Stone, sur le campus d'Amherst. J'ai peur de ne pas pouvoir vous aider à le trouver. C'est un bâtiment récent, un de ceux que je ne connais pas, vu que je n'ai – »

« Pas de problème, mon pote. »

« Génial. Mon Dieu. C'est tellement bizarre, de revoir tout ça. Les feuilles commencent à peine à jaunir, tu as vu ? Ça se voit un peu plus sur certains arbres. Tiens, celui-ci par exemple. »

« C'est vrai, c'est joli. »

« Tu es déjà venue ici ? »

« J'étais à Mount Holyoke. Je suis venue ici une seule fois, quand Clarice y était. »

« Et tu as trouvé ça joli ? »

« C'était en mars, mais c'était joli. Le campus était très joli. »

« J'ai toujours bien aimé Mount Holyoke, de manière générale. »

« Qu'est-ce que tu veux dire ? »

« Bon sang, faut vraiment que j'aille aux toilettes. »

« Tu pourras y aller dans la chambre de LaVache. »

« … »

« Oh non, merde ! Rick, encore ces chaussures ! »

« Comment ? »

« Ces chaussures. Tu vois ces gens, avec leurs chaussures ? Ces chaussures bateau ? En cuir avec une semelle en plastique blanche ? »

« Ah, oui. »

« Tu vois les deux filles, là, avec le garçon ? Bordel, tout le monde continue à en porter, ici. Comme je déteste ces chaussures. »

« Elles, euh, elles m'ont l'air très bien ces chaussures. Plutôt inoffensives. »

« J'ai une haine irrationnelle pour ces chaussures. Je crois que c'est en grande partie parce que tout le monde les portait sans chaussettes. »

« … »

« Ça veut dire qu'ils se contentaient pas de porter des baskets sans chaussettes, comme si c'était pas assez dégoûtant ils portaient aussi des pas baskets sans chaussettes. Et ça c'est… »

« Pas hygiénique ? »

« Tu peux rigoler, gros malin. C'est toi l'idiot si tu files tout cet argent à Jay et que t'écoutes même pas ce qu'il te dit. C'est même pas simplement pas hygiénique, c'est carrément dégueu. Ça *pue*. Je me souviens, à la bibliothèque, j'allais m'asseoir dans une alcôve pour faire ce que j'avais à faire, je demandais rien à personne, et il y avait toujours quelqu'un qui venait s'asseoir dans l'alcôve d'à côté, avec ces chaussures, et qui finissait toujours par les enlever, et d'un coup j'étais obligée de respirer les pieds de quelqu'un d'autre. »

« … »

« Et évidemment ils sentaient pas bon, à force de toujours traîner sans chaussettes dans des chaussures. Je veux dire, l'odeur des pieds, ça devrait rester un truc privé, non ? »

« … »

« Qu'est-ce qui te fait sourire ? Tu trouves que c'est une idée stupide ? Que c'est des bêtises ? »

« Non, non, je trouve pas que c'est des bêtises. J'y avais

seulement jamais trop réfléchi. Jamais trop réfléchi à… la socioéthique des odeurs de pieds. »

« Ok, tu te moques de moi. »

« Tu interprètes mal. »

« … »

« C'est pour ça que tu portes toujours deux paires de chaussettes ? Dans des baskets toujours identiques ? »

« En partie. Et aussi parce que c'est confortable. »

« Dortoir Stone, l'ami. »

« C'est quel bâtiment ? »

« Juste devant nous, mon pote. »

« Je vois… Ouh, j'ai des courbatures partout. »

« Tu veux foncer à l'intérieur et aller faire pipi ? »

« … »

« Rick ? »

« Je préfère ne pas y penser, maintenant que le moment est arrivé. »

« Comment ça ? Depuis qu'on est montés dans la voiture tu n'as pas arrêté de parler d'aller faire pipi. »

« Tu as les sacs ? »

« Tu sais très bien qu'ils sont dans le coffre. »

« En fait ma question voulait dire, est-ce que tu penses pouvoir les porter à l'intérieur toute seule en t'assurant bien de ne pas oublier mon sac avec mes slips, ma brosse à dents, mon eau de cologne et toutes mes affaires ? »

« Oui, je pense, mais je comprends pas. »

« Le compteur tourne, champion. »

« Si ça ne te dérange pas trop, je vais te laisser un moment. Je sens affluer des émotions et des sentiments que je préfère peut-être affronter seul. »

« Quoi ? »

« Je vais aller errer dans les ruines de ma mémoire, quelque temps. »

« Pardon ? »

«Je vais aller me balader.»

«Oh. D'accord, si tu veux.»

«À plus tard, alors.»

«Tu veux me rejoindre quand tu rentres ? Ensuite on peut passer à l'hôtel à cinq heures et puis aller dîner ?»

«Très bien. Salut.»

«Chambre 101, n'oublie pas.»

«D'ac. À tout à l'heure.»

«Est-ce que ça va ?»

«Oui. Salut. Merci beaucoup, chauffeur.»

«...»

«Vous pouvez me donner un coup de main pour les sacs ?»

«Je dois pouvoir faire ça, princesse. Qu'est-ce qui lui arrive ?»

«Il est comme ça, de temps en temps, quand il a besoin d'aller aux toilettes.»

/f/

6 septembre

La soudaine force du désir d'aller voir si les initiales que j'avais gravées il y a si longtemps sur la porte en bois de la cabine dans les toilettes du bâtiment des Arts étaient toujours là, la force soudaine, inattendue et irrésistible avec laquelle ces émotions avaient afflué, là-bas, près du dortoir, avec Lenore, était proprement effrayante. Alors que je me mêlais à la file d'étudiants qui serpentait sur le versant peu amène de la colline menant aux bâtiments des Arts et des Sciences, alors que nous adoptions tous la démarche penchée, la démarche de phoque du grimpeur pressé, notre groupe composé de phoques en retard pour leur cours et d'un en retard à son rendez-vous avec le petit océan de son passé, un océan qui se déployait en dessous et au-delà du ponton gravé de son enfance, un océan dans lequel ce phoque allait déverser le jet puissant (et unique, espérait-il) de sa présence pour prouver qu'il existait toujours et ainsi qu'il avait existé –

tout cela, bien sûr, à condition que les toilettes et cette cabine particulière fussent toujours là –, alors que je me mêlais à la file de phoques en bermudas, chemises amples à manches courtes, chaussures bateau et sacs à dos, et alors que j'éprouvais la peur qui accompagnait et était en un sens due à l'intensité de cet afflux d'émotions et de désirs qui accompagnait la seule pensée d'une porte de toilettes sans intérêt dans un bâtiment sans intérêt d'une université sans intérêt où un garçon triste et sans intérêt avait passé quatre ans de sa vie vingt ans plus tôt, alors que je ressentais toutes ces émotions il m'est apparu un fait que je sais maintenant, assis dans le lit de notre chambre au motel, un crayon à la main, la télévision en sourdine, avec, endormi à côté de moi et ronflant doucement, l'objet aux cheveux pointus de mon adoration et le centre absolu de mon existence tout entière, un fait que je sais maintenant posséder une vérité indéniable, cette vérité étant que dans les années 60 Amherst a dévoré mon équilibre émotionnel, creusé des canyons psychiques, désaxé le pendule de mes humeurs à grands coups d'une pagaie nommée Démesure.

Maintenant les choses m'apparaissent dans toute leur clarté et je me rends compte que rien n'est jamais allé, pas un instant, en aucune mesure, rien n'est jamais allé simplement bien. Les choses n'allaient jamais bien. Je ne faisais jamais aller. Jamais. Je me souviens que j'étais tout le temps terrifié. Et quand je n'étais pas terrifié, j'étais en colère. J'étais tout le temps tendu. Et quand je n'étais pas tendu, je flottais dans une étrange et chaude euphorie qui me faisait marcher avec l'allure désarticulée de celui qui n'en a rien à foutre de rien. J'étais tout le temps si heureux sans raison qu'un seul endroit ne semblait pas réussir à me contenir, ou si mélancolique, abruti et malade de chagrin que je ne semblais pas pouvoir supporter la seule pensée d'entrer quelque part. J'ai détesté cet endroit. Je n'ai jamais été plus heureux que dans cet endroit. Et la coexistence de ces deux choses me place face aux serres et au bec de la Vérité.

Au sommet de la colline un des arbres, que je me suis arrêté pour contempler tandis que je jouais avec mon chapeau et reprenais mon souffle, avec la file d'étudiants qui se dédoublait derrière moi pour me contourner et disparaître dans les bâtiments au son des cloches, un des arbres commençait tout juste à s'embraser, les couleurs à exploser, un rouge à l'élan encore hésitant traçait le contour de l'arbre contre la lumière du sud, les feuilles les plus éloignées du cœur étant celles dont le sang se retire le plus vite ; et je contemplais cette aura rouge qui frisait autour du corps vert qu'elle couronnait, le soleil qui cillait entre les branches au gré des mouvements et des craquements que leur imprimait la brise, jusqu'à ce que me ramènent sur terre les besoins conjoints de me souvenir et de pisser.

Et les initiales étaient toujours à leur place, le minuscule « R.V. » gravé en bas de la cloison. Quelqu'un les avait remplies avec un stylo à bille. À côté de mes initiales en étaient gravées d'autres, « P.U.E. », qui sont, je le comprends maintenant, une blague à mes dépens. Et, près de la blague à mes dépens, quelqu'un, un esprit infime, certainement pendant un examen, dans un geste sous-tendu par une émotion que je ne pouvais que comprendre, avait écrit un « *Maman* » solitaire – que quelqu'un d'autre, forcément, quelqu'un de mauvais, avait modifié pour en faire un « Ta *Maman* te déteste ».

« C'est pas vrai », ai-je marqué – on dirait que je suis resté un incorrigible taggeur – sous le cruel amendement, bien que j'aie dû pour cela me mettre à quatre pattes sur le sol souillé de la cabine, trempant au passage ma cravate dans la cuvette ; Jay et Blentner vont se régaler. Et mon présent a plongé dans l'écume de mon passé et avec lui a été aspiré.

Passé la porte du bâtiment des Arts puis le préau, j'arrive dans une cour, la cour, où des garçons aux poignets fluides jouent au frisbee, pieds nus et en vêtements larges sous le couvert des feuillages, courent comme des chevreuils et renvoient chaque fois le disque de plastique. Nous, les dinosaures, nous jouions à un jeu similaire avec des plateaux subtilisés à la cantine, des plateaux en métal à cette époque avec des bords à vous couper des phalanges qui nous obligeaient, si je me souviens bien, à attraper les plateaux en plein vol avec le pouce et les doigts en pinces… On jouait, on saignait. Maintenant ils sont beaux et perfectionnés, le disque brillant flotte immobile dans l'air tandis que la terre et les arbres et les garçons agiles glissent comme sur de l'huile pour le recevoir encore. J'applaudis, lance quelques hé et ho, jette ma casquette en l'air, fais des gestes indiquant que je veux qu'on m'invite à jouer, mais on m'ignore.

Je fais le tour de la cour, donne des coups de pied aux racines qui émergent du sol, saisis des bribes de conversations dans des langues qui ne me sont pas familières. Je reste bien à l'écart du dortoir North, pour être sûr. Je fais un immense détour. Du coin de l'œil, j'aperçois les stores qui battent doucement à ses fenêtres. Je vois pointer ses doigts en formes d'arbres. Le dortoir North. Théâtre du moment le plus désastreux et le plus impensable de ma vie à ce jour.

En fait le deuxième moment le plus désastreux, derrière ma nuit de noces.

Qui vois-je ici, dans la cour ? Le présent d'un passé n'est-il pas voué à la laideur ? Mais non, pourtant. J'aurais dû me souvenir que la laideur est absente de l'université. J'ai des visions où elle m'apparaît, ligotée et bâillonnée, ses yeux vairons qui roulent impuissants, cachée dans les placards et les chaufferies les plus sombres, au plus profond des bâtiments les plus massifs. Je crois qu'elle appelle doucement à l'aide. Le parent fou que tous ignorent, renient et nourrissent. La laideur est absente de la cour.

Qui vois-je ici ? Je vois des étudiants et des adultes. Je vois des parents qui affichent leur condition de parents sur des badges à leur nom. Je regarde les étudiants et ils me regardent en retour. Aptitude à Se Prendre en Charge, structures de défense élaborées, ils défilent leurs yeux et commencent à se rassembler. Mais les yeux et les visages demeurent à nu. Sur le visage des filles je vois la douceur, la beauté, les yeux brillants et détendus des bien-nés, la capacité vitale à créer des problèmes là où il n'y en a pas. Je ne sais pour quelle raison, je vois aussi ces filles plus âgées, de pâles fantômes télévisuels qui vacillent derrière leurs modèles : des femmes entre deux âges avec des ongles carmin et des visages tannés, durs, ridés, des chevelures laquées sculptées par les doigts professionnels d'hommes aux noms français ; et des yeux, des yeux posés sans pitié ni doute aucun sur des tequilas qui scintillent sous le soleil d'été, au bord de la piscine du country club. Les structures s'épanouissent, croissent, ondoient et palpitent comme un film en retour rapide. Les garçons sont judicieusement différents des filles. Les uns des autres. Je vois des têtes blondes et des mâchoires fines, des frimeurs aux jambes arquées et des biceps aux veines saillantes. Je vois tellement de figures calmes, impassibles ou joyeuses, des figures paisibles, maintenant et à jamais, au regard de leur apparence et de leur existence, cette sorte de paix durable et de proximité évidente avec le destin invariable qui copie et colle sans effusion de sang les visages sur des silhouettes découpées de chefs d'entreprise dans les boiseries des salles de conférences, de professeurs en cravate écossaise et veste de sport avec des pièces de cuir cousues aux coudes, de médecins sur des greens ensoleillés avec de lourdes montres antichocs en or au poignet et de petits bippers à la ceinture, de soldats en costumes noirs qui achèvent les infirmes à la baïonnette. Je vois les Meilleurs visages, des visages dont je me souviens bien. Les visages de ceux qui vont devenir les Meilleurs.

Je vois les visages de ceux qui sont dans le coup et de ceux qui ne le sont pas. Les visages de ceux qui sont dans le coup apparaissent les uns à côté des autres, comme des pièces accrochées à une ceinture. Les visages oscillent de bas en haut, au rythme de la frime de leurs propriétaires. Les visages de ceux qui sont dans le coup ont une complexité épuisante, l'expression de chacun façonnée et étayée par d'obscurs processus, par les visages qui l'entourent. Ces structures s'enlacent et s'emboîtent et n'ont pas encore commencé à se déchirer mutuellement. Et ceux qui ne sont pas dans le coup. Leurs visages sont le visage aux yeux noirs de Vance Vigorous. Pour beaucoup, ces visages sont dirigés vers le sol, de peur de trébucher sur une racine, de peur qu'on les voie trébucher sur une racine. Ce sont ceux qui ne dorment pas, qui dorment mal, qui dorment seuls, ceux qui pensent à autre chose quand ils entendent les bruits qui traversent les murs de leurs chambres. J'ai l'intuition que les joueurs de frisbee, que je regarde toujours, ne sont pas dans le coup. Le frisbee trace entre eux des lignes timides, tisse des filaments comme de la toile d'araignée balayés et brisés par le vent en provenance du monument commémoratif et des terrains de sport au sud. Les visages de ceux qui ne sont pas dans le coup sont les visages mal affirmés qui sont en réalité les plus affirmés, les visages par eux seuls définis, les visages définis par la non-appartenance à un lieu défini par l'appartenance. Ces visages sont les seuls tournés vers l'extérieur, protégés et emprisonnés derrière les fontières barbelées de leurs propres structures, les visages qui savent que, sauf grâce d'un dieu remarquable pour l'arbitraire de ses grâces, ils sont ceux qui seront ligotés et bâillonnés dans les placards de l'université. Des visages hors d'atteinte à cette distance, qui voient en vous et vous digèrent en un instant, sans que personne y puisse quoi que ce soit.

Qui sait combien de temps je les observe. Les ourlets de mon pantalon s'emplissent de morceaux de feuilles mortes et de fragments de brins d'une herbe à tige creuse. Les parents déambulent avec leurs badges. Des hommes d'un certain âge qui ont pour ventres des fardeaux emballés et soutenus par des vestes à carreaux. Des femmes d'un certain âge que j'ai déjà vues et connues dans les visages de leurs filles. Des phoques sur la colline, en l'air des disques brillants. Des amoureux sur le ventre, jambes en l'air, chevilles paresseusement croisées pour parer à l'approche coulée d'une feuille qui viendrait à voleter par là. Le soleil s'éclipse derrière les montagnes. Je le sens. L'ellipse de mon orbite quadrangulaire absorbe l'indentation du dortoir North.

Oh, pourquoi la haine ? Pourquoi, lorsque quelque chose d'horrible nous arrive, quelque chose pire que ce qui pourrait être le pire, lorsque en toute honnêteté *nous* faisons quelque chose d'horrible, pourquoi alors haïssons-nous la situation dans laquelle la chose est arrivée, l'endroit où la chose est arrivée, les personnes que la chose a impliquées, les faits et les gens à l'évocation desquels nos organes se révulsent et les portes de notre cerveau se cadenassent pour résister à l'assaut. Pourquoi n'est-ce pas nous-même que nous haïssons, le miroir qui nous fait reculer, horrifié ? Est-ce que Jay a une explication à ça ? Question tout à fait inopportune. Comme je suis parti loin.

Le 2, presque 3 mars 1968, le dortoir North, où je logeais, organisait une soirée mixte pour les première-année, dont j'étais, et pour les occupantes du dortoir jumelé au nôtre à Mount Holyoke, une institution pour filles à une vingtaine de kilomètres, par laquelle étaient passées la sœur et la grand-mère de Lenore – ainsi que sa mère, je crois. Une deuxième-année de Mount Holyoke assistait à cette fête, une fille petite, calme et courbée nommée Janet Dibdin, les cheveux roux et raides et les yeux bleus avec de minuscules éclats de diamant blanc dans les iris. Vraiment. Une fille dont j'étais secrètement fou. Une fille que j'avais rencontrée à une autre fête, une autre sur le fil de cette année sans fin, à Mount Holyoke cette fois ; je l'avais rencontrée à cette fête et j'avais survécu à l'angoisse de l'inviter à danser. Et donc. Et donc c'était une fille en présence de qui j'étais bête, moite, muet et par comparaison énorme. Une des trois seules femmes pour qui j'ai ressenti une attirance sexuelle irrésistible, les deux autres étant Lenore Beadsman et la fille de mon voisin à Scarsdale, la fille de Rex Metalman, une petite chose incontestablement érotique qui ondula jusqu'à mon cœur à l'été de ses treize ans, alors qu'elle jouait ostensiblement avec l'arroseur sur la pelouse.

Quoi qu'il en soit, nous voilà, un groupe de costumes bleus et de costumes gris, de cheveux gominés en arrière et de nez luisants et anxieux, et les voilà, une douce effluence de laine en mouvement, de cheveux permanentés, de cachemire, d'yeux, de coton, de mollets et de perles, au centre de quoi elle se tenait, près du buffet, en jupe et pull à écusson, discutant calmement avec ses amies, affichant son manque d'envie de danser, et minuit approchait et nous voilà, en costumes, en train de rassembler toute notre salive pour l'offensive finale. Et nous voilà, avançant à une vitesse géologique, d'une lenteur impossible, un cheminement imperceptible sur le parquet en cèdre, avec dans nos yeux le reflet assuré et la danse bienvenue du feu dans la cheminée. Nous avancions et soudain j'étais près d'elle, je lui parlais, oh tiens salut, feignais l'imprévu de crainte que tout s'évapore, sous le regard d'une ou deux de ses amies qui restaient en retrait avec leurs coiffures en gratte-ciel et prenaient garde à ne pas se faire prendre au piège de la tension sexuelle qui crépitait dans l'air entre Janet et moi, ses amies nous observaient, m'observaient, attentives à la première erreur, les Beatles chantaient *Eight Days a Week* et mes mains préparaient un genre d'amuse-gueule, que dis-je un genre, un cylindre de sauce bolognaise autour d'un cracker Ritz, mais elle le refusa et posa sur moi son regard bienveillant avec ses yeux qui me disaient qu'elle était disposée à entrer dans ce jeu complexe et épuisant, que tout allait bien, et je mis l'amuse-gueule dans ma bouche, et le cracker explosa comme une tempête de sable, puis vint la viande, et je me souviens qu'elle parlait des prochaines élections, et l'inévitable et indicible invitation à danser se fit saumon et entama sa migration de mes tripes jusqu'à mon cerveau, et ma main dans la poche de mon pantalon détrempait la laine, et j'ai eu l'idée désastreuse de trouver quelque chose de spirituel à dire pour retarder l'invitation, et mon cœur bondit, ma gorge se serra et en une convulsion je parvins à sortir de moi-même pour parler à Janet Dibdin, qui plongeait dans mes yeux la confiance imméritée des siens, et j'essayai de dire la chose et lorsque j'ouvris la bouche il en jaillit une énorme boule d'amuse-gueule mastiqué, cracker et bolognaise, mâché, plein de salive, qui fusa avec une force outrancière et atterrit sur la partie charnue du nez de Janet Dibdin où il s'échoua. Ses amies étaient bouche bée, ce qui restait dans ma bouche se changea en glace et se fixa pour toujours à mon palais, et les Beatles chantaient « Guess you know it's true », et Janet cessa d'émettre tout signe de vie, horrifiée, comme morte, ce qu'elle tenta avec une compassion inhumaine de dissimuler par un sourire, et elle chercha un mouchoir dans son sac à main, avec le crachat obscène couleur de chair et d'os sur le bout du nez, et je voyais la scène par un télescope à l'envers puis le monde eut pitié de moi et cessa d'exister et je devins infiniment petit et dense, une naine noire qui scintillait en négatif au milieu d'un tas de vêtements et de chaussures vides. À vingt ans, mon premier avant-goût de l'enfer. Le mois qui a suivi cette soirée est un vide impossible à combler dans ma mémoire, une immondice effacée. Cette région de mon cerveau a été aplanie.

Un détour inouï pour contourner le dortoir North, effectué avec les mains sur les oreilles, et je débouche sur le monument commémoratif et les forêts ensanglantées au sud du campus et j'erre, sous mes pieds le craquement des aiguilles et des premières feuilles mortes, tout comme je le faisais pendant des heures quand j'étais étudiant, jouant des coudes pour me frayer un chemin parmi la meute des autres étudiants, tout comme aujourd'hui je joue des coudes parmi les étudiants et leurs parents pour me diriger vers une zone plus isolée et naturelle de la forêt de Nouvelle-Angleterre, au-delà de la route, après des champs desséchés de grillons surchauffés et grésillants, là-bas, sous le vent, je joue des coudes et trouve les endroits les plus reculés déjà surpeuplés, des files de jeunes dans le coup s'enroulent comme des fouets autour des arbres et de la vigueur de leur sève, balancent dans les broussailles des jeunes pas dans le coup. Je suis dehors. J'attends mon tour pour entrer et fume deux cigarettes au clou de girofle sous le regard plein de reproches d'une mère aux cheveux bleus en tailleur-pantalon jaune, sous le vent malheureusement pour elle, qui postillonnait dans l'oreille de son fils, lui en veste AMHERST flambant neuve avec l'étiquette portant les recommandations de nettoyage encore attachée à la manche. J'achète un hot-dog à un vendeur ambulant et contemple le soleil qui miroite au loin sur les fenêtres des bâtiments sur le versant sud de la large crête, la muraille australe de la citadelle. Un de mes « R.V. » y était toujours, j'avais en tête un autre endroit où je pourrais être toujours présent et cela m'emplissait d'une joie irraisonnée – la même que j'éprouve en voyant la courbe immodérée des hanches de Lenore sous la couverture piquante, juste là, tout près de moi. Je t'aime, Lenore. Il n'y a aucune haine dans mon amour pour toi. Rien qu'une tristesse d'autant plus forte que je ne parviens à l'expliquer ou à la décrire. Mes oreilles continuent à bourdonner.

/g/

Il n'y avait pas à tourner autour du pot, Stonecipher LaVache Beadsman avait un air satanique. Il avait une peau rouge sombre et luisante, des cheveux noirs et gras rabattus en arrière sans souci esthétique et avec des golfes profonds, des sourcils d'une épaisseur brejnévienne qui naissaient haut sur les côtés pour repiquer diaboliquement au-dessus de ses yeux et une petite tête, un ovale régulier qui ne semblait pas fermement attaché à son cou et avait tendance à se balancer, comme la tête d'un embauchoir. Un sweat-shirt OBERLIN, un short en velours et un tourbillon de poils sur son pied posé à côté de sa basket. Il était assis sur une chauffeuse, un bloc-notes et un stylo accrochés par une ficelle à sa jambe, il regardait la télé et offrait son profil à Lenore, sur le pas de la porte. Il regardait le *Bob Newhart Show*. LaVache excepté, la grande salle commune était occupée par trois garçons qui paraissaient sa copie conforme, mais Lenore ne pouvait en être parfaitement sûre car les lourds rideaux bloquaient le soleil de l'après-midi et la pièce était sombre. La salle commune sentait, par ordre décroissant, l'herbe, le déodorant Mennen, l'alcool chaud, les pieds. Les trois mecs identiques étaient assis pieds nus à côté d'un tas de chaussures vides.

« Lenore, voici Le Chat, Flamme et Bol d'Air, dit LaVache depuis son fauteuil face à la télé. Les mecs, ma sœur, Lenore. »

« Salut », dit Le Chat.

« Bonjour », dit Flamme.

« Salut », dit Bol d'Air.

Flamme et Bol d'Air s'échangeaient ce qui ressemblait fort à un joint sur un canapé aux ressorts défoncés. Le Chat était assis par terre, une bouteille de vodka tenue fermement entre les pieds, et fixait l'écran d'un air anxieux.

« Bonjour, Bob », dit Suzanne Pleshette à Bob Newhart.

« *Merde du temps** », dit Le Chat. Il prit une lampée.

LaVache leva les yeux de son bloc-notes. « On joue à Bonjour Bob. Tu veux jouer à Bonjour Bob avec nous ? » comme si les mots n'étaient pas pressés de sortir de sa bouche.

Lenore s'installa sur sa valise. « C'est quoi Bonjour, Bob ? »

Bol d'Air lui lança un sourire, la bouteille était maintenant avec lui sur le canapé. « Quand quelqu'un dit "Bonjour, Bob" dans le *Bob Newhart Show,* tu bois une gorgée. »

« Mais si c'est Bill Dailey qui dit "Bonjour Bob", dit Le Chat, bichonnant le joint avec un doigt humide, c'est-à-dire, si le personnage de Howard Borden dit "Bonjour Bob", alors c'est la mort, tu dois siffler la bouteille. »

« Bonjour, Bob », dit Bill Dailey.

« T'es mort ! » hurla Le Chat.

Bol d'Air sécha la bouteille de vodka sans aucune hésitation. « Coup de bol, elle était presque vide », dit-il.

« Je crois que je vais passer mon tour, dit Lenore. De toute manière vous êtes à court de vodka. »

« Les règles stipulent que la durée d'une partie de Bonjour Bob est déterminée par la télé, pas par les munitions », dit Bol d'Air, puis il attrapa une autre bouteille de vodka dans un casier derrière le canapé et en brisa le sceau. Le casier à bouteilles était un chatoiement de verre et d'étiquettes dans le rayon de soleil qui se glissait par un trou du rideau. « Les vrais joueurs de Bonjour Bob s'assurent de ne jamais manquer de vodka. »

LaVache tapotait à petits coups distraits son stylo sur sa jambe. « De toute façon les poumons de Lenore réagissent mal à la vodka, si je me souviens bien. » Il regarda Lenore. « Lenore, ma belle, comment ça va ? Qu'est-ce que tu fais ici ? »

Bol d'Air s'approcha de Lenore et lui dit dans un souffle doux et chaud, « C'est Quaalude aujourd'hui, on va tous être très arrangeants. »

Lenore observa la tête de LaVache qui pendouillait. « T'as pas eu mon message ? Je t'ai laissé un long message pour te dire que je venais aujourd'hui. Je l'ai laissé à ton voisin, un mec du New Jersey. La standardiste de la fac m'a renvoyée sur lui. »

« Ouais, Wood, dit LaVache. Il devrait passer dans pas longtemps. Il a rendez-vous avec la jambe. J'ai eu ton message, ouais, mais pourquoi tu m'as pas appelé directement ? »

« Papa m'a dit que tu lui avais dit que t'avais pas de téléphone. »

« J'ai pas de téléphone. Ceci n'est pas un téléphone, c'est un ganglion lymphatique, fit LaVache avec un geste en direction d'un téléphone près de la télé. J'appelle ça un ganglion, pas un téléphone. Comme ça, quand Papa me demande si j'ai un téléphone, je peux lui dire non en bonne conscience. Par contre, j'ai un ganglion. »

« T'es atroce », dit Lenore.

« Bonjour, Bob », dit quelqu'un à l'écran.

« Hop là », dit LaVache, et il prit une bonne goulée.

« Le spliff est mort, A.C. », dit Flamme à LaVache.

LaVache décrocha le bloc-notes, fit coulisser un petit tiroir dans le plastique de sa jambe artificielle et lança un joint tout neuf à Flamme.

« T'as un tiroir ? » demanda Lenore.

« Depuis le collège, dit LaVache. Mais je m'oblige à porter des pantalons à la maison. Allez, tu le savais bien, que j'avais un tiroir. »

« Non, je savais pas », dit Lenore.

« Petite futée. »

Un coup à la porte.

« *Entrez!** » cria Le Chat.

Entra un grand type maigre avec des lunettes, une pomme d'Adam, un cahier et un pochon en plastique.

« Clint Wood », dit Flamme en le désignant avec la bouteille dans laquelle il soufflait comme dans une cruche et qui produisait une note profonde.

« Les mecs, dit Clint Wood. Antéchrist. »

« Qu'est-ce qu'on peut faire pour toi, mon grand ? » dit LaVache, tapotant affectueusement la jambe.

« Introduction à l'économie. Deuxième questionnaire. Les obligations. »

« Donne à la jambe », dit LaVache.

LaVache ouvrit le tiroir de sa jambe et Clint Wood y déposa le pochon. LaVache fit claquer le tiroir et lui donna quelques petites tapes. « Prof ? »

« Fursich. »

« Avec Fursich, tout ce que t'as besoin de savoir, c'est que quand les taux d'intérêt augmentent, le prix des obligations émises baisse. »

« Taux d'intérêt... augmentent, prix... obligations... baisse », écrivit Clint Wood.

« Et quand les taux descendent, les prix montent. »

« Descendent… montent. » Clint Wood leva les yeux. « C'est tout ? »

« Fais-moi confiance », dit LaVache.

« La classe, dit Bol d'Air. Hé, Wood, un petit Bonjour Bob ? »

Clint Wood hocha la tête avec regret. « Je peux pas. Cours dans dix minutes. Faut que j'aille mémoriser ce que l'Antéchrist m'a dit. » Il tourna la tête vers Lenore et lui sourit.

« Bon, ben bonne chance », dit Le Chat.

« Et merci d'avoir pris mon message, si c'est toi qui l'as pris », dit Lenore.

« Ah, ok, t'es la sœur de l'Antéchrist, fit Clint Wood, dévisageant Lenore. Pas de souci, je ferais tout pour l'Antéchrist. Merci encore, les mecs. » Il s'en alla.

« Bonjour, Bob. »

« Oumpf. »

« Il est fatal celui-ci. Y a eu au moins vingt "Bonjour, Bob" depuis le début de l'épisode. »

« Et la jambe, qu'est-ce qu'elle a gagné ? »

« Ça ressemble à trois spliffs. Mal roulés. »

« Y en a aucun de vous qui a cours ? » demanda Lenore. Ed McMahon apparut à la télé.

« Moi, j'ai cours, dit LaVache. Je le sais parce que c'est écrit sur mon emploi du temps. » Il se curait les ongles avec le coin de son bloc-notes.

« Il m'a dit qu'il irait à un cours ce semestre », dit Flamme à Lenore ; il faisait l'équilibre au milieu de la pièce et sa chemise lui tombait sur la figure. « Il est déterminé à aller au moins une fois en cours. »

« Je suis *handicapé,* dit LaVache. Ils ne peuvent pas demander à un handicapé de se traîner sur la colline à l'autre bout du campus pour tous les cours du semestre. »

Lenore fixa LaVache. « Tu ne glandes rien, je me trompe ? »

LaVache lui sourit. « Ce que je viens de faire, c'était du travail. J'arrête pas de travailler. »

« Il fait littéralement le boulot de quarante ou cinquante mecs, et d'encore plus de filles, dit Flamme. Il fait tout notre boulot, ce grand malade. »

« Et ton travail à toi ? » dit Lenore à LaVache.

« Qu'est-ce que tu veux que je te dise ? J'ai une jambe à nourrir. »

« Papa est persuadé que tu travailles. »

« Je peux pas croire que t'aies fait tout ce chemin, toi, alors qu'on s'est vus il y a quelques semaines, juste pour me dire que ce que pense Papa. Ou pour voir ce que moi je pense et le balancer à Papa. »

« C'est pas tout à fait ça », dit Lenore tout en changeant de position parce que la poignée de sa valise lui rentrait dans les fesses. « Il vient de se passer des trucs, faut qu'on en parle. » Elle balaya du regard Le Chat, Flamme et Bol d'Air.

« Super. Des trucs. » LaVache reporta les yeux sur la télévision. « On a une partie de Bonjour Bob à finir, après y a un épisode des *Monstres* que je veux voir sur Channel 22, et après on pourra parler autant que tu veux, on va s'éclater. »

« Je parie qu'il se sera endormi avant », chuchota Bol d'Air à l'oreille de Lenore, un coude frôlant sa poitrine.

« Bonjour, Bob », dit à l'écran Bill Dailey, qui jouait Howard Borden.

« Mort et re-mort », dit LaVache à l'intention du Chat et de la bouteille de vodka aux trois quarts pleine posée par terre devant lui. « À demain, Le Chat. »

« *À l'enfer** », grommela Le Chat. Il se mit à téter la bouteille mais dut s'arrêter presque immédiatement.

« T'as cinq minutes pour la finir », dit LaVache.

« Il va être malade », dit Lenore.

« C'est fini ça, on a arrêté d'être malades », dit LaVache. « Grâce à un mec d'Amherst, une légende ce mec, y a quelques années il a lancé une tradition : au lieu d'être malades, on se tape la tête contre les murs. »

« Vous vous tapez la tête ? »

« Très fort. »

« Je vois. »

Le téléphone sonna. « Bol d'Air, tu veux bien répondre au ganglion ? » dit LaVache qui retourna à son bloc-notes. Bol d'Air enjamba Le Chat, qui se traînait sur la moquette grisâtre, et attrapa le téléphone. L'Antéchrist écrivait quelque chose.

« Antéchrist, c'est Snadgener, dit Bol d'Air un instant plus tard, une main couvrant le combiné. Évolution et Culture chapitre 1. Est-ce que Darwin avait raison de dire que la théorie de l'évolution mettait le christianisme en danger ? »

« Dis à Snadge que la jambe veut savoir ce qu'il a pour elle. »

« Il dit des champignons. »

« Prof ? »

« Summerville. »

« Dis à Snadge que la réponse que Summerville veut entendre est oui », dit LaVache. Bol d'Air parlait à voix basse dans le combiné. LaVache poursuivit, « Pour Summerville, après la publication de l'*Origine*, la Bible a dû battre en retraite. Elle a cessé d'être un recensement historique d'événements réels pour devenir une fiction morale dont la seule utilité est d'être un guide pour les grandes décisions de nos vies. Elle n'a plus la prétention de dire ce qui est et a été, mais seulement ce qui devrait être. » LaVache rouvrit les yeux. « Summerville devrait se lécher les babines. »

Bol d'Air transmit la réponse. Il restait au Chat un tiers de la bouteille, il était vert et il transpirait. Flamme s'assit jambes croisées sur le canapé, avec le joint.

« Snadge dit que c'est mortel, dit Bol d'Air. Snadge dit merci, Antéchrist. »

« Dis à Snadge que la jambe et moi espérons le voir passer dans la soirée avec ses indemnités mycologiques », dit LaVache.

Lenore se pencha tant qu'elle put vers son frère. « *Antéchrist*? » dit-elle.

« Qu'est-ce que tu veux que je te dise ? répondit l'Antéchrist. On peut pas nier que j'ai un côté satanique. Flamme, tu peux dégager un espace sur le mur pour Le Chat ? »

Flamme se leva mollo et alla déplacer les posters.

« Bordel », gémit Le Chat.

« Le truc le plus sadique dans ce jeu », murmura LaVache, tellement incliné vers Lenore qu'elle dut se pencher en arrière et manqua de tomber de sa valise, « c'est que si quelqu'un d'autre dit "Bonjour, Bob" avant que Le Chat se soit déchargé de ses responsabilités au regard de la bouteille, Le Chat doit boire une autre bouteille dans les cinq minutes. »

« Et il est au courant ? » demanda Lenore qui regardait Le Chat. Le Chat était mi-assis, mi-couché par terre, l'arrière du crâne reposant contre le mur derrière lui et le martelant mollement de temps à autre, la bouteille entre les genoux, un mince filet de bave raccordant le goulot à ses lèvres.

« Au point où il en est, je crois qu'il le sait dans ses tripes, dit l'Antéchrist, même s'il aurait du mal à formuler les règles si tu lui demandais. »

« Maman », couina faiblement Le Chat.

« Tu peux le faire, mon gars, c'est toi le plus fort », dit Bol d'Air tout en lui massant les épaules.

Ed McMahon apparut à l'écran. « Vas-y, Ed, vends-le ! » s'écria l'Antéchrist.

Flamme mit de côté le cadavre du joint et prit une gorgée de bière d'un air pensif. Il posa ses yeux rouge sombre sur Lenore pendant un temps qui la mit mal à l'aise. Il se tourna ensuite vers LaVache, qui l'ignora. Puis retour sur Lenore. « Hé, Antéchrist, dit-il. Je peux poser une question à ta sœur ? »

« Fais-toi plaisir », dit l'Antéchrist, concentré sur la télé et sur les efforts du Chat pour finir la bouteille, efforts un peu pathétiques maintenant qu'il n'en restait plus qu'un fond que Le Chat essayait de faire glisser dans sa bouche mais qui passait toujours à côté, ou en tout cas n'y restait pas, et qui retombait dans la bouteille, ou sur la chemise du Chat et le tapis.

Pendant que Bol d'Air lui massait les épaules, Flamme demanda à Lenore, « Lenore, comment l'Antéchrist a perdu sa jambe ? »

« Hé, ho, non, ça compte pas, c'est pas une question vu que j'y ai déjà répondu », dit l'Antéchrist. Lenore tourna les yeux vers lui. Sa tête tombait sur son épaule. « Je t'ai déjà dit que c'était un accident de danse. J'ai eu une enfance tellement heureuse que je dansais de joie tout le temps, et un jour j'ai un peu trop dansé et j'ai eu un accident. CQFD. »

Lenore éclata de rire.

« C'est vrai ? lui demanda Flamme. Tu soutiens sa version ? »

« De toutes mes forces », répondit Lenore sans regarder son frère, qui ne la regardait pas.

LaVache s'adressa à Flamme. « L'étiquette, ça te dit rien ? On parle jamais d'un handicap en présence de la personne handicapée, sauf si c'est elle qui a mis le sujet sur le tapis. Si ça se trouve, je me tords de douleur à l'intérieur. Ça te dirait de faire ton algèbre tout seul pendant quelque temps ? »

« Antéchrist, dit Flamme avec un sourire décontracté, je te présente mes plus sincères excuses pour ma gaucherie et en profite pour te faire remarquer qu'un autre joint a rendu l'âme. »

« Grumpf, dit l'Antéchrist qui fit coulisser son tiroir. J'appelle Clint Wood et les obligations à la rescousse. »

« Les cinq minutes sont écoulées, Antéchrist », dit Bol d'Air.

Le menton du Chat était tombé sur sa poitrine. Il avait un bras déplié dans une position absurde, un doigt pointé vers l'escalier menant à la salle de bains commune.

« Il a fini ? » demanda LaVache.

Bol d'Air souleva la bouteille. « Il en reste un chouille. »

« Sans compter ce qu'il a sur la chemise », dit Flamme, soulevant la tête du Chat pour jeter un œil à la zone de sa chemise assombrie par la vodka.

L'Antéchrist bichonnait la jambe d'un air distrait. « Je dis que si Le Chat accepte de sucer sa chemise pendant toute la fin de l'épisode, c'est-à-dire cinq bonnes minutes, il se sera acquitté de sa tâche avec son brio habituel. »

« Félicitations, mon gros minet », fit Bol d'Air d'une voix douce. Il glissa un morceau de chemise dans la bouche du Chat et lui caressa une joue sous son regard clignotant. « Champion incontesté de Bonjour Bob. »

« Tu es venue seule ? demanda LaVache à Lenore. T'as pris l'avion ou t'es venue dans ton jouet ? »

« J'ai pris l'avion de la Société », répondit Lenore.

Les sourcils de l'Antéchrist se dressèrent, il parut soudain avoir plus de cheveux.

Lenore poursuivit, « Je suis venue avec un ami, c'est plus ou moins mon boss chez Frequent & Vigorous. »

« M. Vigorous. » L'Antéchrist opina. « Candy m'en a parlé. »

« Quand est-ce qu'elle t'en a parlé ? Et qu'est-ce qu'elle t'a dit ? » demanda Lenore.

L'Antéchrist regarda au loin, avec le stylo dessina un smiley sur le plastique de sa jambe, l'effaça d'un doigt mouillé. « En juillet. Que ton boss était aussi ton petit ami, que tu avais de la chance. S'il te plaît, ne me fais pas une crise, Le Chat ne se sent pas bien du tout. »

« Cette Candy, ce serait pas la Mandible que t'as sautée ? » demanda Flamme avec un sourire à l'adresse de l'Antéchrist.

Lenore ouvrit de grands yeux. « Toi et Candy ? »

LaVache tourna lentement la tête et posa des yeux de glace sur Flamme. D'un coup, les vêtements de Flamme parurent trop grands pour lui, comme s'il avait commencé à fondre. « Pardon », il murmura. Il ferma les yeux.

L'Antéchrist revint à Lenore. « Flamme ne sait pas de quoi il parle, je t'expliquerai tout dans les moindres détails, plus tard. Flamme, t'avais pas des maths à faire ? »

« Chier », soupira Flamme. Il suçotait le joint de l'Antéchrist.

Lenore se leva. « Je peux te demander un service ? »

« Ouais. »

« Désolée de t'embêter avec ça, mais on ne va pas aller à l'hôtel avant cinq heures, et la journée a été longue, salissante aussi, avec le voyage et... »

« Je vois ce que tu veux dire », dit l'Antéchrist d'une voix apaisante. Le générique du *Bob Newhart Show* se mit à défiler. Bol d'Air alla changer de chaîne. LaVache restait concentré sur Lenore. « Il y a une serviette propre et toute bien pliée pour toi dans la salle de bains, et tu seras sûrement contente de savoir que tu peux sécuriser la pièce en accrochant le cintre à la porte, même si Le Chat sera obligé de forcer le passage en cas de crise, et qu'il y a, juste pour toi, un savon tout neuf posé sur la serviette. »

« Quoi, elle va prendre une douche ? » demanda Bol d'Air, qui tripatouillait les réglages de la télé.

« Si ça vous dérange pas », dit Lenore.

« Aouga », dit Bol d'Air.

« Du calme, mon grand, dit l'Antéchrist. Je crois que le compagnon de voyage de Lenore est un extrémiste de la jalousie. »

Lenore tourna la tête vers son frère.

« D'ailleurs, où est ce M. Vigorous », demanda LaVache tranquillement, à nouveau focalisé sur la jambe.

Le téléphone sonna. Bol d'Air tendit le bras et décrocha. « C'est Boule de Nerfs, Roy Keller pour toi, A.C. », dit-il à LaVache.

Les yeux de l'Antéchrist s'éclairèrent. « Tu peux me passer le ganglion ? » Bol d'Air lui donna le téléphone. Lenore, qui ne savait pas si elle devait attendre pour lui expliquer où était Rick, restait debout, empruntée, sa valise à la main, avec l'envie furieuse de prendre une douche. Flamme, allongé en chien de fusil sur le canapé, paraissait endormi. Bol d'Air s'approcha sans bruit et prit l'œil rouge du joint entre les doigts de Flamme. Le Chat était roulé en boule sous la fenêtre, la chemise dans la bouche.

« Roy Keller, Boule de Nerfs, dit l'Antéchrist dans le combiné. Je rêve, ou je t'ai pas vu de l'année ? T'as recommencé à passer ton temps à la bibliothèque ? Malgré ce qu'on s'est dit au printemps ? »

Boule de Nerfs dit quelque chose.

« Roy, Boule de Nerfs, s'esclaffa LaVache. Ok. J'ai comme l'impression qu'une certaine jambe et moi on doit pouvoir t'aider. Bien. Tu quoi ? Tu prends Hegel ? Avec Huffman ? Je croyais que ça avait été annulé par manque de monde. Il en a fait un tutorat ? Juste toi, Huffman et Hegel ? Tu vas y laisser ta peau, mon gros. Désolé pour toi, tout ce que je peux dire. Hm-hm. Négation de la nature par l'esprit ? C'est ta première dissert ? Je me demande ce qu'il va te sortir pour les suivantes. » L'Antéchrist leva les yeux vers Bol d'Air. « Mon bon Sancho, tu veux bien aller me chercher ma *Phénoménologie de l'esprit* ? »

Bol d'Air grimpa la volée de marches qui reliaient la salle commune aux chambres et à la salle de bains. À l'écran, seulement barré de quelques traits fantomatiques, Marylin Munster invitait un garçon chez elle, mais quand le garçon vit son père, Herman, il s'enfuit et escalada un poteau téléphonique en accéléré, ce qu'Herman et Marylin interprétèrent comme l'effet des charmes de Marylin, et le public rigola. Bol d'Air réapparut et tendit le livre à l'Antéchrist.

« Alors, négation N par E », dit-il, tournant les pages. Il s'arrêta. « Bingo. Voyons… Ok, bon, Roy, si tu passais avant le dîner, on discutera de l'*Aufhebung* par les concepts. Ça marche ? Bien. Tu sais que la jambe aura les crocs à cette heure-là. *Verstehen Sie ?* Bien. À toute. »

L'Antéchrist raccrocha et posa le téléphone par terre. « Un tutorat sur Hegel avec Huffman, dit-il à Bol d'Air. La jambe s'en réjouit d'avance. »

Bol d'Air sourit et fit des signaux avec ses sourcils en direction de Lenore.

« Rick... balade... étudiant... afflux d'émotions... » marmonnait Lenore.

L'Antéchrist la regarda. « Pourquoi t'es pas encore sous la douche, toi ? demanda-t-il. *Les Monstres* ça finit à quatre heures, après, ma catharsis sera accomplie et on pourra y aller, on laissera Flamme avec ses devoirs. »

« D'accord », dit Lenore. Elle défit les sangles de la valise, fouilla dans les slips de Rick, en sortit son gant de toilette et sa brosse à dents et se dirigea vers l'escalier.

« Hésite pas à appeler si t'as besoin d'aide », dit Bol d'Air.

« Merci », frissonna Lenore.

« Je ferais peut-être bien de prendre un Quaalude moi aussi, A.C., vu qu'il ne va rester personne avec qui jouer », dit Bol d'Air à LaVache.

Lenore décrocha le cintre plié qui servait à maintenir la porte de la salle de bains ouverte et ferma sur le bruit de la télé, les voix étouffées et le coulissement du tiroir.

/h/

Je ne me souviens plus très bien comment je suis arrivé au Flange, à trois heures, et j'ignore totalement quand il est devenu un bar gay, je sais juste que c'était après 1968, année durant laquelle un groupe de marginaux de la fraternité Psi Phi – dont moi – venait tous les mercredis pour descendre quelques godets, jouer au billard et tenter, avec nos vestes en tweed et nos chaussettes blanches et nos mocassins à glands, de nous mêler à la foule issue de l'université publique ou des quartiers prolo. Une foule qui n'était pas le moins du monde gay, je peux le certifier.

Mais le rideau de perles cliqueta et j'entrai dans la salle, la marche m'avait donné chaud et les particules de feuilles mortes entrées dans mon nez me donnaient envie d'éternuer. Il n'y avait pas grand monde en ce lundi, hormis quelques couples qui dansaient et un groupe assis à l'extrémité du bar qui regardait le *Bob Newhart Show*, une série que j'ai toujours aimée. L'endroit ne criait pas bar gay comme le font nombre de bars gay, même si je n'en ai bien sûr pas fréquenté beaucoup. Quoi qu'il en soit, le choix et le placement des affiches et des miroirs, les plantes, le velours, le mascara orange autour des yeux du barman et le sexe des danseurs me dirent tout ce que j'avais besoin de savoir. Je m'en fichais. Mon plan était simple. Je voulais boire un Canadian Club avec de l'eau distillée puis aller à la chasse aux initiales dans les toilettes. J'étais certain de m'y être gravé. Je m'assis sur un tabouret, à l'écart du groupe qui regardait la télévision, et eus cette impression de retomber en enfance. Les tabourets de bar me donnent toujours un peu l'impression de retomber en enfance car mes pieds ne touchent pas la barre ; ils pendent, se balancent parfois, et mes cuisses semblent toutes potelées à cause du poids de mes jambes pendantes, et quelquefois mes pieds s'endorment.

Inconsciemment, je suis passé en mode bar. Je regardais les gens. Ceux assis au comptoir étaient faciles à espionner grâce au grand miroir dans lequel nous regardions tous. Le miroir révélait que les cheveux du jeune barman se dressaient en iroquoise à l'arrière. On me donna le Canadian Club et je perçus tout de suite le goût de l'eau du robinet, j'y suis extrêmement sensible.

L'homme le plus proche de moi, à quelques tabourets de là, encore plus éloigné que moi de ceux qui regardaient *Bob Newhart*, était le plus bel homme dans la pièce. Il avait le visage fort, un menton que j'admirais en rêvassant derrière mon whisky, des joues mal rasées qui renforçaient encore ses traits. Des cheveux d'un genre de blond profond, sombre, coupés court et presque en brosse. Les muscles de ses mâchoires travaillaient à concasser des cacahuètes. Il buvait de la bière ; une petite forêt de bouteilles brunes l'entourait. Ses yeux étaient vert vif, brillant et néanmoins doux, un vert végétal, pas un vert émeraude, grâce auquel il ressemblait toujours à un être humain et non à un produit de la technologie, ce qui est à mon avis le cas de tant de gens aux yeux verts. Ils ressemblent à des produits de la technologie. Son menton, son menton généreux avait un sillon en son milieu. Assez parlé de mentons. Je suis persuadé qu'il sentait les regards de tous les autres hommes, mais il semblait ne pas y prêter attention, courbé sur son tabouret avec ses jambes qui atteignaient la barre sans problème, en jeans de marque, veste et chemise de costume ouverte au col, il mangeait des cacahuètes et buvait de la bière à une allure impressionnante. Il avait quelque chose d'Amherst.

La seule approche à laquelle j'eus la malchance d'assister vint d'un grand type mince aux yeux bleus en polo de rugby et pantalon de coton blanc. Il se glissa entre l'homme et moi, puis glissa le haut de son corps sur le comptoir devant l'homme, ce qui me masqua la scène et m'obligea à trouver un angle pour l'observer dans le miroir au-dessus du scintillement de l'arsenal de bouteilles. Je frémis. Je frémis pour la simple raison que l'approche me parut d'une familiarité troublante. Je l'avais vue dans chacun des bars pour célibataires, des bars pour célibataires hétérosexuels que j'avais fréquentés au cours de l'atroce première année sans Lenore, après mon hégire pour Cleveland. Rien à dire, c'était une approche.

« Salut, dit l'approcheur à l'homme, dans le miroir. Vous venez souvent ici ? »

Je frémis.

« Nan », dit l'homme, enfournant une poignée de cacahuètes dans sa bouche. Son regard accrocha le mien dans le miroir.

« C'est ce que je pensais, dit l'approcheur, qui jaugeait le biceps de l'homme à travers la manche de sa veste. Je viens ici assez souvent et je vous aurais *for*cément remarqué, mais je ne vous ai jamais vu ici. » Il jouait avec son daiquiri.

Dans le miroir, l'homme planta son regard dans celui de l'approcheur et fixa quelque chose. Ses paupières descendirent sur ses yeux qui devinrent à la fois somnolents et amusés. « Je crois que tu te trompes de cible, l'ami, dit-il à l'approcheur. Je suis un pèlerin ici, pas un client. »

L'approcheur contemplait les mains de l'homme, autour de son verre de bière, sur le bar. « Un pèlerin ? »

« Ouaip, dit l'homme. J'ai fait mes études dans le coin. Y a quelques années. » Une cacahuète, sa bouche. « Je venais souvent dans ce bar, avant qu'il change. »

« Oh ? » L'approcheur posa son menton dans la coupe de sa main et ses yeux sur le côté du visage mâchonnant de l'homme. « Le Flange a changé ? J'en ai jamais entendu parler. »

« Aucun doute là-dessus. » L'homme regardait posément l'approcheur dans le miroir. « Désolé, mais j'ai l'impression que maintenant c'est un nid à tantouzes. » Il articula toutes les syllabes d'une voix lente. Je baissai les yeux sur mon verre et mon mouchoir. Quand je les relevai, l'approcheur était parti, retourné devant la télé, et l'homme commandait placidement ce qui devait bien être sa dixième bière, réitérant avec une patience infinie jusqu'à ce que le barman ne puisse plus faire semblant de l'ignorer.

Avec toutes les précautions pour que cela ne ressemble pas à une approche, j'allai m'asseoir sur le tabouret à côté de l'homme, les pieds pendants.

« Moi non plus je ne suis pas homosexuel, vous savez, m'entendis-je dire, par chance pas trop fort. En fait, moi aussi je suis ici en tant que… pèlerin, pas en tant que client. Mais je pense que si on vient ici, peu importe la raison, on se doit de respecter un minimum les gens pour qui venir ici est… parfaitement normal. » Un glaçon craqua dans mon verre.

L'homme me regarda dans le miroir, sans cesser de mâcher. Nous attendîmes que sa bouche soit dégagée. « J'ai rien contre les homosexuels, dit-il. Ce que j'en dis, ils peuvent traîner avec les autres homosexuels autant qu'ils veulent. C'est juste que quand ils viennent me renifler le cul et me reluquer, y a mon niveau de tolérance qui s'effondre, bizarrement. » Il prit une gorgée de bière. « Et cet endroit, j'y venais déjà quand ils étaient encore à genoux dans les ruelles. » Il fit un petit geste dans le miroir en direction de l'approcheur et de ses amis. « Je suis plus chez moi qu'eux, ici. J'ai passé des heures ici, quand c'était encore un vrai bar. Je discutais avec les putes, ici. J'ai fait mon éducation, ici. On venait ici avec tous mes frères, en putain de masse, tous les mercredis soir. »

« Tous les mercredis », demandai-je. Tous les mercredis. « Des frères, comme dans… une fraternité ? »

Dans le miroir, ses yeux verts au fond des miens. Je crus pouvoir distinguer quelque chose dans ces yeux. « Ouais, dit-il. Pourquoi ? »

« Pas… une fraternité d'Amherst. »

« Si, j'étais à Amherst », dit-il.

« Pas… la fraternité Psi Phi à Amherst », dis-je.

Il pivota sur son tabouret pour me faire face. « *Si.* » Je sentais les regards jaloux de la bande à Bob Newhart.

« Bon sang, dis-je. Moi aussi. Psi Phi. Promo 69. »

Un grand sourire sur le visage de l'homme. « 83 pour moi », dit-il. Puis ses yeux s'étrécirent ; il me tendit une main dont chaque doigt pointait dans une direction différente. Je savais qu'il me testait. Après une infime hésitation, je fis avec lui la poignée de main Psi Phi. Ça faisait tellement, tellement longtemps que je ne l'avais pas faite. Ma gorge me démangeait un peu. Je sentis un picotement dans mon bras. « Quaa*aa*ngo ! » nous criâmes en chœur à la fin avant de nous serrer les poignets et de nous taper les coudes. Je sentais des yeux.

« Meeeerde. »

« Mince. »

Je lui tendis la main de la manière classique. « Richard Vigorous, de Cleveland, Ohio. »

Il la prit. « Andrew Sealander Lang, dit-il, de Nugget Bluff, c'est-à-dire Dallas, Texas, et ces derniers temps Scarsdale, New York. »

« Scarsdale, Andrew ? dis-je. J'y ai vécu un bon moment. Dans les années 70, surtout. »

« Mais t'as déménagé, dit Andrew Lang avec un sourire. Je te comprends parfaitement. Ouais. »

Que dois-je dire, avec du recul ? Peut-être que je me suis senti en famille avec lui. Pas juste comme un frère de fraternité : j'étais un Psi Phi très marginal et à vrai dire j'avais déménagé sans demander mon reste au milieu de ma deuxième année, quand les quatrième-année avaient découpé les escaliers et fabriqué un plongeoir rudimentaire et arraché le sol du salon et rempli le sous-sol de bière et donné à la réalisation le nom de piscine dans laquelle tous les *sophomores* avaient l'ordre de plonger puis de boire jusqu'à ce qu'ils aient pied. J'étais un marginal. Et je subodorais que Lang était un Psi Phi pur et dur : il avait bu dix bières, entamait les négociations pour en avoir une onzième, et n'avait même pas l'air un tant soit peu éméché ; plus important encore, il n'était pas allé une seule fois aux toilettes depuis mon arrivée. La virilité collégiale telle que j'avais appris à la connaître.

Pourtant, je sentais des affinités, électives ou autres. Je percevais chez Lang l'existence d'un autre type pas dans le coup, un autre étudiant solitaire, ici, en un temps où nous n'étions plus étudiants. Et à présent entourés par des jeunes dans le coup : des enfants, qui crânent et sont à leur place, avec leurs yeux compliqués. Les yeux de Lang, des yeux de la couleur des plantes, n'étaient pas compliqués. Je les regardai dans le miroir. Ils étaient comme les miens. C'étaient les yeux d'un homme qui revient dans la maison où il a grandi et voit de nouveaux enfants jouer dans son jardin, un nouveau Rawlings Everbounce passer dans un nouveau panier de basket au-dessus de la porte de son garage, un nouveau chien arracher les rhododendrons de sa mère. Triste, triste. Ce n'était peut-être que le whisky, et la bière, mais je sentis de la tristesse chez Lang. Ce bar était ma fac. Ils étaient pareils. Et nous n'y étions simplement plus à notre place.

« Qu'est-ce que tu fais en ville ? demandai-je à Lang. Une réunion de 83 ? »

« Nan, dit le Texan. Y a jamais de réunions de 83. J'avais juste besoin de... de me casser de Scarsdale. De m'en aller un moment. Et puis j'aime beaucoup être ici à l'automne. Bon, c'est pas encore l'automne. Chaleur de dingue. »

« N'empêche. »

« Voilà. Exactement. Et toi, je parie que t'es pas venu de l'Ohio juste parce que t'avais besoin de prendre l'air, je me trompe ? »

« Non, c'est vrai. » Je secouai la tête. Je demandai une autre bière au barman, maintenant ouvertement hostile. Il jeta un regard à Lang. Lang l'ignora. « Non, dis-je, ma fiancée rend visite à son frère, 93, et je l'accompagne, pour rigoler. Je n'étais jamais revenu. »

Lang plongea les yeux dans le miroir. « Nah, moi non plus je suis pas beaucoup revenu. Bon, ça fait que quelques années que je suis parti. Et je suis revenu pour quelques homecomings. Ils sont toujours terribles. »

« Je me souviens, c'était sympa. »

« Carrément. »

« T'es marié, à Scarsdale ? » demandai-je. Je dois admettre que j'ai posé cette question pour un motif immature et égoïste. Sans le faire exprès, je considère d'instinct les autres hommes comme des menaces potentielles pour ma relation avec Lenore. Un homme marié de plus était un homme de moins sur la longue liste des menaces.

« Ouais, je suis marié. » Lang fixait son reflet dans le miroir.

Je gloussai avec sympathie.

« Et ta femme est là avec toi ? » je demandai.

« Non », dit Lang. Il fit une pause le temps d'un rot. « Ma femme… », il regarda sa montre, « en ce moment ma femme est sans doute en train de travailler son bronzage dans le jardin, assise dans une chaise longue, avec un martini et *Cosmopolitan.* »

« Je vois », dis-je.

Lang tourna la tête vers moi. « La vérité, c'est que j'ai aucune idée de ce que je suis venu foutre ici. Je crois… je crois que j'avais besoin de rentrer chez moi. » Il jouait des articulations en rythme sur le comptoir.

« Oui, oui. » Je faillis lui agripper le bras. « Je comprends ce que tu veux dire. Essayer de rentrer à l'intérieur de… »

« Quoi ? »

« Rien, dis-je. Rien du tout. Qu'est-ce que tu fais dans la vie, Andrew ? Je peux t'appeler Andrew ? »

« Bien sûr que tu peux, Dick », il dit. Il pivota à nouveau vers moi et je sentis une odeur de cacahuète. Son regard se ternit. « Ces temps-ci je suis dans la compta. Le père de ma femme est comptable, c'est mon patron. Je fais de la merde, la plupart du temps. Je vais démissionner. En fait, je crois que j'ai démissionné aujourd'hui, vu je me suis pas pointé. » Il prit une lampée de bière et s'essuya les lèvres, le regard perdu. « Quand je suis sorti de la fac, j'ai passé un moment à l'étranger, je bossais pour mon Papa. Il possède une entreprise au Texas et j'ai passé quelques années à l'étranger, à travailler pour eux. Des conneries. »

« Et après tu t'es marié. »

« Ouaip. » Cacahuètes. « T'es marié, Dick ? C'est vrai, t'as dit que t'étais fiancé. »

« Je… Je suis fiancé. Avec une fille merveilleuse, merveilleuse. » Il était marié, après tout. « J'ai été marié. J'ai divorcé. »

« Et maintenant t'es encore fiancé. Waaouuuh. Dick, t'es un grand maso. »

« Rick. Appelle-moi Rick, s'il te plaît, dis-je. Mes amis m'appellent Rick. Et c'est différent cette fois. » Je me sentais un peu mal à l'aise. Malgré tout, Lenore et moi n'étions pas explicitement fiancés, même si ce n'était qu'une question de temps avant que se présentent à la fois le bon moment et la quantité de salive nécessaire.

« Tant mieux. Comment s'appelle l'heureuse élue ? »

« Mlle Lenore Beadsman, d'East Corinth, c'est-à-dire Cleveland, Ohio », dis-je.

Lang, songeur, suçait une cacahuète pour en enlever le sel. Il regarda dans le miroir et ôta quelque chose de sa lèvre. « Beadsman. Beadsman. » Il me regarda. « Hmmm. Elle n'a pas fait ses études dans le coin, par hasard ? À Mount Holyoke ? »

« Non, non », dis-je, tout excité par la découverte d'un possible point commun – 83, après tout. « Mais sa sœur, oui. Clarice Beadsman. Devenue Mme Alvin Spaniard, Cleveland Heights, Ohio. »

« C'est pas possible, dit Lang. Clarice Beadsman a été une des colocataires de ma femme. J'étais en deuxième année. Je la connaissais. Christ en short, j'ai l'impression que ça fait tellement longtemps. Ma femme et elle s'entendaient pas très bien. »

« Mais elles se connaissaient. Vraiment. Vraiment. » Je me tortillais sous l'effet de l'excitation et sous la pression de ma vessie pleine. Pourtant, hors de question que j'aille aux toilettes avant Lang. « Comment s'appelle ta femme, que j'en parle à Lenore et qu'elle en parle à Clarice ? »

« Son nom de jeune fille, c'est Melinda Metalman », dit Andrew Lang au miroir.

La Terre bascula sur son axe. La salive fut aspirée de ma bouche et disparut dans mon crâne. Melinda Metalman. Mindy

Metalman, peut-être la fille la plus sensuelle que j'aie pu voir de mes yeux. La fille de Rex Metalman, qui faisait avec un arroseur des choses qu'aucune gamine de treize ans ne devrait pouvoir faire. La sueur dégoulina dans mes sourcils.

« Mindy Metalman ? » croassai-je.

Lang se retourna encore. « Ouais. » Son regard était vieux, morne.

Je baissai les yeux sur mon whisky. « Et tu ne sais pas s'il y a encore une chance que son père habite... à Scarsdale, sur Vine Street », dis-je.

Lang sourit pour lui-même. « C'est vrai, t'es de Scarsdale. Ben ouais, c'est ça. 14 Vine Street. Mais il habite plus là, il nous a donné la maison à Mindy et moi, l'année dernière. Maintenant il a un appartement. Censément sans pelouse. Le vieux Rex, sa pelouse lui a baisé la tête. Il dit qu'il a semé une pelouse en bas de son immeuble. Une toute petite. Il dit que cette taille-là, c'est même pas vraiment une pelouse. C'est son problème. » Ses yeux dans le miroir. « Maintenant c'est moi qui vis au 14 Vine Street, plus ou moins. »

« J'habitais au 16 », dis-je calmement. Lang se tourna vers moi. Les spectateurs du *Bob Newhart Show* durent penser que nous étions amoureux. Nos yeux se mirent à briller, un frisson nous parcourut sous le coup de cette découverte qui nous rapprochait. Un sacré frisson, vu le contexte. Je le sens encore maintenant que je suis rentré au motel. « Mon ex-femme y habite toujours, mais je crois qu'elle veut vendre », dis-je.

« Mme Peck ? » Lang ouvrit grand les yeux. « Veronica ? »

« Mlle Peck, dis-je, agrippant la manche de la veste de Lang pour de bon cette fois. Peck est son nom de jeune fille. Je jouais souvent au tennis avec Rex Metalman, autrefois. Je le regardais s'occuper de sa pelouse presque tous les jours. C'était un événement dans le quartier. »

« Je veux bien être plongé dans l'huile, frit et damné, dit Lang. Je savais pas que Ronnie était mariée à un ancien d'Amherst. Meeeerde. » Il frappa le bar du plat de la main. D'un coup, je remarquai sa main. Lourde, brune et forte. Une main dure.

« Ronnie ? » dis-je.

« Je la connais bien, elle habite à côté, tout ça. » Lang pencha la tête et commença à jouer avec l'anneau humide que son verre avait laissé sur le bois sombre du comptoir.

« Je vois, dis-je. Comment va Ronnie ? »

Nous échangeâmes un regard dans le miroir. « La dernière fois que je l'ai vue, elle allait au poil », dit Lang. Il versa de la bière sur la mousse accrochée au fond de son verre. Sur le bord, je vis le sel laissé par les cacahuètes. « Et toi, Rick, qu'est-ce que tu fais ? À Cleveland. »

« Édition, dis-je. Je dirige une maison d'édition à Cleveland. Les Éditions Frequent & Vigorous. »

« Hmmm », dit Lang.

« Et Mindy ? demandai-je. Je la connaissais un peu, quand elle était petite. Est-ce qu'elle va bien ? Elle travaille ? »

« Oh, Mindy travaille, dit Lang après avoir laissé passer un moment. Mindy est une voix. »

« Une voix ? » dis-je. J'avais la tête remplie de visions de Mindy Metalman. Sa chambre n'était séparée de ma tanière que par la clôture du jardin.

« Une voix », dit Lang. Il jouait avec une serviette en papier décorée d'un énorme baiser au rouge à lèvres. « Tu vas faire les courses, des fois ? Quand tu vas payer, à la caisse, la fille passe tes achats sous le scanner, ça bippe et y a une voix qui dit le prix ? Ou t'as peut-être une voiture récente qui te dit d'attacher ta ceinture quand t'as pas attaché ta ceinture ? La voix dans tous ces trucs, c'est Melinda-Sue. »

« Cette voix, c'est Mindy Metalman ? » Je faisais les courses. J'avais une voiture récente.

« Mme A. S. Lang en personne, dit Lang. Avant, la voix, c'était une femme de Centerport, Long Island. Mais elle vieillit, elle a la voix de plus en plus éraillée. Melinda-Sue est en train de mettre la main sur le business. »

« Eh ben, dis-je. Ça a tout l'air d'être une carrière passionnante. Mindy aime faire ça ? »

« Un peu, oui. Y a rien de plus facile. Elle pose son cul sur une chaise une fois par semaine, avec un truc à boire, un enregistreur à un million de dollars et un texte du genre, "Monnaie rendue, quatre dollars". Rien de plus facile. Mais elle devient ambitieuse ces derniers temps. C'est son agent. » Lang engloutit la moitié de sa bière. « Son agent, Alan Gluskoter. Al l'ambitieux. Ils deviennent ambitieux, tous les deux. » Encore un peu de bière. « Elle veut la télé maintenant. »

« La télé ? »

Lang se regarda. « Tu sais, la voix qui dit, "Vous êtes sur CBS", ou « Vous regardez ABC », ou « Restez avec nous sur CBS » ? Elle veut être cette voix-là. C'est son projet du moment. »

« Bon Dieu. »

« Ouais. »

Je n'allais pas tarder à faire dans mon pantalon. Le seul que j'avais pris pour le voyage.

Je glissai de mon tabouret, m'étirai, fis semblant de bâiller. « Je vais aller faire un tour aux toilettes, dis-je. Y a un truc que je veux voir. Je crois que j'ai laissé mes initiales dans le bois de la cabine. »

Lang nous sourit à tous les deux. « Moi aussi. Je gravais mon nom partout quand j'étais ici. » Il se leva. « Allez, je viens avec toi. Ça me fera pas de mal de pisser un coup. »

« Tu m'étonnes », dis-je.

Dans les toilettes, Lang choisit son urinoir en expert, cherchant celui pourvu d'un bloc désodorisant. « Y a de la place pour deux ici, mon pote », dit-il.

Je marmonnai quelque chose puis me ruai dans la cabine, apparemment pour chercher mes initiales, en réalité pour pouvoir fermer la porte. J'essayai de durer aussi longtemps que possible. Longtemps après que l'écho de la dernière goutte se fut tu, je continuais à entendre le rugissement du jet de Lang. Un vrai gars d'Amherst.

Je cherchai mes initiales. Tout ce que je peux dire, c'est que j'ai dû me tromper d'endroit. J'étais persuadé d'avoir laissé un autre R.V. dans la cabine du Flange, juste au-dessus du loquet de la porte, à gauche, en fait je croyais même me souvenir des circonstances précises, mais là, à l'endroit où je pensais trouver la gravure, se trouvait en lieu et place de mon R.V. un profond et anguleux W.D.L., les lettres remplies depuis longtemps d'encre violette. Je pratiquai un examen minutieux de toutes les faces de la cabine jusqu'au moment où je vis les chaussures bateau de Lang sous la porte.

« Rien, dis-je, ouvrant le battant. Mes initiales ne sont pas là. »

« Ils ont peut-être changé la porte entre 1969 et aujourd'hui », dit Lang, qui entra dans la cabine et ferma la porte, ce qui me força à m'asseoir pour lui laisser de la place.

« Pourtant c'est la même porte qu'en 83, y a toujours les miennes », dit-il, le doigt sur le profond W.D.L. au-dessus du loquet. Il passa son pouce épais sur les lettres pour enlever une petite particule de quelque chose.

« W.D.L. pour Andrew Sealander Lang ? » demandai-je.

« On m'appelait Wang-Dang Lang quand j'étais étudiant, dit Lang avec un sourire. Mes bons amis m'appellent toujours Wang-Dang Lang, d'ailleurs. Tu peux m'appeler Wang-Dang si tu veux. » Il couvait ses initiales d'un regard enamouré.

« Merci », répondis-je. Je sentais que j'avais, déjà, encore besoin de faire pipi.

Il y eut le bruit de la porte des toilettes qui s'ouvrait. Des ricanements. Je crus reconnaître la voix de l'approcheur. Ils devaient regarder nos quatre chaussures serrées dans la cabine. Le groupe fit ses affaires, à grand bruit, et finit par repartir, non sans nous charrier en éteignant et en allumant la lumière plusieurs fois. J'étais perdu dans mes pensées, je confrontais le souvenir de mes initiales dans la porte du Flange, lequel souvenir était clair et distinct, avec la réalité. La porte avait bien l'air d'être la même. Lang l'étudiait avec moi, pensif lui aussi.

« Ta fiancée, c'est la petite sœur de Clarice ? » demanda-t-il soudain.

Assis sur la cuvette, je levai les yeux vers lui. « Oui, dis-je. Oui, Lenore a deux ans de moins que Clarice. »

« Tu sais, je suis quasiment sûr de l'avoir déjà rencontrée », dit Lang, l'air absent, enlevant d'un doigt un morceau de cacahuète coincé dans une molaire et extrayant de la matière beige. Il la regarda. « Clarice avait une sœur qui était venue la voir le soir où j'ai rencontré ma femme. Ou alors c'était la sœur de l'autre fille ? » Il se gratta. « Non, je suis sûr que c'était une Beadsman. Je suis quasiment sûr qu'elle a dit qu'elle s'appelait Lenore Beadsman. » Ses yeux étaient perdus dans le lointain.

« Alors t'as dû rencontrer ma fiancée avant moi », dis-je.

Lang me sourit. « Et toi tu connaissais ma femme avant que je la rencontre, quand c'était une petite fille. »

Je lui rendis son sourire. « Pas si petite que ça. »

« Je vois ce que tu veux dire », rigola Lang. D'un élan spontané, provoqué par l'étrange chaleur du moment, nous fîmes à nouveau la poignée de main Psi Phi. « Quaa*aa*ngo ! » Nous rigolâmes.

Je sortis de la cabine. Nous quittâmes les toilettes et retournâmes au comptoir. Près de la télé, nous fûmes escortés par les ricanements de la petite coterie de l'approcheur. Wang-Dang Lang les ignora et passa son bras autour de mes épaules.

« Ah, Rick, Rick, dit-il, je sais vraiment pas ce que je dois faire. » Un regard circulaire. « Je crois que j'ai juste besoin de… »

« Sortir », je dis. Le seul endroit où nous pouvions aller, nous les types pas dans le coup, était à l'extérieur.

« Ben ouais. C'est ça. » Il me regarda dans les yeux. « Je crois que j'ai besoin de fiche le camp. Juste… de me barrer un moment. » Il commanda une autre bière, je mâchouillais ma glace pour recueillir le whisky.

« Le temps est pas au beau fixe avec ta femme ? »

Dans le miroir, Lang dit, « Le temps est comme d'habitude, beau et papa – excuse-moi – pas un nuage à l'horizon, comme d'habitude. J'ai juste l'impression d'être... étranglé, j'arrive plus à respirer. Je respire que de l'air usagé. J'habite dans la ville de cette salope, dans sa maison, je travaille pour son Papa, j'entends sa voix chaque fois que je monte dans ma putain de bagnole. Je crois qu'on a besoin de vacances tous les deux, loin de l'autre. C'est pas vraiment merveilleux en ce moment. Je crois qu'il faut que je foute le camp, quelque temps. »

« Créer d'autres liens, dis-je. Dans ces conditions t'as bien fait de venir ici. Ça va te faire un bien pas possible. » Bon sang, à une époque j'aurais donné un bras pour me faire étrangler par Mindy Metalman.

« Egzactement », dit Lang. Il me colla un gnon amical dans le bras. Je luttai pour ne pas me frotter l'épaule.

« Et quel pied de te rencontrer, me dit Lang dans le miroir. Un collègue de fraternité, un voisin, et on est presque de la même famille. T'es un genre d'oncle. Merde en flammes. *Ti symptosis.* »

« Quoi ? »

« Quoi quoi ? »

« Ti-quelque chose », dis-je.

« *Ti symptosis*? dit Lang. C'est une expression. En grec moderne, *Ti symptosis,* ça veut dire un truc comme, "Une sacrée coïncidence". Et crois-moi, c'en est une, de sacrée coïncidence. »

« En grec? dis-je. Tu parles grec ? »

Lang éclata de rire. « Est-ce que les ours font skata dans les bois ? » J'eus l'intuition que, tout ancien d'Amherst qu'il était, il commençait à sentir les effets du lac de bière en lui. « Ouais, dit-il, j'ai appris à parler grec après la fac. Je t'ai dit que j'étais allé à l'étranger ? Quand je travaillais pour la boîte de Papa ? Cette boîte terrible appelée Industrial Desert Design, à Dallas ? »

Je fixai Lang. « Ton père est propriétaire d'Industrial Desert Design ? »

« Tu connais Industrial Desert Design ? » fit Lang.

« Merde, dis-je, j'habite dans l'Ohio. Juste au nord de votre chef-d'œuvre. »

« Je veux bien être baffé, pincé et plié en deux, dit Lang avec un grand coup de poing dans le comptoir. C'est trop génial. Tu trouves pas que c'est génial ? J'ai bossé sur ce truc avec les ouvriers, un été, quand j'avais onze ou douze ans. Je plantais des cactus. Putain, c'était cool. »

« Et donc tu as voyagé pour I.D.D. après la fac ? » dis-je.

« Ouais, dit Lang. Jusqu'ici c'est les deux meilleures années de ma vie. J'étais plus ou moins chef de projet sur un petit désert élégant – rien d'extravagant, tu vois, petit, solide, élégant, sinistre. Un projet de dingue à l'ouest de Kerkyra, pas loin de l'Italie. »

« Kerkyra ? » demandai-je.

« Ouais. Plus beau coin que je connaisse. Cette île. J'adorais être là-bas. J'étais à fond, je faisais plein de trucs fous. Comme la fois où on était avec Ed Roy Yancey Jr, un peu mon bras droit, et on a pris une chèvre et cinq kilos de beurre et on a… »

« Kerkyra ? » demandai-je.

« Corfou, si tu préfères, dit Lang. Kerkyra, c'est le nom grec de Corfou. Corfiote aussi, vu qu'ils parlent grec, là-bas. »

Je regardai le miroir. Le barman tripotait sa crête et matait Lang. À la télé, une espèce de Frankenstein obscène déambulait de son pas de monstre, accompagné par des rires en boîte.

« Laisse-moi résumer tout ça, dis-je, essayant de rassembler mes pensées. Toi qui appartenais à la même fraternité que moi, dans la même fac, toi qui es marié à mon ancienne voisine, qui elle-même a été la colocataire de la sœur de ma fiancée, que tu as rencontrée, tu connais intimement la culture et la langue des habitants de Corfou, en plus tu es probablement au chômage et, plus que tout, tu veux du changement géographique, professionnel et personnel dans ta vie, en tout cas pour quelque temps. C'est bien ça ? »

Lang m'observait dans le miroir. Il avait à nouveau le regard endormi. Mais simple. Il frappait à la porte. Nos maisons, nos rhododendrons étaient les mêmes, dans le fond. « Je suis pas bien sûr de comprendre où tu veux en venir, Dick », dit-il. Le juke-box sauta à *Eight Days a Week* ; je crus voir l'approcheur me sourire, debout à côté de la machine. Je sentis le besoin irrépressible d'aller errer, d'embarquer Lang vers la queue à l'entrée de la forêt, alors que le soleil commençait à mourir.

« *Ti symptosis* », dis-je.

Lenore dort, plus profondément que d'habitude, sous la couverture piquante du motel Howard Johnson. Sa respiration me parvient calme et douce ; je m'en nourris. Elle a les lèvres humides, la pâte du sommeil pointe aux commissures.

Je ne connais pas de Lenore horizontale. Lenore au lit est une transcendance, une apparition protéiforme. Allongée sur le côté, définie par le renflement de sa poitrine et la courbe de sa hanche, elle est un S. Qu'elle se pelotonne autour de l'oreiller lové contre son ventre et elle devient un point d'interrogation, une virgule ou une parenthèse. Puis elle se déploie devant moi, ouverte, mouillée, pour une fois complètement vulnérable, ses yeux dans les miens, et elle est un V. Il me faut avouer que j'écris ceci avec une de ses chaussures sur les genoux. La lumière tamisée de la lampe fixée au mur derrière mon épaule se mêle au gris froid, granuleux et instable de la télévision et étire l'ombre du menton de Lenore sur sa gorge, dissimulant sa petite prune d'Adam que caresse la pointe effilée d'une mandibule capillaire, dans une obscurité changeante au rythme de sa respiration. Impossible de savoir depuis combien de temps je la contemple. Le bruit sourd de la mire en forme de tête d'Indien me sort de ma rêverie. Je me rends compte que la position assise dans un lit a le don de m'engourdir le derrière.

/i/

Le Chat, Flamme et Bol d'Air étaient allongés en divers endroits de la pièce qu'ils partageaient avec l'Antéchrist, tous plus ou moins en détresse dans la lumière du soleil qui entrait par les grandes fenêtres du mur ouest depuis que l'Antéchrist avait ouvert les rideaux à quatre heures, une suggestion de Lenore, et le soleil noyait la salle commune dans une touffeur de fin de journée et faisait scintiller la poussière en suspension. Dans le ciel, il descendait sans se presser le long de son fil, enflait et s'enflammait, pour bientôt disparaître derrière le bâtiment des Arts et rendre à la pièce sa fraîche pénombre. Le cognement préventif de sa tête contre le mur n'avait malheureusement pas permis au Chat d'éviter que les choses deviennent quelque peu déplaisantes dans son coin.

Pendant ce temps, Lenore et l'Antéchrist marchaient dehors, Lenore laissait la chaleur du soleil et la brise sécher ses cheveux et LaVache prenait un peu d'exercice fort bienvenu. Ils parlaient comme ils avançaient, peu. Lenore et LaVache mirent un bon moment, Lenore aidant LaVache à grimper jusqu'au bâtiment des Arts, à graviter autour de l'orbite quadrangulaire parmi les racines d'arbres et les joueurs de frisbee, et à rejoindre le monument commémoratif pour ensuite admirer la vue sur les forêts et la réserve d'oiseaux au sud, derrière l'étendue des terrains de sport avec leurs pistes d'athlétisme surmontées par les tortillons des jets d'eau crachés par des arroseurs industriels et battus par le vent, la brume entourant les panaches des jets d'eau au ras des pistes trempées éclatait en couleurs quand le soleil sur son déclin la touchait, et de minuscules particules d'eau poussées par le vent migraient vers le nord et se déposaient avec légèreté sur les paupières et les lèvres de Lenore tandis qu'elle s'installait avec l'Antéchrist au sommet de la colline, qu'elle l'aidait à s'asseoir sur le sol et à étendre la jambe devant lui sur l'herbe en pente douce. Ils promenèrent leur regard sur les terrains de sport, les forêts et les montagnes encore derrière, violettes et translucides dans la chaleur et la distance.

Sur la crête de la colline, pas loin de Lenore et de l'Antéchrist, se trouvait une famille : le père en veste à carreaux et mocassins de cuir blanc, la mère avec une robe de coton rouge et une permanente à étages et des varices bleues aux mollets, une toute petite rouquine dans une toute petite robe blanche, cinq ans peut-être, avec de grands yeux verts et des chaussures noires brillantes et des socquettes blanches soyeuses, ainsi que deux enfants plus âgés de sexe indéterminé qui se bagarraient sur la pente, chacun essayant de faire rouler l'autre en bas de la colline. Pendant que le père et la mère réglaient leur appareil photo pour capturer la vue, à vous couper le souffle sous la lumière étrange de cette fin d'après-midi, badigeonnée d'un rouge aqueux auquel se mélangeaient les ombres du gymnase qui dégoulinaient comme de l'encre sur la droite, à l'ouest, et pendant que les deux enfants plus âgés se battaient, la petite fille regardait LaVache, qui la remarqua et détacha la jambe et joua avec pour amuser la fillette qui écarquilla les yeux, tira sur l'ourlet de la robe rouge de sa mère et fut ignorée.

Lenore observa l'Antéchrist s'allonger, poser le pied de la jambe sur son nez et la faire tenir en équilibre sans les mains. La petite fille, qui s'était rapprochée, s'assit lourdement, jambes devant elle, pour regarder Lenore, l'Antéchrist et la jambe. L'Antéchrist enleva la jambe de son nez et fit jouer ses gros sourcils en souriant à la petite fille. Elle se dressa sur ses pieds et fila se réfugier derrière un mollet, dans la jupe de sa mère.

Lenore éclata de rire. « T'es atroce », dit-elle.

LaVache débarrassa le pied des brins d'herbe coincés entre les orteils. « Oui. » Lenore sentait ses cheveux ravissants légers et doux, propres, séchés par le vent chaud qui remontait des pistes d'athlétisme. Soudain les deux enfants plus âgés piaillèrent à l'unisson et roulèrent en bas de la colline, rétrécissant au fur et à mesure.

« Candy t'a vraiment dragué ? » demanda Lenore à son frère.

L'Antéchrist se gratta la hanche. « Non, Lenore. J'ai raconté des bobards à Flamme et à Bol d'Air. » Coup d'œil sur sa jambe. « Ici, c'est très important d'apprendre à mentir. On appelle ça la "déformation stratégique de la réalité". J'ai eu le béguin pour Candy pendant pas mal de temps. Pour être honnête, c'est ses seins qui m'ont propulsé dans la puberté, quand tu l'as invitée à la maison pendant les vacances de printemps, ça doit faire quatre ans. Et l'été dernier a été assez méchant, niveau béguin. J'ai juste présenté mes fantasmes à Flamme et Bol d'Air comme si c'était la réalité. Flamme a une très grande bouche. Ma dernière théorie en date, c'est que les cours ne l'occupent pas assez, une situation à laquelle tu peux être sûre que je vais remédier. »

« Oh », dit Lenore. Elle sentait l'herbe sous elle. « Tu sais, je dois dire que je n'aime pas beaucoup Bol d'Air non plus. Il est beaucoup trop tactile pour moi. »

L'Antéchrist ne répondit rien.

« Et au fait, comment il s'appelle ? » dit Lenore.

« Il s'appelle Bol d'Air. »

« Non, son vrai nom. »

« On s'en fout. Mike quelque chose. »

« Hmmm. »

L'Antéchrist laissait vaquer son regard sur les petites fontaines dansantes des terrains de sport et sur les forêts, dans les ombres rougeoyantes. « Tu bois toujours autant de Tab ? » demanda-t-il sans prévenir.

Lenore le regarda. Elle décida qu'il était défoncé. « J'ai arrêté le Tab, dit-elle. Maintenant je bois surtout de l'eau gazeuse. Le goût du Tab, comme si un gamin l'avait fait avec son kit du petit chimiste. »

L'Antéchrist rit et attrapa la jambe. Sa chaussette était en rang avec les chaussettes de Lenore, dans l'herbe devant eux. Depuis l'abri de la jambe de sa mère, la petite fille espionnait l'Antéchrist qui feignait de ne pas la voir.

« Où est ton M. Vigorous ? Qu'est-ce qu'il fait ? »

« Je sais pas vraiment. Je crois qu'il se balade. Il a des retrouvailles intérieures à célébrer. Il est jamais revenu ici depuis sa remise de diplôme. »

« Je vois. »

Les deux enfants plus âgés avaient fini de rouler et commençaient à remonter la pente d'un pas lourd. Le père et la mère se disputaient au-dessus du luxmètre. Des yeux verts et des mèches rousses dépassaient de chaque côté du mollet de la femme. L'Antéchrist rentra à moitié la jambe sous sa chemise.

« Tu te sens somnolent, là ? demanda Lenore. À cause des Quaaludes ? »

LaVache regardait les arbres. « Bol d'Air t'a dit que c'était Quaaludes aujourd'hui ? Ils sont bavards, mes colocs. C'était un petit Quaalude. Et non, pas vraiment, les Quaaludes ne m'endorment plus, sérieusement. »

« Qu'est-ce qu'ils te font ? »

L'Antéchrist baissa les yeux sur sa cheville. « Me sentir ailleurs. »

Lenore observait la petite fille.

« Quelqu'un d'autre », dit LaVache à sa cheville. « En plus », il leva la tête, « mon vieux cortex s'active parce qu'il faut que je me prépare à parler de la négation hégélienne avec Roy "Boule de Nerfs" Keller, et c'est pas gagné parce que Boule de Nerfs est tellement nerveux qu'il assimile uniquement les informations les plus claires. Et la clarté, Hegel, c'est pas son fort. »

Lenore tira sur un brin d'herbe. Il s'arracha du sol avec un petit couic. « Stoney, pourquoi tu fais le travail des autres à leur place ? »

« À ton avis, elle est où Lenore ? » demanda l'Antéchrist à la jambe.

« Pourquoi tu fais le travail des autres et pas le tien ? insista Lenore. T'es la personne la plus intelligente que je connaisse, encore plus que John. »

« À ce sujet… »

« Pourquoi tu fais ça ? Tu passes ton temps à glander défoncé, pas vrai ? »

L'Antéchrist sortit un joint du tiroir. « J'ai une jambe à nourrir. »

« Pourquoi ? »

L'Antéchrist alluma le joint dans le vent avec la facilité de celui qui a de l'entraînement et regarda sa sœur de derrière son nuage. « C'est mon truc, dit-il. Tout le monde a son truc, ici. Ici, t'es obligé d'avoir ton truc. Mon truc, c'est d'être l'Antéchrist, d'être un genre de déchet et de nourrir ma jambe. Une intelligence tragiquement gâchée. Façon de parler. Tu dois avoir un truc, Lenore. Autre que M. Vigorous. »

« Qu'est-ce que c'est censé vouloir dire ? »

LaVache fixait le soleil, par-dessus la tête de Lenore. « Attends, pause, laisse-moi juste le temps de remettre tout ça en ordre. » Il se gratta un sourcil. « T'es venue jusqu'ici, voir la brebis galeuse de la famille, pour m'informer que tu ignores où sont certaines personnes et pour me demander si je sais où sont certaines personnes. Et tout ça à la demande de Papa. »

« Ce que veut Papa, c'est que je découvre si tu as entendu parler de quelque chose ou si tu sais où sont Lenore et John. Surtout Lenore, pour Papa. »

« Évidemment. »

« Et tu dis que t'en sais rien. »

« Exact. »

« T'étais au courant pour les trucs que Lenore faisait avec Papa ? demanda Lenore. Les trucs à la maison de retraite ? »

« Plus ou moins. Plus moins que plus. »

La petite fille aux yeux verts se rapprochait de Lenore et LaVache avec de grandes précautions, prenant soin de rester dans l'ombre allongée de sa mère. L'Antéchrist, sans cesser de faire semblant de ne pas la voir, l'appâtait avec la jambe.

« Comment ça se fait ? » dit Lenore.

« Comment ça se fait que quoi ? »

« Que tu savais ? »

« Je crois que Lenore me l'a dit, à sa manière épigrammatique. »

« Quand ça ? »

« Y a un moment. En fait je faisais quelques calculs pour elle et Mme Kling. »

« Yingst. »

« Yingst. Des régressions multiples. À Noël. C'est plus la spécialité de John que la mienne, mais comme ce cher John est, ou était, trop occupé à se laisser mourir de faim et que la jambe a de l'appétit, elle a eu aucun scrupule à engloutir la centaine de palourdes promise. »

« Et, par hasard, t'aurais une idée de pourquoi Lenore ne m'a pas dit un mot de tout ça ? »

« Rien qui ressemble même de loin à une idée », répondit LaVache. Quand Lenore releva les yeux de son brin d'herbe, elle vit que la petite fille s'était assise à côté de l'Antéchrist, ses petites jambes molles et leurs chaussures noires brillantes allongées devant elle. L'Antéchrist la laissait toucher la jambe. Il dit à Lenore, « Faut que je t'avoue que la nuit je me demande de quoi Lenore et toi vous parlez tout le temps. T'étais tout le temps là-bas, l'été dernier. »

« Ça m'arrivait aussi d'aller faire la lecture à Concarnadine. »

« Je suis content que quelqu'un arrive à la supporter. »

« Qui a dit que j'arrivais à la supporter ? »

« Elle aime toujours les histoires pour enfants ? Louis la loutre, Sergio le serpent, tout ça ? »

« Je l'ai pas vue depuis longtemps. La dernière fois elle avait bien aimé ce que je lui avais lu. En tout cas elle faisait des bruits que j'interprétais comme du contentement. »

« C'est mignon, dit LaVache. Tu ferais bien d'aller la voir. Elle doit être vraiment seule. Tu crois pas ? »

Lenore voyait la petite fille regarder le profil sombre et luisant de l'Antéchrist. La petite tira sur la manche de son sweat-shirt.

« Est-ce que t'es le diable ? » demanda-t-elle tout fort. Ses parents ne parurent pas l'entendre.

« Pas en ce moment », dit l'Antéchrist à la petite fille, avant de la laisser prendre la jambe dans ses mains.

« Je veux pas retourner là-bas, en tout cas pas tant que Lenore ne sera pas revenue, dit Lenore d'une voix douce, enroulant une mèche incurvée autour de son menton. Je crois que je hais profondément Concarnadine. Je sais pas si ta théorie est juste, mais je crois que je la hais. Et ce M. Bloemker, il est toujours là et il me donne encore plus la chair de poule qu'avant, pour des raisons dont j'ai pas très envie de parler. Et bien sûr y a aussi Lenore qui est partie depuis une semaine, après avoir tout fait pour s'assurer que je m'inquièterais pour elle, et qui se donne même pas la peine de me dire où elle est. Elle devrait savoir que je ne suis pas Papa. Et toi aussi, si y a bien quelqu'un qui devrait savoir que je ne suis pas Papa, c'est toi. »

L'Antéchrist jouait avec la jambe vide et pendante de son short en velours.

« Je commence à me dire que Lenore est morte, dit Lenore. C'est horrible de penser ça et de ne même pas pouvoir faire son deuil. Je me dis si ça se trouve elle est morte à la maison de retraite, Mme Yingst a dû lui faire quelque chose, à un moment où elle n'était pas en train de donner du LSD ou de la nourriture aux hormones à des animaux innocents. »

« Tu sais, à mon avis, si tu veux mon avis que j'ai au plus profond de ma tête, je pense aussi que Lenore est peut-être morte », dit l'Antéchrist, qui amusait la petite fille en guidant ses mains pour faire danser la jambe, son joint tenu entre deux doigts. « Après tout elle a pas loin de cent ans, non ? Je pense qu'elle est juste allée chercher un endroit pour mourir. Un endroit où personne ne pourra la voir baisser sa garde pendant une minuscule seconde. Ce serait son style, je crois. Ça ou alors elle est avec Gerber et elle se prépare à mettre une raclée à Papa et à son entreprise. Si c'est ça, je dis fonce. »

La petite rouquine s'esclaffa quand la jambe réussit un pas de danse particulièrement délicat. L'homme aux mocassins blancs et la femme aux varices se retournèrent.

« Brenda ! » cria la mère. Les yeux de la petite fille passèrent de la jambe à sa mère. « Viens ici tout de suite ! » La mère s'accroupit.

« On fait juste un petit cours d'anatomie, madame », dit l'Antéchrist.

« Viens ici, j'ai dit. » La petite fille fut tirée par le poignet. La jambe tomba dans l'herbe. Les deux enfants plus âgés avaient recommencé à se battre sur le bord de la pente. Une ombre en veste de sport tomba sur Lenore et LaVache. Lenore mit sa main en visière. Le père baissa les yeux sur eux, son appareil photo perfectionné semblait peser à son cou. Lenore regarda ses chaussures. Le cuir était parcouru de tout un réseau de craquelures noires.

Le père humait l'air, mains sur les hanches. « Ce ne serait pas une de ces cigarettes qui font rire ? »

LaVache porta le bout incandescent du joint devant ses yeux et prit un air absorbé. « Ça, monsieur, dit-il, c'est une cigarette méchamment sérieuse. »

« Vous devriez avoir honte, vous droguer dans un lieu public, près des enfants, ils sont facilement impressionnables », dit la mère. Lenore résista à l'envie de toucher le mollet nu de la femme. Elle pensa que le bleu des veines sur les mollets des femmes âgées ne se retrouve nulle part ailleurs dans la nature. Presque un bleu nicotine.

« Je crois que j'ai tellement honte que tout à coup je n'ai plus envie que des gens traînent autour de moi », dit l'Antéchrist lentement, tout en plissant les yeux à l'intention des deux ombres. Il y eut des « Hmmph » et les parents s'éloignèrent, non sans crier aux deux enfants qui se bagarraient de venir ici tout de suite. Un instant plus tard, Lenore entendit les petites chaussures de Brenda sur le béton autour du monument aux morts, au-dessus d'eux. Ils étaient seuls au sommet de la colline. Lenore vit l'Antéchrist se gratter la hanche. En fait non : il farfouillait dans sa poche. Il en extirpa quelque chose. Une étiquette Stonecipheco. Purée de veau. Il finit de la déplier, la retourna et la lissa contre sa hanche, puis la tendit à Lenore. Lenore remarqua que ses ongles avaient besoin d'une bonne coupe.

Une vue en coupe d'un homme qui grimpait une colline était dessinée à l'encre sur le verso blanc et légèrement duveteux de l'étiquette. Le profil de l'homme souriait. La colline semblait faite de sable. C'était le même genre de gribouillage que celui que Lenore avait trouvé dans la chambre de Lenore à la maison de retraite de Shaker Heights.

« Hmmm », dit-elle. Elle regarda l'Antéchrist. Du compartiment zippé de son sac à main en vinyle, elle sortit le dessin du barbier avec la tête qui explose. Elle le tendit à LaVache. LaVache rigola.

« Ah, le barbier, dit-il. Bon sang, ça a beau être une fouine, je l'aime bien, Lenore. En vrai, je crois même que j'espère qu'elle est pas morte. »

Lenore regardait l'Antéchrist. « Comme c'est élégant de ta part, étant donné qu'elle fait partie de la famille. » Elle balança son pied dans l'herbe et flanqua un petit coup énervé à la jambe.

« Aïe », fit LaVache.

Lenore essuya quelques gouttes projetées par les arroseurs sous ses yeux. « Quand est-ce que t'as eu ça ? demanda-t-elle. Je croyais que t'avais aucune information sur Grand-Mère. Ou alors, pour toi, "information" ça veut dire "ongle de pied" ou je sais pas quoi ? »

L'Antéchrist arracha un peu d'herbe, regarda sa sœur. « Non, "information", ça veut dire "information", mais t'as peut-être remarqué que ça, c'est pas une information, c'est un genre de dessin. Un des célèbres dessins de Lenore Beadsman, un produit de sa célèbre école symboliste de bonshommes en bâtons. » Il sourit, fit quelque chose à ses cheveux. « Tu te souviens du dessin avec Papa et John, un Noël ? La fois où John avait dit un truc à propos de Miss Malig, un truc assez marrant, et Papa lui avait répondu que s'il n'avait rien de gentil à dire, il ferait mieux de ne rien dire du tout, et John lui avait fait remarquer que, même avec beaucoup d'imagination, on pouvait pas considérer que ce qu'il venait de dire était gentil, et donc que ça n'aurait pas dû être dit, et qu'il y avait une contradiction interne intéressante ? Et Lenore nous avait donné ce dessin avec Papa et John, Papa avec la tête qui explose et l'épi de maïs en suppositoire ? Je l'avais trouvé mortel, ce dessin. »

« Mais celui-ci, tu l'as eu quand ? » demanda Lenore qui fixait l'étiquette de purée de veau. Elle crut pouvoir distinguer un cactus dans le griffonnage à côté de la pente, sur le dessin.

« Il m'attendait dans ma boîte postale quand je suis arrivé ici, dit LaVache. Le truc intéressant, c'est qu'il n'y avait pas d'adresse d'expéditeur et que l'écriture sur l'enveloppe n'était pas les pattes de mouche typiques de Lenore. C'était y a dix… onze jours. Je l'ai reçu il y a onze jours, Lenore. » L'Antéchrist se racla la gorge et expulsa un crachat blanc.

Lenore ignora le crachat et le fait que la tête de l'Antéchrist pendouillait sur son cou. « Tu sais ce que ça représente ? » demanda-t-elle.

« Oh oui nous le savons, n'est-ce pas mon précieux ? » siffla l'Antéchrist à la jambe.

« Alors tu pourrais peut-être avoir la bonté de me le dire, j'ai peur d'être un peu paumée sur ce coup », dit Lenore, sans quitter l'étiquette du regard.

L'Antéchrist raviva l'œil rouge de son joint. Lenore vit qu'il tenait le mégot délicatement entre ses longs ongles, évitant ainsi de se brûler. Il sourit à Lenore. « Qu'est-ce que tu dirais si je te suggérais de nourrir la jambe d'abord ? » demanda-t-il.

Lenore regarda son frère, puis la jambe. Elle dit, « Je te proposerais un marché. Tu me dis ce que tu sais, qui est manifestement lié au bien-être d'un parent que nous sommes tous les deux censés aimer, tu me dis ce qui semble être la raison de mon voyage jusqu'ici ; tu me dis tout et en échange je ne lance pas la jambe en bas de la colline et je t'épargne une expédition à cloche-pied qui sera longue, peut-être dangereuse et en tout cas très embarrassante pour toi. »

« Oh non, le prends pas comme ça », sourit l'Antéchrist, désinvolte, tout en rattachant la jambe, ce qui lui prit une minute. L'opération effectuée, il dit, « Le dessin fait référence aux *Investigations*, tu devrais t'en souvenir mieux que moi, mademoiselle major de promo, si t'y réfléchissais deux secondes. Si je me trompe pas, c'est la page cinquante-quatre, note *b*, dans la traduction de Geach et Anscombe. On nous présente une image d'un homme qui monte une côte, de profil, une jambe devant l'autre pour marquer le mouvement, il escalade la pente, face au sommet, les yeux tournés vers le sommet, tous les signifiants habituels de la grimpette. Et cetera et cetera. Donc c'est un dessin d'un homme qui monte une côte. Mais là, si tu te souviens bien, le Dr Wittgenstein, le copain de Grand-Mère Lenore, dit attends mon ami, l'image pourrait tout aussi bien représenter un homme qui glisse de la colline, avec une jambe plus haut que l'autre, à l'envers, et cetera. Tout aussi bien. »

« Merde », dit Lenore.

« Et ainsi nous sommes invités à tirer les conclusions foireuses qui s'imposent : quand on jette un coup d'œil à l'image, on présume automatiquement que le type monte la colline, pas qu'il pourrait être en train de glisser. Monter au lieu de descendre. Une feinte absolue, doublée d'une innocence psychologique émouvante, à mon avis, mais tu devrais t'en souvenir, vu la conversation qu'on avait eue dans la Volvo quand t'étais à la fac, quand Grand-Mère avait décidé que j'étais le mal et que j'avais besoin d'être "éradiqué", quand elle avait déclaré qu'elle ne me donnerait plus de cadeaux de Noël. Bref... »

« Bon, ok, et là, d'un autre côté, on a l'antinomie », dit Lenore, absorbée par le dessin du barbier.

« Exact », dit l'Antéchrist qui jetait au loin le reste noirci du joint. Il se figea un instant, les yeux dans le vide. Lenore le regardait. « Brenda, l'entendit-elle dire d'une voix forte, tu ferais mieux de retourner avec tes parents. Essaie de ne pas être trop impressionnable, au moins tant que tu restes dans le coin. »

Lenore se tordit et vit la petite fille aux yeux verts derrière eux, au-dessus d'eux, sur le cercle de béton du monument aux morts, qui regardait leurs têtes. Le vent gonflait ses chaussettes. Elle observait l'Antéchrist.

« File, petit cœur », dit LaVache.

La fillette tourna les talons et s'enfuit. Ses chaussures claquèrent sur le béton, de moins en moins fort.

Lenore regarda son frère. Une poignée d'herbe couina entre ses doigts. Soudain tous les arroseurs se turent, leur chuintement cessa, l'eau aspirée en sens inverse, en elle-même, dans les tuyaux, en bas, sur les terrains de sport. Les pistes d'athlétisme étaient magnifiques. Elles s'enflammaient dans la lumière rouge ou plongeaient et miroitaient dans le noir luisant de l'ombre du gymnase. « Et donc là c'est le moment où je dois te demander ce que la combinaison des deux peut signifier », dit Lenore.

LaVache se marra comme un phoque. Sa tête tressauta. « Grand-Mère serait déçue par sa créature, dit-il. C'est clair, les dessins... signifient ce que tu veux qu'ils signifient. Ce pour quoi tu veux les utiliser. Mademoiselle Beadsman... », il fit semblant de pointer un micro sous le nez de Lenore, « ... comment voudriez-vous que les dessins fonctionnent ? On ne souffle pas, dans le public... » L'Antéchrist faisait tic-tac avec sa langue.

«Fonction, dit-il. L'extrême onction de la fonction. Fonction. Du latin *func*, qui signifie puanteur causée par un abus constant. Elle s'est évanouie. Soit elle est morte, soit elle fonctionne à fond. À propos de fonctionner à fond, est-ce que tu pourrais m'aider à me relever s'il te plaît.»

Lenore aida son frère à se relever. Il boitilla derrière un buisson sur le flanc de la colline. Lenore l'entendit faire ses besoins dans le buisson sec.

«J'ai une idée», la voix de l'Antéchrist sortait des fourrés. «On a qu'à faire le truc classique des Beadsman. On a qu'à faire un *jeu*. On dit pour rigoler que Lenore n'est pas décédée, que Mme Yingst ne l'a pas découpée en morceaux et donnée en pâture à Vlad l'Empaleur, que Grand-Mère en a quelque chose à foutre que tu sois potentiellement inquiète et qu'elle essaie de se servir de cette inquiétude dans un but néfaste.» Il revint auprès de Lenore, lentement, en faisant attention à ne pas perdre l'équilibre sur la pente. «Maintenant, si on suit ce scénario, comment peut-on vouloir que les dessins fonctionnent?» Il s'installa dans l'herbe avec l'aide de Lenore, se tourna vers elle. «Selon notre scénario, le dessin de l'homme qui glisse peut nous dire, hé, ho, regarde où tu vas. *Perçois* ta manière de percevoir… l'"absence" de Lenore. Ne te contente pas de le regarder; réfléchis à ta façon de le regarder. Peut-être qu'il… signifie l'inverse de ce que tu penses, de ce qu'il… semble signifier.» LaVache avait des soucis avec sa jambe, sur la bosse en haut de la colline. Lenore l'aida à se mettre plus à son aise. Elle serrait dans sa main les étiquettes des pots pour bébés.

LaVache poursuivit, «Tu vois, si ça se trouve Lenore n'est pas partie du tout. C'est peut-être toi qui es partie, au bout du compte. Peut-être que… j'aime beaucoup celui-ci… peut-être que Papa est parti, aspiré par le vide industriel. Peut-être qu'il nous a embarqués avec lui. Peut-être que Lenore n'est pas perdue, mais *trouvée*. Peut-être que c'est pas elle qui a glissé, c'est toi. Ou qui es montée. Si ça se trouve, c'est un jeu où on glisse et

on monte ! Serpents et Échelles, ressuscité d'entre les morts ! »
L'Antéchrist avait du mal à parler, le joint lui avait asséché la bouche. Il sortit du tiroir la dernière partie du paiement de Clint Wood et l'alluma.

« Hmmm », disait Lenore.

« Sauf que tu ne dois pas penser à toi, dans ce jeu, du tout, dit l'Antéchrist. Parce que dans ce jeu, vu comme on y joue, le dessin du barbier veut dire ne pense pas à toi, dans le contexte du jeu, ou ta tête va exploser façon Art déco. Si tu veux jouer, tu dois penser aux autres. Ce qui veut dire que les membres de la famille doivent être traités en tant qu'Autres, une idée que je trouve rafraîchissante et séduisante. »

« Ça voulait dire quoi, ça ? » demanda Lenore.

L'Antéchrist expira. « On dit pour rigoler qu'on est à la fin des années 70, Lenore est dans sa période bleue, elle se consacre exclusivement à ses travaux et elle envoie paître tous ceux qui passent à proximité, y compris notre pauvre vieux grand-père, à l'article de la mort et dans l'ensemble assez pathétique... »

« Passe-moi les détails. J'ai mal aux fesses. »

« Et donc, dans le contexte de notre jeu, on dit que Lenore est encore sceptique comme pas possible, ou en tout cas qu'elle met du cœur à prendre la pose, et fermement convaincue que tout ce qu'elle est est le résultat de sa propre pensée, comme ce Français, là, même si Lenore dirait qu'elle est le résultat de sa parole, mais c'est tellement con comme idée que ça m'écorche la bouche de le dire, et heureusement c'est pas nécessaire, et donc on dit que tout ce qu'elle est est le résultat de sa pensée ; que le seul truc dont elle peut être sûre, c'est qu'elle est sa pensée. »

« C'est vrai ou tu dis ça juste parce que t'es défoncé ? » demanda Lenore.

« Chut s'il te plaît, dit LaVache. Je suis joueur. Donc Lenore est le résultat de sa pensée, c'est tout ce que nous pouvons "pré-supposer". » Il s'allongea et contempla le ciel rougeoyant, le joint posé au creux d'une initiale gravée dans la jambe. « Donc elle est sa pensée. Et, comme on le sait, toute pensée requiert un objet, quelque chose sur quoi elle portera. Et les choses qui peuvent être pensées sont les choses qui ne sont pas l'acte de penser, qui sont Autres, n'est-ce pas ? Tu ne peux pas penser ton propre acte de penser, de même qu'une lame ne peut pas se couper elle-même, pas vrai ? À moins que tu sois le gars qui ruine la qualité de vie de Roy "Boule de Nerfs" Keller, mais je refuse d'y réfléchir jusqu'à ce que le bien-être de la jambe nécessite que je le fasse. Donc, on ne peut pas se penser nous-mêmes, si tout ce que nous sommes est le résultat de nos pensées. Donc on est comme le barbier. Si je me souviens bien, le barbier rase tous ceux et uniquement ceux qui ne peuvent pas se raser. Là, Lenore pense que nous pensons toutes les choses qui ne se *pensent* pas elles-mêmes et seulement elles, les choses qui ne sont pas le résultat de notre pensée, qui sont Autres. »

« Vache de jeu », marmonna Lenore.

« Mais alors on se souvient que tout ce que nous sommes est le résultat de notre pensée, dans le jeu, du point de vue de Lenore, dit LaVache, très vite maintenant, d'une voix un peu pâteuse. Donc si on se pense nous-mêmes dans le contexte du jeu, on pense à notre pensée. Or on a décidé que la seule chose à laquelle on ne pouvait pas penser était notre pensée, parce que l'objet doit être Autre. On ne peut penser que les choses qui ne peuvent se penser elles-mêmes. Donc, si on se pense nous-mêmes, par exemple si on se conçoit nous-mêmes comme une pensée, on ne peut pas être l'objet de notre pensée. CQFD. »

Lenore s'éclaircit la gorge.

« Mais si on ne peut pas se penser nous-mêmes, poursuivit l'Antéchrist en direction du ciel, essayant de s'humecter les lèvres, ça veut dire qu'on est nous-mêmes des choses qui ne peuvent pas se penser elles-mêmes, donc un objet possible pour notre pensée ; on remplit les conditions du jeu, on est Autre. Donc si on peut pas se penser nous-mêmes, on peut ; et si on peut, on peut pas. BOUM», LaVache fit de grands gestes. «Ça, c'est le crâne.»

«Jeu stupide, dit Lenore. Je pense à moi-même quand je veux. Tiens, regarde.» Lenore pensa à elle assise chez les Spaniard à Cleveland Heights, en train de manger un pois congelé.

«Objection idiote, surtout venant de toi, dit l'Antéchrist au ciel. Est-ce que tu penses vraiment à toi? *Comment* est-ce que tu te penses? Il faut que je te rappelle certaines de nos conversations les plus intéressantes et à mon sens pas qu'un peu pertubantes des deux dernières années? Si tu ne te penses pas comme quelque chose de réel, tu triches, tu joues pas selon les règles, tu sautes par-dessus les serpents, tu ne penses pas à toi-même.»

«Qui dit que je ne me pense pas comme quelque chose de réel?» dit Lenore qui regardait, derrière l'Antéchrist, le buisson dans lequel il avait fait ses besoins.

«J'aurais tendance à dire que c'est toi qui le dis, par ton attitude générale, à moins que le petit bonhomme avec la grosse moustache et les fauteuils automatiques t'ait cogné sur la tête ou un truc du genre, dit l'Antéchrist. Mon avis clinique, c'est que tu as décidé, dans une réaction défensive toute naturelle aux événements, que tu n'es pas réelle – bien sûr Grand-Mère t'a donné un coup de main.» LaVache la regarda. «Mais pourquoi, me demandes-tu?»

«J'ai rien demandé, je sais pas si t'as remarqué.»

«C'est parce que tu es celle sur qui le fardeau du mal – est-ce que je dois dire le "mal"? – le fardeau du mal de cette famille est tombé. Le mal dans le sens de ces petites séances d'endoctrinement avec Lenore, que j'ai toujours trouvées pathétiques au possible, faut que je te le dise. Le mal dans le sens de Papa, qui, après avoir foutu en l'air la vie de notre mère, pour de bon, essaie de foutre ta vie en l'air d'une quantité de manières dont je suis sûr que t'as pas idée. Pense aux circonstances qui ont mené à ma naissance. Papa a essayé de foutre ma vie en l'air, celle de tout le monde. De la même manière que la sienne a été foutue en l'air, par des fous avec des manteaux et des chapeaux du bon vieux temps. » L'Antéchrist se marra. « C'est un poème, ça. Bref, t'as récupéré le fardeau. John avait déjà fichu le camp à Chicago avec sa règle à calcul et un paquet d'accessoires masochistes avant que Papa et Lenore aient pu commencer à se servir de lui ; j'ai eu un membre et un prétexte derrière lequel me cacher ; Clarice n'avait pas les dispositions appropriées – ça sert à rien de le discuter. Donc il reste plus que toi. T'es la famille, Lenore. Et pour Papa, tu remplaces par "la Société" dans la phrase précédente. »

Lenore enleva un bout de bois de sous ses fesses.

« Mais Lenore a encore plus foutu ta vie en l'air, sœurette », dit l'Antéchrist, se redressant avec le joint et tournant le regard vers Lenore. « Lenore te fait croire – arrête-moi si je me trompe – Lenore te fait croire, avec ta complicité involontaire, que tu n'es pas réellement réelle, ou que tu es réelle uniquement dans la mesure de ce qu'on te dit, donc dans la mesure où tu es réelle tu es contrôlée, et par extension ne contrôles rien, et ainsi tu es plus un genre de personnage qu'une personne – et bien sûr Lenore dirait que les deux sont la même chose, pas vrai ? »

« J'aimerais bien qu'il pleuve », dit Lenore.

« T'as pris une douche y a pas longtemps, se marra LaVache. T'es vraiment à cran, frangine. Sois pas si tendue. Tiens. Tire sur la mèche. » L'Antéchrist lui tendit le pétard, que Lenore voyait se consumer beaucoup plus vite d'un côté que de l'autre.

« J'en veux pas », fit Lenore. Elle jeta un coup d'œil au soleil, posé au-dessus du gymnase comme un graffiti « Kilroy was here ». « Et si on changeait spontanément de sujet, Stoney, qu'est-ce que t'en penses ? De toute façon, même si je te demandais de m'aider à résoudre ce problème de mal et de réalité rapportés au discours, tout ce que tu pourrais faire, ce serait me *dire* quelque chose, et tout le – »

« M'appelle pas Stoney, dit LaVache. Appelle-moi LaVache, ou l'Antéchrist, mais plus jamais Stoney. »

« Ça te dérange pas qu'on t'appelle l'Antéchrist, le surnom le plus dérangeant que j'aie entendu ? Mais ça te dérange qu'on t'appelle Stoney ? »

« *Tout le monde* s'appelle Stoney », dit l'Antéchrist. Nouveau crachat blanc. « Tous les membres de la famille pourvus d'organes masculins s'appellent Stoney. Stoney me rappelle que je ne suis peut-être rien d'autre qu'un élément d'une machine dont je voudrais ne pas faire partie. Stoney me rappelle toutes les choses pénibles qu'on attend de moi. Stoney me rappelle Papa. En tant que Stoney, je suis juste plus ou moins éduqué… »

« Quoi ? »

« … mais en tant qu'Antéchrist, je *suis*, tout simplement, dit l'Antéchrist dans un mouvement grandiloquent du joint vers l'horizon noir et rouge. En tant qu'Antéchrist j'ai un truc à moi, et il y a une frontière glorieuse entre là où je m'arrête et là où commencent les autres, et personne n'attend de moi que je sois autre chose que ce que je suis, un déchet qui s'échine à nourrir sa jambe. Je viens de te donner un coup de main, là, je sais pas si t'as fait gaffe. » Du doigt, l'Antéchrist humidifia le côté du joint qui se consumait trop vite, pour le ralentir.

Lenore ne regardait pas son frère mais les ombres du gymnase, dont la progression était visible sur les terrains de sport. L'ombre d'une nouvelle partie du bâtiment commença à se projeter sur le versant ouest de la colline, à leur droite.

« Tu le détestes, Papa ? demanda Lenore. Tu penses que je le déteste ? »

« Ben, vu que tu es *toi…* », l'Antéchrist fit semblant de lui envoyer une bourrade dans le bras, pour plaisanter, « je peux pas parler pour toi, seulement pour moi, sans tenir compte de ce que je pourrais dire *à propos* de toi. *Verstehen* ? »

« Espèce de boulet. »

« Je ne déteste pas Papa, dit l'Antéchrist. Il me fatigue, genre comme si je restais debout mille ans. Il m'épuise. Mon moignon me fait un mal de chien dès que je me trouve à proximité de Papa. »

Lenore serra un genou contre sa poitrine.

« Celle qui déteste Papa, c'est Maman, continua LaVache, ou plutôt, elle le détesterait si elle était Maman. La personne que j'ai vue le mois dernier ressemblait à tout sauf à une maman. À John Lennon, oui. Pas à une maman. »

« Maman te manque. »

« Ce qui me manque, c'est une maman. Maman a occupé cette place pendant presque toute ma vie. Tout le début, en tout cas. À la limite, la raison pour laquelle Maman est là où elle est, c'est ma vie, pas vrai ? Même si je me souviens de l'année de mes neuf ans. Et puis Papa et Mlle Malig l'ont renvoyée encore. »

« Elle s'était remise à essayer de grimper. Tu peux pas laisser quelqu'un essayer tout le temps de grimper au pignon de ta maison. »

LaVache ne répondit rien.

« Mais c'est trop bête que t'aies jamais pu la connaître vraiment. C'était quelqu'un de bien. Très bien. » Lenore bougea la tête pour que les terrains brillent encore dans la pénombre.

« Je dois sentir qu'on a quelque chose en commun elle et moi, c'est tout, dit LaVache. Non, je suis sûr qu'on a quelque chose en commun. Quand on y pense, Maman a perdu la tête et j'ai perdu ma jambe au cours du même accident de danse. Au moins, moi, il m'est resté un truc. Maman n'a plus rien, elle. » Il prit le dessin de l'homme qui glisse, sur la jambe de Lenore, près de l'ourlet en dentelle de sa robe blanche. « Un détail intéressant : on dirait que ce type monte slash descend un genre de dune. Tu vois comme ses pieds s'enfoncent ? Et là, cette espèce de cactus ? Je sens que le désert a quelque chose à voir avec tout ça, Lenore. De quoi nourrir tes pensées, sans jeu de mots. »

« Mais du coup, si ses pieds s'enfoncent dans le sable, on sait qu'il monte et qu'il ne glisse pas, dit Lenore, reprenant le dessin. Parce que s'il glissait, il y aurait des sillons pour marquer la glissade depuis le sommet. »

LaVache observa l'étiquette et tapota d'un doigt son menton rouge. « Mais s'il montait, il devrait y avoir des traces de pas qui remontent de la base. Or y en a pas. »

« Hmmm. »

« On dirait bien que Grand-Mère s'est ratée sur ce coup, sauf si le type a été largué depuis un hélicoptère et est tombé dans cette position, à la rigueur ; une possibilité que le Dr W. n'avait jamais envisagée. Je pense qu'il n'y avait pas d'hélicoptères à cette époque. La technologie influence l'interprétation, tu ne trouves pas ? »

« Hmmm. »

L'Antéchrist rendit le dessin à Lenore. « Alors comme ça Vlad l'Empaleur sait parler, maintenant ? »

« Faudrait que t'entendes ça. La semaine avant que je parte, c'était de pire en pire. » Lenore vit que le profil de l'homme sur le dessin souriait jusqu'aux oreilles et qu'il avait ce qui ressemblait à une ombre, à moins que ce ne soit juste le sable.

« Qu'est-ce qu'il dit ? »

« Principalement des obscénités, vu qu'il répète ce que dit Candy. »

L'Antéchrist poussa un grognement. « J'ai des fourmis à m'en décrocher la jambe. »

« Mais on lui a appris des trucs de la Bible, comme ça avec un peu de chance Mme Tissaw ne me fichera pas à la porte si elle l'entend, dit Lenore. Déjà qu'elle tique parce que Vlad a tendance à grignoter les murs. »

« Hâte de l'entendre. »

« J'ai mal aux fesses, dit Lenore. Je crois que j'ai envie de rentrer. Rick doit être de retour à notre chambre, en train de se demander où on est. Tu veux venir dîner avec nous ? Je parie que Rick va vouloir aller à l'Aqua Vitae. »

« Laisse-moi une seconde, je rassemble mes affaires », dit LaVache. D'une main, il massait la jambe. « Si j'arrive à plonger un pieu dans le cœur du problème hégélien de Roy sans vous faire attendre trop longtemps, je vous rejoindrai avec plaisir. »

« Rien à voir, mais est-ce que ça t'embête si je dis à Papa que t'as un téléphone ? demanda Lenore. Tu le rends marteau. »

« Tant de vérités différentes dans cette phrase. »

« Il dit qu'il a placé tous ses espoirs en toi. »

« Tu sais quoi ? J'ai découvert que les placements rapportent pas toujours », dit LaVache.

« Tu pourrais au moins lui dire que tu appelles un téléphone un ganglion. »

« Ben ouais mais dans ce cas je pourrais aussi bien appeler ça un téléphone », fit l'Antéchrist d'un air boudeur.

Ils regardaient les terrains d'athlétisme et les forêts derrière eux. Des ombres élancées se déplaçaient sur l'étendue d'herbe. Dans des trous d'obscurité, la rosée des arroseurs étincelait. Deux minuscules silhouettes émergèrent à la lisière de la réserve d'oiseaux, loin, et commencèrent à traverser les terrains détrempés en direction de la colline. Une des silhouettes, la plus petite, portait un béret marron.

« Hé », dit doucement Lenore.

Elle vit les deux silhouettes s'arrêter. La plus grande, dont la chevelure paraissait rouge dans la lumière rouge entre les ombres du gymnase, se pencha pour toucher l'herbe mouillée. Les deux silhouettes enlevèrent leurs chaussures et leurs chaussettes – seulement les chaussures pour la plus grande, qui ne portait pas de chaussettes en dessous – et reprirent leur marche. Elles arrivèrent au pied de la colline.

« Tiens, mais c'est Rick », dit Lenore à l'Antéchrist, un doigt pointé sur l'homme au béret. Elle lui fit signe. Rick leva les yeux vers elle un moment, une main portée à son chapeau, hésitant, puis fit un grand sourire et lui fit signe à son tour. Il dit quelque chose à l'autre homme, un doigt pointé sur Lenore.

« C'est qui l'autre mec ? » demanda LaVache. Il balança son mégot et lutta pour se mettre debout.

« Je crois que je le connais pas », dit Lenore. Elle observait le grand type qui gravissait la colline avec aisance, tenant d'une main ses chaussures bateau, de l'autre aidant Rick Vigorous qui avait quelques soucis, il glissait pieds nus dans l'herbe mouillée de la pente raide. Ses efforts faisaient sourire le grand type, et les dernières flammes du soleil couchant vinrent frapper ses dents qui brillèrent d'un éclat rouge.

« Comment je suis ? » demanda Lenore à LaVache.

« Terrible, dit LaVache. Tu m'aides à me relever, s'il te plaît ? »

Lenore aida son frère à se relever. Les deux hommes approchaient du sommet, où la pente devenait plus douce et où l'herbe était sèche et brune. Rick n'avait plus besoin d'aide. Il y eut des voix, d'un côté et de l'autre. L'Antéchrist avait des problèmes d'équilibre. Le soleil finit de se faire aspirer derrière le gymnase, à l'ouest. Une ombre fraîche recouvrit les terrains d'athlétisme, puis grimpa la colline jusqu'au monument. L'ombre enveloppa les quatre silhouettes qui se regroupaient, et elles disparurent.

Seconde partie

12

1990

/a/

« Je vais peut-être tenter le coup avec un autre sandwich à la dinde, sans croûte et sans mayonnaise Hellman's, si vous faites tout ce qui est en votre pouvoir pour minimiser la salinité du jambon. »

« ... »

« Et un Canadian Club avec de l'eau distillée. »

« Bien sûr. Et pour Lenore ? Elle dort ? »

« Gwompf, gwompf gwompf. »

« Elle en a tout l'air. »

« Et vous, monsieur ? Désirez-vous quelque chose ? »

« Il va me falloir une minute pour formuler une réponse convenable à cette question, mais pendant ce temps vous pouvez m'apporter une bière, m'dame. Pas la peine de me donner un verre. »

« Ça roule. »

« Merci, mademoiselle. »

« ... »

« Qui est cette fille ? »

« Je crois qu'elle s'appelle Jennifer. C'est l'hôtesse de Stonecipheco. »

« Je veux bien être pendu par les pieds si c'est pas l'hôtesse la plus canon que j'aie vue. Et elle me demande si je désire quelque chose. »

« Hum. Lenore m'a laissé entendre que Jennifer est mariée au pilote de Stonecipheco, qui a en ce moment nos vies entre ses mains. »

« Je vois. »

« Tu veux un chewing-gum ? »

« Pas besoin, j'ai une bière qui arrive. Tu mâches beaucoup de chewing-gums, R.V. »

« J'ai des problèmes de tympans en avion. En temps normal j'ai horreur du chewing-gum. »

« Ah ouais. »

« Sans parler des avions eux-mêmes. »

« Hé ho, Lenore. Réveillée ? »

« Gwompf. »

« Si tu savais comme je suis jaloux des gens qui arrivent à dormir en avion, Andrew. »

« C'est une belle dormeuse, aucun doute. Ma femme, des fois, elle a la bouche grande ouverte quand elle dort. Des fois, y a un peu de bave qui sort de sa bouche et qui tombe sur l'oreiller. Je déteste ça. »

« Lenore est une dormeuse adorable. »

« Dis-moi, R.V., Lenore, elle se rappelle de moi ou pas ? Je suis sûr que c'est elle que j'ai rencontrée la nuit où j'ai rencontré ma femme. J'étais un peu décalqué, mais n'empêche. »

« Elle ne m'a rien dit. Le contexte favorable à cette discussion ne s'est pas présenté, hier soir. Elle s'est endormie presque tout de suite. »

« Ils sont confortables comme il faut, les lits de chez Howard Johnson. Sont excellents, les Howard Johnson. J'ai bien apprécié la chambre et le dîner, et aussi le coup de rasoir. Le Flange m'a rincé. Je comprends pas comment j'ai pu être assez stupide pour prendre tellement d'argent sur moi. »

« Pas de problème. Stonecipheco s'en chargera. Considère ça comme une avance sur frais. »

« Sauf que, je pensais à un truc… eh, merci, magnifique. Et la bière aussi. Hé hé. »

« … »

« Merci, mademoiselle. Je pense que ce sera tout pour le moment. »

« N'hésitez pas à sonner si vous voulez quoi que ce soit. »

« Merci. »

« Et elle nous dit de pas hésiter à sonner. Elle nous allume, non ? Bon dieu, regarde ça. Y a une croupe de première, sous cette jupe. »

« Et voilà, encore de la croûte. Elle est pas fichue d'enlever la croûte. »

« Quoi ? »

« Rien. Continue, qu'est-ce que tu disais ? »

« Oui, je pensais à la soirée où j'ai rencontré Lenore, la soirée où j'ai rencontré Melinda-Sue, et j'étais avec ce mec qui s'est avéré être un gros loser, on est allés à Mount Holyoke et on a plus ou moins déboulé dans la piaule de ces nanas, c'était pour un truc de fraternité. Je me souviens plus bien quoi. »

« … »

« Mais je crois me souvenir que ça avait énervé Lenore. Elle était toute jeune et je pense pas qu'elle saisissait tous les tenants et les aboutissants. Je me souviens qu'elle a jeté une chaussure au mec qui était avec moi. »

« Une chaussure ? »

« Ouaip. Et elle a dit à Melinda-Sue qu'elle avait des pieds moches. »

« Encore les pieds et les chaussures. »

« Ouaip. Donc je sais pas quoi faire. Je sais pas comment agir, si je dois faire semblant de pas la connaître ou quoi. J'arrive pas à voir si elle m'en veut toujours. »

« Je me suis aperçu que les vraies colères durables sont plutôt rares chez Lenore. Pas la gêne, en revanche. Je serais prêt à parier que Lenore est simplement gênée. Quand quelque chose la met mal à l'aise, elle a tendance à faire comme si ça n'existait pas.»

«Tu penses que c'est pour ça qu'elle fait comme si elle ne se souvenait pas de cette soirée, de moi ou de Melinda-Sue?»

«Probable.»

«Et tu dis qu'elle travaille aussi chez Frequent & Vigorous? Je vais travailler avec elle, alors?»

«Pas directement. Avant qu'on parte, elle répondait au standard de Frequent & Vigorous, dans l'entrée, au rez-de-chaussée. Mais j'ai eu une sorte d'inspiration pendant le voyage.»

«Une inspiration?»

«Oui. Je crois que je me suis rendu compte que le standard n'est pas l'endroit approprié pour une femme qui a les capacités de Lenore. Je suis persuadé qu'elle se gâche.»

«Elle se gâche?»

«Oui. Je me suis aperçu que tout se goupille. Le contexte est idéal. Lenore se gâche. Elle aime les histoires. Si elle réussit à se comprendre elle-même, on peut dire qu'elle a une sensibilité littéraire. Et toi et moi, surtout moi en l'occurrence, on va être occupés un moment par le dossier Stonecipheco. Conclusion, je compte prendre Lenore dans mon équipe, à temps partiel, en tant que lectrice.»

«Lectrice?»

«Oui, elle lira les manuscrits envoyés à la prestigieuse revue littéraire que j'édite, la *Frequent Review*. Elle pourra débroussailler et écarter les envois les plus lamentables ou à côté de la plaque, et comme ça elle m'économisera du temps de débroussaillage qui pourra être employé sur le projet Corfou.»

«Super idée, R.V.»

«Je suis assez d'accord.»

«Carrément.»

«Bon, il faudra que je m'assure que sa sensibilité est adaptée à la ligne de la revue…»

«Donc on travaillera avec elle, mais pas tout à fait.»

« En ce qui te concerne, c'est ça. »

« C'est une bonne chose, parce que je ne suis pas censé lui dire sur quoi je travaille. »

« Oui, malheureusement. »

« Et si elle demande, je dois lui répondre que je… attends voir… je dois lui répondre que je traduis un truc intitulé *Norslan : l'herbicide qui aime le Tiers-Monde* en grec moderne. »

« Exact. »

« Sauf qu'on ne m'a toujours pas expliqué pourquoi je dois raconter ces conneries si elle me pose la question. Qu'est-ce que ça change, si c'est juste une employée ? Et qu'est-ce que ça peut lui faire qu'on essaie de vendre de la bouffe nucléaire pour bébés à Corfou ? »

« Je dois avouer que j'ai pas de réponse claire, Andrew, et crois-moi quand je dis que j'ai des scrupules à faire tout ça. »

« … »

« Tu dois déjà être au courant que Stonecipheco est contrôlé en quasi-totalité par la famille Beadsman, et maintenant je vais t'apprendre que M. Stonecipher Beadsman a précisé dans notre contrat que Lenore ne doit rien savoir de l'implication de Frequent & Vigorous dans le projet avant qu'il en ait décidé. »

« Et tu ne trouves pas ça un tout petit peu inhabituel ? »

« Une hypothèse charitable suggère que le raisonnement de M. Beadsman est de ne pas exposer Lenore à plus de désagréments que nécessaire. Je te dirai seulement que la campagne marketing à Corfou tombe en même temps que des histoires de famille qui tracassent beaucoup Lenore, ces temps-ci. Ces histoires étant la raison de notre passage à Amherst, pour que Lenore puisse discuter avec son frère… »

« Le gamin avec qui on a dîné à l'Aqua Vitae. »

« Oui. Stonecipher LaVache Beadsman. »

« Il était carrément à l'ouest. Bon, j'admets que j'étais bourré. On a bien bu au Flange et après tu m'as traîné dans la foule au milieu de la forêt, c'était l'enfer. Toute la merde que j'avais bue m'est montée au crâne et j'ai décollé. Mais il était quand même à l'ouest, j'en suis sûr. »

« Il a pas eu que des moments faciles. »

« Et sataniste en plus de ça, le petit bousier. »

« Bousier ? »

« Il ressemblait au diable, ce petit gars. Et c'était quoi son truc de parler à sa jambe comme si c'était quelqu'un d'autre ? Genre il faisait des commentaires à l'intention de sa jambe. C'était quoi cette histoire ? »

« Le frère de Lenore n'a qu'une seule jambe. LaVache a une jambe artificielle. »

« Tu déconnes. »

« Jamais. Tu t'en serais douté ? »

« Il boitillait et il avait une façon bizarre de s'asseoir, mais non. »

« Il avait un pantalon large au dîner. Mais il était en short quand on l'a croisé la première fois, sur la colline. T'as pas vu sa jambe ? »

« Rick, quand on est arrivés en haut cette colline est devenue plus sombre que le trou du cul d'une panthère noire. Le soleil a plongé. Il faisait noir comme dans un four éteint. Et en plus j'étais bourré. J'aurais même pas été capable de voir Lenore si elle n'avait pas porté une robe blanche. Et après j'ai dû courir déposer ma voiture chez l'entraîneur, donc j'ai jamais vraiment pu voir ce petit malin en short. Mais je suis désolé pour lui. »

« T'as pas besoin d'être désolé. Je te mettais au courant d'un fait. »

« Merde. Et qu'est-ce qui est arrivé à sa jambe ? Comment ça se fait qu'ils ont dû la lui enlever ? »

« Personne ne la lui a enlevée. Il lui manquait une jambe à la naissance. »

« Sans déconner. C'est quoi, un genre de défaut de naissance ? »

« Pas tout à fait. »

«Alors c'est quoi ?»

«Mince, on passe au-dessus du lac Erie. C'est de loin la partie du trajet que j'aime le moins. Et mes tympans me font un mal de chien.»

«Pas de bol. Donc c'est ça le lac Erie.»

«Hélas.»

«L'eau a une couleur marrante.»

«Je suis certain que le pourcentage d'eau dans ce lac a une jolie couleur normale. Le problème, c'est que ce pourcentage est faible.»

«Pourquoi y a pas de vagues ? Comment ça se fait que l'eau ne bouge pas ?»

«Tu ne veux pas savoir.»

«Bon, et la jambe du gamin ? Les jambes disparaissent pas comme ça, sans raison.»

«C'est indiscutable.»

«…»

«Lenore dort toujours, n'est-ce pas ?»

«Gwompf.»

«Ouaip.»

«Lenore déteste qu'on parle d'elle.»

«Mais l'histoire de la jambe ne la concerne pas, si ?»

«Ce qui s'est passé, c'est qu'après la naissance des trois premiers enfants Beadsman, Mme Beadsman s'est retrouvée un peu mal en point. Pas de gros problème de santé – juste une pointe d'anémie ou quelque chose dans ce goût-là. Quoi qu'il en soit, M. Stonecipher Beadsman III, le père de Lenore, a conclu après un raisonnement trouble et ambigu que Mme Beadsman n'était plus suffisamment en possession de ses moyens pour élever convenablement ses enfants, et il a donc engagé une gouvernante, une certaine Mlle Malig, une femme d'une beauté époustouflante – aujourd'hui c'est une harpie avec des mollets comme des barriques, mais à l'époque il paraît qu'elle était à couper le souffle – cette embauche elle-même constituant un joli coup pour sa société, puisque l'année précédente Mlle Malig avait été sacrée Miss Gerber lors du concours de beauté organisé par Gerber's Quality Brands et que M. Robert Gerber, un vieil ami de fac de M. Beadsman – ils se sont connus à Amherst d'ailleurs, en 61 – et aussi son ennemi juré sur le marché, était fou d'elle, il y avait même eu des rumeurs comme quoi il allait divorcer de sa splendide épouse brésilienne Paquita pour consacrer tout son temps à courtiser Nancy Malig, mais M. Beads-man a réussi, grâce à des manœuvres toujours obscures à ce jour, à la lui subtiliser et à l'installer chez lui, pour un salaire exorbitant, avec comme rôle officiel de s'occuper de Clarice, John et Lenore. »

« Quel rapport avec les jambes ? »

« Ce qui s'est passé, c'est que l'embauche de Nancy Malig – avec qui soit dit en passant M. Beadsman s'est engagé sans aucun doute dans une aventure sexuelle débridée qui pourrait bien se poursuivre encore aujourd'hui – et la mise à l'écart au moins partielle de ses enfants que représentait et entraînait cette embauche ont plongé Mme Beadsman, qui avait un penchant naturel à la mélancolie, dans une intense tristesse. Et cette intense tristesse a eu des répercussions néfastes sur sa santé, sur le plan émotionnel tant que physique. Et donc M. Beadsman, sous le charme évident de Mlle Malig et sous l'effet de sa tendance innée à être très bizarre quand il s'agit de ses enfants, et obsédé par l'avenir de la famille, et de Stonecipheco, même s'il n'en était encore que vice-président étant donné que son père ne s'était pas encore tué dans un accident de Jell-O, et toujours déterminé à soumettre ses enfants à toutes sortes de tests standardisés, scolaires comme psychologiques, pour commencer à choisir celui qui un jour recevrait tous les pouvoirs, a eu la conviction que la seule présence de Mme Beadsman était dommageable pour les enfants, par conséquent pour la famille, et par conséquent pour la Société, et il a mis tous les moyens en œuvre pour éloigner les enfants de leur mère, moyens consistant à, *a*, agrandir les trois chambres des enfants et les fusionner dans une combinaison inexpugnable de garderie, salle de jeux, chambre et salle à manger fermée par un gros verrou métallique, équipée de ses propres toilettes et d'un monte-plats relié à la cuisine et ainsi de suite, une manœuvre qui comme prévu isola les enfants et Mlle Malig dans une des ailes de la maison Beadsman à Shaker Heights, l'aile est, une extension de la maison, presque une tour, avec un joli treillage blanc drapé du grenat de la vigne vierge qui courait sur le mur jusqu'aux fenêtres, une aile que j'ai déjà vue de mes yeux, étant donné sa description. De la sorte, les enfants, sous l'œil malveillant de Mlle Malig, restaient à l'écart du reste de la maison où errait Mme Beadsman dans une robe blanche et flottante en coton, à un degré avancé de perdition, souvent en compagnie de Mme Lenore Beadsman, la grand-mère de M. Beadsman, qui mettait un point d'honneur à ne pas déserter ses études et les énormes volumes ineptes auxquels elle avait été exposée durant ses années de fac – d'ailleurs elle n'avait jamais quitté sa condition d'étudiante – et qui faisait tout pour ne pas déserter ses études jusqu'au jour où la détresse de la mère séparée de ses enfants est devenue impossible à ignorer et où la vieille Lenore a commencé a percevoir le caractère nuisible de la liaison Stonecipher-Malig, et où elle s'est mise à errer dans la maison avec Mme Beadsman, Patrice, en robe blanche flottante elle aussi, pour essayer d'aider Patrice à trouver un moyen d'entrer voir ses enfants. »

« … »

« Elles ont donc erré toutes les deux jusqu'au jour où M. Beadsman est passé à l'étape *b*, qui a consisté à décréter que Patrice allait devenir une joueuse de bridge de niveau international – c'était une joueuse assez fantastique, à la fac – de manière à l'expulser de la maison et à empêcher qu'elle approche des enfants, de lui et de Mlle Malig. Il s'est arrangé pour faire construire un bungalow spécial derrière la maison, où Patrice irait habiter grosso modo et passerait son temps à s'entraîner au bridge, il l'a inscrite à toutes sortes de tournois internationaux et il lui a trouvé un entraîneur et partenaire, Blanchard Foamwhistle, bridgeur professionnel et, c'est intéressant de le noter, père de l'homme qui est aujourd'hui secrétaire de direction chez Stonecipheco. Foamwhistle recevait un salaire mirobolant pour rester des jours entiers enfermé dans le bungalow avec Patrice, officiellement pour lui faire travailler la théorie et la stratégie du bridge, et sans tarder Patrice est à nouveau tombée enceinte, mais je ne peux pas certifier qui de Foamwhistle ou de M. Beadsman était le père, même si M. Beadsman n'a jamais laissé transparaître le moindre soupçon qu'il pouvait se tramer quelque chose de sexuel dans le bungalow, et de toute manière il a annoncé son intention de nommer le bébé – qui serait, assurait-il, un garçon – Stonecipher, et il a ordonné à Mlle Malig de dresser un berceau de plus dans la forteresse imprenable de l'aile est. »

« Avoue, c'est des conneries que tu viens d'inventer. »

« Tu veux que je réponde à ta question ou pas ? »

« Je crois. »

« Eh ben c'est ce que j'essaie de faire. »

« ... »

« Et c'est comme ça que la grossesse de Mme Beadsman, avec les désagréments hormonaux et plus généralement chimiques de rigueur, auxquels s'ajoutent sa tristesse et sa désorientation originelles, auxquelles s'ajoute la mise au ban de ses enfants, embarqués dans l'aile est dès leur retour de l'école pendant que Foamwhistle, suivant à la lettre les ordres de M. Beadsman, garde du mieux qu'il peut Patrice enfermée dans le bungalow, à quoi s'ajoute le futur et inévitable éloignement du bébé quand il sera né, tout concourt à rendre Mme Beadsman, de manière tout à fait naturelle, encore plus malheureuse, désespérée, perdue, et dans l'ensemble pas au mieux de sa forme sur le plan émotionnel. Et tout ça a des conséquences absolument désastreuses sur son bridge, un jeu qui, tu le sais peut-être ou peut-être pas, requiert un esprit clair et concentré, des nerfs d'acier et la maîtrise de ses émotions, et Patrice et Foamwhistle échouent au premier tour de tous les tournois où ils sont inscrits, malgré le fait que Foamwhistle soit reconnu comme étant l'un des meilleurs bridgeurs mondiaux, ce qui te donne une idée de l'état pitoyable du jeu de Patrice, et bientôt ils n'arrivent même plus à se qualifier pour des tournois de niveau international parce que chaque fois ils se font démolir, mais Stonecipher Beadsman s'acharne à soudoyer et menacer les officiels de divers tournois pour qu'ils continuent à accepter la participation de Patrice et Foamwhistle, ce que Patrice, déjà au bout du rouleau, trouve atrocement gênant, et du coup elle s'enfonce encore plus, et ainsi de suite. »

« ... »

« L'histoire continue comme ça jusqu'au huitième ou neuvième mois de la grossesse de Patrice, quand elle et Foamwhistle finissent par se faire annihiler au tour qualificatif d'un tournoi mineur à Dayton par deux prodiges de huit ans en casquettes à hélice assorties qui ne les laissent même pas placer un coup, autant dire qu'ils se font sérieusement botter le cul et Patrice rentre à la maison, enceinte jusqu'aux yeux, lessivée et humiliée au plus profond d'elle-même, et à peine arrivée elle court à l'aile est, monte l'escalier en colimaçon et martèle la porte en métal du pavillon imprenable, elle supplie qu'on la laisse entrer et apparemment, de l'autre côté, la petite Lenore frappe quelques coups en réponse, mais Stonecipher Beadsman apparaît à la porte et déclare que dans son état Patrice ne pourrait avoir qu'un effet néfaste sur les enfants, qui sont en train d'être soumis par Mlle Malig à une batterie de tests psychologiques complexes visant à déterminer lequel sera le plus apte à assumer un jour la direction de Stonecipheco, et Stonecipher dit que les tests en sont à leur phase la plus critique, il exige que Patrice retourne s'entraîner au bungalow avec Foamwhistle et il ordonne à Foamwhistle de la garder enfermée du mieux qu'il peut, et donc elle repart s'installer au bungalow avec une table, des jeux de cartes, et bien sûr Foamwhistle.

«À ce moment-là, sous le regard consterné et apitoyé de Foamwhistle, Patrice commence à se frapper la tête contre le coin de la table de jeu en hurlant que si elle ne peut pas voir ses enfants autant mourir, elle est au plus mal, en pleine crise d'hystérie, et Foamwhistle sent son cœur se briser – à ce point il devient difficile de douter de l'existence d'une relation émotionnelle ambiguë entre Patrice et Foawhistle – et son cœur se brise et il décide de faire tout son possible pour aider Patrice à voir ses enfants, ne serait-ce qu'un instant, et il lui demande ce qu'il peut faire pour elle. Patrice le regarde avec des yeux de biche éperdus de gratitude et de confiance et elle lui dit qu'elle y a réfléchi, que s'il peut se débrouiller pour ouvrir une des fenêtres de la forteresse de l'aile est, elle pourra escalader le treillage blanc qui court sur le mur et passer à l'intérieur, voir ses enfants, les toucher, juste un tout petit moment, avant que quelqu'un puisse l'arrêter. Une très mauvaise idée pour une femme enceinte de neuf mois et, tu dois commencer à le sentir, une idée qui n'augure rien de bon. Mais Foamwhistle, affecté en ricochet par la détresse de Patrice, accepte au mépris du bon sens. Il attend donc que les enfants fassent la sieste, va à la crèche fortifiée et crie à Mlle Malig au travers de la porte que Patrice dort aussi et qu'il veut lui donner un cours de bridge, à Mlle Malig, et peut-être batifoler un peu – qui sait quelles étaient les pratiques de l'époque –, et Mlle Malig le laisse entrer et à un moment, profitant de ce qu'elle détourne l'attention, Foamwhistle file à la fenêtre, la déverrouille, l'entrouvre – on est en mai, au passage, en mai 72, pile au moment où j'emménageais à Scarsdale – et s'arrange pour glisser une carte – la reine de pique – dans l'ouverture à peine visible de la fenêtre, le signal convenu avec Patrice que tout est prêt, et la carte volette dans la douceur de l'air du mois de mai jusqu'à Patrice, dans sa robe blanche au pied du treillage. »

« Tu te fous de ma gueule là, R.V. ? Sérieusement. »

« Je sens que tu commences à t'impatienter, donc pour faire court je vais te dire que Patrice essaie d'escalader le treillage et que, quand elle arrive à la fenêtre, le poids de son ventre arrache du mur le treillis trop faible et instable, et le treillis casse et, dans un hurlement, Patrice dégringole de toute cette hauteur sur le sol, elle se réceptionne sur le ventre et expulse spontanément LaVache, c'est-à-dire Stonecipher, qui atterrit quelques mètres plus loin dans un parterre de fleurs, une jambe en moins, la fameuse jambe, arrachée au moment de son éjection hors des entrailles de Patrice, et l'enfant comme la mère sont grièvement et salement blessés, mais Foamwhistle entend le cri de Patrice, court à la fenêtre, regarde et se mord le poing de douleur avant de refermer la fenêtre, d'appeler des secours et de courir au jardin pour lui administrer les premiers soins, et Patrice et LaVache sont conduits à l'hôpital en quatrième vitesse et survivent tous les deux, mais maintenant Patrice ne sortira plus jamais de ses problèmes émotionnels, elle n'a plus sa tête pour être précis, elle doit être internée et depuis ce jour elle passe son temps entre deux institutions spécialisées, d'ailleurs elle se trouve actuellement dans l'une d'elles, au Wisconsin. »

« Merde brûlante. »

« Et donc, voilà qui explique pourquoi LaVache n'a qu'une jambe. »

« Putain de merde. »

« Une fois Patrice psychologiquement sur la touche – un sujet qui suscitait peu de culpabilité chez Stonecipher père puisque ça faisait déjà un moment qu'il considérait que Patrice avait pété un plomb, probablement l'effet du charme érotique jeté par Mlle Malig – et physiquement hors de la maison, a priori pour de bon, l'isolement des enfants diminue peu à peu et, entre deux tests, Mlle Malig finit par les laisser vivre des vies d'enfant semi-normales, ligue junior de baseball, brownies, soirées-pyjamas, etc., mais de toute façon les dégâts avaient été faits, à la famille dans son ensemble comme à ses membres. »

« Sans parler de la jambe de ce pauvre petit couillon satanique. »

« Tout à fait. »

« Christ à moto. »

« Gwompf. »

« ... »

« C'est Lenore qui t'a raconté tout ça ? »

« Je crois qu'on approche. Je perçois la proximité de Cleveland. Tu sens cette odeur ? Comme quand tu enlèves le couvercle d'un pot de quelque chose qui est resté un tout petit peu trop longtemps au frigo ? »

« Je peux pas dire, R.V., tout ce que je sens, c'est la bière et les pastilles à la menthe. »

« Je dois juste être super sensible à l'odeur de Cleveland. J'ai un odorat monstrueusement développé. »

« ... »

« Mais pas autant que certaines personnes que je pourrais citer. »

« Alors, qu'est-ce que vous avez publié ? Y a une chance pour que j'aie lu un livre que vous avez sorti ? »

« Pas de doute, on arrive. Tu vois tous les poissons morts ? Leur densité augmente à mesure qu'on se rapproche du rivage. On dirait bien que je vais encore échapper à une mort affreuse noyé dans la vase. »

« On dirait bien. »

« ... »

« Et donc tu penses que je vais pouvoir trouver une piaule dans la maison où habite Lenore ? »

« J'en suis pratiquement sûr. La jeune fille qui vit en dessous de chez elle et de sa colocataire, Mlle Mandible, ne pourra pas occuper sa chambre pendant au moins trois mois, garanti. Et je parie que Mme Tissaw aura très envie d'assurer l'occupation des lieux, et donc le paiement du loyer, pendant cette période. »

« Comment tu peux être si sûr que la petite jeune fille ne sera pas là pendant trois mois ? »

« Elle travaille pour la sœur de Lenore, Clarice, qui possède une chaîne de salons de bronzage dans la région. Il y a eu un accident atroce. La fille s'en sortira, mais elle va devoir rester hospitalisée trois mois, traitée à la Noxzema. »

« Tu veux dire que… ? »

« Oui. Accident de bronzage. »

« Sale nouvelle. »

« Oui. Mais ça te fait un appartement pas cher. Et je ne vois pas comment ta mission pourrait durer plus de trois mois, sauf désastre total. »

« Ça me va. »

« Écoute, Andrew, je peux te poser une question ? »

« Vas-y. »

« Est-ce que Mindy va venir te rejoindre ? Tu lui as parlé des derniers développements – elle sait où tu vas, n'est-ce pas ? Où tu en es, exactement, avec Mindy ? »

« Ouvre grand tes oreilles, R.V. C'est comme je t'ai dit, j'ai senti que j'avais besoin de foutre le camp un moment. Respirer un air qui n'a pas été respiré par Melinda-Sue. On s'est un peu chamaillés avant que je prenne la bagnole pour aller à la fac, je te le cache pas. Mais s'pas tout. Pour moi, le problème, c'est que depuis quelque temps ça manque de merveilleux entre nous. »

« … »

« Donc là ça reste en suspens. »

« … »

« Et non, je ne l'ai pas tout à fait appelée quand on était à la fac, je ne lui ai pas dit que je vous avais rencontrés et que j'allais venir travailler ici. Mais elle le découvrira quand elle le voudra. J'ai dû laisser ma voiture chez Zandagnio, c'était mon entraîneur de crosse et un genre de mentor, pendant mes études, et je lui ai tout raconté. Melinda-Sue sait que si quelqu'un sait où j'ai pu aller, c'est le vieux Stenetore, elle le connaît, il était là quand on s'est mariés après qu'elle a eu son diplôme; il nous avait offert une saucière.»

«Tu jouais à la crosse à Amherst?»

«J'étais un dingue de crosse.»

«Je me suis toujours dit que c'était un sport de sauvages.»

«Un sport absolument mortel. Il tue, ce sport.»

«Je vois.»

«...»

«Lenore, chérie, tu es réveillée?»

«Gwompf.»

«Elle plaisante pas quand elle dort.»

«Wang-Dang, je peux te parler franchement?»

«Vas-y, R.V., m'épargne pas.»

«Je suis passionnément, sauvagement et totalement amoureux de Lenore. Je ne suis pas tout à fait aussi fiancé à elle que ce que j'ai pu te laisser entendre par inadvertance au Flange, mais elle est à moi. On m'a dit que j'avais un petit problème de jalousie. Quand j'ai engagé les modalités de ta résidence temporaire dans le même bâtiment que Lenore, en fait, pour être honnête, quand je t'ai invité à entrer temporairement dans nos vies et à travailler pour Frequent & Vigorous, c'était parce que je postulais que tu étais engagé avec Mindy Metalman et attaché à elle, une femme qui est pour moi, je te le dis en toute candeur, le genre de femme qui empêcherait tout homme, moi par exemple, d'éprouver le moindre intérêt pour n'importe quelle femelle en ce monde. Tu me suis?»

«Continue.»

«Bien, parce que je vais accélérer et te dire que, à la lumière de ce que je sais maintenant, connaissant ce qui semble être un détachement au moins partiel et momentané de ta femme, Mindy, un passé qui comporte une relation avec Lenore, peu importent les circonstances, plus ancienne que la mienne, et la preuve au moins verbale d'une activité hormonale chez toi, je sens que je ne pourrai être à l'aise que dans le contexte d'une acceptation explicite de ta part du fait que Lenore est à moi, donc accès interdit, que tu dois me considérer comme une sorte de frère ou d'oncle, ce que tu veux, et que donc tu dois voir Lenore comme une sorte de sœur, ou de tante, avec qui toute tentative d'établir des liens sentimentaux est par essence impensable. »

« ... »

« Voilà. »

« Je veux bien être damné si j'ai déjà entendu un petit coq chanter plus clairement. »

« ... »

« Je te mentirais si je disais que ça ne me blesse pas un peu que tu puisses croire que je ferais ça à un frère Psi Phi, à un oncle d'Amherst. Mais si ça peut te tranquilliser... T'es pas tranquille, là, si ? »

« On peut arranger ça sans difficultés. Tu peux. »

« D'accord, alors laisse-moi te dire que je te donne ma parole d'honneur d'ancien élève de la meilleure classe préparatoire du pays que je ne nourrirai à l'égard de ta compagne que les pensées les plus honorables. »

« Je suis bien trop conscient que c'est stupide, mais est-ce que tu pourrais me promettre que tu ne me l'enlèveras pas ? »

« R.V., je te promets que je ne te l'enlèverai pas. »

« Merci. Bon. Ça, c'est fait. »

« Tu te sens bien ? T'as le front trempé. Tu veux que je te passe mon mouchoir ? »

« Non, merci. J'en ai un. »

« Messieurs, le commandant vous demande de bien vouloir attacher vos ceintures en prévision de l'atterrissage. »

« J'ai les oreilles qui bourdonnent, c'est horrible. »

« Vous voudriez pas par hasard me donner un coup de main avec cette ceinture, m'dame ? »

« Pavas mavoyaven – pavilote. »

« … »

« Gwompf. »

« Lenore. »

« Gwompf. Quoi ? »

« Damné si vous dormiriez pas en pleine tempête, Lenore. »

« Il est quelle heure ? »

« Apparemment on va bientôt atterrir. »

« Bon sang je suis fatiguée. »

« Fait de beaux rêves ? »

« Je suis pas sûre. J'ai un goût d'étable dans la bouche. Je tuerais pour une douche. »

« Prends un chewing-gum. »

« Vous voulez essayer une chique ? »

« Pour rien au monde. »

« Lenore, c'est l'enfer pour mes oreilles. »

« Pauvre Rick. Comment est-ce que je peux t'aider ? »

« Peut-être avec un petit massage des tempes… »

« Attendez, j'écarte ma vieille carcasse du passage, voilà… »

/b/

Le temps que Rick dépose Lenore et Wang-Dang près de chez Mme Tissaw, il était presque quatre heures et il s'était mis à bruiner, de sorte que même s'il ne faisait pas très froid Lenore voyait l'air qui sortait de sa bouche et de celle de Lang. Rick fila régler quelques affaires chez Frequent & Vigorous mais promit, lorsqu'il les déposa à quelques centaines de mètres de la grande maison grise du dentiste, de revenir aussi vite que possible pour les emmener dîner.

« Super », dit Lenore.

« Excellent », dit Lang.

La raison pour laquelle Rick avait dû laisser Lenore et Lang à proximité, et non au pied, de la maison des Tissaw était que la rue était bloquée par des voitures et surtout par des camionnettes. La plupart des camionnettes étaient blanches, ornées des lettres P.W.G., en rouge, sur les flancs. Lenore n'avait jamais vu autant de monde dans cette rue.

« J'ai jamais vu autant de monde dans cette rue », dit Lenore.

« À votre avis, ils sont venus pour sous-louer la piaule de Misty Schwartz ? » demanda Lang.

« Aucune chance. »

« Alors il doit y avoir une sacrée fête dans le coin », dit Lang.

« Un mardi après-midi ? »

« J'aime déjà ce quartier. »

Alors qu'ils remontaient le trottoir, Lenore vit que la porte était maintenue entrouverte par un réseau d'épais câbles noirs qui sortaient de l'arrière de deux camionnettes blanches P.W.G. – camionnettes garées à moitié sur la pelouse des Tissaw – et disparaissaient dans la maison. Soudain Lenore entendit la voix reconnaissable entre mille de Candy Mandible lui crier quelque chose depuis leur fenêtre au troisième étage, une fenêtre étrangement éclairée et entourée d'un halo arc-en-ciel en forme de donut dans l'air frais et humide, puis quand elle arriva sous le porche elle entendit Candy descendre en courant l'escalier intérieur pour la rejoindre à la porte.

« Lenore je te jure que tu vas pas le croire », dit Candy.

« Mais qu'est-ce qui se passe ici ? demanda Lenore avec un coup d'œil aux alentours. On a un problème de plomberie ? »

« Pas du tout, viens voir, c'est Vlad l'Empaleur », dit Candy qui commençait à tirer Lenore dans l'escalier où couraient et se perdaient les câbles. Candy portait la robe violette.

« Hé, bonjour, vous », dit Lang à Candy. Il souleva les valises.

« Salut, fit Candy sans lui accorder un regard. Allez, Lenore, viens. Tu vas halluciner. »

« Qu'est-ce qu'il a à voir avec toutes ces voitures, ces lettres et ces câbles, Vlad l'Empaleur ? »

« Mme Tissaw l'a entendu dire des choses, aucune idée de ce que c'était, et elle est devenue tarée. » Une bretelle de la robe violette avait glissé de l'épaule de Candy. Lang souleva à nouveau les valises. « Elle va le faire passer à la télé. Bon, la télé religieuse, sur le câble. Mais la télé quand même. »

« La télé ? »

« Vlad l'Empaleur ? » dit Wang-Dang Lang.

« Mon oiseau, dit Lenore. Qui d'un coup s'est mis à dire des trucs bizarres et obscènes. » Elle se tourna vers Candy. « Qui l'a autorisée à le faire passer à la télé ? »

« Elle a dit que ça compenserait les dépenses pour le mur grignoté et les crottes par terre, elle sait que tu pourrais pas payer parce qu'elle a parlé à Prietht au standard et que Prietht a été assez charitable pour lui dire que t'es fauchée... » Candy s'interrompit et regarda en direction de l'étage. Il y avait du bruit au troisième. Beaucoup de bruit. « Mais attends, dit-elle, ils disent qu'ils vont le changer en *star*. Littéralement. »

« Littéralement ? Une star ? Une star de quoi ? »

« *Allez.* »

Lenore se laissa tirer. Lang suivit les filles dans l'escalier, sans lâcher leurs fesses des yeux.

/c/

« Mes frères, en tant que membres bienfaiteurs du Partners With God Club du révérend Hart Lee Sykes, attendez-vous à ce que le Tout-Puissant fasse son entrée dans vos vies d'ici à vingt-quatre heures ou moins », disait Vlad l'Empaleur, son regard vide plongé dans un luxueux et inhabituel miroir immaculé et entouré de minuscules ampoules. La chambre de Lenore était remplie de caméras de télévision, de projecteurs imposants et d'une lumière éblouissante. La température avoisinait les quarante degrés. Partout de gros câbles noirs, des panneaux sur lesquels clignotaient des lumières colorées, des lunettes de soleil. Le fauteuil en velours marron, la chaise aux pieds inégaux, le lit et tous les coussins en velours noir sur le rebord de la fenêtre étaient occupés par des gens qui tenaient des pièces d'équipement électrique ou d'épaisses liasses de papiers, fumaient et laissaient tomber leurs cendres sur le sol. Dans sa cage, Vlad l'Empaleur, ses énormes pattes agrippées aux accoudoirs d'un fauteuil de réalisateur miniature, léchait circonspect la surface brûlante de son miroir illuminé. L'énorme boîtier noir d'une caméra, avec un petit voyant rouge sur le dessus, était pointé sur lui. Lenore crut voir une minuscule paire de lunettes de soleil relevée sur la crête rose de l'oiseau. Le vieux miroir terni de Vlad l'Empaleur avait disparu, ainsi que sa chaîne en trombones Frequent & Vigorous.

« Sainte pute », dit Lenore.

« Tu vas pas croire ce qui s'est passé », fit Candy.

« Elle est canon, votre robe, m'dame, dit Lang à Candy. Moi, c'est A.S. Lang. »

« Parfait ! *Parfait !* » Des cris leur parvinrent, ceux d'un gros bonhomme en body suit de cuir blanc avec une gigantesque ruche de cheveux noirs et plusieurs mentons. Sur sa poitrine, des sequins rouges formaient les lettres P.W.G.

« Génial ! J'adore cet oiseau ! » criait l'homme.

« Coupez ! » cria quelqu'un d'autre, vers le milieu du groupe qui se tenait près des fenêtres. Les fenêtres étaient opaques à cause de la buée.

« Je veux bien qu'on me casse les bras si c'est pas Hart Lee Sykes en personne », dit Wang-Dang Lang qui fixait l'homme en cuir blanc.

« Qui ça ? » dit Lenore.

« C'est lui, c'est Hart Lee Sykes », dit Candy. Elle s'approcha de l'oreille de Lenore pour se faire entendre. « C'est un grand ponte de CBN, la chaîne chrétienne. Il présentait une émission,

Real People and Animals of Profound Religious Significance, un genre de dérivé religieux de *Real People*. Mais maintenant il est sur le câble et il présente un truc qui cartonne, le *Partners With God Club.* »

« Il est vachement bien », dit Lang à Lenore tout en déposant les valises sur un tas de gobelets en polystyrène, de paquets de gâteaux et de mégots. « Mon papa regarde toujours son émission. Il dit que c'est le top en matière de spiritualité. »

« Vous êtes qui, vous ? » demanda Candy à Lang.

« Je te présente Andrew Sealander Lang, dit Lenore, c'est un ami de Rick qui va travailler un petit moment pour F & V. Je dois faire en sorte que Mme Tissaw accepte de lui louer la chambre de Misty pendant qu'elle est à l'hôpital. »

« Et j'espère que je suis aussi votre ami à vous, maintenant, mesdemoiselles, dit Lang. Je – »

« Met à l'envers ! Un chameau ! Cet oiseau a été touché par Auden ! » strida Vlad l'Empaleur. Un preneur de son poussa un cri et arracha ses écouteurs.

« Non, non, *non* ! s'exclama Hart Lee Sykes, tapant le sol d'une botte de cowboy à bout pointu. Ensuite il doit dire "Tous vos dons sont déductibles de vos impôts." Cindy, chérie… où est Cindy ? » Hart Lee Sykes repéra Candy, près de la porte avec Lenore et Lang, et se fraya un chemin au milieu des têtes qui se tournaient vers eux. Lenore commença à se glisser vers la porte. Sykes les surpassait tous en taille, même Lang. Il dit à Candy, « Cindy, chérie, tout ce que tu es censée faire, c'est t'assurer que notre petite incarnation miraculeuse se tienne bien. Alors si tu veux bien – »

« Révérend Sykes, je vous présente Lenore Beadsman, la propriétaire de Vlad », fit Candy, arrêtant net la fuite de Lenore d'une main d'acier posée au creux de son dos.

Le révérend se figea, pivota vers Lenore et parut à deux doigts de s'incliner devant elle. « Mademoiselle Beadsman, vous voici enfin. La propriétaire, si tant est qu'un homme puisse être considéré comme le propriétaire de cet animal – est-ce que je dois vraiment dire animal ? – touché par le Seigneur et guidé par Sa main jusqu'à Son humble serviteur, moi. » La voix de Sykes s'était hissée du chuchotement au cri. Un murmure parcourut la chambre, émanant des gens qui compulsaient les textes ou vérifiaient l'équipement.

« Seigneur, c'était génial au lit ! » grinça Vlad l'Empaleur.

« C'est un plaisir de vous rencontrer, je vous remercie du plus pro*fond* du cœur de nous accepter dans votre chambre et en la présence d'un animal d'une importance théologique capitale, disait Sykes à Lenore sans faire attention à la main tendue de Lang. Notre amie Mme Tilsit m'a parlé de vous et de votre profonde relation avec votre profond animal. »

« Tissaw », dit Candy Mandible.

« Tissaw, sourit Sykes. Un oiseau au travers duquel j'ai entendu la voix du Seigneur réclamer qu'Elle soit révélée au peuple américain et que Son médium soit, à mon honneur le plus humble et le plus profond, moi. »

« Hmmm », dit Lenore.

« Lenore, Lenore, jacassait Vlad l'Empaleur. Me fait jouir. J'ai besoin d'espace, je suis une personne. On se débarrasse de ce miroir dégoûtant et pas du tout professionnel. Tu seras une étoile au firmament électronique de la théologie évangélique américaine ! Comme *La Toile de Charlotte* ! »

« Mince, c'est encore pire qu'avant », dit Lenore à Candy.

« Pire ? s'étouffa Hart Lee Sykes. Pire ? La petite dame plaisante, mes amis. Mademoiselle, vous devez savoir que votre compagnon à plumes a été touché par la main du Seigneur Lui-même. »

« Je parie qu'il l'a mordue », grommela Lenore.

« Mmm-hmmm », bougonnèrent les techniciens.

« … qu'il représente une avancée théologique de tout premier ordre, une manifestation de l'intervention terrestre et de l'influence du Tout-Puissant comparable en portée au sapin pleureur d'Yrzc, en Pologne, ou aux puits d'asphalte cruciformes de Sierra Leone. Et elle nous dit que c'est pire ? »

Les techniciens se marrèrent.

« Hart Lee, bébé », susurra Vlad l'Empaleur.

« Vous vivez ici aussi ? » murmura Lang à Candy.

« Chht », souffla Candy. Lang sourit, porta un doigt à ses lèvres et acquiesça du chef.

« C'est Mme Tissaw qui vous a dit de faire passer Vlad l'Empaleur à la télé chrétienne ? » disait Lenore au révérend Sykes. Vlad l'Empaleur faisait ses besoins sur son petit fauteuil de réalisateur.

« Ma jeune amie, l'ordre de révéler cette créature à une populace américaine réclamant réaffirmation et orientation divine émane de beaucoup, *beaucoup* plus haut que Mme Tyson, ou vous, ou moi ! » hurla Sykes, perché sur la pointe de ses bottes pointues.

Lenore fixait Sykes. « Pas mon *père* quand même. »

« Parfaitement, ma jeune amie. Notre *Père* à tous ! » Sykes jeta un regard circulaire. « J'ai reçu la mission pour laquelle prient tous les humbles serviteurs du Seigneur, tout au long de leurs misérables vies. Merci. Merci. » Sykes s'avança pour baiser la main de Lenore.

« C'est *Tissaw* », fit Candy vertement. Sykes lui fit des yeux de poisson mort.

« Moi, c'est Andrew Sealander Lang, padre », dit Lang à Sykes alors qu'il subtilisait à Lenore la main grassouillette et la serrait. « Un proche de Mlle Beadsman et un grand admirateur de son oiseau, et aussi de votre émission, monsieur. »

Le révérend serra la main de Lang sans lui accorder un regard. Il restait accroché aux yeux de Lenore. Lenore sentait son haleine. « Mademoiselle Beadsman, vous avez la possibilité de nous aider à transmettre au peuple américain et au monde entier le véritable message contemporain du Seigneur via le véhicule qu'Il a choisi. »

« Écoutez, je suis désolée mais je ne comprends pas un mot de ce que vous dites, répondit Lenore. Je peux vous expliquer pourquoi Vlad parle, c'est assez dérangeant et ça ne – »

« Le seul problème vaguement problématique est que les voies que le Seigneur emprunte au travers de cet animal sont si impénétrables que cette petite chose miraculeuse ne dit pas ce qui doit être dit et pas aussi vite qu'elle le pourrait, étant donné les dépenses engagées pour la transmission du message du Seigneur, dit le révérend. L'oiseau dans sa composante profane semble être, de manière fort compréhensible, tellement submergé par l'extase de la présence verbale du Seigneur en lui qu'il outrepasse ce qu'il est nécessaire et convenable de dire, vu l'importance de sa mission. »

« Ce petit salopard m'a l'air d'être en parfaite santé », dit Vlad l'Empaleur tout en croquant une graine de tournesol.

« Qu'est-ce que je vous disais ? dit le révérend à Lenore d'un ton grave. Mais vous, vous avez la possibilité d'aider l'oiseau à délivrer le message voulu et attendu. Et dans celui-ci, sa réplique suivante est "Tous vos dons sont déductibles de vos impôts." » Le sourire du révérend s'étira jusqu'à presque toucher ses oreilles. « Si vous pouviez employer votre position privilégiée pour lui rappeler l'importance capitale de sa mission et pour l'inviter à prononcer le texte que notre Père lui ordonne à travers moi de prononcer, et aussi peut-être pour faire en sorte qu'il arrête de mordre le maquilleur… » Sykes désigna un homme pâlot avec une main enveloppée dans un bandage.

« Je ne comprends toujours rien », fit Lenore.

« Révérend, est-ce que je peux me permettre ? » dit Candy qui essayait d'ignorer ce que Lang lui chuchotait à l'oreille.

« Je vous en prie. » Sykes croisa les bras et tapa sur le sol une botte à bout pointu. Le réalisateur regardait sa montre.

« Je crois que Mme Tissaw faisait la poussière, dit Candy, y a deux jours, le jour où t'es allée directement chez Clarice après le boulot, et ensuite chez Rick je suppose, vu que dans tous les cas t'étais pas ici, et j'étais sortie moi aussi, parce que ça y est Nick Allied et moi on… »

« Hum », fit le révérend.

« Bref, dit Candy, Mme Tissaw était ici et elle a entendu ce petit… l'oiseau, et je pense qu'il devait être en train de dire des trucs religieux… »

« De la plus profonde importance », ajouta Sykes.

« … et elle a fondu une durite sous le coup de l'excitation, alors elle a appelé *Real People* pour qu'ils viennent voir ça parce que apparemment il avait crié quelque chose à propos de *Real People*… »

« Et tu sais très bien pourquoi il disait ça », dit Lenore.

« Ce soir nous le savons *tous* », dit Sykes avec un hochement de tête solennel. Un bruit approbateur monta du nuage de fumée de cigarette au-dessus des têtes des techniciens.

Candy roula des yeux. « Et les gens de *Real People* ont dû trouver que les mélanges bizarres de trucs bibliques et obscènes, c'était pas leur tasse de thé, mais le responsable a dit au mec au téléphone de lui dire d'appeler CBN… »

« C'est-à-dire moi, bien entendu », dit Sykes.

« Ce qu'elle a fait, et ils ont dépêché quelqu'un de l'équipe du révérend, dit Candy. Ça, c'était hier, toi t'étais pas en ville et le bureau de ton père a dit que ton frère n'avait pas le téléphone et que t'étais injoignable. »

« LaVache et son ganglion débile », marmonna Lenore.

« Mais bon, le type est venu jeter un œil et Vlad devait être dans une forme olympique. »

« Comme il était prévu qu'il soit, depuis le début », dit le révérend.

« Et donc le type du Partners With God Club l'a vu, il a dû faire un saut périlleux dans sa tête et il est allé téléphoner entre deux convulsions avec Mme Tissaw qui se tordait les mains de joie derrière lui. »

« N'en rajoutez pas, Cindy », dit Sykes avec un regard

contrarié en direction de Lang qui était à côté de la cage et donnait de petits coups entre les barreaux à Vlad l'Empaleur avec un morceau de gobelet, sous l'œil torve de l'oiseau.

« D'abord le type a essayé de m'appeler, au boulot, pour me demander de t'appeler – une attention surprenante de la part de Mme Tissaw – mais il n'y est jamais arrivé parce que les lignes de téléphone se barrent de plus en plus en… »

« Hum », dit Sykes.

« Mais de toute façon si t'étais pas joignable j'aurais pas pu te joindre, mais ils ont quand même essayé et puis après forcément le type a appelé le QG du Partners With God Club, il a plus ou moins tout raconté au père Sykes et ils ont dû décider que notre bon vieux Vlad valait beaucoup mieux que *Real Religious People* ou je sais pas quoi, et le révérend est venu dare-dare d'Atlanta… »

« Ce qui s'est passé ensuite, vous pouvez le deviner à ce que vous voyez et sentez ici ce soir, dit Sykes. Et maintenant, si vous pouviez expliquer à l'oiseau ce qu'il est censé dire, nous pourrions – »

« Donc j'ai un mot à dire à Mme Tissaw, fit Lenore. Parce que si elle pense qu'elle peut foutre un oiseau drogué à la télé sans que – »

« Drogué par l'urgence du message du Seigneur Tout-Puissant Lui-même ! » se récria Sykes. Lang glapit soudain quand Vlad manqua lui trancher le doigt. Le preneur de son se précipita pour l'éloigner de là.

« La grande question, c'est, où est Mme Tissaw », dit Lenore. « Je pourrais prendre une douche vite fait, aller la voir, on s'assiérait pour discuter et – »

« Mme Tissaw est sortie faire du shopping », rayonnait Sykes.

« L'agent du père Sykes lui a donné un paquet d'argent hallucinant, un genre d'avance », dit Candy.

« Nous semons pour mieux récolter, ici en Amérique », dit Sykes, obtenant la plus franche approbation des techniciens.

« Elle est allée s'acheter des vêtements, et des gaines, et se faire faire une coloration, dit Candy. Elle se prépare pour aller à Atlanta avec Vlad l'Empaleur et le révérend. »

« Elle se prépare pour *quoi* ? »

« Cet oiseau va être le premier coanimateur de l'histoire du *Partners With God Club* ! » s'exclama Sykes, un doigt levé au plafond. Lang, de retour à côté de Candy avec un Kleenex enroulé autour de l'index, leva les yeux pour voir ce que le révérend pointait du doigt.

« Semons pour récolter ! » craqueta Vlad l'Empaleur.

« Mme Tissaw a dit qu'elle prenait l'oiseau avec elle pour l'instant, que ça compensait les murs mâchonnés et le sol abîmé par les crottes de Vlad, et que de toute façon t'avais pas les moyens de payer, dit Candy. Donc elle a dit qu'à la place elle prenait l'oiseau avec elle pour l'instant. Son mari la soutient, à mon avis c'est juste pour qu'elle fiche le camp. »

« Cet oiseau appartient maintenant à l'Histoire », dit calmement le révérend.

« Pas sur le plan légal, si vous voulez la jouer désobligeants », dit Candy, un bras autour de Lenore qui continuait à vouloir se faufiler vers la porte.

« Bien sûr, il n'est pas nécessaire que Mme Simpson vienne si vous préférez, et ce serait tout naturel, accompagner vous-même le véhicule désigné dans la nouvelle ère qu'il ouvre à nous », dit Sykes à Lenore.

« Ça veut dire que je vais pas avoir la chambre ? » fit Lang.

« Douche », couina faiblement Lenore à l'oreille de Candy.

« Tous les dons sont déductibles ! Comme ça ! » dit Vlad l'Empaleur.

« Enfin ! » s'écria Sykes. Il fila vers la cage.

« Action ! » cria le réalisateur.

« Pose ta tête endormie, mon amour déductible ! »

« Mademoiselle Beaksman, entendez la mission ! » tempêta Sykes. La caméra zooma et son image emplit l'écran.

Après la chambre, le vestibule était frais et vide. Lenore coinça le bout d'une basket dans l'entrebâillement de la porte de la salle de bains pour l'empêcher de se fermer complètement. Elle fixa les perroquets dessinés sur le rideau de la douche.

« Le premier qui dit un mot, il va pas comprendre ce qui lui arrive. »

13

1990

« T'es contrariée, hein ? »

« Je suis trop fatiguée pour être contrariée. Je sais même pas pourquoi je suis si fatiguée. »

« Comme ton frère. »

« Lequel ? Celui qui est tout le temps défoncé ou l'anorexique qu'on a vu s'enfoncer dans la folie année après année, qui vient de disparaître et qui est peut-être mort pour autant que je le sache ? Tout ce que je veux, là, c'est dormir. Mets ton bras... comme ça. Merci. »

« Je croyais que tu avais dit que le truc avec John, c'est qu'il rechigne tellement à avoir le moindre rapport avec la mort qu'il refuse de manger, vu que toute alimentation suppose la mort de quelque chose. C'est pas de l'anorexie, ça. »

« Si, plus ou moins, quand on y pense. »

« Et qu'il avait une preuve horizontale de l'indiscutabilité de la proposition selon laquelle l'homme ne devrait jamais tuer, pour quelque motif que ce soit. »

« Une preuve transversale. »

« Transversale. »

« Je crois, oui. »

« Et... peut-être qu'il voudrait la faire publier ? »

« Ça m'étonnerait qu'il l'ait écrite : ça impliquerait du papier, donc des arbres, et cetera. »

« Sacré personnage. Une certaine noblesse. »

« Je ne le connais pas vraiment. C'est plus un étranger qui débarque d'Auschwitz pour Noël. Il était très versé dans la religion ces derniers temps, bizarre. Il m'a dit qu'il voulait écrire un livre expliquant que le christianisme est la manière que l'univers a trouvée pour se punir lui-même, que le christianisme est en réalité la promesse d'une récompense irrésistible en échange d'un service irréalisable. »

« Passons sur les problèmes que posera l'écriture de la chose. »

« Je crois que je me fais encore plus de mouron pour John que pour Lenore. »

« En tout cas, je connais un animal à plumes qu'il pourrait manger sans que ça me dérange. »

« C'est même pas un tout petit peu drôle, Rick. »

« Pardon. Mais pour être franc, je pense que ça va te faire du bien de ne plus l'avoir dans les pattes, façon de parler, le temps que ces histoires de maison de retraite et de frère anorexique se règlent. »

« Pauvre Vlad l'Empaleur. Tout ce qu'il demandait, c'était un miroir, un peu de nourriture et une assiette pour faire ses besoins. »

« Une assiette qu'il avait la manie affligeante d'utiliser quand ça lui chantait, n'oublie pas. »

« J'arrive pas à croire que Mme Tissaw m'ait dit qu'il avait fait des milliers de dollars de dégâts dans la chambre. C'est complètement faux. Elle était là, devant moi, et elle me racontait des craques. »

« Elle est en pleine extase religieuse. Les gens en extase religieuse avalent des serpents vivants. Ils font l'amour avec les orbites des cadavres en décomposition. Ils se tartinent de crotte. À côté de ça, un oiseau qui cause des dégâts imaginaires, c'est du pipi de chat. »

« Je crois qu'aucune douche ne m'a jamais fait autant de bien que celle-là. »

« Tu as dû y rester un bon moment, pour qu'ils aient le temps de faire disparaître l'oiseau avant que tu reviennes. »

« Personne n'a fait disparaître personne. Ils l'ont juste flanqué dans une camionnette. Et dans le fond c'est peut-être pas plus mal, ça m'a déchargée du problème. Au moins comme ça, j'ai pas eu besoin de me décider en un clin d'œil, avec tous ces projecteurs pointés sur moi, ça aurait été la crise. »

« Mais tu leur as spécifié que c'était seulement pour un mois. »

« Ils étaient en train de se faire la malle dans leurs camionnettes à la con, avec les antennes, et Candy et moi on leur a couiné que c'était seulement pour trente émissions. J'ai dit à Mme Tissaw que si ça durait plus d'un mois sans que je l'autorise, je ferais appel à la justice. Mais j'ai pas l'impression que ça l'a trop impressionnée. »

« *On* fera appel à la justice, s'il le faut. On pourra se servir du type que F & V garde en réserve. Il peut bien travailler un peu, avec tout l'argent qu'on lui donne. Ou alors je nous prendrai un avocat et je le paierai. Après tout, n'oublie pas que l'oiseau m'appartient légalement. »

« Comment ça ? Tu me l'as offert pour Noël. Tu te souviens pas, je t'ai dit que c'était le cadeau le plus chouette qu'on m'ait offert ? »

« … »

« Et en plus tu détestes Vlad l'Empaleur. Tu rates jamais une occasion de le dire. »

« J'avoue, je regrette de te l'avoir acheté. Mais, légalement, j'ai toujours la facture de chez Cris et Plumes. Et d'ailleurs, si tu te souviens du Noël en question, je t'ai offert ce que tu m'as demandé, mais toi tu ne m'as pas donné ce que *je* t'ai demandé. S'il y avait eu un échange satisfaisant en termes émotionnels, je ne dis pas. Mais là, c'était à sens unique. Je n'ai jamais reçu mon cadeau. Par conséquent, techniquement l'oiseau m'appartient toujours, dans un sens émotionnel slash légal. »

« Tu as dit que tu aimais le béret que je t'ai offert. »

« Mais ce n'est pas ce que j'ai *demandé.* »

« Écoute, on en a déjà discuté. Je t'ai dit qu'il est hors de question que je fasse ça. Si tu avais des sentiments un peu moins glauques pour moi, tu ne voudrais faire que ce que je veux aussi. Et je ne veux *pas* que tu m'attaches, et ne compte pas sur moi pour te fesser avec une pagaie. C'est trop malsain. »

« Tu ne comprends pas. Tout ce qui pourrait être malsain est écarté par la motivation de l'acte, comme j'ai essayé de te le – »

« Attention, Rick, terrain glissant. Changeons de sujet. »

« Si tu m'aimais vraiment, tu le ferais. »

« Je ne vais même pas prendre la peine de relever. »

« Tu m'aimes. »

« On ne va pas le faire. »

« … »

« … »

« Bon, toujours est-il que je mettrai toutes mes ressources émotionnelles, économiques et légales à ton service. Je suis derrière toi de toutes mes forces. Façon de parler. Et ne crois surtout pas que ça a quelque chose à voir avec l'argent. Tu peux garder toutes les royalties que Swaggert t'a promises, même si je pense que tu as un peu exagéré le personnage. »

« Sykes. »

« Sykes. Il avait vraiment ce truc en cuir blanc, avec les lettres sur la poitrine ? »

« Ça aurait été marrant si ça avait pas été aussi obscène. Et ses bottes de cowboy, quelle horreur. »

« Les chaussures, encore. »

« Et j'ai trouvé Lang tellement lourd avec Candy. Il aurait presque pu se prendre les pieds dans sa langue. J'aimerais bien savoir ce qui s'est passé après qu'on l'a ramené. »

« Rien dont elle n'ait pas eu envie. »

« T'es méchant. Tiens, elle m'a dit qu'elle a mis le grappin sur le président d'Allied Sausages. Nick Allied. Elle m'a dit qu'ils avaient enfin baisé. Elle a pas quitté cette robe violette de toute la semaine. Elle est beaucoup trop petite pour elle, cette robe. »

« Et, en fin de compte, vu que Lang est marié… »

« Le pire dans toute cette affaire, ça va être la gêne. L'argent, bon, je sais pas trop que penser de ces promesses. Mais la carrière de Sykes va prendre un coup dans l'aile quand Papa et Neil Obstat vont lancer leur nourriture hormonale et que tout le monde va comprendre le lien avec le développement de la parole, et tout le monde va savoir que l'oiseau est à moi et que je suis la fille de Papa. Et puis il faudra bien appeler la police pour Grand-Mère, les autres résidents et le personnel, et il y aura des journalistes. Ça va donner l'impression que Sykes a essayé d'arnaquer tous ces pauvres vieux qui lui envoient toutes les semaines l'argent pour leurs soins histoire de devenir les amis de Dieu ou je sais pas quoi. Les gens vont croire que je l'ai aidé à monter tout ça. »

« Tu as essayé de le prévenir, Lenore. »

« C'était impossible. Il était pas fichu d'écouter quoi que ce soit. J'ai prononcé le mot "père" et il s'est enflammé, il s'est mis à taper du pied et à lever le doigt au ciel. Et il avait une haleine atroce. La pire haleine que j'aie jamais sentie, de toute ma vie. Il laisse Judith très loin derrière, pourtant c'était elle la championne. »

« J'ai horreur de cette femme. »

« … »

« Au moins Lang a eu la chambre. Ça va m'aider, de l'avoir avec moi. »

« Il va me manquer, tu sais. J'aimais bien râler à cause de son miroir, avec Candy. Ça me dérangeait pas de nettoyer ses graines et ses crottes par terre. Et ça me posait aucun problème qu'il déblatère des trucs obscènes. En fait, je trouvais même ça plutôt chouette. »

« Et alors, qu'est-ce que tu penses de Lang ? »

« Même si ça avait un côté cruel – comme si Grand-Mère faisait exprès d'être cruelle. Elle m'a donné l'habitude de l'entendre me parler tout le temps… »

« Il n'est pas le genre de personnes qu'on fréquente d'habitude, mais je sens des affinités. »

« … et d'un coup elle est plus là et elle ne me parle plus, mais elle s'arrange pour que ce soit Vlad qui me parle, sauf qu'il fait que répéter ce que je lui dis, et encore pas très bien… »

« Je ne sais pas précisément pourquoi je sens des affinités, mais c'est le cas. Deux types qui au fond sont pas dans le coup… »

« … et en fait je me retrouve à me parler à moi-même, toute seule, pire que ça en fait, vu que j'ai ce pseudo-moi à plumes pour me rappeler en permanence que je suis juste en train de parler toute seule. »

« Plus maintenant, n'est-ce pas ? Tu peux remercier Mme Tissaw et les évangélistes. »

« Sûrement. »

« Et moi, Lenore, je suis quoi, question discussion ? Un mannequin ? Une poupée comme celle de Bloemker ? »

« Tu sais très bien ce que je veux dire, Rick. Et tu sais combien je te suis reconnaissante. »

« Donc tu m'aimes. Tu es bien à moi, finalement. »

« Et tu sais que j'aime pas du tout tes histoires de possession. »

« Donc je vais me contenter du fait que tu m'aimes. »

« Voilà, tu peux te contenter de ça. »

« Donc tu m'aimes. »

« Qu'est-ce que je viens de dire ? »

« Qu'est-ce que *tu* viens de dire, Lenore ? J'en suis pas très sûr, comme toujours. Tout ce que je sais, c'est que je n'ai pas entendu le verbe "aimer" sortir de ta bouche. »

« … »

« Il y a des mots qui doivent être prononcés de façon explicite, Lenore. Parfois il y a des mots que tu dois prononcer pour *faire* réellement ce que tu *dis.* Et “aimer” en fait partie. C’est un de ces mots, un mot performatif. Il y a des mots qui peuvent donner vie aux choses. »

« C’est plutôt avec Grand-Mère que tu devrais être. Je suis sûr qu’elle te donnerait tous les coups de pagaie que tu veux. Des coups de batte aussi, de maillet, de planche cloutée… »

« Pour l’amour de Dieu, Lenore. »

« Je fais ce que je peux, Rick. »

« Donc tu m’aimes. »

« Je fais ce que je peux. »

« Et ça veut dire quoi exactement ? »

« … »

« Bon, donc pourquoi est-ce que tu m’aimes ? »

« Oh, bon sang. J’ai *vraiment* pas envie de parler de ça maintenant. »

« Non, sérieusement, Lenore, pourquoi ? Sur la base de quoi ? J’ai besoin de savoir pour essayer désespérément de renforcer les aspects de ma personne qui font que tu m’aimes. Pour pouvoir t’avoir à l’intérieur de moi, pour toujours. »

« Pour commencer, tu pourrais arrêter de parler de possession. »

« S’il te plaît, s’il te plaît. Oh, s’il te plaît. »

« … »

« Je sais que je suis un grand névrosé. Je sais que je suis possessif. Je sais que je suis chipoteur et un peu efféminé. Pratiquement pas de menton, ni grand ni fort, et je commence à perdre mes cheveux, ce qui m’oblige à porter un béret ridicule – mais aussi très joli, évidemment. »

« … »

« Et sur le plan sexuel je suis intrinsèquement inadapté, Lenore, disons-le franchement pour une fois. Je ne vois pas comment je peux te satisfaire. On ne peut pas s’unir. Je ne peux pas dépasser le Perron de l'Union. Tout ce que je peux faire, c'est cogner à la porte comme un fou. Mais je ne peux pas entrer. Je ne peux pas être en toi, je peux te faire courir le risque de tomber enceinte, mais je ne peux pas te combler. Nos rapports doivent te faire te sentir terriblement vide. Pour ne pas dire souillée. »

« … »

« Alors pourquoi ? Fais une liste des caractéristiques que tu aimes chez moi et je les travaillerai sans pitié, jusqu'à ce qu'elles grandissent et remplissent ton champ de vision émotionnel. »

« Qu'est-ce qui t'arrive ? »

« Dis-moi, s'il te plaît. »

« Je sais pas, Rick. Je pense que toi et moi, on a une conception différente de tout ça, de l'"amour". »

« … »

« Pour moi il y a une inversion, au bout d'un moment, et ensuite tout ça n'a plus d'importance. »

« Une inversion ? Explique-moi, explique-moi. »

« C'est un peu gênant. »

« S'il te plaît. »

« Au début, tu commences peut-être à apprécier une personne pour certaines de ses, tu sais, de ses qualités. Sa beauté, son comportement, son intelligence, ou une combinaison de plusieurs choses. Donc au début, à mon avis, c'est que tu peux appeler les qualités de la personne qui te fait ressentir certaines choses pour elle. »

« Ça ne s'annonce pas très bien. »

« Mais si tu en arrives au point où tu, tu sais, où tu aimes la personne, c'est comme si tout s'inversait. Tu n'aimes plus la personne à cause de certaines choses ; tu aimes ces choses chez la personne parce que tu aimes la personne. Ça se propage vers l'extérieur, et plus vers l'intérieur. En tout cas c'est comme ça que… oh, pardon. C'est comme ça que je vois les choses. »

« Oh, bon sang. Et avec moi, où ça en est ? Il y a eu l'inversion ? »

« Tu sais, Rick, c'est stupide, ton espèce d'idée d'aller t'entraîner pour muscler tes points forts. C'est vraiment idiot. »

« Donc ça y est, les choses se sont inversées. »

« ... »

« Lenore ? »

« Arrête d'essayer de me coincer comme ça, Rick. J'ai l'impression d'être un papillon sous une cloche en verre. »

« Mais si cette propension à essayer de te coincer est une de mes caractéristiques, alors tu dois l'aimer, s'il y a eu l'inversion. »

« Je l'ai pas dit comme il faut. Et j'ai pas envie de le faire maintenant. Je me sens toute nue, quand je te parle de ça. »

« Et Lang, par exemple ? Est-ce que tu penses que chez lui il y a une inversion de l'amour ? Est-ce qu'un Lang arrête un jour d'aimer sur la base de certaines caractéristiques et qualités ? »

« J'ai *particulièrement* pas envie de parler de lui, d'accord ? »

« Pourquoi ? »

« ... »

« Arrête de grincer des dents, dis-moi pourquoi. C'est vital pour moi, je suis sûr que tu comprends. »

« Non, Rick, je ne comprends pas. »

« Si ta réponse à la question de l'inversion reste indécise, comment est-ce que je suis censé me sentir vis-à-vis de toi et moi et, par exemple, juste pour prendre un exemple, Lang ? Parce que, sur le plan des caractéristiques personnelles, Lang est un homme qui mérite l'amour beaucoup plus que moi, si on est objectif. Grand, des pieds qui atteignent facilement les barres des tabourets, beau à en pleurer, à l'aise, détendu, assez drôle, grand voyageur, en pleine santé, musclé, intelligent quoiqu'il ne représente pas une menace sur ce... »

« ... »

« Et tellement d'autres qui le rendent plus digne d'amour que moi, Lenore. J'ai été aux toilettes avec cet homme. Tu m'entends ? J'ai été aux toilettes avec cet homme. »

« Là, tout de suite, j'ai envie de te coller dans la voiture et de t'emmener chez le Dr Jay. Ton hystérie bizarre vient de franchir un nouveau palier. »

« Il y a des choses que j'ai besoin de savoir, Lenore. Tu dois commencer à me dire ces choses, ou je vais imploser. Il faut que je sache si j'ai accompli l'inversion dans ton esprit. Il faut que je sache comment Lang s'insère dans tout ça. »

« Qu'est-ce que c'est que cette histoire d'insertion ? »

« Il faut que je sache. Lang n'est même pas sûr que tu te souviennes de lui. Il m'a exprimé ses doutes et ses inquiétudes dans l'avion, pendant que tu attaquais ta vingtième heure de sommeil consécutive. »

« Oh je me souviens parfaitement de lui. Ne t'en fais pas pour ça. »

« Alors où est le problème ? »

« J'ai pas envie d'en parler. À quoi tu joues, t'essaies de me vendre à lui ou quoi ? J'ai tout simplement pas envie d'en parler et s'il y a une qualité chez toi que j'apprécierais vraiment en ce moment, ce serait que tu arrêtes de vouloir parler des choses dont j'ai pas envie de parler. »

« Le prochain bruit que tu entendras sera celui de mon implosion. Dis-moi que j'ai accompli l'inversion, Lenore. S'il te plaît. »

« Il y a une serviette quelque part ? »

« Pas de douche avant que tu m'aies parlé. Je n'hésiterai pas à boucher les tuyaux. »

« Écoute, c'est en grande partie à cause de Lang que ma famille m'en a voulu à mort de ne pas aller à Mount Holyoke, d'accord ? Quand j'y suis allée pour visiter, il y avait lui et un autre gars, un ado, un Amish avec une barbe qui ressemblait à un dessous de bras, ils sont arrivés sans prévenir et ils se sont tapé la tête contre les murs et ils nous ont fait signer leurs fesses, leurs fesses nues, et Lang a failli violer Mindy Metalman sur place. »

« Ils sont mariés maintenant, tu sais. »

« Je vous ai entendus en parler à l'Aqua Vitae. Je vous ai entendus. J'ai entendu tout ce que vous avez dit, quand j'étais pas en train d'essayer d'empêcher la tête de Stoney de s'écraser dans sa pizza. »

« Donc il y a eu une inversion inversée avec Lang. Tu l'anti-aimes à cause de tous les traits de sa personnalité qui appellent l'amour. Du coup, grâce à l'inversion, tu aimes un homme à peu près vingt fois moins viril… »

« Tu sais ce que je suis certaine de ne pas aimer ? J'aime pas ton obsession malsaine de tout mesurer, d'exiger que les choses soient dites, de coincer, de posséder, de dire. Tout ça, ça forme une grosse boule qui me rend malade, et je te dis pas comme ça me déprime. »

« Donc tu ne m'aimes pas, au fond. »

« Et si j'allais à Atlanta pour être avec Vlad l'Empaleur et récupérer mon chèque de royalties, et toi tu passerais un mois avec la tête sous le robinet, qu'est-ce que t'en dis ? »

« … »

« Et au fait, pourquoi t'as besoin de lui ? C'est quoi son rôle dans tout ça ? »

« Traduction, je te l'ai déjà dit. » »

« Le truc sur le désherbant à passer en grec moderne ? C'est ridicule. »

« Crois-en mon expérience, malheureusement on ne décide pas toujours de la tournure que vont prendre les affaires. »

« C'est encourageant. Mais pourquoi lui ? Tu l'as juste rencontré dans un bar. Cleveland doit regorger de vrais Grecs, qui viennent de Grèce, si t'as besoin de quelqu'un pour traduire des trucs. »

« Je ne peux pas te dire pourquoi. On a des points communs : Amherst, la fraternité, Scarsdale. Mais j'ai senti... quelque chose... je ne sais pas comment le décrire. C'était une journée étrange. »

« Ça veut rien dire, ce que tu racontes. »

« Tu remarqueras que chez moi c'est une impossibilité à t'expliquer, pas un manque de volonté. »

« Ça va être bizarre de l'avoir chez Frequent & Vigorous. Il va venir s'ajouter au chaos. Dès que tu seras monté dans ton bureau, Walinda va me faire une crise à retardement à cause de mon absence et en plus Candy m'a rien laissé entendre de bon à propos de nos problèmes de téléphone. »

« Pire que ça. Une des choses que je devais faire au bureau pendant que toi et Lang étiez censés vous installer était de faire le point sur le téléphone. Et ça n'a rien de réjouissant. »

« Comment ça "censés" s'installer ? Qu'est-ce que c'est que ce petit ton ? »

« Je fais référence à l'épisode imprévu et ennuyeux autour de Vlad. »

« Oh. »

« ... »

« Si ce pauvre Vern a travaillé deux fois plus pour me remplacer, il ne doit plus rien rester de son estomac. Faudrait vraiment que vous embauchiez quelqu'un en plus, au moins pour les remplacements, au moins tant que le téléphone n'est pas réparé. »

« Je suis allé à la cabine près du squelette de Cleaveland et j'ai appelé un M. Sludgeman chez Interactive Cable. Il m'a promis d'agir dans les plus brefs délais. »

« Ça fait huit jours que ça dure, on doit pouvoir faire plus bref. Je comprends pas comment une compagnie de téléphone peut laisser toute son équipe des tuyaux partir pêcher juste au moment où il y a un monstrueux problème de tuyaux. Et ce type qui ressemble à un négatif, qui refuse de s'occuper des tuyaux et qui dit que les tuyaux sont des nerfs, il serait pas là ce serait pareil. »

« M. Sludgeman assure qu'ils sont en train d'explorer de nouvelles avenues. Ils ont loué un équipement de haute précision qu'ils vont placer sur les tuyaux qui passent sous le Bombardini Building. Sludgeman prétend que le nœud du problème est l'Erieview Plaza. »

« Super. L'idée de répondre aux appels du Cachot de la Discipline pendant les six prochains mois ne me branche pas une minute. »

« Ce qui nous amène à la question centrale de cette nuit. »

« Rick, le sommeil entre en moi par tous les pores de ma peau. »

« J'imagine que tu ne voudras pas que je te raconte une histoire. »

« C'est pas vraiment le bon moment. »

« J'en ai pas mal qui sont très intéressantes sur mon bureau. »

« … »

« Par exemple, celle d'un homme qui est d'une fidélité irréprochable à sa femme, mais seulement parce qu'il est impuissant avec le nombre ahurissant de femmes avec qui il essaie de tromper son épouse, malgré le fait qu'il n'est pas impuissant avec elle. On est invités à se demander si l'homme est bon ou mauvais, au fond de lui. Intéressée ? »

« Non… sommeil. »

« Tu n'aimes plus les histoires ? »

« C'est pas ça. Elles sont géniales… tes histoires. Mais je vais mourir si je ne dors pas tout de suite. »

« Bon, peut-être que ça t'intéressera quand même d'apprendre que… »

« Gwwwompf. »

« … j'ai eu une inspiration des plus considérables. »

« … »

« Qui te concerne directement. »

« Gwompf. »
« Et donc qui me concerne moi. »
« … »
« Quel échec. »

14

1990

/a/

Le mercredi à dix heures du matin se trouvaient au standard de Frequent & Vigorous et de la Bombardini Company Lenore Beadsman, Candy Mandible, Judith Prietht. Sous le comptoir, les bottes seules visibles dans la cabine, s'agitait Peter Abbott. Et il y avait sur le départ un livreur anonyme qui venait d'apporter à Lenore un énorme bouquet de fleurs, des roses rouges et blanches disposées pour former l'entremêlement d'un yin et d'un yang. Le bouquet était posé sur la poubelle car il était trop gros pour y entrer. En revanche, la carte qui l'accompagnait avait, elle, bien fini dans la poubelle : « Mademoiselle Beadsman. Le temps nous dévore. D'une manière ou d'une autre vous serez en moi. »

Il était hors de question que Lenore s'assoie dans son fauteuil juste au-dessus de Peter Abbott. Elle était donc allée s'appuyer contre la porte de la cabine, avec Candy Mandible qui fumait et soufflait des ronds parfaits. Judith Prietht était en pleine frénésie au standard de la Bombardini Company, mais elle trouvait tout de même le temps de décocher des regards aux bottes de Peter Abbott qui gigotaient sous l'effet de mystérieux efforts. Il semblait que Peter était occupé à attacher quelque chose à la console de Frequent & Vigorous. Quelque chose de forme allongée, complexe et cher, avait dit Candy. Il avait dû éteindre la console le temps de l'opération, ce qui convenait très bien à Lenore.

Candy fumait une cigarette au clou de girofle, excellente pour souffler des ronds, et de temps à autre elle laissait tomber ses cendres sur les pétales ouverts des boutons de yin. « Il a de l'argent, tu sais », dit-elle à Lenore.

« C'est pas drôle, dit Lenore, un œil sur les fleurs. Je vais peut-être demander au Dr Jay de me rendre service et d'appeler les infirmiers à son sujet. Au moins il peut plus descendre ici, il est trop gros pour ça. Je crois. J'espère. »

« Tu devrais pas prendre le facteur argent à la légère, petite, dit Candy. T'as peut-être pas envie d'être riche façon Stonecipheco, mais tu peux pas cracher sur la richesse en elle-même. »

« C'est pour ça que tu es avec M. Allied maintenant ? Il va t'emporter loin de tout ça ? » plaisanta Lenore avec de grands gestes.

« On n'en est pas encore là. » Candy lâcha un rire enfumé. « C'est un vrai homme, Lenore. » Elle la regarda. « En fait, le monde s'avère plein d'hommes, des vrais. »

« Qu'est-ce que je dois comprendre ? »

Candy baissa la voix, Lenore vit ses pupilles s'agrandir. « Je sais pas où t'as trouvé ce Lang, mais bon Dieu. »

« Pas envie d'entendre parler de lui. » Lenore détourna le regard vers la nuque de Judith et le téléphone pendu à son oreille. « De toute façon je suis peut-être riche à l'heure qu'il est, grâce aux royalties de Vlad. Il faut qu'on prenne le temps d'en discuter, Candy. T'es censée être mon amie. Et celle de Vlad l'Empaleur. »

« Je te parie que Vlad est dans une cage tapissée de miroirs. Il doit vivre un orgasme permanent. »

« Chier ! » fit la voix de Peter Abbott sous le guichet.

« *Gesundheit* », dit Judith Prietht entre deux bips de sa console.

« Si c'est pas réglé dans un mois, Rick et moi on va le récupérer par voie légale, dit Lenore. Rick dit qu'il va engager un avocat. Il se trouve que Vlad l'Empaleur lui appartient légalement parce qu'il a la facture. Il était bizarre quand il parlait de Vlad, hier soir. »

Judith Prietht pivota sur sa chaise ; elle avait pressé le bouton Occupé. « Dis-moi, Lenore chérie... » Clin d'œil et sourire. « Je peux t'appeler Lenore ? »

« Je suis pas sûre pour Lenore *chérie*, Judith », fit Candy.

Lenore se retourna vers Candy. « Comment ça se fait qu'elle soit si gentille aujourd'hui ? »

« Elle veut que tu lui rapportes un autographe de Hart Lee Sykes, répondit Candy tout en faisant tomber ses cendres. Apparemment elle fait partie du club de Dieu. Membre actif. »

« Est-ce que ça t'embêterait... » commença à susurrer Judith.

« Si tout va bien, je ne reverrai jamais Sykes, Judith », dit Lenore.

« Mais tu pourrais lui écrire, dit Judith Prietht. Tu pourrais l'appeler, tu pourrais faire ça d'ici, je peux même te donner de l'argent si tu veux. »

« Oh, non, c'est pas – »

« Et est-ce que tu pourrais lui demander de... peut-être... ? » Œillade implorante en direction de Candy Mandible.

Candy roula des yeux. « Elle veut que tu lui demandes de bénir une photo de son chat. » Judith sortit un polaroid et l'agita pour le montrer à Lenore comme si elle était très loin de là.

« Judith, si je dis que je vais faire ce que je peux, ça te va. Peut-être que Rick pourra lui parler ; il a dit qu'il allait négocier avec les gens de CBN. » Lenore fixait d'un air absent la semelle des bottes de Peter Abbott.

Le bouton Abandon de Judith se mit à clignoter du clignotement qui signifiait que trop d'appels s'entassaient en file d'attente. Elle Connecta et Composa, puis revint à la charge et envoya un baiser à Lenore.

« Au moins, maintenant on sait comment accéder à son cœur », dit Candy qui fermait le poing pour examiner ses ongles.

Lenore regardait Candy. « Candy, dit-elle. Qu'est-ce que tu voulais dire par "bon Dieu" ? Toi et Lang vous avez quand même pas… ? »

Candy se regardait ouvrir et fermer le poing. « Oui et non, répondit-elle. Je veux dire, je dois t'avouer que oui on l'a fait, et on l'a refait, et oui bon Dieu. » Elle capta l'expression de Lenore. « Qu'est-ce que tu veux que je te dise ? Je m'ennuyais, Nick avait une réunion avec des chaînes de supermarchés et il en saura jamais rien. Mais non, on ne le refera plus, probablement, enfin je crois. D'abord parce que c'est sérieux entre Nick et moi et que j'ai peut-être une ouverture pour devenir riche, sans compter que Nick est presque un Lang. Au fait, il t'a dit comment on le surnommait à la fac ? »

Lenore enleva un gravier de la semelle de sa basket.

« J'étais morte de rire », dit Candy.

« Ça t'intéressera peut-être de savoir que Lang aussi est riche, dit Lenore. Son père possède une grosse boîte au Texas. Si j'ai bien compris, c'est son père qui a commis le Grand Désert. » Elle leva les yeux vers Candy. « Et Clint Roxbee-Cox dans tout ça ? Il doit être vert de jalousie, pour toi et M. Allied. »

« Faut reconnaître que Clint est pas fou de joie en ce moment, dit Candy tout en rangeant des trucs dans son sac à main sur le comptoir. Mais c'est un employé d'Allied Sausages. Nickie *est* Allied Sausages. Clint lui a dit qu'il nous souhaitait d'être heureux ensemble, et Nick m'a dit qu'il n'avait pas trop fait attention à la manière dont Clint fixait sa gorge quand il disait ça. »

« Si tu veux appeler M. Vigorous, tu peux utiliser mon téléphone », intervint Judith.

« Je dois monter le voir après déjeuner, de toute façon, dit Lenore. Il fait venir Vern pour me parler cet après-midi, pour une raison pas très claire. »

Candy jeta un coup d'œil à la nuque de Judith, puis à Lenore. « Le truc – » Elle posa une main sur le bras de Lenore et l'emmena dans l'ombre de l'Erieview dont la limite ourlait la cabine blanche. « L'autre raison pour laquelle Lang c'était juste l'histoire d'une nuit, c'est que j'ai compris qu'il avait clairement quelqu'un d'autre en tête, et pas qu'un peu. » Elle regardait Lenore.

Lenore, elle, regardait son poignet, faisait semblant de l'étudier. « Mais d'ailleurs, comment t'as fait pour choper M. Allied ? La semaine dernière t'y croyais plus. Je veux entendre ça. »

« C'est toi qu'il veut, Lenore, sérieusement », dit Candy, s'assurant que Judith ne les écoutait pas avant de forcer Lenore à la regarder dans les yeux. « Ça se voyait trop. »

« J'ai *vraiment* pas envie d'aller par là », grommela Lenore qui détourna la tête vers le hall d'entrée.

« C'était tellement évident, dit Candy. Dans les moments où on parlait, il arrêtait pas de me poser des questions sur toi. Il me racontait qu'il t'avait déjà rencontrée un fois, qu'il était désolé de la façon dont ça s'était passé, même si j'ai pas très bien compris pourquoi il était désolé et il va falloir que tu m'expliques tout ça un jour, je meurs d'envie de savoir. Il revenait toujours sur toi et Rick, ça le faisait marrer. Il déblatérait des trucs sur la déformation stratégique de la réalité, peu importe ce que ça peut être. Et des trucs encore plus bizarres, genre comment il avait remarqué dans l'avion que ta jambe ne ressemblait pas du tout à la sienne, il disait qu'elle ressemblait même pas à une jambe normale. »

« Beaucoup d'histoires de jambes pendant ce voyage », fit Lenore dans un rire, tout en se rapprochant discrètement de la porte de la cabine. « Je ferais peut-être mieux d'aller voir Rick tout de suite. »

« C'était tellement évident qu'il voulait essayer de m'utiliser, poulette, dit Candy. On s'est bien amusés tous les deux, hein. Et la chambre de Schwartz ne sera plus jamais la même. Mais je voyais qu'il essayait de te toucher à travers moi. Et il peut y arriver, Lenore. Tu vois ce que je veux dire ? Il pourrait littéralement te toucher à travers moi. Tu piges ? »

« Hummm... »

« Pour son bien, Rick a intérêt à être quelque chose de complètement différent, c'est tout ce que j'ai à dire », fit Candy.

Lenore la regarda. « Mais je croyais que tu disais que M. Allied était inatteignable et que c'était ce qui faisait son charme. Je croyais que tu disais qu'il était fiancé à une Australienne. »

Candy éclata de rire et tira sur sa cigarette, fit un ovale qu'elle transperça. « J'ai comme l'impression que t'essaies de changer de sujet. J'ai vu ma chance, c'est tout. À une fête d'entreprise il y a trois jours. Trois ? Quand t'étais à Amherst ? Je me suis servie de Clint sans aucune pitié pour entrer dans le coin des directeurs. La robe violette a joué aussi. Elle a accroché Nick, au-dessus du buffet de hors-d'œuvres. C'est la robe qui a tout fait. Il pouvait pas lutter. La robe a été géniale. »

« C'est toi qui as été géniale. »

« *Vidi, vici, veni*, tout ce que j'ai à dire, répondit Candy. Et si tu voulais, toi aussi tu pourrais le dire, à propos d'un spécimen remarquable. J'y réfléchirais, à ta place. »

« T'oublies que Rick et moi on est censés être amoureux », fit Lenore à mi-voix, de nouveau concentrée sur son poignet.

« Je me demande bien ce qu'en dirait Vlad l'Empaleur », dit Candy. Elle jeta sa cigarette au centre du yang.

« Salope », fit Peter Abbott alors qu'il émergeait de sous la console comme un diable hors de sa boîte.

« Pardon ? » demanda Candy.

« J'aurais deux mots à dire à la bande de moules qui bosse sur les tuyaux quand ils reviendront, c'est tout», dit Peter. Il se pencha et avec un grognement tira l'énorme boîte pleine d'outils exotiques, de câbles et de fils qu'il avait rangée sous le comptoir. Il se mit à classer les outils dans les compartiments de la boîte.

«J'ose à peine espérer que vous avez réparé nos lignes», dit Lenore. La console bippa à l'instant où Peter la rebrancha; Candy prit l'appel.

Peter accrochait des trucs à sa ceinture. «Là, je viens de réaliser la première étape du programme d'Interactive Cable pour rétablir le service et vous donner pleine satisfaction.»

«Il a rien réparé du tout, lâcha Candy. Il a juste fixé un machin bizarre et freudien sous la console, pour qu'ils fassent des tests sur les tuyaux ou un truc comme ça. Si tu me crois pas, je viens de parler à un client du Cachot de la Discipline qui voulait des renseignements sur les poupées gonflables.»

«Les poupées gonflables?»

«La première étape du plan hors de prix mais ingénieux qu'a monté M. Sludgeman, poursuivait Peter Abbott, courbé au-dessus de la boîte posée sur le comptoir. On va faire des tests sur vos tuyaux. On va tester vos tuyaux comme personne les a jamais testés.»

«Du flan», dit Candy Mandible.

«Hé, jeune fille, y a de quoi en faire un flan, répliqua Peter. Y a carrément de quoi en faire un flan, quand c'est à vous de vous en charger. Essayez d'imaginer ce que c'est que devoir tester un système nerveux en plantant toutes sortes de merdes dans les nerfs.»

«Vous êtes le roi de l'image appétissante», dit Lenore.

«Est-ce que vous pourrez dire à votre responsable, l'espèce de femme-oiseau, je veux pas lui parler moi-même, elle me file des cauchemars, dit Peter Abbott qui secouait sa ceinture nerveusement, qu'on est en train de relier toutes les consoles qui utilisent des lignes dans votre tuyau, celui qui passe sous cet immeuble, qu'on relie toutes les consoles à ce réseau de câbles, des câbles qu'on va faire passer dans le tuyau pour le tester. Si y a une console qui infecte les autres, on le saura. Si y a quelque chose dans le tunnel qui vous contamine, on saura quoi. On va prendre le pouls du tuyau. »

« Prendre le pouls d'un nerf ? »

« Avec un peu de chance on pourra commencer d'ici quelques jours », dit Peter qui finissait de ramasser ses affaires et de les accrocher à sa ceinture. Lenore s'accroupit et vit des fils comme des spaghettis multicolores qui allaient du fond de la console à une prise dans le sol de la cabine. Les fils palpitaient d'une étrange lumière violette.

« Ça a l'air super dur à faire entrer », dit-elle à Peter.

Peter se retourna et la regarda dans les yeux. Innocemment, Lenore lui rendit son regard. Peter soupira. « Ouais, une vraie saloperie. On peut pas commencer les tests avant que je vous aie tous reliés au circuit test. C'est une belle saloperie. Je peux pas travailler plus vite, je suis tout seul et on me paie même pas mes heures sup. »

« Dans ce cas, on voudrait pas vous retenir plus longtemps », dit Candy sans lever la tête, tandis qu'elle s'occupait d'une demande concernant une meule de fromage Stilton.

« À la revoyure. Je dois aller faire entrer le même truc chez Bambi, dit Peter, sortant de la cabine. Et vous, prenez votre mal en patience. »

« Amusez-vous bien », dit Candy. Le tintement de la ceinture de Peter s'éloigna.

« Au revoir, Peter ! » lança Judith Prietht qui se redressa sur sa chaise pour que sa tête dépasse du comptoir. Peter était parti. Lenore vit l'ombre comme s'avancer pour l'avaler.

« Je vais demander à Rick si on pourrait avoir des fenêtres plus petites dans ce hall, dit-elle à Candy. Cette ombre me donne la chair de poule. J'aime pas sa façon d'accompagner les départs des gens. »

« Tu sais à qui tu devrais en parler. » Candy sourit, fit un clin d'œil à Lenore, pointa du doigt le bouquet sur la poubelle. « Mister King Size. *El Grandé Yango.* »

« C'est ni drôle, ni potentiellement drôle. L'humour est pas du tout approprié. »

Candy se marra et se pencha sur la console.

/b/

« C'est bon, c'est clair ? »

« Aucun problème pour moi, R.V. »

« Pas possible que ça prenne plus de deux ou trois mois. »

« Moins, si on se bouge le cul. »

« Si c'est commercialisable pour Thanksgiving, on devrait toucher un méga bonus. »

« Mortel. »

« Pas de questions, donc ? »

« Je vois pas, sauf peut-être, c'est qui est le squelette, là-dehors ? »

« Qui ? »

« Le squelette, dehors, dans le trottoir, derrière le grillage ? »

« Oh. C'est Moses Cleaveland. »

« Qui ? »

« Le général Moses Cleaveland, le fondateur de la ville. »

« Le fondateur de la ville ? »

« Oui. »

« Avec un panneau "Parking réservé" qui lui sort de l'œil ? »

« Qu'est-ce que tu veux que je te dise ? Les places réservées n'ont de respect pour personne. »

« Tu peux dire ce que tu veux. Je trouve juste que c'est un tout petit peu irrespectueux. »

« Ça colle avec l'ensemble du concept. »

« … »

/c/
8 septembre

Vance.

Existe-t-il peau, matière même, plus douce que la joue d'un jeune enfant sous la caresse au bord de la piscine en fin d'après-midi ? Lorsque l'enfant est drapé dans une serviette, la blancheur des mollets minces en sortant pour se faire pieds temporairement mouchetés. La peau est si douce, lavée de toute couleur et de toute défense, aussi blanche qu'une coquille, détendue, les lèvres écarlates teintées de bleu, tremblantes ; l'enfant grelotte, c'est l'été, à la piscine, le soleil annonce qu'il ne sera bientôt plus qu'implicite et des mères aux cheveux secs observent sans la moindre tendresse. Et la peau frémissante est presque translucide, renouvelée.

La piscine accouche de nouveaux enfants propres et les yeux rouges qui grelottent dans des capes de coton, puis la plus légère humidification d'une portion de cette peau blanche et renouvelée fait renaître dans l'espace le parfum de la renaissance, une propreté qui survivra jusqu'au prochain bain. Les nouveaux enfants sont faits pour les baisers. Et le soleil rouge descend se dissoudre dans le bassin bleu de chlore propre, et les enfants aux yeux rouges sont soulevés et emportés et s'abandonnent sous forme d'empreintes sur la surface pavée où ils s'évaporent. Et la crème solaire cède la place au parfum stérile d'un nouveau départ, à la fin de la journée, chaque fois un nouveau départ. Et, comme à chaque renouvellement, la douleur dans les oreilles, les yeux qui piquent et l'eau.

« Lenore, où es-tu ? » écrivit Fieldbinder dans son journal, un cahier Batman pris dans le coffre à jouets de son enfant absent. « Evelyn, où es-tu ? Apporte-moi mon Plain Dealer *quand tu viendras. »*

J'ai vu le visage du petit salopard qui aurait une photo de Lenore dans son portefeuille. Il est dans l'annuaire du personnel de Stonecipheco que m'a envoyé le phénoménalement pointilleux M. Rummage. Cet Obstat, cette personne qui était au collège avec Lenore, dont le père était l'un des inspirateurs de l'absurde Désert qui est le nôtre avant de partir à Washington où il aspire à de plus grandes inepties ; ce jeune Obstat qui est lui-même un des moteurs du projet perturbant au possible qu'est le plan Corfou. J'ai vu son visage, dans l'annuaire, et je me sens bien mieux à présent. Il a l'air à peu près aussi petit que moi, maigre, éminemment cassable en deux, avec des cheveux délavés qui battent en retraite sur une tête définie par la forme du crâne en dessous. La peau tendue sur le crâne. Un crâne qui paraît sur le point de la déchirer et de mettre un terme à cette comédie. Berk.

Donc une tête en forme de crâne. Et de petits yeux marron sans vie, comme des anus miniatures.

Je n'ai rien à craindre d'une tête de mort aux yeux en anus.

Apparemment, il déjeune avec Lang. Ils se sont trouvé un point commun par le biais d'Industrial Desert Design. Lang insinuait presque qu'il y avait eu bagatelle entre lui et Mandible la nuit dernière, ce matin. Je dois le manœuvrer discrètement sur le sujet de l'inversion. J'ai toujours mal aux oreilles, depuis l'avion, et ça fait du bruit quand j'avale.

Pour une fois Fieldbinder était impatient de voir son pitoyable psychologue, le Dr J______, avec ses ridicules fauteuils sur rail, le lendemain. Fieldbinder avait fait un rêve qui le tracassait énormément.
qui le plongeait dans des abîmes de tracas.

Mon père était un notaire doux et ventru qui ne portait que de la flanelle en dehors de ses heures de travail. Large et pâle. Avec des bottes. Et un reste du petit garçon qui aimait lancer des cailloux dans de grands espaces vides et écouter. Il me fessait. Il était de ces parents qui donnent des fessées. Je n'ai jamais levé une main coléreuse sur le derrière de Vance Vigorous. Le problème vient peut-être en partie de là.

Il y a du vent aujourd'hui. Les nuages filent. Le vent fouette le lac Erie, le lac hirsute. La fenêtre de mon bureau est scindée en deux par l'ombre. Au milieu. Dans la moitié lumineuse, le vent ébouriffe le lac Erie. Dans la moitié sombre, d'ici tout ressemble à de la mayonnaise tournée, couleur marécage et blanc entre les doigts grassouillets du vent. Quelle vue immonde.

Comment Norman Bombardini peut-il planter un panneau dans l'œil du fondateur de Cleveland et s'en tirer sans encombre ?

Dix minutes, maximum. Je vais surveiller l'heure sur le mur de mon bureau. Quand l'ombre atteindra le diplôme, elle sera là.

/d/

« Il est pas génial cet endroit ? disait Neil Obstat Jr à Wang-Dang Lang. Attends, tu vas voir. Le barman se fout le pouce dans l'œil toutes les heures. Ça fait partie de son job. »

« Regarde le pare-chocs de cette Ginger, dit Wang-Dang, inclinant sa bouteille de bière. J'ai jamais vu ça. »

« On a qu'à revenir ce soir, dit Obstat. C'est encore plus le délire, ici, le soir. Les soirées peuvent être terribles, à Cleveland. » Une gorgée de son Twizzler. « On sous-estime souvent Cleveland. Vous, les mecs de l'Est, vous oubliez tout le temps qu'il y a des trucs culturels importants dans le Midwest. »

« Je suis bien conscient de l'importance de ce pare-chocs, tu peux me croire sur parole. »

Lang et Obstat étaient au Gilligan's Isle. C'était bientôt l'heure du déjeuner. Ils déjeunaient. Lang avait passé la matinée avec Rick Vigorous, ensemble ils avaient déterminé qu'il pourrait faire tout le travail de traduction en une semaine, s'il ne chômait pas. Lang attendait les trois mois à venir avec impatience. On lui avait donné sa journée. Il avait appelé Neil Obstat à l'instant même où il avait vu Rick Vigorous observer sa photo dans un dossier de Stonecipheco.

« J'en reviens pas, de tomber sur toi ici, à Cleveland », disait Obstat. Ils étaient attablés près du pouce du Professeur. « Et comme ça, t'es plus dans les déserts. »

« Pour le moment. »

« Pour le moment. Et t'as fait de la compta ? J'arrive pas à t'imaginer comptable, mon gros. »

« Y a une histoire derrière tout ça, qui a à voir avec une nana tellement canon que je l'ai laissée tenir les rênes pendant un bail », dit Lang tout en croisant et en décroisant ses jambes sur le banc en plastique.

« Pas Lenore Beadsman. »

« Nan, pas Lenore Beadsman. » Lang demanda d'un signe une autre bière et le barman, là-bas, sous son chapeau blanc, le barman leva les pouces. « Ma femme, dit Lang à Obstat. La fille que j'ai épousée. »

« Un vrai canon, alors ? »

« Pas envie d'en parler. »

« Ok. » Il sirotait son Twizzler. « Mais t'as dit quelque chose à propos de Lenore Beadsman, quand t'as appelé. »

« Ah bon ? »

« Affirmatif. »

« Ah. Ben, on travaille au même endroit, là où je traduis ces trucs hallucinants pour toi. »

« Hallucinant, pas vrai ? » Obstat se tortillait sur son siège. « Bon sang, je suis excité, si tu savais. C'est le genre de trucs qui fait rêver un chimiste. Moi qui pensais que j'allais passer mon temps à tester le pH des purées de fruits. »

« J'arrive pas à croire que ce truc marche. Et ça marche aussi bien que ce que vous dites dans la pub ? »

« On dirait bien, mon pote. Le chef en est gaga depuis des mois. Des tests restreints ont montré que les enfants commencent à parler des mois, voire des années, avant l'âge normal. Là, on ne parle pas que d'une simple prise de contrôle du marché, mais d'une ouverture potentiellement significative sur le rapport entre nutrition et développement mental, entre ce dont le corps a besoin et ce dont l'esprit est capable. »

Le barman, qui revenait avec la quatrième bière de Lang, glissa sur une cerise au marasquin stratégiquement disposée dans le passage et plongea dans le décolleté de Ginger. Il ne parvint pas à se mettre le pouce dans l'œil mais s'arrangea tout de même pour s'écraser la tête sur la table en plastique. De la bière vola dans tous les sens.

Obstat éclata de rire et applaudit en même temps que tout le monde, « Ohhh, Gilligan. » Il se baissa et noua ensemble les lacets du barman.

« Et ma bière ? » fit Lang.

« Ça arrive tout de suite », marmonna le barman. Il s'était remis sur ses pieds et en mouvement quand les lacets eurent raison de son équilibre. Une culbute l'envoya cogner les cheveux de Mme Howell et il finit enroulé autour de son pince-nez.

Obstat pouffa.

« T'es un connard immature », sourit Lang.

« Faut bien se mettre dans l'ambiance. »

Lang avala la dernière goutte de sa bière. « Mais tu disais que tu connaissais cette Beadsman », dit-il à Obstat.

Obstat redevint sérieux. « Tu parles que je la connais, dit-il. J'étais au collège avec elle, quand on était gamins. J'ai le béguin pour elle depuis que je suis grand comme ça. Elle est peut-être même une des raisons qui m'ont fait venir bosser chez Stonecipheco. Un truc inconscient ou je sais pas. Sauf que j'étais pas au courant qu'elle détestait son père et qu'elle voulait pas rester dans la boîte. Ça me fait chier. Je l'ai revue encore l'autre jour, on était tous dans le bureau du chef. Le chef, c'est son père. Et une bonne femme de leur famille nous a lancés sur le projet pinéal et maintenant elle essaye de nous entuber. Mais je peux encore sauver le coup. Sauf que je crois que Lenore est frigide. Je m'étais un peu ridiculisé avec elle au collège et là, dans le bureau du chef, j'allais la regarder bien profond dans les yeux. Mais c'est toujours comme si elle me voyait pas. Je suis sûr qu'elle est frigide. »

Lang reçut sa nouvelle bière sans lever la tête. « Mais canon, quand même. »

Du doigt, Obstat lissa sa cravate. « Je sais pas ce que c'est, son truc. Elle me tue, cette fille, elle m'a toujours tué. Sa façon de s'habiller, ses nichons, qui ont leur importance. Et ses jambes. Les jambes les plus divines sur lesquelles j'aie posé les yeux. »

« J'avais remarqué ces jambes », dit Lang dans un hochement de tête.

« Pendant je sais pas combien de temps j'avais un fantasme, je me la faisais dans le Grand Désert », dit Obstat d'un air absent. Il reprit conscience de la présence de Lang et rougit un peu. « T'y as déjà remis les pieds ? Je meurs d'envie d'y aller. Je me souviens quand on plantait les cactus. »

« On y va quand tu veux, dit Lang. J'ai décidé d'acheter une bagnole, demain. Le petit copain de Lenore me file du blé comme si ça lui brûlait la main. »

« Son petit copain ? »

« Ce mec, Vigorous, il est proprio de la boîte, ou en tout cas d'une partie. » Lang regardait le skipper par-dessus l'épaule d'Obstat.

« Je me souviens, le chef essayait de lui dire quelque chose à propos d'un Vigorous, dans son bureau », dit Obstat, plissant les yeux. Il remuait avec une paille le Twizzler dans son verre en plastique.

« Un petit bousier intéressant. Le menton le plus double que j'aie vu sur un être humain. » Lang prit une profonde gorgée.

« Comment il a mis la main sur Lenore, ça, je me demande, si elle est aussi canon que tu le dis. »

« Y a pas de dieu dans cet univers, Wang-Dang », dit Obstat avec d'amples mouvements de sa grosse tête.

« C'est ce qu'on me dit tout le temps. Et pourtant elle a un oiseau taré qui va passer à la télé religieuse avec padre Sykes, le préféré de mon papa. » Lang montra sa main bandée. « Le petit enculé a failli m'arracher le doigt, hier. »

« T'étais chez Lenore, avec son oiseau ? »

Lang observa Obstat en silence.

« On est au courant pour l'oiseau, dit Obstat qui hochait la tête, le regard ailleurs. Et on en chie des briques. On pense que c'est l'ancêtre de Lenore qui nous a lancés sur le projet qui a donné une goutte du truc pinéal à l'oiseau, en douce. Ça veut dire qu'ils doivent se balader et en distribuer à droite à gauche. Et donc que la concurrence pourrait mettre la main dessus. Et ça, crois-moi, ça lui en fait chier des briques, au chef – ça plus le fait que les débiles des Pots en ont fait genre trois fois trop, en tout cas trois fois plus que notre réserve de couvercles, et donc le chef est obligé d'essayer de revendre des pots à sa chaîne de laboratoires, et il – »

« Cette saloperie peut faire parler les animaux ? » le coupa Lang.

« Ben, tel qu'on le voit, l'oiseau ne parle pas, il se contente de répéter. »

« … je me souviens que Candy a dit un truc dans le style. »

« Qui ? »

« Ils ont des cacahuètes ici, ou pas ? » dit Lang. Ils balayèrent tous les deux la pièce du regard. « Un bar qui se respecte est obligé d'avoir des cacahuètes. »

« Je sais qu'ils ont des noix de coco. C'est un bar à thème. »

« Merde en flammes. »

« Mais bon, on sait pas vraiment ce que ça peut faire. Faudrait que t'entendes les gamins. Ils chantent comme des oiseaux. »

« La bonne blague. »

« Sans jeu de mots. »

Lang glissa un regard absent dans le décolleté de Ginger. « Donc elle est canon et les relations avec son père sont pas au mieux. »

« J'ai l'impression qu'ils sont pas proches du tout. »

« Ouais. »

« Tu veux voir une photo d'elle ? » Obstat plongea la main dans la poche arrière de son pantalon pour en tirer son portefeuille.

« Je sais de quoi elle a l'air », dit Lang. Puis il leva les yeux sur Obstat, surpris. « T'as une photo d'elle sur toi ? »

« Ça fait un bail qu'elle m'a tapé dans l'œil, je peux même pas te dire à quand ça remonte », répondit Obstat, qui secouait la tête et fouillait parmi ses cartes de crédit. « C'est pitoyable, je l'avoue. »

« Ta photo, c'est une vieille photo ? »

« Album de collège. »

« Fais voir. »

Obstat lui tendit la petite photo. Sur l'image, Lenore avait seize ans. Elle avait les cheveux très longs. Un large sourire et les yeux dans le nulle part réservé aux albums de fin d'année.

Lang fixait la photo. Du pouce, il essuya un peu de mousse tombée sur le côté. Lenore lui souriait, le transperçait de son sourire.

« Pas de doute, ça lui ressemble. »

Obstat s'agitait dans son siège. « Reste encore quelques minutes. Y aura un autre gag, bientôt. Et regarde par là, cette Mary-Ann, avec le petit barbu et ses lunettes embuées. Elle a l'air un peu à l'ouest, mais tu parles d'une paire de miches. »

Lang ne décrochait pas de la photo. Il parut sur le point de dire quelque chose.

/e/

« Presque envie de dire que tu t'es bien trompé, là, Rick. »

« Ne sois pas idiote. C'est une inspiration géniale. La nuit dernière, je tremblais tellement j'étais excité à l'idée de t'en parler. Et bien sûr tu m'as claqué entre les doigts. Une fois de plus. »

« Mais j'aime le standard. Tu le sais. Et on dirait que les lignes vont être bientôt réparées. Ils vont faire des tests. »

« Lenore, je te mets en situation de me rendre service. Voire de nous aider tous les deux. Je te promets que ce sera passionnant. Je vois bien qu'au fond de toi tu te gâches, au standard. »

« Pardon ? »

« Tu peux m'économiser un temps de débroussaillage précieux. »

« C'est pas possible que la traduction pour Norslan te prenne autant de temps. C'est pas long du tout. »

« ... »

« Et qu'est-ce que c'est que cette lumière ? C'est glauque. »

« Saleté d'ombre... »

« Il va vraiment falloir qu'on parle des fenêtres dans l'entrée, monsieur. Je commence à plus en avoir rien à faire de – »

« Viens par ici. La demi-fenêtre dans l'ombre. Tu vois comme le lac ressemble à de la mayonnaise tournée ? Tu ne trouves pas que ça ressemble à de la mayonnaise tournée ? »

« Oh, c'est dégueulasse. »

« Mais tu ne trouves pas ? »

« Si, complètement. »

« C'est ce que je pensais. »

« D'accord, qu'est-ce que je devrai faire ? »

« Quoi ? »

« Avec ce boulot que j'espère temporaire pour la *Review* ? »

« Juste passer en revue une partie des envois, pendant un moment, le temps que je sois moins surchargé de travail par le désherbant. Tu débroussailleras les manuscrits les plus lamentables ou à côté de la plaque et tu mettras des astérisques sur ceux qui te semblent mériter une attention particulière de ma part. »

« Hmmm. »

« Évidemment, on devra s'assurer que tes goûts sont compatibles avec la ligne de nos publications... »

« Tu veux t'assurer de la compatibilité de la ligne de mes goûts ? »

« Du calme. Je vais juste te faire lire rapidement une fournée que j'ai déjà feuilletée et on va voir ce qui se passe, niveau compatibilité de tes goûts. Tu vas jeter un œil liminaire à... ceci. »

« Tout ça, c'est des manuscrits que tu as reçus ? »

« La plupart, oui. Quelques-uns ont pu m'être envoyés par des amis pour que je leur donne mon avis et mes remarques. Mais j'ai effacé tous les noms. »

« Donc y a pas que des trucs d'étudiants perturbés ? »

« En majeure partie, si, et ça m'irrite et m'inquiète de plus en plus. Mais tu devrais pouvoir repérer à des kilomètres les travaux des étudiants de base . »

« Pourquoi ça ? »

« Pour plein de raisons, chérie. »

« ... »

« Qu'est-ce que je peux dire ? Peut-être qu'ils ont tendance à être affreusement complexés. Ou, quand ils ne sont pas cyniques et mordants, ils sont mièvres et navrants. Toujours d'une prétention déconcertante. Et bien sûr épouvantablement dactylographiés. »

« ... »

« Ils en font trop, je crois que c'est ce qui les résume le mieux. L'impression écrasante, c'est qu'ils veulent trop en faire. Ça alors, tu es magnifique dans la moitié lumineuse. »

« Rick, comment je suis censée savoir si quelque chose est mordant ou navrant ? J'y connais rien en littérature. »

« *A*, la grande majorité de ce qui arrive ici ne peut prétendre au titre de littérature, et *b*, tant mieux ! »

« Qu'est-ce qui est tant mieux ? »

« Que tu n'y "connaisses rien en littérature", ou que tu croies ne rien y connaître. Ça veut dire que tu es parfaite : fraîche, intuitive, sur le plan esthétique tu ne t'embarrasses pas des brindilles dans tes cheveux… »

« J'ai quelque chose dans les cheveux ? »

« Quand les gens commencent à s'imaginer qu'ils y connaissent quelque chose en littérature, ils cessent d'être intéressants, littérairement parlant, et ils ne présentent plus aucun intérêt pour ceux qui le sont. Tu es parfaite, c'est moi qui te le dis. »

« Je sais pas… »

« Qu'est-ce qui t'arrive, Lenore ? Ce n'est pas toi qui te vois comme étant faite de mots ? Qui montres les dents quand ta sensibilité littéraire est un tant soit peu mise en cause ? »

« Je veux juste mélanger le moins possible mon travail et ma vie privée. J'ai pas besoin que Walinda vienne me dire que je me suis trouvé une planque grâce à toi. »

« Mais je t'offre une chance de te mettre hors d'atteinte de Walinda pour un bon bout de temps. »

« Je le sens mal, Rick. »

« Fais-moi confiance. Aide-moi. Tiens, on va prendre quelques exemples. Si on commençait avec ce petit machin très mal tapé ? Si tu lisais le début et… »

« Celui-ci ? »

« Oui. »

« Voyons voir : "Le Dr Rudolph Carp, un des plus grands proctologues au monde, pratiquait un examen de routine en ce matin de juillet lorsqu'il lui revint en mémoire qu'il avait oublié de mettre un gant. Il contempla avec horreur sa…" – oh, beurk. »

« Beurk, exactement. Ce genre de chose peut être posé directement sur la pile des refus, dans le bureau de Mavis, et elle photocopiera une lettre-type qu'elle glissera dans l'enveloppe de retour. »

« Qu'est-ce que c'est que ces titres ? *La Danse des inquiets*? *Au centre commercial*? *Thenody Jones et la chèvre qui venait d'ailleurs*? *Le bandit à la poire à lavement et la sonnerie de l'espace*? *Amour*? *Une métamorphose pour les eighties*? »

« En fait, le dernier est assez intéressant. Une parodie de Kafka, mais réalisée avec une certaine sensibilité. Comment la haine de soi peut cohabiter avec l'adulation. Universitaire mais intéressant. »

« "En se réveillant un matin après des rêves agités, Greg Sampson découvrit qu'il s'était transformé en rock star. Il releva un peu la tête et vit, comme habillé de cuir, son abdomen, le haut duquel était saupoudré de paillettes et recouvert d'une guitare Fender solidement sanglée à ses épaules de cuir. Ce n'était pas un rêve." Hmmm. »

« Parcours-les à ton rythme. Certains sont assez intéressants. Il y en a un sur une famille qui hésite à faire amputer le pied gangréné de la grand-mère – ça devrait faire vibrer ta corde empathique. Il y en a un autre sur un garçon qui finance son inscription en classe préparatoire en vendant des exemplaires du *Physician's Desk Reference* dans le hall de l'école. Un autre sur une femme qui loue à prix exorbitant ses services de pleureuse professionnelle pour les malades et les mourants… »

« "Elroy avait un problème, il avait un furoncle sur le front, à l'endroit où son front se plissait quand il était étonné, ce qui arrivait très souvent." Beurk. Refus. "Et ça finit par arriver. Bob Kelly, trop occupé à mater le postérieur de sa voisine Mme Ernst alors qu'elle se penchait pour ramasser sa moufle, roula sur son fils avec le chasse-neige." Double beurk. Double refus. »

« J'aime ton instinct, ma belle. »

« "Maintenant qu'il avait appris à changer de vitesse en fumant, Santo Longine fumait en conduisant." "Un tiède dimanche matin du mois de mai, Monroe Fieldbinder alla frapper chez les voisins, les Slotnik, pour parler avec eux de M. Costigan." Ces deux-là ont l'air pas mal à première vue. »

« Pourquoi tu ne commencerais pas par ces deux-là. Allons-y, commence avec ces deux-là – commence avec le dernier. Lis la moitié de la pile... quelque chose comme ça. Tu peux prendre le bureau de Mavis jusqu'à ce qu'elle revienne de sa pause, ensuite tu n'auras qu'à venir ici. Je dois filer chez le compositeur cet après-midi, j'en aurai pour un moment. Je te laisse le champ libre. »

« Celui-ci a l'air intéressant, potentiellement en tout cas. Déjà, il est pas dégoûtant au premier abord. »

« Lequel ? »

« ... »

« Concentre-toi sur ce que tu ressens. Fie-toi à tes émotions, c'est le plus important. »

« Et je suis payée comme au standard pour ça ? »

« Les lecteurs sont payés dix dollars de l'heure. »

« Je serai de l'autre côté, en train de lire. »

« Est-ce que les choses se sont inversées, Lenore ? »

« Hmmm ? »

« Rien. Vas-y. Amuse-toi. Sois intuitive. »

« ... »

/f/

« Entrez. »

« Seigneur. »

« Baissez la tête. »

« Pauvre de moi. »

« Par ici. »

« Je dois vous avouer que je pensais que c'était un genre de farce pour vous moquer de – »

« Ce n'était pas une farce. Ce n'est pas une farce. »

« Bon Dieu, quelle chaleur. Comment faites-vous pour vivre ici ? Et comment voulez-vous que j'avance ? »

« Courbez-vous. Par ici. Rentrez les épaules. »

« Oh mince. »

« Vous remarquerez que je ne me plains pas. Pour nous, c'est naturel d'être pliés en deux comme cela. Mme Beadsman m'a dit de vous dire que le temps nous a courbés de la même manière que l'espace vous courbe en ce moment. »

« … »

« Et vous n'avez aucune idée du mal que ça fait. Dieu fasse que vous ne soyez jamais dans le même état que nous. »

« En fait, j'espère que je serai exactement dans le même état que vous, dans un futur lointain. Mais je… Aïe ! Mais je m'attends à être dans un état bien pire – à savoir mort. »

« Voilà une idée intéressante, vous pourrez en discuter avec Mme Beadsman. »

« Alors je vais peut-être avoir une chance de lui parler ? »

« Non. »

« Mme Yingst ! »

« Bonjour, Dr Jay. »

« Je dois dire que j'avais du mal à l'imaginer, mais c'est plutôt – »

« Épargnez-moi vos salades. »

« … douillet, ici. Je – »

« Je vous rends les copies de vos séances. Et voilà votre argent. Lenore me charge de vous dire que vous faites votre travail avec compétence. »

« Compétence ? »

« C'est ce qu'elle a dit. »

« Et ça va continuer combien de temps ? Ça va finir par la tuer. Vous et moi nous sommes en train de tuer quelqu'un de l'intérieur. »

« Vous avez parfaitement tort. C'est nous qui la gardons en vie. Vous ne savez pas lire ? Vous êtes encore plus bête que l'affirme Lenore. »

« Je refuse d'entendre de telles insultes, madame. Je suis un éminent professionnel, je suis diplômé de Harvard, je suis un membre respecté de – »

« Vous êtes un pitoyable névrosé phobique et Lenore a dû employer ses relations à éviter que votre femme vous fasse interner parce que, souvenez-vous, elle refusait que vous la récuriez à l'antiseptique tous les soirs. Nous vous avons récupéré et approvisionné en savon, en eau oxygénée et en déodorant. Vous ferez ce que Lenore vous dira aussi longtemps que nous aurons besoin de vous. »

« Mais ça ne peut pas continuer comme ça indéfiniment. Surtout du côté de Vigorous. C'est lui le vrai problème. Vous n'imaginez pas à quel point la parole le met en colère, et je sais qu'il va finir par – »

« Lenore me dit de vous dire de vous occuper de M. Vigorous vis-à-vis de Lenore, ça suffira. Il court sur les nerfs de tout le monde. Faites-le. Vous trouverez dans ces dossiers de la matière concernant une personne qui – »

« Écoutez. Ça ne va faire qu'empirer les choses. Il va vouloir lire les écrits de Blentner. C'est un lecteur. Il va vouloir voir les textes de ses yeux. Il va me les demander, il va se rendre compte qu'il n'y a pas de Blentner et moi, qu'est-ce que je devrai lui dire ? »

« Il y a un Blentner si vous voulez qu'il y ait un Blentner, si vous avez besoin qu'il y ait un Blentner. »

« Comment ça ? »

« Vous l'écrirez vous-même, espèce de gros malin. Vous inventerez quelque chose et vous plaquerez un nom dessus. Quoi de plus simple ? Vous n'êtes pas très finaud. »

« Je ne crois pas qu'il soit nécessaire d'employer ce genre de – »

« Prenez l'argent et allez-vous-en. Voilà les informations sur Vigorous. Fichez le camp. »

« Vous ne sentez pas cette odeur étrange, toutes les deux ? Je – »

« Décampez, vous et vos narines. »

« Et comment est-ce que je fais pour me retourner ? C'est trop étroit pour faire demi-tour. »

« À reculons. Mme Lindenbaum va vous aider. »

« Par ici, mon cher. »

« Seigneur. »

15

1990

AMOUR

Un tiède dimanche matin du mois de mai, Monroe Fieldbinder alla frapper chez les voisins, les Slotnik, pour parler avec eux de M. Costigan. Fieldbinder remontait l'allée pavée de brique rouge des Slotnik sur des brins d'herbe que l'on n'avait pas ratissés depuis la veille, la première tonte de l'année, et s'apprêtait à appuyer sur la sonnette lumineuse, au-dessus d'un autocollant « Une maison du tonnerre », le même que l'ancien autocollant dans l'ancienne maison de Fieldbinder, quand il fit une pause pour ôter l'herbe qui s'était glissée dans l'ourlet de son pantalon.

Les Slotnik étaient attablés dans leur salle à manger en robe de chambre, savates de cuir et chancelières de laine, devant des assiettes pleines de morceaux de toasts épars et gonflés de sirop, en train de lire les journaux du dimanche, leurs doigts et les commissures de leurs lèvres collants à cause du sirop d'érable.

La mélodie de la sonnette des Slotnik s'égrena longtemps. Elle résonnait encore lorsque Evelyn Slotnik ouvrit la porte. Fieldbinder se tenait sur le perron. Les mains d'Evelyn se portèrent inconsciemment à ses cheveux et ses yeux à ses pieds, dans leurs chancelières de laine, surmontés de chevilles non épilées. Puis le contexte entra en scène et elle détacha son regard d'elle-même pour le porter sur Fieldbinder.

Fieldbinder s'était habillé pour faire mal, pardessus anglais et pantalon sport, chaussures noires brillantes comme l'acier. Il y avait une mallette. Evelyn Slotnik l'observait. Tout ceci ne dura qu'une seconde. Il y eut le bruit d'un journal en provenance de la salle à manger.

« Bonjour, Evelyn », dit Fieldbinder d'un ton aimable.

« Monroe », dit Evelyn.

Puis quelques secondes passèrent durant lesquelles Fieldbinder resta debout à la porte, respirant l'odeur de l'intérieur des Slotnik, et il sourit à nouveau et répéta, plus fort, « Bonjour, Evelyn. J'espère que je... »

« Entre », dit Evelyn, un peu fort. Elle ouvrit la porte en grand et s'effaça. Fieldbinder essuya le dernier brin d'herbe couvert de rosée sur le paillasson fantaisie de Donald Slotnik, qui disait DÉGAGEZ, et entra.

« Entre, Monroe », balbutia Evelyn, plus fort encore. Ses yeux bouffis et troublés étaient grands ouverts dans ceux de Fieldbinder. « Il est *rentré* », articula-t-elle sans bruit.

Fieldbinder sourit et hocha la tête en direction d'Evelyn. « Est-ce que par hasard Donald serait ici ? dit-il d'une voix forte. Pardon de m'imposer. J'ai besoin de vous parler, à toi et Donald. »

Le bruit d'une chaise, à quelque distance. Donald Slotnik apparut dans le salon, où se trouvaient Fieldbinder et Evelyn qui se regardaient sans se voir. Evelyn tripotait la ceinture de sa robe de chambre. Donald Slotnik portait une sorte de châle oriental brillant sur son pyjama. Il avait des savates de cuir, la page des sports et un épi. De la salle à manger leur parvint le froissement de la page des bandes dessinées, sur laquelle Scott Slotnik étalait du Silly Putty.

« Monroe », dit Slotnik.

« Bonjour, Donald », dit Fieldbinder.

« Bonjour », dit Slotnik. Il posa les yeux sur Evelyn, puis de nouveau sur Fieldbinder, et enfin sur le fauteuil à bascule à côté duquel se tenait Fieldbinder. « Je t'en prie, assieds-toi, je pense. Il faut nous excuser, comme tu le vois on n'attendait personne. »

Fieldbinder secoua la tête et leva la main pour arrêter Slotnik. « Pas du tout. C'est moi qui m'excuse. Je fais irruption un dimanche matin. Je vous présente mes excuses. »

« Pas de quoi », dit Slotnik, le regard braqué sur Evelyn qui avait plongé ses mains dans les poches de sa robe de chambre.

« Je suis ici parce que je sentais qu'il fallait que je vous parle, dit Fieldbinder. Il fallait que je vous parle à tous les deux. Tout de suite. » Evelyn avait maintenant une main à son col.

« Bien, pas de problème, ok, dit Slotnik. Asseyons-nous. Chérie, Monroe voudrait peut-être du café. »

« Non, merci, pas de café pour moi », dit Fieldbinder tout en enlevant son manteau, que Slotnik n'offrit pas d'aller accrocher, et en le pliant sur l'accoudoir de son fauteuil.

« Moi je vais en reprendre », dit Slotnik à Evelyn. Elle alla à la cuisine. Fieldbinder entendit Scott lui dire quelque chose.

Slotnik s'assit dans la loveuse située entre la fenêtre du salon et le fauteuil de Fieldbinder et croisa les jambes d'une manière qui faisait qu'une de ses savates menaçait de tomber. Fieldbinder refusa de croire qu'il avait aperçu des petits canards sur le pyjama de Slotnik.

« Alors, dit Slotnik. Comment va l'immobilier ? »

« L'immobilier va bien. Et les impôts ? »

« Les impôts vont sacrément mieux qu'il y a deux mois. On a reçu les dernières déclarations, le plus gros des pinaillages hors délai est derrière nous... merci, chérie. » Slotnik aspira une gorgée de son mug de café qu'ils posa sur la table basse devant lui. Evelyn se coula dans le petit interstice à côté de Slotnik dans la loveuse, du côté opposé à Fieldbinder. « Tu te souviens que les impôts c'est toujours une histoire de saisons », poursuivit Slotnik qui se pourléchait du café dans sa bouche. Depuis toujours, pour Fieldbinder, Slotnik était le genre d'homme à apprécier le goût de sa propre salive.

« Je m'en souviens encore beaucoup trop. » Fieldbinder sourit à Slotnik. « Fred ne vous mène pas trop à la baguette ? »

« Du tout. Du tout. On s'entend bien, Fred et moi. On jouait au tennis ensemble pas plus tard qu'hier. C'est un type bien. »

« Il nous menait à la baguette. »

« Peut-être qu'il s'adoucit. »

« Possible. »

Le silence qui suivit ne fut brisé que par le bruit d'un plat auquel Scott faisait quelque chose dans l'évier de la cuisine.

« Donc, dit Fieldbinder. La raison de ma présence. J'étais à côté, chez M. Costigan. J'y suis depuis l'aube. À essayer de faire l'inventaire, tout rassembler, référencer, et cetera. » Il regarda Slotnik. « Tu sais que Costigan était un client. »

« Oui, le pauvre, dit Slotnik, tendant la main pour prendre son café. L'année dernière, on l'a aidé à réunir la caution pour un abri municipal. Un bon petit abri bien douillet. Le bonhomme avait besoin de se sentir protégé. Le pauvre, il en profitera jamais. »

« C'est vrai, dit Fieldbinder. Figure-toi qu'Alan m'a mis sur le dossier. »

« Vraiment. On se demandait qui s'en chargerait. On a jeté un coup d'œil de l'autre côté, par-dessus la clôture, pour voir si on voyait quelqu'un. Fred ne savait pas qui ils allaient mettre sur l'affaire. »

« Eh bien tu l'as sous les yeux. » Fieldbinder regarda Evelyn Slotnik et lui sourit. Elle lui rendit son sourire.

Puis son sourire se renversa et sa main remonta vers son col. « C'est tellement affreux, dit-elle. On était bouleversés. Assommés, voilà, c'est ça. C'est effrayant de penser que quelque chose peut... claquer dans la tête d'une personne, n'importe quand, et c'est fini. Veronica Frick deux maisons plus bas m'a dit qu'il n'avait jamais eu aucun problème de santé avant, rien du tout, jamais. C'est effrayant. » Elle se blottit plus profond sous le bras de Slotnik.

« C'était un vieil homme, chérie », dit Slotnik avec des efforts pour empêcher le blottissement d'Evelyn de renverser le mug de café dans sa main. « Ce sont des choses qui arrivent. Monroe, il avait quel âge ? »

« Cinquante-huit ans », dit Fieldbinder.

« Oh. »

« On n'a pas pu aller à l'enterrement, ni l'un ni l'autre, dit Evelyn. Donald était au bureau avec du travail jusqu'au cou et Scott était à la maison avec mal à la gorge. On a quand même envoyé des fleurs. »

« Gentil de votre part. »

« Du tout, dit Slotnik. C'était un bon voisin. Calme, soigné, il laissait les enfants jouer au ballon dans son jardin. Parfois, quand on partait, il nous proposait de passer, prendre le courrier, arroser les plantes. On l'aimait bien. »

« Ça avait l'air d'être un chouette type. »

« C'en était un », dit Evelyn.

Il y eut un moment de silence. Slotnik se racla la gorge. « Et alors, son dossier? »

« Pas trop de soucis, mais je commence à peine. » Fieldbinder sourit et secoua la tête. « Aucun problème, vraiment. Je suis seulement dessus aujourd'hui parce que j'ai du retard à rattraper, avec cette histoire de maison la semaine dernière, les rendez-vous avec les gens de l'assurance, les pompiers, la paperasse, et cetera. »

« Je suis navré pour toi, Monroe, tu sais, dit Slotnik. Ça a dû être un déchirement. On ne voulait pas mettre ça sur le tapis avant que tu le fasses, pas vrai chérie? On se disait que tu serais chamboulé, que tu en aurais assez d'en parler. »

« C'était juste une maison, dit Fieldbinder. Mes papiers importants étaient au bureau. Et tu sais bien que les notaires sont assurés comme personne. » Tous rirent. Fieldbinder regarda Evelyn. « Je regrette mon oiseau, malgré tout. »

« Tu avais un oiseau? » dit Slotnik.

« Oui. Elle était mignonne. Je lui donnais à manger sur le bout de mon doigt. »

« Quel dommage », dit Slotnik en se grattant le cou.

« Oui. »

« Oui. »

Il y eut encore du silence. Slotnik entoura Evelyn de son bras pour prendre une gorgée de café. Evelyn semblait regarder tout ce qui se trouvait dans la pièce à l'exception de Fieldbinder. Les canards sur le pyjama de Slotnik ressemblaient à des colverts.

« Comment vont les enfants ? » demanda Fieldbinder.

Evelyn se racla la gorge. « Les enfants vont bien. Steven a ses examens de fin d'année, le baseball en même temps, ça l'occupe beaucoup. Scott a eu un rhume, mais il va mieux. »

« Ils sont dans le coin ? »

« Crois-le ou pas, Scott était levé pour le petit déjeuner », dit Slotnik. « Scott ? » appela-t-il. Il n'y eut pas de réponse. « Il a dû sortir par-derrière. »

« Steve dort encore, dit Evelyn. Donald a dit qu'il serait lanceur, cet après-midi. »

« Y a intérêt, dit Slotnik. Quand c'est Papa l'entraîneur et que t'as un bras comme ça, faut bien que tu lances de temps en temps. »

« Tant mieux, c'est bien », dit Fieldbinder.

« Oui. »

« Oui. »

Slotnik posa son mug. « Et donc tu disais que tu voulais nous parler. »

« Oui », dit Fieldbinder. Evelyn contemplait la pelouse étincelante derrière la grande fenêtre du salon.

Slotnik faisait comme s'il regardait sa montre, sauf qu'il n'en portait pas. « Et donc ? »

« Donc j'ai l'impression que vous ne connaissiez pas M. Costigan aussi bien que ça. »

« On était voisins. On le connaissait plutôt bien pour un voisin. On se parlait au-dessus de la clôture. Tu sais comment c'est. »

« Absolument », dit Fieldbinder. Il regarda ses mains, sur ses genoux. « Et les enfants. Les enfants le connaissaient bien ? »

Le front de Slotnik se plissa de perplexité.

Evelyn se racla la gorge une nouvelle fois. « Non, dit-elle. Enfin, pas mieux que nous. Ils jouaient dans son jardin, de temps en temps, quand leurs jeux débordaient du nôtre. On s'était mis d'accord pour que la clôture ne sépare que nos maisons, pas les jardins. Il était gentil pour ça. Pour moi c'est évident qu'il aimait les enfants. Et je sais que les enfants l'aimaient, parce qu'il leur donnait des super friandises pour Halloween. Des barres de chocolat géantes qu'ils ne pouvaient pas manger en une fois. Il était gentil mais plutôt réservé. »

« Comme doivent l'être les bons voisins », dit Slotnik.

« Je ne pense pas que les enfants le connaissaient mieux que nous. »

« Je me posais surtout la question à propos de Steve », dit Fieldbinder.

Les plis du front de Slotnik se creusèrent davantage. « Pas que je sache, Monroe. C'est quoi le problème, exactement ? »

Fieldbinder renifla, tendit la main et ouvrit dans un clic les serrures de sa mallette. Il en sortit une grande photographie qu'il passa à Evelyn par-dessus la table basse, sans quitter Slotnik des yeux.

La photo était un cliché en couleurs d'un garçon dans l'allée de brique des Slotnik qui marchait vers la porte, un sac à dos sur l'épaule. Le garçon devait avoir treize ans, en bonne santé, plutôt grand et costaud pour l'âge qu'indiquait son visage. Il avait des cheveux courts, blond pâle. La photo donnait l'impression d'avoir été prise de loin. Il y avait des feuilles d'érable dans le champ, sur le côté. Fieldbinder reconnaissait la forme des feuilles d'érable.

« C'est Steve, si je ne me trompe pas, dit-il. N'est-ce pas ? »

Les Slotnik levèrent les yeux de la photo. « Oui. »

« Je l'ai trouvée dans une chambre chez M. Costigan », dit Fieldbinder. Il croisa les doigts sur ses genoux. « Il est assez clair qu'elle a été prise de là-bas, à l'étage, avec les branches d'arbre dans le passage. » Il désigna du doigt, par une fenêtre au-dessus de la tête d'Evelyn, les érables dont la ramure retombait sur la clôture, avec leurs jeunes feuilles qui apparaissaient vert émeraude dans la lumière matinale. « Prise avec un sacré objectif, aussi, comme vous le voyez. Vous voyez les détails ? Costigan était bien équipé. »

« D'accord », dit lentement Slotnik. Il ne faisait pas mine de vouloir rendre la photo à Fieldbinder. « Mais je ne comprends pas.

On ne savait pas que Costigan était photographe, et alors ? C'est une bonne photo. »

« Oui. C'est une bonne photo », dit Fieldbinder. Il fit quelque chose à une jambe de son pantalon. « Comme le sont les centaines d'autres photos de Steve que j'ai trouvées dans cette même chambre chez ce type. »

Les Slotnik fixaient Fieldbinder.

« Des photos que je n'ai pas eu de mal à trouver, poursuivit Fieldbinder, vu que la chambre en était tapissée. »

Slotnik reposa son mug.

« Du sol au plafond, Don. » Fieldbinder regardait Slotnik. Slotnik regardait Evelyn.

« Et dans cette chambre » – Fieldbinder se racla la gorge – « cette chambre au premier étage, avec une fenêtre qui donne sur une des fenêtres de votre maison, une fenêtre derrière laquelle est accroché un fanion "Go Phillies !", une fenêtre que j'imagine être, à moins que vous me disiez le contraire, celle de la chambre de Steve... » Il regardait Slotnik qui ne disait rien. Fieldbinder renifla. « Et dans cette chambre il y avait aussi » – il compta sur ses doigts – « je ne sais pas combien de dessins au fusain et à l'encre et quelques huiles, très réussies d'ailleurs, de quelqu'un qui ressemble... non, qui *est* Steve, sans le moindre doute. De belles sculptures aussi, sur divers supports, je ne saurais pas vraiment vous dire lesquels, mais toujours avec Steve pour sujet, pour autant que j'ai pu en juger. Un ensemble vidéo réglé de façon plutôt ingénieuse pour passer en boucle une cassette, une compilation de parties de football dans votre jardin, dans celui de Costigan, de Steve qui ratisse les feuilles mortes, Steve qui tond la pelouse, Steve et Scott qui font un bonhomme de neige et utilisent ce qui m'a semblé être une chaussette gelée pour le nez. Ça vous dit quelque chose ? » Fieldbinder regardait les Slotnik. « Et aussi des... objets, dans une boîte en bois solide et de grande valeur, une boîte à bijoux je pense, classée comme antiquité dans la liste des possessions de Costigan. »

« Quel genre d'objets ? »

« Vous avez bien dit que Costigan s'occupait de la maison quand vous partiez. »

« De temps en temps seulement, dit Evelyn. D'habitude c'était Mme Frick… »

Slotnik l'ignora. « Quel genre d'objets, Monroe ? »

Fieldbinder prit une expression affable. « Quelques cartes de base-ball. Des mèches de cheveux, des cheveux clairs, collés sur des fiches bristol. Un bâtonnet de glace à l'orange. Un ou deux… mouchoirs en papier. » Il regarda Evelyn. « Un t-shirt, un t-shirt blanc, Fruit of the Loom. Impeccablement repassé, plié, mais pas lavé. Un t-shirt sale. Avec une date marquée, un jour d'août dernier. »

Evelyn se tordit vers Slotnik. « Quand on était au Cap. »

« Vous vous souvenez si Steve a déjà perdu des vêtements ? » dit Fieldbinder.

« Oh, il n'arrête pas de perdre des choses – son frère aussi. Tu sais comment sont les enfants. » Evelyn esquissa presque un sourire.

« Non », Fieldbinder se pencha dans son fauteuil, « je ne sais pas, non. »

« Qu'est-ce que tu entends par *des* vêtements », dit Slotnik.

« Ce t-shirt n'était pas le seul… article Fruit of the Loom que j'ai trouvé dans la boîte de Costigan, Don. »

« De quoi tu parles ? »

« Je te parle de slips taille douze ans, Don. » Fieldbinder regarda Evelyn dont les yeux ne fixaient plus rien. Il lissa le pli de son pantalon avec l'ongle du pouce et recroisa les doigts sur ses genoux. Il reporta son regard sur Slotnik.

Slotnik scruta l'air devant lui pendant un moment, tout en essayant de rabattre son épi qui rebiquait. « Je vais appeler la police », dit-il calmement.

Fieldbinder eut un sourire ironique. « Très bien, Don, et tu vas leur demander de faire quoi ? »

Slotnik regarda Fieldbinder.

« Si tu veux mon avis, ce qu'on devrait faire avant, dit Fieldbinder, c'est que vous allez essayer de vous rappeler s'il y a eu des occasions où quelque chose aurait pu se passer. » Il regarda les Slotnik. « Quoi que ce soit de vaguement mauvais. »

Slotnik regardait la table basse.

« Est-ce qu'il arrive que Steve soit seul à la maison ? Sans que vous soyez là ? »

« Non, jamais, aucun des deux, jamais sans une baby-sitter, dit Slotnik d'une voix ferme. Et quand ils ne sont pas là, ils sont avec nous, à l'école, ou chez des amis, en tout cas on sait toujours exactement où ils sont. »

« C'est ce que je pensais. » Fieldbinder se pencha pour refermer sa mallette. « Mais est-ce que vous vous souvenez si Costigan a déjà fait quelque chose d'étrange, en rapport avec Steve, quand vous étiez là ? Quelque chose qu'il lui aurait dit ? Quelque chose qui sort de l'ordinaire ? Est-ce qu'il a déjà touché Steve, peut-être ? »

« Jamais », dit Slotnik.

Un silence.

« Si, une fois, dit Evelyn calmement, le regard tourné vers la pelouse. Juste une fois. »

Slotnik se contorsionna pour regarder sa femme sous son bras. Fieldbinder les observait d'un air affable.

« C'était tellement rien que je n'ai jamais pensé à t'en parler, chéri, dit Evelyn. Je n'ai même jamais pensé à y penser. Ce n'était vraiment rien. »

« Je préférerais en juger par moi-même », dit Slotnik.

Evelyn essaya de refermer le col de sa robe de chambre sur sa gorge. Elle respira l'odeur de la pelouse. « J'étais avec Steve et Scott, on allait à la voiture. C'était il y a longtemps, Scott était tout petit, Steve devait avoir dix ans, je pense. Je crois que j'emmenais Steve quelque part. La voiture était garée dans l'allée et M. Costigan était sur sa pelouse, de l'autre côté. Je me souviens qu'il arrachait des pissenlits. Il avait une petite brouette pleine de pissenlits. Bon, bref, il était là. » Evelyn prit une longue inspiration et sa robe de chambre se rouvrit. « On s'est arrêtés, j'ai dit bonjour et on a papoté un peu. Il me parlait des pissenlits qui étaient durs à arracher, avec les racines et tout ça, obstinés. Je ne me souviens pas du reste. Et il a... » Les yeux d'Evelyn s'étrécirent ; elle les plissa sous l'effet du souvenir. « Et au milieu de la discussion, sans raison, il a tendu un doigt, lentement, et il a touché Steve. Juste avec un doigt. Il a touché le t-shirt de Steve. Sa poitrine. Tout doucement. »

« Comment ça, doucement ? Il a touché notre enfant doucement ? » Slotnik avait les yeux braqués sur Evelyn.

« C'était comme... » Evelyn se tourna vers Fieldbinder. « C'était comme, parfois, quand tu es devant une fenêtre propre, très propre, tu regardes à l'extérieur et la fenêtre est si propre qu'on dirait qu'elle n'existe pas. Tu vois ? Et pour t'assurer qu'elle est bien là, même si tu sais qu'elle est là, tu tends la main et tu... touches la fenêtre, tu l'effleures. À peine. C'était comme ça. Et Steve n'a pas réagi. Je crois qu'il n'a même pas remarqué. Je crois qu'il a pensé que M. Costigan était juste en train d'enlever quelque chose de son t-shirt. Mais je sais que ce n'était pas ça. C'était étrange mais c'était tellement... rien. J'avais oublié cet épisode. Je crois que je n'avais jamais mis de mots dessus. » Elle regardait Fieldbinder. « Il n'y a rien eu d'autre, c'était la seule fois, et c'était il y a si longtemps. »

« Je vois », dit Fieldbinder.

Les Slotnik ne répondirent rien.

« Maintenant je pense que vous comprenez pourquoi je me suis dit qu'il fallait que je débarque chez vous, dit Fieldbinder. Je me suis dit qu'il fallait que vous sachiez, tôt ou tard, et qu'il valait mieux... bien, plus tôt que tard. » Il leur adressa un petit sourire.

« C'est gentil de ta part », dit Slotnik calmement.

« Écoutez, dit Fieldbinder, si je peux vous donner un conseil, après être allé là-bas, je pense que tout ce que vous avez à faire, c'est d'en parler avec Steve. Pas d'en faire un drame, seulement vous assurer qu'il ne s'est rien passé, rien qui ait pu le perturber. » Il regardait Evelyn. « Et je suis sûr qu'il ne s'est rien passé.

J'en ai pas l'impression. Mais ce serait naturel que vous vouliez simplement... en parler avec lui. »

« Je vais aller le réveiller », dit Slotnik. Il se leva. Fieldbinder et Evelyn se levèrent. Fieldbinder ramassa son pardessus, le déplia et le défroissa.

« Sûrement une bonne idée, Don, dit-il. Sûrement une bonne idée de lui en glisser un mot. Je pense que c'est tout ce que tu as besoin de faire. Et Don, si tu veux venir de l'autre côté, jeter un œil sur... tout ça, j'y serai encore pendant une bonne heure. »

« Hors de question, dit Slotnik. On apprécierait si tu pouvais demander à tes gars de venir tout prendre. Je ne veux pas voir ça. » Il s'attaqua à son épi. « S'il a posé une main sur mon enfant, je le tue. »

Un moment s'écoula.

« Bon, dit Fieldbinder, je suis parti. J'espère que j'ai fait ce qu'il fallait, en venant ici. Je suis désolé si ça vous inquiète. Je me disais juste qu'il fallait que je vous mette au courant. »

« Monroe, dit Slotnik, tu es un bon ami. Merci. Tu as fait ce qu'il fallait. Je ne peux pas te dire à quel point on t'est reconnaissants. » Il tendit une main poisseuse que Fieldbinder serra, sentant l'odeur du sirop d'érable. Slotnik pivota sur les talons de ses savates et se dirigea vers l'escalier.

Evelyn raccompagna Fieldbinder à la porte. Elle ne dit pas un mot.

À la porte, Fieldbinder se tourna vers elle. « Écoute », dit-il. Il regardait la cage d'escalier. « Je comprendrai si c'est pas le bon moment. » Il sourit avec chaleur. « Mais j'aimerais bien te voir, et je veux te dire qu'en fait je serai à côté toute la journée. Il faut que je finisse tout aujourd'hui, je suis trop en retard. Toute la journée, voilà. Et l'équipe arrive à trois heures. Je te le dis, c'est tout. Tu en fais ce que tu veux. Mais si tu as l'occasion, si tu en as envie, pendant qu'ils seront au baseball... »

Evelyn ne répondit rien. Elle avait ouvert la porte pour Fieldbinder. Elle voyait quelque chose derrière lui, sur la pelouse. Fieldbinder se retourna.

« Mais c'est Scott ! dit-il. Salut, Scott ! Tu te souviens de moi ? »

Scott Slotnik faisait rebondir une balle de tennis sur les briques de l'allée, près de la route. La balle rebondissait avec un son mat sur les brins d'herbe coupés qui tapissaient l'allée. Il leva les yeux à l'appel de Fieldbinder.

Il y eut un silence, seulement occupé par le ronronnement d'un taille-haie de l'autre côté de la rue. Evelyn fixait un point sur Scott, derrière Scott. Puis elle parut revenir à la réalité. « Scott ! lança-t-elle vivement. Viens ici s'il te plaît, tout de suite. »

Fieldbinder se retourna pour la regarder. Il lui sourit et posa une main délicate sur la manche de sa robe de chambre. « Allez, dit-il doucement. S'il te plaît. »

Un instant, Evelyn contempla la main de Fieldbinder, là, sur son bras. Scott avait commencé à se rapprocher de la porte. Elle retourna le regard vers lui. « Tout va bien, mon poussin », fit-elle. Elle lui sourit. « Tu peux continuer à jouer, si tu veux. »

Les yeux de Scott passèrent de Fieldbinder à sa mère, pour revenir sur la balle dans sa main.

« En tout cas, sache que je suis là, c'est tout ; je suis là toute la journée, jusqu'à trois heures », disait Fieldbinder.

« Oui », dit Evelyn. Elle rentra dans la maison, laissant la porte ouverte.

Fieldbinder descendit l'allée de brique en direction de Scott Slotnik.

Par la fenêtre du salon, Evelyn le regarda s'arrêter, sourire et s'agenouiller pour dire quelques mots à Scott Slotnik. Il dit quelque chose qui fit sourire Scott timidement et hocher la tête. Fieldbinder rit. Evelyn essaya de glisser sa chevelure endormie derrière ses oreilles. Ses pouces collants s'accrochèrent dans ses cheveux.

16

1990

/a/

9 septembre

Un rêve si absolument terrifiant, troublant et menaçant que Fieldbinder se réveilla trempé.

« Le Dr J_____ est en grand danger », pensa-t-il ironiquement.

Lang et moi sommes dans mon bureau, dans nos fauteuils respectifs, la traduction entre nous. Nous sommes étrangement et désagréablement nus. Il est midi ; l'ombre se déplace. Je baisse les yeux et me couvre d'un sachet de thé, mais il y a Lang dans toute cette horreur. Lang fait un dessin de Lenore au verso de la dernière page d'*Amour*. Un dessin époustouflant, plus vrai que nature, d'une Lenore dévêtue. Je commence à avoir une érection derrière mon sachet de thé. Le stylo de Lang a la forme d'une bouteille de bière ; il le suçotte de temps à autre. Lenore est là, sur la page, sur le dos, une pin-up de Vargas, un V. Lang trace ses initiales à l'intérieur de la courbe de la longue jambe de Lenore : un profond et cruel W.D.L.

Comme les initiales s'impriment, des mains et des cheveux commencent à sortir de la page ; des seins enflent, un ventre se gonfle, des genoux se dressent, des pieds émergent timidement du bord de la feuille. Lang fait courir son stylo.

Lenore surgit de la page et se met à tourner en rond dans la pièce.

Des ongles tapent contre la fenêtre. À l'extérieur il y a une jeune Mindy Metalman, très jeune, treize ans peut-être, avec du rouge à lèvres brillant sur sa petite bouche meurtrie. Elle tient dans les mains des cisailles qu'elle pointe en direction de mon sachet de thé. Je suis aspiré dans l'ombre qui coule comme de l'encre sur le mur blanc. Quand je détache les yeux de la fenêtre, Lenore est agenouillée avec le stylo-bouteille, elle signe le derrière de Lang, elle marque son nom en longues courbes lentes, à l'encre violette, tandis que son autre main trouve à s'occuper sur le front héroïque de Lang.

Je crie mais rien ne sort et je commence à lâcher une miction explosive. Le flot est vertical, un éventail aux branches innombrables, des branches fines comme des lames et si chaudes que je me brûle en essayant de passer la main au travers. Je suis pris au piège derrière mon éventail. Des courants chauds tourbillonnent sur la moquette du bureau, heurtent les genoux de Lenore et giclent en gouttes blanc pâle sur ses seins agités par l'effort. Le sachet de thé saigne dans le jet brûlant. Le thé se fait. « Thé symptosis », rigole Lang.

Lenore se noie ; avec son derrière, Lang lui maintient la tête sous la surface de l'océan de thé safran. Elle continue à le signer. Des souris bouillonnent dans les courants chauds, leurs queues entortillées. J'étouffe. C'est du thé Lipton. Sur le sachet est écrit un lapidaire « Seul un grand homme peut rire de lui-même, mais seul un homme encore plus grand peut rire de cet homme. »

Lang baisse les yeux sur lui-même puis commence solennellement à secouer les dernières gouttes. Je rends les armes devant tant d'horreur. Mon diplôme est arraché du mur et emporté par une vague de mousse.

Fieldbinder s'éveilla trempé et découvrit qu'il avait mouillé son lit, mais par chance la zone souillée n'était pas plus grande qu'une tache d'encre, qu'il essuya avec son mouchoir.

Le problème, c'est qu'ils sont chez les Tissaw, et moi je suis ici. Cleveland a une densité inimaginable pour quiconque n'y a jamais passé une mauvaise nuit, seul. Une densité que je suis impuissant à espérer pouvoir tenter de décrire. Vraiment.

/b/

RETRANSCRIPTION PARTIELLE DE LA SÉANCE DU JEUDI 9 SEPTEMBRE 1990, CABINET DU DR CURTIS JAY, MÉDECIN D'ÉTAT. PARTICIPANTS : DR CURTIS JAY ET MLLE LENORE BEADSMAN, 24 ANS, DOSSIER N° 770-01-4266.

DR JAY : Et qu'est-ce que ça vous fait ressentir ?

MLLE LENORE BEADSMAN : Qu'est-ce que quoi me fait ressentir ?

JAY : Les circonstances que nous étions en train d'essayer de verbaliser, la séparation de votre grand-mère et son silence qui paradoxalement déclenchent chez vous un sentiment de rapprochement et de communication avec le reste de votre famille.

LENORE : Oui, sauf qu'il y a l'histoire de John, à Chicago ou je sais pas où.

JAY : Laissons cela de côté, quelques entrefaites.

LENORE : Quelques quoi ?

JAY : Continuez, exprimez vos pensées.

LENORE : Quelles pensées ?

JAY : Les pensées que nous avons formulées ensemble.

LENORE : Eh bien, je crois que c'est vrai, d'une certaine manière. Clarice ne savait rien, elle n'accroche pas avec Lenore, elle n'a jamais accroché, mais pourtant je me sentais quand je suis allée la voir pour lui parler de ces trucs de famille bizarres, et pendant que je les regardais elle et sa famille faire ce petit sketch qui en un sens avait précisément un rapport avec ce dont je voulais lui parler – je me sentais bien, en quelque sorte. Je me sentais en sécurité. C'est stupide de dire que je me sentais en sécurité ?

JAY : Vous vous sentiez connectée.

LENORE : Connectée mais aussi déconnectée.

JAY : Mais toujours d'une manière agréable.

LENORE : Eh ben, vous êtes vif aujourd'hui.

JAY : Je sens pointer le parfum stimulant du progrès.

LENORE : Et puis y a mon autre frère… Ça faisait une éternité que je n'avais pas parlé de choses importantes avec lui. D'accord, il était défoncé, mais n'empêche. Je sais pas, j'avais réellement l'impression qu'on…

JAY : Communiquait ?

LENORE : Oui, je crois.

JAY : Depuis quand n'aviez-vous pas eu de dialogue significatif ? Communiqué ?

LENORE : Alors ça, un bout de temps.

JAY : Je vois. Et depuis quand, juste pour jouer avec mon intuition, votre arrière-grand-mère est-elle installée à Shaker Heights ?

LENORE : Hmmm, un bout de temps.

JAY : Il n'y a rien qui vous dérange ?

LENORE : Qu'est-ce que c'est ? C'est un masque à gaz ?

JAY *(d'une voix étouffée)* : Simple précaution.

LENORE : Pourquoi est-ce que je paye quelqu'un pour me rendre moins barje si cette personne est encore plus barje que moi ?

JAY : Que moi.

LENORE : Vous avez de la chance que je sois attachée.

JAY : Et vous avez sous-entendu que votre frère avait des informations sur la disparition de votre grand-mère.

LENORE : C'est pas ce qu'on pourrait appeler des informations. Il avait récupéré un dessin, lui aussi, un autre, un bonhomme sur une dune dans le Désert, il s'en est servi pour me faire un de ses jeux de défoncé et il a fini par me dire de ne jamais penser à moi-même. Ça m'a pas super aidé. C'était déprimant de voir qu'il a toujours ce truc schizophrénique avec sa jambe, et qu'il doit assurer à lui tout seul la moitié de la consommation de drogues en Nouvelle-Angleterre.

JAY : Mais ce qui m'intéresse, c'est vous.

LENORE : Désolée, mais je me fais du souci pour mon frère. Une partie du moi qui vous intéresse tellement est le souci que je me fais pour mon frère.

JAY : Le Désert.

LENORE : Pardon ?

JAY : Vous avez mentionné un désert, dans le contexte du dessin en question. Vous voulez parler *du* Désert ?

LENORE : Eh bien, le sable était noir et LaVache a dit que c'était sinistre.

JAY : Donc le Grand Désert d'Ohio.

LENORE : Qui sait.

JAY : Mais il y a au moins une possibilité pour que le Grand Désert ait un lien avec la disparition des gens de la maison de retraite.

LENORE : Qu'est-ce qui se passe ici ?

JAY : Où ça ?

LENORE : Arrêtez de regarder dans tous les sens avec votre masque débile. Est-ce que vous essayez de me faire dire quelque chose ?

JAY : Qui ? Moi ?

LENORE : Pourquoi est-ce que j'ai l'impression que tout le monde essaie de m'envoyer dans le Désert ? Ça me rappelle des souvenirs pas drôles du tout de quand j'étais petite, avec Grand-Mère qui m'emmenait errer là-bas et j'étais obligée de l'écouter radoter sur Auden et Wittgenstein, qui sont plus ou moins Dieu à eux deux pour elle, et on pêchait sur les bords du Désert et on contemplait la noirceur…

JAY : Un hmmm manifeste, ici.

LENORE : Allez vous faire voir. Pourquoi vous essayez tous de me faire retourner là-bas ? Vous, mon frère, Rick a parlé du Désert, Vlad me cite Auden, le poème que Grand-Mère lisait assise dans le sable…

JAY : Matière à réflexion, si je peux –

LENORE : Et M. Bloemker el sordido qui jouait au VRP du Désert avec moi avant que sa petite amie perde sa robe et ait une fuite…

JAY : Pardon ?

LENORE : Et puis y a ce type qui débarque de nulle part, que j'ai déjà eu la malchance de rencontrer avant, quand j'étais gamine, qui est marié à l'ancienne colocataire de ma sœur et dont le père a plus ou moins construit le Grand Désert. Son père est le propriétaire d'Industrial Desert Design. Ça intéressait énormément Papa. Beaucoup plus que n'importe quel dessin d'un bonhomme en bâtons, c'est pour ça que –

JAY : Quel type ?

LENORE : Andrew Sealander Lang, il traduit un truc obscur pour Frequent & Vigorous, Rick l'a rencontré dans un bar à Amherst.

JAY : Et vous l'aviez déjà rencontré avant.

LENORE : Pourquoi vous me demandez ça ?

JAY : Pourquoi faites-vous cette tête ?

LENORE : Quelle tête ?

JAY : Vous aviez l'air rêveuse, ailleurs.

LENORE : C'est pas vrai.

JAY : Il vous attire ?

LENORE : Vous êtes fou ou quoi ? Qu'est-ce qui vous arrive aujourd'hui ? Vous êtes sûr que vous arrivez à respirer dans ce truc ?

JAY : Je sais reconnaître une attirance quand j'en vois une. Les sens des psychologues sont adaptés aux signaux non verbaux.

LENORE : Adaptés ?

JAY : Vous aviez les pupilles dilatées, comme des bouches d'égout.

LENORE : Charmant.

JAY : Est-ce que Rick est au courant ?

LENORE : Au courant de quoi ?

JAY : De votre béguin pour ce traducteur.

LENORE : Vous me faites chier, là.

JAY : C'est écrit sur votre visage.

LENORE : Ça en fait des choses sur mon visage. Des bouches d'égout, des expressions rêveuses, des trucs écrits…

JAY : Avertissement avant éjection.

LENORE : Et dire que je pensais que le seul endroit où on essaierait pas de m'envoyer à droite à gauche et où on m'enverrait pas des gens dans les pattes serait l'endroit où je dépense presque tout mon argent pour essayer de résoudre justement ces problèmes.

JAY : Votre petit stratagème de culpabilisation fonctionne de moins en moins.

LENORE : Je ferais peut-être mieux de me barrer.

JAY : Lenore, une question capitale et très symptomatique. Pourquoi, lorsque vous ressentez une aspiration et une attirance humaines et justifiées, une aspiration parfaitement compréhensible à vous rendre en un lieu qui peut avoir un rapport avec la disparition d'un être aimé, une attirance pour quelqu'un de votre âge, qui pourrait –

LENORE : Comment vous connaissez son âge ?

JAY : On peut le déduire du contexte, espèce de petite maline. Épargnez-moi vos salades. Calmez-vous et essayons de faire un progrès ou deux.

LENORE : Juste un saut aux toilettes et je reviens tout de –

JAY : Chut. Si vous ressentez le désir d'aller dans le Désert, pourquoi n'y allez-vous pas ? De quoi avez-vous peur ?

LENORE : Vous montez tout ça en épingle, si tant est qu'il y ait quelque chose à monter en épingle. Ce qui n'est pas le cas quand on y pense, puisque je n'ai peur de rien. C'est juste que je ne meurs pas d'envie d'aller là-bas. Et ça ne servirait à rien. C'est simplement impossible que vingt-six personnes, incroyablement vieilles pour la plupart, avec des déambulateurs, et dont l'une a besoin d'une température constante de trente-sept degrés, se baladent dans le Désert en septembre. Mais ce qui m'obsède, c'est que j'ai l'impression que tout le monde a une bonne raison de vouloir que *moi* j'aille me balader là-bas. Ce qui m'énerve, c'est de ne pas avoir mon mot à dire sur là où je vais ou ce que je veux ou –

JAY : J'ai un mot à vous dire.

LENORE : Au revoir ?

JAY : Membrane. Je vous dis « membrane », Lenore.

LENORE : Je crois que j'aurais préféré au revoir.

JAY : Pensez au travail que nous avons fait tous les deux, Lenore. Aux progrès. Au chemin parcouru. Vous ne voyez pas que le fait de percevoir vos propres désirs, aspirations et attirances comme étant manipulés et imposés à vous depuis l'extérieur, depuis le *Dehors*, est un symptôme classique de dysfonctionnement du réseau hygiène-identité ? Que l'on peut le ramener à la théorie de la membrane qui l'explique intégralement ? Qu'une membrane distendue a une perméabilité dangereuse, qu'elle permet au Soi de souiller l'Autre et à l'Autre de souiller le Soi ?

LENORE : J'ai désespérément besoin d'une douche.

JAY : Et pourquoi ça, je vous prie ? Je vous le dis franchement, tel que je le perçois, c'est parce que vous percevez ces révélations, cette, oui, faisons un grand pas en avant et disons-le, cette définition et cette explication exhaustives et d'une précision absolue de vos troubles, comme venant de l'*extérieur*, comme vous étant *imposées*. Alors qu'en réalité tout cela vient de l'intérieur de vous, Lenore. Absolument tout. Ne le sentez-vous pas ? Concentrez-vous sur votre Dedans. Ressentez comme il est propre. Oubliez que je suis là. Faites comme si j'étais vous.

LENORE : J'arrive pas à vous prendre au sérieux avec ce masque à gaz.

JAY : Si je l'ôtais maintenant, ma jeune et naïve cliente et amie, les relents de progrès me feraient perdre conscience. Vous vous retrouveriez parfaitement seule.

LENORE : Et qu'est-ce que vous voulez dire, faire comme si j'étais vous ? Je croyais que le fond du problème, c'est que ma vieille membrane distendue ne vous maintenait pas de votre côté et moi du mien. Si je fais comme si j'étais vous, qu'est-ce que ça donne au niveau de la membrane ?

JAY : Ne voyez-vous pas que cela viendra de l'*intérieur* de vous ? Cela ne peut marcher que dans le contexte d'une conscience intime du réel. Pour faire comme si j'étais vous, vous devez savoir que je ne le suis pas ; votre membrane doit être solide et propre. Une membrane solide et propre choisit ce qu'elle aspire en elle et laisse le reste rebondir dans la fange. Seuls les forts peuvent vraiment faire comme si, Lenore. Les forts ont des membranes solides et propres, comme des ovules. Comme des ovules. Ces membranes peuvent repousser les assauts innombrables des Autres qui viennent cogner sans cesse, les Autres, leurs têtes couvertes d'immondices, leurs aisselles saturées de moisissures, ils cognent et l'ovule, la membrane solide attend patiemment, forte, distante, solide, et, oui, parfois elle laisse entrer un Autre, elle l'aspire, selon son bon vouloir, elle le fait pénétrer comme un spermatozoïde, le prend en elle pour se renouveler, pour se recréer. Seule une membrane forte peut laisser pénétrer un spermatozoïde, Lenore. Là, tenez, faites comme si j'étais un spermatozoïde.

LENORE : Je ne cautionne plus cette séance.

JAY : S'il vous plaît. Soyez forte. Faites comme si j'étais un spermatozoïde. Là. J'enlève la ficelle de la… capuche de mon sweat-shirt, je l'attache derrière moi comme une queue…

LENORE : Mais qu'est-ce que vous fichez ?

JAY : Faites comme si, Lenore. Soyez un ovule. Soyez forte. Laissez-moi cogner hypothétiquement contre vous. Cogne cogne. Abandonnez-vous à l'irréalité de la réalité de votre intérieur.

LENORE : Vous êtes censé être un spermatozoïde, avec votre ficelle qui frétille ?

JAY : Je sens la force de votre membrane, Lenore.

LENORE : Un spermatozoïde avec un masque à gaz ?

JAY : Cogne cogne.

LENORE : J'exige que vous démarriez mon fauteuil.

JAY : Admettez que vos aspirations et vos attirances viennent de l'intérieur de vous.

LENORE : Vous voulez bien arrêter d'agiter cette ficelle dans tous les sens.

JAY : Admettez que vous êtes attirée par ce jeune homme. Ce traducteur. Cet Adonis blond qui peut vous ouvrir un royaume d'interaction Soi-Autre dont vous ne rêviez même pas.

LENORE : Comment vous savez qu'il est blond ?

JAY : Le contexte est le fluide utérin. Je nage, je viens cogner contre vous. Cogne cogne. Laissez quelqu'un pénétrer dans votre membrane.

LENORE : C'est un prétexte pour me draguer ? Vous êtes en train de me draguer ?

JAY : Pas de fausses interprétations si évidentes. Je parle... je parle de cet homme qui dilate vos pupilles de l'intérieur, comme les pétales soyeux d'une fleur désemparée. Qui peut vous montrer comment traverser une solide membrane. Qui peut venir cogner ! Cogne cogne.

LENORE : Qu'est-ce que vous racontez ?

JAY : Nous avançons à pas de géant. La pièce est remplie des gaz du progrès qui nous brouillent la vue, mais paradoxalement tout devient étonnamment clair. Est-ce que vous le sentez ?

LENORE : Vous avez pété un plomb. Je ne suis pas venue ici pour une sperme-thérapie, mon pote, je vous le dis tout de –

JAY : Admettez que l'attirance pour cet Autre vient de l'intérieur de votre Soi. Renforcez la membrane. Qu'elle soit perméable si *vous* voulez qu'elle le soit !

LENORE : Et est-ce que je peux vous demander comment Rick s'inscrit dans ce schéma ? Et Rick dans tout ça ?

JAY : Rick sait qu'il restera à jamais un Autre pour vous. Rick connaît la signification de la membrane. Rick est comme un spermatozoïde sans queue. Un spermatozoïde immobilisé dans l'utérus de la vie. À votre avis, pourquoi est-il si désespérément malheureux ? À votre avis, qu'est-ce qu'il entend par le Perron de l'Union ?

Lenore Beadsman s'interrompt.

JAY : Sa membrane ! Rick est piégé derrière sa propre membrane. Il n'est pas équipé pour en sortir.

LENORE : Hé, vous n'êtes pas censé parler de vos autres patients.

JAY : À votre avis, pourquoi est-ce qu'il est si possessif ? Il vous veut *à l'intérieur* de lui. Il veut vous piéger avec lui derrière sa membrane. Il sait qu'il ne pourra jamais véritablement pénétrer dans la membrane d'un Autre, alors il veut aspirer cet Autre en lui, pour toujours. Il est malade.

LENORE : C'est bon, arrêtez d'en rajouter. Vous vous êtes bien fait comprendre.

JAY : Non, *vous* vous êtes bien fait comprendre. Toutes les distinctions s'effondrent. Je ne suis pas là. Je suis un spermatozoïde en vous. Souvenez-vous que vous êtes à moitié spermatozoïde, Lenore.

LENORE : Pardon ?

JAY : Le sperme de votre père. Il fait partie de vous. Inséparable.

LENORE : Qu'est-ce que mon père a à voir avec ça ?

JAY : Admettez-le.

LENORE : Que j'admette quoi ?

JAY : Que vous voulez accueillir quelqu'un en vous. Que votre membrane vous en supplie.

LENORE : Seigneur.

JAY : Écoutez... Vous entendez ? Ne serait-ce pas le cri plaintif de votre membrane ? « Laissez-moi être un ovule, laissez-moi – »

LENORE : Il m'aime.

JAY : Vraiment ? L'Adonis ? L'Autre légitime ?

LENORE : Rick, espèce d'abruti. Rick m'aime. Il me l'a dit.

JAY : Rick ne peut pas nous donner ce dont nous avons besoin. Admettez-le.

LENORE : Il m'aime.

JAY : C'est un amour vampirisant, Lenore. Un amour sale par essence. L'amour d'une membrane distendue, impropre, qui aspire l'Autre pour le souiller. La saleté, c'est tout ce que cette membrane a en tête. Elle veut vous faire des choses sales.

Lenore Beadsman s'interrompt.

JAY : Est-ce que vous l'aimez en retour ? Est-ce qu'il cogne véritablement contre votre membrane ?

LENORE : Une douche, s'il vous plaît.

JAY : Admettez l'origine de vos dispositions.

LENORE : Fichez-moi la paix. Démarrez mon fauteuil.

JAY : Cogne cogne. En tant que composants d'un système, nous sommes impuissants et inefficaces tant que nous ne reconnaissons pas l'existence du système. Cogne cogne. Entendez le glouglou sirupeux de votre membrane.

LENORE : Si vous ne me laissez pas partir tout de suite, je ne reviendrai pas. Je ne plaisante pas.

JAY : Admettez-le d'abord. Dites-le. Faites-le sortir. Vos pupilles ne mentent pas. Faites-le exister. Intégrez-le au réseau. Cognez, vous aussi ! Laissez pénétrer un Autre.

LENORE : Douche. Par pitié, une douche.

JAY : Admettez tout. Vous voulez un masque à gaz, vous aussi ? C'est ça ? Aucun problème. Une membrane percée ne sent pas la rose.

LENORE : Bon Dieu.
JAY : Et que dirait Lenore de tout ceci ?
LENORE : Qui ?

/c/

« Est-ce que ça va ? »

« Mmm-hmmm. »

« Tu es affreusement pâle. »

« … »

« Tu veux un peu de mon ragoût d'huître ? »

« Tu sais bien que j'ai horreur du ragoût d'huître. On dirait des petites bouches, là, qui flottent. »

« Tu ne vas pas manger que cette minuscule salade ? »

« Ne me dis pas ce que je dois faire, Rick, s'il te plaît. Ça suffit pour aujourd'hui. »

« Qu'est-ce que ça veut dire ? »

« … »

« Un rapport avec Jay ? »

« … »

« La séance ne s'est pas bien passée ? »

« Pas envie d'en parler. »

« Mais si tu t'es sentie blessée émotionnellement… »

« On s'était mis d'accord pour ne pas parler des séances avec Jay, tu as oublié ? »

« Tu es si pâle, presque transparente. »

« Eh ben t'as qu'à me toucher la poitrine si tu veux, comme dans cette histoire débile. »

« Comment ? »

« Cette histoire, celle que tu m'as donnée à lire en premier ? Avec le vieux qui touche le petit garçon pour vérifier qu'il n'est pas une fenêtre ? »

« Tu ne l'as pas aimée ? Comment elle s'appelait déjà ?… »

« Amour. »

« Voilà, c'est ça. »

« Par contre j'ai bien aimé l'autre. La *Métamorphose pour les eighties.* Je l'ai trouvée terrible. Le moment où les gens lancent des pièces à la rock star sur scène et elles l'étouffent et il meurt était peut-être un peu gnangnan, mais sinon c'était génial. J'ai fait un gros astérisque dessus pour toi. »

« … »

« Tu ne veux plus de ton ragoût ? Je le pensais pas quand j'ai parlé des bouches. Mange. »

« Mais donc tu n'as pas trop aimé l'autre. »

« Je peux me tromper, mais je l'ai trouvée chiante comme une mort lente. »

« … »

« Oh non, tu l'avais bien aimée ? Est-ce que je suis en train de descendre quelque chose que tu as aimé, sans le savoir ? »

« Mes goûts passent au second plan, pour l'instant. Je suis simplement intéressé d'entendre la raison pour laquelle tu ne l'as pas aimée. »

« Je ne suis pas sûre. Ça avait l'air… c'était comme ce que tu as dit à propos des trucs d'étudiants perturbés. Ça avait l'air artificiel. Comme si le gamin qui l'a écrite voulait en faire trop. »

« Je vois. »

« Tous ces trucs, genre, "Puis le contexte entra en scène, et Fieldbaum prit une expression affable." »

« Fieldbinder. »

« Quoi ? »

« Le personnage ne s'appelait pas Fieldbinder ? Dans l'histoire ? »

« Oui, c'est ça, Fieldbinder. Mais ce truc de contexte. Est-ce qu'une histoire ne doit pas *fabriquer* le contexte qui pousse les gens à faire certaines choses et déterminer ce qui est pertinent et ce qui ne l'est pas ? Une histoire ne doit pas juste *mentionner* le contexte qu'elle doit tenter de créer, tu ne crois pas ? »

« … »

« Et l'écriture était… Je me souviens d'une phrase : "Il eut un rictus ironique." Un rictus ironique ? Qui a des rictus ironiques ? Personne n'a de rictus ironiques, jamais, sauf dans les histoires. Ça ne faisait pas réel. Plus comme une histoire sur une histoire. Je l'ai mise sur le bureau de Mavis avec celles du proctologue et du chasse-neige. »

« … »

« Mais je vais la récupérer si tu l'as aimée. Tu l'as aimée, pas vrai ? Ça veut dire que mes goûts ne sont pas dans la bonne ligne, c'est ça ? »

« Pas… pas forcément. J'essaie de me souvenir comment j'ai eu cette histoire. Sûrement un gamin, quelque part. Perturbé. J'essaie de me rappeler la lettre d'accompagnement… »

« J'ai quand même remarqué qu'elle était bien tapée. »

« … »

« Tu me laisses goûter une cuillerée de ton ragoût ? »

« Je crois qu'il disait que c'était presque une histoire à propos d'une histoire. Que le centre de la narration était la description par la femme de l'occasion à laquelle Costigan avait touché son fils… Presque une histoire sur la manière dont une histoire peut attendre et attendre mais ne jamais mourir, comment elle peut toujours revenir, même après que les prétendus personnages ont quitté la scène depuis longtemps. »

« Pas mal du tout. »

« Quoi ? »

« Le bouillon n'est pas mauvais. Crémeux. Je dois seulement avoir un problème avec les huîtres. »

« Je crois me souvenir qu'il disait qu'il la concevait comme l'histoire d'une obsession de voisinage. Comment les voisins peuvent parfois devenir obsédés par d'autres voisins, même des enfants, et comment ils peuvent finir par épier ce qui se passe dans leur chambre, de l'autre côté de la clôture, depuis leur bureau… mais aussi comment en général les voisins ne peuvent jamais savoir ça, parce que chaque voisin est retranché dans sa propriété, sa maison, derrière sa clôture. Enfermé. Tout est significatif, en bien ou en mal, dans la sphère privée.»

«...»

«Mais, parfois, le privé transpire, une fois de temps en temps, et devient incident. Et cet incident perçu devient histoire. Et cette histoire perdure, dans les esprits, malgré la membrane isolante de la maison et de la propriété et de la clôture qui entoure et isole chaque habitant de la banlieue.»

«Membrane?»

«Excuse-moi. Un mot malheureux. Je l'entendrai suffisamment comme ça cet après-midi.»

«Tu vas voir Jay cet après-midi?»

«Je te l'ai dit hier. On en a parlé hier.»

«...»

«Pourquoi, tu préférerais que je n'aille pas le voir aujourd'hui?»

«...»

«Et, si je me souviens bien, les références de l'histoire, l'oiseau, la maison brûlée, le rictus ironique, tout ça a un rapport avec un contexte créé par un système narratif plus large et dont cette histoire n'était qu'un élément.»

«Tu peux te douter que je n'ai pas apprécié la référence à l'oiseau. Surtout qu'il était mort. Comme Vlad l'Empaleur, en tout cas de mon point de vue, et en tout cas pour un moment.»

«On m'a dit qu'il était à la télé hier soir. Apparemment Sykes le fait passer à l'antenne tous les soirs.»

«Je sais. Candy regardait hier soir. Il a dû être super bon. Elle a dit que Sykes avait l'air en extase.»

«Tu ne l'as pas regardé?»

«Candy l'a vu chez M. Allied. Il a le câble. On n'a pas le câble, chez les Tissaw. Leur maison n'est pas raccordée. Le plus souvent, Mme Tissaw se contente des prêches d'Oral Roberts sur les chaînes normales. Le câble et East Corinth, c'est une histoire triste, tout ça parce que la compagnie du câble et Papa sont toujours – »

« Et toi, tu étais où ? »

« Quoi ? »

« Tu étais où hier soir ? »

« Oh, alors, qu'est-ce que j'ai fait. Je me suis baladée un bout de temps. Regardé un match de softball dans le parc. Ils lançaient vite. J'aime bien quand ça lance vite. J'ai eu Papa au téléphone, on a parlé de LaVache et ça a duré bien longtemps. Et puis je suis allée me coucher tôt. Ah, oui, j'ai lu encore quelques manuscrits. J'ai lu – »

« Et je me demande où était Lang, dans tout ça. »

« ... »

« Tu es affreusement pâle. »

« Pourquoi est-ce que je devrais savoir où était Lang ? »

« Je pensais juste à voix haute. »

« J'ai clairement entendu un ton. »

« Tout ce que tu as entendu, c'est ton imagination. »

« Et ça veut dire quoi, ça ? »

« Qu'est-ce qui t'arrive, Lenore ? Chérie, je te jure que je ne voulais rien dire du tout. »

« ... »

« Tu es sûre que ça va ? »

« ... »

« C'est l'histoire de Fieldbinder ? Elle était si horrible que ça ? »

« On ne peut pas être pâle, ou malade, à cause d'une histoire, Rick. Ce truc n'était même pas assez bon pour avoir un effet sur moi, positif ou négatif, du tout. »

« Alors qu'est-ce que c'est ? »

« ... »

« Si on y allait ? Norman vient beaucoup ici, pour déjeuner, vers cette heure-ci, donc peut-être que – »

« Et *ça*, alors, ça veut dire quoi ? »

« Bon sang, mais rien ! Je pensais juste que tu aurais voulu l'éviter, c'est tout. »

« Et d'abord, comment il fait pour entrer encore ici ? »

« Il paraît qu'il s'installe simplement sur le trottoir. On met des journaux par terre. Et on lui apporte à manger dans des conteneurs industriels énormes. C'est pas beau à voir. »

« Alors on ferait mieux d'y aller. J'ai pas envie d'être obligée de le contourner. »

« Les vice-présidents de Bombardini Company sont très inquiets. Ils affirment que Norman essaie de se goinfrer jusqu'à ce que mort s'ensuive. »

« Ou que mort s'ensuive pour tout le monde. »

« Je suis sûr que tu ne prends pas ses projets ridicules au sérieux. »

« Tu n'as pas à me dire ce que je prends au sérieux et ce que je ne prends pas au sérieux, Rick. »

« Mais qu'est-ce qui t'arrive, bon Dieu ? »

« ... »

« Écoute... Écoute ça. »

« ... »

« Tu l'entends ? »

« Oui, j'entends quelque chose. C'est pas un orage, si ? »

« Impossible. Y a du soleil de l'autre côté de l'ombre, tu vois ? J'ai peur que ce soit Norman qui approche. »

« On ferait mieux de s'en aller. Tu devrais finir tes bouches. »

« Tu es vraiment sûre que ça va ? »

« ... »

/d/

Au travail, Candy Mandible fumait, sirotait une canette de Tab et profitait de la pause-déjeuner de Judith Prietht. Judith avait dépassé les bornes. Aujourd'hui elle avait apporté des sachets pleins de cookies en forme de chats et d'oiseaux pour

Lenore et Candy. Judith Prietht commençait vraiment à l'emmerder.

La console se mit à bipper. Candy Décrocha et fit marcher un type qui voulait savoir si elle préférait les rampes d'escalier lisses ou rugueuses. Puis elle prit l'appel suivant.

« Frequent & Vigorous », dit-elle.

« Qui ça ? » fit une voix.

« Éditions Frequent & Vigorous, que puis-je faire pour vous », dit Candy, les yeux au ciel.

« Enfin, j'ai cru que je n'arriverais jamais à vous avoir, dit la voix. Mademoiselle, vous savez que c'est le bazar dans vos lignes ? »

« Oui m'dame, il y a des rumeurs qui le disent. Est-ce que je peux vous aider ? » Candy aspira un peu de Tab autour de l'embouchure de la canette. Elle essayait de mettre un visage sur la voix dans le combiné. Cette voix lui était vaguement familière.

« Qui est à l'appareil, s'il vous plaît ?» demanda la voix.

« Mlle Mandible, au standard de Frequent & Vigorous », dit Candy Mandible.

« Mademoiselle Mandible, tout d'abord je voudrais savoir si vous avez une collaboratrice, une certaine Mlle Lenore Beadsman », dit la voix.

« Oui, en effet, dit Candy. Est-ce que je peux prendre un message ?» Elle attrapa le journal des appels légitimes.

« Et ensuite je voudrais savoir si vous avez un nouvel employé, un M. Lang, dit la voix. Je crois qu'il travaille au département nourriture pour bébés, si vous avez une idée de ce que c'est. »

« Et c'est de la part de qui, m'dame ? » dit Candy tout en ouvrant le journal.

« De Mme Andrew Sealander Lang, j'appelle de New York », dit la voix.

Candy regardait la console, ses boutons dans leur gélatine de lumière.

« Allo ? » dit la voix.

« Oui, allo », dit Candy.

« Tout ce que je veux savoir, c'est si mon mari est là. »

« Je crois qu'il est ici en ce moment, m'dame, oui, dit Candy. Voulez-vous que je transfère votre appel dans son bureau temporaire ? »

« Il n'a pas une ligne directe ? »

« Tous les appels passent par le standard et par moi, m'dame. Un instant s'il vous plaît. » Candy chercha le numéro dans le registre, le trouva, Composa et transféra l'appel, à l'instant où Judith Prietht revenait s'écraser dans la cabine.

« Qu'est-ce qui se passe, Candy ? » Judith lui fit un sourire et troqua ses chaussures pour les chaussons sous son guichet.

« Tout roule », dit Candy sans lâcher des yeux les lumières de la console, la main tendue vers son Tab.

/e/

RETRANSCRIPTION PARTIELLE DE LA SÉANCE DU JEUDI 9 SEPTEMBRE 1990, CABINET DU DR CURTIS JAY, MÉDECIN D'ÉTAT. PARTICIPANTS : DR CURTIS JAY ET M. RICK VIGOROUS, 42 ANS, DOSSIER N° 744-25-4291.

DR JAY : À ce que je vois, nous avons à disposition trois thèmes majeurs et pas sans rapports les uns avec les autres. Le rêve. Vous. Lenore.

M. RICK VIGOROUS : Le troisième, de préférence. Qu'est-ce que vous lui avez fait, aujourd'hui ? Elle était décomposée à table ce midi.

JAY : On ne fait pas d'omelette sans casser des œufs. D'énormes progrès aujourd'hui, énormes. La guérison se profile à l'horizon émotionnel. Bien sûr, il y a le problème Lang.

RICK : Le problème Lang ?

JAY : Le jeune homme de votre rêve ?

RICK : Pourquoi y a-t-il un problème hors du cadre de mon rêve ?

JAY : Qui a dit que c'était le cas ?

RICK : Vous.

JAY : Ah bon ? Je ne me souviens pas l'avoir dit explicitement.

RICK : Quel casse-couilles vous êtes.

Le Dr Jay s'interrompt.

RICK : J'exige solennellement de savoir en quels termes et pourquoi Lang est un problème.

JAY : Vous avez dit que vous aviez rêvé de Lang puis que vous vous étiez réveillé en pleurs.

RICK : En sueur.

JAY : Voyez comme je fais preuve de self-control.

Rick Vigorous s'interrompt.

JAY : Toujours ce problème de pénis. C'est ça ?

RICK : Tiens, tiens. Sans blague. La dernière fois que je suis venu, vous avez dit « pénis lapinis ».

JAY : Mais j'ai l'intuition que pour vous Lang est devenu l'Autre, n'est-ce pas ? L'Autre que vous avez choisi comme référence pour comprendre votre Soi et toutes les faiblesses que vous en percevez ?

RICK : Je ne sais pas. Quoi, Lenore vous a parlé de Lang ?

JAY : Pourquoi avez-vous ramené cette personne à Cleveland avec vous, si cela vous cause tant de souci ?

RICK : Franchement, je ne sais pas. On s'est rencontrés dans l'ancien bar de notre fraternité. C'était étrange. Comme si on était submergés d'affinités. Il paraissait s'accorder avec le reste. S'enclencher.

JAY : Donc vous l'avez fait entrer dans votre réseau.

RICK : Je n'aime pas parler comme une de nos amies communes, mais quelque part j'ai eu l'impression que je n'avais pas le choix. C'était comme si un contexte s'était créé et qu'il n'aurait pas été pertinent de ne pas le ramener à l'intérieur.

JAY : À l'intérieur ?

RICK : Dans le nexus de ma vie émotionnelle et professionnelle.

JAY : Je vois. Et Lenore ? Est-ce qu'elle est « à l'intérieur », pour reprendre votre expression, qui dégouline d'ailleurs de connotations blentnériennes ?

RICK : J'espère qu'elle le sera un jour.

JAY : Un hmmm manifeste, ici. Et vous, Rick, êtes-vous « à l'intérieur », dans le contexte du réseau de Lenore ?

RICK : Ne soyez pas sadique. Vous savez très bien que ce ne sera jamais possible.

JAY : Le Perron de l'Union, et cetera.

RICK : Faites quelque chose pour que mes oreilles arrêtent de bourdonner.

Le Dr Jay s'interrompt.

Rick Vigorous s'interrompt.

JAY : Rick, mon ami, ne vous est-il jamais venu à l'esprit que vous pourriez représenter l'avant-garde génétique ?

RICK : La quoi ?

JAY : Je vous suggère d'y réfléchir. Notre espèce avait bien une queue à une époque, non ? Un long manteau épais de poils corporels ? Des orteils préhensiles ? Des sens bien plus fins, le goût, l'odorat, l'ouïe, et cetera, que ceux que nous possédons aujourd'hui ? Et puis nous avons perdu toutes ces caractéristiques. On s'en est débarrassés. Et pourquoi cela ?

RICK : Qu'est-ce que vous essayez de me dire ?

JAY : Nous n'en avions plus besoin, Rick. Le contexte dans lequel ils avaient une fonction propre s'était dissolu. Ils ne servaient plus à rien.

RICK : Qu'est-ce que vous essayez de me dire ?

JAY : Je suppose que j'essaie d'attirer notre attention émotionnelle sur certains progrès de notre époque dont nous pouvons tirer profit. Le génie génétique. L'insémination artificielle. Des bonds quantiques dans les technologies d'assistance sexuelle, d'implants et de prothèses. Il est possible que ce que la plupart d'entre nous percevons comme le centre de nous-même ne soit plus d'aucune utilité. Et nous savons tous deux que, dans la nature, l'absence de fonction signifie la mort. Rien n'est superflu dans la nature. Vous êtes peut-être la prochaine étape, Rick. Y avez-vous déjà pensé à tête reposée ? Vous êtes peut-être à Lang ce que le premier homme debout était au simien voûté, bossu et bavant. Une sorte de dieu. Un prototype, assis à la droite de Mère Nature, pour ces entrefaites. L'homme du futur.

RICK : Merci, mais je crois que je préférerais être le simien bavant.

JAY : Et pourquoi cela ?

RICK : Je suis sûr que vous pouvez le deviner tout seul.

JAY : C'est en rapport avec Lenore.

Rick Vigorous s'interrompt.

JAY : Rick, je vais vous poser une question vitale dans des termes aussi modérés et diplomatiques que possible. Pensez-vous être réellement ce que veut Lenore Beadsman ? Ce dont elle a besoin ?

RICK : Nous nous aimons.

JAY : Vous n'avez pas répondu à ma question. Nous savons tous les deux que Lenore est une fille merveilleuse mais plus qu'un peu perturbée. Est-ce que vous l'aidez ? Est-ce que vous vous intéressez à ses besoins ? Est-ce que vous vous impliquez dans une forme d'amour mature et discriminatif qui se concentre avant tout sur les besoins et le bien de l'être aimé ?

RICK : En tout cas, je suis sûr que Lang n'est pas ce qu'il lui faut.

JAY : Qui a dit que Lang était ce qu'il lui fallait ? C'est de vous que nous parlons.

RICK : Je crois que je préférerais parler de Lenore.

JAY : Et ce sont deux questions différentes, n'est-ce pas ? Nous les reconnaissons comme telles. Parler de Lenore et parler de vous sont deux choses différentes.

RICK : Ça pose un problème ?

JAY : Je n'ai pas dit cela, Rick. Je faisais simplement une constatation. Vous et Lenore êtes distincts. Vos réseaux peuvent se chevaucher, ils demeurent distincts. Ils ne sont ni identiques ni superposés. Ils sont distincts.

RICK : Et mon rêve, alors ? Maintenant j'ai peur d'aller aux toilettes *et* peur d'aller dormir. Ça ne me laisse pas grand-chose.

JAY : Je pense que ce rêve est bien trop complexe pour que nous nous y attaquions dans le peu de temps qu'il nous reste aujourd'hui. Ça vaut ce que ça vaut, mais je suis convaincu qu'il représente un incroyable pied dans la porte qui mène à la guérison. Si vous voulez, je peux vous donner quelques idées au débotté. Le voulez-vous ?

RICK : *(inintelligible).*

JAY : Tel que je le perçois, ce rêve est plein à craquer de réseaux. De relations Dedans/Dehors. Dedans, le bureau, dehors, l'ombre et la petite fille qui menacent ensemble d'entrer, de vous aspirer. Lenore est dans la page, dans le dessin que Lang crée avec sa bouteille, mais elle transcende son contexte et en vient rapidement à le plaquer sur le *dehors* de Lang. Vous êtes coincé derrière, dans l'éventail d'urine, mais le sachet de thé qui vous sert à couvrir votre différence vis-à-vis de l'Autre « saigne » dans le liquide brûlant et tache, décolore, souille cette extension de votre Soi, déjà impropre, qui vous emprisonne. Pour un psychologue, un sachet de thé dans un liquide chaud constitue une parfaite image archétypale de l'influence déroutante et perturbatrice d'une membrane affaiblie dans un réseau hygiène-identité qui doit se comprendre lui-même au regard de l'association de réseaux distincts. Et ainsi de suite. Le cri muet : l'air ne peut entrer dans vos poumons. La « noyade » de Lenore : l'air propre est chassé de ses poumons par un élément exponentiellement souillé, le thé qui souille un liquide autoextensif déjà souillé. Lang maintient Lenore sous la surface salie à l'aide de son anus, le centre archétypal de la salissure. Et il y a bien sûr les apparemment sempiternelles souris, dans les courants putrides. Des souris dont nous avons déjà largement discuté...

RICK : Ok, ça suffit. J'aurais dû me douter que –

JAY : Mais voyez-vous, et ce n'est pas une surprise, c'est Lenore qui me fascine, dans le contexte de ce rêve. La conception par votre inconscient de Lenore comme « se dressant hors de la page ». Le dessin de Lang servant initialement à placer Lenore dans le réseau qu'il construit, à la rendre bidimensionnelle, non réelle, à la définir et à la faire exister seulement dans les limites de la page, une page au recto de laquelle il y a une histoire, un réseau que *vous* avez construit, afin que –

RICK : Une histoire qui a bien fait rigoler Lenore ce midi, au passage.

JAY : Je ne suis pas équipé pour discuter de cela ; ce n'est pas mon champ d'action. Mon champ d'action, c'est le fait que Lang construit une Lenore, il la construit de la même manière que nous tous construisons, en imposant nos cadres de perception et de compréhension aux personnes qui vivent dans nos réseaux respectifs. Oui, Lang construit une Lenore, et initialement elle est emprisonnée, bidimensionnelle et irréelle... Ah, mais ensuite il place des marques, des initiales, *ses* initiales, sur elle, en elle. Il pénètre son réseau soigneusement construit avec son *Soi*, dont les initiales sont le symbole et l'étendard élégamment transparent. Dans le rêve, Lang peut donc entrer dans la membrane de Lenore qu'il a construite. Il se place en elle. Et que se passe-t-il, Rick ?

RICK : Bon Dieu.

JAY : Que se passe-t-il, mon ami ?

Rick Vigorous s'interrompt.

JAY : Elle devient réelle, Rick. Elle devient libre. Elle déchire la membrane de bidimensionnalité que représente la page et devient réelle. Ses cheveux, ses mains, sa poitrine, ses pieds enflent et s'extirpent du réseau écrasant et étouffant de la membrane. Elle se dresse et se met à tourner dans la pièce.

Est-ce qu'elle faisait des tours en marchant, Rick, ou en flottant ?

RICK : Ce n'était pas clair.

JAY : Aucun problème. Elle s'échappe, Rick. Elle est libre, réelle. C'est-à-dire qu'elle n'est plus circonscrite dans un réseau, elle *est* un réseau. La réalité et l'identité lèvent leurs mains siamoises à la rencontre du Réseau. Et que fait la Lenore nouvellement tridimensionnelle ? Elle *signe* l'Autre, elle se place sur, dans l'Autre qui l'a libérée en perforant sa membrane. Elle se place à l'intérieur d'un réseau.

RICK : Le réseau de Lang.

JAY : Le réseau qui lui a offert la liberté, Rick. Le réseau qui lui a offert la réalité. Ce n'est qu'une fois libre qu'elle peut entrer dans un Autre. Une chose propre est nécessairement réciproque, Rick. Lenore s'agenouille, avec une connotation à mon sens plus religieuse que sexuelle, et s'inscrit sur, dans. Elle est valide, Rick. Vous observez Lang et Lenore donnant naissance à la validité.

RICK : Et moi, où je suis dans tout ça ? Je compte pour des prunes dans leurs manigances ?

JAY : Vous *observez*, Rick. Vous êtes le veilleur, l'observateur qui regarde depuis un ailleurs spatial slash émotionnel. Vous êtes intrinsèquement Dehors. Vous ne pouvez pénétrer les réseaux. Et pourquoi cela ?

RICK : Bon Dieu.

JAY : Et quel est le dernier recours d'un réseau hygiénique inefficace, incapable d'interagir de façon valide avec les réseaux des Autres ? Vous salissez, Rick. Vous salissez. Vous pénétrez les réseaux par la salissure. La perte infantile du contrôle de votre vessie, l'éventail, les courants tourbillonnants. L'impropreté rendue encore plus impropre par l'introduction du contenu du sachet de thé, à la fois bouclier et symbole dans le rêve du lieu de votre différence et de votre incapacité à pénétrer de façon valide, son introduction dans le liquide impropre qui constitue votre seul moyen d'interaction. De l'extérieur, vous ne pouvez influer qu'en salissant, en souillant, en perturbant le réseau hygiénique des valides.

RICK : Vous êtes cruel, Jay. Recommencez à me déblatérer des conneries. Je préfère largement les conneries à la cruauté manifeste.

JAY : Vous savez, Olaf Blentner m'a dit, un jour que nous prenions le thé, que lorsque la réalité devient déplaisante, les réalistes ont tendance à déplaire. En dernier ressort, vous tentez de salir, Rick. Vous tentez de noyer et de nier la Lenore valide en la salissant. Mais cela ne marche pas. Cela ne peut pas marcher. Même sous les courants de vos immondices et de votre différence, la main de Lenore émerge, avec le stylo violet, pour faire perdurer l'interaction valide des membranes. Vous êtes véritablement Dehors, Rick. Vous ne pouvez exercer aucune influence significative. L'unique recours d'un réseau hygiénique défectueux est la salissure, et il est impuissant face au vrai, au réel.

RICK : Lenore vous a parlé de Lang, n'est-ce pas ?

JAY : Rick, vous et les songes de votre inconscient m'en ont dit sur Lang bien plus que ne l'a fait, ou même ne le pourrait, la pauvre Lenore. Vous avez, je crois, véritablement perçu le besoin valide d'un Autre. Vous progressez, à mon avis.

Rick Vigorous s'interrompt.

JAY : Et pourquoi êtes-vous nus, Lang et vous, dans ce rêve ? Pourquoi le stylo validateur a-t-il la forme d'une bouteille de bière, avec toutes les connotations phalliques et urologiques qu'implique cette image ?

RICK : Mais alors, pourquoi est-ce que dans ce contexte Lenore empoigne le membre de Lang pendant qu'elle signe ? Est-ce que son membre est un symbole de la pénétration de la membrane ?

JAY : Un symbole, Rick ? Un symbole ?

RICK : Plus qu'un symbole ?

JAY : Je suis soufflé par la force de cette odeur de progrès.

RICK : Rasseyez-vous, trou du cul. C'est ma vie que vous êtes en train de niquer, là.

JAY : Intéressant choix de verbe.

RICK : Donc quand je suis venu vous voir avec ces rêves clairement sexuels et que vous m'avez dit que ce n'étaient que des rêves liés à l'hygiène, derrière votre analyse vous étiez d'accord avec moi, c'est ça ? Les fixations hygiéniques sont des fixations sexuelles.

Le Dr Jay s'interrompt.

RICK : Arrêtez de sourire, idiot. Et vous sous-entendez que la membrane hygiène-identité est quoi ? Qu'est-ce que c'est ?

JAY : À votre avis, Rick, que peut être la membrane ? Réfléchissons-y ensemble. Quelle membrane Lenore aurait-elle pu avoir besoin de savoir perforée pour se sentir réelle, connectée ? Valide ? Pour que soient transcendées dans sa réalité la proximité et l'attention émotionnelle de l'Autre, c'est-à-dire vous ? D'après l'étudiant pensif et l'ami au centre de votre existence, quelle membrane Lenore avait-elle besoin de se faire perforer ?

RICK : Comment ça *avait* besoin ? Qu'est-ce que ça veut dire ? Qu'est-ce qu'elle vous a raconté ?

JAY : Lenore était-elle vierge lorsqu'elle a intégré votre réseau intrinsèquement inefficient, Rick ?

RICK : Mon Dieu.

JAY : Un symbole n'est jamais uniquement un symbole, Rick. Un symbole est valide et approprié parce que l'objet auquel il se réfère est réel. Vous devriez le savoir, vous qui êtes un homme de lettres.

RICK : Lang l'a prise.

JAY : Est-ce que cela vous mettrait mal à l'aise dans ce contexte ?

RICK : Ah, mes oreilles, merde !

JAY : Voulez-vous un chewing-gum ?

RICK : Je vais le tuer. Je vais la tuer.

JAY : Allez-y, Rick. Accomplissez l'ultime salissure. Noircissez, effacez, disciplinez et niez le réseau valide qui trouve par nécessité sa validité hors de votre propre système.

RICK : Ma vie est foutue. C'est fini.

JAY : Vous noterez que je ne vous ai rien dit au sujet de la vie privée de Lenore Beadsman. Ce n'est pas mon rôle. Les interactions qu'elle pourrait choisir d'engager avec un apporteur de validité blond et viril, proche d'elle en termes d'âge et de milieu socio-économique, sont sans lien avec la relation de cafardage que j'ai avec vous. Laissez parler vos rêves, Rick. Ils sont faits pour ça.

RICK : Comment vous connaissez son âge ? Comment vous savez qu'il est blond et viril et qu'il a un milieu socio-économique ?

JAY : Là, je vais devoir mettre mon masque à gaz. Vous noterez aussi que notre temps est presque écoulé.

RICK : Mettez ce que vous voulez. Mais je partirai quand je l'aurai décidé.

JAY *(d'une voix étouffée)* : Voyez-vous la tâche qui nous attend, mon vieil ami ? Quelle horrible et merveilleuse chance d'exercer notre force. La question vitale : sommes-nous assez mûrs ? Aimons-nous véritablement ? Aimons-nous assez une membrane encore bidimensionnelle pour lui permettre d'entrer dans la validité, la réalité, la tridimensionnalité, pour lui permettre de s'échapper du contexte écrasant hors duquel seulement l'amour originel peut s'exercer dans la réciprocité ? Sommes-nous prêts, avec la reconnaissance de notre incapacité à fertiliser et perforer et valider une membrane, une Autre, à laisser cette Autre demeurer à l'extérieur, dans un endroit propre, sans odeurs, où elle pourra trouver plénitude, satisfaction et réalité ?

RICK : Je retire tout ce que j'ai dit. Vous me racontez des conneries. Je rejette tout ce que vous avez dit. Vous êtes censé m'aider, sombre merde. Votre rôle ici, c'est de m'aider. Toute cette mierda blentnérienne se résume au fait que vous voulez que je reste assis là à regarder l'objet de mon adoration, l'unique référence et but de chacun de mes actes, se faire emporter et baiser jusqu'au sang par un yuppie obsédé avec une peau douce et, comme par hasard, un énorme organe alors que moi non.

JAY : Vous venez précisément de résumer mon propos, Rick. Écoutez ce que vous venez de dire. L'*objet* de votre blablabla. La *référence* de votre blablabla. Un objet et une référence sont par essence et pour toujours Autres, Rick. Vous voyez ? Et c'est ainsi qu'elle doit demeurer pour vous. La question : avons-nous les moyens de permettre à cet Autre de devenir un Soi ?

RICK : Je ne pourrais pas la manger tout simplement ? C'est ce que Norman Bombardini propose de faire. Je ne pourrais pas la consommer ? Comme ça l'Autre deviendrait forcément Moi.

Le Dr Jay s'interrompt.

RICK : Lenore a une haine féroce pour le genre de chaussures que porte Lang.

JAY : Les fixations de Lenore pour les pieds et les chaussures se produisent et existent au sein d'un réseau hygiénique déréglé et infecté en profondeur par une ambiguïté au niveau de la membrane. Je suis certain que vous vous en rendez compte.

RICK : C'est de la merde. J'arrive pas à croire que je vous écoute encore.

Le Dr Jay s'interrompt.

RICK : Et il est où, votre Olaf Blentner ? Je vais aller lui parler. Lui cracher dans l'œil. Qu'est-ce qu'elle en dira, sa membrane ?

JAY : Olaf Blentner n'est plus. Le professeur Blentner est retourné à la boue.

RICK : Quelle ironie bienvenue. Avec un peu de chance il est enterré dans un champ de vaches, avec de la merde tout autour. Tu retourneras à la terre.

JAY : La colère est une réaction naturelle et saine, Rick.

Voulez-vous que je sorte les battes en mousse pour que nous fassions quelques rounds ? Je suis là pour vous aider du mieux que je peux, dans les limites de la réalité de la situation dans laquelle nous nous trouvons.

RICK : Taisez-vous. Où est-ce qu'elle est, cette fameuse conférence d'Heidelberg sur l'Hygiène ? Je veux la lire. Je vais en faire une chronique tellement féroce que vous allez pleurer des larmes de sang.

JAY : Je crains de l'avoir prêtée à un autre client et ami.

RICK : Pas Lenore.

JAY : Rick, j'ai peur que notre temps ne soit vraiment écoulé, cette fois. J'ai d'autres clients et amis de longue date qui attendent. Est-ce que je peux démarrer votre fauteuil ?

RICK : Salaud.

JAY : Revenez me voir dès que possible. Dites à Mme Schorr qu'elle vous donne le prochain créneau libre.

RICK : Jay, vous devez convaincre Lenore que je suis celui qu'il lui faut. Aidez-moi à la prendre en moi. Plus rien d'autre ne comptera. Je vous paierai n'importe quoi.

JAY : Vous insultez mon intégrité. Et vous jetez le doute sur la nature de l'émotion que vous prétendez croire à la source de vos actions. Je mettrai cela sur le compte d'une tension émotionnelle compréhensible en ce moment.

RICK : Oh, merde.

JAY : Au revoir, Rick. Pensez à ce que nous avons vu aujourd'hui. Appelez-moi quand vous voulez. Je suis là pour vous, vraiment. Et maintenant le fauteuil. Au revoir.

Rick Vigorous s'interrompt.

JAY : Au revoir.

RICK : *(inintelligible).*

LA PORTE : Clic.

JAY *(d'une voix qui n'est plus étouffée)* : Ouah.

/f/

9 septembre. 9 septembre

Lenore Beadsman se fait niquer par Andrew Sealander (« Wang-Dang ») Lang. Je le sais. Ce garçon, avec son sourire, peut-être un rapide frottement de la main sur sa veste pour faire briller ses ongles, a pris en quelques instants ce que je ne pourrai jamais avoir. Mon objet, ma référence me demeure extérieure, perforée et validée par l'extension d'un autre. Et

9 septembre

Idée pour le recueil Fieldbinder

Fieldbinder disserte face au Dr J_____, le minable et sadique psychologue, sur les mérites comparatifs du mot « niquer ».

« Excusez-nous ? » dit le Dr J_____, dont le bec-de-lièvre se retroussa d'incrédulité.

Fieldbinder eut un sourire nonchalant. « Le mot "niquer", Dr J_____. N'avez-vous jamais songé que ce mot, loin d'être cru ou laid, est en vérité étrangement beau ? Juste ? Je n'irai pas jusqu'à dire onomatopoétique, mais beau et juste. Peut-être même musical. »

Le Dr J_____ tordit son corps difforme dans son fauteuil. Fieldbinder, un sourire nonchalant aux lèvres, poursuivit, « Le mot choisi pour désigner l'acte – l'acte suprême d'une vie humaine, l'acte porteur de sens et de plaisir qui est la référence au regard de laquelle je me conçois, moi, en tant qu'entité presque exclusivement sexuelle, comme vous l'avez un jour noté – le mot choisi pour désigner l'acte doit lui aussi être d'une importance capitale, vous ne croyez pas ? »

« Mon Dieu, quel homme », soupira le docteur d'une voix à peine audible, avec des roulements de ses yeux vairons qui durèrent jusqu'à ce que le mouvement réveille les orgelets qui incrustaient ses paupières.

« Je ne plaisante pas, sourit Fieldbinder. Pensez à la sonorité, "niquer". "Nique." Une bonne sonorité. Solide. Le son d'une pièce

de monnaie qui tinte dans une tasse en porcelaine épaisse. Le son d'une goutte d'eau claire et froide qui tombe de très haut dans une mare immobile. Faites-le rouler sur votre langue un moment, Dr J______. »

Il y eut un silence alors que le docteur faisait rouler le mot sur sa langue grisâtre. À l'autre bout de la pièce à l'éclairage ambigu, Fieldbinder élimina un minuscule faux pli de son pantalon impeccablement repassé.

« Je me souviens quand j'étais étudiant, reprit Fieldbinder un instant plus tard. Je me souviens que déjà les mots employés par mes congénères pour désigner l'acte ne me satisfaisaient pas. À l'université, le langage réduisait les femmes à l'état de matériau ou d'obstacle. « Tu l'as limée ? » « Pas encore sautée ? » « Je l'ai défoncée hier soir. » Aucune de ces expressions n'est juste, Dr J______, est-ce que ce n'est pas limpide ? Aucun de ces mots ne permet de capturer non seulement la référence, mais le sens d'un acte dans lequel deux êtres distincts s'interpénètrent, physiquement mais aussi bien sûr émotionnellement. Je dois dire que, malgré la connotation grossière que lui donne notre société perturbée, je crois fermement aux mérites comparatifs du mot "niquer". » Fieldbinder leva les yeux et eut un sourire nonchalant. « Est-ce que je vous choque ? »

« Non », chuinta le Dr J______ qui jouait frénétiquement avec les commandes de son fauteuil mécanique, le faisait monter et descendre de façon suggestive tandis que la bave dégoulinait sur son ridicule menton fuyant.

Fieldbinder eut un sourire nonchalant et massa d'un air songeur sa mâchoire généreuse, s'attardant sur le profond sillon qui, par un obscur phénomène physique, accrochait et reflétait la lumière d'une manière qui éblouissait tous ceux qui tentaient de plonger leur regard dans la profondeur des yeux verts

dans la profondeur des yeux bleus de Fieldbinder, de la couleur d'un cristal gelé, avec de petits éclats de diamant blanc pris dans des iris de glace.

Fieldbinder eut un rictus ironique. « Ce mot a une musique, à mon avis, c'est tout. »

Je

« Et votre maison ? zézaya le Dr J______ de sa voix chuintante. Ne sommes-nous pas profondément bouleversés par la destruction de votre maison, la mort de votre fabuleux oiseau dans sa cage de fer, l'incendie désastreux et la plongée dans la désorientation et le chaos que symbolise et entraîne un tel événement ? » J______ se tripotait sous le couvert de son bloc-notes.

Fieldbinder eut un sourire nonchalant. « Docteur, je crois avoir progressé au point de pouvoir dire en toute franchise que cet événement ne m'a pas "bouleversé" de manière significative – avec toutes les ramifications et sens cachés du terme que vous avez choisi. L'attachement à des choses, des lieux, d'autres êtres vivants demande à mon sens des dépenses d'énergie et d'attention très excessives par rapport à la valeur des choses liées par la relation d'attachement. Cela ne vous paraît-il pas raisonnable ? Cette volonté de faire dépendre sa vie de choses et de personnes extérieures à sa propre vie est une idée stupide, qui ne peut à la rigueur convenir qu'à ceux qui seraient plus faibles, moins brillants, moins privilégiés, moins développés que moi. »

« Nous ne sommes pas sûr de comprendre ce que vous voulez dire », bêla le Dr J______, tout en caressant avec amour les commandes de son fauteuil mécanique.

« Essayez d'envisager les choses sous cet angle, docteur, dit patiemment Fieldbinder, un sourire nonchalant aux lèvres. Envisagez le Soi comme le centre d'un réseau en éventail d'émotions, d'aspirations, d'extensions de ce Soi pensant et sentant. Chaque lame de cet éventail peut bien sûr avoir une référence ou un attachement à un objet extérieur. Une maison, une femme, un oiseau, une femme. Mais cela n'a rien de nécessaire. La lame qui cherche à avoir prise sur un Autre extérieur, à s'y attacher, est

forcément soutenue, renforcée, maintenue ; en se liant à l'Autre, elle rétrécit, elle devient faible, molle. Si la référence, l'attachement extérieur venait à disparaître, aussi improbable que cela puisse paraître dans mon cas, la lame atrophiée s'effondrerait et pourrait même disparaître. Le Soi en sortirait diminué. Et même un Soi aussi prodigieux que le mien doit désapprouver toute diminution. » Fieldbinder eut un rictus ironique et ôta une minuscule peluche de son pantalon impeccablement repassé. « Il vaut mieux que les lames de l'éventail tiennent par elles-mêmes : qu'elles jaillissent dans l'espace, autosuffisantes, rigides, dures. Et si une personne se trouvait attirée par une des lames, elle pourrait évidemment se jeter dessus avec une voracité qui ne serait que fort naturelle. Mais elle ne saurait être la référence. Rien qu'un insecte nocturne et éphémère, attiré par une lumière intrinsèquement inaccessible. Elle pourrait se consumer dans la lumière de la lame, la lame perdurerait, continuerait à jaillir, rigide, profondément lancée dans l'espace extérieur au Soi. »

« Nous avons peur de ne pas être équipé pour comprendre une telle idée, chuinta le Dr J______. Laissez-moi consulter les écrits de mon maître et me masturber dessus. »

« Pas besoin de ça, docteur. » Fieldbinder leva une main pour l'arrêter et eut un sourire nonchalant. « Je crois qu'il est en mon pouvoir de vous expliquer cette conception dans des termes plus faciles à comprendre. Avez-vous par hasard déjà regardé une série de dessins animés intitulée Bip Bip et Coyote ? »

« Je la regarde toutes les semaines ; je suis un immense fan. » La bave inondait le menton de J______ qui se tortillait dans son fauteuil, ses pieds pendouillaient loin au-dessus du tapis safran.

« Je m'en doutais, je ne sais pas pourquoi, sourit Fieldbinder. C'est aussi le cas de ma maîtresse actuelle, lorsqu'elle n'est pas prise par son travail ; elle enregistre les messages des caisses-enregistreuses pour des supermarchés haut de gamme, elle a un succès incroyable. Il m'est arrivé de prendre mon samedi matin *pour regarder ce dessin animé avec elle. Avez-vous déjà songé combien il est pertinent de le qualifier d'existentiel? Il nous propose un commentaire tout à fait judicieux sur les attitudes précises qui seraient présentes implicitement chez une personne "bouleversée" par l'incendie de sa maison. Je vois que vous êtes perplexe », dit Fieldbinder quand il remarqua que le Dr J_______ se grattait le crâne avec frénésie, soulevant un tourbillon de pellicules qui s'élevaient dans l'air du cabinet pour retomber sur l'obscène zone chauve au milieu de la tête en forme de crâne du docteur.*

Fieldbinder sourit et poursuivit, « Je vous invite à vous rendre compte que ce dessin animé ne fait rien d'autre que nous présenter un protagoniste, un coyote, qui évolue dans un système dépeint sous la forme intéressante d'une nature malveillante, un protagoniste infatigable à la poursuite inlassable et désastreuse d'une chose, d'un but – l'oiseau dans le rôle titre –, une chose et un but d'une valeur de loin, de très loin inférieure à celle des efforts et des ressources qu'engage le protagoniste dans la poursuite. » Fieldbinder eut un rictus ironique. « La chose poursuivie – un oiseau maigrichon – a bien moins de valeur que l'énergie, l'attention et les ressources économiques dépensées par le coyote dans la dynamique de poursuite. De la même manière que l'attachement émanant du Soi en direction de l'extérieur a une valeur bien inférieure au prix inévitable à payer pour l'établissement de cet attachement. »

Le Dr J_______ gonfla une poupée anatomiquement correcte et commença à la caresser sous son regard vide. Fieldbinder souriait patiemment.

« Question, docteur, dit-il. Pourquoi est-ce que le coyote ne garde pas l'argent qu'il dépense dans les déguisements, les catapultes, les boulettes de nourriture radioactive pour oiseau et les missiles aériens et ne va pas manger chinois, tout simplement? » Il eut un sourire nonchalant. « Pourquoi est-ce que le coyote ne va pas se faire un chinois? » Le visage de Fieldbinder revêtit une expression

nonchalante, affable, ironique, tandis qu'il lissait son pantalon impeccablement repassé.

Le Dr J______ grogna et

/g/

« Rick ? Je te dérange ? »

« ... »

« Je peux revenir plus tard. »

« Qu'est-ce qu'il y a. »

« C'est à propos du manuscrit sur le gamin qui paye son inscription en prépa. Le *Physician's Desk Reference*, c'est un vrai livre ou il l'a inventé ? »

« Le *P.D.R.* est un vrai livre. »

« ... »

« Il recense tous les médicaments prescrits et disponibles dans le pays pour une année donnée, et précise pour chacun la composition chimique, la provenance, le dosage et les contre-indications. »

« Oh. »

« Les gens qui s'intéressent aux drogues et aux choses en rapport avec la médecine ne jurent que par lui. »

« Même les gamins ? »

« Surtout les gamins. »

« Comment ça se fait que tu saches tout ça ? »

« J'ai connu un gamin qui ne jurait que par son *P.D.R.* Qui le cachait dans son coffre à jouets, sous ses jambières et son casque de football. »

« Ton fils ? »

« ... »

« Il commence à se faire tard, tu sais. Regarde, le lac ressemble à de la mayonnaise tournée. »

« ... »

« Écoute, je suis désolée pour ce midi, j'étais sur les nerfs. Le

Dr Jay avait été super bizarre et désagréable. Je pense de plus en plus sérieusement à arrêter de le voir. Je crois qu'on devrait en parler. »

« Tu m'en diras tant. »

« En tout cas, je suis désolée. »

« Aucun problème. Aucun problème, aucun. »

« Tu vas travailler encore longtemps ? C'est le truc pour Norslan ? »

« Non. Oui. »

« Andy est toujours par ici ? »

« Je ne sais pas, Lenore, désolé. »

« T'aurais dû entendre ce qu'il a dit à Candy cet après-midi, à la réunion avec M. Bombardini. Tu veux que je te raconte ? »

« Pas spécialement. »

« Tu vas travailler encore longtemps ? »

« Je ne suis pas encore allé chercher mon *Plain Dealer*. Je pense que je vais faire un saut en bas pour le récupérer et prendre un moment, le temps de me remettre au courant de l'actualité. »

« Donc t'as pas envie d'aller dîner ? »

« … »

« Hmm, bon, je vais peut-être rester un peu dans le bureau de Mavis et faire quelques manuscrits, en attendant que tu aies fini. »

« … »

« Est-ce que ça va ? »

« Approche. Je n'arrive pas à te voir dans cette lumière. »

« Écoute, je suis désolée d'avoir dit que cette histoire avec Fieldbinder était chiante comme la mort alors que je vois que tu l'as bien aimée. C'est un de tes amis importants qui te l'a envoyée, c'est ça ? J'ai tout compris cet après-midi. On n'a qu'à dire que c'est une des choses qui s'adaptent à ma sensibilité. Je l'ai enlevée de la pile des refus. J'ai mis un astérisque dessus. »

« Aucun problème. »

« Est-ce que je t'attends pour dîner ? »

« Fais ce qui te semble valide et tridimensionnel, Lenore. »

« Quoi ? »

« Pour répondre à ta question, le *Physician's Desk Reference* est tout ce qu'il y a de réel. On pourrait dire qu'il a transcendé son contexte. »

« Tu es sûr que ça va ? Jay a fait le connard avec toi aussi ? »

« C'est juste que je me sens… fatigué et petit, ce soir. Un peu l'impression d'être un coyote. »

« Un coyote ? »

« … »

/h/

Bientôt six heures, le soleil bas, l'ombre dense et les pâles lumières allumées loin au-dessus au plafond du hall, Judith Prietht fermait boutique et s'apprêtait à éteindre sa console pour la nuit, la Bombardini Company recevait bien assez d'appels comme ça pendant les heures ouvrables. Dans son sac de courses, le pull à col roulé qu'elle avait presque fini de tricoter ; hors de ses pieds, les chaussons, à ses pieds, les chaussures de ville ; en pause, la console (pressés simultanément, les boutons Composer et Occupé arrêtaient une Centrex 28 équipée de l'option Arrêt, ce qui n'était pas le cas de la console de Frequent & Vigorous, qui ne pouvait être mise en pause qu'en débranchant le câble à l'arrière avec une clé à mollette, une option exercée plus d'une fois par Vern Raring au cours des heures les plus vides et calmes de la nuit) ; hors tension, la lampe, laissant la moitié de la cabine occupée par Frequent & Vigorous dans une lumière plus douce ; sur sa tête, un filet à cheveux ; dans sa bouche, un bonbon à la menthe. Hors de la cabine, elle lança un baiser à sens unique à Candy Mandible et rentra chez elle nourrir son chat.

Assise, Candy fumait encore, elle attendait six heures, l'arrivée de Vern Raring, et essayait de ne pas regarder le petit réveil au-dessus de la console tandis qu'elle racontait la dernière anecdote concernant Lang à Walinda Peahen, qui achevait d'additionner les heures de présence pour les soumettre à la compta le lendemain, vendredi matin. Walinda était de mauvaise humeur car elle avait dû faire des heures sup à son autre travail chez Frequent Loisirs, mais Candy Mandible était le genre de femme à ignorer les humeurs causées par d'autres qu'elle ; et comme Walinda Peahen était le genre de femme à voir sa mauvaise humeur accrue par la présence de personnes agissant comme si elle était de mauvaise humeur, Candy et elle s'entendaient plutôt bien, c'était d'ailleurs Candy qui avait permis à Lenore d'avoir le job, et cela était aujourd'hui la seule ombre au tableau de leur relation.

« Va falloir engager quelqu'un maintenant que cette fille a eu sa promotion canapé », avait dit Walinda.

« Oui, mais seulement un intérimaire, dit Candy. Parce qu'elle va juste faire un peu d'intérim pour M. Vigorous, le temps qu'il soit un peu moins pris par le dossier Stonecipheco. »

« Ah ouais », dit Walinda. Elle tourna vers Candy ses yeux que l'ombre noircissait. « Comment ça Stonecipheco ? Vigorous m'a dit qu'ils avaient récupéré un nouveau gros contrat avec Norslan. »

« Andy Lang m'a dit que c'est ce que M. Vigorous doit répondre aux gens, dit Candy, qui s'était tournée légèrement pour éviter de cracher sa fumée au visage de Walinda. Mais c'est pas la vérité. La vérité, c'est qu'il bosse pour Stonecipheco Baby Food. »

« Quoi, cette saloperie ? dit Walinda. J'en ai trouvé une fois, je l'ai filée à mon gamin et genre il a failli crever. C'est de la sale bouffe qu'elle fait, Lenore, et juste pour la thune. »

« C'est pas Lenore qui fabrique la bouffe, Walinda, tu le sais bien. » Candy soupira. « Et tu sais que ça ne lui rapporte rien. N'oublie pas qu'il faut prendre quelqu'un temporairement, c'est tout. »

Walinda ne répondit rien et Candy se lança dans l'histoire de Lang.

« J'en pouvais plus, dit-elle. Ça m'a tuée. J'ai tellement ri, ça m'a tuée, vraiment. »

Walinda pianotait sur sa calculatrice et ne répondit rien.

« Je sais que tu ne pouvais pas venir, poursuivit Candy, mais tu es au courant que M. Bombardini avait convoqué tout le monde, des deux boîtes, pour une grande réunion aujourd'hui ? Tu as eu le mémo, non ? »

« Je l'ai eu. Et d'après ce que j'ai entendu, tout ce que vous avez fait, c'est écouter le gros tas parler de son immeuble. »

« Je sais pas, c'était super bizarre. Il était à sa tribune, avec huit beaux costauds en pagne qui le portaient, et il blablatait sur comment on devait se faire à l'idée qu'on aurait de moins en moins de place dans l'immeuble, parce que l'espace qui nous est dédié allait diminuer progressivement, et puis il a carrément arrêté de parler de l'immeuble et il s'est mis à nous dire qu'il allait y avoir de moins en moins de place pour nous en général, un truc du style le monde rétrécit, et il avait une sorte de lueur démoniaque dans les yeux, sans compter qu'il avait l'air d'avoir pris, je sais pas, cinq cents kilos, et il arrêtait pas de fixer Lenore comme s'il voulait la manger et de faire des allusions sur la manière dont on pouvait se préserver un espace à nous si on jouait les bonnes cartes. Il est complètement fou de Lenore, depuis que sa femme l'a quitté pour un vendeur de yaourts. Il lui envoie des fleurs pratiquement tous les jours. »

« Alors peut-être qu'elle peut nous avoir une cabine plus grande », dit Walinda d'un air pensif, tout en additionnant les heures.

« Mais bon, le truc c'est que ça devait être une réunion hyper sérieuse, on était tous nerveux et y avait pas un bruit, parce que M. Bombardini fait flipper tout le monde, dit Candy, avant de souffler un rond et de le transpercer d'un doigt à l'ongle rouge. Et donc y avait pas un bruit, et M. Bombardini blablatait, et ce type, Andy Lang, il était assis juste devant Lenore et moi, et d'un coup il a commencé à se retourner sur sa chaise, tout doucement, et à nous regarder genre super intensément, comme s'il avait un truc important à nous dire, alors on s'est penchées en avant, il s'est penché vers nous et il nous a chuchoté, très fort, "Je bande." » Candy éclata de rire avec de grandes inspirations, et Walinda se mit à rire elle aussi. « Ça m'a tuée, et je rigolais, et c'était encore pire parce qu'il y avait vraiment pas un bruit et tout le monde était super sérieux, et Lenore a commencé à se marrer aussi et on pouvait plus s'arrêter. Et ensuite Lang s'est retourné, tout sérieux, et il s'est remis à écouter M. Bombardini et nous on était mortes de rire. C'était... atroce. » Candy riait si fort qu'elle ne pouvait plus fumer. Elle laissa tomber sa cigarette dans une canette de Tab vide où elle crépita et pétilla, puis mourut.

Walinda gloussa. « Oooh, bichette. Je me demande ce que le petit bonhomme de Lenore a pensé de tout ça. Il était assis sur ses genoux ? »

« M. Vigorous n'était pas là, répondit Candy. Apparemment il avait un genre de rendez-vous. Je crois que vous étiez les deux seuls à ne pas être là, de l'équipe de jour. »

Walinda humecta un doigt et tourna une page du cahier de présence. Candy commençait à ramasser ses affaires en prévision de l'arrivée de Vern. Dans son sac à main, son paquet de tabac ; à ses pieds, ses chaussures...

« Excusez-moi, fit une voix de l'autre côté du comptoir. Je cherche M. Lang. »

Walinda leva rapidement la tête, plissa les yeux et retourna à sa calculatrice. Candy, qui avait enfilé ses chaussures, se redressa et plongea son regard dans celui de Mindy Metalman Lang.

« Je suis Mme Lang, dit la femme d'un ton calme. Je cherche M. Lang. Mon mari. Au téléphone, quelqu'un m'a dit qu'il travaille ici, même si le numéro avec lequel j'ai été mise en relation a dû sonner une trentaine de fois dans le vide. »

Candy ne répondit pas tout de suite. Elle était trop occupée à contempler ce qu'elle, Candy Eunice Mandible, aurait pu être si elle n'avait pas eu cette infime surocclusion et si elle avait eu peut-être cinq kilos supplémentaires judicieusement répartis, des yeux plus comme des ailes, et aussi une fortune personnelle. Elle contemplait la perfection ; elle sentait les effluves du White Shoulders d'Elizabeth Arden ; elle soupçonnait le manteau d'être en zibeline véritable. Candy avait devant elle une femme à la beauté immense, et elle la regardait, et inconsciemment elle commençait à lisser la vieille robe moulante en coton violet qu'elle portait.

Mindy de son côté regardait aussi, mais pas tant Candy que sa robe. Ses yeux s'évadèrent un instant, comme si elle essayait de capturer un souvenir insaisissable. Ses yeux étaient différents de ceux de Candy. Très différents. Alors que les yeux de Candy étaient marron clair et presque ronds, ce qui donnait trop de symétrie à son visage, le rendait presque triangulaire quand il aurait été plus joli et rassurant s'il avait été plus rond et ses bords moins précis, ceux de Mindy étaient si sombres qu'ils étaient presque noirs et ils semblaient s'ouvrir beaucoup plus larges au-dessus des pommettes et sur les côtés, comme les ailes voltigeantes d'un oiseau noir : larges, délicats, toujours habités par le mouvement même lorsqu'ils étaient immobiles. De très beaux yeux. Un visage très proche de celui de Candy, mais moins précis sur les bords et donc considérablement mieux. Candy lissait toujours sa robe.

« Tu fais quoi, fillette, les adresses des employés dans le registre », dit Walinda à Candy avant de faire glisser le registre sur le comptoir blanc jusqu'à ce qu'il heurte la main de Candy. « C'est moi qui ai écrit son adresse, en bas », dit Walinda.

Candy ne consulta pas le registre. « Pour le moment, M. Lang habite dans un immeuble à East Corinth, une banlieue au sud. » Elle sourit à Mindy. « À vrai dire, j'habite dans le même immeuble, enfin dans la même maison, c'est pour ça que je le sais, mais en fait c'est une pension, donc c'est plus comme un immeuble ; c'est pas comme si on vivait ensemble dans la même maison. » Elle rit en reprenant sa respiration.

« Je vois, dit Mindy avec un début de sourire, hochant la tête. Vous pourriez peut-être me noter l'adresse. »

Candy attrapa un bloc-notes, un crayon, et nota.

« Et aussi le numéro de son bureau, celui que la standardiste a essayé la première fois, dit Mindy. Est-ce que vous pourriez essayer encore une fois ? Dans quel... département est-ce qu'il travaille ? » Elle jeta un regard circulaire au hall de marbre, aux confortables fauteuils rouges à destination des occupants du hall, aux veinules que traçaient les derniers rayons du soleil sur la noirceur des murs.

« Traduction », lui répondit Candy sans lever les yeux.

« Traduction ? »

« Nourriture pour bébés », dit Walinda Peahen, qui lança de ses yeux vert sombre des regards hostiles au manteau de fourrure de Mindy avant de revenir à sa paperasse.

« Nourriture pour bébés ? »

« Chht », chuchota Candy à l'oreille de Walinda. Elle se leva et fit glisser l'adresse des Tissaw sur le comptoir.

« Et je vais appeler à son bureau, mais je sais qu'il n'est pas là, sourit Candy. Il est parti après une réunion avec tout l'immeuble, vers trois heures. Mais je sais plus ou moins où il sera ce soir. »

« Ah bon. »

« Il sera dans un bar appelé Gilligan's Isle, il regardera la télé chrétienne avec un de ses amis. »

Mindy rangeait l'adresse de Lang dans un très joli sac à main Etienne Aigner. Elle le ferma dans un clac et leva la tête. « La télé chrétienne ? Andy ? »

« Un des... Il y a un oiseau qui participe à l'émission et qui appartient à une amie commune, dit Candy. On va tous essayer d'aller voir l'oiseau, ce soir. »

« Un oiseau ? Andy a prévu de regarder un oiseau à la télé chrétienne ? »

« Le bar est juste de l'autre côté d'Erieview Plaza, par là, dit Candy, un doigt pointé pour indiquer la direction, derrière les portes tournantes du hall. C'est facile à trouver. Y a des grandes statues colorées dedans. »

Mindy fixait de nouveau la robe violette. Elle leva les yeux vers ceux, ronds, de Candy. « On ne se serait pas déjà rencontrées ? » demanda-t-elle.

« Non, je ne crois pas. » Candy secoua la tête puis leva les sourcils. « Pourquoi ? »

« Je ne sais pas. Je ne voudrais pas être impolie, mais je suis certaine d'avoir déjà vu cette robe. »

« Cette robe ? » Candy se regarda. « C'est une vieillerie. Elle appartenait à une amie, la propriétaire de l'oiseau dont je viens de parler. Vous connaissez Lenore Beadsman ? »

La console se mit à bipper. « Attendez une seconde, disait Candy à Mindy. Vous avez parlé de Lenore quand je vous ai eue au téléphone. » Mindy la regardait. Walinda n'avait aucune intention de prendre l'appel. Candy se baissa vers la console. Un clignotement rapide, un appel interne. « Standard », dit-elle.

D'un coup, Mindy s'était penchée par-dessus le comptoir et regardait le matériel. « C'est une Centrex, dit-elle à Walinda. C'est une Centrex ? »

Walinda leva une nouvelle fois la tête et plissa les yeux. « Ouais. »

« Une 28 ? »

« J'en sais rien. »

« Hmmm. »

Candy raccrocha et se redressa. « C'était justement le responsable de M. Lang, madame Lang. Il va descendre chercher son journal, le responsable. » Candy désigna du doigt un exemplaire lu et froissé du *Plain Dealer* du jour, posé sur le cache-poussière en plastique de la machine à écrire grise de l'accueil.

« Si vous pouvez attendre une minute, il vous répondra beaucoup mieux que moi. »

Mindy ne quittait pas la console des yeux. Puis elle sourit à Candy. « J'étais en colocation avec la sœur de Lenore Beadsman, en première année à Mount Holyoke », dit-elle à voix basse.

La mâchoire de Candy s'en décrocha. « Mince, c'est une robe de Clarice ? fit-elle. Lenore me l'a jamais dit. Et j'étais pas du tout au courant que vous connaissiez la *famille* de Lenore. »

Vern Raring passa les portes, à six heures cinq. « Tiens, voilà les secours, façon de parler, dit Candy. Si on allait s'asseoir dans le hall, histoire de – »

« Mais j'ai aussi rencontré Lenore », dit Mindy comme si elle avait décidé quelque chose, et elle offrit à Candy un sourire magnifique.

« Sans *blague.* Je savais pas du tout que Lenore connaissait la femme d'Andrew. » Candy tapa dans ses mains et rendit leur sourire aux yeux ailés de Mindy Metalman. « Vous savez, dit-elle. J'adore votre manteau. Est-ce que ça vous dérange si je le touche ? »

« Euh, non, allez-y. »

Candy caressait la manche de Mindy lorsqu'elle vit Rick Vigorous et Lenore sortir de l'ascenseur au coin nord-ouest.

« Tiens, et voilà Lenore et M. Vigorous », dit-elle. Vern Raring entra dans la cabine et déposa un gros baiser sur la joue de Walinda Peahen, de la main elle fit semblant de le chasser et ils rirent tous les deux.

Mindy se retourna et sa manche se trouva soudain hors d'atteinte de Candy. La main de Candy alla cogner le comptoir. Le regard de Mindy plongea dans l'orange et noir.

« Monsieur Vigorous ? »

17

1990

/a/

10 septembre

« Tu me fais mal, Andy, dit Lenore. Tu me fais mal à l'intérieur. »

« C'est ça l'amour, bébé », dit W.D.L.

Approchez, regardez. Si l'on s'approche et que l'on regarde dans la cuvette des toilettes, on peut voir que l'eau n'est pas immobile mais qu'elle pulse dans son récipient de porcelaine épaisse ; elle s'élève et retombe, à peine, sous l'influence des puissants flux et reflux de marées souterraines que seul pourrait imaginer le pèlerin matinal le plus fervent.

/b/

« "Le long du ruisseau rieur apparut Bill la Belette. Il était de belle humeur ce matin-là, il était Bill la Belette, enchanté par le monde en général et par lui-même en particulier." »

« Fibres », dit Concarnadine Beadsman.

« "Lorsqu'il arriva à l'étang joyeux il nagea jusqu'au gros rocher. Louis la Loutre y était déjà et non loin de là, flottant paresseusement avec la tête et le dos hors de l'eau, se trouvait Jerry le Rat musqué.

« “« Bonjour, Bill la Belette !» s'écria Louis la Loutre.

« “« Bonjour à toi », répondit Bill la Belette avec un sourire.” »

« Comment s'appelle celui-ci, déjà ? » demanda M. Bloemker depuis l'autre côté du lit de Concarnadine, tout en tripotant un de ses yeux derrière ses lunettes.

« Il s'appelle *Bill la Belette va au lit sans dîner*, dit Lenore sans lever les yeux du livre. Est-ce que je peux continuer ? Je sens que Concarnadine l'aime beaucoup. »

« Je vous en prie. »

« Fibres. »

« “« Où vas-tu comme ça ? » demanda Louis la Loutre.

« “« Nulle part », répondit Bill la Belette.

« “« Allons pêcher à la grande rivière », dit Louis la Loutre.

« “« Allons-y ! » s'écria Bill la Belette, avant de sauter du plus haut du gros rocher.” »

« Son visage guérit bien, avec cette humidité, vous ne trouvez pas ? » dit M. Bloemker.

En réalité, Concarnadine n'avait pas l'air si bien que ça. Il y avait des plaies et il y avait des pansements. Un pansement blanc translucide partait juste au-dessus de son œil gauche pour recouvrir tout son front ; un de ses minuscules sourcils se perdait dans le pansement qui paraissait se fondre dans la peau.

« Une superbe idée que vous avez eue, de faire transporter l'humidificateur ici, dit M. Bloemker qui contemplait son pouce. Nous commençons à perdre la chaleur et l'humidité dont la présence a été si généreuse toute cette saison, comme vous le savez certainement. Concarnadine a eu les mêmes problèmes l'année dernière, à la même période si ma mémoire est bonne. Tout comme la majorité des résidents de la section J. Quoi qu'il en soit, une superbe idée, mademoiselle Beadsman. »

« Fibres. »

« “Ils se mirent ainsi en route à travers les Prairies Vertes jusqu'à la grande rivière. À mi-chemin, ils croisèrent Patterousse le Renard.” »

Les plaies rouges étaient brillantes et satinées dans la lumière du matin qui se déversait depuis la cour centrale, pleine d'eau colorée, par la baie vitrée de Concarnadine. Elles semblaient humides. Elles ne saignaient pas, pourtant. Le pansement qui faisait particulièrement horreur à Lenore couvrait une zone grande comme ça, juste au-dessus du sourcil de Concarnadine. Lenore pensait à l'adhésif collé au satin d'une plaie. Elle pensait au pansement qu'on arracherait.

« Tous les combien de temps est-ce que vous changez ce pansement ? »

« J'ai peur de ne pas le savoir avec précision. Tous les jours, je suppose. »

« Et j'espère que vous – »

« Fibres. »

« – ne tirez pas dessus pour l'arracher ? Vous le mouillez et vous le décollez soigneusement ? »

« Ça, je peux vous l'assurer. Nous n'arrachons rien, ici. »

Lenore regarda Concarnadine dans les yeux. Concarnadine sourit.

« “« Salut, Patterousse ! Viens pêcher avec nous à la grande rivière », lança Bill la Belette.

« “Mais Patterousse le Renard n'est pas bon pêcheur, bien qu'il adore manger du poisson. Il se souvenait que, la dernière fois qu'il était allé pêcher, Bill la Belette s'était moqué de lui quand il était tombé dans l'étang joyeux. Il s'apprêtait à dire « Non » lorsqu'il changea d'avis.

« “« D'accord, je viens », dit Patterousse le Renard.

« “Bill la Belette et Louis la Loutre sont de fameux pêcheurs, capables de nager plus vite que les poissons eux-mêmes. Patterousse le Renard quant à lui ne nage pas bien et ne peut compter que sur ses réflexes. Arrivant au bord de la grande rivière, ils rampèrent sans bruit jusqu'à une petite plage de sable. Là, à quelques brasses du bord, jouait un banc de petites perches tachetées. Bill la Belette et Louis la Loutre se préparèrent à plonger et à rapporter un poisson chacun, mais Patterousse le Renard savait qu'il ne pourrait nager assez bien pour cela." »

« Fibres fibres fibres fibres. »

Lenore se souvenait du jour, l'automne dernier, où M. Bloemker lui avait montré de nombreux autres patients atteints de la même maladie que Concarnadine. M. Bloemker appelait cette maladie l'acné gériatrique. Il avait une théorie. Il disait que les deux variétés d'acné surgissaient lorsque la peau ne remplissait pas son rôle. Il avait dit que « si l'on veut le voir sous cet angle, on peut dire que la peau est conçue pour garder à l'intérieur du corps ce qui doit y être et pour empêcher ce qui est à l'extérieur du corps d'y entrer » et que « si, dans le cas des plus jeunes, nous pouvons dire qu'ils sont si pleins de vie intérieure et d'énergie et de choses comme ça que la vie en question et des morceaux de son intérieur peuvent pousser l'enveloppe du derme, être forcés vers l'extérieur, dans le cas de nos résidents nous pouvons dire que les assauts sont inversés, que leur énergie et leur attention se sont repliées vers leur centre immobile, au point qu'ils n'ont plus suffisamment de vie intérieure et d'énergie pour empêcher ce qui est à l'extérieur de perforer l'enveloppe et d'empiéter sur un intérieur en régression continuelle », et ainsi de suite. « Ce n'est plus une infection qui émane de l'intérieur, mais une blessure infligée de l'extérieur à une enveloppe fatiguée », « la peau n'est plus une barrière viable », et ainsi de suite. Pour autant que Lenore le sache, il n'avait pas dit membrane.

« Sauf que ça n'arrive qu'à l'automne, quand il commence à faire sec, avait dit Lenore. L'automne prochain, on prévoira un humidificateur pour Concarnadine. »

« "Mais Bill la Belette se moquait de Patterousse le Renard.

« " « Bouh ! Tu ne sais pas pêcher, Renard ! Je n'irais jamais pêcher si je n'arrivais pas à attraper les poissons qui nagent droit dans mes pattes. »

« "Patterousse le Renard fit semblant d'être indigné.

« “« Faisons un pari, Bill la Belette, dit-il, si je n’attrape pas plus de poissons que toi aujourd’hui, j’irai voler pour toi le poulet le plus dodu de Brown le fermier, mais si j’attrape plus de poissons que toi, tu devras me donner ta plus belle prise. Qu’en dis-tu ? »

« “Bill la Belette adorait les poulets dodus –” »

« Fibres. »

« “– et il voyait là l’occasion d’en déguster un sans avoir à courir le danger de tomber nez à nez avec Hector le Chien, qui gardait les poulets de Brown le fermier. Bill la Belette accepta donc de donner son plus gros poisson à Patterousse le Renard si ce dernier lui montrait qu’il avait plus de poissons que lui à la fin de la journée. Ce faisant, il gloussait dans sa moustache car il était un fameux pêcheur –” »

« Fibres. »

« “– et il savait que Patterousse le Renard nageait mal et n’aimait pas l’eau.” »

Concarnadine Beadsman, Mme Stonecipher Beadsman Jr, était entrée en résidence à la maison de retraite de Shaker Heights avant même le rachat de l’établissement par Stonecipheco Baby Products. Concarnadine Beadsman avait hélas été frappée de sénilité alors qu’elle n’avait pas encore soixante ans. Elle avait pouffé sous la pluie lors de l’enterrement de son mari, à la suite de l’accident lié au produit concurrent de la Jell-O. Elle s’était lamentée dans la voiture en chemin vers la demeure des Beadsman à Shaker Heights, le jour où on l’avait déménagée de sa propre maison de Chagrin Falls après la mort de son époux. Ensuite, les quelques années suivantes, à Shaker Heights, elle avait occupé ses jours par des trajets jusqu’à la boîte aux lettres : des marches de deux heures jusqu’à la boîte à l’autre bout du pâté de maisons ; l’essentiel de la journée à regarder par la bouche noire de la boîte, la fente maintenue ouverte par une main puis l’autre, la journée ponctuée par l’arrivée du facteur à quatre heures, l’ouverture du fond de la boîte et l’écoulement du courrier – une libération de fin du jour avec laquelle souvent Concarnadine se trouvait hélas en empathie involontaire –, tout cela suivi par trente secondes de voiture pour rentrer à la maison avec un membre de la famille qui conduisait affaissé dans son siège et portait des lunettes de soleil… Pour finir, détente, Lawrence Welk illimité, une kyrielle de lettres à ouvrir, des étiquettes où marquer la fonction des choses. Plus Lenore y pensait – et elle y pensait – et plus elle se disait que Concarnadine était heureuse.

« “Peu après, il atteignirent une nouvelle plage pareille à la première. Ils voyaient jouer un autre banc de jeunes poissons imprudents. Comme auparavant, Patterousse le Renard resta sur la rive tandis que les autres allaient nager pour rapprocher les poissons. Comme auparavant, Patterousse le Renard en attrapa une demi-douzaine, alors que cette fois Bill la Belette et Louis la Loutre n'en prirent qu'un chacun. Patterousse en avait cinq et fit semblant d'avoir tellement de mal à en attraper un, le plus petit de tous, que Bill la Belette n'eut pas le moindre soupçon.” »

M. Bloemker soupira pour lui-même et remua une chaussure.

Lenore se tourna vers lui. « N'hésitez surtout pas à y aller. Je suis sûre que vous avez beaucoup à faire. »

« Fibres. »

« J'ai pour ordre d'attendre les propriétaires de l'établissement, ou leur représentant le cas échéant, dit M. Bloemker. Autant attendre ici. J'espère avoir la chance de discuter un peu avec vous, une fois cette charmante histoire terminée. »

« Mon père va venir ? »

« Ce n'est pas impossible. »

« Je crois plutôt qu'il est trop occupé à se préparer à se mettre en rogne quand Kopek Spasova fera les pubs pour Gerber à l'Erieview ce soir. »

« Néanmoins. »

« Fibres. »

« Alors c'est Karl Rummage qui va venir ? Peut-être qu'ils vont vous faire chercher l'âge des patients à leur place encore une fois. »

« Pour votre information, on m'a laissé entendre que les individus liés à l'établissement et pour l'heure indisponibles seraient bientôt de retour parmi nous. »

« Vous avez dit exactement la même chose il y a deux jours, j'ai appelé Papa et nada. »

« Mais cette fois-ci, ce sont des personnes en relation avec les propriétaires de l'établissement qui m'ont laissé entendre ce que je viens de vous dire. »

« Fibres. »

« M. Rummage ? »

« Une jeune personne du département Chimie, chez Stonecipheco Baby Food. »

« Obstat ? »

« Oui, je crois. »

« Papa m'avait promis juré qu'il m'appellerait dès qu'il aurait quelque chose sur Lenore. Il disait qu'il appellerait la police si elle et tous les autres trucs qui ont disparu ne revenaient pas ou n'écrivaient même pas un mot. »

M. Bloemker ne répondit rien. Il se gratta la barbe.

« Bref, dit Lenore, en tout cas je suis sûre qu'il n'a pas appelé ce matin. Donc je ne vous crois pas. »

Bloemker regarda sa chaussure et haussa les épaules.

« Et avec Rick, on a soi-disant un plan pour retrouver Lenore. En grande partie inspiré et bizarrement mis sur pied par Rick, mais n'empêche. »

« Comme vous voulez. Je vous ferai bien entendu suivre toute information pertinente, selon notre accord. »

« Brenda et vous êtes trop gentils. »

« Fibres. »

« "Le reste de la journée, la pêche fut médiocre. Au moment où Mère Vent d'Ouest quittait les Prairies Vertes pour ramener ses enfants, les Joyeuses Petites Brises, chez eux, derrière les Collines Pourpres, nos trois pêcheurs commencèrent à compter leurs prises. Puis Patterousse sortit tous les poissons qu'il avait cachés. Quand ils virent le tas de Patterousse le Renard, Bill la Belette et Louis la Loutre furent si surpris que leurs yeux sortirent de leurs orbites et leurs mâchoires se décrochèrent." »

« Fibres. » La mâchoire de Concarnadine se décrochait elle aussi. Assise dans son lit, elle avait les jambes étendues devant elle ; ses pieds, dans leurs chaussettes de laine, indiquaient des directions différentes. La peau recouvrant ses tibias, visible entre les pans de sa robe de chambre, était mouchetée.

« "Patterousse s'avança vers le plus gros brochet, s'en empara et le posa sur sa pile. « Que fais-tu avec mon poisson ? » s'écria Bill la Belette, fort en colère.

« "« Il n'est pas à toi, il est à moi ! » rétorqua Patterousse le Renard." »

« Fibres. »

« "Bill la Belette sautait d'un pied sur l'autre tant il était en colère. « Il n'est pas à toi ! criait-il. Il est à moi, c'est moi qui l'ai attrapé ! »

« "« Et tu étais d'accord pour me donner ta plus grosse prise si j'attrapais plus de poissons que toi. J'en ai attrapé quatre fois plus, le brochet est donc à moi », répliqua Patterousse avec un clin d'œil en direction de Louis la Loutre." »

« Fibres fibres fibres *fibres* », dit Concarnadine Beadsman.

« Qu'est-ce que c'est que cette histoire de fibres ? demanda Lenore. Comment ça se fait qu'elle répète tout le temps "fibres" ? »

« Nous avons remarqué que lorsque l'automne commence à faire tomber la chaleur qui ne manque jamais, et cela est bien naturel, de replier nos résidents de la section J sur eux-mêmes, les résidents se mettent pour ainsi dire à revenir parmi nous, ils redécouvrent les bienfaits de la communication, dit M. Bloemker. Vous vous souvenez que Concarnadine n'a pas dit un mot de tout l'été. Et maintenant nous l'entendons parler juste pour parler. L'explication ? Une infirmière lui a probablement fait remarquer qu'il serait bon pour elle de manger sa salade, à cause des fibres qu'elle contient, et Concarnadine s'est plus que certainement accrochée à ce mot. Vous n'êtes pas sans savoir qu'ici à Shaker Heights nous préférons employer des fibres plutôt que des solutions chimiques agressives pour entretenir la régularité de nos résidents. »

« Fibres. »

« Le problème, c'est qu'elle n'a sûrement aucune idée de ce que signifie ce mot », dit Lenore.

« Cela ne fait aucun doute. Pourtant, Lenore avait inscrit "fibres" dans son manuel de vocabulaire. Voulez-vous que j'aille en chercher un exemplaire ? »

« Et pourquoi bloquer sur ce mot ? dit Lenore. Concarnadine s'est toujours moquée de ce qu'elle mange. Elle mangeait même plein de trucs de chez Stonecipheco quand il y en avait à la maison. C'était une mangeuse bizarre. Une fois, quand j'étais petite, on était allés les voir pour Noël, et Grand-Mère C. et Grand-Papa s'étaient disputés et Grand-Mère C. n'avait rien mangé de la journée ; elle était restée au sous-sol, à jeter des fléchettes sur un poster de Jayne Mansfield. »

Concarnadine Beadsman sourit.

M. Bloemker se pencha vers Lenore, de l'autre côté du lit. Ses yeux avaient une manière à eux d'attraper la lumière et de prendre des couleurs étranges derrière les verres de ses lunettes.

« Mademoiselle Beadsman, puis-je vous suggérer une théorie portant sur les questions dont nous nous sommes déjà entretenus ? »

« Laissez-moi terminer l'histoire. Je vois à son sourire qu'elle l'aime bien. »

« Fibres. »

« Juste ceci. Ne vous est-il jamais venu à l'esprit que ce sont les jeunes, et non les vieux, qui ont le plus le sens de, disons, l'histoire sociale ? »

« "Alors Bill la Belette fit quelque chose de très sot ; il s'emporta complètement. Il traita Patterousse le Renard de tous les noms. Mais il n'eut pas le courage de lui reprendre le gros brochet, car Patterousse était bien plus fort que lui. Il se mit dans une telle rage qu'il finit par s'enfuir en laissant son tas de poissons derrière lui." »

« Que plus les gens vieillissent, accumulent les expériences, plus leur sens de l'histoire se resserre, rétrécit, devient plus personnel ? Et cela au point que lorsqu'ils se souviennent d'événements d'importance générale, ils ne se souviennent par exemple que de l'endroit où ils étaient quand ceci ou cela s'est déroulé. Et cetera et cetera. Les événements objectifs et les données adoptent des teintes de plus en plus subjectives. Ce postulat vous paraît-il raisonnable ? »

« "Patterousse le Renard et Louis la Loutre firent bien attention de ne pas toucher aux poissons de Bill la Belette, mais Patterousse partagea son tas avec Louis la Loutre. Puis ils firent, eux aussi, route vers chez eux, avec Patterousse portant le gros brochet. »

« Fibres. »

« Qu'est-ce que cela vous évoque-t-il ? Bien entendu, j'extrapole à partir de certaines des questions que nous avons abordées la dernière fois que nous avons discuté de visu. Bien entendu, j'ai le sentiment que cette intuition se vérifie tout particulièrement chez les habitants du Midwest, qui entretiennent avec les régions moins reculées du pays un rapport géographique et culturel si ambigu que les événements objectifs et les états de fait constituant les objets d'une véritable conscience sociale transitent pour arriver à la conscience de nos résidents par les filtres d'une mémoire aux teintes subjectives et d'une ambivalence géographique. Ce qui pourrait expliquer les extrêmes complications auxquelles nous assistons ici, à Shaker Heights. »

Derrière la charmante lèvre carmin de Concarnadine et la partie inférieure de sa dentition régulière, Lenore voyait s'accumuler un lac de salive brillante qui enflait, submergeait l'arrière des dents un peu plus à chaque respiration et commençait à scintiller aux coins de la bouche de Concarnadine dont la mâchoire pendait toujours.

« "Tard ce soir-là, une fois qu'il se fut calmé, Bill la Belette eut faim. Plus il pensait à son poisson et plus il avait faim." »

« Cela ne vous évoque toujours rien ? »

« Pas vraiment. »

« Fibrebrebrebrebre. »

« Oh, non. »

« Elle a la bouche trop pleine de salive, c'est tout. » Lenore tendit la main vers les mouchoirs en papier sur la table de chevet. « Juste un tout petit peu trop de salive. »

« Cela arrive même aux meilleurs. »

« M. Blumker ? » Sur le pas de la porte, Neil Obstat Jr donnait de petits coups timides contre le fin panneau en contreplaqué, les yeux braqués sur Lenore, courbée au-dessus d'une belle femme souriante aux cheveux blancs en peignoir de coton et chaussettes de laine, des mouchoirs trempés dans la main. «Bonjour, dit-il. Salut, Lenore. »

« Salut. »

« Comment ça va aujourd'hui ? »

« Fibres », fit Concarnadine tout en remuant les orteils.

« Tu peux avaler, tu sais, Grand-Mère C. Tu peux avaler ta salive, tu sais. »

« Et comment va ta mamie ? » demanda Obstat.

« Nous allons sortir et vous laisser finir de faire la lecture à Concarnadine », dit M. Bloemker, un doigt traçant le contour de sa barbe.

Lenore déposa les mouchoirs mouillés dans la main ouverte de M. Bloemker et se pencha à nouveau sur le livre. Elle entendit les mouchoirs tomber dans la poubelle métallique de Concarnadine avec un bruit lourd tandis que M. Bloemker rejoignait Obstat à la porte.

« Monsieur Blumker, je suis Neil Obstat Jr, de Stonecipheco Baby Food Products », entendit Lenore. Elle aurait parié qu'il continuait à la regarder par-derrière.

« Bloemker, à vrai dire…, entendit Lenore. Venez avec moi… couloir. » Il y eut des sons.

« "Enfin, il n'y tint plus et se dirigea vers la grande rivière pour voir ce qu'étaient devenus ses poissons." »

Lenore se souvenait qu'une fois, à Shaker School, Neil Obstat s'était fait coincer le caleçon entre les fesses dans le vestiaire des garçons par Ed Creamer, Jesus Geralamo et toute leur bande de voyous, que Creamer l'avait laissé là, accroché par le caleçon à un porte-manteau dans le couloir des vestiaires, sous les yeux de Lenore, Karen Daughenbaugh, Karen Baum et le reste des filles qui avaient sport en dernière heure et allaient prendre le bus, qu'un gardien avait dû décrocher Obstat, et que Karen Baum avait dit qu'elle avait pu voir tout le derrière de Neil Obstat.

« "Il atteignit la bande de sable où il avait eu l'inconscience de les laisser juste à temps pour voir la dernière perche disparaître dans le long gosier de M. Héron Gris." »

« Fibres. » Concarnadine fouillait sa bouche avec un doigt en quête de quelque chose. Lenore revint au livre.

« Membrane, Concarnadine, dit Lenore d'une voix qu'elle voulait grave. Je te dis "membrane". »

« Fibres. »

LaVache Beadsman avait dit, des années auparavant, que Lenore détestait Concarnadine parce qu'elle lui ressemblait. Il était vrai que les cheveux de Concarnadine étaient longs, denses et tombaient en boucles sur les épaules de sa robe de chambre rose, alors que ceux de Lenore étaient évidemment plus courts, bruns, et descendaient en larges mèches dont les pointes se rencontraient sous son menton. Mais le visage de Concarnadine était celui de Lenore, plus ou moins, le moins consistant en quelques pattes d'oie saupoudrées et en deux profondes rides du sourire qui reliaient les commissures de ses lèvres à sa mâchoire.

« Lenore déteste Concarnadine parce qu'elle lui ressemble », avait dit LaVache à John, dans l'aile est, alors que Lenore lisait près de la fenêtre et les écoutait. « Lenore s'identifie à elle d'une manière profonde et un peu effrayante. »

« Est-ce qu'on peut oser étendre ce raisonnement à ta relation avec Papa ? avait demandé John dans un rire. Vu qu'on sait tous que tu es le reflet de Papa dans un tout petit miroir. »

LaVache s'était avancé en brandissant la jambe. Et Lenore avait vu Mlle Malig, des éclairs au bout des doigts et les yeux couleur teinture d'iode, débouler pour restaurer l'ordre.

« Oh, Lenore. »

Lenore leva les yeux du livre. « Comment ? »

« Fibres fibres. » La robe de chambre était à présent remontée au-dessus de ses genoux qui paraissaient couverts de cette peau grisâtre qu'on trouve en général sous les coudes.

La voix d'Obstat dans le couloir. Lenore entendait le son humide produit par M. Bloemker qui faisait quelque chose à son visage. Elle voyait, dépassant dans l'embrasure de la porte, le bas de la veste de sport marron de M. Bloemker. Le sol semblait couvert de poussière, avec une trace noire qui courait jusque dans le couloir. Lenore aurait aimé que la chambre de Concarnadine soit plus propre.

« "Et c'est ainsi que Bill la Belette alla au lit sans dîner. Mais il avait appris trois choses qu'il n'oublia jamais : il vaut souvent mieux être futé qu'habile, il est méchant mais surtout très sot de se moquer d'un autre, et s'emporter est la plus stupide des choses." »

Lenore regarda les petits nuages de vapeur s'échapper de l'humidificateur et se changer en jaune pâle dans la lumière du mur de verre. La vapeur la fit penser à une autre chambre.

« À ton avis, qu'est-ce qu'on devrait faire, Grand-Mère C. ? »

Concarnadine avait un sourire magnifique et pinçait la peau parcheminée au dos de ses mains. Lenore la vit rouler la tête de haut en bas, pour s'amuser.

/c/

10 septembre

Bien, commençons. Mollets. Posture. Odeur. Des sons dans des champs de lumière.

Un. Les mollets. Est-il besoin d'évoquer l'habitude qu'avait le soleil de toujours se refléter sur les mollets de Mindy Metalman. Passons donc aux mollets eux-mêmes. Une surface érotique ni trop molle, ni trop dure. Une surface trop molle ne reflète rien ; une surface trop dure ne renvoie que de vulgaires paillettes scintillantes.

Mais un reflet sur une peau suburbaine douce, lisse – car rasée à la perfection – et d'une propreté sans défauts. La lumière qui rebondissait sur ses tibias lorsque ses mollets projetaient leur courbe depuis des fauteuils ou fendaient l'air au-dessus de sabots qui frappaient le trottoir de bruits compacts... ou oui disons-le pendaient au bord de la piscine du country club, pressés, de sorte que la chair à l'arrière du mollet se gonflait et offrait en réflexion deux ovales de lumière.

Je tire un Vance Vigorous renouvelé hors de la piscine et tandis que nous négocions les termes d'un hot-dog il y a Mindy Metalman, dans un transat, qui boit à la paille quelque chose de frais, et il y a la lumière du soleil de Scarsdale qui se reflète sur ses mollets satinés, et je suis ailleurs alors que Vance rétrécit sur le dallage.

La cravate lourde, je m'écarte du jet au-dessus du berceau de bébé Vance pour voir Mindy Metalman, et oui peut-être deux ou trois enfants du quartier accessoires autour d'elle, pour la décoration, qui exécute sa danse de Circé autour de l'arroseur de Rex Metalman. Et oui il y a la lumière, ses jambes en renvoient le reflet au travers de l'eau et la lumière s'épanouit et change les embruns en couleurs, et les embruns et la lumière se déposent dans l'herbe mouillée et la lumière demeure et restructure l'air alentour ; je le vois encore bien plus tard, pendant que je sirote quelque chose à la fenêtre de ma tanière et observe Rex à genoux dans l'herbe écrasée, arrosée, embrumée, qui redresse chaque précieux brin tordu avec une pince à épiler. Et dans la brise de cette fin d'après-midi, mes propres lames chaotiques vibrent de concert.

Depuis la fenêtre de ma tanière, voilà Mindy Metalman, à sa fenêtre à elle, assise sur son bureau, les jambes levées et les mollets modestement jetés et appuyés sur le rebord de l'ouverture, en train de se raser au soleil. Elle me voit de l'autre côté de la clôture et éclate de rire. L'air frais embellit les choses, n'est-ce pas ? Et voilà que la lame glisse vers le bas, bien trop lentement pour que je puisse la prendre au sérieux, moi pour qui ce processus s'inscrit dans un rite tout autre, mais toujours est-il que chaque bande de mousse sur la surface courbe cède la place à une étendue d'or lisse, dans la lumière.

Mollets, lumière, jambes, lumière, tout ira bien, ne pas s'en faire.

Deux. Posture. Suis invité par Rex Metalman au goûter d'anniversaire de sa fille, Melinda Susan Metalman. (Était-ce vraiment un goûter d'anniversaire ? Pourquoi suis-je incapable de m'en souvenir ?) Suis invité par Rex Metalman à une sorte de rite célébrant l'entrée de sa fille dans la puberté.

Ledit rite consiste en des rangées, des groupes, des nations entières de filles fatiguées et nerveuses, au mauvais maintien, en robe d'un rose débridé. Minces, leurs têtes projetées vers l'avant, les mains de l'une reposant sur les épaules de l'autre, les lèvres de l'une bougeant à l'orée de l'oreille de l'autre. Je louche un peu après mon troisième ou quatrième quelque chose et m'enfonce dans un marécage tintinnabulant et givré, une froide mare où flamants en sucre et fleurs de neige durcissent lentement sous un soleil changeant et cristallin. Puis les filles mutent et deviennent pour un temps vaguement reptiliennes, leur cou tendu comme celui des tortues, vaguement amphibiennes, avec leur air de toujours guetter la menace ou la gâterie – des boutons se font voir aux coins de certaines bouches.

Oui et bien sûr la clé ici est que cela ne concerne pas Mindy Metalman, en robe blanche avec un œillet en sucre, ses cheveux rassemblés en un chignon serré d'où jaillit une boucle noire ici, ou là, ou encore ici, qui laisse présager la sombre nova que pourrait devenir cette chevelure à n'importe quel moment, si quelqu'un d'autre que moi le voulait.

Et Mindy Metalman a un maintien parfait, la colonne vertébrale droite à l'exception de la courbure de son cou de cygne et de son déhanché qui envoie valser les imprudents, une fille solide, franche, à croquer, dans une robe juste assez longue pour autoriser celui qui y pense à imaginer les systèmes enfouis en dessous, leur rotation ample et silencieuse autour du centre immobile et bouillant. Et, et cette posture – quelle sorte de tête, avec ces yeux sombres, effilés, ces paupières ailées, quelle sorte de tête peut se poser si aisément sur une simple ligne verticale ? Ce n'est peut-être que le contraste avec le reste de la faune en ce marais gelé, peut-être seulement le fait que sa tête était détendue et se contentait de laisser venir les choses, qu'elle ne s'avançait pas pour les mordre. Des mâchoires claquaient tout autour de moi, j'exécrais ce bruit et je les exécrais elles aussi, comme j'exécrais et continue à exécrer les têtes qui s'avancent.

Mais danser était bien sûr hors de propos et cette fille dans les affres du rite dansait bien sûr, quand elle ne se plaçait pas en orbite sociale près du buffet à hors-d'œuvre, et plus jamais je n'aborderai une femme près d'un buffet à hors-d'œuvre.

Et oui aussi me suivait dans mon parcours autour du périmètre de la pièce, soudée à moi par les parties molles de nos os, la présence toujours glaçante de Veronica Vigorous, et donc oui tout était rendu impossible, si tant est que quelque chose eût été possible, ce qui n'était pas le cas, et donc me voilà rétréci, glacé et fatigué. Mais je me souviens de cette ligne verticale baignée par la froideur du lustre, et ces cheveux, et ces yeux qui étaient les ailes d'une tête qui n'avait certainement pas pour habitude de s'avancer, et je me souviens qu'on a ri de moi dans l'éruption stellaire minuscule d'une mèche bouclée.

Elle dit Monsieur Vigorous quelle surprise incroyable si j'avais pensé vous voir ici après toutes ces années, est-ce que vous vous rappelez de moi, et elle était avec Mandible, et dans la cabine les régions septentrionales de la sombre planète capillaire de Walinda Peahen, et il y avait Raring qui installait son plateau d'échecs magnétique, il joue aux échecs contre lui-même toute la nuit, et il y avait Lenore, elle avait voulu retourner s'engouffrer dans l'ascenseur dès que nous avions mis un pied dans le hall, elle avait tout vu, je le sentais, et Mandible caressait la manche du manteau de Mindy comme elle l'aurait fait d'un caniche, et elle était là, et la journée avait été telle que lorsqu'elle dit Monsieur Vigorous quelle surprise incroyable je sentis loin sous nos pieds un lourd clapotis, comme si les pièces et les engrenages d'une pesante machinerie souterraine s'étaient tous enclenchés dans leurs bains de lubrifiant, et elle disait Lenore est-ce que tu te souviens de moi, moi je me souviens parfaitement de toi, je parie que tu te souviens aussi de mon mari, tu lui avais lancé une chaussure, comment va Clarice, et tandis que je me coulais dans le rythme de la machinerie j'entendais au-dessus de moi qu'on parlait de salons de bronzage et d'accidents, et de sa bouche des mots innombrables, des maris, des pelouses, des écoles, une robe ou une autre, des carrières, une thérapie de couple, et Lenore demeurait monosyllabique, et puis une digression sur le type de console que nous utilisions, et des histoires intérimaires, et la planète Peahen disparut derrière l'horizon de la cabine, et des engrenages s'emboîtaient, des yeux roulaient, et on parlait de l'oiseau de Lenore, notre oiseau, tout cela dans le contexte d'un mari parti dans un bar tenu par un barman masochiste, et on mentionna le Désert, soudain, et les narines de Lenore se dilatèrent en même temps qu'elle avait un brusque mouvement de recul, et un long regard fut échangé qui fit quelque chose à l'air entre elles, et par-dessus tout cela, étouffant tout, le fracas des sabots sur le sol en marbre du hall, le Scarsdale Express qui filait, des étincelles froides autour de ses roues, tiré par un attelage merveilleux qui s'aiguillonnait tout seul : Mollets, Posture, Parfum et Sons, les soleils moururent pour de bon.

Trois. Il émanait d'elle un parfum. Que je me tourne dans la bonne direction et il me traversait, laissant un petit trou par lequel le vent sifflait quand je me tournais dans la bonne direction.

Je me retrouvais derrière elle dans la voiture, de temps à autre, quand Rex allait en ville, elle à l'école et moi au travail. Quand j'étais à l'arrière elle était à l'avant, sur le siège passager. Elle ne mettait pas sa ceinture et Rex disait Tu es à la place du mort Melinda, la place à laquelle tu es assise s'appelle la place du mort tu sais, et j'étais juste derrière elle, à la place arrière du mort, avec mes pieds qui ne touchaient pas le sol sauf sur la bosse au milieu.

Et dans la vitre à côté d'elle se reflétaient les images des voitures et des camions approchants et il y avait son image à elle, aussi, qui attendait ; et les voitures et les camions fonçaient sur nous dans la fenêtre et se vidaient de plein fouet dans son reflet, étaient avalés et explosaient, et du dos de son reflet venaient dans mon visage endormi et bouffi des fragments de lumière, la rue estompée et une bouffée de parfum.

Oui le parfum provenait en vérité de ses cheveux, non de l'explosion lumineuse des images dans la vitre ; je ne suis pas non plus débile. C'était juste un parfum : propre, riche, vaguement charnu. Imaginez quelque chose qui sèche sur un fil dans un vent léger. Il ne faut pas faire trop grand cas de ce qui n'est qu'un cheval aux froids sabots.

Ou cette fois où je me suis trouvé derrière elle et une amie dans une rue. Je déjeunais d'un bretzel aussi gros et mou que mon visage, un bretzel monstrueusement salé, et peu après, quelques pâtés de maisons plus loin, l'associé du marchand de bretzels me vendait un Pepsi quand surgirent les claquements compacts, très compacts, de ses bottes sur le trottoir, comme une pompe aux racines d'un puits profond, et surgirent ses cheveux d'un jais épais, qui lui tombaient presque à mi-dos, auxquels le vent faisait des choses, et bien sûr cheveux égalent parfum, et j'étais transpercé, et le sel tombait de moi comme du sable, et Mme Lot restait clouée sur place avec son béret au milieu de l'embouteillage, hypnotisée par un feu rouge.

On ne fera jamais trop grand cas d'un parfum.

Quatre. Des sons et une petite chose solitaire.

Veronica et Vance étaient quelque part, ailleurs. Veronica et moi, ça faisait des années, vous imaginez. C'était le mois d'août, j'avais mes habituelles allergies scarsdaliennes dues au royaume pollinisé de Rex Metalman et depuis deux semaines j'avais des antihistaminiques en permanence et la bouche sèche, et je me cognais contre les murs…

C'était la nuit, j'étais dans ma tanière et comme c'était la nuit la lumière était allumée, et de l'autre côté de la clôture la lumière était allumée, dans la chambre de Mindy Metalman, et sa fenêtre était ouverte mais les rideaux étaient tirés. Les antihistaminiques me rendent songeur. Ma lumière était allumée et, comme c'était le mois d'août, les insectes voulaient entrer. J'avais établi à mon usage différentes catégories d'insectes, différents degrés de passage, chacun correspondant à un type de lumière. À cause de l'éclairage du bureau, les insectes tapaient et rebondissaient contre la moustiquaire en essayant d'entrer. Quelques-uns passaient et ça m'allait, mais alors j'entendais de minuscules impacts et je levais les yeux pour voir les insectes se heurter à l'abat-jour en verre dépoli de l'applique : laisse-nous entrer laisse-nous entrer. Dévissez l'abat-jour et vous revoilà au même point, si ce n'est que les insectes se heurtaient à présent à la fine peau brûlante de l'ampoule, laisse-nous entrer, à frapper de toutes les forces de leurs têtes fendues et de leurs ailes brûlées, laisse-nous entrer. D'accord, mais où voulaient-ils aller ? Parce que si vous faites une ouverture dans l'ampoule avec, disons, le petit tournevis qui vous sert à réparer les touches de votre machine à écrire, faites une ouverture dans la peau de l'ampoule pour les laisser entrer, et soit vous tuez la lumière qu'ils veulent et le jeu est terminé, soit ils vont orbiter autour du filament impénétrable jusqu'à ce qu'ils grillent et tombent.

Donc j'étais perché sur mon bureau sur la pointe des pieds, avec mon tournevis, des fragments de verre dans les cheveux, la bouche sèche, dans le noir, à désirer avoir une bombe d'insecticide ou, sinon, savoir dans quoi il était bon de vouloir entrer ; et puis j'ai entendu des bruits, de l'autre côté de la clôture.

Ils venaient de la chambre de Mindy Metalman. Derrière les rideaux blancs il y avait des ombres. Et, aussi, il y avait des bruits… comme le parfum, légers mais pénétrants… ceux d'une passion, pas d'une personne, à laquelle on s'abandonne. Et je me mis à quatre pattes sur le bureau au milieu des papiers, du verre et des médicaments, et je regardai dehors et vis dans l'allée des Metalman une étrange Mustang écarlate avec de gros pneus arrière, et la danse des voiles du rideau, et à côté et au-dessus de la voiture et de la maison la lente pulsation liquide de la lumière rouge d'une lointaine tour de contrôle entra en rythme avec les convulsions de mon cœur drogué pour devenir mon étoile filante. Et il y avait les sons de Mindy Metalman, dans un autre monde, le monde de la pulsation liquide ; et à la pensée qu'un inconnu partageait ce monde avec elle, à la pensée qu'une personne réelle avec de gros pneus arrière était avec elle, *là*, je descendis du bureau et montai sur le panier à linge dans la salle de bains, chassai les insectes incandescents et collai mon oreille à l'ampoule. Car ma tête desséchée et engourdie, remplie de pollen, pensait que si nous pouvions percevoir la même chose, les insectes et moi pourrions tous enlever nos chaussures et nous boire une bière.

Il faut que je lui dise, non je n'irai pas avec toi à un spectacle de gym pour de la nourriture pour bébés.

Et quand elle dit pourquoi je dis demande à Lang.

Je dis je t'en prie, prends ta matinée. Va te rouler où tu veux. Sois tridimensionnelle. Signe des fesses.

Et elle dit je vais faire la lecture à ma grand-mère.

Et je dis vas-y, demande à ce jeune et valide Lang qui emmener à l'Erieview, il est dans la pièce à côté.

Et elle reste là dans ses baskets et elle me dit ne me cherche pas.

Chérie chérie chérie, parle-moi de l'inversion je dis.

Quelque chose n'importe quoi qui la ramènerait en bas, dans mon réseau, tout entière encore. Dans la cabine. Le hall résonnera, resplendira. J'ai acheté des bonbons à la menthe pour l'haleine.

Lenore qu'est-ce que ça fait d'avoir la sensation que tu dois tuer ou mourir. Est-ce que ça fait de nous des insectes, pris dans une lumière qui ne peut être que désirée ou éteinte ?

Entre hier et moi s'étend cette lumière.

Les bonbons refroidissent l'air quand je l'aspire. Une aspiration d'air égale un soupir. Dîner, avec Mindy Metalman ? Oh oui oh non.

La maison brûlée tient debout, délicate, et tout est toujours en place mais maintenant tout est noir et creux, aussi léger qu'une plume, presque réduit en poussière, et grince dans le vent. La cuvette des toilettes est intacte, elle pulse en silence alors que le vent souffle à travers les côtes creuses, tout autour.

Un et Deux et Trois et Quatre : et voilà Lenore d'humeur saumâtre.

/d/

« Je sais ce que je sais, c'est tout. »

« Comment ça, "Je sais ce que je sais" ? »

« Je suis au courant de toute l'histoire. »

« Mais si moi je ne sais pas de quelle histoire on parle, je ne peux pas savoir si vous connaissez toute l'histoire. »

« Andy. »

« Quoi, l'histoire d'Andy, l'histoire de sa vie, ce qu'il fiche ici, quoi au juste ? »

« Vous me faites rire. »

« Pourquoi est-ce que je vous fais rire ? »

« Ce n'est pas la même matière, vous savez. »

« Presque. Et c'est la même couleur. »

« Mais pas la même texture. Je veux la même texture fine, le même coton fin et délavé, le même aspect prêt à craquer. »

« En fait, cette robe doit avoir genre dix ans, c'est pour ça qu'elle est si fine. Je ne comprends pas pourquoi vous faites une fixation sur cette robe. »

« Je vous l'achèterais bien, mais vu comme elle vous moule il n'y a aucune chance pour qu'elle m'aille. »

« Qu'est-ce qui vous dit que je vous la vendrais ? »

« Donc il faut qu'on trouve cette couleur dans une matière plus légère, plus cotoneuse. »

« De toute façon elle est à Lenore. Je ne peux pas vendre la robe de Lenore. Il faudrait que je la lui achète d'abord, ce que je vais sûrement finir par faire à cause du facteur Nick, mais même à ce moment-là je ne voudrais pas la vendre. Vous voyez ? »

« Du calme. Dans tous les cas je ne rentrerais pas dedans. »

« ... »

« Je suis en train de déjeuner dans la cafétéria d'un endroit appelé Mooradian's Department Store, à Cleveland, dans l'Ohio. Alan et Muffin seraient fous. »

« C'est un très bon magasin. Ne le sous-estimez pas. »

« Pas du tout fan de leur choix de tissus. »

« Je vous donnerai d'autres adresses, mais je crois que je ne pourrai pas y aller avec vous. Walinda embolira si je prends plus d'une heure de pause. »

« Elle n'est pas vraiment la personne que j'adore le plus. »

« Elle est simplement un peu dure d'accès. Quand vous apprenez à la connaître, tout va bien. Je pense qu'elle n'a pas dû aimer votre manteau. Elle a tendance à ne pas aimer les gens qui ont beaucoup d'argent. Ce qui a bien l'air d'être votre cas. »

« ... »

« Je veux dire, vous avez l'air d'avoir de l'argent. »

« ... »

« En parlant de ça, et j'espère que vous ne m'en voudrez pas, je me demande un peu comment vous pouvez avoir l'idée de venir travailler, même temporairement, au standard de Frequent & Vigorous. Attention, ce n'est pas un travail atroce ou quoi, je ne suis pas en train de dire du mal de mon boulot, mais c'est juste que ce n'est pas hyper excitant, et en plus en ce moment c'est plutôt mouvementé et galère à cause des problèmes de lignes, et je ne sais pas si vous êtes au courant mais ça ne paye que quatre dollars de l'heure, pas exactement un salaire princier. »

« L'argent n'est pas un problème. Je suis en vacances. Ma carrière m'offre des vacances presque illimitées. On n'attend pas de changement dans les prix de la nourriture avant plusieurs semaines. »

« C'est vraiment un super boulot. J'en reviens pas. J'arrive pas à croire que vous faites ça. »

« ... »

« Hé, refaites-le encore une fois. »

« Pas ici, Candy. »

« Allez. Il y a du bruit, personne ne vous entendra. S'il vous plaît. »

« Franchement. »

« S'il vous plaît. »
« Total : dix-sept cinquante. Espèces : vingt dollars. Monnaie à rendre : deux cinquante. »
« C'est trop génial. »
« Ça l'est de moins en moins avec le temps, croyez-moi. »
« Mais donc vous viendriez travailler chez F & V juste pour être proche d'Andy. »
« Peut-être, oui, d'une certaine manière. »
« Et de quelle manière, si je peux me permettre ? Et pourquoi est-ce que vous voulez une autre version de cette robe ? Je pige pas. »
« Vous êtes une petite inquisitrice. »
« On se ressemble assez comme ça, vous et moi. Pourquoi est-ce que vous voulez ma robe ? »
« C'était justement la question, il y a une minute. Comme vous me l'avez fait remarquer, c'est la robe de Lenore, pas la vôtre. »
« D'accord, techniquement c'est la robe de Lenore, si vous voulez la jouer technique. Et c'est la robe qu'elle portait la fois où vous l'avez rencontrée. »
« Et la fois où Andy l'a rencontrée. »
« Exact. »
« Exact. »
« Et donc ? »
« Je sais ce que je sais. »
« Et si vous me disiez un peu ce que vous savez ? »
« Ça va, je sais tout pour Andy et Lenore Beadsman. Je sais que c'est votre amie, vous pouvez allez la voir pour lui raconter que je sais tout. »
« Vous savez tout quoi ? »
« Tout. »
« Je veux dire, qu'est-ce qu'il y a à savoir ? »
« Je sais que vous êtes amies, mais si vous voulez que je sois honnête avec vous, commencez par ne pas me prendre pour une idiote. »

« Je ne vous prends pour rien du tout, Mindy. »

« Vous voyez, non seulement je vois ce qui se trame, mais en plus j'ai l'avantage de voir *pourquoi* ça se trame. »

« En fait, pour vous dire la vérité, Lenore n'aime pas beaucoup Andy. »

« Et pour vous dire la vérité, Lenore ne m'intéresse pas. Ce qui m'intéresse, c'est mon mari. Et je vois très bien pourquoi il fait ce qu'il fait. »

« Et qu'est-ce qu'il fait ? »

« Vous ne voyez vraiment pas ? D'accord, on a traversé une sale période, mais vous savez que toutes les relations passent par de sales périodes. Il y a de sales moments dans toutes les relations. Mais d'accord, celle-ci était vraiment une sale période. Et là Andy tombe sur votre amie Lenore, en plein milieu de ce qui est certes une sale période, et d'un coup il a l'impression qu'il peut remonter une branche dans l'arbre de sa vie, la branche d'il y a neuf ans, quand il m'a rencontrée et qu'il est tombé amoureux de moi et qu'il a commencé une relation avec moi, mais aussi, vous voyez, exactement la même branche sur laquelle il a rencontré Lenore, assise dans sa petite robe violette et antisociale et qui lançait des chaussures sur les gens, et comme ça d'un coup Andy a l'impression qu'il peut revenir en arrière et prendre un chemin différent à partir de la même branche, pour – »

« Elle lançait des chaussures ? »

« Andy voit dans cette Lenore une chance de pouvoir changer le passé. Andy essaie toujours de changer ce qu'il ne peut pas changer. C'est un crétin. Et n'oubliez pas qu'une médaille a deux faces. »

« ... »

« Toujours beaucoup de branches dans le même arbre relationnel. »

« Je crois que cette histoire de branches ne fonctionne pas, Mindy. »

« Vous venez de le démontrer à la perfection. »

« Le truc, c'est que les choses sont plutôt sérieuses entre Lenore et M. Vigorous. »

« Ah, M. Vigorous. »

« C'est vrai que vous étiez voisins à New York, quand il était marié ? »

« À Scarsdale, oui. »

« Ça me fait un peu froid dans le dos, tout ça. »

« Les arbres et les branches, chérie. »

« Mais c'est du sérieux entre eux, Mindy. Ils sont ensemble depuis un an et demi, quelque chose comme ça. Vraiment sérieux. »

« Andy aime bien blesser les autres, parfois, quand il n'est plus lui-même. »

« Et ils sont très très proches. Lenore vit plus ou moins avec lui une bonne partie du temps. M. Vigorous est jaloux, c'est incroyable. »

« Pauvre petite chose. »

« C'est même lui qui a acheté à Lenore l'oiseau qui passe dans le *Partners With God Club*. »

« Le *Partners With God Club* ? Sur la chaîne évangéliste ? »

« Vous ne l'avez pas vu quand vous êtes allée retrouver Andy chez Gilligan ? »

« Non, je n'ai vu qu'Andy. Et finalement, je suis juste passée lui dire bonjour. Je ne suis restée qu'un instant. »

« Qu'est-ce qu'il a dit ? »

« Il a dit, je me souviens de ce qu'il a dit, il a dit, "Putain, Melinda-Sue, si tu savais comme j'ai envie que tu dégages." Il dit ça de temps en temps. »

« Ouaoh. »

« Il m'appelle Melinda-Sue. »

« ... »

« Mais vous avez dit que son oiseau passe dans cette émission. »

« En fait, son oiseau *est* l'émission, en ce moment. L'oiseau, Vlad l'Empaleur, sauf que pour l'émission ils lui ont donné un genre de nom italien bizarre, le révérend Sykes a dit que Vlad l'Empaleur se l'était choisi dans un moment d'extase… »

« Hart Lee Sykes ? »

« Oui. Vlad l'Empaleur, c'est une sorte de perruche qui sait parler, ou en tout cas qui répète des choses de façon si convaincante qu'il arrive à nous faire croire qu'il parle, et le révérend l'a embarqué pour demander à la nation des téléspectateurs abrutis des chaînes chrétiennes de lui envoyer de l'argent, et ça marche. La propriétaire de notre appart est avec lui à Atlanta, et son mari dit qu'apparemment l'argent rentre à flots. »

« Il faudra que je regarde ça. »

« Ça passe tous les soirs à huit heures sur le câble, je crois que c'est sur le canal quatre-vingt-dix, ce genre de chaîne câblée. »

« Hmmm. »

« Mais Lenore dit que maintenant Rick est tout bizarre et spasmodique dès qu'on parle de l'oiseau. Il a la facture de chez Cris et Plumes, l'animalerie, d'ailleurs si vous venez chez F & V vous aurez l'occasion d'en apprendre plein sur eux, vu que nos lignes sont pourries et qu'on récupère pas mal de leurs appels, mais bon, voilà, il a la facture, et il dit que Vlad l'Empaleur lui appartient légalement et émotionnellement parce que Lenore ne lui a pas offert un certain cadeau pour Noël. Lenore m'a dit que c'est ce qu'il dit. »

« … »

« Et si ça se trouve il essaie vraiment de mettre la main sur les royalties parce qu'il paraît que Vlad en ramasse beaucoup, vu le raz-de-marée d'argent, mais ça ne ressemblerait pas à Rick. Rick est bizarre sur pas mal de points, mais pas sur l'argent. L'argent n'est pas quelque chose d'important pour lui. »

« Mais l'oiseau lui appartient légalement parce que Lenore ne lui a pas donné quelque chose ? »

« Oui. »

« Quoi ? »

« Je ne peux pas le dire. »

« Je paye l'addition. Dessert compris. »

« Une fessée. Apparemment, Rick voulait une fessée. »

« Une fessée ? »

« Je ne peux rien dire de plus. »

« Et donc l'oiseau à la télé lui appartient ? »

« Pas facile de prendre au sérieux un homme qui veut une fessée pour Noël. »

« Ça ne colle pas avec mes souvenirs. Je me souviens d'un homme gentil avec un béret qui passait beaucoup de temps à la fenêtre de son bureau et qui aidait Papa à se retirer de la pelouse, parfois. On verra bien. »

« Votre papa était dans la pelouse ? »

« ... »

« Je crois que vous avez mal jugé Lenore. »

« On dirait, en effet. »

« Et, pardon, mais je crois que vous avez aussi mal jugé Andy. À mon avis, vous ne le ramènerez pas en faisant semblant d'être une autre branche violette du même arbre. »

« On peut y aller ? »

« Voilà l'addition, merci beaucoup, Mooradian's est un petit peu cher. »

« Merde, vous ne vous fichez pas de moi. C'est obscène. »

« Je pense que vous et Andy, vous avez juste besoin de vous asseoir un moment et de discuter. Vous devriez changer de programme et aller le voir ce soir, pour mettre les choses à plat. »

« Ce soir Andrew S. Lang emmène Lenore Beadsman à une démonstration de gymnastique. »

« Non. »

« Et je vous assure que c'est un symbole qui ne m'échappe pas. »

« Je crois qu'il y a erreur. Vous l'avez peut-être mal compris. »

« On verra bien. »

/e/

« C'est tout merde ! » dit un petit Asiatique devant Lenore dans la file.

Il se tourna vers elle et le dit encore une fois. « C'est tout merde ! »

Avec lui attendaient un autre homme et deux femmes, tous en veste de cuir. Ils hochaient la tête pour signifier qu'ils étaient d'accord, que c'était tout merde. Lenore se dit qu'ils pouvaient être vietnamiens. Elle savait que les Vietnamiens ont souvent les pommettes hautes. Sa colocataire en première année à Oberlin était vietnamienne.

« Pardon ? » demanda Lenore à l'homme.

L'homme sortit les mains des poches de sa veste. « C'est tout merde, qu'on doit attendre comme ça. On est là depuis *très* longtemps. »

« Y a une bonne petite foule, c'est vrai », dit Wang-Dang Lang. Il faisait tinter ses clés de voiture.

Lenore se retourna et regarda la file derrière elle. Elle voyait deux filles, certainement des lycéennes, avec les cheveux courts d'une couleur que Lenore trouvait très étrange, même sous les lumières de l'immeuble et de l'auvent. Toutes deux portaient de gros manteaux d'hiver qui ressemblaient à de petits édredons cousus ensemble. Lenore ne savait pas de quoi elles parlaient, mais en tout cas elles n'arrivaient pas y croire.

« J'arrivais *juste pas* à y croire », dit l'une des filles qui avait des trombones dans les oreilles, remarqua Lenore.

« Quel bouffon », dit l'autre fille.

« Non mais je veux dire, j'arrivais *pas* à y croire. Quand il m'a dit ça, j'ai juste pété un câble. J'ai pété un câble. J'étais genre… » la fille fit de grands gestes.

« Quelle boule de pus. »

Ce soir il faisait froid pour la saison. Lenore portait son manteau en tissu gris. Lang avait une veste en peau de mouton avec de la fausse fourrure autour du col. Ils approchaient à présent du guichet, après une demi-heure ou presque.

« C'est très gentil de m'accompagner, Andy, dit Lenore. Ça s'est décidé si tard, avec Mindy en ville et le travail en plus. »

Lang lui sourit de sa hauteur et joua avec ses clés.

« Rick a bien montré qu'il n'avait pas envie de venir, continua Lenore, et il m'a plus ou moins dit de vous demander. »

« Mince, c'est presque un ordre, alors. »

« Le truc, c'est que Candy doit aller bosser chez Allied, ce soir. »

« Je ne vois pas ça comme un travail, Lenore, dit Lang. Je vois ça comme un plaisir. »

« Il paraît que Kopek Spasova est incroyable. »

« Et votre papa vous a dit de venir ? »

« Papa ne me dit pas ce que je dois faire. Il a dit qu'il apprécierait, c'est tout. Si je n'avais pas voulu venir, je ne serais pas venue. »

Lang sourit. « Maintenant vous en êtes bien sûre. »

« Évidemment, j'en suis sûre. Si j'avais pensé que ça allait être tout merde, pour citer quelqu'un, je ne serais pas là. »

« Quand mon papa à moi me dit de faire quelque chose, je le fais, c'est ma règle. »

Lenore le regarda. Le nuage de sa respiration monta un petit peu vers lui avant de disparaître. « Sauf qu'il vous a dit de ne pas épouser Mindy Metalman, vous m'en avez parlé dans la voiture. »

Lang éclata de rire. « D'accord, en général je fais ce qu'il me dit. » Il reprit son sérieux. « De temps en temps, Papa et moi on prend un moment pour se voir face à face. »

Erieview Plaza était illuminée. Un grand auvent avait été installé devant l'entrée de l'Erieview Tower, près du guichet. Sur l'auvent, une petite fille électrique clignotait autour d'une barre, reliée à elle par les pieds. À côté d'elle flashait le contour blanc d'un bébé, une cuillère à la main. La lueur jaune des fenêtres du Bombardini Building, à l'autre extrémité de la place, éclairait la queue de la file qui attendait pour entrer dans le hall de la tour.

« Je récapitule une dernière fois, juste pour qu'on soit au clair, dit Lang, les yeux fixés sur sa respiration. Vous êtes ici uniquement parce que vous voulez y être. *In toto.* »

« J'adore la gym. Le mois dernier, j'ai passé tous les championnats du monde scotchée à ma télé. »

« Mais si je comprends bien, cette fille aide les Gerber à lancer l'offensive du Têt contre la boîte de votre papa. C'est ce qu'a dit Neil. »

« C'est hors sujet. Je ne suis ni Papa, ni la boîte de Papa. »

« Alors qu'est-ce qu'on fiche ici ? On pourrait être dans un bon millier d'endroits plus intéressants. »

« Tu es pas marrant, mon frère », dit le Vietnamien devant eux quand son groupe atteignit le guichet. Une femme et lui se mirent à parler très vite à l'homme derrière la vitre.

« Pas possible, c'est M. Beeberling qui vend les tickets », dit Lenore.

Lang jeta un coup d'œil rapide au guichet avant de reprendre son examen de la file.

« C'est le bras droit de Bob Gerber, dit Lenore. Il a censément apporté l'ingrédient secret de la nourriture pour bébés de Gerber, celui qui doit aider les enfants à mâcher. »

« Au lieu de les aider à chanter comme des piafs ? »

« Qu'est-ce que je dois comprendre ? »

Aucun doute, il y avait une controverse au guichet. Le Vietnamien pointait du doigt les portes du hall de l'Erieview. M. Beeberling s'entendait dire qu'il était tout merde.

« Écoutez », fit Lang, penché sur l'oreille de Lenore pour se faire entendre par-dessus le vacarme du guichet. Sa mâchoire était lisse et son odeur douce, même dans l'air froid.

« Écoutez, fit-il. Si on rentre tout de suite, y a *Dallas* à la télé. On peut regarder *Dallas*. Elle est terrible, cette série. Je viens de m'acheter une nouvelle télé, le gros truc. J'ai du vin. On s'amusera plus qu'avec toute une caisse de culbutos équipés d'orteils préhensiles. » Il fit une pause et regarda Lenore.

« Bien sûr, ça ne marchera que si vous faites ce que vous voulez, pas ce que votre papa ou qui que ce soit d'autre vous dit de faire. »

« Hé, vous savez... », disait Lenore à Lang lorsqu'ils furent poussés dans la vitre du guichet par la pression de la file. Lang perdit son chapeau de cow-boy. Lenore fit tomber son sac à main, des tickets de loterie en sortirent et s'éparpillèrent. Elle s'agenouilla pour les ramasser. Quelques-uns s'envolèrent.

« Du calme, bordel ! » cria Lang à la file. Les deux filles, leurs cheveux orange et rose dans la lumière de l'auvent, firent des gestes dans sa direction.

« Bonjour, monsieur Beeberling, dit Lenore tout en fourrant les derniers tickets brillants dans son sac. Deux, je pense, s'il vous plaît. »

« Lenore, dit M. Beeberling. Lenore Beadsman. »

« Et moi c'est Andrew Sealander Lang », dit Lang d'un ton absent, sans cesser de chercher son chapeau.

« Deux, ça marche », sourit M. Beeberling. Il ouvrit un tiroir et commença à farfouiller dedans. Il portait un canotier en feutre avec GERBER écrit sur le bord. « Vous venez de rater Foamwhistle et le type des Pots, Goggins, dit-il. Ils sont passés à l'instant. »

« Blanchard ou Sigurd ? » demanda Lang.

Lenore se retourna et regarda Lang.

« Ok, allons-y », dit M. Beeberling. Il repoussa son chapeau en arrière et leur sourit. « Ça fera quatre cents dollars, s'il vous plaît. »

« Pardon ? »

« Tarif spécial Stonecipheco, dit M. Beeberling. Tant qu'à venir nous espionner, vous pouvez au moins nous aider à rentrer dans nos frais. »

« Sauf que je ne suis pas ici pour Stonecipheco, dit Lenore tandis que Lang refoulait un nouvel assaut de la file. Je suis seulement venue parce que j'aime Kopek Spasova. »

« Aucun problème, dit M. Beeberling. Comme ça vous pourrez vous amuser comme des fous et nous aider à rentrer dans nos frais, d'une pierre deux coups. » Il désigna la longue file et le halo pâle de ses respirations qui s'enroulait sur lui-même et se dissipait au-dessus. « Vous êtes venus prendre le frais. Je suis sûr que vous voulez nous aider à rentrer dans nos frais. »

« Comment vous pouvez me demander quatre cents dollars pour deux tickets ? » dit Lenore.

« Ah, mais ce sont de très grands tickets, vous allez voir », dit M. Beeberling qui leur montra deux grands tickets noirs derrière la vitre, insistant sur leur taille avec un pouce et un index à angle droit.

« Espèce de petit bousier », dit Lang à Beeberling, qui lui sourit et fit une petite courbette.

« Je suis loin d'avoir assez sur moi », dit Lenore.

« Trouduc ! » criaient à l'unisson les deux filles dans le dos de Lang.

« Venez, Lenore, on se casse. On est pas obligés de supporter ça, si on fait ce qu'on veut. »

« Je ne suis *pas* ici pour Stonecipheco, M. Beeberling. »

M. Beeberling grimaça un sourire et se gratta le crâne sous son chapeau. L'image électronique de Kopek Spasova continuait à plonger des pans de la rue dans la lumière puis l'obscurité.

« C'est *tout* merde, pas vrai », dit Lenore.

« Vous pouvez pas vous laisser malmener comme ça, Lenore. Qu'il aille se faire foutre. On se casse. » Lang fit tourner ses clés de voiture autour de son doigt bandé.

« Merde en branches. »

/f/

« Je crois que vous devriez. J'espère que vous allez. »

« Vous croyez, Rick ? Oups, je peux vous appeler Rick ? »

« Bien entendu. Nous sommes adultes, maintenant. Appelez-moi comme vous voulez. »

« Je devrais, Rick ? »

« Tel que je le vois, vous rendriez service à tout le monde. On a besoin de cette aide. On est quelque peu en panique ces derniers temps, bien que ce ne soit pas si désagréable. Et apparemment, ça vous rappellerait pour quelques jours le goût de la fac. Et je – merci, garçon. »

« De rien. »

« Il nous faudrait plus de *vino*. »

« Du vin, s'il vous plaît. »

« Tout de suite, monsieur. »

« J'aimerais bien vous voir dans le coin tous les jours, en train de travailler. Ce serait chouette. Et ça vous permettrait de rester proche de… des employés de Frequent & Vigorous avec qui vous voulez passer du temps. »

« *Tous ceux* avec lesquels je voudrais passer du temps ? »

« Qu'est-ce que ça veut dire ? »

« Hmmm, c'est délicieux. »

« Oui, j'ai remarqué que les éclairs sont bons, ici. Lenore et moi en avons eu un aperçu il n'y a pas si longtemps, avec Norman Bombardini, notre voisin d'immeuble, et – »

« Vraiment bon. »

« Je crois que vous devriez. J'espère tellement que vous le ferez, Mindy. Je peux vous appeler Mindy ? »

« Espèce d'idiot. »

« Ce serait marrant, Mindy. C'est tout ce que je dis. Et combien ça pourrait durer ? »

« Bonne question. »

« Quoi ? »

« Est-ce que je peux avoir un peu plus de ce *vino* ? »

« … »

« Mais Lenore, qu'est-ce qu'elle va penser ? »

« … »

« Rick, et Lenore ? »

« Et Lenore quoi ? »

« Qu'est-ce qu'elle va penser si je prends sa place au standard, même pour quelques jours ? J'ai vu qu'elle a encore plein d'affaires éparpillées là-bas. Qu'est-ce qu'elle va penser si je m'installe au milieu de ses affaires ? »

« Ses affaires peuvent être déplacées, c'est un problème mineur. »

« Ce n'est pas exactement ce que je voulais dire, Rick. »

« Alors vous pourriez être un peu plus explicite. »

« Disons juste que ça a à voir avec mon mari et votre fiancée. »

« Lenore n'est pas tout à fait ma fiancée. »

« Et Andy n'est peut-être plus mon mari pour très longtemps. »

« Comment ? »

« Vous saviez qu'il emmenait Lenore voir de la gym ce soir ? Je vous assure que c'est un symbole qui ne m'échappe pas. »

« Je dois vous avouer que c'est moi qui ai dit à Lenore de demander à Lang de l'accompagner à cette représentation. On s'est disputés ce matin et je lui ai dit ça. J'ai été puéril. »

« Mais Andy m'a dit hier soir qu'il y allait avec elle. Il m'a dit qu'il ne voulait pas entendre le moindre… reproche sortir de ma bouche. C'était hier soir, pas ce matin. »

« Un peu plus de vin ? »

« Rick, c'est vrai qu'il est à vous, cet oiseau qui illumine la télé chrétienne ? »

« Si vous faites référence à Vlad l'Empaleur, c'est la perruche de Lenore. »

« Ce n'est pas ce que j'ai entendu, émotionnellement parlant. »

« Que vous a dit Lenore ? »

« Rick, est-ce que je peux être franche avec vous ? »

« Vous pouvez être franche à propos de tout ce que Lenore vous a dit. »

« Je vous trouve très attirant. Pardon si ça vous choque, mais vous m'avez toujours attirée, c'est vrai, depuis que je suis petite, quand vous traversiez la pelouse avec Papa dans vos tenues de tennis, en train de chercher des herbes et de boire des trucs dont j'allais récupérer les dernières gouttes dans la cuisine. »

« … »

« Je me souviens comme les verres étaient mouillés l'été, l'eau dégoulinait sur les bords. Je me souviens de ça. Et vous étiez là, en tenue de tennis. C'était une sorte de béguin d'enfance. »

« … toilettes, un instant, si vous voulez bien m'excuser une seconde, je… »

« Il suffirait d'un mot de Lenore, ou de vous, à CBN, pour que je devienne la voix du *Partners With God Club.* Rick, vous pourriez être une aide prodigieuse pour moi. »

« Et Andy ? Qu'est-ce qu'il va penser ? »

« Et Andy ? Et *Lenore* ? »

« J'ai peur de ne pas comprendre ce qui se passe. »

« Écoutez. Je suis une voix professionnelle. Je suis la meilleure jeune voix sur le marché aujourd'hui. Écoutez ça. Vous regardez CBN. Tout de suite, le *Partners With God Club* présenté par le révérend Hart Lee Sykes et son oiseau Vlad. Restez avec nous. »

« C'est méchamment bon. »

« Bien sûr que c'est méchamment bon. Je suis une pro. »

« Mais le nom de scène de l'oiseau est Ugolino, pas Vlad. »

« Ugolino ? »

« Oui. Sykes prétend que Vlad l'Empaleur a révélé son nom de scène dans l'avion pour Atlanta, entouré d'une aura divine de lumière aux reflets bleus. Sykes affirme que Ugolino est un personnage biblique quelconque. Il n'a pas encore réussi à retrouver la référence. »

« Et son oiseau Ugolino. Restez avec nous. »

« Rien à dire sur la qualité en ce qui me concerne, Mindy. »

« Vous pourriez appeler les Chrétiens demain. »

« Lenore et moi on a un rendez-vous impossible à annuler, demain. »

« Un rendez-vous ? »

« Disons qu'on va chez le dentiste. »

« Vous allez dans le Désert, monsieur. Je suis au courant. Andy m'a tout raconté. Il y va, lui aussi. »

« Non il n'y va pas. Ce n'est pas possible. Il n'y a que Lenore et moi. C'est comme ça. »

« Du calme. Peut-être qu'il y va tout seul. Peut-être qu'il y va avec ce type louche de la nourriture pour bébés qui l'a aidé avec le Désert il y a des années. Tout ce que je sais, c'est qu'il m'a dit qu'il allait errer et communier. »

« Mais Lenore et moi on est les seuls à y aller ensemble. »

« Si vous le dites. »

« ... »

« Bon, c'est d'accord. Je prendrai sa place un moment. »

« Bien. Bien. Parfait. »

« Ce sera marrant, et comme vous dites ça me permettra d'être proche de ceux avec qui je veux passer du temps. »

« Oui. »

« Mais il reste la question de l'entraînement. »

« Pas un problème du tout. »

« J'ai besoin d'apprendre. Mais je pense que vous vous rendrez compte que je peux apprendre tout ce que vous voudrez que j'apprenne. J'ai une excellente mémoire. »

« Je n'en doute pas. Mlle Peahen... m'a donné quelques documents de présentation pour vous, et il se trouve que je les ai juste ici... quelque part. Walinda veut vous installer temporairement dès que je donne mon feu vert. »

« Apprenez-moi. »

« Écoutez ceci : "Les équipements de la console Centrex III 28 avec commutateur à cinq positions sont une aide précieuse pour l'opérateur dans l'exercice de ses multiples tâches." »

« Ce n'est pas ce que je voulais dire, Rick. »

« Pardon ? »

« J'ai une idée. Allons discuter de mon apprentissage. J'ai une chambre au Marriott. »

« … »

« Ce sera marrant et instructif. Faites-moi confiance. L'addition, s'il vous plaît ! »

« Je ne suis pas tout à fait sûr que je… »

« Oh, qu'est-ce que c'est que ces reflets dans la rue, Rick ? Juste là, au coin. La rue s'illumine et puis plus rien. Qu'est-ce qui se passe ? »

« Des néons. De la gymnastique et des néons, je pense. »

« Des néons. N'est-ce pas ravissant. Arrêt, marche. Un, deux. »

« Et vous ne trouvez pas ça un peu troublant ? »

« Pas le moins du monde. »

/g/

« Je sais pas, dit Lang. Aucune idée de ce qui leur prend, à ces saletés de serrures. »

« Il faut juste secouer un peu les clés, des fois. Des fois, Candy et moi on est obligées de les secouer. »

« Tu m'en diras tant », grommela Lang. Il finit par ouvrir la porte.

L'appartement de Misty Schwartz au deuxième étage ressemblait beaucoup à la chambre de Lenore, si ce n'est qu'il était un peu plus petit, n'avait qu'une seule fenêtre à l'ouest et était bien mieux rangé. Les yeux de Lenore parcoururent la pièce puis montèrent au plafond qui était son plancher à elle.

« Tu dois être très ordonné », dit-elle.

Lang accrochait leurs manteaux. « J'étais gamin, je faisais mon lit, mon père arrivait avec un demi-dollar Kennedy, il le lançait sur le lit et si le truc ne rebondissait pas direct sur son pouce avec la tête de Kennedy en haut je devais recommencer tout le bousin. »

« Merde. »

« Tu veux une canette de vin ? dit Lang, qui faisait un pas en direction de la porte de l'appartement. J'ai du vin en bas, dans le frigo. Juste à côté de ta limonade, tu as peut-être remarqué. »

« Une *canette* de vin ? »

« Elles étaient en promo. »

« Je vais passer mon tour », dit Lenore. Elle lissa sa robe pour enlever les poils qui s'y étaient collés pendant le tour sur la rocade intérieure dans la nouvelle Trans Am de Lang. Un avion passa à très basse altitude et pendant un instant tout sembla presque cesser de bouger, dans le bruit. Lang debout près de la porte, qui la regardait. Lenore voyait la lumière brillante de l'applique murale de Misty frapper les yeux de Lang, les frapper et exploser comme s'il avait des éclats de menthe dans les yeux. Lenore se passa une main sur la nuque.

Alors que Lang lui souriait et tournait les talons pour descendre, elle dit, « Allez, pourquoi pas. Je vais prendre une canette, ou un peu de ta canette, peu importe. Pourquoi pas un peu de vin », dit-elle.

« Voilà qui est mieux, dit Lang. Tu peux allumer la vieille télé, si tu veux. » Il sortit et laissa la porte ouverte.

La vieille télé était un écran comme une immense voile blanche qui adoptait une courbe prédatrice autour d'un boîtier trapu en acajou. Dans le boîtier, un projecteur visait l'écran en corbeille à pain. Lenore pressa un bouton rouge et une énorme tête emplit l'écran, et il y avait du son. Elle se dépêcha de tout éteindre, l'écran se changea en neige puis redevint blanc. Mais Lenore était pratiquement sûre que la tête appartenait à *Dallas*.

Lorsqu'une personne a une chambre qui ressemble dans ses grands traits à la vôtre, il est en général très intéressant de voir ce qu'elle en a fait. Dans le cas de Misty Schwartz, ce n'était pas aussi intéressant que ça aurait pu l'être. Lenore ne connaissait pas très bien Misty ; il y avait eu un différend au sujet d'une facture de téléphone pour le poste de la cuisine centrale des Tissaw, quelques mois plus tôt, et depuis Lenore n'était plus descendue chez Misty qu'une fois ou deux, pour lui emprunter des produits de première nécessité. Candy Mandible, qui avait subi les retombées du différend, avait dit que la seule raison pour laquelle Misty Schwartz n'était pas lesbienne, c'était qu'elle ne s'était jamais vue dans une glace. Lenore trouvait que ça ne voulait rien dire.

Ce qui ne l'empêchait pas de ne pas avoir grand-chose à faire de l'appartement de Mindy : une pièce où prédominaient les lignes métalliques et une sorte de toile de jute d'un blanc granuleux. Il y avait un fauteuil fait de coussins en toile de jute blanche assemblés sur une structure de barres métalliques. Une table en verre transparent avec le même genre de barres métalliques. À angle droit, un petit canapé de la même matière que le fauteuil. Sur le mur une peinture d'un carré orange sur un fond blanc ; une photo aussi de Misty Schwartz et d'un homme sur la statue d'un cachalot noir, une sorte de baleine avec des mâchoires comme ça. L'homme était allongé entre les mâchoires, le bras contre le front comme Pauline dans ses *Périls*, et Misty chevauchait l'animal, faisait semblant de le fouetter, la bouche et les yeux grands ouverts. La photo avait été flanquée juste à côté du tableau. Rien d'autre sur les murs à part l'écran de la télé, qui était clairement un ajout opéré par Lang.

Lenore cherchait des indices de la présence de Lang. Près du lit – fait au carré ; Lenore songea à essayer le truc avec le demi-dollar et décida de ne pas le faire – se trouvait un sac de marin rempli à ras-bord qui vomissait une partie de son contenu sur le sol alentour, une vue en partie dissimulée par une couverture soigneusement pliée que Lang avait placée sur la scène, comme s'il avait été pressé. Sur le lit se trouvaient quelques chemises neuves et des chaussettes blanches, le tout encore sous plastique. Mais c'était tout. Pour Lenore, dans l'ensemble, cette chambre n'était pas le style de Lang, du tout.

« Cette chambre, c'est pas ton style », dit Lenore à Lang quand il revint les mains pleines de canettes et de verres. Elle le regarda déposer son chargement avec soin sur la table en verre.

« C'est une chambre pas chère, pas de cafards, et difficile de faire mieux niveau voisins. » Lang sourit.

« Je disais ça par rapport à la décoration. J'arrive pas à t'imaginer vivre dans une pièce avec du mobilier suédois et des peintures de carrés. »

Lang se laissa tomber sur le canapé et contempla une seconde l'écran vide de la télévision. « Alors dans quel genre de décor est-ce que tu m'imagines ? » Il ferma les yeux et fit sauter l'anneau d'une canette de vin.

Lenore fit courir sa main le long du manteau de la froide cheminée de Misty. « Je sais pas. » Elle sourit pour elle-même. « Du cuir patiné. Des fauteuils en cuir. Un tapis en léopard, avec peut-être une tête d'ours qui rugit. Des calendriers et des posters suggestifs... » Elle se retourna. « Et peut-être un truc hi-fi hors de prix, avec des boutons étincelants sous la lumière d'un plafonnier que tu peux régler avec une molette... »

Lang s'esclaffa et se frappa le genou du poing. « Putincroyable. Tu viens presque de décrire ma chambre à la fac. »

« Sérieusement. »

« T'as quand même oublié les têtes d'animaux aux murs. » Lang jouait des sourcils dans sa direction.

Lenore riait. « Les têtes d'animaux, dit-elle. Comment j'ai pu oublier. »

« Et les miroirs au plafond... » Lang baissa les yeux, quand il les releva il avait un grand verre à la main. « Un peu de *vino* ? »

Lenore s'approcha du canapé.

« Pas trouvé de verres à vin, alors j'ai pris ça. J'espère qu'on peut prendre juste des verres normaux, si on les lave après. » C'étaient des verres *Bip Bip* que Candy Mandible avait eus pour une sorte de promotion dans un fast-food.

Lenore se servit un verre de vin. « C'est bon. Ils sont à Candy. C'est quelqu'un d'assez généreux. Je suis sûre que t'es au courant. » Elle s'assit dans le fauteuil blanc, veillant à tenir l'arrière de sa robe pour que la peau de ses jambes ne touche pas le coussin en toile de jute. Elle croisa les jambes.

« Je me disais bien qu'ils devaient être à elle ou à toi, ou à cette pauvre Misty Schwartz, dit Lang. Et je pensais que cette pauvre fille n'avait pas besoin de verres ces temps-ci. » Il s'enfonça dans le canapé. « Je lui ai envoyé une carte, d'ailleurs, à l'hôpital, pour lui dire qui je suis, lui parler de la chambre, dire que j'espère qu'elle guérira vite, tout ça. »

« C'est gentil de ta part », dit Lenore, prenant son verre sur la table. Le vin était jaune, doux et si froid qu'il lui fit mal aux dents. Elle reposa le verre sur la table et ses dents grincèrent un peu à cause du bruit du verre contre le verre qui venait s'ajouter à la froideur du vin.

« Nan », dit Lang qui croisa une jambe de manière que la cheville soit sur le genou et entoura la cheville de sa grosse main. Lenore fixait sa chaussure et sa cheville poilue.

« Nan, dit Lang. Juste de la politesse. Il est arrivé un truc semblable à Melinda-Sue, mais pas aussi grave, je crois. Elle a passé une semaine barbouillée de Noxzema jusqu'aux yeux. »

« Ça a dû être affreux. »

« Tu devrais dire à ta sœur de faire gaffe à pas se brûler. »

« Je le ferai. »

« Il te plaît, ce vin ? » Lang leva son verre pour profiter de la lumière de l'applique et essaya de regarder le vin autour d'un dessin du coyote, clin d'œil et petit parapluie au-dessus de la tête, prêt à se faire écrabouiller par un rocher.

« Il est froid », dit Lenore.

« Ouaip », dit Lang. Il revint à l'écran vide. « Donc j'en conclus que t'aimes pas *Dallas*, hein ? »

« Je l'ai allumée une minute, dit Lenore. C'est pas un truc pour moi, ce qui ne veut pas dire que c'est pas bien ou quoi. Vas-y, si tu veux regarder *Dallas ;* je regarderais n'importe quoi, au moins pendant un moment. »

« Nan », dit Lang. Il enleva sa veste, se redressa et alla l'accrocher. Lenore toucha la surface de ses cheveux. Elle sentait des lignes de chaleur partir dans ses bras et ses jambes, à cause du vin. Elle leva son verre dans la lumière. Sur son verre, Bip Bip courait, ses pattes faisaient un tourbillon et la route qui serpentait derrière lui paraissait usée, souple et caoutchouteuse contre les collines marron d'un désert quelconque. Il y avait des cactus.

« Je peux te demander d'où ils viennent, tous ces tickets de loterie dans ton sac à main ? » dit Lang tout en se rasseyant, sur le bord du canapé cette fois, au plus près du fauteuil de Lenore, de sorte qu'ils pouvaient se regarder dans le verre de la table lorsqu'ils baissaient les yeux. Il baissa les yeux pour la regarder. « Quelqu'un est possédé par le démon du jeu, dans le coin ? »

Lenore rit. « On joue beaucoup, Candy et moi. Je veux dire, *vraiment* beaucoup. » Elle écarta une mèche de ses yeux, Lang la regarda faire. « On joue beaucoup. On a plein de systèmes, on utilise nos dates d'anniversaire, les lettres de nos prénoms, tout ça. L'Ohio a une bonne loterie. »

Lang but. « Déjà gagné ? »

« Ça viendra », dit Lenore. Elle rit. « On a commencé à jouer à la fac, pour s'amuser, et j'avais philosophie en matière principale, on avait trouvé une espèce de syllogisme censé prouver qu'on gagnerait – »

« Syllogisme ? »

« Oui, dit Lenore. Comme un miniraisonnement. » Elle sourit à Lang et leva trois doigts. « Un. Quelqu'un doit forcément gagner. Deux. Je suis quelqu'un. Trois. Donc je dois forcément gagner. »

« Merde en flammes. »

Lenore éclata de rire.

« Mais donc pourquoi est-ce que ça a l'air de marcher alors que ça marche pas, vu que vous avez jamais gagné ? »

« On appelle ça l'équivoque du petit-duc. Mon frère l'a réfutée la même année, un jour où je l'ai mis en colère. C'est un truc mathématique. » Lenore rit à nouveau. « C'est peut-être complètement débile mais ça nous fait marrer, Candy et moi. »

Lang jouait avec les poils de sa cheville. « Comme ça tu avais pris phi-lo-so-phie en majeure. » Il laissa traîner le mot « philosophie ».

« Philo et espagnol, dit Lenore dans un hochement de tête. C'était un double cursus. »

« Moi, j'avais é-co-no-mie en majeure », dit Lang, le refaisant.

Lenore l'ignora. « Je suis allée à un cours d'éco une fois, dit-elle. Pendant un moment, Papa voulait que je prenne ça en majeure. »

« Mais tu as dit non merci. »

« Non, je l'ai juste pas fait. Je n'ai rien dit. »

« J'admire », dit Lang tandis qu'il les resservait tous deux en vin et écrasait la canette vide. Il la lança dans la poubelle à l'autre bout de la pièce. « Oui, je suis admiratif », dit-il.

« Admiratif de quoi ? »

« Mais j'arrive pas à t'imaginer en phi-lo-sophe, dit-il. Je me souviens quand je t'ai vue dans la chambre de Melinda-Sue, y a si longtemps, je me suis dit : artiste. Je me souviens que j'ai pensé artiste, cette fois-là. »

Le vin était moins froid à présent. Lenore se retint de tousser. « Ce qui est sûr, c'est que je suis pas une artiste, même si Clarice a ce qu'on pourrait appeler un talent pour l'artisterie. Et en fait je n'ai jamais été philosophe, j'étais juste une étudiante. » Elle regarda dans la table. « Comment ça se fait que tu n'arrives pas à m'imaginer comme ça ? »

« Chais pas », dit Lang, projetant un bras sur le dossier du canapé pour empoigner la barre métallique et y faire courir ses doigts. La tension à l'arrière du cou de Lenore augmenta encore. Elle avait tout à coup l'impression de voir Lang sous tous les angles simultanément : son profil à côté d'elle, son reflet plus bas dans la table de verre, son autre profil dans la fenêtre et dans l'écran de la télé. Comme s'il était partout.

Lang disait : « Je garde l'image de tous ces phi-lo-sophes à la fac, avec leur barbe, leurs lunettes et leurs chaussettes dans leurs sandales, à déblatérer leurs conneries philosophiques. » Il sourit.

« C'est trop pas ça, dit Lenore en s'avançant dans son fauteuil. Ceux que je connais essaient pas du tout de se faire passer pour des sages. En tout cas, les meilleurs ne font pas comme s'ils se croyaient sages ou quoi que ce soit. Ils sont plus comme des physiciens ou des mathé – »

« Tu voudrais des cacahuètes ? » dit brusquement Lang.

« Non, merci, dit Lenore. Mais vas-y toi, si tu veux. »

« Nan. Ces petites saletés se coincent entre mes dents. »

« Moi aussi. Je déteste quand les cacahuètes font ça. »

« Mais excuse-moi, continue. »

Lenore sourit et secoua la tête. « C'était pas important. J'allais seulement dire qu'ils étaient plus comme des mathématiciens, sauf qu'ils jouent avec des mots, pas avec des chiffres, et que ça complique encore les choses. En tout cas, c'est comme ça que je les voyais. À la fin de mes études, j'aimais plus trop ça. »

Lang prit une gorgée de vin et la fit rouler dans sa bouche. Il y eut un moment de silence. Lenore entendait au travers du plancher le son étouffé de la télé dans le salon des Tissaw.

Puis Lang dit, « T'es bizarre avec les mots, tu trouves pas. » Il regarda Lenore. « Tu trouves pas que t'es bizarre avec les mots ? »

« Où est-ce que tu veux en venir ? »

« T'as juste l'air d'avoir un rapport bizarre avec eux. Ou de trouver qu'ils sont bizarres. »

« Comment ça ? »

Lang toucha sa lèvre supérieure d'un doigt absent, les yeux plongés dans la table en verre. « Comme si tu les prenais super au sérieux, dit-il. Comme si c'étaient des outils pointus, ou des tronçonneuses qui peuvent te couper en deux aussi facilement qu'un arbre. Un truc dans le genre. » Il leva les yeux. « Ça vient de tes études, avec ta majeure et tout ça ? »

« Je pense pas », dit Lenore. Elle haussa les épaules. « Je crois que je suis quelqu'un de silencieux. Mais par contre, je ne crois pas que les mots sont comme des tronçonneuses. »

« Donc j'ai dit que de la merde ? »

Lenore recroisa les jambes et fit rouler le vin dans son verre. Elle baissa les yeux sur son sac à main, avec les tickets, au pied de son fauteuil. « Je crois que c'est juste que ma famille est un peu bizarre et très... verbale. » Elle regarda dans la table et prit une gorgée. « C'est dur, des fois, de pas être quelqu'un de particulièrement verbal dans une famille qui a tendance à voir la vie plus ou moins comme un phénomène verbal. »

« Tu m'étonnes. » Lang sourit. Il fixait les jambes de Lenore. « Et est-ce que je peux te demander comment ça se fait que tu portes toujours des Converse ? T'as des jambes beaucoup trop jolies pour faire ça tout le temps. Comment ça se fait ? »

Lenore changea de position dans son fauteuil et leva les yeux sur Lang pour qu'il arrête de regarder ses jambes. « Elles sont confortables, c'est tout, rien d'autre, dit-elle. Je suppose qu'on a tous nos chaussures préférées. »

« Faut de toutes les chaussures pour faire un monde, pas vrai ? » Lang s'esclaffa et but.

Lenore sourit. « J'ai quand même une famille assez marrante, niveau trucs verbeux. Je pense que t'as raison sur ce point. Surtout mon arrière-grand-mère, et elle a un peu dominé la famille pendant des années. »

« Et ton père et la gouvernante aussi », opina Lang.

Lenore lui lança un regard vif. « Comment t'es au courant de ça ? »

Lang haussa les épaules et grimaça un sourire. « R.V. a dû le mentionner. »

« Rick a fait ça ? »

« Mais marrante dans quel sens ? dit Lang. Je veux dire, c'est pas si inhabituel, les gens qui aiment parler. Le monde est plein d'excellents parleurs très motivés. Ma mère était super bavarde, mon père disait que le seul moyen de la faire taire, c'était de lui mettre un coup avec un objet contondant. »

« Oui mais là il s'agit pas de parler beaucoup, dit Lenore, lissant ses cheveux. Même si tout le monde parlait beaucoup. Mais c'était plus comme tu dis, l'importance qu'ils attachaient à tout ce qu'ils disaient. Ils faisaient toute une affaire de ce qui était dit. » Lenore passa un doigt sur le bord de son verre. Elle sourit. « Tiens, par exemple, j'y pensais ce matin, mon frère, Stoney, il a eu une période quand il était petit où il parlait de la *marque* des choses. Il disait, "C'est quoi la marque de ce chien ?" ou "Cette marque de coucher de soleil, elle met du feu dans les nuages", ou "Cette marque d'arbre, elle a des feuilles comestibles", et cetera. » Elle regarda Lang, qui la regardait dans la table. Il leva les yeux. Lenore se racla la gorge. « Y avait vraiment pas de quoi en faire tout un plat, reprit-elle, c'était un peu énervant mais ça pouvait se comprendre, vu que Stoney passait tout son temps devant la télé, à cette époque. » Lenore recroisa les jambes ; Lang ne la quittait pas des yeux. « Mais au bout d'un moment ça a rendu ma famille malade et un jour ils se sont débrouillés pour que Stoney soit hors de la maison, histoire qu'ils puissent se faire une réunion au sommet dans le salon pour décider comment lui faire dire "genre" au lieu de "marque", ou je sais pas quoi. C'était le gros truc qui occupait toute la famille, même si je me souviens que mon père a passé tout son temps au téléphone, ou à aller se chercher à manger, ou à lire, sans faire attention à ce qui se disait parce que mon arrière-grand-mère menait la discussion et qu'ils ne s'entendent pas très bien. Enfin, c'était le cas à l'époque. »

« C'est de ton frère d'Amherst que tu parles ? dit Lang. LaVache, celui qui est à Amherst ? »

« Oui. C'est son deuxième prénom. Son vrai nom, c'est Stonecipher. »

« Et comment ils ont fait pour que le petit gars perde son habitude ? Il a pas dit "marque" une seule fois, à table, quand on a dîné avec lui – du moins, il l'a pas dit à sa jambe, vu que c'était son seul interlocuteur. »

« Je crois que ça s'est juste arrêté, dit Lenore. Ça s'est effiloché petit à petit. À moins que Mlle Malig lui ait mis des coups en cachette avec des objets contondants. » Elle rit. « Tout est possible. »

« Mlle Malig, ta nounou, celle avec des jambes comme des barattes ? »

À ces mots, Lenore resta les yeux perdus dans la table tandis que Lang regardait le côté de son visage. Elle finit par dire, « Comment ça se fait que tu saches tout ça, Andy ? » Elle replaça son verre dans son cercle humide sur la table et posa sur Lang un regard calme. « T'essaies de me faire flipper ? C'est ça ? Je crois que j'ai besoin de savoir exactement ce que Rick t'a dit. »

Lang secoua la tête d'un air sérieux. « Jamais eu dans l'idée de te faire flipper », dit-il. Il fit sauter l'anneau d'une nouvelle canette de vin. « C'était dans l'avion, en venant ici, quand tu dormais sur tes deux jolies oreilles. On avait personne à qui parler à part nous deux. » Une grande lampée de vin et il sourit. « Je me souviens que R.V. me racontait comment il allait te donner une promotion, te faire passer du statut de standardiste à celui de lectrice et débroussailleuse, et comment ça te comblerait. »

« Rick t'a dit que c'est ce qu'il allait faire ? C'était deux jours avant qu'il m'en parle. »

« Mais est-ce que tu es comblée ? Est-ce que c'est aussi enrichissant que ce qu'il disait ? »

Lenore guetta un sarcasme sur le visage de Lang. Elle n'arrivait jamais à dire s'il était sarcastique ou non. Elle avait très mal au cou, à présent. « Ça m'enrichit au moins de dix billets par heure, dit-elle lentement. Et certaines histoires sont vraiment bien. »

« R.V. dit que tu entres à fond dans les histoires. Il dit que tu te vois comme quelqu'un qui a une sensibilité littéraire. »

« Il a dit ça ? »

« Il a dit ça. »

Le regard de Lenore se reporta sur la table. « C'est vrai que j'aime les histoires. Rick aussi. Je pense que c'est une des raisons pour lesquelles on s'entend si bien. Sauf que ce que Rick aime vraiment faire, c'est les raconter. Des fois, quand on est ensemble, il passe son temps à me raconter des histoires. Des histoires qu'on lui envoie. »

Lang mit sa chaussure sur le verre de la table et plia la cheville d'avant en arrière. « Il aime bien débiter des histoires, je me trompe », dit-il, ailleurs. Il fit une pause et leva les yeux sur Lenore. Lenore baissa les siens sur sa chaussure. Lang se racla la gorge. « Je devrais sûrement pas faire ça, mais je voulais te parler des craques que R.V. m'a racontées à propos de ton frère, avec sa jambe : comment le pauvre gosse a perdu sa jambe quand ta mère est tombée de la façade de chez toi en essayant d'échapper à son entraîneur de bridge et d'entrer par effraction dans la chambre des enfants. Ou un truc dans ce goût-là. Est-ce que c'est vrai ou est-ce qu'il m'a fait marcher ? »

Plein de petites lignes semblaient naître des lignes de chaleur dans le corps de Lenore. Elle fixait la chaussure de Lang sur la table. Elle ferma les yeux et se passa une main sur la nuque. Lang l'observait. « Je voudrais mettre les choses au clair, dit-elle enfin. Rick t'a raconté des trucs personnels sur ma famille ? Dans l'avion ? Pendant que je dormais juste à côté ? »

« J'ai eu tort de te dire ce qu'il m'a raconté ? Lenore, frappe-moi avec quelque chose de brûlant si j'ai fait une connerie. Oublie que j'ai parlé de ça. »

Lenore regardait toujours la table en verre, la chaussure de Lang, le reflet de la chaussure de Lang et le reflet de Lang.

« Il t'a raconté tout ça pendant que je dormais ? » dit-elle. Dans la table, Lang donnait l'impression d'éviter son regard, parce que le vrai Lang la regardait. Quand il finit par regarder dans la table, Lenore attrapa son regard.

« Ben, il a dit que t'étais sa fiancée, dit Lang, et qu'il était passionnément et totalement intéressé par tout ce qui concerne sa fiancée. Moi ça me paraissait innocent. Et surtout carrément compréhensible. »

Lenore avait levé les yeux. « Il t'a dit que j'étais sa *fiancée* ? Comme dans "on va bientôt se marier" ? »

« Et *merde.* » Lang se frappa le front de la paume. « Et merde, je viens encore de le refaire ? Oh mon Dieu. Oublie que j'ai dit ça. Oublie tout ce que j'ai dit. »

« Rick a dit qu'on était fiancés ? Il t'a dit ça comme ça, sans que tu lui demandes rien ? »

« Ça devait pas être exactement ce qu'il voulait dire. »

« Merde en *branches.* »

« Écoute, Lenore, je veux pas me mettre entre deux personnes qui – »

« Entre deux personnes qui quoi ? Qu'est-ce qu'il a encore dit, entre quoi tu pourrais te mettre ? »

« Jésus Roger », dit Lang, qui se massait la mâchoire. Son reflet dans la table évitait le regard de Lenore. Puis le reflet baissa les yeux et parut presque lui faire un clin d'œil, dans le verre, l'espace d'un instant. Lenore leva les yeux, mais le vrai Lang fixait ses mains.

« Jésus Marie Roger », disait-il pour lui-même. Il but un peu de vin. Lenore repoussa une mèche de ses doigts brûlants.

« Écoute, dit Lang. Je suis vraiment désolé. Et si je te disais tout, tout ce qui m'a fait me sentir horriblement coupable vis-à-vis de toi, et après on pourra tirer un trait là-dessus et – »

« Pourquoi est-ce que tu devrais te sentir coupable à cause de Rick ? dit Lenore d'une voix lasse en se massant le cou, les yeux à nouveau fermés. Il t'a raconté des trucs, mais c'est pas une raison pour te sentir mal, Andy. Je t'en veux pas. »

« N'empêche qu'on dirait qu'il y a des points importants que Rick a pas l'air très partant pour aborder », dit Lang. Il prit une très profonde inspiration et se remit à regarder ses mains. « Comme par exemple le fait que je suis pas ici pour traduire une bouse à propos d'un herbicide ou d'un pesticide pour vous. » Il la regarda. « Comme par exemple le fait que, en réalité, je bosse sur une brochure pour la boîte de ton papa et sa nouvelle bouffe à tout casser qui est censée faire parler les bébés, exactement comme ton oiseau. »

Lenore regardait dans la table. Il y eut un silence. « En fait tu travailles pour Stonecipheco », dit-elle.

Lang ne répondit rien.

« Et Rick aussi, donc. Et il ne m'en a pas parlé. »

« J'ai peur que ce soit exact. Mais, comme je t'ai dit, je suis sûr qu'il avait une bonne raison de pas t'en parler. »

Lenore tendit lentement la main vers la canette de vin et en versa dans son verre *Bip Bip*. Elle se recroquevilla sur le bord de son fauteuil en toile de jute jusqu'à ce que son visage touche presque la table. Elle voyait un bout de Lang à la surface de son vin, miroitant et changeant, avec ses yeux de menthe, dans le jaune.

« Et qu'il avait aussi une bonne raison de me donner plus ou moins l'ordre de pas t'en parler », disait Lang. Il regardait le côté du visage de Lenore. « Le truc, Lenore, c'est qu'il m'a plus ou moins ordonné de pas t'en parler, c'est pour ça que j'ai rien dit. »

Lenore secoua son verre, en cogna le fond contre la table. Le vin clapota dans le verre ; Lang éclata en morceaux qui n'allaient plus ensemble.

« Et donc je suis obligé de te demander de promettre de ne pas dire à R.V. que je t'en ai parlé, parce que je voudrais pas perdre mon job et tout ça », dit-il.

« Un peu comme tu avais toi-même promis à Rick de ne pas en parler, on dirait. »

Lang enleva sa chaussure de la table et se pencha lui aussi en avant, sa tête près de celle de Lenore, une longue mèche de cheveux dans l'air entre eux. Lang regardait la mèche. « Peut-être que cette promesse peut être mise sur le compte de ce qu'on pourrait appeler une déformation stratégique de la réalité », dit-il d'une voix très douce.

« Une déformation stratégique de la réalité. »

« Oui. Parce que je l'ai faite avant d'être exposé à tes qualités et de commencer à m'intéresser à toi en tant que personne. » Lang posa son verre et délicatement prit la mèche de Lenore entre ses doigts et l'enroula dans un sens puis dans l'autre, tout en douceur.

« Je vois. »

« Pas tout à fait sûr de ça, Lenore. »

« Oh si, je crois que je vois », dit Lenore, se levant et retirant tout en douceur ses cheveux des doigts de Lang. Elle alla à la fenêtre et regarda les maisons de l'autre côté de la rue sombre des Tissaw. Dans ces maisons toutes les lumières paraissaient allumées.

« Alors je peux peut-être te demander ce que tu en penses », dit Lang depuis le canapé où, Lenore le voyait dans la fenêtre, il avait recroisé les jambes et repris son verre. « Alors, qu'est-ce que tu en penses ? » dit-il.

« Je sais pas », dit Lenore après une minute, la trace de sa respiration sur la vitre froide. Elle observait comment ce qu'elle avait dit l'empêchait de voir l'extérieur. « Je sais pas quoi penser, mon vieux Wang-Dang Lang. Dis-moi ce que je dois penser s'il te plaît, et je penserai comme ça. »

« Faut pas dire des choses pareilles, Lenore. »

Lenore ne répondit rien.

« Et tu devrais m'appeler Andy, fit Lang. Je pense que c'est le seul nom que tu devrais me donner. »

« Ah, voilà ce qu'il nous faut, dit Lenore dans un hochement de tête, les yeux fermés. De l'explicite. Il faut que ces histoires de contrôle soient explicites. Plus de jeux. Les gens me disent ce que je dois faire et penser et dire et comment je dois les appeler, et je le fais. Tout sera plus simple. Et comme ça tout le monde pourra arrêter de faire des cachotteries pendant que je dors et de s'embaucher dans mon dos et de porter des masques à gaz. Les gens pourront commencer à faire des trucs qui ont un sens. » Lenore se retourna. « Donc on va faire ça, ok ? Quel lien tu as avec mon arrière-grand-mère ? »

« Deux secondes, Lenore, on va se calmer un peu », dit Lang. Il posa son verre et s'approcha de Lenore debout à la fenêtre. Ils avaient d'un côté l'écran de la télé ; derrière Lang, le chemin vers la porte. « Ouah, disait Lang. Je suis pas du tout au courant des embrouilles avec une arrière-grand-mère. Et mon seul lien avec ta famille, c'est toi, basiquement. » Il secoua la tête. « Que je sache, y a personne qui rôde entre toi et moi. »

Lenore regardait le sol, elle passa une mèche de cheveux derrière son oreille et croisa les bras. Lang était entre elle et la porte. Ses yeux commencèrent à gonfler et à chauffer et elle eut la sensation que ses cordes vocales se changeaient en bois. Elle regarda Lang, qui avait les pouces coincés dans les poches de son pantalon.

« Alors pourquoi j'ai l'impression que l'univers tout entier essaie de me mettre dans ton lit ? » dit-elle d'une voix éteinte. Elle sentait qu'elle allait se mettre à pleurer.

Lang la regardait. « Non, ne pleure pas, s'il te plaît », dit-il.

« J'ai *rien* demandé, moi ! dit Lenore. Je t'aimais même pas ! Je voulais même pas de toi. » Elle regarda la porte derrière Lang et se mit à sangloter, sentit ses épaules s'effondrer sur sa poitrine.

Puis il y eut Lang, et son visage dans la chemise de Lang, et un mouchoir arriva de nulle part dans sa main, et le bois dans sa gorge sembla se disloquer et partir dans toutes les directions, douloureux.

Lang scandait un bruit doux avec sa bouche dans les cheveux de Lenore.

« Je te *haïssais*, dit Lenore dans sa chemise, à l'intention de sa poitrine. T'avais débarqué comme ça et tu nous avais foutu les jetons, et t'étais bourré, et ce mec avec son derrière débile, et Sue Shaw avait tellement *peur.* »

« Ça va aller, disait Lang doucement. Ça va aller. On était des gamins. On était juste des gamins. C'est tout. »

« Et quand je dis que je veux pas de toi, que je suis en colère et que j'ai le droit de l'être, tout le monde fait des clins d'œil, tout le monde donne des coups de coude, tout le monde prend des petits tons et pousse, pousse, pousse. » La chemise de Lang commençait à être trempée. « Je me sentais tellement *sale.* Comme si je contrôlais rien. »

Lang la repoussa de quelques centimètres et sécha ses yeux avec sa manche. Une seconde, Lenore plongea dans ses yeux et sans raison pensa menthe, haricots et herbe foulée. Pas le moindre vaisseau injecté de sang dans ces yeux. « Lenore, disait-il, ça va aller. Je veux juste que tu me croies, je ne veux pas te pousser. Crois-moi, d'accord ? Tu peux me croire, parce que c'est la vérité. Je ne ferais rien, rien du tout, qui pourrait te blesser. » Il frotta un de ses yeux parfaits et Lenore retourna à l'odeur de sa poitrine. Même pendant qu'elle pleurait, elle pouvait le sentir à travers ses vêtements à lui et les siens à elle.

« Lenore ? dit Lang après l'avoir laissée respirer un moment dans sa chemise. Hé, Lenore ? » Il se pencha et mit les mains autour de son oreille comme s'il parlait dans un porte-voix. « *Lenore Beadsman.* »

Lenore partit d'un rire convulsif et porta le mouchoir à son visage. Il était chaud et humide, elle en avait de petits morceaux déchirés partout sur la main.

« Je vais le dire une bonne fois, Lenore, dit Lang. Je n'ai aucune envie de te contrôler. Crois-moi. Et je vais même aller plus loin et dire que je crois que celui qui essaie de te contrôler d'une façon qui n'est bonne pour personne, c'est ce vieux R.V.»

Sans raison, Lenore leva les yeux sur le plafond de Misty, derrière Lang, son plancher.

«Lenore», dit Lang. Il enserra d'une grosse main chaude la manche de la robe de Lenore, et dans le corps de Lenore cette main infusa de la chaleur.

«Lenore, dit-il d'une voix calme, R.V. était là, assis dans l'avion, avec ses petits pieds qui pendaient et tout, en train de transpirer comme un cochon» – il se passa la main dans les cheveux – «et il a commencé à me débiter des trucs comme quoi tu lui appartenais et je devais promettre de ne même pas essayer de t'enlever à lui.» Il baissa les yeux sur elle. «Je me suis dit qu'il fallait que je te mette au courant.»

Lenore ôta la main de Lang de sa manche et la garda dans la sienne tandis que ses yeux séchaient. Elle pouvait sentir sa propre odeur.

«Comme si t'étais sa voiture, ou une télé, disait Lang en secouant la tête. Il voulait que je promette de respecter le fait que tu étais à lui, ou quelque chose comme ça.»

Son bras ramena Lenore contre sa poitrine. Elle sentit quelque chose comprimer son estomac, mais ne comprit que plus tard ce que c'était.

«Comment est-ce qu'il croit qu'on doit se sentir, après ça? disait Lang dans ses cheveux. Qu'est-ce qu'il y a de juste là-dedans?»

/h/

«Je suis désolé, c'est tout.»

«...»

«Si ça sert à quelque chose.»

«...»

«Et je préfère penser que oui.»

« Ricky, c'est idiot, ne sois pas désolé. Pas besoin d'être désolé. »

« … »

« La situation, le fait qu'on se retrouve là, y a pas à être désolé. »

« Pour ainsi dire. »

« Quoi ? »

« … »

« Tu dois juste être tendu et inquiet, Rick. Et tout le monde sait que ça arrive quand on est tendu et inquiet. »

« Même si j'avais pas été tendu et inquiet, t'aurais pas senti la différence. Je suis assez clair ? »

« Tu dois juste être tendu et inquiet parce que ta fiancée est dans les bras de mon mari. Et Dieu sait que ça ne m'enchante pas non plus. »

« Après-demain tout ça ne me fera plus rien. Demain, c'est la fin. »

« La fin de quoi ? »

« Demain Lenore et moi allons nous fondre dans la noirceur, unis dans la discipline et la négation. »

« La discipline ? »

« … »

« La négation ? »

« Façon de parler. »

« Vous allez acheter des billets pour entrer dans le désert d'Andy et chercher si la grand-mère de Lenore n'est pas en train de grimper une dune. Je suis au courant de ce que vous devez faire demain. »

« Qu'est-ce qui lui prend, à Lenore, de te raconter des choses pareilles ? »

« … »

« Lenore ne me dit jamais rien, à moi. »

« Rick, je ne sais pas combien de temps je vais rester, tu vois, je pense que je vais devoir aller à Atlanta un jour ou l'autre, si tu vois ce que je veux dire, mais tant que je suis là tu vas découvrir que je peux faire plein de choses que Lenore ne peut pas. Ou ne veut pas. »

« Je crois qu'elle ne peut pas. Je comprends maintenant qu'elle n'était jamais sincère quand elle refusait. »

« Tu sais qu'Andy a couché avec ton ex-femme, aussi. J'en suis presque sûre. Je l'ai vu sortir de ta maison. »

« C'est une femme bien, je le comprends maintenant. »

« Qui ? »

« Est-ce que tu te vois comme quelqu'un de bien, Mindy ? Quand tu penses à toi-même, est-ce que tu penses que tu es quelqu'un de bien ? »

« Bien sûr, espèce d'idiot. Qu'est-ce que tu veux faire si tu ne te vois pas comme quelqu'un de bien ? »

« ... »

« Tu ne peux même pas t'aimer, alors qu'est-ce que tu veux faire ? »

« ... »

« Vous regardez CBN. Tout de suite, le révérend Hart Lee Sykes. »

« Et mon fils ? »

« Quoi ? »

« Mon fils, Vance. »

« Je crois pas qu'Andy ait touché à Vance. Je crois pas que t'aies à t'inquiéter pour Vance. »

« Je veux dire est-ce que tu l'as vu. Est-ce qu'il passe à la maison de temps en temps. Est-ce que tu l'as vu dans le quartier. »

« Tu te souviens, quand Vance passait ses journées à taper dans son ballon de foot ? Franchement, j'ai jamais compris comment on peut passer des heures et des heures à taper et taper dans un ballon. Et tu te souviens que Papa était derrière sa fenêtre pendant tout ce temps pour s'assurer que le ballon n'atterrissait pas sur sa pelouse, et si jamais ça arrivait il sortait avec un tournevis et le plantait dans le ballon ? »

« … »

« Ça fait des années que j'ai pas vu Vance, Rick. Je crois pas l'avoir vu depuis que j'ai quitté la fac. Où est-ce qu'il est maintenant ? »

« En ville. À Fordham. En tout cas je paie des frais de scolarité pour Fordham. »

« Je ne l'ai pas vu. »

« Moi non plus. »

« Je suis désolée. »

« Pas ta faute. »

« … »

« … »

« Tu peux l'enlever, tu sais. »

« Pardon ? »

« Ton béret. Tu peux l'enlever, tu sais. J'aime bien les petites calvities. Papa n'a presque plus de cheveux, maintenant. »

« Génial. »

« Bref, ne sois pas désolé, c'est ce que je voulais dire. »

« Merci, Mindy. »

« Mais retourne-toi. »

« Quoi ? »

« T'as bien entendu. Je peux t'aider à te retirer si tu changes de côté. »

« Quoi ? »

« Fais-moi confiance. »

« Qu'est-ce que tu fais ? »

« Ça va… me faire plus mal qu'à toi. C'est ça, Rick, c'est bien ce qu'il faut que je dise ? »

« Seigneur. Qu'est-ce qu'on t'a raconté ? »

« Papa disait souvent que je savais… tout… dès… le tout début. Une… sorcière en jupe écossaise, c'est… ce qu'il disait. »

« Mon Dieu. »

/i/

« Alors ça c'est un câlin, dit Lenore. Pas vrai ? Je sais reconnaître un câlin, et ça c'en est un. »

Lang rit.

Lenore et Wang-Dang Lang étaient sur le lit de Lang, allongés sur le flanc, face à face, au milieu des chaussettes et des chemises dans leurs emballages en plastique. Lenore était en soutien-gorge, culotte et chaussettes ; Lang n'avait plus que son pantalon et sa ceinture. Lenore avait les jambes serrées et Lang avait passé une jambe par-dessus sa hanche. Lang observait les seins de Lenore, dans le soutien-gorge. Dans cette position, ils étaient pressés l'un contre l'autre et débordaient des bonnets, une vision qui semblait plaire à Lang. Il regardait Lenore et la touchait. Il passait pour elle sa main sur son cou. Et de temps à autre il traçait d'un doigt des lignes sur son corps. Il traçait une ligne qui partait du centre de ses lèvres pour descendre sur son menton, sa gorge, puis le long de la ligne où se rencontraient ses seins, passait le bas du soutien-gorge et arrivait sur son ventre où il étendait la main pour le couvrir, ce qui faisait chaque fois cligner les yeux de Lenore. Parfois il changeait de trajectoire et suivait la ligne de démarcation de ses jambes, depuis le bas de sa culotte jusqu'à ses genoux. Il passait son doigt profond entre ses jambes et Lenore savait que le contact avec ses jambes serrées était chaud et doux. Elle voyait l'érection de Lang dans son pantalon.

Pourtant, quant à aller plus loin que ce qu'ils faisaient, Lenore avait dit qu'il lui fallait du temps pour y penser soigneusement et pour penser à tout ce qui avait à voir avec Rick, avant d'envisager quoi que ce soit d'autre.

« Je ne pourrais pas avoir de rapport avec toi avant d'avoir eu une explication avec Rick, avait-elle dit. Pas tant que les choses sont comme ça. Faut que je lui parle. C'est ce que je ressens. »

Lang avait tracé une ligne. « Je suis pas d'accord avec l'idée qu'on doit quelque chose à R.V., mais pour l'instant je respecte ta décision. »

« Merci. »

Lang rit. « Pas de quoi. » Il était très doux : Lenore fit courir sa main sur son bras et une partie de son dos. Vraiment très doux. Sa poitrine était recouverte de fins poils jaunes difficiles à voir dans la lumière de l'applique au-dessus d'eux. Il y avait davantage de poils sur son estomac, une ligne de poils.

« Et tu devrais pas dire "rapport". Tu devrais dire quelque chose d'autre. "Rapport", ça sonne comme un mot que t'aurais vu dans un manuel. »

« Désolée. »

« Mais non, ne sois pas désolée, fit Lang dans un rire avant de toucher des siennes les lèvres de Lenore. Je faisais seulement une remarque. Les rapports, c'est ce qu'ont les gens mariés à soixante ans, quand ça fait des années qu'ils sont mariés, qu'ils ont des enfants et tout. »

« Alors qu'est-ce qu'on aurait tous les deux, à ton avis ? »

« Quelque chose de tout différent, tu peux me croire. Fais-moi confiance, tu verras. »

Lenore avait commencé à tracer sa ligne à elle, depuis l'endroit où les sourcils de Lang se touchaient presque sur son front, pour descendre sur son nez et sur le sillon de sa lèvre supérieure. Quand elle arriva à sa lèvre elle s'arrêta, le regarda et retira sa main.

« Hé, dit-elle. Qu'est-ce qui est arrivé à ta manière de parler ? Pourquoi est-ce que tu parles plus comme d'habitude ? Pourquoi est-ce que tu dis pas des trucs du genre, "Je veux bien être attaché aux pattes d'une truie et vendu à Oscar Mayer pour qu'il me change en saucisse" ? »

Cette imitation de sa voix fit rire Lang. Sa main sur le haut de la hanche de Lenore et il sourit. « Je crois que j'en ai aucune idée, dit-il d'une voix douce. Je crois que j'ai pas envie de parler comme ça. Je crois qu'on parle pas de la même manière avec tout le monde. Tous ces trucs de mec à l'ancienne, c'est là-dedans que j'ai grandi, et puis à la fac je venais du Texas et tout le monde attendait que je parle comme ça, alors c'est devenu mon truc, à la fac. À la fac t'es plus ou moins obligé d'avoir un truc. »

« C'est ce qu'on m'a dit. »

« Crois-moi, là-bas, si t'as pas un truc, t'es rien », dit Lang. Son doigt était à nouveau dans la chaleur de ses jambes.

« Et Biff Diggerence ? » dit Lenore. « C'était quoi son truc ? Attends, laisse-moi deviner : je parie que son truc c'était roter. » Elle fit une grimace.

Lang retira son doigt d'entre ses jambes pour se gratter la mâchoire. « C'est un sujet un peu délicat, Lenore, dit-il. Ce vieux Biff a pété les plombs à la fac. Ça l'a foutu en l'air. Il est devenu bizarre. »

« Qu'est-ce qu'il fait maintenant ? »

« Je sais pas. Il a dû retourner en Pennsylvanie. Ça l'a vraiment foutu en l'air, la fac. »

« Foutu en l'air comment ? Il a attrapé le tétanos à force de demander aux gens de lui signer les fesses ou quoi ? »

« C'est pas très sympa, ça, Lenore », dit Lang. Il s'assit et se pencha pour attraper son verre de vin tiède à côté du lit. Lenore regardait son dos pendant qu'il buvait. « Ça l'a complètement foutu en l'air, c'est tout, dit-il. En gros il s'est mis à rester dans sa chambre tout le temps. Et je dis bien tout le temps. Voyait jamais personne, parlait jamais à personne. Enfermé dans sa chambre avec la porte fermée à clé. »

« Ça a pas l'air si horrible que ça, dit Lenore. Y a beaucoup de gens renfermés sur eux-mêmes. Y a beaucoup de gens qui passent du temps dans leur chambre. Je passais beaucoup de temps dans ma chambre à la fac. »

Lang se retourna et secoua la tête. « Ouais, dit-il. Mais quand t'en viens à pisser dans des bières vides pour pas avoir à sortir de ta chambre et aller aux toilettes de l'autre côté de ce putain de hall, ça commence à pas être bon signe, à mon avis. »

« Là j'ai rien à dire. »

« Il est devenu bizarre. Glauque. »

« Il a peut-être donné trop de coups de tête dans les murs. »

Lang lui fit un sourire. « Ce que tu sais pas, c'est qu'il a lancé une vraie tradition avec ça. Tout le monde a décidé de faire pareil. En dernière année, il était devenu une sorte de légende. Je crois que les mecs savaient même pas que c'était le type qui restait dans sa chambre toute la journée. Je crois qu'ils pensaient que c'était quelqu'un d'autre. »

Lenore pensa à Biff Diggerence, seul dans sa chambre. Tournant en rond de temps à autre. Faisant ses besoins dans des canettes de bière. Elle se souvint de son derrière et de la façon qu'il avait eue de jouer avec les cheveux de Sue Shaw pendant qu'elle fondait en larmes.

« Il s'est pas marié avec Sue Shaw, si ? »

« Avec cette fille ? dit Lang. Bon Dieu non. En tout cas je crois pas. À moins que tu saches quelque chose que j'ignore. »

Plus tard ils avaient changé de position. Lang s'était allongé là où avait été Lenore et elle avait pris sa place. Lang avait fourré son sac marin sous le lit et les chaussettes et chemises dans un tiroir où se trouvaient encore des affaires de Misty Schwartz. La grande télé était allumée, le son au minimum. Du coin de l'œil, Lenore voyait des têtes énormes dans l'écran qui apparaissaient et disparaissaient, parlaient de l'actualité. Il y eut des images de gymnastique, mais Lenore ne regardait pas vraiment.

Lang dit à Lenore qu'il avait été malheureux. Il lui expliqua que ça faisait un moment qu'il se sentait piégé, étouffé et claustrophobe. Que ces derniers temps il était comptable et qu'il détestait ça de toute la force de son âme. Qu'il entendait partout la voix de sa femme. Lenore lui en dit un peu plus sur LaVache, sur Clarice et Alvin Spaniard, leurs problèmes et le théâtre en famille.

Lang dit à Lenore que ce qu'il voulait vraiment, il en était quasiment sûr, c'était recommencer à travailler pour Industrial Desert Design, à Dallas. Il lui parla du Grand Désert d'Ohio, de Neil Obstat Jr, d'Ed Roy Yancey Jr et du désert de Corfou. Il lui dit que son père avait dit que si Andy épousait une juive, il le virerait de la boîte. Son père avait été con et obtus, Lang aussi, et Lang avait passé les dernières années à bosser comme comptable.

« C'est même pas comme si elle était vraiment juive, dit Lang. Elle va jamais à l'église. Et Dieu est bien placé pour savoir que son père non plus ne va jamais dans les églises juives. Son père, c'est un enculé panthéiste qui vénère sa pelouse comme un taré. » Lang fit part à Lenore d'informations du plus grand intérêt sur Rex Metalman, sa pelouse, Scarsdale et l'ex-femme de Rick, Veronica. Puis il l'embrassa un long moment.

Ils s'embrassèrent probablement pendant cinq bonnes minutes. Lang mettait dans ses baisers une tendresse incroyable. Lenore n'arrivait pas à y croire. Les baisers de Rick avaient toujours été très intenses. Rick disait qu'ils étaient le reflet et la manifestation de l'intensité de sa passion et de son engagement envers elle.

Tandis que Lang traçait des lignes partout avec son doigt, Lenore lui parla de son frère à Chicago, d'un rêve étrange qu'elle avait fait la nuit dernière, dans lequel elle rêvait que sa mère rêvait de l'endroit où était son frère, et grâce au rêve il se retrouvait dans cet endroit, un endroit avec des lumières vives et des gens qu'on savait être gentils.

Lang dit qu'il avait le sentiment profond que tout irait bien. Il sentait que John irait bien et il était maintenant convaincu en son for intérieur qu'il allait divorcer de Mindy. Puis il raconta à Lenore une histoire à propos de son frère à lui, son demi-frère, qui avait été beaucoup plus âgé que lui et que son père avait eu d'un premier mariage, et qui avait été par malheur tué pendant le conflit au Viêt-nam, dans les marines.

Ce qui était arrivé, c'est que le frère de Lang avait été entraîné, de même que les autres marines d'un certain camp d'entraînement en Virginie, à lancer des grenades dans les bâtiments ennemis, à attendre près de la porte que la grenade explose à l'intérieur et mette tout le monde hors service, puis à entrer pour finir le travail. Ensuite, au Viêt-nam, le frère de Lang, tout frais descendu de l'avion, avait essayé la manœuvre de la grenade sur une hutte dans un petit village, apparemment une hutte ennemie quelconque, mais les murs de la hutte étaient faits, on ne s'en étonnera pas, d'herbe, de paille et de bouse de buffle séchée, de sorte que l'explosion, on ne s'en étonne pas, fit voler le mur en morceaux et tua le frère de Lang, sur place, là où il attendait d'entrer pour finir le travail. Lang dit qu'il avait à peine connu son frère. Il dit que les marines avaient revu les méthodes d'entraînement du fort après qu'un grand nombre de soldats entraînés en Virginie étaient morts de cette façon. C'était le début du conflit.

Lenore parla à Lang des événements dans lesquels était impliquée Lenore Beadsman, son arrière-grand-mère. Il s'avéra que Lang en avait déjà appris une bonne partie de la bouche de Neil Obstat Jr.

« Il a une photo de toi dans son portefeuille, tu sais, dit Lang. Neil a une photo de toi. »

« J'ai toujours pensé qu'il avait un côté louche, dit Lenore. Il me suivait partout quand on allait à l'école ensemble, mais il disait jamais rien. » À ce moment, Lang embrassa la gorge de Lenore, juste sous son menton, et Lenore garda la tête dans cette position. « Je l'aimais pas beaucoup, je trouvais qu'il avait une tête de squelette. Je sais que c'est vraiment superficiel. » Elle massait la nuque de Lang pendant qu'il lui embrassait la gorge. « Une fois, des grands l'ont accroché à un porte-manteau après un cours de sport et je l'ai vu là, et je me souviens que j'ai eu l'impression de voir un mort, à cause de sa tête de squelette et de ses yeux fermés, et on voyait son derrière. »

Lang dit que Neil Obstat n'était en réalité pas le mauvais bougre. Il dit que lui et Neil songeaient à prendre leur journée du lendemain, profiter de leur samedi et aller se balader quelque part. Il dit à Lenore qu'elle était la bienvenue si elle voulait les accompagner, qu'il empêcherait Obstat d'être trop louche. Lenore rit. Puis elle dit à Lang qu'elle était censée aller dans le Grand Désert d'Ohio avec Rick, qu'ils avaient déjà tout planifié et que les plans étaient à peu près impossibles à changer. Lang n'était pas ravi.

« C'est juste qu'il y a un bon million de personnes qui pensent que Lenore est là-bas, dit Lenore. Et qui arrêtent pas de me le rappeler. » Lang essaya de soulever doucement son genou avec une main, mais arrêta quand elle résista.

« Et aussi Rick a très envie d'y aller, je sais pas pourquoi, dit Lenore. Ça sautait aux yeux aujourd'hui. Il criait presque. Et mon frère, mon père, M. Bloemker de la maison de retraite… ça a l'air de rendre tout le monde bizarrement heureux que j'aille passer une journée à chercher Lenore sur une dune. » Elle avait posé sa main sur la joue de Lang. « Je suis trop fatiguée et ils m'emmerdent trop pour que je continue à me disputer avec eux, dit-elle. Et en plus je me dis que j'ai besoin d'une occasion de mettre les choses à plat avec Rick. »

« Sois pas trop dure avec lui, s'il te plaît », dit Lang. Il fit courir son pouce le long de la jambe de Lenore, la faisant cligner des yeux encore.

Lang dit qu'il sentait que tout irait bien aussi pour l'arrière-grand-mère de Lenore. Il dit qu'il le sentait. Mais il dit qu'il pensait que Lenore ne devait pas aller dans le Désert.

« Personne ne trouve jamais personne dans un endroit comme ça, dit-il. Les gens ne vont pas dans un endroit comme ça pour chercher d'autres gens. C'est tout l'inverse du concept. »

« N'empêche que je crois que je devrais saisir la chance de parler à Rick en privé », dit Lenore.

« Mouais », dit Lang.

Une musique assourdie sortait à présent de la télé. À l'écran, des têtes remplaçaient d'autres têtes. Lang avait un doigt glissé sous l'élastique de la culotte de Lenore, au niveau de sa hanche. Il dit à Lenore qu'il était dingue de la courbe de sa hanche. Il embrassa encore sa gorge.

Lang dit que les grand-mères le rendaient affreusement triste. Il dit que pour lui les grand-mères étaient des choses fondamentalement tristes, surtout les très vieilles, celles qui avaient plein de problèmes tristes. Il dit à Lenore qu'il avait des souvenirs de la mère de son père, dans une maison de retraite au Texas dans les années 60. Il dit que son grand-père était mort et que son père et sa mère avaient pris la grand-mère chez eux, quelque temps, mais que ça n'avait pas marché, même après avoir embauché une sorte d'infirmière pour s'occuper de la grand-mère pendant la journée, et que le père de Lang et sa grand-mère s'étaient assis pour discuter et que le père de Lang lui avait dit qu'ils allaient la placer en maison de retraite.

« Je me souviens, elle était toute décrépite, dit Lang. Je me souviens qu'elle avait du mal à bouger et ses yeux ils devenaient de plus en plus laiteux au fur et à mesure. Elle était pas emballée à l'idée d'aller dans une maison de retraite. Je me souviens qu'elle a hoché la tête quand Papa lui en a parlé. On devinait qu'elle savait que ça ne marchait pas. »

« Après on est allés lui rendre visite à la maison de retraite tous les samedis, dit Lang. C'était un peu devenu une habitude. Mon papa faisait tout ce qu'il pouvait pour être un bon fils. Et c'était à Fort Worth, pas tout près, alors on s'entassait dans la voiture et on allait la voir. Toujours mon papa, putain, toujours à côté de moi. Ma mère et mon frère, des fois. On s'entassait et on faisait la route, et quand on arrivait au portail, fallait encore qu'on remonte un long chemin en gravier où y avait toujours du vent. C'était un chouette endroit. Super cher. Elle a été bien soignée, rien à redire. »

Lenore hocha la tête et Lang lui toucha la lèvre.

« Donc on remontait le chemin avec le vent, et je me souviens que la maison avait toujours l'air sinistre, en haut de sa colline, parce que mon papa avait des voitures avec des vitres teintées, et du coup quand je regardais la maison par le pare-brise je voyais tout à travers les vitres teintées, et ça avait l'air noir comme dans un four, comme s'il allait se mettre à pleuvoir avec des éclairs et tout. C'était toujours un peu bizarre, dit Lang. Et on la voyait toujours quand on remontait le chemin, elle nous attendait toujours sous le porche, chaque fois. Y avait un joli porche là-bas, bien surélevé. On la voyait alors qu'on était encore dans la voiture, on la voyait de loin parce qu'elle avait des cheveux blancs éclatants qu'on pouvait voir à des kilomètres, et un fauteuil roulant. Mais bon, elle était là et nous on arrivait, on se désentassait et on montait lui rendre visite. Elle était toujours super contente de nous voir. Et ça me fait aussi plaisir de la voir, même si c'était un peu une obligation, on peut pas dire le contraire. Je me souviens que je faisais des caprices, certains samedis. Autre chose à foutre. Je devais avoir huit ans. » Lang retira sa main de la hanche de Lenore et la passa sur ses seins, d'avant en arrière, doucement. « Mais on allait la voir, tout ça, et elle nous racontait ce qu'elle faisait. Ça prenait jamais très longtemps, vu que tout ce qu'elle faisait c'était des maniques pour ma mère, je me souviens. Elle faisait à peu près une manique par mois, et voilà. Elle avait tout le temps les mains qui tremblaient comme s'il faisait froid. »

Lang se racla la gorge. « Et ça a continué un moment comme ça, mais ensuite y a un samedi où on y est pas allés. On a pas pu y aller cette fois-là. Mon papa avait eu une urgence, j'avais des trucs à faire, tout ça. Donc on y est pas allés ce samedi-là. Et le lendemain, je me souviens qu'on a pas pu y aller non plus le lendemain. Pas moyen de faire autrement. Mais on y est allés le lundi, pour rattraper le coup, pour lui faire une visite surprise, pour se racheter, ça nous paraissait être le truc à faire. Donc on s'est entassés et on s'est mis en route ce lundi-là après l'école.

On y va, et au moment où on arrive en bas de la colline on est perplexe parce qu'on la voit, là, sous le porche, avec ses cheveux tout blancs et son fauteuil roulant qui brille, et autour d'elle tout est noir et menaçant à cause des vitres teintées. Et mon papa fait, "Ben alors ?" parce qu'on était lundi, pas samedi. Et il faisait froid dehors, tu sais. On était genre en novembre, il pouvait faire bien frais. Mais n'empêche qu'elle était assise là, sous le porche, dans son fauteuil, sous ses couvertures, etc.

« Et on arrive, on sort de la voiture, on monte les marches et elle est contente comme tout de nous voir, et je t'ai dit qu'elle avait les yeux laiteux et quand elle était contente c'était comme si le lait sortait de ses yeux. Elle tapait des mains tout doucement, et elle souriait, et elle essayait de dégager les maniques et le bordel qu'elle avait sur ses genoux aussi vite qu'elle pouvait pour les montrer à ma mère, et elle nous prenait dans ses bras, et mon papa dit un truc du style, "Maman, c'est lundi aujourd'hui, pas samedi, on a pas pu venir samedi donc à la place on est venus aujourd'hui, alors comment t'as pu avoir l'idée de sortir nous attendre aujourd'hui, on a dit à personne qu'on venait te voir", etc. Et elle regarde mon papa je me souviens c'était comme si elle comprenait pas, et puis elle sourit, toute gentille, elle hausse les épaules, elle nous regarde et elle nous dit que ben elle nous attend tous les jours. Et elle hoche la tête. Tous les jours, tu comprends. Elle dit ça comme si elle croyait qu'on savait qu'elle attendait qu'on lui rende visite chaque putain de jour que Dieu fait. »

Lenore regardait Lang.

« De toute façon, samedi ou pas, elle faisait plus la différence, dit Lang. Elle savait pas que toutes ces conneries, c'était la routine pour nous. » Son regard se perdit derrière Lenore. « Ou sinon peut-être qu'elle savait mais qu'elle attendait quand même, qu'elle se disait qu'elle aurait peut-être de la chance et qu'on voudrait venir la voir un jour où on avait pas à le faire. Et en fait elle attendait même quand il faisait très froid dehors, sous le porche. Et elle continuait à regarder mon père comme si elle voyait pas où était le problème, c'était sa vie maintenant, là, on le savait pas ? Et pendant tout ce temps on se sentait super mal. Je me suis senti naze après ça. J'étais vachement triste. » Lang se frotta un œil. « Elle est morte, pas longtemps après, j'étais pas beaucoup plus vieux. »

Lenore regardait Lang se frotter l'œil. Elle pensait à sa grand-mère. Lang cessa de se frotter l'œil et la regarda. La gorge de Lenore se remit à lui faire mal. Elle commença à pleurer, quelques larmes.

« Je voulais pas te faire pleurer », dit Lang. Un sourire gentil. « C'est *moi* qui suis triste, pas toi. »

Il embrassa les yeux de Lenore, pour récupérer les larmes. Il le fit avec une douceur telle que Lenore passa les mains autour de son cou. Une minute plus tard, Lang la fit rouler sur lui et d'une main essaya de défaire l'attache de son soutien-gorge. Lenore le laissa faire et garda les bras autour de son cou. Lang jouait avec ses seins tandis qu'elle pleurait, s'accrochait à lui et pensait à un ciel au Texas, en novembre, vu à travers des vitres teintées.

18

1990

/a/

« Bonjour, Patrice. »

« Bonjour. Comment allez-vous ce matin ? »

« Très bien, merci. L'infirmière me dit que vous avez quelque chose pour moi. »

« Oui. »

« Puis-je vous demander quoi ? »

« Trois hommes vont camper dans les bois. Un des hommes commence à prendre la cuisine en main, mais les trois hommes passent un accord : si l'un des deux autres se plaint de la cuisine de l'homme, celui qui se plaint devra automatiquement se charger de la cuisine. »

« Je ne suis pas sûr de comprendre, Patrice. »

« Le cuisinier cuisine et cuisine, et les deux autres campeurs sourient et disent que c'est très bon, et ils continuent à camper. Les jours passent et le cuisinier commence à en avoir assez de cuisiner, et il prie pour que quelqu'un se plaigne et soit obligé de prendre sa place, mais personne ne se plaint. Alors le cuisinier se met à faire exprès de trop cuire les repas, ou de les brûler, ou de les chauffer à peine et de les servir crus. Mais les deux autres campeurs continuent à tout manger et réussissent à sourire. Bientôt le cuisinier commence à mettre du savon dans le café, à saupoudrer de la poussière sur tout ce qu'il cuisine, mais les deux autres continuent à ne pas se plaindre. »

« Est-ce une blague ? C'est une blague, Patrice, je sais que c'est une blague. »

« Alors le cuisinier finit par se mettre en colère, il n'en peut plus de faire la cuisine, et il part dans les bois où il trouve un tas de bouses d'élan, il en rapporte au camp et les fait cuire, puis il les sert pour le dîner avec du café savonné. Les deux autres campeurs tombent dans le panneau et le cuisinier les regarde manger, dans l'expectative, et ils mangent très lentement en se regardant et en grimaçant. Finalement, l'un d'eux pose sa fourchette et dit au cuisinier, "Hé, Joe, désolé mais je dois te dire que ce truc a un goût de merde d'élan. *Mais de la bonne.*" »

« Ha ha. »

« Ha ha. »

« Cette blague était formidable, Patrice. Où l'avez-vous entendue ? Est-ce vous qui l'avez inventée ? »

« C'est mon fils qui me l'a racontée. »

« N'est-ce pas mignon. »

« Oui. »

« Et quand vous l'a-t-il racontée, au juste ? »

« Je pense qu'une blague comme celle-ci mérite bien une promenade, n'êtes-vous pas d'accord ? »

« Certainement. »

« C'est aussi ce que je pense. »

/b/

11 septembre

La fin est un brasier nocturne

Une autre nuit du mois de mai, car mai ne s'achève jamais. Une rue qui devrait être plongée dans l'obscurité. Dans une rafale de lumière le béton de la rue apparaît neuf et irrégulier. Certaines maisons n'ont pas encore de pelouse. Les arbres sont jeunes, frêles et soutenus par des réseaux de cordes et de piquets. Ils vacillent et ploient sous le vent lumineux.

Le vent est un vent d'étincelles brûlantes. Les étincelles s'élèvent, tourbillonnent et meurent dans leur linceul de lumière. Au bout de la rue gémit une maison en flammes. Cette maison ressemble à toutes les autres maisons de la rue. Elle est en feu. Le feu sort de toutes les ouvertures de la maison et grimpe vers le ciel. Plus le feu crée de nouvelles ouvertures d'où il s'élève, plus la maison gémit et se tasse. Sous l'effet de la chaleur, la clôture brille d'un éclat rouge et ses fils cuisent l'herbe alentour.

La maison commence à se replier sur son feu. Le feu sort par toutes les ouvertures. Le bruit est celui d'un papier que l'on froisse. Il contracte la peau de votre visage. Le feu ne peut être contrôlé, la maison aspire tout l'air de la rue et dans un soupir se replie sur elle-même. Cela prend une éternité. Tout s'effondre sur soi, avec une lenteur de plume.

Devant la porte de la maison vole un oiseau à la queue enflammée. Il monte en cercles dans le ciel. Il grimpe et grimpe en spirale jusqu'au moment où sa lumière se fond dans le scintillement des étoiles. Sur la pelouse retombent en tire-bouchon des plumes brûlées.

Des pieds courent sur la pelouse, dépassent les plumes incandescentes. Fieldbinder et Evelyn Slotnik, main dans la main, courent dans la nuit, les cheveux en feu. Dans la lumière de leurs cheveux ils sont le vent. Leur course vers la piscine des Slotnik trace des coupes brillantes sur les carrés noirs de la banlieue. Des clôtures rougissent et s'effondrent. Un avion vole bas au-dessus d'eux. Les passagers regardent au sol et voient toute la scène. Ils voient une mare de feu déborder sur les pelouses et créer des voiles de lumière pointue qui flottent dans leur direction et disparaissent quand ils les touchent. Ils voient deux points de feu orange surpris traverser trop vite des jardins noirs et des clôtures gaufrées, deux points qui donneraient tout pour l'eau propre, bleue et neuve qui dort sur une ligne éclairée par en dessous. La scène est immortalisée sur une pellicule de qualité.

/c/

Une des rames tomba dans l'eau et Neil Obstat Jr bondit pour la rattraper, renversant au passage sa canette de bière dont le contenu moussa sur son pantalon. Il lutta pour replacer la lourde rame dans son support.

« Bordel », dit-il.

« Essaie de stabiliser le bousin, Neil », dit Wang-Dang Lang.

« Chier », dit Obstat. Des gens qui essayaient de pêcher dans le bateau voisin, rendus furieux par le vacarme, faisaient des doigts à Obstat.

Lang était à la proue du bateau que lui et Obstat avaient loué auprès du Centre des permis de pêche et des locations de bateau du Grand Désert d'Ohio pour une somme que Lang considérait proprement criminelle.

« Ce truc devient beaucoup trop commercial », avait-il dit à Obstat. Obstat avait haussé les épaules et soulevé les bières.

Lang avait des jumelles avec lesquelles il observait Lenore Beadsman et Rick Vigorous errant sur la rive du lac dans une des zones les plus dévastées et inhospitalières du Désert. Malgré la foule du week-end, il était facile de repérer Lenore dans sa robe d'un blanc éclatant, sans parler du béret de Rick Vigorous. Lang et Obstat étaient loin du bord. Obstat devait ramer pour maintenir le bateau au niveau de Lenore et de Rick.

« Qu'est-ce que tu vois ? » avait demandé Obstat depuis les rames.

Quand Rick et Lenore étaient tournés dans la bonne direction, Lang arrivait à voir leurs visages mais ne parvenait pas encore à saisir ce qu'ils se disaient. Ils ne parlaient pas beaucoup. Lenore se déplaçait avec une certaine aisance dans le sable profond, mais Lang voyait que Rick Vigorous rencontrait quelques difficultés et était parfois obligé de trotter pour rester à sa hauteur. Lenore lui faisait sans cesse regarder sa montre, comme si l'heure était importante. Il n'était pas encore midi mais il faisait chaud pour un mois de septembre. Des groupes s'approchaient et s'éloignaient de Lenore et de Rick. Au bord de l'eau, un vendeur à la criée de t-shirts noirs se faisait entendre jusqu'au bateau de Lang.

Lang tenait les jumelles d'une main. L'autre lui faisait un mal de chien aujourd'hui parce qu'il avait trop fait tourner ses clés sur son doigt blessé hier soir. Il pensait que la morsure était peut-être en train de s'infecter.

« Putain d'oiseau », dit-il.

Obstat grognait sur les rames. Il n'arrêtait pas de les cogner contre les flancs du bateau. Lang et Obstat avançaient au milieu des lignes des pêcheurs et les gens des autres bateaux commençaient à s'énerver, mais Lang dit à Obstat de ne pas y faire attention.

« Oublie pas que je veux jeter un œil à ces jambes de rêve quand elle se mettra à grimper sur une dune », haleta Obstat en ramenant les rames.

« Ils vont dire des trucs importants d'une minute à l'autre », dit Lang.

/d/

« J'insiste pour que tu m'invites à te raconter une histoire. »

« Ce foutu sable, j'en ai plein les chaussures. »

« Lenore... »

« Hé ! Regardez où vous allez, nom de Dieu ! »

« Oh, pardon. Excusez-nous. »

« Bon sang. »

« Affreusement désolé. »

« Drôle d'endroit pour un pique-nique. »

« Si tu veux mon avis, Lenore, il faudrait soit raser cet endroit, soit l'agrandir. La foule nie l'intérêt marginal que cet endroit pouvait offrir. »

« Et je remarque aussi que les gens ne sentent pas la rose, au soleil. »

« Oublie les odeurs. Tu es ici pour te concentrer sur les éventuels signes de ta grand-mère. »

« Quel genre de signes, Rick ? Je devrais chercher Lenore qui ne serait ni en train de monter, ni de descendre une dune, juste à cause d'un jeu que mon frère a inventé quand il était défoncé ? On perd notre temps. Je comprends pas pourquoi ça t'obsède autant. De m'emmener ici aujourd'hui. »

« Et on dirait bien que Lang et son Sancho Panza à l'œil en anus sont dans les parages, eux aussi. En embuscade, et cetera. »

« Comment tu sais où sont Andy et Obstat ? »

« Je sais ce que je sais. »

« Écoute, Rick, en parlant de savoir, je pense qu'on devrait avoir une bonne discussion, ici, maintenant. »

« D'abord je te supplie de me supplier de te raconter une histoire. »

« Qu'est-ce que tu as avec cette histoire ? »

« ... »

« T'as l'air d'oublier que maintenant je dois les *lire*, les histoires. C'est du travail. Et quand je travaille pas, j'aime autant ne pas faire des trucs en rapport avec le travail. »

« Je ne te demanderai pas d'évaluer, simplement d'apprécier. De te faire emporter, de t'engager et de t'amuser. Tu devrais trouver ça amusant et engageant. »

« Rick, il faut vraiment qu'on parle. Tu as quelqu'un de contrarié en face de toi, tu sais. Il faut vraiment qu'on ait une bonne discussion. »

« Je suis pratiquement convaincu que ces questions peuvent être traitées voire même résolues dans le contexte de l'histoire que j'ai en tête. »

« Ça m'étonnerait. »

« Contente-toi de garder les yeux ouverts et de guetter tout ce qui pourrait être subrepticement âgé. »

« Donc c'est moi qui veux qu'on parle et c'est toi qui décides comment on parle. Super. »

« Mon histoire porte sur un homme qui nous est présenté comme le plus brillant, le plus phénoménal des dentistes théoriques du XXe siècle. »

« Dentiste théorique ? »

« Un scientifique spécialisé dans la théorie dentaire et les raisonnements abstraits les plus poussés à partir de cas empiriques en lien avec tout ce qui concerne la dentition. »

« Génial. »

« Tu te souviens de l'édulcorant qu'on voyait partout à une époque ? SupraSweet ? Celui qui a été brusquement retiré des rayonnages des supermarchés quand on a découvert que, à cause de lui, certaines femmes donnaient naissance à des bébés qui avaient des antennes ou des canines de vampire ? »

« Tu parles si je m'en souviens. »

« Eh bien le dentiste théorique en question est décrit comme l'homme qui a résolu ce problème d'antennes et de canines, en partant pour ainsi dire de la dentition et en remontant jusqu'à cet édulcorant fourbe et omniprésent. »

« Merde, Rick, regarde tout ce monde. Comment est-ce qu'on va passer ? »

« Ils attendent la navette pour aller dans les régions intérieures les plus dévastées. Elle devrait arriver bientôt – tu vois le nuage de poussière ? On pourrait peut-être attendre ici, sous la statue, on sera un peu abrités du soleil... »

« Je me souviens très bien de cette statue. Je la déteste. On dirait que Zusatz a voulu se poser en dieu du Désert ou quelque chose dans le genre. Berk. »

« Donc l'homme en question est un dentiste théorique au savoir-faire consommé. »

« Ok. »

« Et pendant ses loisirs, il devient un chef scout parfaitement compétent et très aguerri. »

« … »

« Chez les boy-scouts. »

« Pigé. »

« Et dans sa jeunesse il avait été un scout incroyable : louveteau à neuf ans, scout de première classe à onze, éclaireur, compagnon et enfin aîné à l'âge époustouflant de quatorze ans. Époustouflant pour son époque, en tout cas. On peut noter par exemple que, avant qu'il arrête le scoutisme, mon fils, Vance, était compagnon, l'avant-dernier type de scout, à l'âge de douze ans. »

« Contente pour lui. »

« Mais ce qui nous intéresse, c'est que le dentiste théorique avait été un scout exemplaire, si impliqué dans le scoutisme en général que lorsqu'il avait quitté les scouts à cause de son âge il était devenu chef scout dans la foulée, tout en suivant des études de dentisterie théorique. C'était il y a vingt ans, ce qui fait qu'il doit avoir la quarantaine. »

« … »

« Et un été le dentiste mène un exercice d'orientation avec sa troupe de scouts dans les zones denses et dévastées des forêts de conifères qui, comme tu le sais peut-être ou pas, recouvrent de larges pans de l'Indiana. L'histoire se passe dans l'Indiana. »

« … »

« Et le dentiste guide sans aucun effort les scouts dans la forêt et les prépare à passer leur badge de coureur des bois, et alors qu'ils sont dans la zone la plus profonde et la plus désolée, le dentiste et ses scouts tombent sur un homme épuisé et hagard, habillé tout en flanelle avec une barbe de plusieurs jours, des yeux rouge vif et des traces de sève de pin tout autour de la bouche, qui gémit et s'écroule dans les bras d'un éclaireur ; il est accompagné par une femme tout aussi hagarde mais tout de même d'une beauté poignante, avec une robe particulièrement en désordre, qui s'effondre en pleurs au cou du dentiste théorique et crie entre deux sanglots qu'elle est sauvée. La femme dit au dentiste que son compagnon, qui s'avère être son psychologue, et elle étaient perdus dans ce coin de conifères désolés depuis des jours, que le bloc-notes magnétique du psychologue avait déréglé leur boussole, et que ça faisait des jours qu'ils erraient, qu'ils voyaient leur espoir diminuer et qu'ils avaient pour seule alimentation les résidus dégoûtants de sève de pin qui suintaient de l'écorce des arbres. Pendant que la femme dit tout cela au dentiste, ils sont tous les deux plongés dans les yeux l'un de l'autre, et autour d'eux les scouts joyeux et badgés courent à droite à gauche, ils irradient la compétence en milieu sauvage, ils montent et plantent les tentes, élaborent des feux pyramidaux complexes, purifient de l'eau avec des granulés d'Halazone et administrent au psychologue toujours dans les vapes tous les premiers soins que tu peux imaginer. Et maintenant, si je peux apporter un peu de contexte pour nous faire gagner du temps, on comprend que la femme et le psychologue étaient dans les forêts d'Indiana pour des raisons clairement thérapeutiques, que la femme souffre du joug d'une névrose quasi débilitante qui réclame une attention et une activité sexuelles constantes et phénoménales, afin de pouvoir réfréner ses sentiments de paranoïa délirante et de perte de la tridimensionnalité. »

« Allons-y. Voilà le car. Ils y montent presque tous. On sort de l'ombre. »

« Tu as bien tout compris ? »

« Dentiste, chef scout, badge, sauvetage, femme avec des problèmes dimensionnels. C'est bon. Mais je préférerais qu'on parle, Rick. »

« Ça te dirait qu'on monte dans le car, Lenore ? Ce serait marrant. Qu'est-ce que tu en penses ? »

« Tu plaisantes ? T'as une idée du monde qu'il va y avoir à

l'intérieur ? On est samedi, au cas où t'aurais oublié. Si on restait plutôt au bord de ce bon vieux lac. »

« Pourquoi cette fixation sur la proximité du lac ? »

« ... »

« Quoi qu'il en soit, on nous apprend que le psychologue toujours inconscient avait prétendu pendant leurs séances qu'il pensait que les troubles psychologiques de la femme à la beauté poignante provenaient des propositions sexuelles constantes et des situations érotiques auxquelles était forcément confrontée la femme au cours de sa vie dans l'environnement sociétal collectif d'Indianapolis, où elle habite, et qu'ainsi le problème était conçu comme étant, *a*, dû aux attaques érotiques continuelles portées à l'identité sexuelle de la femme par les autres membres de la société d'Indianapolis, une unité sociale que le psychologue a visiblement en horreur, mais et *b*, dû à l'incapacité de la femme de développer un sens du soi et de la valeur intérieure assez fort pour lui permettre de distinguer parmi la multitude les avances auxquelles répondre et laisser avoir une influence sur le soi intérieur et le sens de la valeur en question. »

« Je vais prendre un coup de soleil sur le nez. Je sens que ça commence à brûler. »

« Je suppose que tu veux que je te demande de me parler de la gym. J'ai lu une critique plutôt cassante dans le *Dealer*. »

« Tu veux parler, comme dans "avoir une conversation", parfait, parce qu'on en a vraiment besoin. Allons nous asseoir juste là dans le sable et – »

« Non, non, attends. Pas encore. On est toujours en suspens. »

« Je te demande pardon ? »

« Pour en revenir à notre histoire, le contexte nous donne à comprendre qu'en réalité le psychologue est au mieux tordu, au pire tout bonnement maléfique, et que s'il a attiré la femme perturbée mais d'une beauté poignante dans le tréfonds des régions de conifères ravagés d'Indiana au prétexte officiel de parler avec elle, face à face, de son sens de soi et de la force qui en découle, officiellement loin de tous les assauts érotiques extérieurs et déstabilisants que subit la femme dans la société collective, il veut en fait séduire la pauvre femme, une séduction engagée sur-le-champ, d'une manière particulièrement balourde, à la minute où ils se sont trouvés hors de portée des oreilles de la civilisation, une séduction à laquelle, malgré sa lourdeur, la pauvre femme anxieuse et dimensionnellement ambiguë n'est pas en état de résister, et ainsi le psychologue et la femme ont passé le plus clair de deux journées à forniquer comme des belettes en chaleur sur le lit de douces aiguilles de pin qui recouvre le sol dévasté et ils étaient dans les affres d'une de ces fornications lorsque le bloc-notes magnétique du psychologue est entré en contact avec la boussole de la femme, le seul moyen pour les randonneurs de s'orienter, et lui a causé des dommages potentiellement désastreux. »

« ... »

« Un désastre seulement potentiel, bien sûr, grâce à l'intervention opportune, après une bonne semaine de tension et de repas à la sève de pin, du dentiste théorique et de sa troupe de scouts, et cette intervention et ce sauvetage suscitent un épanchement narratif, explicatif et contextuel chez la femme, qui a le coup de foudre pour le dentiste au premier regard, malgré son léger problème de perte de cheveux, mais toujours est-il que l'épanchement et le coup de foudre, sans parler d'une beauté poignante initiale, déclenchent une montée d'émotion similaire chez le dentiste, qui est veuf; et donc, au cours d'un passage douteux mais pas totalement hors sujet, nous sommes informés qu'un amour naissant germe et que des pousses fragiles et vulnérables éclosent dans le sol dévasté entre la femme et le dentiste pendant que, tout autour, les scouts s'agitent, accomplissent des tâches difficiles liées à l'obtention de nouveaux badges et tracent des jeux de pistes compliqués qui nécessitent de retrouver son chemin sous les lumières d'une nébuleuse mystérieuse, et proposent de ramener le psychologue mal en point à la civilisation en le traînant sur un brancard fait de branches, de résine et d'aiguilles de pin tressées. »

« Rick, est-ce que c'est un indice ? »

« Attends le climax. »

« Non, Rick, là. Tu vois ? Des traces de pas avec quatre trous autour, comme une personne âgée avec un déambulateur qui s'enfonce dans le sable. Tu crois que c'est quelqu'un qui marche avec un déambulateur ? »

« Je ne pense pas. Je pense que c'est seulement une personne qui passait au milieu d'un champ de parasols. Après tout, on est quand même dans un endroit jonché de parasols. Pour moi ces trous ne sont pas des traces de déambulateur. Et en plus, je ne sais pas si tu as remarqué, mais il n'y a pas de dune ici. »

« Tu dois avoir raison… »

« Bref, pour rendre joliment court quelque chose de long, le dentiste théorique et la femme à la beauté poignante se marient. Ils tombent fous amoureux, un amour impossible à contenir, et décident de s'unir pour toujours, et la femme parle au dentiste de sa condition névrotique et le dentiste fait preuve d'une compassion incroyable, il dit qu'il s'en fiche et il va avoir une bonne discussion avec le psychologue qui s'est enfin remis physiquement et il lui pardonne d'avoir profité d'une patiente sans défense, et par pure compassion et bonté d'âme il lui demande d'être témoin au mariage imminent, le mariage est imminent, et naturellement le psychologue est soulagé par la discrétion du dentiste mais il est toujours sauvagement amoureux de la femme à la beauté poignante, et donc même pendant le mariage – auquel assistent, entre autres, le frère du dentiste, le clan de la femme en provenance d'Indianapolis et tous ceux qui sont quelqu'un dans le champ de la dentisterie théorique – le psychologue a un petit sourire en coin, glousse et mate en douce le corps de la femme sous sa robe de mariée. »

« Je suis fatiguée. »

« Un matage devenu futile, pourtant, car même si la femme a

toujours un besoin pathologique d'attention et d'activité sexuelle pour réfréner les violents soubresauts de sa névrose, disons que ce besoin est plus que satisfait par le dentiste théorique, chez qui la femme a réveillé un accès de passion et un désir d'intimité que le dentiste n'avait pas ressenti depuis sa jeunesse, quand il était frais émoulu de chez les scouts. Là, un long passage est consacré à la description graphique des implications de ces accès réveillés et de ces besoins satisfaits, dont les plus saisissantes impliquent un appareillage dentaire utilisé dans des buts qui – bien qu'émotionnellement innocents et donc dans le fond parfaitement convenables – outrepassent de loin les fantasmes les plus fous du dentiste. Si tu me suis. »

« Je te suis et tu pourrais même accélérer. Je veux vraiment te parler. »

« J'en suis conscient, Lenore, crois-moi. Nous n'avons qu'à le faire dans le contexte qui nous est fourni. »

« Qu'on en finisse alors, au moins. »

« Et donc le dentiste théorique et la femme à la beauté poignante sont mariés, des niveaux d'intimité renversants sont atteints, aucun des partenaires ne rejette ce que veut l'autre comme étant indésirable ou dégoûtant, et la femme nage dans le bonheur parce qu'elle est folle amoureuse de ce dentiste théorique certes plus vieux mais tout de même très impressionnant et parce que ses besoins pathologiques se trouvent satisfaits dans un cadre émotionnel et social acceptable. Et le dentiste théorique nage dans le bonheur lui aussi, grâce à son amour sauvage et complet pour la femme à la beauté poignante et parce que ce n'est pas exactement une torture que de satisfaire ses besoins prodigieux, non plus. Donc les choses sont tout bonnement merveilleuses. »

« ... »

« Jusqu'au jour où, pour tout dire, le dentiste théorique est victime d'un horrible accident de voiture, dans lequel il n'était pas en tort, et est abominablement blessé et se retrouve sourd, muet, aveugle et presque totalement paralysé et insensibilisé, alors encore une fois qu'il n'était pas du tout en tort. »

« Encore une de ces histoires joyeuses, je vois. »

« Et maintenant le dentiste théorique gît dans le lit d'hôpital qui sera son chez-lui pour le restant de ses jours et la belle femme est bien entendu folle de chagrin et d'amour pour son mari, et le dentiste gît là, dans l'obscurité totale, la noirceur, inerte, paralysé, presque totalement insensibilisé. Mais pas, et je répète *pas*, tout à fait incommunicado. »

« Je peux te dire que je vais avoir les chaussettes noires et dégueulasses, avec ce sable pourri. Ce sable à deux balles. Merde en flammes. »

« Oui, pas incommunicado, et tu comprendras que c'est quelque chose d'essentiel et de précieux pour quelqu'un qui serait sinon plongé dans une obscurité gourde et silencieuse. Pas incommunicado car un point précis du corps ravagé du dentiste conserve de la sensitivité et une capacité de mouvement, à savoir le milieu de sa lèvre supérieure. Et aussi parce que le dentiste, en ancien scout émérite, maîtrise le code morse à la perfection. »

« Le morse ? La lèvre ? »

« Communiquer *vers* le dentiste est assez simple : il suffit de taper son message en morse sur la lèvre supérieure du dentiste. Les messages *du* dentiste sont possibles à condition qu'on veuille bien taper patiemment toutes les lettres de l'alphabet morse sur la lèvre et attendre un signal du dentiste – un minuscule et faible mouvement à te fendre le cœur – lorsque la lettre adéquate est atteinte. Inutile de dire que les communications du dentiste anéanti sont difficiles à recevoir et d'une lenteur extrême. »

« ... »

« Mais en comparaison c'est facile de communiquer *vers* le dentiste. Et maintenant la communauté des dentistes théoriques du Midwest, respectueuse du dentiste brisé et insensibilisé et désireuse de connaître son avis, bien que forcément limité, sur certains problèmes retors de dentisterie de haut niveau, cherche à engager quelqu'un habitant dans la région d'Indianapolis et connaissant le morse pour taper les actualités pertinentes de la profession du dentiste sur sa lèvre. Pendant ce temps la femme à la beauté poignante a suivi des cours intensifs de morse pour pouvoir communiquer sur le plan personnel avec le dentiste brisé et elle lui rend visite tous les jours, lui donne des informations intéressantes, le réconforte dans son silence obscur et engourdi, tape sur sa lèvre supérieure combien elle l'aime, et cetera, et lui lit aussi un roman, en morse, parce que le dentiste était un fervent lecteur, quand il était encore entier et doué de vision. Elle commence notamment à taper *McTeague* sur la lèvre du dentiste théorique, le formidable roman de Frank Norris que lisait le dentiste avant son affreuse mésaventure, qu'elle avait trouvé, qui, elle l'avait vu sur la toute première page, racontait l'histoire d'un dentiste et que son mari aimait se faire morser, à en juger par les mouvements de sa lèvre. »

« ... »

« Mais pendant ce temps le psychologue, qui a appris la nouvelle de l'atroce accident et a commencé à parcourir les revues de dentisterie théorique en quête de détails sur la condition physique et professionnelle du talentueux dentiste, voit dans ces revues une annonce pour un codeur morse dans la région d'Indianapolis qui ne soit pas manchot en matière dentaire et va tout de suite proposer ses services, même si l'on nous apprend que son unique exposition au morse remonte à l'époque où il avait commandé une bague Lone Ranger quand il était petit, une bague qui s'était révélée ne servir qu'à coder en morse, que le garçon était censé utiliser pour décoder à sa grande déception des pubs fades diffusées dans un code soi-disant mystérieux à la fin de chaque épisode de *The Lone Ranger*, à Indianapolis. »

« Une bague Lone Ranger ? »

« Il fait aussi croire qu'il s'intéresse en amateur à tout ce qui concerne la dentisterie théorique, et cetera. Bien entendu la véritable motivation du psychologue est de se glisser à nouveau entre les bras et les cuisses de la femme à la beauté poignante mais aussi de plus en plus perturbée, comme nous pouvons le deviner avec lui au vu de la situation et du contexte. Donc le psychologue fait son apparition dans la chambre d'hôpital du dentiste les bras chargés des publications les plus à la pointe de la dentisterie théorique, et lui et la femme renouent des liens parce que lorsqu'il arrive dans la chambre la femme est presque chaque fois occupée à taper *McTeague* sur la lèvre du dentiste. »

« On arrive à la courbe du lac. C'est bientôt la fin de la piste. »

« Et le psychologue commence en apparence à taper des théories de pointe sur la lèvre du dentiste théorique tandis que la femme se tient à la porte, les yeux brillants de gratitude pour le psychologue. Mais en réalité le psychologue ne fait que donner des coups aléatoires sans aucun sens sur la lèvre, il se fout de ce qu'il tape, et le dentiste paralysé, sourd aveugle et muet est totalement désorienté, là dans son obscurité inerte, et il essaie de remuer sa lèvre supérieure pour communiquer sa désorientation à sa femme, pour lui demander ce qui se passe, ce que c'est que ce charabia qu'on lui tape sur la lèvre, mais pendant ce temps le psychologue en profite pour engager avec la femme des conversations piquantes et un léger flirt, et ça fait bien trop longtemps que la femme n'a pas reçu l'attention et l'activité érotiques dont elle meurt d'envie sans le vouloir, elle est déstabilisée, déchirée aussi, mais surtout déstabilisée, et comme les mouvements de la lèvre du dentiste sont si pathétiquement indiscernables elle ne les voit pas, et donc le dentiste effrayé et désorienté continue à se faire taper du galimatias sur la lèvre plusieurs heures par jour, jusqu'au jour où le psychologue se met à taper en boucle un message en morse qu'il a appris pour l'occasion, un message expliquant au dentiste qu'il va baiser jusqu'au sang sa femme à la beauté poignante, qu'il va la lui enlever et le laisser tout seul dans son obscurité inerte et solitaire et que le dentiste pathétique, paralysé et impuissant ne peut rien y faire, qu'il est aussi inutile qu'inadapté. »

« Mon Dieu, Rick, qu'est-ce que c'est que cette histoire ? »

« Je t'ai promis qu'on ferait le rapprochement avec nous. Soyons patients. Quand il reçoit ce message en morse, le dentiste sur son lit d'hôpital sombre dans un tel état de dépression et de désespoir qu'il arrête de bouger la lèvre, dont les mouvements étaient déjà pitoyables et minuscules, pour communiquer avec sa femme, même lorsqu'elle tape "Je t'aime". Et la femme perçoit cette soudaine absence de mouvement labial comme un signe de détérioration physique supplémentaire et elle aussi plonge dans le désespoir, un désespoir encore aggravé par sa condition émotionnelle au regard de sa névrose sexuelle et dimensionnelle, et elle offre de moins en moins de résistance au malveillant psychologue blond et à ses avances fréquentes et balourdes, dont beaucoup ont lieu dans la chambre même du dentiste gisant juste là, impuissant et insensibilisé. »

« Blond ? Un psychologue blond ? »

« Affirmatif. »

« Pourquoi est-ce que cette histoire commence à me donner la chair de poule ? »

« Ça veut dire que tu commences à faire le rapprochement. Tu fais preuve d'intuition. »

« Qu'est-ce que l'intuition a à voir avec ça ? »

« On est au bout de la piste. Si on s'enfonçait un peu plus ? J'ai le sentiment que ce qu'on cherche est à chercher à l'intérieur. Au cœur du Désert, Lenore. Qu'est-ce que tu en dis ? »

« Retournons plutôt sur nos pas. J'ai mal au nez. On perd notre temps. Et si on reprend le même chemin je peux au moins regarder le lac. »

« Putain, encore le lac. Le lac, c'est juste des gens qui pêchent des poissons noirs. Qui en a quelque chose à foutre du lac ? »

« Pourquoi est-ce que tu transpires comme ça, Rick ? Il fait chaud, mais pas à ce point. Est-ce que ça va ? »

« ... »

« Rick, je t'ai demandé si ça va. »

« C'est peut-être juste que j'essaie de faire vibrer une histoire difficile et émotionnellement complexe et que je bute sur ton insensibilité, espèce de salope ! »

« Quoi ? »

« Je suis désolé. »

« Qu'est-ce que tu viens de me dire ? »

« Oublie ce que j'ai dit, s'il te plaît. On n'a qu'à rentrer en longeant le lac. »

« Il faut vraiment qu'on parle, mon pote, et tout de suite. »

« Fais-moi confiance. »

« Je sais même pas ce qu'on fout ici. Andy avait raison. »

« Est-ce que je ne mérite pas un peu ta confiance ? »

/e/

« J'aime pas ça du tout », disait Lang. Il était accroupi sur ses jambons, les coudes appuyés sur les genoux, et regardait par les jumelles. « Pas du tout du tout, camarade. »

Obstat sortit deux Pop Tarts de leur emballage et balança l'emballage dans le lac. « Au moins ils ont arrêté de marcher, dit-il la bouche pleine. Bordel, j'ai les bras engourdis, Wanger. »

« Il mijote quelque chose, dit Lang. Ce petit bousier mijote quelque chose. »

« Il fait quoi ? »

« C'est pas ce qu'il fait. » Lang s'assit sur le banc. « C'est l'expression de Lenore. »

« Moi, ce que je voudrais bien savoir, c'est comment cette robe se comporte avec cette chaleur, dit Obstat, gourmand. Est-ce qu'elle a son petit V de transpiration sur la poitrine ? J'adore ce petit V. »

« Va te faire foutre », dit Lang.

« Hé, Wanger, t'as dit que je pourrais mater ses jambes, et aussi le V quand il apparaîtra ! »

« Putain, tu vas arrêter de chouiner, Neil », dit Lang avec colère. Il regarda Obstat qui le regardait en mâchant. Lang leva les yeux au ciel. « D'accord, tiens. Jette un coup d'œil si tu veux. » Il passa les jumelles à Obstat et s'épongea le visage.

Obstat balaya le paysage. Lang le voyait mettre de la garniture de Pop Tart sur les jumelles. « Oh, bordel de merde, je suis amoureux, soupira Obstat. Ça y est, c'est bon. Maman. »

« Je t'ai dit d'arrêter tes conneries avec Lenore. »

« Qui te parle de Lenore ? Je te parle de la gonzesse super bonne sous son parasol, Lenore et le petit mec à double menton viennent de passer à côté d'elle. »

« Viennent de passer ? » Lang se releva. « Ils vont où ? »

« On dirait qu'ils font demi-tour. Doivent revenir sur leurs pas. » Obstat visait toujours la femme magnifique en maillot de bain noir, sous son parasol.

« Demi-tour ? Fait *chier*. Donne-moi ça. »

Obstat décolla les yeux des jumelles, furax. « Hé, dit-il. Attends un peu. Je me fais traîner jusqu'ici et je rame dans un bateau à la con pour que tu puisses essayer de lire sur les lèvres des gens, alors si c'est pour être tout zarbe à propos de Lenore et même pas me laisser exprimer ce que je ressens, tu pourrais au moins me laisser mater un peu. »

« Face de crâne », dit Lang. Il arracha les jumelles des mains d'Obstat et parcourut la rive noire du Désert. « Merde, ils rentrent », dit-il. Obstat, la trouille au ventre, engloutissait sa Pop Tart. « J'aime pas ça du tout », disait Lang. D'une main, il donna un coup dans la Pop Tart qui partit à l'eau.

« Hé ! » dit Obstat.

« Rame ! » hurla Lang. Les gens dans les bateaux voisins tournèrent la tête. Lang se rassit à la proue. « Fais faire demi-tour à cette saloperie et rame sur nos pas. » Il retourna aux jumelles, Obstat grommela et reprit les lourdes rames.

« Et rapproche-nous du bord », dit Lang avant de s'arrêter quelques secondes sur ce qui était indéniablement une femme splendide, dans ce maillot de bain. « Je nous veux beaucoup plus près du bord. »

/f/

11 septembre

« Jusqu'où tu comptes aller, Fieldbinder ? » dit Slotnik qui croisait et décroisait les jambes sur la loveuse.

Dans le salon, une vague odeur de brûlé. Fieldbinder était assis dans ses vêtements mouillés, grelottant, les fils noirs de ses cheveux brûlés dressés en éventail sur sa tête, les mains pleines de plumes noires et mortes.

« Qu'est-ce que je peux dire, Don ? » dit-il.

« Excellente question, Monroe », dit Slotnik avec un regard en direction d'Evelyn, vêtue d'une nouvelle robe sèche et de rien d'autre, qui contemplait son reflet dans la fenêtre sombre du salon et essayait des perruques. Slotnik se retourna. « Qu'est-ce que tu peux bien me dire, mon ami, avec tes vêtements trempés et froissés et ta tête puante et crêpée ? Que peut bien dire l'univers quand mes soi-disant bons et respectables voisins vénèrent mes enfants en douce, quand mon soi-disant collègue et meilleur ami baise ma femme, fourre et perfore l'objet de chacune de mes pensées non professionnelles, essaie de me prendre ma femme, à moi, à qui elle appartient légitimement. » Il fixa Fieldbinder. « Qu'est-ce qu'il y a à dire, Monroe ? »

« Tu viens de soulever un certain nombre de questions intéressantes, Don », dit Fieldbinder. Il tourna les yeux vers la cage d'escalier et vit deux paires de jambes de pyjama, celles des enfants, les enfants Slotnik assis en haut des marches en train d'écouter et peut-être de sucer leur pouce.

« Jusqu'où tu comptes aller, c'est tout ce que je veux savoir », dit Slotnik qui croisait et décroisait les jambes et faisait cliqueter une paire de menottes ouvertes. « Parce que, pour ton information, tu viens de passer les bornes. C'est la fin. Ça y est. »

Fieldbinder eut un sourire nonchalant, puis ironique. « Tu en es sûr », dit-il. D'une main lente, il toucha les plumes.

« Oui », dit Slotnik, rendant à Fieldbinder un sourire tout aussi ironique. Il alla rejoindre Evelyn à la fenêtre et d'un unique mouvement calme menotta ensemble leurs deux poignets. Evelyn ne dit rien ; elle continuait à enfiler des perruques, ce qui faisait monter et descendre le bras de Slotnik en même temps que le sien. Slotnik regardait derrière sa femme le reflet de Fielbinder dans la fenêtre sombre.

« Oui, dit-il à nouveau. Ça y est. Tu es allé trop loin, Monroe. » Il se tourna. « Tu as connecté ton précieux et prodigieux soi avec un autre. Et maintenant je récupère l'autre. Maintenant Evelyn et moi sommes attachés l'un à l'autre, pour toujours, dans la discipline et la négation. »

« La discipline ? » dit Fieldbinder, avant d'ôter une brindille et un peu de boue du pli de son pantalon.

« Elle est partie à présent, la connexion brisée, c'en est fini de toi », dit Slotnik et il leva son poignet menotté pour l'effet. Le bras d'Evelyn bougea en même temps que le sien.

« Je vois », dit Fieldbinder.

« Je n'en doute pas, dit Slotnik d'un ton nonchalant. La connexion est brisée, tu es toi-même perforé, c'est fini. Tu vas te vider de ton sang et être emporté comme une bogue vide par un vent sec. Il restera de moins en moins de toi. Tu vas devenir de plus en plus petit dans tes vêtements chic, jusqu'à ce que tu disparaisses avec eux. » Slotnik eut un sourire ironique. « Tu retourneras au ciel nocturne avec ton oiseau du diable, et à chaque aube et à chaque crépuscule l'horizon s'emplira de tes fluides. »

« Intéressante théorie absurde, Don », dit Fieldbinder d'un ton nonchalant.

« Hélas il est sérieux, Monroe, dit Evelyn dans la fenêtre. Don a toujours été un homme de parole. Elle se tourna et pencha la tête, se remit à modeler une perruque blonde. « Tu peux me donner ton avis sur celle-ci avant de partir ? »

Fieldbinder voulut regarder sa montre, mais elle avait déjà glissé de son poignet et sans un bruit était tombée sur le tapis.

/g/

« Comment ça ? C'est aujourd'hui qu'on nous quitte ? »

« … »

« Est-ce bien ce que nous faisons, monsieur Beadsman ? On nous quitte ? »

« Oui. »

« Bien, veuillez signer ce document ici et je suppose que je n'ai plus qu'à vous laisser voler de vos propres ailes. »

« … »

« En général nous ne laissons pas sortir les gens le samedi, vous savez, monsieur Beadsman. J'ai dû prendre ce document dans un placard fermé, vous savez. »

« Pardonnez-moi pour le dérangement. »

« Non, je plaisantais. Je plaisantais, c'est tout. Il n'y a pas de dérangement. »

« Bon, alors je peux partir s'il vous plaît ? »

« Une belle signature que vous avez là, monsieur Beadsman, vous ne trouvez pas ? Est-ce que quelqu'un va venir vous chercher ou quoi ? »

« Non. »

« Le Dr Nelm m'a dit que quelqu'un viendrait vous chercher, monsieur Beadsman. Est-ce qu'on désobéirait ? »

« Je veux prendre un taxi et aller à l'aéroport. »

« On rentre à la maison, monsieur Beadsman ? On rentre à la maison voir la famille ? »

« … »

« Tout ce que je peux vous dire, c'est de vous arranger pour que votre mère vous donne quelque chose à manger. Une partie de votre problème, c'est que vous mangez pas assez, si vous voulez mon avis. Mangez, vous m'entendez ? »

« Vous pouvez m'appeler un taxi, s'il vous plaît ? »

« Et votre père a été prévenu, c'est le Dr Nelm qui me l'a dit. »

« Je préviendrai tout le monde. »

« Belle journée, dehors. J'avais entendu qu'il allait pleuvoir, mais le soleil qui tape sur le lac, j'en veux bien tous les jours. »

« ... »

« J'aimerais bien aller à l'aéroport avec un temps pareil, moi. »

« J'ai peur que le soleil me brûle les yeux, je suis resté trop longtemps à l'intérieur. »

« Vous en faites donc pas. Vous n'avez qu'à plisser les yeux jusqu'à ce que vous vous soyez réhabitué. Vos yeux s'adapteront à l'extérieur à toute allure, les miens le font à chaque fois. »

« ... »

« C'est que nous avons une ville bien lumineuse, monsieur Beadsman. »

/h/

« Et donc ça continue, pendant bien plus longtemps que ne le nécessite le travail narratif, scène après scène la femme vient, tape *McTeague* sur la lèvre du dentiste théorique, le psychologue arrive par-derrière et bécote la femme à la beauté poignante, même pendant qu'elle tape *McTeague*, et finalement la femme n'arrive plus à résister, elle se jette dans les bras du psychologue et ils forniquent comme des belettes en rut sur le sol de la chambre tandis que le dentiste théorique gît impuissant dans son lit et se noie dans son obscurité inerte et son désespoir en imaginant tous les détails de la scène qui se déroule sur le sol à côté de lui. »

« Remarque, je parie qu'il fait au moins trente-sept degrés en ce moment, qu'est-ce que tu en penses ? Je ne sais pas la nuit, mais de jour le Désert devrait convenir à Lenore. Mais peut-être que je me raccroche à des fantômes. Tu crois que je me raccroche ? »

« Mais tu vois, une partie du désespoir du dentiste théorique découle du fait qu'il ne peut et ne veut pas blâmer sa femme à la beauté poignante. Il sait à quel point elle est perturbée. Il sait qu'elle a besoin de quelque chose qu'il est à présent, bien que ce ne soit pas de sa faute, incapable de lui donner. Donc il ne peut et ne veut pas la blâmer. Mais imagine son désespoir, Lenore. Dans sa solitude gourde et impuissante il a besoin plus que jamais du centre émotionnel de sa vie, de l'objet de son absolue adoration, de sa fiancée ; et pourtant il sait que c'est son état d'impuissance, d'isolement et d'inutilité – un état qui ne doit rien à une quelconque faute de sa part – qui par la force des choses lui enlève de plus en plus la femme qu'il adore. Alors il pardonne, Lenore. Il pardonne. Mais il vit chaque minute dans les flammes gelées d'un tourment impossible à imaginer. »

« Qu'est-ce qu'il se passe, Rick ? »

« Il lui pardonne, Lenore. Depuis les profondeurs glacées de son impuissance isolée et de son amour sauvage et complet, il tend une main théorique en signe de pardon, comme… »

« Aïe ! »

« Oh, je suis désolé, excusez-nous. »

« Regarde où tu balances tes mains, mon pote ! »

« Terriblement désolé. »

« Saloperie de foule. Viens, Rick. On tourne en rond. Lenore n'est pas ici. »

« Et ça continue comme ça. Au bout d'un moment, le frère du dentiste théorique, qui est notaire à Atlanta, parvient à s'extraire de sa brillante vie professionnelle et personnelle pour rendre visite à l'enveloppe flétrie du dentiste théorique. Comme il était scout aux côtés du dentiste, il n'a aucun mal à communiquer en morse avec lui, même si les messages du dentiste sont toujours très pénibles à déchiffrer. Néanmoins on a le récit de leurs longues et difficiles conversations codées dans la chambre d'hôpital, pendant que la femme, consumée par une haine de soi compréhensible et effrayée à l'idée qu'elle pourrait ne pas s'empêcher de faire des avances à ce notaire beau à tomber, reste cloîtrée dans l'appartement du malveillant psychologue blond, à forniquer et à regarder de la gym à la télé, et je t'assure que le symbole n'échappe pas au lecteur. »

« Ok, Rick, c'est bon. Fini les histoires et les devinettes. On parle. »

« Un peu, qu'on parle, tu peux parier ton joli cul qu'on parle. »

« Alors pourquoi on peut pas juste parler sans que tu fasses comme si c'était autre chose ? Je trouve ça vachement dérangeant. »

« Mais tu vois, finalement la femme n'y tient plus, elle se rend compte que, peu importe les connexions physiques que réclame son réseau désespérément faible, le dentiste et elle sont connectés d'une manière bien plus profonde et significative et oui dans un sens d'une manière plus épanouissante et tridimensionnelle, c'est-à-dire d'une manière *émotionnelle*, et alors elle court à l'hôpital, elle écarte les infirmières et les aides-soignantes et elle déboule dans la chambre du dentiste théorique pour voir, à sa plus grande horreur, le frère du dentiste, penché sur le dentiste alité, qui commence à découper la lèvre supérieure du dentiste avec un couteau suisse. »

« Oh, non, franchement. »

« Mais il s'avère que c'est le dentiste qui l'a demandé. Un fait que le lecteur, au regard du contexte, voit comme étant matière à réflexion. Mais donc la femme hurle et les infirmières et les aides-soignantes auparavant écartées arrivent à toutes jambes, maîtrisent le frère et l'embarquent, et la femme à la beauté poignante tombe littéralement sur la lèvre mutilée du dentiste, essaie d'arrêter le saignement et de sauver la lèvre, envoie bouler les médecins qui approchent et tape sans relâche sur la muqueuse ensanglantée qu'elle aime le dentiste, qu'elle est désolée, elle lui demande de lui pardonner. Et dans sa douleur le dentiste impuissant perçoit le message, et son cœur manque de se briser, et même s'il sait que ça ne servira à rien car sa pathétique névrose attirera tôt ou tard, il le sait, sa femme vers des connexions extérieures, il lui pardonne, vraiment, et il fait avec sa lèvre des petits mouvements piteux pour lui faire comprendre qu'il lui pardonne, mais ce petit mouvement familier et émouvant est étouffé dans le flot de sang de sa lèvre mutilée et la femme ne le voit pas malgré les efforts frénétiques du dentiste, et c'est comme ça que la femme, qui ne voit pas de réaction visible, titube hors de la chambre, désespérée, horrifiée et coupable, et file faire du shopping. »

« Du shopping ? »

« … »

« Du shopping ? »

« Regarde par là, Lenore. Qu'est-ce que c'est que ce flash, sur l'eau ? Ce ne serait pas le reflet d'une paire de jumelles ? »

« … »

« Mais si bordel, c'est ça. Qu'est-ce qu'il se passe, Lenore ? »

« … »

« C'est ça. C'est Lang, sur un bateau. Ils viennent par ici. Ils nous observaient. Lenore, qu'est-ce que Lang est en train de nous crier ? C'est Lang, en train de crier ? »

« Rick, je peux t'expliquer… »

« Aucun problème. Laisse-moi juste le temps de… Il faut que je me dépêche. »

« C'est quoi, ça ? »

« C'est notre connexion, Lenore. Je te pardonne. »

« Des menottes ? T'as l'intention de me pardonner avec des menottes "Bambi et son Cachot de la discipline" ? »

« La… femme à la beauté poignante retourne cette nuit-là dans la chambre du dentiste avec son exemplaire de *McTeague*. En pleine nuit elle va voir le dentiste inerte et tape sur sa lèvre. Elle tape la fin de *McTeague*. Le point d'orgue. As-tu déjà fait l'expérience du point d'orgue de *McTeague* ? »

« Du calme, Rick. »

« À l'apogée de l'histoire, McTeague, le dentiste, est menotté au cadavre de son maléfique ennemi, Marcus Schouler, au milieu du désert. »

« Désert ? Menottes ? Cadavres ? Oh merde. Andy ! *Andy* ! »

« Andy ? Non, Schouler. »

« Rick… »

« Et pendant qu'elle le tape, avec une infinie douceur, en prenant bien soin de ne pas le blesser plus qu'elle l'a déjà fait, elle observe le visage immobile du dentiste et voit une unique larme couler d'un œil partiellement endormi et rouler sur sa joue avant d'être absorbée sans un bruit par le coton d'un pansement. Elle aussi pleure en silence… Et elle sort une paire de menottes qui lui a coûté très cher en argent et en gêne… et… elle se joint… au poignet du dentiste, son poignet inutile… »

« Qu'est-ce que tu fous ? Laisse-*moi* ! »

« … dans le… *clic*… bien huilé des menottes. »

« Putain, Rick. C'est fini. Enlève-moi ça tout de suite. Laisse-moi partir. Tu sais que je déteste ces trucs de torture et de douleur et t'en as rien à foutre ! T'es malade ! »

« Torture ? Douleur ? Lenore, je te *pardonne.* »

« Tu me pardonnes quoi, nom de Dieu ? Au secours ! Andy ! Neil ! »

« *Lenore !* »

« Rick, putain, c'est fini. On va même pas en parler. Je voulais parler avec toi, j'ai dit Rick il faut qu'on parle, mais non, tu oublies ça, je suis désolée mais c'est fini. »

« Nous sommes joints, mon centre et ma référence ! Dans la négation et la discipline ! Nos corps sont des enveloppes ! »

« T'as intérêt à avoir la clé. Andy, regarde s'il a la clé. »

« C'est quoi ce bordel ? »

« Tu vois pas ? Il nous a attachés ensemble ! »

« Écoute bien, petite saucisse, tu vas cracher la clé de ces trucs ou ça va chier pour ton cul. »

« Tu es vi*ré*, Lang ! *Renvoyé !* »

« Je m'en branle d'être viré. Laisse partir la petite dame. »

« Lenore, nous nous réduirons en enveloppes, ensemble. Notre sang inondera le ciel. Tu le vois ? »

« Il pleure, Wanger ? Est-ce que ce petit couillon est en train de pleurer ? »

« Ta gueule, Neil. »

« Rick, s'il te plaît ne fais pas ça. On va parler. Ne te mets pas à pleurer dans le sable. Tout le monde nous voit. Relève-toi. »

« Nous serons unis dans la lumière céleste, Lenore. Tu vois les lumières du ciel ? Nos veines nourriront l'aube et le crépuscule. Nous serons partout. Nous serons tout. Nous serons immenses. »

« Comme ça craint. »

« Ta gueule, Neil. »

« *Plus grands que le monde.* »

« Relève-toi, R.V., on va parler et enlever ces trucs. »

« Elle est menottée à un corps, dans le désert. Tu ne trouves pas ça… ironique ? »

« Tu veux que j'aille chercher un flic, Wanger ? »

« Si elle n'était pas tridimensionnelle, elle ne serait pas prisonnière ! Tu ne vois pas ? Une enveloppe tridimensionnelle ! »

« Je crois que notre R.V. vient de perdre les pédales de son petit vélo, Lenore. »

« Rick. »

« C'est là que nous serons. Assez prodigieux pour remplir le ciel entier ! Tu ne vois pas ? Et à qui la faute, dans le fond ? »

« Oh, Rick, tu ne vois pas ? C'est pas du tout une question de faute. »

« Exactement. Exactement. Ce n'est la faute de *personne.* Nous sommes tous d'accord. »

« Rick… »

« Lenore poupée je t'aime. Rien à foutre de qui le sait. Je t'aime en tant que personne. R.V. peut dire toute la merde qu'il veut sur toi. Tu es à moi maintenant. Rien à foutre si le monde entier est au courant. Hé, tout le monde ! J'aime la petite dame ! »

« Nous sommes au ciel. Nous ne t'entendons pas. »

« Va te faire foutre, R.V. Lenore, je vais briser les chaînes de ces trucs. D'accord ? Je pense que je peux y arriver. J'ai déjà brisé des trucs comme ça. »

« Vas-y, Lang, essaie. Vas-y, essaie, et tu vas voir ce qui va se passer. »

« Ça va, Lenore ? »

« … »

« Prête ? »

19

1990

La nuit dernière, lorsque Lenore pleura devant Andrew Sealander Lang, c'était la toute première fois qu'elle pleurait devant quelqu'un.

Rick Vigorous a pleuré devant beaucoup de monde.

20

1990

Le désordre prit possession du hall du Bombardini Building peu après que Lenore Beadsman eut fait son entrée, sur les nerfs comme on l'avait rarement vue, pour récupérer ses affaires dans la cabine du standard de Frequent & Vigorous/Bombardini Company.

Candy Mandible était en poste, elle remplaçait momentanément Mindy Metalman qui avait été prise en intérim au feu vert de Rick Vigorous et qui pour débuter devait travailler de jour aujourd'hui, samedi, mais qui, ce matin, avait enfin réussi à joindre le Dr Martin Tissaw, chirurgien dentiste et propriétaire de la chambre de Lenore, chez lui, à East Corinth, et avait filé le voir à midi pour lui parler « d'oiseaux, de miracles, de rêves et de professionnalisme, pas forcément dans cet ordre », ainsi qu'elle l'avait dit à Candy lorsque Candy était venue la relever. Le coup de fil de Mindy avait réveillé Candy dans la maison de Nick Allied à Shaker Heights, où Candy avait passé une mauvaise nuit à attendre Allied, censé rentrer d'un voyage d'évaluation-produit avec sa secrétaire vers minuit mais qui n'était jamais arrivé et n'avait pas daigné appeler.

Avant même l'arrivée de Lenore et Lang, les choses avaient commencé à s'acharner sur Candy Mandible. Il y avait, par exemple, Judith Prietht, qui était en congé les week-ends parce que le standard de la Bombardini Company était fermé du vendredi soir au lundi matin, mais qui, souvent, venait quand même traîner dans le hall le samedi pour tricoter des pulls informes, écouter sa radio et regarder l'ombre de l'Erieview se déplacer sur les murs, et qui aujourd'hui avait amené son chat qu'elle appréhenda de présenter à Candy, pour des raisons évidentes, quand elle vit que cette dernière était à la console. Et donc Judith tournait en rond à l'extérieur de la cabine, soulevait le chat, était pénible et faussement gentille et glissait toutes sortes de sous-entendus lourdingues à propos de bénédiction, d'autographes et de partenariats. Sa nouvelle lubie était de faire adresser par le révérend Hart Lee Sykes une bénédiction personnelle à son chat, apparemment nommé Champ, de loin le chat le plus obèse que Candy ait jamais vu, mais qui quoi qu'il en soit devait néanmoins recevoir la bénédiction, en personne, avec une de ses pattes potelées posée sur l'écran de la télé de Judith. Judith dit à Candy que le révérend Sykes prévoyait toujours une séquence « les spectateurs touchent leur écran » dans chaque épisode du *Partners With God Club*, fondée sur la croyance qu'une communication importante sur le plan théologique comme économique pouvait être établie de la sorte entre Sykes et le spectateur.

Il y avait aussi le problème Clint Roxbee-Cox, qui n'avait pas cessé d'appeler Candy chez Nick la nuit dernière, sans jamais rien dire, et qui à présent faisait la même chose au standard de F & V, alors que cela l'obligeait à de nombreuses tentatives avant de tomber sur elle, vu que la situation au standard de Frequent & Vigorous était pire que jamais. Mindy était trop nouvelle pour que ça l'emmerde réellement, mais Candy en avait plein les bottes du standard. En plus des appels illégitimes destinés à d'autres, notamment à Cris et Plumes et à Cleveland Remorquage qui en recueillaient un nombre inouï, sa console s'était mise à clignoter, sonner et bipper sans raison apparente ni personne à l'autre bout, rien que de la friture, différenciable des appels illégitimes mais toujours humains de Roxbee-Cox à la respiration qui était une caractéristique première de celui-ci. Les téléphones ne se taisaient jamais et Candy ne pouvait pas faire taire la console parce qu'elle n'avait pas de clé à molette. Sans le moindre enthousiasme elle essaya d'appeler Interactive Cable pour se plaindre et apprit que le technicien de service aux consoles Peter Abbott devait à ce moment précis être en route pour le Bombardini Buiding, après un arrêt à La Fromagerie d'Enrique, pour apporter des nouvelles d'importance au personnel concerné de Frequent & Vigorous. Mlle Peahen avait déjà été prévenue et ils essayaient de contacter M. Vigorous.

« Super », dit Candy.

Il y avait enfin le duo improbable formé par M. Bloemker et Alvin Spaniard, que Candy ne connaissait ni d'Ève ni d'Adam et qui rôdait dans le hall depuis une bonne demi-heure, attendant de voir Lenore. M. Bloemker affirmait qu'ils avaient appelé la pension des Tissaw et parlé avec une jeune femme à la voix étrangement familière qui leur avait dit être tout à fait certaine que Lenore était en route pour le Bombardini Building. À la console, Candy avait haussé les épaules. Elle supposait que la femme était Mindy Metalman mais ignorait comment Mindy pouvait bien savoir où était Lenore. Toujours est-il que les deux hommes avaient regardé leurs montres, s'étaient regardés, avaient dit qu'ils attendraient et leur attente avait été une demi-heure désagréable pour Candy car Alvin Spaniard avait passé son temps à lui faire ce qui lui semblait être des yeux doux, Judith Prietht avait passé son temps à faire à M. Bloemker ce que Candy savait de par sa longue expérience de Judith être des yeux doux, et M. Bloemker s'était contenté d'être plus bizarre qu'il n'avait besoin de l'être – il se grattait violemment la barbe, avait des reflets de soleil aléatoires sur les lunettes, faisait parfois semblant de chuchoter des choses à quelqu'un sous son bras alors qu'il n'y avait clairement personne à cet endroit, et demandait à Judith et Candy quelle conscience elles avaient de l'histoire du Midwest. Champ lui avait craché dessus. À présent, Bloemker et Alvin Spaniard marchaient lentement le long de l'immense périmètre du hall, montraient du doigt divers points du sol et parlaient à voix basse. Candy n'en pouvait plus d'attendre le retour de Mindy Metalman Lang.

Mais soudain Lenore passa les portes tournantes, suivie d'Andy Lang, et à l'extérieur on entendit Neil Obstat arrêter dans un crissement de pneus la Trans Am de Lang, son bipper Stonecipheco l'avait détecté à la minute où ils avaient tous les trois été suffisamment au nord sur la 77 pour arriver à portée de bipper. Obstat devait revenir les chercher aussi vite que possible.

Quand elle fit irruption, Lenore ne parut même pas remarquer son beau-frère et M. Bloemker. Elle parut ne rien remarquer du tout. Elle avait une démarche bizarre, sa robe était sale, elle avait une traînée de poussière noire sur le visage et un coup de soleil éclatant sur le nez, et à son poignet Candy vit ce qui était de toute évidence une menotte, d'où pendaient quelques maillons de chaîne plaquée argent.

« Merde, Lenore », dit Candy quand Lenore entra dans la cabine. Judith et Champ observaient la scène derrière le guichet.

« Je veux rien entendre, Candy », dit Lenore sans lever les yeux. Elle ouvrit un des petits placards du standard et commença à sortir une partie de ses livres qu'elle étala sur le guichet. En sortit aussi un petit sac en toile avec du savon, une brosse à dents et du dentifrice. Sans un mot, Lenore partit en chasse d'autres objets dans le placard. Elle ouvrit la porte suivante et récupéra une pile de vieux billets de loterie entourés d'un élastique.

« Salut, Candy », Lang leva un menton fatigué depuis le guichet et se frotta le visage.

Candy croisa les bras et regarda la menotte au poignet de Lenore. La menotte n'arrêtait pas de cogner contre les bords du placard. La peau du poignet de Lenore était toute rouge. Sur la menotte, Candy voyait une partie d'une paire de lèvres métalliques arrondies en forme de baiser ; sur les lèvres était gravé « Bambi et son Cachot de ».

« "Bambi et son Cachot de" ? » dit-elle. Elle regarda Lang. Lenore triait ses magazines.

« Bonjour, Lenore », disait Judith Prietht d'une voix haut perchée imitant son chat, Champ dans les bras, tout en bougeant la patte du chat de haut en bas pour faire coucou. Elle s'avança pour faire entrer le chat dans la cabine.

« Reste là où tu es, Judith, merci », dit Lenore d'un ton calme.

« S'il vous plaît, mesdames, pas la peine de rajouter des soucis à Lenore, elle a eu une assez mauvaise journée comme ça », dit Lang, les coudes appuyés sur le guichet.

« Mauvaise journée ? » dit Candy.

« Pas envie d'en parler. »

« Mauvaises nouvelles de ta grand-mère ? »

« Pas envie d'en parler. »

« Grand-mère et fétichisme dans le Désert ? »

« Chut, maintenant, Candy », dit Lang.

Impossible de dire avec précision depuis combien de temps M. Bloemker et Alvin Spaniard se tenaient sur le côté du guichet, près de Champ qui crachait. Maintenant M. Bloemker se frottait un œil et se raclait la gorge.

Lang leva le regard sur lui. « Peux faire quelque chose pour vous, chef ? »

M. Bloemker lui rendit un regard affable. « Nous sommes ici pour parler à Mlle Beadsman », dit-il.

Entre-temps Lenore s'était assise dans le fauteuil de Judith au standard de Bombardini et avait fermé les yeux. À présent elle regardait Bloemker et Alvin, comme si un instant elle ne les avait pas reconnus.

« Salut », dit-elle.

« Bonjour, Lenore », dit Alvin. Il souriait du sourire de celui qui ne se sent pas très bien.

« Salut. »

« Nous venons pour une affaire d'une urgence sans précédent, mademoiselle Beadsman », dit Bloemker.

« Tiens donc. »

« Messieurs, la petite dame a eu une matinée pas facile », dit Lang, qui passa derrière Bloemker et Alvin et posa une main sur l'épaule de chacun. « Ça vous dirait qu'on lui laisse le temps de se poser. »

Bien entendu, les téléphones avaient sonné et bippé tout du long comme des fous. Candy Mandible Décrochait une ligne après l'autre et ne trouvait que de la friture et des tonalités.

« Ça y est, Lenore, les téléphones ont fini par péter un câble », dit-elle à travers ses dents serrées.

Les yeux de Lenore glissaient de M. Bloemker à son beau-frère. « Est-ce que vous vous connaissez au moins, tous les deux ? » dit-elle lentement.

Alvin paraissait sans doute possible mal à l'aise. Il n'arrêtait pas de faire quelque chose au col de sa chemise. La moitié du visage de M. Bloemker était dans l'ombre.

Soudain une nouvelle tête apparut comme ça au-dessus du guichet et rebondit un peu de haut en bas, au milieu de tout le monde. Lang baissa les yeux avec irritation. Lenore se leva pour voir.

« Dr Jay ? » dit-elle.

« Salutations, Lenore », dit le Dr Jay.

« Euh, bonjour », dit-elle.

« On est un peu débraillée aujourd'hui, n'est-ce pas ? » Jay la dévisagea.

« On peut faire quelque chose pour toi, mon pote ? » dit Lang entre Bloemker et Alvin.

Lenore vit pivoter le sommet du crâne de Jay. « Je suis un ami de Mlle Beadsman, jeune homme, dit-il. Je suis ici pour voir Mlle Beadsman si l'on m'y autorise. »

« Pourquoi vous respirez comme ça ? dit Lang. Vous sentez un truc pas ordinaire, pas vrai ? »

Le Dr Jay se hissait autant que possible au-dessus du guichet. Il baissa les yeux et regarda dans la cabine, où Lenore s'était rassise dans le fauteuil de Judith. « Lenore, je suis au regret de vous dire que je sors d'une conversation téléphonique avec Norman Bombardini », dit-il. Il huma l'air de la cabine. « Je suis tenté de penser qu'il serait peut-être bon que vous quittiez l'immeuble sur-le-champ. Il semble que Norman vous ait vue arriver depuis un restaurant plus bas dans la rue. Je crains qu'il ne soit au plus mal en ce moment, émotionnellement parlant. »

« M. Bombardini a des problèmes émotionnels ? » dit Judith.

« Comment vous connaissez M. Bombardini ? dit Lenore. Vous ne m'aviez jamais dit que vous connaissiez M. Bombardini. »

Le Dr Jay fit comme s'il allait s'essuyer le nez avec un mouchoir. Il posa le mouchoir sur sa bouche et son nez. « L'éthique, ce genre de choses », dit-il au travers du tissu. « En fait, c'est un client et ami de longue date. » Lang lui lançait des regards pour le moins inamicaux. « Hélas il est extrêmement chamboulé », poursuivit le Dr Jay tout en poussant encore plus fort sur ses coudes de sorte que ses pieds ne touchaient plus le sol du hall. Il se pencha vers Lenore avec son mouchoir. « Je crains qu'il ne soit sérieux quand il parle de… consommer tout le monde. »

« Consommer ? »

« Une métaphore, j'en suis convaincu. Vous êtes bien placée pour voir que cette histoire d'ingurgitation masque une membrane aux prises avec un désarroi bien trop… tumultueux pour que nous l'évoquions ici. » Regard circulaire. « Peut-être pourrions-nous – »

« Ingurgitation ? » dit Lang.

« L'élément crucial de cette affaire est que dans son état actuel de désarroi émotionnel et de… corpulence », dit Jay, qui luttait à présent pour se maintenir au-dessus du bord du guichet, « il paraît prudent de pécher par excès de – »

« Une seconde, dit Lang, le menton en l'air. Vous avez une

idée de ce que c'est que ce bruit ? » Tout le monde se tut et écouta.

Et il y avait un son ténu et distant, comme un train ou un orage, qui enfla peu à peu et fut l'espace d'une seconde occulté par les hurlements des téléphones.

« Bon Dieu de merde », dit Candy Mandible.

« Lenore, en tant que professionnel et ami, je vous suggère que nous partions vite et en silence », dit Jay, à bout de forces. Finalement ses coudes lâchèrent et il tomba hors de vue. Lang le terrassait du regard. La voix de Jay s'éleva du pied du guichet. « D'autres questions à relever tous les deux, Lenore. J'ai réfléchi. Impératif que nous en discutions. »

« J'ai décidé que c'était fini, Dr Jay, dit Lenore depuis son fauteuil. Notre relation est terminée. »

« Juste une séance, gratuite. »

« Relation ? » dit Lang.

M. Bloemker se racla la gorge une nouvelle fois et s'avança sous la poigne de Lang. « Mademoiselle Beadsman, avant que vous alliez où que ce soit avec qui que ce soit, je me vois obligé de vous demander que nous abordions tous ensemble, ici, dans le hall, un sujet à propos duquel vous et moi étions convenus que je devais vous prévenir si – »

« Et je croyais qu'on avait dit qu'on allait pas demander des trucs stressants à la dame, Gus », dit Lang qui le ramena à lui. Bloemker jeta un regard à Alvin Spaniard.

Depuis la console, Candy profitait de chaque moment où elle pouvait lever les yeux pour regarder Lang. Le bruit des téléphones était devenu constant. Toutes les lignes clignotaient.

« T'es avec M. Bloemker ou quoi ? » dit Lenore à Alvin Spaniard.

Alvin leva ses lunettes sur son front. Il regarda Bloemker, de l'autre côté de Lang. Le grondement gagnait en puissance.

Judith Prietht et Champ s'étaient retournés ; Judith scrutait l'ombre. « Hé, monsieur V ! lança-t-elle soudain. Qu'est-ce que vous fichez ici ? » Tout le monde se retourna pour regarder. Rick

Vigorous était adossé contre le mur au fond du hall, au bord de l'ombre de l'Erieview, et avançait progressivement avec elle. Il était crasseux, recouvert de poussière noire, et se fondait en partie dans l'obscurité. Difficile de le repérer. Mais Candy vit quelque chose scintiller à son poignet lorsque son bras entra dans la lumière. C'était une autre menotte. Les yeux de Candy se reportèrent sur Lenore. Lenore avait enlevé une de ses baskets et la tenait tête en bas, du sable noir se déversait sur le bouquet de roses du jour, posé sur la poubelle.

« Putain de sable », dit-elle. Sa chaussette était incroyablement sale.

« Salutations, Rick ! » s'écria le Dr Jay.

« J'arrive pas à croire que t'aies les couilles de te pointer ici, R.V. ! » cria Lang à Rick Vigorous au travers du hall désert. « Et comment t'as fait pour arriver aussi vite ? »

Candy commençait à avoir un mauvais pressentiment, elle regarda Lenore qui vidait sa deuxième chaussure.

« Tu ferais mieux de te barrer ! » cria Lang.

Rick Vigorous ne répondit rien.

Le grondement cadencé était devenu trop fort pour être couvert par les téléphones. Candy pensa qu'elle sentait de légères vibrations dans le sol en marbre du hall. L'ombre était plus grande qu'elle n'aurait dû l'être à cette heure.

« C'est quoi encore, ça ? » dit Lang. Il baissa les yeux sur le Dr Jay.

À présent la porte tournante était franchie à grandes enjambées par Neil Obstat Jr, Sigurd Foamwhistle et Stonecipher Beadsman III. Peter Abbott était sur leurs talons, suivi de près par Walinda Peahen. Peter se débrouilla pour coincer sa grosse caisse à outils dans la porte et Walinda lui cria dessus depuis son compartiment de verre jusqu'à ce qu'il libère la caisse et que la porte les recrache.

Lorsqu'il arriva, M. Beadsman regardait sa montre. « Lenore ! » s'exclama-t-il.

« Bon sang, Lenore, c'est ton père et le type des câbles, Abbott », dit Candy.

Lenore resta où elle était, dans le fauteuil au standard de Bombardini, ses baskets à la main. M. Bloemker et Alvin Spaniard coururent vers Obstat, Foamwhistle et M. Beadsman, et tous les cinq tinrent conférence au milieu du hall. Obstat examinait une grande feuille de papier et montrait du doigt une zone sur le sol au fond du hall, près de Rick Vigorous. Dans l'intervalle, Walinda avait foncé droit sur la cabine, écartant de son chemin le Dr Jay qui se dépêchait de fiche le camp par la porte tournante.

« Petite, tout ce que j'ai à dire c'est que je me moque de ce qui s'est passé mais bon Dieu ça a intérêt à être important », dit Walinda en entrant. Elle se figea et regarda autour d'elle. « Où elle est la nouvelle qui devait être de service ? »

« Je démissionne, Walinda », dit Lenore.

« Tu quoi ? » Candy Mandible se tordit dans son fauteuil pour les voir toutes les deux. Un téléphone sonna.

« Oui. » Lenore éleva la voix pour se faire entendre jusqu'au fond du hall et par-dessus le grondement. « Je *démissionne* ! »

« Tu quoi ? »

« Réponds au téléphone, petite », dit Walinda en pinçant l'épaule de Candy.

« Y a rien à l'autre bout, dit Candy avec calme, sans quitter Lenore des yeux. Que de la friture et des tonalités. Lenore, qu'est-ce que tu veux dire, "je démissionne" ? »

« Bonjour Peter ! » apostropha Judith Prietht en agitant à nouveau la patte du pauvre Champ. Peter faisait quelque chose du côté de la zone que Neil Obstat avait indiquée.

« Se passe quoi, Lenore, t'es disputée avec ton petit copain en vrac ? » Walinda gloussa et attrapa le journal des appels. « Pas de bol. Besoin d'aide pour ramasser tes affaires ? »

« Hé, Géraldine, et si tu dégageais, dit Lang à Walinda. La petite dame a eu une dure journée. » Walinda tourna lentement les yeux vers Wang-Dang Lang et ils se jaugèrent du regard. Lang sourit.

« Lenore, poulette, dis-moi ce que je peux faire », murmurait Candy à l'oreille de Lenore, un bras autour de son épaule. Les téléphones trillaient. Une légère secousse dans le hall. Lenore ferma les paupières et secoua la tête.

Alors Peter Abbott apparut au guichet. Il avait le sourire jusqu'aux oreilles.

« Satisfaction, mesdames », dit-il avec de petites tapes sur la caisse qu'il tenait à bout de bras.

« Satisfaction ? »

Lang jeta un regard à la caisse et aux outils à la ceinture de Peter. « Salut mon pote, dit-il. Tu viens voir ce que tu peux faire pour ces barjots de téléphones ? »

« Pour ça que je suis là, Tex, dit Peter Abbott. Pour commencer à arranger et peut-être à expliquer le bordel téléphonique le plus bizarre que Cleveland ait connu. » Il passa dans la cabine. « Et pour avancer vers la satisfaction que vous attendez tous, mes bons amis, et aussi pour enlever cette saleté de câble test, juste là. » Il dégaina une clé à molette, fit un moulinet avec et en deux tours rapides éteignit la console F & V. Il ne restait plus que le grondement à l'extérieur. Peter se tourna vers Walinda Peahen. « Les tests sont officiellement terminés. » En fredonnant, il se glissa sous le guichet. Candy repoussa sa chaise en arrière.

Lang se pencha loin au-dessus du comptoir. « *Lenore,* chuchota-t-il avec sourire et claquements de doigts. On s'arrache. T'en dis quoi ? La bagnole est juste devant. On a qu'à revenir plus tard, R.V. et toute la troupe seront partis. On s'arrache. »

« Donc vous dites que là vous êtes en train de réparer nos lignes ? disait Candy. C'est bien ce que vous dites ? » Elle donna un coup de pied dans une des bottes gigotantes de Peter. « Et aussi que vous allez peut-être nous expliquer un peu ? Merde, maintenant ça sonne et y a personne au bout ! Depuis quand les téléphones sonnent quand y a personne qui appelle ? »

« Pour commencer, faut que je vous dise que Ron Sludgeman de chez Interactive Cable est un authentique génie, fit la voix étouffée de Peter Abbott. Cette idée de test était authentiquement ingénieuse. Attendez voir une seconde. »

« *Lenore* », chuchotait Lang.

« Lenore, viens ici tout de suite s'il te plaît », la héla M. Beadsman de l'autre bout du hall.

Lenore demeurait affalée dans son fauteuil, ses yeux passaient des placards ouverts à son tas de livres et d'affaires et à la menotte. Candy Mandible regardait M. Beadsman et sa bande. Ils étaient dans un coin du hall, regroupés autour de Neil Obstat Jr, allongé sur le ventre en train de faire quelque chose à la zone du sol d'où venait Peter. Tout près de là, contre le mur, Rick Vigorous les observait. Tout grondait.

« Qu'est-ce qu'ils comptent faire au sol ? » demanda Candy avec une tape sur l'épaule de Walinda.

Walinda leur jeta un regard. « Hé, les petits malins ! lança-t-elle. Hé ! »

« Je vais vous parler des tuyaux, dites à tout le monde de s'accrocher à son chapeau », disait Peter Abbott. Il émergea avec un bout du long câble test et le débrancha du flanc de la console Frequent & Vigorous. Il le leva bien haut pour que tout le monde admire la lumière qui palpitait doucement. « *Grave* malin, rien à dire, dit-il. Ça vous remet un technicien de consoles à sa place, je vous assure. »

« Lenore ! » criait M. Beadsman, de nouveau concentré sur sa montre.

« Lenore ? disait Lang. Ça va ? » Lenore avait les yeux dans le vide.

La cime du crâne du Dr Jay réapparut au guichet. « Je dois *vraiment* vous conseiller avec la *dernière* des énergies de partir, dit-il à travers son mouchoir après s'être hissé une fois de plus. Je vous le conseille énergiquement, Lenore. »

« Qu'est-ce qui se passe ? dit Candy. C'est quoi ce bruit ? »

« Je crains que ce ne soit le pauvre Norman, dit le Dr Jay. Il est dans une immense détresse et il donne du… du ventre contre… l'arrière de l'immeuble. » Il observa Candy de pied en cap. « Il exige, pour reprendre ses mots, qu'on le "laisse pénétrer dans l'espace de Mlle Beadsman". »

« L'espace ? » dit Candy.

« Il donne du ventre ? » dit Lang.

Jay tourna la tête pour regarder Lang. « Il cogne, si vous préférez. »

Lenore leva les yeux vers eux.

« Problèmes de chaleur, dit Peter Abbott. Je vais plutôt dire des problèmes de température, pour commencer, et aussi vous dire que je suis désolé, j'ai peut-être pas fait mon boulot aussi bien que j'aurais dû sur ce coup. Excusez-moi. » Il s'essuya les mains sur son pantalon. « Comme m'a dit M. Sludgeman il m'a dit Peter, si t'as des problèmes avec une ligne, si ça touche des cibles qui sont sur plus d'un circuit, tu commences par chercher si y a pas un problème de température, c'est ça que tu fais si t'es futé. »

La tête de M. Beadsman apparut au-dessus des leurs. « Lenore, dit-il. Je vais considérer que tu n'arrivais pas à m'entendre t'appeler. Viens s'il te plaît. On a à parler. C'est une histoire de famille. » Il jeta un regard de travers à Lang, qui le regarda bien droit et fit comme s'il portait la main à sa casquette. « Histoire de famille, dit M. Beadsman. Viens avec moi, on s'en va, tout de suite. »

« C'est vous le taré qui fait la sale bouffe qui étouffe mon gamin ? » Walinda Peahen mit ses mains sur ses hanches et fusilla M. Beadsman du regard.

« Mais quelle charmante négresse », dit M. Beadsman.

« Mon pote, tu mériterais que je te tue. »

« Notez bien que c'est un conseil *professionnel* que je vous donne, Lenore, dit le Dr Jay sous le bras de M. Beadsman. Je pense sérieusement qu'il vaudrait mieux revenir une autre fois. » Il changea de coude et regarda Walinda Peahen, qui faisait à M. Beadsman ce qui devait être les plus gros yeux du monde. M. Beadsman, impatient, regardait Lenore.

« Une minute, Papa, s'il te plaît, dit Lenore qui fixait les chaussures dans ses mains. Je suis en cours de démission. »

« Urgence familiale, Lenore. »

« Monsieur, Mlle Lenore et moi-même espérions être dans un avion en route pour Nugget Bluff, Texas, avant le dîner », dit Lang.

Candy dévisagea Lenore. « Nugget Bluff, Texas ? »

M. Beadsman sembla ne pas entendre. Il regardait le poignet de Lenore. « Puis-je te demander ce que je vois au poignet de ma fille ? » dit-il.

« Chef? » l'appelait Sigurd Foamwhistle depuis le fond du hall.

« Pourquoi vous posez pas la question au petit bousier ici présent, m'sieur ? » dit Lang, un doigt pointé vers Rick Vigorous, au fond dans l'ombre.

M. Beadsman se retourna. « M. Vigorous ? » dit-il. Il y eut un grondement plus fort que les autres, le sol en marbre trembla légèrement. M. Beadsman regardait sa bande. « Foamwhistle ! s'époumona-t-il. Qu'est-ce qui se passe ? »

« Vous voyez, disait Peter Abbott aux femmes de la cabine, ce que vous devez vous rappeler, c'est que les tuyaux sont hyper sensibles à la température. Je connais peu de choses au monde qui soient aussi sensibles à la température que ces tuyaux. » Il se pencha et sortit un pied-de-biche de sa caisse à outils.

« Lenore. »

« Parce que vous voyez faut pas oublier que les appels qui passent par les tuyaux sont des lignes de chaleur, dans le fond, dit Peter tout en soulevant le pied-de-biche. Des petites lignes d'une sorte de chaleur qui va et qui vient, c'est tout. » Il passa une main dans ses cheveux jaune vif. « Donc logiquement, pour que le service soit satisfaisant, faut que les tuyaux soient à une certaine température, les lignes à une autre, et les appels dans les lignes encore à une autre.» Peter glissa la tête au-dessus du guichet pour regarder la bande de chez Stonecipheco et Neil Obstat, allongé sur le ventre. «Hé, mon pote! cria-t-il. Tu veux pas plutôt venir par ici? Qu'est-ce que t'essaies de faire, là?» Il se tourna vers Walinda. «Ils sont juste au-dessus de vos tuyaux, m'dame, dit-il. Ce type essaie d'entrer dans vos tuyaux. C'est qui ce type?»

«Un chimiste qui fait de la bouffe pour bébés», dit Candy Mandible.

«Ho, mon gars, tu ferais mieux de dégager de là!» gueulait Walinda.

«Vous n'avez pas à crier sur mes employés», dit M. Beadsman.

«Et si t'allais plutôt t'asseoir sur un truc pointu, le taré?»

«S'il rentre là-dedans comme il a l'air de le vouloir, sans personnel aguerri pour lui donner un coup de main, il va avoir des ennuis», disait Peter Abbott.

«Pourquoi?» demanda Candy.

«Lenore, ton attitude est inacceptable», dit M. Beadsman.

«Je suis malheureusement contraint d'approuver», fit en sourdine la voix du Dr Jay derrière le guichet.

Lenore ferma les yeux. Le hall grondait.

«*Pourquoi*, Peter, nom de Dieu», dit Candy Mandible.

«Parce que d'après nos données ça va être salement chaud, dit Peter, tourné vers Candy après avoir jeté un œil dans la robe de Lenore. Parce que ce que j'essaie de vous expliquer, c'est qu'on dirait bien que c'est ça, votre problème. Les tuyaux sont chauds.»

«Les tuyaux sont chauds?»

«Ouaip, dit Peter Abbott. Vous voyez, normalement y a des niveaux de température spéciaux dans chaque tuyau. Normalement un tunnel doit pas dépasser les 16 ou 18°, max.» Regard circulaire. «Sinon la chaleur du tuyau contamine la température de vos appels et vous avez ce qu'on appelle une hémorragie d'appels dans le circuit. Et on pense que c'est ce qui vous arrive. M. Sludgeman m'a dit que depuis le début il soupçonne un genre d'hémorragie. »

« Contamine ? Hémorragie ? »

« Comme je vous ai dit, un bon vieux système nerveux qui fait des siennes », dit Peter. Il fixait Neil Obstat en train d'essayer, avec Alvin Spaniard, de soulever tout un pan du sol, qui s'avérait à présent ne pas du tout être en marbre. « Hé, les marioles ! leur cria Peter. Vous allez avoir des emmerdes ! »

Obstat leva les yeux vers la cabine inquiète, mais M. Beadsman lui fit signe que tout allait bien. M. Bloemker nettoyait ses lunettes dans sa cravate.

« Alors c'est tout ? se récria Candy Mandible. Des saloperies de tuyaux trop chauds ? C'est pour ça que notre boulot se barre en eau de boudin depuis deux semaines ? Les lignes sont des nerfs et ces putains de nerfs ont trop chaud ? » Elle piquait une vraie colère. « C'est tout ? Trop chaud ? J'arrive pas à y croire. » Elle regarda Walinda Peahen.

Peter ne lâchait pas la bande de chez Stonecipheco. « Mais vous voyez, tout ça c'est normal pour des nerfs, ce serait normal si c'était des nerfs, c'est ça qui est bizarre, dit-il. Le câble test le montre. » Il posa un œil critique sur le câble posé sur le guichet.

« Montre *quoi* ? »

Le rythme du grondement dans les murs et le sol du hall s'intensifia. Soudain le bouquet de roses tomba de la poubelle. Des cendres et un bout de la carte de M. Bombardini tombèrent sur les chaussettes de Lenore. Elle n'en vit rien.

« Lenore, dit M. Beadsman, tu m'obliges à insister. »

Les yeux de Lenore demeuraient clos. Elle paraissait dormir. M. Beadsman regardait le Dr Jay. Andy Lang s'arrachait de petites peaux autour d'un ongle.

Peter Abbott souriait et secouait la tête à l'intention de Candy et Walinda. « Le résultat, c'est que vos tuyaux ont l'air d'avoir décidé qu'ils étaient un vrai putain de corps humain ou quelque chose dans le genre, dit-il. Ce que j'en pense, c'est que ça pourrait passer à la télé sans problème. » Il fit courir son regard sur l'assemblée. Ils lui rendirent des regards vides. « Vous pigez pas, si ? dit Peter. Écoutez bien. Comme je vous ai dit, vos tuyaux doivent être à 16°, dans ces eaux-là. Au lieu de ça, le câble test montre qu'ils sont pile à 37,5. Vous y croyez, vous ? »

« De quoi tu parles, mon gars ? » Walinda croisa les bras.

Lenore ouvrit les yeux.

« Je parle d'un service pourri qui est dû au fait que les appels font une hémorragie dans vos lignes parce que je sais pas comment mais votre tuyau est monté à 37,5°, dit Peter. Voilà de quoi je parle. »

M. Beadsman regardait Lenore. La tête du Dr Jay réapparut. Le hall trembla nettement. Lenore leva les yeux vers Wang-Dang Lang :

« Salut, toi. »

21

1990

/a/

Retranscription partielle du *Partners with God Club*, samedi 11 septembre 1990, 20 heures, présenté par le révérend Hart Lee Sykes et sa fort célèbre perruche Ugolino le Profond, par lequel le Seigneur en personne a parlé en plusieurs occurrences télévisées.

Révérend Hart Lee Sykes : Mes frères.

Le chœur des Partenaires *(dirigé et accompagné au xylophone par Mme Fanny May Sykes)* : Frères…

Révérend Sykes : Mes bien chers frères.

Ugolino le Profond : Dieu bénit tout et tout le monde !

Le chœur des Partenaires : Frères…

Révérend Sykes : Mes frères, qu'est-ce qu'un partenaire ?

Ugolino le Profond : Frères.

Révérend Sykes : Mes frères, je viens à vous ce soir pour vous dire qu'un partenaire est un travailleur. Un partenaire est un individu qui *reconnaît* que des individus travaillant *ensemble* sont plus forts au service du Très-Haut que des individus suivant chacun leur propre route, séparés des autres.

Le chœur des Partenaires : Oh, oui, partenaire est travailleur…

RÉVÉREND SYKES : Mes frères, un partenaire prend ce qui est *dans* sa main et le dépose dans la *terre* pour qu'il *grandisse.* Un partenaire sème, mes frères. Un partenaire sème. Et qui récolte, mes frères ?

LE CHŒUR DES PARTENAIRES : Oh, oui, partenaire est travailleur, partenaire sème…

RÉVÉREND SYKES : Nous, les partenaires, prenons la graine de *foi* qui est dans notre main et la semons dans la *terre* de la communauté, et ensuite *qui vient récolter* ?

LE CHŒUR DES PARTENAIRES : Qui récolte, oh, qui récolte… ?

UGOLINO LE PROFOND : Jésus a récolté !

RÉVÉREND SYKES : C'est exact, mes frères, nous voyons ensemble ce soir que celui qui récolte n'est autre que *Jésus.*

UGOLINO LE PROFOND : C'est exact, mes frères.

RÉVÉREND SYKES : C'est exact : Jésus. Et maintenant, mes frères, je vais vous poser *cette* question, pour ouvrir notre séquence de réflexion ce soir tous ensemble. Mes frères, qui est Jésus ?

UGOLINO LE PROFOND : Qui ?

RÉVÉREND SYKES : C'est exact mes frères, *qui* est Jésus ?

UGOLINO LE PROFOND : Qui ?

RÉVÉREND SYKES : *Qui est-il?*

UGOLINO LE PROFOND : Il faut que je fasse ce qui est bon pour moi.

RÉVÉREND SYKES : *Qui ?*

UGOLINO LE PROFOND : Il est nous ! Nous sommes Lui !

LE CHŒUR DES PARTENAIRES : Oh, Il est nous et nous sommes Lui…

RÉVÉREND SYKES : C'est exact, mes frères, *nous* sommes Jésus ! Nous *sommes* Jésus, dans le sens le plus théologique et le plus important.

UGOLINO LE PROFOND : Comment est-ce possible ?

RÉVÉREND SYKES : Dois-je vous dire comment cela est possible ?

LE CHŒUR DES PARTENAIRES : Dis, oh, dis-nous comment cela est possible…

RÉVÉREND SYKES : Mes frères, je viens à vous ce soir pour vous dire que la raison à cela est que nous sommes, comme Jésus, des partenaires de Dieu.

Le chœur commence à fredonner une délicate harmonie.

UGOLINO LE PROFOND : Hart Lee, on est Lui.

RÉVÉREND SYKES : Tu as tellement raison, mon petit miracle. Nous *sommes* Jésus. Nous sommes Jésus car Jésus est un *travailleur*. Tout comme nous. Et un *partenaire*. Comme nous. Ne voyons-nous pas, mes frères, que si nous sommes partenaires, et mes frères je veux dire de *vrais* partenaires, alors *tout* viendra à nous ?

UGOLINO LE PROFOND : Dieu bénit tout ! Me fait venir ! Comme ça !

RÉVÉREND SYKES : Alors mes frères ce soir encore la réponse vient à nous et la réponse… c'est que nous sommes des partenaires.

UGOLINO LE PROFOND : Je sais pas ce que ça veut dire, ce mot, pour toi. Dis-moi ce que ça signifie pour toi.

RÉVÉREND SYKES : Mes frères, ce dont je vous parle n'est rien d'autre qu'un *miracle*.

LE CHŒUR DES PARTENAIRES : Un miracle…

RÉVÉREND SYKES : Mes frères, que vous choisissiez de devenir un partenaire de Dieu en décrochant votre téléphone et en faisant votre promesse de don au 1-800-PARTNER pour devenir un Partenaire à Vie et Au-delà avec une souscription de cinq cents dollars ou plus, ou que vous choisissiez de nous appeler au 1-800-PARTNER pour devenir un Partenaire à Vie pour deux cent cinquante dollars ou un Partenaire d'Honneur pour cent, ou un Partenaire Personnel d'Ugolino pour cinquante ou oui mes frères même un Partenaire de Prière tout aussi important pour seulement vingt dollars, quoi que vous choisissiez, *quelque chose* arrivera. Et qu'arrivera-t-il, mes frères ?

UGOLINO LE PROFOND : Mes frères, en tant que membres bienfaiteurs du Partners With God Club du révérend Hart Lee Sykes, attendez-vous à ce que le Tout-Puissant fasse son entrée dans vos vies d'ici à vingt-quatre heures ou moins.

RÉVÉREND SYKES : C'est tout à fait exact, l'*entrée* de *Jésus* dans *votre* vie. L'*habitation* de *votre* cœur par *Jésus*. L'existence du Seigneur Lui-même en *chacun* de vous, comme Il est en chacun de ceux présents ce soir dans ce studio, au Centre des dons des Partenaires. Quelle chose glorieuse et miraculeuse ! Partenaires !

LE CHŒUR DES PARTENAIRES : Miracle et gloire, partenaires...

UGOLINO LE PROFOND : Me met à l'envers !

RÉVÉREND SYKES : Que dis-tu, Ugolino ?

UGOLINO LE PROFOND : N'oubliez pas, mes frères, que tous vos dons sont déductibles de l'amour.

RÉVÉREND SYKES : Essaies-tu de nous dire que l'entrée de Jésus dans la vie d'un individu le mettra théologiquement à l'envers ?

UGOLINO LE PROFOND : Quoi ?

LE CHŒUR DES PARTENAIRES : Qu'essaie, oh, qu'essaie-t-il de nous dire ?...

RÉVÉREND SYKES : Mes frères, est-ce que le haut-parleur certifié de la sonorisation divine veut nous dire que lorsque Jésus vient demeurer en nous, nous allons demeurer en Jésus ? Se peut-il que ce soit ce qu'il veut nous dire ?

UGOLINO LE PROFOND : Je suis beau gosse.

LE CHŒUR DES PARTENAIRES : N'est-il, oh, n'est-il pas beau gosse ?...

RÉVÉREND SYKES : Mes frères, la conséquence spirituelle en serait que tous nos rêves, tous nos souhaits, tous nos besoins, tous nos buts et tous nos désirs deviennent alors les désirs *de Jésus*. Et donc que si nous sommes de vrais partenaires de Dieu, les désirs de chaque individu, homme, femme et enfant deviennent les désirs de Jésus, au nom de Jésus.

UGOLINO LE PROFOND : Les femmes ont des désirs, mon pote. Ne crois pas qu'elles n'ont pas de désirs.

RÉVÉREND SYKES : Bien sûr, les femmes ont des désirs, mes frères, tout le monde a dans sa vie des désirs, cela fait partie de l'expérience qu'est la vie humaine dans le monde de Dieu. Nous avons tous des désirs, mes frères. Et maintenant nous voyons que si nous tous, partenaires, nous *travaillons* ensemble, sur la *terre* du Seigneur, nos désirs sont spirituellement et automatiquement transformés en ceux de *Jésus.*

UGOLINO LE PROFOND : Mince alors !

RÉVÉREND SYKES : Un besoin en *nous* est un besoin en *Jésus.* Et ne voyons-nous pas, mes frères, qu'un besoin en Jésus est *automatiquement,* par définition *théologique,* satisfait et comblé ?

LE CHŒUR DES PARTENAIRES : Dis nous, oh, dis-nous, comment cela se peut…

RÉVÉREND SYKES : Qu'un désir d'un partenaire de Dieu, un désir qui existe en même temps en notre Seigneur Jésus-Christ, est un besoin comblé sur-le-champ ?

UGOLINO LE PROFOND : Tu me combles. Aucun homme ne m'a jamais satisfaite comme toi. Je peux pas le nier. Seigneur.

LE CHŒUR DES PARTENAIRES : Ne peux pas nier, que tu satisfais…

RÉVÉREND SYKES : Oui, mes frères, je viens à vous ce soir en *prime time* sur les *ondes* pour vous parler de la *satis*faction de tous vos *besoins.* La réalisation de tous vos *souhaits.* Entendez bien, mes frères ! Ce soir je vous dis que si vous êtes un partenaire de Dieu vous êtes automatiquement *en Jésus,* nous le savons à présent. Et cela vous met *à l'envers* ! Vos besoins sont maintenant ceux de Jésus, et donc vous ne *manquerez* de rien. *Vous* ne manquerez de rien. Et *pourquoi* cela ?

LE CHŒUR DES PARTENAIRES : Pourquoi… ?

RÉVÉREND SYKES : *Pourquoi,* je demande *pourquoi cela* ?

UGOLINO LE PROFOND : Parce que Jésus ne manquera de rien.

RÉVÉREND SYKES : Oh, dis-le encore !
UGOLINO LE PROFOND : Qui a pris la petite gâterie ?
RÉVÉREND SYKES : Oh, dis-le *encore* !
UGOLINO LE PROFOND : Jésus ne manquera de rien.
LE CHŒUR DES PARTENAIRES : Amen, en vérité, amen, en vérité…

RÉVÉREND SYKES : Amen, en vérité. Voici mes frères le message spirituel du *Partners With God Club* ce soir. Ce message, c'est que Jésus ne manquera de rien. *Jésus* ne *manquera* de *rien* ! Voilà.

UGOLINO LE PROFOND : Cette petite merde a pas encore appris son texte ?

RÉVÉREND SYKES : Mes frères, faisons maintenant une pause pour écouter tous ensemble et réfléchir à ce qu'implique une telle révélation. C'est bien cela…

LE CHŒUR DES PARTENAIRES : Hmmmmmm…
RÉVÉREND SYKES : … une *révélation.*
UGOLINO LE PROFOND *(accompagné par les délicates harmonies du chœur des Compagnons) :*

Quand je suis à terre, quand je ne peux plus voir,
Quand une ombre immense, me plonge dans le noir,
Mon esprit reste aussi fort que l'acier, à mon espoir je tiens,
Car je crois et je sais… que Jésus ne manquera de rien !

/b/

« Tu veux savoir ce que je pense ? » dit Mindy Metalman Lang.
« Je ne suis qu'ouïe », dit Rick Vigorous.
« Je pense que tu es fatigué, tendu et contrarié, ce qui est normal, et que c'est pour cette raison que tu es injuste et que tu inventes des craques. »

« Je peux savoir qui a la témérité d'insinuer que j'invente des craques », dit Rick Vigorous d'une voix douce, le regard perdu au loin. Son visage est baigné de lumière.

Il y a de la pluie ce soir entre la lune et la fenêtre. Une pluie terrible. Des lignes d'eau de pluie ruissellent sur la vitre, la lune brille au travers de la pluie et de la fenêtre et projette des reflets mouvants sur le mur au fond de la chambre obscure. Appuyé contre le mur, Rick Vigorous est assis dans le lit, en caleçon. La pluie et le clair de lune semblent ruisseler sur lui. Sur le lit aussi. Toute la chambre est baignée d'un blanc scintillant. Le dessin à la craie de couleur de Rick et Veronica Vigorous dans leur jardin à Scarsdale, celui encadré de bois sombre qui pend au-dessus du lit, paraît presque briller. La télé est allumée, près de la fenêtre, mais son froid vacillement se perd dans les filets de lune qui coulent à millions.

« Rick », dit Mindy, à la fenêtre.

« Ne regarde pas dehors », dit Rick.

Mindy se tourne et remue un doigt. Il court le long des murs. « Rick. »

« Tu sais pourquoi je ne veux pas que tu regardes dehors ? »

« Ma citrouille en sucre, dit Mindy, je fais ce que je peux pour rester gentille, mais c'est pas bien de ne pas me dire. C'est pas bien et tu le sais. »

« Mon Dieu, la fenêtre bave », dit Rick. Il tend un doigt. Son poignet accroche la lumière. « On ne dirait pas que la fenêtre bave ? Comme si elle salivait à l'idée de tout ce qu'il y a à dévoiler ? »

Mindy commence à se retourner.

« Mais ne regarde pas dehors », dit Rick.

« Commence à dévoiler, alors », dit Mindy.

« Ce n'est pas ce que je suis en train de faire ? »

« Je veux savoir où est mon mari, dit Mindy, calme, les yeux dans la télévision. Je me fiche de ton "contexte" et je suis contrariée et inquiète de te voir assis là avec ce truc au poignet en train d'essayer de me dire que Lenore Beadsman est morte dans tes tuyaux téléphoniques. »

« Tu as vu le sol du hall. »

« Mais Andy et Lenore sont allés à l'aéroport *ce soir*, je le sais. J'ai parlé au Dr Tissaw tout à l'heure. »

« Le contexte est essentiel », dit Rick.

« Mais je me fiche du contexte, Rick, dit Mindy. Si tu veux tout savoir je me fiche aussi pas mal de Lenore. Et je me fiche de ce fameux livre, d'ailleurs au passage j'ai aucune idée de quoi tu parles, ce livre que tu as dit avoir écrit, ensuite t'as dit que c'était la Bible, ensuite que c'est le dictionnaire et après tu dis que c'est un catalogue de vente par correspondance, et moi, qu'est-ce que je dois croire ? Mais de toute façon je m'en fiche. » Mindy croise les bras sur sa poitrine. La lune change en gelée blanche le sommet de sa chevelure. « Franchement », dit-elle.

« Mais c'est essentiel pour comprendre l'histoire », dit Rick. Il joue avec son ventre, au-dessus de l'élastique de son caleçon.

« Et je me fiche des alphabets pour les vieux, des enfants qui chantent comme des oiseaux, des gros types qui mâchonnent des immeubles, des techniciens du téléphone qui pêchent dans l'air noir, des gens qui mangent les membranes des autres – tu peux arrêter de marmonner tout ça, j'en ai plus rien à faire. »

« Qu'est-ce que tu veux », dit Rick.

Mindy tape du pied par terre. « Je veux regarder l'émission avec l'oiseau, et d'ailleurs crois pas que j'ai oublié que t'as pratiquement promis de les appeler, hier soir… »

« Je t'interdis de la regarder directement. »

« … ou autrement je veux savoir où sont mon mari et cette petite idiote de Lenore, pour commencer à prendre des mesures. Sur quelle branche est-ce qu'ils sont partis ? »

« Il n'y a plus de Lenore Beadsman et de W.D.L. », dit Rick. Il jette un regard autour de lui, son ombre sur le mur dégoulinant. « Ils sont finis. »

« Rick, poussin, je veux bien être gentille mais c'est un mensonge », dit Mindy. Elle revient près du lit. « Tu ne vois pas que c'est un mensonge ? Je ne sais pas ce qui t'est arrivé aujourd'hui, comment est-ce que je le pourrais vu que tu ne me dis rien, mais ce que je sais, c'est que tu ne vas pas bien si tu es convaincu que des gens sont morts alors qu'ils ne le sont clairement pas, il faut que je te le dise. Et je suis obligée de penser que soit tu mens parce que ça t'amuse, soit tu as des problèmes. Papa m'a toujours dit que tu n'étais rien à cent pourcent. »

Rick lève les yeux vers Mindy.

« Franchement », dit Mindy. Elle tourne la tête vers la télévision. « Je peux juste regarder les infos, tu sais. » Rick ne la quitte pas du regard. « Je peux regarder les infos de onze heures, si tu veux faire ton petit bousier, dit-elle. Pas la peine de mentir, je connaîtrai la vérité dans quelques heures. »

« Je crois que tu ne sais plus où tu en es », dit Rick.

/c/

RÉVÉREND SYKES : Et donc mes frères si notre destin est d'être en Jésus et de ne jamais, *jamais* manquer de rien, que devons-nous faire ce soir ?

UGOLINO LE PROFOND : Utilise-moi. Comble-moi comme jamais.

RÉVÉREND SYKES : Ce soir nous devons tenter de comprendre ensemble qu'être *satisfait* sur le plan spirituel, c'est être *utilisé*.

LE CHŒUR DES PARTENAIRES : Oh oui, oh oui, c'est vrai, satisfait, utilisé…

RÉVÉREND SYKES : Car nous avons vu ensemble qu'être satisfait, c'est être en Jésus, et être en Jésus, c'est être un partenaire. Et qu'est-ce qu'un partenaire ?

UGOLINO LE PROFOND : Comment ça, combien de partenaires j'ai eu, mais on s'en fout, Clinty !

RÉVÉREND SYKES : Oui, mes frères, peu importe combien de partenaires œuvrent ensemble, *qu'est-ce qu'un partenaire* ?

LE CHŒUR DES PARTENAIRES : Oh, partenaire, qu'est-ce qu'un partenaire ?…

RÉVÉREND SYKES : Le partenaire de Dieu n'est-il pas celui qui *reconnaît* et trouve dans son âme la force d'exécuter la *fonction* que Dieu lui a *assignée*? Nous devons nous demander comment être *utiles* à Dieu.

LE CHŒUR DES PARTENAIRES : Oh, comment puis-je être utilisé ?...

UGOLINO LE PROFOND : Graines de tournesol, s'il vous plaît.

RÉVÉREND SYKES : Mais ne voyons-nous pas, mes frères, que tout ceci est le glorieux cercle vivant de la foi, parce qu'être utile à Dieu signifie tout simplement être un *partenaire de Dieu*!

LE CHŒUR DES PARTENAIRES : Oh, c'est un cercle glorieux...

RÉVÉREND SYKES : Être satisfait, c'est être utilisé, être utilisé, c'est être un partenaire, être un partenaire, c'est être un travailleur, être un travailleur, c'est être *un parmi la multitude*, retenu et nourri, avec la multitude, dans la *terre* de la foi.

UGOLINO LE PROFOND : Nourriture saine !

RÉVÉREND SYKES : Mes frères, ce soir je veux que nous considérions ensemble cet humble programme comme la terre de notre foi. Je veux que nous pensions à nous-mêmes... *réunis* ici ce soir, *ensemble*, dans la terre électronique de notre *foi aujourd'hui*. Je veux que ce soir, ensemble, nous nous sentions tous utilisés et satisfaits par le Seigneur.

UGOLINO LE PROFOND : Mademoiselle Beaksman, entendez la mission !

RÉVÉREND SYKES : Riez si vous le voulez, mes frères, mais ce soir nous allons jouer à un jeu tous ensemble. Ce soir nous allons jouer ensemble à un jeu essentiel et vital. Et l'enjeu sera aussi élevé que sont hautes les étoiles dans le ciel, mes frères, je vous avertis.

Le chœur des Partenaires commence à fredonner une harmonie encore plus délicate que les harmonies délicates précédemment fredonnées.

RÉVÉREND SYKES : Mes frères, je veux que nous nous levions tous et que nous mettions la main sur l'écran de la télévision.

Ceux d'entre vous qui n'auraient pas la possibilité de se lever avec nous ce soir, demandez à un ami ou à un être cher de rapprocher la télévision. Mes frères, je veux que vous veniez à moi et que vous mettiez votre main sur la main que je vous tends ce soir. Mettons tous nos mains ensemble dans la terre électronique.

UGOLINO LE PROFOND : Semons pour récolter, beau gosse !

RÉVÉREND SYKES : Voici le jeu, mes frères, et voici *l'enjeu* ce soir.

LE CHŒUR DES PARTENAIRES : L'enjeu ce soir… *(Ils reviennent à la délicate harmonie.)*

RÉVÉREND SYKES : *Chaque joueur*, tous ceux d'entre vous qui *ressentent* quelque chose, qui ressentent ce que *je* ressens devant vous ce soir, qui sentent *s'échapper* l'individu prisonnier de sa carapace profane de douleur et de désir impuissant, s'échapper et entrer dans la terre, tous ceux qui sentent l'union avec tous et avec Jésus-Christ notre Sauveur comme je la sens *maintenant*, quand vous touchez ma main, tous ceux d'entre vous qui *ressentent* ce que je sais dans mon cœur être ce que nous devons *tous* ressentir ce soir… le joueur qui le ressent va aller droit à son téléphone et nous appeler ici au Centre des dons, au 1-800-PARTNER, pour devenir notre partenaire et celui de Dieu, ce soir. Ressentir ce que je ressens ce soir, mes frères, c'est devenir un *partenaire*. Il n'y a pas deux façons de le dire. Ce jeu est un défi, mes frères. Serez-vous à la hauteur ? Je viens ici ce soir pour vous *défier* !

UGOLINO LE PROFOND : Saint de Dieu !

RÉVÉREND SYKES : Utilisez-moi, mes frères. Jouons ensemble à ce jeu. Je vous promets qu'aucun participant ne restera sur la touche. Vous voyez ma main ? La voilà. Je vous la tends pour que vous la touchiez. Touchez-la. Posez vos mains dans la terre et touchez-moi. Je suis ici pour vous. Mes frères, je sens que ce soir nous sommes tous prêts.

/d/

« Mais non je suis pas fâchée, imbécile », dit Mindy, agenouillée devant la télé. Une lumière froide s'échappe de l'écran, entre ses doigts.

« Je te promets que je te le dirai », dit Rick, les yeux baissés.

« Je sais que tu me le diras », dit à la télé la voix douce de Mindy. Des scintillements blancs s'écoulent sur son dos. Des gouttes de lumière s'arrêtent et repartent. Elle passe sa main libre dans son dos, écarte ses cheveux et se dégrafe.

« Qu'est-ce que tu fais ? »

Mindy se redresse, pivote et laisse tout glisser au sol, les lèvres en mouvement.

« Je t'ai dit que je te le dirai », dit Rick.

« Je sais que tu le feras, dit Mindy. Je sais que tu es bouleversé, mais je sens que tu le feras, je ne sais pas pourquoi. » Elle marche vers le lit. Son corps se déplace un million de fois dans l'averse de lumière blanche. Derrière elle, Rick voit briller une main, froide et morte. Elle emplit tout.

« Je le ferai, vraiment », soupire-t-il.

Mindy touche sa jambe. De la lumière s'échappe de sa jambe, entre ses doigts.

« Ne t'inquiète pas, dit-elle. Je te connais. »

« Tu peux me faire confiance, dit R.V., les yeux baissés sur la main de Mindy. Je suis un homme de

Déjà parus
au Diable vauvert

Catalogue disponible sur demande
contact@audiable.com

LITTÉRATURE

JUAN MIGUEL AGUILERA

La Folie de Dieu, roman, Prix Imaginales 2002, Prix Bob Morane étranger 2002
Rihla, roman
Mondes et Démons, roman
Le Sommeil de la raison, roman, Prix Masterton 2006

AYERDHAL

Chroniques d'un rêve enclavé, roman
Le Chant du Drille, roman
Transparences, roman, Prix du polar Michel Lebrun 2004, Grand Prix de l'Imaginaire 2005
Demain, une oasis, roman, Grand prix de l'Imaginaire 1993

JULIEN BLANC-GRAS

Gringoland, roman, Lauréat du Festival du premier roman de Chambéry 2006
Comment devenir un dieu vivant, roman

PIERRE BORDAGE

L'Évangile du serpent, roman, Prix Bob Morane 2002
L'Ange de l'abîme, roman
Les Chemins de Damas, roman
Porteurs d'âmes, roman
Le Feu de Dieu, roman

POPPY Z. BRITE

Self made man, nouvelles
Plastic Jesus, roman
Coupable, essai
Petite cuisine du diable, nouvelles
Alcool, roman
La Belle Rouge, roman

OCTAVIA BUTLER
La Parabole du semeur, roman
La Parabole des talents, roman, Prix Nebula 1994
Novice, roman

SIMON CASAS
Taches d'encre et de sang, récit

FRÉDÉRIC CASTING
Siècle d'enfer, roman

THOMAS CLÉMENT
Les Enfants du plastique, roman

FABRICE COLIN
La Mémoire du vautour, roman

DENYS COLOMB DE DAUNANT
Les Trois Paradis, roman
Le Séquoia, roman
La Nuit du sagittaire, récit

DOUGLAS COUPLAND
Toutes les familles sont psychotiques, roman
Girlfriend dans le coma, roman
Hey, Nostradamus! roman
Eleanor Rigby, roman

TONI DAVIDSON
Cicatrices, roman
Intoxication, anthologie

YOUSSOUF AMINE ELALAMY
Les Clandestins, roman, Prix Atlas 2001

JAMES FLINT
Habitus, roman
Douce apocalypse, nouvelles
Électrons libres, roman

CHRISTOPHER FOWLER
Démons intimes, nouvelles

JOSÉ FRÈCHES
Le Centre d'appel, roman

NEIL GAIMAN
Miroirs et Fumée, nouvelles
American Gods, roman Prix Hugo 2002, Prix Bram Stoker 2002, Prix Locus 2002, Prix Nebula 2003, Prix Bob Morane 2003

Anansi Boys, roman
Stardust, roman
Des choses fragiles, nouvelles

NEIL GAIMAN, TERRY PRATCHETT
De bons présages, roman

NIKKI GEMMELL
La Mariée mise à nu, roman

WILLIAM GIBSON
Tomorrow's parties, roman
Identification des schémas, roman
Code source, roman

GIN
Bad Business, roman

XAVIER GUAL
Ketchup, roman

THOMAS GUNZIG
Mort d'un parfait bilingue, roman, Prix Victor Rossel 2001, Prix Club Med 2001
Le Plus Petit Zoo du monde, nouvelles, Prix des Éditeurs 2003
Kuru, roman
10 000 litres d'horreur pure, roman, Prix Masterton 2008

NORA HAMDI
Des poupées et des anges, roman, Prix Yves Navarre 2005
Plaqué or, roman

SCOTT HEIM
Mysterious Skin, roman
Nous disparaissons, roman

GRÉGOIRE HERVIER
Scream test, roman, Prix Polar derrière les murs 2007, Prix Méditerranée des lycéens 2007, Prix Inter-lycées professionnels de Nantes 2007
Zen City, roman

ANDRÉS IBÁÑEZ
Le Monde selon Varick, roman
L'Ombre de l'oiseau-lyre, roman

ALEX D. JESTAIRE
Tourville, roman
AÏSSA LACHEB-BOUKACHACHE
Plaidoyer pour les justes, roman
L'Éclatement, roman
Le Roman du souterrain, roman
LOUIS LANHER
Microclimat, roman
Un pur roman, roman
Ma vie avec Louis Lanher, nouvelles
PHILIP LE ROY
Le Dernier Testament, roman, Grand Prix de Littérature policière 2005
La Dernière Arme, roman
Couverture dangereuse, roman
MARIN LEDUN
Modus operandi, roman
Marketing viral, roman
ANTOINE MARTIN
La Cape de Mandrake, nouvelles
YOUCEF M.D.
Je rêve d'une autre vie, roman
Le Ghost Writer, roman
JAMES MORROW
En remorquant Jéhovah, roman
Le Jugement de Jéhovah, roman
La Grande Faucheuse, roman
Le Dernier Chasseur de sorcières, roman
DAN O'BRIEN
Les Bisons du Cœur-Brisé, roman
Rites d'automne, roman
PRIX HEMINGWAY
Toreo de salon et autres nouvelles, anthologie 2005
Pasiphae et autres nouvelles, anthologie 2006
Corrida de muerte et autres nouvelles, anthologie 2007
Aréquipa, Pérou, anthologie 2008
PULSATILLA
La cellulite, c'est comme la mafia, ça n'existe pas, bio-roman

DEE DEE RAMONE

Mort aux Ramones! autobiographie

VINCENT RAVALEC

Une orange roulant sur le sol d'un parking..., poème

NICOLAS REY

Treize minutes, roman

Mémoire courte, roman, Prix de Flore 2000

Un début prometteur, roman

Courir à trente ans, roman

CÉLINE ROBINET

Vous avez le droit d'être de mauvaise humeur..., nouvelles

Faut-il croire les mimes sur parole?, nouvelles

ANNA ROZEN, PHILIPPE LEROYER

Demain, roman

Et plus si affinités, perles

RÉGIS DE SÁ MOREIRA

Pas de temps à perdre, roman, Prix Le Livre Élu 2002

Zéro tués, roman

Le Libraire, roman

Mari et femme, roman

ALEX SHAKAR

Look sauvage, roman

NEIL STRAUSS

The Game, récit

Les Règles du Jeu, nouvelles et pratique

MATT THORNE

Images de toi, roman

MATT THORNE, NICHOLAS BLINCOE

Les Nouveaux Puritains, anthologie

CORALIE TRINH THI

Betty Monde, roman

La Voie Humide, autobiographie

MICHAEL TURNER

Le Poème pornographe, roman

TRISTAN-EDERN VAQUETTE

Je gagne toujours à la fin, roman, Prix Goya 2003

BERNARD VARGAFTIG

Coffret livre-DVD, poésie

CÉCILE VARGAFTIG
Fantômette se pacse, roman
MARC VASSART
Le Serval noir, roman
DAVID FOSTER WALLACE
Brefs entretiens avec des hommes hideux, nouvelles
Un truc soi-disant super auquel on ne me reprendra pas, essais
La Fonction du balai, roman
IRVINE WELSH
Recettes intimes de grands chefs, roman
Porno, roman
Glu, roman
ALEX WHEATLE
Redemption Song, roman
Island Song, roman
JOELLE WINTREBERT
Pollen, roman, Prix Rosny-Aîné 2003

GRAPHIC

JEAN-JACQUES BEINEIX, BRUNO DE DIEULEVEULT
L'Affaire du siècle T1 – Château de vampire à vendre
L'Affaire du siècle T2 – Vampire à louer
NEIL GAIMAN, DAVE MCKEAN
Violent Cases, BD
NEIL GAIMAN, P CRAIG RUSSELL
Coraline, BD
NORA HAMDI, VIRGINIE DESPENTES
Trois Étoiles
JUNG KYUNG-A
Femmes de réconfort
EDDIE PONS
Scènes d'arènes
Tout et n'importe quoi sur le cigare
AMRUTA PATIL
Kari

DOCUMENTS

COLLECTIF
Questions d'ados

D'un taureau l'autre, colloque sous la direction de A. MAÏLLIS et F. WOLFF
ANGELA DAVIS
Les Goulags de la démocratie
CLINTON HEYLIN
Babylon's burning
MARK LYNAS
Marée montante
CÉCILE MOULARD
Mail connexion
VINCENT RAVALEC, MALLENDI, AGNÈS PAICHELER
Bois Sacré, initiation à l'iboga
CHARLES SILVESTRE
La Torture aux aveux
MARTIN WINCKLER
Contraceptions mode d'emploi
Les Miroirs obscurs

ALBUMS
AGENCE VU – ACF, ATWOOD, DOURY, ESHRAGHI, GRIGNET, LEBLANC
Misère urbaine : la faim cachée
COLLECTIF – VELAY, BOISSARD, GAS
Visas pour le Gard
JOSÉ FRÈCHES
Créateurs du nouveau monde
IVM – Sous la direction de F. ASCHER, M. APEL-MULLER
La rue est à nous… Tous
DEROUBAIX, LE PUILL, RAYNAL
Les Vendanges de la colère
FAVIER, GREMILLET
Merci patron
SEINGIER, CHOTEAU, LACÈNE
Secondes chances

BEAUX LIVRES
U2
U2 by U2
STRUMMER, JONES, SIMONON, HEADON
The Clash

Impression réalisée par

BRODARD & TAUPIN

La Flèche
en août 2010

Imprimé en France
N° d'impression : 59336
Dépôt légal : août 2010